BASTEI LÜBBE

**HARRY BINGHAM**

# MONEY MAKERS

**ROMAN**

Aus dem Englischen
von Marion Sohns

BASTEI LÜBBE

BASTEI LÜBBE TASCHENBUCH
Band 14 515

1. Auflage: April 2001

Vollständige Taschenbuchausgabe

Bastei Lübbe Taschenbücher ist ein Imprint
der Verlagsgruppe Lübbe

Deutsche Erstveröffentlichung
Titel der englischen Originalausgabe: MONEYMAKERS

First Published in Great Britain by HarperCollins

Titelbild: SuperStock
Umschlaggestaltung: Guido Klütsch, Köln
Satz: hanseatenSatz-bremen, Bremen
Druck und Verarbeitung: Elsnerdruck, Berlin
Printed in Germany
ISBN 3-404-14515-1

*Für meine*
*geliebte Frau, N.*

# Danksagungen

Dieser Roman ist dank Rosemarie McSweeneys Rachedurst, Lorraine Frances-Rees' roten Augen, Jeremy Wilsons Verlangen nach Wärme, Jesse Normans' Schmeicheleien höheren Ortes und der grenzenlosen Begeisterung meiner Familie besser, als er ohne dies alles geworden wäre. Daniel, Phil, Joshua, Rachel und Hammond haben mich ermutigt, daran zu glauben, dass der Roman seine Leserschaft findet.

Auch bei Felicity möchte ich mich bedanken, der Königin der literarischen Agentinnen; außerdem bei sämtlichen Mitarbeitern von HarperCollins, besonders bei Fiona. Man kann großartig mit euch arbeiten! Und eine bessere Gefährtin als meine Frau Nule hätte ich mir bei diesem Unternehmen nicht wünschen können: hilfreich, einsichtsvoll und klug führte sie mich über Wege, die ich ohne sie gar nicht gefunden hätte. Ihr gebührt mein größter Dank.

# WIE ES BEGANN

*Leeds, Yorkshire, 1998*

Es gibt unzählige Möglichkeiten, seine Kinder zu quälen, doch Bernard Gradley hatte eine Variante entdeckt, die es ihm noch aus dem Grab heraus ermöglichte.

Juristisch gesehen war er natürlich vollkommen im Recht. Jeder legale Aspekt war berücksichtigt, das Dokument unter Gradleys despotischem Blick immer wieder neu entworfen worden. Earle hatte sich jeder Änderung widersetzt. Er kannte den Unterschied zwischen Recht und Unrecht und kämpfte erbittert, die im Zerfallen begriffenen Rechte der Familie zu bewahren. Aber Gradley war unerbittlich. Er verlangte ein Dokument, »so wasserdicht wie die Brieftasche eines Schotten«, und gab keine Ruhe, bis er seinen Willen durchgesetzt hatte. Als dies endlich der Fall war, unterzeichnete er das Testament und legte es für immer beiseite. Ein Testament, so hart und niederträchtig wie das Herz des Verstorbenen.

Earle hatte Mitleid mit den Hinterbliebenen. Die Mutter, die ihre Kinder so lange gegen die Härte des Vaters verteidigte, hatte eine solche Behandlung nicht verdient. Und wenn die Kinder auch nicht perfekt waren, wog diese Art Strafe doch weitaus schwerer als ihre Fehler.

Voller Hoffnung würden sie sich einfinden. Ihr Vater hatte ein beträchtliches Vermögen erworben, und sollte Reichtum nicht – zuverlässiger noch als Gene – von Generation zu Generation vererbt werden? In der Tat würden sie hoffnungsvoll hier erscheinen, mit gänzlich anderen Gefühlen allerdings wieder gehen. Kummer, Niedergeschlagenheit, Ärger, Wut.

Gleich war es zwölf Uhr mittags. Jeden Augenblick musste die Familie eintreffen. Während die Anspannung in seinem Magen wühlte, schob Earle unter der Schreibtischlampe das Testament und den Brief an den Rändern zusammen: Flüche, die sich erfüllen würden.

# PROLOG

*Leeds, Yorkshire, 1959*

Auf Baustellen wird man kaum Heilige antreffen, aber Bernard Gradley war schon etwas Besonderes. Nicht nur, dass er sich in der Unfallnacht einen der Baustellenkipper für einen Privatjob »ausgeborgt« hatte, nein, er trieb es schon seit acht Monaten so, immer für Bares auf die Hand, versteht sich. Außerdem stellte sich heraus, dass Gradley drei Laster und diverse Zementmixer für örtliche Baufirmen »in Betrieb« hatte. Angesichts seines harten Tagesjobs und der nächtlichen Sonderschichten war es kaum verwunderlich, dass er zum falschen Zeitpunkt eindöste. Am folgenden Morgen fand man ihn mit einer üblen Gehirnerschütterung über das Baugelände irrend, und der Kipper, dessen Räder sich noch in der Luft drehten, lag rücklings auf den Überresten dessen, was einmal der Container des Bauingenieurs gewesen war. Begleitet von den Verwünschungen seines Vorarbeiters verließ Gradley die Baustelle. Allein die Betretenheit seines Arbeitgebers über die eigene Vernachlässigung der Aufsichtspflicht ersparte ihm eine Anzeige.

Gradley war siebzehn Jahre alt. Sein Vater war tot, die Mutter Alkoholikerin, seine zahlreichen Geschwister noch im schulpflichtigen Alter, und seine Berufsaussichten dank des Unfalls und seiner Nachwirkungen nicht gerade rosig. Es war der Morgen, so sollte er seinen Kindern später erzählen, an dem seine Karriere ihren Anfang nahm.

Noch bevor er nach Hause ging, um seinen Kopf unter Wasser zu halten, marschierte er ins Stadtzentrum, um einige

Besorgungen zu machen: einen Anzug mit Krawatte, ein weißes Hemd, ein Paar anständige Schuhe, einen Aktenkoffer, Briefpapier und – teurer als alles andere zusammen – ein Fernglas mit handgeschliffenen Gläsern aus Ostdeutschland.

Routinemäßig machte er sich ans Werk. Am ersten Tag stand er morgens auf, streifte seine staubige Arbeitskluft über und machte sich zu Fuß auf den Weg zu den Baustellen der Stadt. Der erste Schritt bestand darin, sich einen günstigen Aussichtspunkt zu suchen, von wo er die Aktivitäten auf der Baustelle im Blick hatte. Er machte weder Notizen noch Fotos, aber nichts entging seinem Blick, der sich, die Augen unermüdlich an das Fernglas gepresst, auf den Schauplatz seines Interesses heftete. So verbrachte er mehrere Stunden am Tag, manchmal sogar ganze Tage, wenn es sich um eine große Baustelle handelte. Irgendwann, wenn er genug gesehen hatte, machte er sich auf den Weg zum nächsten Arbeiterimbiss oder Pub.

Er bestellte sich etwas zu essen und zu trinken und vertiefte sich in ein Exemplar der *Racing Post*, die vor ihm auf dem Tisch lag. Da er darauf achtete, sich stets zu den Stoßzeiten dort einzufinden, dauerte es nicht lange, bis er seine Zeitung scheinbar widerwillig zusammenfaltete, um sich an der allgemeinen Unterhaltung zu beteiligen.

In der Rolle des unbeschäftigten Arbeiters auf Jobsuche sondierte er die Informationen heraus, die er benötigte. Welche Geräte wurden benutzt? Was lief gut, was nicht? Wie war der Vorarbeiter? Der Bauingenieur? Der Bauleiter? Wie viel Mann wurden insgesamt auf dem Bau beschäftigt? Wurde der Zeitplan eingehalten oder lag man zurück? Er achtete darauf, nicht neugierig zu erscheinen, vermied direkte Fragen, ließ eine Menge Scherze vom Stapel, zog über Bosse im Allgemeinen her, gab Geschichten zum Besten, an was für Maschinen er in der Vergangenheit gearbeitet hatte und animierte sogar die Schüchternen unter den Männern, sich über ihre Arbeit auszulassen und sich über die Idiotie zu beschweren, die sie oft erdulden mussten. Er spendierte literweise Tee, lachte viel und vergaß nicht die geringste Kleinigkeit.

Am nächsten Tag kehrte er auf die Baustelle zurück und war nicht wiederzuerkennen. Diesmal trug er Anzug und Krawatte, sein Haar glänzte von Brillantine, und seine Schuhe sahen aus, als habe ihr Besitzer noch nie etwas von Baustellenstaub gehört. Er machte den Bauleiter ausfindig, der ihm dank der Beschreibungen bereits vertraut war und den er nicht selten schon von seinen Beobachtungen her kannte. Seine Masche war einfach. Er zog einen Bogen Papier mit der Überschrift »Baustellenkalkulation – laufende Kosten« hervor. Darunter befand sich in sorgfältiger Handschrift eine komplette Auflistung der Arbeiterschaft und der Geräte, die auf der jeweiligen Baustelle geführt wurden. Zu jedem Posten auf der Liste gehörten drei Spalten, welche die Zahl der Einheiten, die Kosten pro Einheit sowie die Gesamtkosten auswiesen. Ausschweifend setzte er zu der Erklärung an, dass eine solche Analyse natürlich rein hypothetisch sei und der Leiter *dieser* Baustelle zweifelsfrei alles besser im Griff habe, »als man es gemeinhin von solchen Orten gewohnt« sei. Sein Gegenüber schaute betreten beiseite und versicherte, dass diese Baustelle in der Tat besser geführt sei, ermunterte ihn jedoch fortzufahren, rein spaßeshalber natürlich. An diesem Punkt wusste Gradley, dass er seine Schäfchen im Trockenen hatte, doch er nahm sich Zeit.

Er ließ sich über das Für und Wider der üblichen Baustellenroutine aus, analysierte das Pro und Kontra neuer Baumaschinen und bewies schließlich mit seiner Kalkulation, dass sich die Kosten für zusätzliche Geräte durch die Einsparung von Arbeitskräften mehr als bezahlt machen würden. Und jedes Mal wenn er neu ansetzte, zögerte er und versicherte: »Aber ich weiß gar nicht, weshalb ich das jemand wie Ihnen, dem diese Tatsachen gewiss geläufig sind, überhaupt erzähle.«

Doch jedes Mal ließ er sich überreden fortzufahren, sich genau darüber im Klaren, dass die Verfahrensweisen, die er bemängelte, auf jeder Baustelle exakt so angewandt wurden und in den meisten Fällen weitaus besser funktionierten als jene Maßnahmen, die er vorschlug. Schließlich, und nur unter Protest, beförderte er ein zweites Blatt Papier aus seinem Aktenkoffer hervor. Diesmal mit der Überschrift: »Baustellenkalkulation – Posten«. Es handelte sich um die gleiche Aufstellung, die gleichen drei Spalten, doch war die Zahl der Arbeitskräfte wesentlich geringer, der Bedarf an Maschinen um ein Vielfaches größer, die Gesamtkosten jedoch um ein volles Drittel geringer. Unter der Gesamtaufstellung stand säuberlich mit Bleistift geschrieben und doppelt unterstrichen ein Betrag mit der Bezeichnung: »Prozentuale Einsparung«.

Je näher er den Fisch an Land holte, desto langsamer zog er die Angelschnur an. »Ich komme mir wirklich wie ein kompletter Narr vor, als wollte ich meiner Großmutter beibringen, wie man Eier aussaugt. Dabei könnte ich gewiss noch von Ihnen lernen, anstatt umgekehrt.« Er veranlasste den Bauleiter, mit ihm auf der Baustelle umherzugehen und vergewisserte sich, dass der Mann sämtliche Aktivitäten nun mit anderen Augen betrachtete, während er selbst vorgab, überhaupt nichts wahrzunehmen. Stattdessen plauderte er von imaginären Bauleitern, die wegen Inkompetenz gefeuert wurden, und anderen, die befördert worden waren und für die vorzeitige Beendigung scheinbar unmöglicher Projekte, und das unter Budget, sogar einen Dienstwagen als Bonus erhalten hatten. Er spickte seine Erzählungen mit Episoden, die er tags zuvor im Pub aufgeschnappt hatte; Dinge, über welche die Arbeiter sich beschwerten; Spötteleien über ihre Bosse und allgemeine Belanglosigkeiten.

Als es Zeit wurde sich zu verabschieden, schien Gradley bereits vergessen zu haben, dass er ursprünglich als Verpächter von Baumaschinen vorstellig geworden war. Erst durch den Bauleiter wurde seine Aufmerksamkeit wieder auf die vorhandenen Geräte gelenkt und auf die Anzahl der Maschinen, die nötig wären, die Baukosten von Liste Eins auf Liste Zwei zu befördern. Nachdem sie sich einmal mit der Thematik befassten, war es erstaunlich, wie plötzlich die Baustellenausstattung nach Erweiterung verlangte. Weshalb nur einen Bulldozer einsetzen, wenn man mit einem zweiten den Schutt wegräumen kann? Warum mit einem Kran arbeiten, wo doch genügend Arbeitskräfte zur Verfügung stehen, einen weiteren zu bedienen? Wo immer der Manager ein zusätzliches Gerät in Betracht zog, hielt Gradley mit leichtem Stirnrunzeln inne, um dann überrascht auszurufen: »Das ist genial! Ich wäre niemals darauf gekommen, dass eine Baustelle wie diese Verwendung dafür haben könnte, aber Sie haben natürlich vollkommen Recht. Wie vorausschauend von Ihnen! Das erinnert mich an diesen Typen, von dem ich Ihnen erzählt habe, Sie wissen schon, der Bursche, der innerhalb von zwei Jahren zweimal befördert wurde, obwohl alle damit rechneten, dass man ihn feuern würde, womit sie ihn von morgens bis abends auf die Schippe nahmen. Allerdings, jetzt wo Sie es erwähnen, würde ich gleich noch eine der Maschinen nehmen, um den nördlichen Bereich des Geländes abzudecken. Weshalb unnötig knausern?«

Und als Bernard Gradley das Baugelände verließ, lächelte er den Bauarbeitern, die ihn am Tag zuvor unterhalten hatten und nun innerhalb der nächsten Wochen ihren Job verlieren würden, noch einmal zu und schwenkte sein Aktenköfferchen, in dem jetzt ein umfangreicher Auftrag für Baumaschinen steckte, von denen sich nicht eine Einzige in seinem Besitz befand.

Der nächste Schritt war einfacher. Von jeher hat das Baugewerbe gewissen Schwankungen unterlegen. Während ein Betrieb sich vor Aufträgen nicht retten und den Wünschen seiner Kunden kaum noch nachkommen kann, muss ein anderes

Unternehmen, nur wenige Straßen weiter, wegen mangelnder Nachfrage Mitarbeiter entlassen und Maschinen stilllegen. Gradley besaß das Talent, Firmen der zweiten Sorte ausfindig zu machen, und – wie von Gott gesandt – bei diesen mit dem Angebot aufzukreuzen, die überschüssigen Gerätschaften bis zum nächsten Auftragshoch zu übernehmen. Die Beträge, die er ihnen dafür bot, waren natürlich gering, genau genommen geradezu lächerlich im Vergleich zu dem, was er seinen eigenen Kunden berechnete. Aber wenig ist besser als gar nichts.

Sein Geschäft florierte. Die Sechziger waren eine Zeit der Erneuerung und Veränderung, und keine Branche profitierte mehr davon als die Bauindustrie. Ganze Slums wurden abgerissen. An ihrer Stelle schossen Hochhäuser und Wohnanlagen aus dem Boden. Eine dynamische Industrie, beflügelt durch zwanzig Jahre ungebrochenen Frieden und Wachstum, errichtete sich prachtvolle neue Firmensitze aus Glas und Beton. Selbst Großbritanniens angeschlagene Fertigungsindustrie, die bis dahin an einen Greis erinnert hatte, der in der Sonne döste, streifte ihre Trägheit ab und investierte Geld in Fabriken und Lagerhäuser. Gradley Plant Hire Limited, so der Name der Firma, stockte Personal auf und expandierte von Leeds nach Yorkshire und über Yorkshire hinaus in die angrenzenden Grafschaften.

Und während sein Unternehmen florierte, fand Gradley Zeit zu heiraten, Kinder zu zeugen und einen erbitterten Scheidungsprozess zu führen, als die Ehe in die Brüche ging. Er war nun ein reicher Mann. Mancher Darstellung zufolge dreißig Millionen schwer – sogar vierzig und mehr, wenn man anderen Glauben schenkte. Sein Unternehmen war nicht nur erfolgreich, sondern gehörte zu den größten seiner Art im Land und war so mächtig, dass es längst nicht mehr von seinem Gründer abhängig war, seinen Reichtum zu mehren. Doch statt glücklich zu sein, machte dies Gradley eher unzufrieden. Er sehnte sich nach den alten Zeiten zurück, als er ganz allein dagestanden hatte, ohne Geld, aber dafür mit grenzenlosem Tatendrang. Da er inzwischen über ein gewisses Freizeitpotenzial verfügte, spekulierte er mit dem Kauf von Rennpferden, hatte jedoch keine glückliche Hand auf diesem Gebiet. Dann entdeckte er seine Liebe fürs Autofahren und legte sich eine Sammlung britischer Edelkarossen zu.

Ein Hobby, das ihm zum Verhängnis werden sollte. Eines Tages, Mitte Juli, ereilte ihn bei hoher Geschwindigkeit eine leichte Herzattacke. Der Anfall selbst wäre vermutlich nicht einmal tragisch ausgegangen, hätte er nicht für einen kurzen Augenblick das Bewusstsein verloren. In einer Kurve raste der Wagen geradeaus weiter, durchbrach eine Mauer und krachte gegen einen Baum. Gradley war auf der Stelle tot.

# Leeds, Yorkshire, 1998

## 1.

Reifen knirschten, eine Handbremse quietschte, Türen schlugen. Die Familie traf ein, schob sich in den Raum und verharrte stumm in Erwartung des bevorstehenden Geldsegens.

»Willkommen«, sagte Earle. »Ich heiße Sie alle willkommen.«

Es war ein armseliges Willkommen, das er zu bieten hatte. Von den fünf Personen kannte Earle nur die Mutter, Helen Gradley, eine nervöse, blässliche Frau Mitte fünfzig, die aussah wie sechzig. Als Bernards Scheidungsanwalt hatte Earle ihr mit sämtlichen juristischen Kniffen zugesetzt, um die Scheidung für Gradley so vorteilhaft wie möglich durchzuziehen. Theoretisch war Helen die schuldhafte Partei gewesen, weil sie eine Affäre gehabt und dies auch zugegeben hatte. Angesichts des mehr als leidenschaftlichen, dauerhaften und exklusiven Verhältnisses ihres Mannes zu seiner Firma fiel ihr Vergehen allerdings kaum ins Gewicht, was Bernard natürlich anders gesehen hatte. Er wollte, dass sie bekam, was sie verdiente: nichts. Er drohte ihr mit einem Vormundschaftsprozess, für den Earle sich die Begründung aus den Fingern saugen musste, und die freudlose Frau gab nach. Sie bekam die Kinder, er behielt das Geld. Sie gab sich mit einem kleinen Haus in London zufrieden und mit Unterhaltszahlungen, die eingestellt würden, sobald Josephine, das jüngste Kind, das achtzehnte Lebensjahr erreicht hatte.

In den Jahren nach der Scheidung hatte Gradley die Kinder mit Geld überhäuft, in der Hoffnung, sie so auf seine Seite zu ziehen. Sie sollten verwöhnt werden, die Mutter arm bleiben. Bis zu einem gewissen Punkt zahlte seine Strategie sich aus. Die Kinder, besonders die drei Söhne, George, Zachary und Matthew, nahmen sein Geld und wurden dadurch verdorben. Sie gewöhnten sich an schnelle Wagen, Reisen und hübsche Wohnungen in den angesagten Vierteln Londons. Das Haus der Mutter in Kilburn erschien ihnen ärmlich und zu peinlich, um es Freunden vorzuführen. Wenn Gradley sich jedoch eingebildet hatte, ihre Liebe zu gewinnen, hatte er kläglich versagt. Seine Söhne liebten seine Schecks, verachteten aber die Hand, die sie ausstellte. Sie wussten: Das Motiv seiner Gaben entsprang eher Bitterkeit als Liebe, und Gradley konnte nicht anders, als sich selbst für seine Freigebigkeit zu verachten. Er ließ keine Gelegenheit aus, seinen Kindern vorzuwerfen, wie nutzlos und faul sie waren, und darauf hinzuweisen, wie er selbst ein Imperium aus dem Nichts erschaffen hatte. Nun war der Imperator tot. Was lag näher, als das Imperium aufzuteilen? Die fünf Erben – angespannt die Mutter, mit steinernen Mienen die Söhne, ernst dreinblickend die Tochter – warteten schweigend.

»Willkommen«, wiederholte Earle, »obgleich ich den traurigen Anlass, der uns alle hier zusammengebracht hat, nur bedauern kann.« Seine Nervosität stieg. Weshalb eigentlich? Er allein wusste, was dieser letzte Wille beinhaltete, aber er war doch nicht betroffen? Seine Stimme rutschte eine Oktave höher, während er fortfuhr. »Sie wissen natürlich, warum wir hier sind. Der Verstorbene, Bernard Gradley, versicherte mir, dass keiner von Ihnen Kenntnis über den Inhalt des Testaments hat. Vielleicht sollte ich mich zuerst einmal vergewissern, dass dies tatsächlich der Fall ist.«

Er blickte in die Runde, obwohl er die Antwort bereits wusste. Die gierigen Blicke der drei Söhne und die verkrampfte Miene der Mutter sprachen Bände. Sie wussten nichts und wollten alles.

»Obwohl es natürlich unrecht von mir wäre, schlecht über den Toten zu sprechen, insbesondere wenn es sich – wie in seinem Fall – um einen derart bedeutenden Klienten dieser Kanzlei handelt ...« Earle verstummte. Seine Worte klangen hölzern, und für einen Moment geriet er ins Stocken. Seine ohnehin hohe Stimme neigte dazu, sich zum Falsett zu steigern, wenn er nervös wurde. Er rang um Fassung, um eine Oktave tiefer wieder anzusetzen. »Obgleich es also ... äh, unrecht wäre, dies zu tun, fürchte ich ... äh, zugeben zu müssen, dass es kein Vergnügen war, dieses Testament aufzusetzen. Und, äh ...« Seine Stimme verwandelte sich in ein Quieken.

»Möchten Sie, dass ich es vorlese?«, fragte einer der Söhne, der dunkel, hager und irgendwie furchteinflößend wirkte. Die Herausforderung führte dazu, das Earle die Fassung wiedergewann. »Sie werden das Testament zum gegebenen Zeitpunkt selbst lesen und gewiss wünschen, es Ihren eigenen Anwälten zur Prüfung vorzulegen. In der Zusammenfassung bestehen die Wünsche des Verstorbenen im Folgenden: Seine Mutter, Mrs. Victoria Gradley, erhält die Summe von dreihunderttausend Pfund, zu verwalten durch einem Treuhandfonds. Seine Geschwister erhalten neben gewissen kleineren, persönlichen Erbstücken jeder die Summe von hunderttausend Pfund.«

Earles Zuhörer nahmen diese Fakten unbewegt zur Kenntnis, begierig auf das, was noch kommen würde. In Gedanken hatten sie die Firma des Vaters bereits verkauft, das Geld gezählt und geteilt. Ein paar hunderttausend Pfund für Großmutter, Onkel und Tanten fielen dabei kaum ins Gewicht. Sie lehnten sich unmerklich vor. Der Höhepunkt rückte näher.

»Die gesamte Erbmasse ist schwer zu beurteilen«, fuhr Earle fort. »Der Hauptvermögenswert besteht natürlich im hundertprozentigen Besitz von Gradley Plant Hire Limited, obgleich ein beträchtlicher Betrag in Form von Erbschaftssteuer zu entrichten sein wird. Wir schätzen die Erbmasse auf etwa dreißig bis fünfundvierzig Millionen Pfund nach Abzug der Steuern. Von dieser Summe sollen Sie, Mrs. Gradley«, er nickte Helen zu, deren Anspannung von Minute zu Minute wuchs, »die Summe von fünftausend Pfund jährlich bis zu Ihrem Tod erhalten. Ich bedauere es sehr, dass ich nicht vermochte, den Verstorbenen zu etwas mehr Großzügigkeit zu bewegen.«

Helen Gradley war blass, ließ aber keinen Ton verlauten. Natürlich war es ein Schock, aber Earle hatte richtig vermutet, dass niemand von den Fünfen damit gerechnet hatte, dass Gradley sich seiner geschiedenen Frau gegenüber besonders großzügig zeigen würde. Ihr Hauptinteresse bestand darin, wie das Geld zwischen den Kindern aufgeteilt werden würde. Solange die Kinder fair behandelt wurden, brauchte Helen ohnehin kein Geld für sich selbst. Niemand sprach ein Wort. Alle warteten, dass Earle fortfuhr.

Er blickte die vier Kinder an, schaute in die versteinerten Mienen der jungen Männer und das ausdruckslose Gesicht des Mädchens. »Was Sie betrifft, so hat Mr. Gradley mich ausdrücklich darum gebeten, Ihnen folgenden Brief vorzulesen.«

Earle nahm den Brief zur Hand, der neben dem Testament lag und brach das Siegel auf. Gradleys Handschrift war klar und unverkennbar. Earle las langsam und betont, nun wieder Herr seiner Stimme.

*An meine Kinder*
*Nun bin ich tot, stolz auf manches, das ich erreicht habe, beschämt über anderes, was ich tat. Natürlich erfüllt meine Firma mich mit dem größten Stolz. Ich liebte Gradley Plant Hire. Ich habe alles dafür getan und bin mehr als dafür entschädigt worden. Was mein Geschäft angeht, so haben die Dinge sich entwickelt, wie es sein sollte. Für euch ist Profit nur ein anderes*

*Wort für Geld. Aber Ihr irrt euch. Profit bedeutet Wohlstand. Es bedeutet rosige Wangen und ein glückliches Lächeln. Gradley Plant Hire war ein strammes Baby, und sein Vater hat es geliebt. Mit euch war es weniger einfach. Ich wollte euch das Leben lehren, euch Arbeit, Stolz und Disziplin beibringen und hätte mir gewünscht, dass ihr mein Geschäft so liebt, wie ich es geliebt habe.*

*Aber ich habe versagt, nicht wahr? Gott allein weiß, was ihr wirklich denkt, aber ich schwöre euch: Schon wenn ihr mich um Geld angeschnorrt habt, konnte ich spüren, dass ihr nur an mein Geschäft dachtet. Mein ältester Sohn George ist ein wahrer Meister des Müßiggangs; Zack ein armseliger Philosoph; und Matthew und Josie werden vermutlich über die erstbeste Hürde stolpern, die sich ihnen in den Weg legt. Wenn ich euch sage, dass ich euch immer ein guter Vater sein wollte, werdet ihr mir wahrscheinlich nicht glauben, aber ich schwöre, dass es so war. Ich weiß immer noch nicht, was eigentlich schief gegangen ist, ob es euer Fehler war oder meiner. Aber ihr könnt mir nicht vorwerfen, dass ich es nicht anders gewollt hätte. Denn bei Gott, das wollte ich.*

*Vermutlich spielt das jetzt keine Rolle mehr. Ihr seid nicht hier, euch über familiäres Versagen die Köpfe zu zerbrechen, sondern um zu erfahren, wie viel ich euch hinterlassen habe. Nun, ich will euch nicht enttäuschen, also habe ich einen Weg gefunden, jedem von euch zu geben, was er sich am meisten wünscht.*

*Zuerst zu Josephine. Mit dir hatte ich die meisten Probleme. Du hast dich nicht gescheut, mein Geld für Kleider und Partys aus dem Fenster zu werfen, aber wirklich reich wolltest du eigentlich auch nie sein, habe ich Recht? Nett zu jedermann sein, büffeln und die Welt verbessern war mehr dein Fall. Ich habe mit dem Gedanken gespielt, dir einen Container voller Designerklamotten zu hinterlassen, aber natürlich wäre alles die falsche Farbe, zu lang oder zu kurz gewesen. Wenn etwas von mir kam, gab es stets Grund zur Kritik, war es nicht so? Aber dann hatte ich einen Geistesblitz. Erinnerst du dich noch, wie gern du als Sechsjährige in mein Büro gekommen bist? Du hast immer die Stifte auf meinem Schreibtisch sortiert und Sekretärin gespielt. Damals hast du nicht an meinen Geschäften herumgemäkelt und wolltest noch nicht einen anderen aus mir machen. Ich glaube, das war die einzige Zeit, da wir so glücklich miteinander waren, wie man es von Vater und Tochter erwartet.*

*Nun denn. Ich vermache dir, Josephine Gradley, das Schulgeld für den Besuch einer Sekretärinnenschule deiner Wahl plus fünfhundert Pfund in Form von Marks-&-Spencer-Gutscheinen, damit du dich anständig einkleiden kannst. Sollte ich mich in dir irren, und solltest du doch ehrgeiziger sein als ich annehme, so verfügst du über ausreichend Köpfchen und das Aussehen, dir zu verschaffen, was du willst. Ich brauche mich nicht zu sorgen, du wirst deinen Weg machen.*

*Was meine Söhne angeht, George, Zack und Matthew, so seid ihr der einfachere Part. Alles, was ihr je gewollt habt, war Geld, und euer einziger Ehrgeiz bestand darin, so bald wie möglich mein Vermögen in die Finger zu bekommen. Mir soll es recht sein. Aber es gibt eine Bedingung. Ich habe mich abgerackert, um dieses Geld zu verdienen, während keiner von euch in seinem Leben auch nur einen Tag gearbeitet hat. Vielleicht ist das mein Fehler, und ich habe euch nicht richtig erzogen. Falls dem so ist, tut es mir Leid. Ich hoffe, es ist noch Zeit, das wiedergutzumachen.*

*Der Rest meines Vermögens – hauptsächlich aus Gradley Plant Hire bestehend – wird in einen Trust umgewandelt. Die Treuhänder werden sich drei Jahre lang darum kümmern, dass das Geschäft weiterläuft. Nach diesen drei Jahren – vom heutigen Tag gerechnet – werden wir sehen, was ihr erreicht habt. Wer von euch die Summe von einer Million Pfund auf einem Bankkonto seines Namens und seiner alleinigen Vollmacht aufweisen kann, wird alles bekommen. Natürlich muss nachweisbar sein, dass das Geld nicht lediglich geborgt wurde oder dergleichen. Der Betrag darf ausschließlich dieser Person und nicht etwa der Bank, der Steuer oder dem Mann im Mond gehören. Doch macht euch keine Gedanken, die Anwälte haben alles bis ins Kleinste ausgearbeitet, und die Bedingungen sind klar. Sollte mehr als einer von euch mit diesem Betrag aufkreuzen, bekommt derjenige mit dem höchsten Kontostand mein gesamtes Vermögen. Ich setze auf Sieger, nicht auf Zweitplatzierte. Der Gewinner kann mit dem Geld verfahren, wie ihm beliebt; er kann die Firma verkaufen und von mir aus den Rest seines Lebens auf einer tropischen Insel verbringen. Mir soll es recht sein.*

*Sollte keiner von euch die Million aufbringen, habe ich Euch offensichtlich falsch beurteilt, und ihr wolltet mein Geld gar nicht. In diesem Fall wird das Vermögen an die Wohlfahrt fallen, und ihr könnt euren eigenen Weg in der Welt machen, so wie ich es getan habe. Dann bleibt euch wenigstens die Gewissheit, dass ihr alles, was ihr erreicht habt, eurer eigenen Hände Arbeit verdankt.*

*Viel Glück. Ich meine es ehrlich. Auf dass ich stolz auf euch sein kann. In Liebe, euer Vater.*

Helen Gradley schluchzte jetzt herzzerreißend in den Armen ihrer Tochter. Es waren nicht nur Tränen des Leids, sondern Tränen des Schocks und der ultimativen Niederlage. Auch Josephine weinte, doch ihr Kummer war anderer Natur. Sie war verletzt durch die Boshaftigkeit des Vaters ihr gegenüber und entsetzt von der Aussicht, was nun aus ihrem privilegierten Leben würde. Vor allem aber war sie geschockt, dass die letzte Handlung ihres Vaters so sehr von Bosheit geprägt war. Er hatte ein besseres Andenken verdient.

Earle rief sich zur Ordnung. Verletzbare junge Damen anzustarren, entsprach nicht dem Betragen, das man von einem

Familienanwalt erwartete. Die drei jungen Männer indes hatten sich kaum eine Regung anmerken lassen. Lediglich die fest aufeinander gepressten Lippen und der harte Ausdruck ihrer Augen ließen auf ihre Gefühle schließen. Zachary, der dunkle der drei Brüder, dessen Augen sich zu Schlitzen verengt hatten, legte die Finger auf die Lippen, um seine Gefühle zu verbergen, während er die Situation abwägte, um seinen nächsten Schritt zu planen.

Earle bebte innerlich.

»Gradley Plant Hire und die weiteren Vermögenswerte Ihres Vaters werden jetzt durch mehrere Treuhänder verwaltet. Sollte einer von Ihnen die Bedingungen des Testaments erfüllen, wird der Betreffende in drei Jahren alles wohl geordnet vorfinden. Im Testament sind die Bedingungen bis ins Detail aufgeführt. Sie werden es gewiss in aller Ruhe lesen und vermutlich auch einen eigenen Rechtsberater hinzuziehen wollen, aber ich fürchte, dass sämtliche Auflagen in diesem Dokument hieb- und stichfest sind.«

## 2.

Helen Gradley hatte den Schlüssel zu ihrer Haustür verloren. Vergeblich durchwühlte sie den Inhalt ihrer Handtasche und brach in Tränen aus.

»Keine Sorge, Mum«, sagte Josephine. »Ich habe meinen Schlüssel dabei.«

Auf der langen Heimfahrt hatte Helens Schock sich wiederholt in einem Tränenstrom Luft gemacht, aber der tiefe Schmerz in ihrem Inneren war dabei nur gewachsen. Seit der Scheidung hatte sie sich nie damit abfinden können, dass ihre Armut von Dauer sein würde. Helen war eine lausige Wirtschafterin gewesen, selbst als sie noch berufstätig war, die immer wieder zu Anfällen von Extravaganzen neigte, die sie sich gar nicht leisten konnte. Vor einigen Jahren diagnostizierte man eine dauerhafte Rückenschädigung bei ihr, hervorgerufen durch falsche Haltung beim Maschineschreiben. Mit einer Entschlossenheit, der ihre Kinder fassungslos gegenüberstanden, hatte sie sich arbeitsunfähig schreiben lassen. Auf die Nachricht vom Tode ihres Ex-Mannes hatte sie mit unverhohlener Freude reagiert. »Jetzt wird sein Geld wenigstens von gewissem Nutzen sein«, war ihr Kommentar gewesen. Das Testament hatte ihr einen vernichtenden Schlag versetzt. Die abgewetzten Teppiche, die fadenscheinigen Vorhänge, die hoffnungslosen Träume von einem besseren Leben würden also weiterhin ihr Begleiter sein. Die erwartete Erlösung war nicht eingetroffen; eine Rettung in unerreichbare Ferne gerückt.

Josephine öffnete die Tür, brachte die Mutter mit einer Wärmflasche und dem Versprechen, später noch einmal hereinzuschauen, nach oben ins Bett. Die Kinder brauchten jetzt etwas Zeit, sich in Ruhe miteinander zu besprechen, was in Anwesenheit der vergrämten Mutter schwerlich möglich war.

Als Josephine herunterkam, saßen die drei Brüder um den Küchentisch, auf dem eine Kanne Tee stand. Zachary, der den Namen seines Großvaters trug, aber von allen Zack genannt wurde, war am Morgen mit einer Flasche Champagner erschienen, um später auf das Erbe anstoßen zu können. Jetzt war niemandem mehr danach zumute. Nun aber, wo die Mutter ruhig gestellt war, konnten sie wenigstens aussprechen, was ihnen auf der Seele lag.

»Arme Mum«, sagte Josie. »Es ist schrecklich für sie. Sie hatte so fest damit gerechnet, dass durch das Testament alles besser würde.«

»Sei nicht blöd, Josie. Es ist für jeden von uns furchtbar. Der alte Bastard lacht sich wahrscheinlich gerade kugelig«, erwiderte Matthew. Er hatte Mitgefühl mit der Mutter; allerdings überwog sein Selbstmitleid. Matthews offenes, gut aussehendes Gesicht mit den fein geschwungenen Lippen hatte die Züge eines schmollenden Achtjährigen angenommen.

»Er ist kein alter Bastard. Er ist unser verstorbener Vater«, rügte ihn Josephine.

»Klar ist er unser Vater«, sagte Matthew. »Keiner von uns wollte, dass er stirbt, und jeder von uns würde ihn ins Leben zurückbringen, wenn das möglich wäre. Aber es ist doch offensichtlich, dass er zu Lebzeiten ein Bastard war und sich noch aus dem Grab heraus wie ein Bastard aufführt. Und zugegebenermaßen hat er sogar Erfolg damit. Er hat mir mein Leben vermasselt. Und eures auch. Er hat's für jeden von uns vermasselt. Nicht nur für Mum.«

»Du meinst, weil wir uns jetzt unseren Lebensunterhalt selbst verdienen müssen, wie jeder andere Mensch auf der Welt?« Josephines Stimme war eisig. Sie wusste, dass Matthew Recht hatte, aber es widerstrebte ihr immer noch, schlecht über ihren Vater zu sprechen, der gerade erst ein paar Tage in seinem Grab ruhte. Trotz allem hatte er sie auf seine eigene, verzweifelte Art geliebt.

»Ach, komm schon, Josie«, sagte Matthew, der einen weinerlichen Tonfall in seiner Stimme nicht unterdrücken konnte. »Das ist wie Knast. Keiner von uns hat jemals damit gerechnet, sich seinen Lebensunterhalt selbst verdienen zu müssen, und jetzt sind wir auf einmal wie alle anderen zu langweiligen Jobs, faden Anzügen, Hyphotheken, Rentenplänen und dem ganzen Mist verdonnert. Eine lebenslängliche Strafe.«

»Aber du hast doch eine Stelle bei Madison, dieser amerikanischen Investmentbank, oder nicht? Das ist doch gar nicht so übel.«

»Das ist keine richtige Stelle, bloß ein Sommerjob. Ich muss erst mal meinen Abschluss als Betriebswirt machen, bevor ich mich nach etwas Dauerhaftem umschaue. Und Madison wird mich nicht mehr wiedersehen. Ich hab' den Job nur angenommen, weil Dad mich dazu überredet hat. Und seit ich dort bin, habe ich noch keinen Handschlag getan.«

»Du bist talentiert genug ...«

»Klar, ich werd' schon irgendwas finden. Aber das ist nicht das, was ich mir vorgestellt habe – oder irgendeiner von uns. Glaub mir, Josie, es ist eine lebenslängliche Strafe, genau das, was der Bastard bezweckt hat.«

Bei seinen Worten stiegen Matthew Tränen in die Augen. Er stellte sich seine Zukunft vor, wie sie hätte sein sollen – müßig, heiter und unbeschwert – und wie sie nun vor ihm lag: bleischwer, mittellos und hart. Er würde sich vierzig Jahre lang abrackern und gerade genug zusammenkratzen, um im Alter von Kälte und Hunger verschont zu bleiben.

George bemerkte Matthews Tränen und mischte sich in die Unterhaltung ein, um seinem Bruder Gelegenheit zu geben, sich verstohlen mit dem Handrücken über die Augen zu wischen.

»Du hast Recht«, pflichtete er seinem Bruder bei. »Aber ich bin noch schlimmer dran. Ich hatte lausige Noten, bin von der Schule geflogen und habe noch keinen Tag in meinem Leben gearbeitet. Ich hab' ein paar tausend Mäuse auf dem Konto und meinen Wagen, aber damit hat sich's auch schon. Meine Wohnung ist gemietet. Wenn ich mich nach einem Job umgucke, kann ich von Glück reden, wenn man mich irgendwo Kisten stapeln lässt.«

Er übertrieb nicht. George war vom Sedbergh-Internat verwiesen worden, weil er für ein Dutzend Freunde, hauptsächlich Mädchen, im Wohnzimmer des Hausmeisters eine Champagnerparty geschmissen hatte. Der Mann war früher als erwartet aus dem Wochenende heimgekehrt und war mit dröhnender Musik, Lichtorgeln und Flaschenringen auf seinen Antiquitäten empfangen worden, die zusammenzutragen sein Lebenswerk war. Dies war das Ende von Georges schulischer Laufbahn gewesen, und ohne Bedauern hatte er sich geradewegs ins Leben eines internationalen Playboys gestürzt. Er mischte sich unter die jungen, reichen Müßiggänger Europas und der Vereinigten Staaten, pendelte zwischen den Skipisten Gstaads, den Yachtclubs der Riviera, den Schottischen Mooren und glitzernden Partys in London, Paris und New York. Das einzige Talent, das George bis zur Perfektion kultiviert hatte, bestand darin, das Geld seines Vaters aus dem Fenster zu werfen. Und aus irgendeinem Grund war Bernard Gradley den Extravaganzen seines Sohnes George mit einer Freizügigkeit entgegengekommen, die keines der anderen Kinder genossen hatte. Die drei anderen führten dies auf die physische Ähnlichkeit der beiden zurück: der gleiche stämmige Körperbau, das gleiche rotblonde Haar und die gleichen Schweinsäuglein. George selbst hatte keinen Gedanken an den Grund für die Großzügigkeit des Vaters verschwendet. Er hatte das Geld genommen, hatte Daddys Kritik über sich ergehen lassen und war zur nächsten Party abgezogen.

»Können wir das Testament nicht anfechten oder so was?«, fügte er hinzu. »Es muss doch schließlich ein Gesetz gegen so etwas geben.«

»Ach, werd' endlich erwachsen«, fauchte Zack. »Natürlich gibt es kein Gesetz dagegen. Es war Dads Geld, und er kann es hinterlassen wem und wie er will. Wir können natürlich einen Anwalt verpflichten, der das Testament unter die Lupe nimmt, aber es ist garantiert wasserdicht. Dad würde so eine Sache nicht vermasseln. Er war zwar ein Bastard, aber ein cleverer Bastard.«

Zacks missmutige, finstere Miene ließ die anderen verstummen. Trotz Georges drei Jahren Altersvorsprung war der brillante, scharfsinnige und arrogante Zack stets der unangefochtene Anführer der drei Jungen gewesen.

»Du hast wenigstens einen anständigen Job«, maulte Matthew.

Das stimmte bis zu einem gewissen Punkt. Zack hatte in

Oxford ein Jurastudium begonnen, war aber rasch gelangweilt auf Philosophie umgestiegen. Sein Vater war außer sich gewesen vor Wut. »Zeig mir einen Menschen, der ein Vermögen dadurch gemacht hätte, dass er den Sinn des Lebens studiert, und ich überlasse ihm meine Firma für 'nen Zehner«, hatte er getobt und Zack jeden erdenklichen Stein in den Weg gelegt. Aber Zack, ebenso starrsinnig wie sein Vater, hatte sein Studium mit fliegenden Fahnen beendet und eine Doktorarbeit über ein besonders verzwicktes philosophisches Thema begonnen. Unglücklicherweise war kurz vor der Fertigstellung seiner Arbeit in den USA ein Werk veröffentlicht worden, das den Beweis seiner Thesen ins Wanken zu bringen drohte, und in einem Anflug von Verärgerung hatte er seine Arbeit hingeschmissen.

Auf Drängen des Vaters hatte er sich nach einer Stellung umgesehen, um schließlich widerstrebend einen Vertrag bei einem Londoner Steuerberatungsbüro zu unterschreiben. Seit vier Monaten war er nun dort und hatte jede einzelne Minute gehasst. Eine Woche zuvor waren unterschwellige Meinungsverschiedenheiten mit dem Seniorparter in einen offenen Streit ausgeartet, und Zack rechnete fest damit, am darauf folgenden Montag seine Kündigung vorzufinden.

Er zuckte mit den Achseln.« Kann sein, dass ich einen Job habe, aber das ist nicht der springende Punkt. Ich will keinen Job. Ich will reich genug sein, keinen zu brauchen. Genau wie ihr.«

Matthew griff nach der Teekanne und schenkte sich ein. Er kippte den Tee herunter und atmete seufzend aus. »Lasst uns eine Gedenkminute für die armen Schweine in der Hölle einlegen, die sich jetzt für die nächsten Millionen Jahre mit Dad herumschlagen müssen.«

»Matthew! Also wirklich!«, rief Josephine empört.

»Hört, hört«, sagte George und hob ironisch seine Teetasse. »Auf den verstorbenen, unbeweinten Bernard Gradley. Möge er in seinem jetzigen Dasein ebenso viel Freundlichkeit und Großzügigkeit erfahren, wie er zu seinen Lebzeiten auf Erden verschenkte.«

Matthew und George blickten Zack Beifall heischend an. Er war der Anführer, und die beiden Brüder suchten seine Anerkennung. Doch Zack begegnete ihrem Blick mit quälender Stummheit und unbeteiligter Miene. Die dunklen Seen seiner Augen waren zu Schlitzen verengt und gaben keinen Gedanken preis. Vergeblich warteten Matthew und George auf seinen Beifall.

»Nun?«, fragte Matthew schließlich, wobei der weinerliche Tonfall in seiner Stimme wiederkehrte. George sagte nichts, aber er wartete ebenso gespannt. Vielleicht ahnte er bereits, welche Wendung Zacks Gedanken genommen hatten.

»Nun was?«, antwortete Zack mit unmerklichem Beben in der Stimme. Langsam erhob er sich, ging zum Kühlschrank und nahm den Champagner heraus. Er entkorkte die Flasche und schenkte sich vorsichtig ein Glas ein. »Ich weiß nicht, was mit euch ist, aber ich bin eigentlich recht zufrieden.«

»Zufrieden? Wie kannst du nur zufrieden sein?«, fragten Matthew und George wie aus einem Munde.

»Nun, das Beste, was ich erwarten durfte, war ein Viertel von Dads Vermögen. Aber heute habe ich erfahren, dass ich den ganzen Batzen haben kann.«

»Was zum Teufel meinst du damit?«

»Das, was ich sage«, erwiderte Zack ruhig. »Ich scheffle eine Million. In drei Jahren. Dann krieg' ich alles. Mehr hätte ich mir nicht wünschen können.«

»Und wie willst du das Geld verdienen?«

»Ich weiß noch nicht. Aber ich schaff's schon. Und in drei Jahren werde ich sehr, sehr reich sein.«

George und Matthew waren perplex. Wenn Zack behauptete, etwas zu erreichen, zweifelten die beiden nicht daran. Aber Zack hatte nichts davon gesagt, das Geld zu teilen, und keiner seiner Brüder hätte einen Penny auf seine Großzügigkeit verwettet.

Matthews jungenhafte Züge erstarrten. Zack mochte der intelligenteste der Brüder sein, aber Matthew war der ehrgeizigste. Er konnte nur selten einer Herausforderung standhalten, und in diesem Fall zog er es nicht einmal in Erwägung.

»Verdiene du ruhig deine Million, Zack. Ich werde mehr verdienen. Ich werde dich beim Rennen um Dads Geld schlagen. *Ich* werde es bekommen, nicht du.«

Die beiden Brüder – der eine dunkel und hager, der andere hell und kräftig – starrten einander an wie Gladiatoren vor dem Kampf. George rang verzweifelt die Hände.

»Ihr werdet das Geld doch wohl teilen, Jungs, oder? Ich meine, egal wer gewinnt. Das tut ihr doch?«

Weder Zack noch Matthew antworteten, doch ihre Mienen waren Antwort genug für George. Wenn er vom Geld seines Vaters profitieren wollte, gab es nur einen Weg, dies zu erreichen.

»O Gott«, stöhnte er, »ich glaub' es nicht. Sieht so aus, als müsste auch ich mir die Million verdienen. Ach du Schande.«

»Ihr Kindsköpfe«, sagte Josephine. »Ihr verdammten Kindsköpfe.«

Eine Etage höher begann Helen Gradley wieder zu weinen, und ihr herzzerreißendes Schluchzen erfüllte das kleine Haus.

# SOMMER 1998

## 1.

In London brach der Sonntagmorgen an, und vier junge Leute erwachten, dem neuen Tag entgegenzusehen. Der erste war Matthew, der wie so oft in einem fremden Bett aufwachte. Neben ihm lag ein attraktives, nacktes Mädchen. Er strich ihr das Haar aus dem Gesicht. Alison? Amelia? Nein, Amanda. Er hatte sie gestern Abend auf der Party kennen gelernt, und sie waren zusammen abgezogen. Sie war ziemlich hübsch, aber im Bett eher mittelmäßig, soweit er sich erinnerte. Nein, das war unfair. Er war es, der nicht in Form gewesen war. Das Testament und Zacks aggressive Reaktion darauf hatten ihm ziemlich zugesetzt. Amanda war okay, und ihre Haut sah hinreißend aus im Morgenlicht. Matthew zog die Steppdecke über ihre nackte Schulter und glitt aus dem Bett.

Leise zog er sich vor dem Spiegel an. Sein helles, feines Haar hätte etwas Wasser und einen Kamm gebrauchen können, aber er traute sich nicht, den Wasserhahn aufzudrehen, um die Schlafende nicht zu wecken. Seine Haare widersetzten sich dem Versuch, sie mit den Händen in Form zu bringen. Er sah aus wie ein stoppeliger, zerzauster Chorknabe. Matthew zog seinem Spiegelbild eine Grimasse. Jetzt sah er aus wie ein schmollender Chorknabe.

Er schlich nach unten und fand ein Stück Papier und einen Stift. Nach weiterem Herumstöbern stieß er im Papierkorb auf einen Umschlag, der an Miss Amelia Sowieso adressiert war. Gut, also Amelia, nicht Amanda.

»Liebe Amelia«, schrieb er. »Danke für die wunderbare

Nacht. Du warst hinreißend. Tut mir leid, dass ich so früh fort musste – dringende Geschäfte. Ich wollte Dich nicht wecken. Grüße Matthew.«

Er hatte Übung in solchen Notizen und längst aufgehört, sie mit »in Liebe« oder »wir müssen uns wiedersehen« zu unterzeichnen. Seine One-Night-Stands fanden in der Regel mit Partnerinnen statt, die ebenso wenig wie er auf der Suche nach wahrer Liebe waren, aber gelegentlich war er schon mal hereingelegt und von dem Wort »Liebe« heimgesucht worden. Also gab er sich lieber großzügig und charmant, aber zurückhaltend. Soweit er sie in Erinnerung hatte, würde Amelia kein Problem damit haben. Im Übrigen besaß sie seine Telefonnummer nicht. Er schloss leise die Wohnungstür und machte sich durch den Park auf den Weg zu seiner Wohnung in Chelsea.

Dort duschte er gründlich und kleidete sich anschließend sorgfältig neu an. Matthew war ein gut aussehender Kerl und ausgesprochen pingelig mit seinem Äußeren. Er machte sich Kaffee und holte ein Blatt Papier und einen Kugelschreiber hervor. »Plan: Eine Million Pfund in drei Jahren«, notierte er in Blockschrift auf das Blatt und unterstrich die Worte.

Dann hielt er inne. Er würde nicht auflisten, welche Voraussetzungen ihm fehlten. Matthew glaubte an eine positive Annäherung an die Dinge. Unter seine Überschrift schrieb er: »Aktivposten: befristete Stellung in Madisons Börsenabteilung«. Dann stockte er. Er hatte kein Geld, keine Qualifikationen, und sein Job war bereits so gut wie verloren. Er legte eine Denkpause ein.

In der Schule war er immer nur Zacks kleiner Bruder gewesen. Zack war selten zum Unterricht erschienen, hatte die Schule aber mit Einsen und Zweien abgeschlossen und ein Oxford-Stipendium bekommen. Matthews Zeugnisse waren trotz harten Büffelns mit Dreien und Vieren gespickt; schlimmer noch, seine Lehrer hatten ihn als Glückspilz bezeichnet, einen Platz in Cambridge ergattert zu haben. Niemals war es Zack in den Sinn gekommen, es seinem Bruder leichter zu machen, indem er Bescheidenheit oder gar Verständnis an den Tag gelegt hätte. Nun musste Matthew zeigen, was in ihm steckte – und das würde er, verdammt noch mal! Er nahm den Füller wieder auf und schrieb: »Plan A: Auf eine Dauerstellung bei Madison hinarbeiten. Bester Händler auf dem Börsenparkett werden. Eine Million Pfund in Form von Prämien kassieren – nach Abzug der Steuern! Bemerkung: Schwer zu verwirklichen, aber einen Versuch wert.«

Dann schüttelte er den Kopf und fuhr fort: »Plan B: Auf eine Dauerstellung bei Madison hinarbeiten. Erfolgreicher Händler werden. Ein paar richtig fette Prämien einkassieren. Dann ...« Er hielt inne. Er wusste, was ihm vorschwebte, aber es wäre dumm gewesen, das schriftlich festzuhalten. Die nächsten drei Jahre würden eine Herausforderung werden.

## 2.

Gerade als Matthew das Blatt Papier zerknüllte, nahm sein älterer Bruder Zack seinerseits einen Bogen Papier zur Hand. Gestern war er sich sehr clever vorgekommen, seine Brüder herauszufordern. Heute morgen war er sich seiner Sache weniger sicher. Eine Woche zuvor hatte Zack dem Seniorpartner der Steuerkanzlei empfohlen, sich den Kopf in den eigenen Hintern zu stecken. Wie vorauszusehen, war der Mann davongestürmt, um stehenden Fußes Zacks Entlassung zu beantragen, und sofort war die Disziplinarmaschinerie der Firma in Gang gesetzt worden. Die Besprechung sollte morgen stattfinden, und es war so gut wie sicher, dass man Zack den Laufpass geben würde.

Steuerberater neigen nicht dazu, Millionäre zu werden. Es liegt natürlich im Bereich des Möglichen, sofern sie hart arbeiten, Erfolg haben und fleißig sparen; eine Million in drei Jahren zu verdienen – im Alter von sechsundzwanzig –, ist allerdings eher unwahrscheinlich. Andererseits, arbeitslose Ex-Philosophiestudenten ohne Referenzen und Eigenkapital gehören auch nicht unbedingt zum Club der Millionärsanwärter. Zack brauchte einen Job – einen anständigen Job –, aber um den zu kriegen, konnte er sich keine Kündigung leisten. Mit zusammengebissenen Zähnen setzte er ein unterwürfiges Entschuldigungsschreiben auf. Zack machte seine »tiefe Trauer über den Tod seines Vaters« für sein unerhörtes Verhalten verantwortlich und bettelte darum, »eine zweite Chance zu bekommen, um sein Engagement für die Firma unter Beweis stellen zu dürfen«.

Zack steckte den Brief in einen Umschlag, adressierte ihn und spuckte kurz darauf. Neben Takt, Bescheidenheit, Freundlichkeit und einigen anderen Fähigkeiten, gehörte auch die Kunst des Sich-Entschuldigens zu den Eigenschaften, die Zack erst noch üben musste. Er rief ein Taxi, drückte dem Fahrer eine Fünfzigpfundnote in die Hand und wies ihn an, den Brief bei der Privatadresse seines Vorgesetzten in Surrey abzugeben. Das war erledigt. An dieser Front konnte er vorerst nur abwarten.

In der Zwischenzeit galt es ein anderes Problem zu lösen. Auf welche Art sollte Zack seine Million machen? Im Augenblick fiel ihm nichts anderes ein, als dass der einzige Ort für ein solches Unterfangen die City von London war, das größte Finanzzentrum der Welt, Standort von mehr Banken als irgendeine andere Metropole dieser Welt. Nur, wie sollte er sich Einlass in die Welt der Hochfinanz verschaffen? Sein jetziger Arbeitgeber würde ihm ein miserables Zeugnis ausstellen, und außer einer abgebrochenen Doktorarbeit und einem nutzlosen Philosophieabschluss hatte er nichts vorzuweisen. Gute Banken stellten keine Verlierer ein.

Zacks Miene verfinsterte sich wieder einmal, und der ohnehin düstere Ausdruck seines schmalen Gesichts verstärkte sich noch. Von den drei Brüdern sah Matthew am besten aus, aber nicht wenige Frauen fühlten sich auch von dem intensiven Blick aus Zacks dunklen Augen unwiderstehlich angezogen. Matthew war immer wieder erstaunt, dass Zack seine Wirkung auf Frauen offenbar gar nicht zur Kenntnis nahm, geschweige denn Vorteile daraus zog. Die einzige stürmische Liebesaffäre des Bruders hatte sich mit einem Mädchen vom College abgespielt.

Zack hob den Hörer ab und wählte eine Nummer in Oxford.

»Ichabod Bell.«

»Ichabod, hier Zack. Zack Gradley.«

»Zack, mein Junge! Schön, mal wieder von dir zu hören.« Zacks ehemaliger Philosophietutor war aufrichtig erfreut. »Was kann ich für dich tun? Willst du zurückkommen und deine Dissertation abschließen? Ich kann nicht glauben, dass du den Rest deines Lebens als verdammter Buchhalter verbringen willst.«

»Nein, eigentlich nicht. Ich wollte Sie um einen Gefallen bitten.« Zack erklärte, was er auf dem Herzen hatte. Ichabod Bell dachte einen Augenblick schweigend nach. »Komm in zwei Wochen zum Dinner vorbei. College High Table. Es wird jemand dort sein, den du kennen lernen musst.«

»Wer?«

»Also dann. Samstag in vierzehn Tagen. Zwischen neunzehn Uhr dreißig und zwanzig Uhr. Ich freue mich.«

»Und wen soll ich da kennen lernen?«

»Oh, du wirst ihn mögen. Sorg dafür, dass du dein Ruderlatein auffrischst. Strahlende Morgensonne auf schimmernden Wassern, die Erregung des Rennens, der ganze Mist, du weißt schon.«

»Ichabod, Sie wissen genau, dass ich in meinem ganzen Leben noch nie ein Ruder in der Hand hatte.«

»Unfug, Zack. Du bist Zeit deines Lebens ein Fan dieses Sports. Kein anderer hat mehr Renn-Statistiken und derartigen Kram im Kopf als du. Komm einfach zum Dinner.«

Damit legte er auf. Zack hatte keinen Schimmer, was Bell vorhatte. Alles was er wusste war, dass er zwei Wochen Zeit hatte, um Experte auf dem Gebiet der edlen Sportart des Ruderns zu werden.

## 3.

George wurde kurz vor Mittag von unsanftem Klopfen an der Tür geweckt. Vergeblich versuchte er das unangenehme Geräusch zu ignorieren. Schließlich streifte er einen Morgenmantel über und ging zur Tür.

Ein Grüppchen ausgelassener junger Leute stand im Flur. Makellos gekleidet, braun gebrannt, schlank und sportlich, vermischten sich bei ihnen die unterschiedlichsten Akzente. Es handelte sich um eine Auslese der wohlhabensten, faulsten und gelangweiltesten jungen Leute Europas, kurz: Georges Freunde der vergangenen elf Jahre. Eine kleine Französin, deren Gehabe an ein Vögelchen erinnerte, führte die Gefolgschaft an.

»George!«, flötete sie, die französische Version des Namens benutzend. »Du biss noch nisch mal aufgeständen, dabei sin wir schon spät. Du musst disch auf der Stelle anziehn, oder wir werden das Rennen verpassen. Papas Pferd läuft 'eute um 'alb drei. Weiss du nischt mehr?«

»O Gott, Kiki. Deauville, das ist heute? Ich hab's total vergessen.«

In seinem früheren Leben, das Jahrzehnte zurücklag – oder waren es nur vier Tage? – hatte George vorgeschlagen, einen Jet zu chartern, der sie zu den Rennen in die französische Casino-Stadt Deauville bringen sollte. Das Flugzeug sollte mittags starten, was bedeutete, dass es zu diesem Zeitpunkt bereits wartete und Extra-Kosten verursachte.

»Aber George, natürlisch ist Deauville 'eute. Und 'eute Abend wollen wir ins Casino. Du kannst das nischt vergessen 'aben. Schau, sogar isch 'abe mich daran erinnert und bin früh aufgeständen – und isch stehe niemals früh auf und erinnere misch nie an etwas. Also muss du disch doch erinnern, es sei denn, du 'ast es vergessen.«

Kikis unlogische Beweisführung uferte in atemloses Geplapper aus. Ihr dunkelbraunes Haar ringelte sich in reizvollen Locken um den schlanken Hals und schrie geradezu nach männlicher Berührung. Kiki war keine Schönheit, aber sie war sehr hübsch.

Und sie sagte die Wahrheit. Es war tatsächlich ein kleines Wunder, dass sie sich an eine Verabredung erinnert hatte und rechtzeitig erschienen war: etwas, das George noch nie bei ihr erlebt hatte. Verdammt! Er betete Kiki an und hatte diesen Trip hauptsächlich deshalb arrangiert, um mit ihr zusammen zu sein. Bedeutete ihre Pünktlichkeit, dass sie seine Sympathie erwiderte? Vielleicht, vielleicht auch nicht. Aber wenn er jetzt in den Flieger nach Deauville stieg, konnte er sich schwerlich um seinen Anteil an diesem Trip drücken, und das Letzte, was ihm jetzt noch fehlte, war ein champagnerseliger Abend mit Roulette für fünfhundert Franc pro Chip.

»Kiki, es tut mir furchtbar leid. Aber mir geht's verdammt dreckig. Verkorkster Magen. Ich glaube nicht, dass ich in dem Zustand fliegen kann. Geht ihr nur, ich komme ein anderes Mal mit.«

»Oh, mein armer George. Du siehst auch gar nischt gut aus. Du bist ganz blass, und dein 'aar 'ängt auf einer Seite 'erab und steht auf der anderen Seite 'och. Du solltest im Bett sein.«

»Ich war im Bett.«

George sah keineswegs krank aus, zumindest nicht kränker als gewöhnlich. Von den vier Kindern hatte er bei der Vergabe der Gene den Kürzeren gezogen und war, was sein Äußeres betraf, durch und durch der Sohn seines Vaters. Er hatte Bernard Gradleys fahlen englischen Teint, die kleinen Schweinsäuglein, die Stämmigkeit und das ungebändigte rotblonde Haar geerbt. Der Ausdruck eines kranken Hundes kam von ganz allein.

»O ja, natürlisch. Du muss disch sofort wieder 'inlegen und viel 'eiße 'ühnerbrühe trinken.«

»In Ordnung, Kiki. Viel Spaß euch allen.«

Kiki zog mit ihrer Clique von dannen. Ein gut aussehender junger Mann, Sohn irgendeines italienischen Milliardärs, hielt sich dicht an ihrer Seite. George kroch zurück ins Bett, zog die Decke über den Kopf und stöhnte.

## 4.

Und während George stöhnend in seinem Bett lag, ächzte Josephine aus ganz anderen Gründen. Sie hatte auf dem Dachboden im Haus ihrer Mutter in Kilburn herumgestöbert und etwas entdeckt, womit sie als Kind allzu gern gespielt hatte. Sie schnaufte, als sie die schwere Schreibmaschine hinunter in die Küche schleppte. Das Ding wog mehrere Kilo und war über und über mit Staub bedeckt.

Egal. Es gab Schlimmeres im Leben als Staub. Josephine setzte sich vor die veraltete Tastatur und schlug ein zerfleddertes Lehrbuch auf. ›ASDF sind die Stammtasten der linken Hand‹, las sie. Sie spreizte die Finger über der staubigen Tastatur; die Daumen ruhten leicht auf der Leertaste. Ein ungewohntes Gefühl, aber eines, an das sie sich würde gewöhnen müssen. Ihre sehr guten Noten und Oxbridge kann sie vergessen. Es ist Sonntag, der 19. Juli 1998. Noch drei Jahre bis Bernard Gradleys Stichtag: 1095 Tage.

5.

Montagmorgen. Die roten Lichter der Digitaluhren zeigen die Zeiten in den Finanzzentren der Welt an. Aktuelle Nachrichten laufen über die Punkt-Matrix an der Wand, während die leuchtenden Monitore der Computer gegen die Dunkelheit ankämpfen. Hin und wieder zerreißt das schrille Klingeln eines Telefons die Stille. Abgesehen von einigen frühmorgendlichen Reinigungskräften ist niemand da, die Monitore zu checken oder das Telefon abzuheben. Niemand außer Matthew. Es ist fünf Uhr fünfzehn.

Matthew war einer Gruppe von vier Devisenhändlern zugeordnet, die mit den kleineren europäischen Währungen handelten: Schweizer Franken, Lira, Holländische Gulden, Schwedische Kronen, Peseten und so weiter. Die vier Händler besaßen zusammen sechs Pässe, beherrschten dreizehn Sprachen und teilten die Leidenschaft zum Risiko.

Matthews Aufgabe bestand darin, die Gruppe in jeder Hinsicht zu unterstützen. Dazu gehörten die Zusammenstellung von Infomaterial, Tabellenkalkulation, Botengänge und die Versorgung des Teams mit Kaffee. Bislang hatte seine Leistung sich allerdings aufs Kaffeeholen beschränkt. Da er selbst die billige Brühe aus dem Automaten verabscheute, machte er sich viermal am Tag auf den Weg zur Blue Mountain Coffee Company, wo es den göttlichsten Cappuccino der Welt für ein Pfund und achtzig Cents gab. Ohne diesen ungewöhnlichen Service hätten seine Händler ihn längst gefeuert. So wie die Dinge standen, schätzten sie seine Überlebenschancen in der Bank auf Null. Oder wie Luigi Cuneberti, der Schweiz-Italiener, der mit Schweizer Franken und Lira handelte, es auf den Punkt zu bringen pflegte: »Matthew, wenn Italien seine Staatsschulden bezahlt und die Lira höher steht als der Dollar, dann kriegst du einen Festvertrag.«

Das musste sich ändern.

Jede Bank erhält identisches Infomaterial von Reuters, Bloomberg, Telerate. Ein paar kurze Tasteneingaben ermöglichen den Zugriff auf Millionen Computerprogramme. Informationen werden in Echtzeit auf den neuesten Stand gebracht und Nachrichten nahezu zeitgleich mit den Geschehnissen veröffentlicht. Aber nicht die Informationen machen den Unterschied aus, sondern ihre Einschätzung. Und die richtige Einschätzung erfordert die richtigen Fakten, im richtigen Format, zur richtigen Zeit.

Matthew machte sich an die Arbeit. Nachdem er sich einen Überblick über die aufgelaufenen Nachrichten der letzten Nacht verschafft hatte, druckte er die komplette Liste der Schlagzeilen aus und eine Hand voll weiterer Meldungen, die er für relevant erachtete. Als Nächstes rief er in den wichtigsten Niederlassungen der Bank in Fernost an: Tokio, Hongkong, Singapur, Sydney. An einigen Märkten herrschte noch Ruhe, an anderen nicht. Er machte sich ausführliche Notizen.

Anschließend begab er sich auf die Straße, um an einem internationalen Pressestand acht Exemplare europäischer Zeitungen und eine Ausgabe des *Wall Street Journal* zu kaufen. Außer Englisch beherrschte er keine weitere Sprache fließend, aber er hatte genug Zeit beim Skifahren in Courcheval und Zermatt, in den Bars der Toscana und Mallorca und mit den Mädchen an all diesen Orten verbracht, um das Wesentliche dessen zu erfassen, was er las. Er schnitt die Artikel aus, die er für wichtig hielt, und fügte sie seinem wachsenden Papierstapel hinzu.

Matthew schaute auf die Uhr. Viertel vor sieben. Es gab noch mehr zu tun, aber die Zeit war zu knapp. Er nahm seinen Stapel und ließ jedes Blatt fünfmal durch den Kopierer laufen: einmal für jeden seiner Händler, einmal für sich selbst.

Während der Kopierer lief, machte Matthew sich drei Dinge klar.

Erstens hatte er in den vergangenen Wochen mehr gelernt als ihm bewusst war. Zweitens gab es ein fast unbegrenztes Repertoire an Möglichkeiten, wie er seine Marktforschungen durchführen konnte. Seine heutigen Bemühungen waren nur ein Anfang. Und drittens: Ihm blieben noch acht Wochen in diesem Sommerjob. War diese Zeit abgelaufen, musste er Madison nicht nur davon überzeugen, ihn einzustellen, sondern dies auch auf der Stelle zu tun, noch bevor er seinen Abschluss in der Tasche hatte. So etwas war noch nie da gewesen. Aber wenn Madison ihn fallen ließ und er gezwungen war, im Oktober nach Cambridge zurückzukehren, hatte er den Wettlauf um das Erbe des Vaters bereits verloren, bevor er überhaupt an den Start gegangen war.

## 6.

Durch die Glastür am Ende des Raumes betrat Luigi das Zimmer. Er tauschte ein paar Beleidigungen mit den Italienern aus, die auf fester Gehaltsbasis arbeiteten und hauchte der Sekretärin, die er derzeit zu verführen suchte, einen Kuss zu. Dann knallte er einen Becher Kaffee und ein Brötchen auf seinen Schreibtisch und starrte zu Matthew herüber.

»Santa Maria!«, sagte Luigi. »Hast du dich in der Zeit vertan, mein Freund? Oder ein Gedächtnisverlust? Ich hoffe, es ist nichts Ernstes. He, was ist das denn?« Luigi hielt den säuberlichen Stapel Kopien, der auf seinem Schreibtisch lag, auf Armeslänge von sich.

»Sieht aus wie Arbeit? Riecht nach Arbeit?«, sagte er und schnüffelte. »Aber außer Matteo ist doch niemand hier?« Luigis Gesicht verfinsterte sich. Er schob ein paar Gegenstände auf seinem Schreibtisch beiseite, kniete sich darauf und sagte, den Blick gen Himmel gerichtet: »*Grazie a Dio!* Ein Wunder ist geschehen, ich bin unwürdig.« Dann stellte er sich wieder auf den Boden und nahm den Stapel ernsthafter in Augenschein.

»Du hast mit Tokio wegen des Handelsüberschusses gesprochen?«

»Ja«, antwortete Matthew. »Die Zahlen sehen enorm aus und liegen weit über dem Konsens, aber der Markt in Tokio scheint es mit einem Schulterzucken abzutun. Unser Berater sagt, wenn man die Daten gründlicher untersucht, handelt es sich vorwiegend um Einzelposten. Es steht übrigens eine ganz brauchbare Zusammenfassung darüber im *Wall Street Journal.*«

Luigi starrte Matthew an, blätterte dann den Stapel bis zum betreffenden markierten Artikel durch und überflog ihn kurz.

»Hmm. Also kein Problem?«

Matthew zögerte einen Augenblick. »Da bin ich mir nicht ganz sicher«, erwiderte er. »Wenn ich die Schlagzeilen richtig deute, scheint die italienische Presse ein wenig erregt.«

Luigi folgte seinem Gedankengang. Nicht die Informationen an sich zählten, sondern die Art und Weise, wie sie interpretiert wurden. Wenn italienische Investoren auf Grund falscher Berichterstattung die falschen Schlüsse zogen, würden sie so lange die falsche Handelsstrategie anwenden, bis ihnen ein Licht aufging. Luigi wandte sich wieder den Berichten in der italienischen Presse zu. Abermals überflog er die Artikel in wenigen Sekunden.

»Interessant. Ich weiß, dass die Banca di Roma ihre knappe Yen-Position bereinigen muss. Bin gespannt, wie sie darauf reagieren.« Luigi meinte damit, dass die Banca di Roma Yen kaufen musste. Wenn sie damit rechneten, dass der Yen stieg, würden sie schnell handeln müssen, bevor der Kurs sich bewegte.

Luigi war ein guter Händler. Er überflog die restlichen Dokumente und griff zum Telefonhörer, den er bis auf ein paar kurze Unterbrechungen bis zum Abend nicht mehr auflegen würde. Im Augenblick überprüfte er Fakten und Beurteilungen und plänkelte mit Händlern und Investoren, um die Stimmung auf dem Markt zu ergründen. Eine Idee führte jeweils zu einem Dutzend neuer Ideen, und wenn Luigi einen interessanten Hinweis witterte, ging er diesem sofort nach. Er sprach kein weiteres Wort mehr mit Matthew.

Der Markt öffnete um 8.30 Uhr. Zu diesem Zeitpunkt saßen die anderen Händler – Anders, Cristina und Jean-Francois – bereits geschäftig auf ihren Plätzen. Alle reagierten ähnlich erstaunt wie Luigi auf Matthews plötzlich erwachten Fleiß. Sie hielten sich jedoch mit Lob zurück, um abzuwarten, wie lange Matthews Arbeitseifer anhalten würde.

Luigi rief die Banca di Roma an und ließ das Gespräch über den Lautsprecher seines Telefons laufen. Nach dem Austausch einiger Scherze gingen die beiden Männer zum Geschäftlichen über.

»He, ihr solltet lieber aus eurer Baisse beim Yen rauskommen. Habt ihr die Handelszahlen gesehen? Wenn euch da keiner rausholt, werdet ihr heute gegrillt.«

»Blödsinn, Luigi«, widersprach der Mann von der Banca di Roma. »Der Yen interessiert uns überhaupt nicht. Wir stecken in keiner Baisse. Und überhaupt – Monatsdaten liegen weder hier noch dort vor. Der Markt in Tokio hat sich kaum bewegt.«

Das sagte Luigi bereits viel. Wenn die Banca di Roma sich tatsächlich nicht um den Yen scherte, wäre der Händler gar nicht weiter auf das Gespräch eingegangen. Jetzt hatte Luigi die Wahl. Er zögerte so unmerklich, dass nur Matthew, der das Gespräch gebannt verfolgte, es zur Kenntnis nahm.

*»Amico mio«*, sagte Luigi, »der Markt hat sich deshalb noch nicht gerührt, weil die Informationen Scheißdreck waren.« Er fasste kurz die Gründe zusammen, weshalb der Yen noch

nicht gestiegen war. »Wenn ihr zu plötzlich versucht, aus eurer Position rauszukommen, werden die Kollegen vom hiesigen Markt euch schlachten. Ihr braucht eure Position nicht sofort glatt zu stellen, die Werte in Tokio und Rom werden diese Woche noch steigen, und weiß der Geier, wo sie Freitag stehen. Ihr müsst nur bedächtig vorgehen und kühlen Kopf bewahren.«

Der Mann von der Banca di Roma schien sich hörbar zu entspannen. Er stellte noch ein paar Fragen zu den Werten vom Vorabend und eine Menge mehr dazu, wie sie aus ihrer Lage herauskommen konnten. Luigi instruierte ihn ausführlich und versprach, den ganzen Tag Verbindung zu halten. Eine andere Leitung klingelte, und er legte auf.

Den ganzen Tag setzte Matthew seinen Ehrgeiz daran, die wesentlichen Fakten aus der Informationsflut herauszufiltern, welche die Bank überschwemmte. Sobald er wichtige wesentliche Neuigkeiten ausgesondert hatte, sorgte er dafür, dass sein mit wachsender Hektik arbeitendes Händlerteam die Fakten rasch und präzise auf den Tisch bekam. Er war so vertieft, dass er bis 11.30 Uhr noch kein einziges Mal Kaffee besorgt hatte. Luigi quittierte diese Tatsache damit, dass er sein halb gegessenes Brötchen aus dem Papierkorb fischte und Matthew zielsicher an den Kopf warf.

»Du bist immer noch für das Kaffeeholen zuständig.«

Um 17.30 Uhr schloss die Börse. Die Hektik, die sich neun Stunden über London gelegt hatte, schwappte weiter nach New York. New York würde das Staffelholz an Chicago und San Francisco weiterreichen. Dann würde der Stab von der Westküste nach Tokio und von dort kurze Zeit später an Hongkong und Singapur weitergegeben. Die Asiaten würden eine lange, einsame Wache halten, bis die Sonne über ihren Kontinent hinweggezogen war und die europäischen Händler wieder erwachten, um sich erneut in das endlose Spiel zu stürzen.

Matthew half seinen Händlern am Ende des Tages beim Aufräumen und vergewisserte sich, dass jeder Vorgang säuberlich dokumentiert und mit einer vollständigen, leserlichen Handelsnotiz versehen war. Dank seiner Hilfe war Matthews Team eine Viertelstunde nach Börsenschluss mit dem Papierkram fertig, während die anderen Händler noch fluchend mit der Zettelwirtschaft auf ihren Schreibtischen kämpften.

Luigi eilte zu einer Dinnerverabredung. So behauptete er jedenfalls. Die rüden Kommentare, die ihm Anders und Cristina hinterherschickten, ließen allerdings darauf schließen, dass sämtliche Aktivitäten, die er in den anderthalb Stunden bis zum Dinner verrichten würde, vermutlich im Liegen und nicht von ihm selbst ausgeführt würden. Matthew passte Luigi ab, bevor dieser davoneilte.

»Ich würde dich gern etwas fragen. Wieso hast du den Typ von der Banca di Roma heute morgen nicht klargemacht? Er wäre bestimmt darauf reingefallen.«

»Matteo, Matteo«, sagte Luigi und tätschelte ihm die Wange. »Wenn er heute Morgen schon aus seiner Position herausgegangen wäre, hätte er versucht, seine Abschlüsse auf so viele Banken wie möglich zu verteilen. Wir hätten ihn alle klarmachen können, aber so fühlt er sich viel besser. Wie die Dinge standen, hat er mir vertraut. Ich habe heute etwa sechzig Prozent seiner Abschlüsse zu einem für beide Seiten fairen Kurs getätigt. Er ist mir dankbar, weil er heute Morgen Bammel hatte und ich ihn nicht hängen gelassen habe. Die Banca di Roma macht 'ne Menge gute Geschäfte, und im Augenblick lieben sie mich. Signor Matteo, man kann einen Batzen Geld damit machen, Leute über den Tisch zu ziehen, aber das funktioniert immer nur einmal. Biete deinen Kunden guten Service, und sie kommen wieder.«

Luigi stapfte los zu seiner »Dinnerverabredung«. Nach ein paar Schritten drehte er sich noch einmal um. »Und man kann nie wissen. Wenn du deine besten Kunden nur einmal im Jahr über den Tisch ziehst, sind sie vielleicht zu dumm, es zu bemerken«, fügte er augenzwinkernd hinzu.

## 7.

Ichabod Bell begrüßte Zack mit einem Glas Sherry.
»Habe beschlossen, das ganze Theater um Kohle zu ignorieren. Ich will verflucht sein, wenn ich dir einen einzigen alten griechischen Millionär nennen kann, aber mir fallen eine Menge brauchbarer Philosophen ein, die noch immer Kredit haben. Du willst also eine Buchhalterkarriere einschlagen? Nein? Ach, ich Dummkopf, hätte ich beinahe vergessen. Ist auch besser so. Zu aufreibend, keine guten Pensionsvoraussetzungen. Was macht das Rudern?«

»Ich habe mich in den letzten zwei Wochen mit nichts anderem beschäftigt. Darf ich jetzt erfahren, warum?«

Ichabod ignorierte seine Frage.

»Lass uns zum Dinner gehen. Du musst unbedingt den Wein probieren. Der Abend dient der Spendenbeschaffung, und der Dekan lässt nur das Beste auftischen.«

Oben, in dem mit sechshundertjähriger Eiche getäfelten Speisesaal, nahm Zack seinen Platz zwischen einem Geschichtsdozenten, den er aus seiner Studienzeit in guter Erinnerung hatte, und einem gewissen Sir Robert Grossman ein, dessen Name zwar eine Glocke in ihm anschlug, ihm aber weiter nichts sagte.

Nachdem jedermann Platz genommen hatte, erhob sich der Kaplan.

»Surgete«, sagte er auf Latein und bedeutete der Gesellschaft mit den Händen, sich zum Tischgebet zu erheben. Alle leisteten seiner Aufforderung Folge, außer Ichabod, der glühender Atheist war. Ein endloses Gebet auf Latein folgte.

Zack nahm – wie die meisten anderen – die Gelegenheit wahr, die Menükarte auf seinem Teller zu studieren. Forelle, Roastbeef, Mousse au Chocolat, Käse. Die Speisefolge klang nicht übel, aber Zack wusste, dass College-Küchen der traditionellen britischen Küche huldigten. Die Vorstellung des Kochs von einem luxuriösen Braten beschränkte sich vermutlich darauf, ein wenig Wein in den Bratenfond zu kippen. Das Gemüse würde zu Brei zerkocht, der Braten bis zum Zerfallen gegart sein. Wenigstens der Wein versprach erstklassig zu werden.

Die beiden ersten Gänge wurden bei angenehmem Geplauder mit dem Geschichtsdozenten verspeist, der Zack auf den neuesten Stand der Collegepolitik und der Skandale brachte. Nachdem die Teller abgeräumt waren, wandte Zack sich dem Tischpartner zu seiner Linken zu, der sich gleichfalls zu ihm hinüberneigte.

»Nun, junger Mann, genießen Sie den Wein?«

Zack hasste nichts mehr, als gönnerhafte alte Narren, aber heute Abend zeigte er sich von seiner besten Seite.

»Der Wein ist hervorragend«, erwiderte er, und dann – ein Häppchen seiner zweiwöchigen Recherchen war ihm soeben wie ein Silberpenny in den Schoß gefallen – fügte er hinzu: »Erinnere ich mich recht, dass Sie für den College-Achter gerudert sind?«

Grossman sprang sofort darauf an.

»Aber gewiss doch! Ich war Mannschaftskapitän. Hatten ’ne verdammt gute Saison. Sie rudern auch? Der großartigste Sport der Welt, wenn Sie mich fragen. Kompliment, dass Sie sich an meinen Namen erinnern. Obwohl, ich genieße immer noch einen gewissen Ruf.«

Rudern war die große Leidenschaft in Grossmans Leben. In Oxford war er nicht clever genug gewesen, sich auf akademischer Ebene einen Ruf zu verschaffen, und nicht gut aussehend genug, auf romantischer Basis Erfolg zu haben. In einer Welt voller herausragender Talente hatte Grossman sich als

Außenseiter gefühlt. Bis er das Rudern entdeckte. Der Rudersport verschaffte ihm Freunde und eine Aktivität, bei der er sich hervortun konnte. Zumindest in seiner Erinnerung war Oxford eine Abfolge strahlender Vormittage und goldener Nachmittage, Wettkampftriumphe und Niederlagen, Saufgelage, Kotzereien und Gesang gewesen.

Zack überließ seinen vorherigen Gesprächspartner sich selbst, während Grossman wie ein Rennkommentator weiterratterte. Während des gesamten Dinners unterhielt er sich mit Zack übers Rudern, verschiedene Techniken, Rennstatistiken, Konkurrenten und Anekdoten. Zack verfügte über ein fotografisches Gedächtnis, und seine zweiwöchigen Recherchen kamen ihm nun zugute. Pudding, Käse, Wein und Port lösten sich ab, und der Abend driftete in zunehmende Alkoholseligkeit dahin. Ruderer waren offensichtlich standfeste Trinker.

Als es Zeit war, sich zu einer Zigarre und weiteren Drinks nach unten zu begeben, nahm der Dekan Grossman schweigend beim Ellenbogen. Zeit für einen kleinen Plausch über undichte Dächer und offene Forschungsstipendien. Grossman verstand den Hinweis und stapfte, nicht ohne noch ein paar letzte Sätze in Zacks Richtung abzufeuern, im Kielwasser des Dekans davon. Während sie nach unten gingen, schnappte Zack sich Ichabod.

»Okay, jetzt habe ich zwei Stunden lang ohne Unterbrechung übers Rudern gequatscht und weiß immer noch nicht, warum. Wer ist dieser Grossman überhaupt? Ich warne Sie, ich sterbe schon vor Langeweile.«

Ichabod grinste. »Ich wusste, er wird dir gefallen.«

Zurück im Dozentenzimmer, bedienten sie sich mit Zigarren und Alkohol. Zacks Kopf drehte sich. Er schlürfte Wein im Wert von zwanzig Pfund das Glas, was ihm zwar gefiel, nur nahm er das Bouquet kaum noch wahr.

»Grossman ist dein künftiger Arbeitgeber«, verkündete Ichabod. »Vizepräsident bei Coburg's, du weißt schon, die

Handelsbank. Sein Stern verblasst dort zwar allmählich, aber er ist immer noch ein hohes Tier. Der langweiligste Ruderfanatiker, den ich je erlebt habe –, und du kannst mir glauben, dass ich einige kennengelernt habe. Ich werde nie kapieren, wieso die ewigen Zweiten im Geschäftsleben immer oben schwimmen. Muss erstaunlich einfach sein.«

Zack blickte den freundlichen Dozenten in seiner Cordsamtjacke an. Bells finanzieller Scharfsinn reichte gerade so weit – jedenfalls in der Regel –, sich an den Verbleib seiner Brieftasche zu erinnern. Es war schwer, ihn sich als internationalen Mogul vorzustellen. Die beiden schwatzten noch eine Weile. Dann kam der Dekan mit Grossman zurück ins Dozentenzimmer. Der Dekan blickte ernst und gemessen drein, während Grossman vor Vergnügen strahlte. Der Dekan besaß die glückliche Gabe, Leuten einen Batzen Geld aus der Tasche zu ziehen und ihnen dabei das Gefühl zu vermitteln, sie hätten in der Lotterie gewonnen.

Ichabod ließ Zack stehen und ging hinüber zu Grossman. Zack fühlte zwei Paar Augen auf sich ruhen, während er sich in eine Unterhaltung mit seinem Geschichtsprofessor vertiefte. Später, als die Gäste sich in der warmen Sommernacht zerstreuten, kam Ichabod mit einem sichtlich betrunkenen Grossman zu Zack.

»Du musst doch auch nach London, nicht wahr? Vielleicht könnte Sir Robert dich mitnehmen?« Grossman und Zack tauschten ihre Adressen aus und stellten fest, dass sie nur drei Blocks voneinander entfernt wohnten. Der Handel war rasch besiegelt, und Zack glitt in der chauffeurgesteuerten BMW-Limousine Grossmans aus Oxford heraus. Soweit es überhaupt möglich war, war Grossman betrunken noch langweiliger als beschwipst, und Zack musste einen weiteren Anekdotenhagel über sich ergehen lassen, wobei meist die Pointe fehlte und Zack einige der Geschichten bereits beim Dinner gehört hatte. Irgendwann gelang es Zack, sein Ruder einzutauchen, und er erwähnte beiläufig, dass er auf der Suche nach einem Job im Bereich der Unternehmensfinanzierung sei, vorzugsweise bei einer renommierten britischen Bank.

Grossman musterte den jüngeren Mann.

»Unternehmensfinanzierung, hm? Du bist genau der Typ Mitarbeiter, nach dem wir immer auf der Suche sind. Ich bin bei Coburg's Vizepräsident.«

Zack bemühte sich, überrascht dreinzuschauen.

»Coburg's? Tatsächlich? Die Bank habe ich schon immer bewundert. Ich hatte gehofft ...«

»Willst an Bord kommen, was? Nun, dann schau mal zum Vorstellungsgespräch vorbei. Ich bin sicher, du wirst dich bewähren«, sagte Grossman schleppend. »Ich bin ein erstklassiger Menschenkenner, musst du wissen, und ich habe dich heute Abend beobachtet.« Zack war Zeuge gewesen, dass Grossman während des Dinners beinahe drei Flaschen Wein konsumiert hatte, nicht zu reden vom Sherry und Port vorher und danach, und wie er dabei ohne Punkt und Komma geredet hatte. Wie mochte der Kerl wohl sein, wenn er gerade niemanden beobachtete? Zack hatte keinen Schimmer. »Und übrigens«, fügte Grossman hinzu, »dieser Bell mit dem eigenartigen Vornamen ...«

»Ichabod. Ichabod Bell.«

»Genau. Itchy Bell. Der Junge hat mir erzählt, dass du einer seiner besten Studenten warst. Hat mich kein bisschen überrascht. Hab' gleich gewusst, dass du Köpfchen hast. Na, wie dem auch sei, komm zum Interview zu Coburg's. Ich sag' denen, sie sollen ein Auge auf dich haben.«

Und das tat er. Als Zack bei Coburg's anrief, wusste der Mann in der Personalabteilung bereits Bescheid. »Ach, ja, Sie sind der Freund von Grossman«, sagte er und vereinbarte sofort einen Termin für Zacks Vorstellungsgespräch, das eigenartig, beinahe unwirklich verlief. Ihm wurden die üblichen Fragen gestellt, doch alle Beteiligten wussten, dass das Wesentliche bereits beschlossene Sache war. Zwei Wochen nach dem Dinner mit Grossman erhielt Zack seinen Arbeitsvertrag. Der Posten war mit siebenundzwanzigtausend Pfund pro Jahr plus Provision dotiert. Peanuts, natürlich. Weniger als die Miete für seine Wohnung. Aber das war nicht der Punkt.

Der Punkt war, dass er es geschafft hatte. Er war drin. Er war stolzer Besitzer eines Saisontickets in die City of London, dem Zauberwald, in dem Geld wahrhaftig an Bäumen wuchs.

## 8.

Weißt du, worüber Josie mit uns reden will?«, fragte Matthew.

»Keine Ahnung«, sagte Zack. »Vielleicht will sie Mum mal für einen Abend entfliehen. Ich würde jedenfalls durchdrehen. Diese triste kleine Bude, und dann Mum, die die ganze Zeit heult.«

»Arme Mum. Das Testament hat sie schwer mitgenommen. Ich sollte eigentlich mal bei ihr vorbeischauen, aber im Moment arbeite ich von morgens bis abends.«

»Hmmm«, brummte Zack, der seinen Job bei der Steuerkanzlei gerade aufgegeben hatte und auf seinen Antrittstermin bei Coburg's wartete. Doch trotz seiner augenblicklichen Muße hatte er die unglückliche Mutter nicht einmal angerufen. Die beiden Brüder schwiegen; die Stille wurde nur vom Verkehrslärm unterbrochen, der von der Camden Street heraufdrang. »Wo steckt George eigentlich?«, wechselte Zack das Thema.

»Keine Ahnung. Niemand weiß, wo er abgeblieben ist. Josie hat unzählige Nachrichten auf seinem Anrufbeantworter hinterlassen. Aber entweder ist er nicht da, oder er will nicht zurückrufen.«

»Ich frage mich, was er treibt. Wenn er seinen bisherigen

Lebenswandel beibehalten will, muss er sich jedenfalls einen Job suchen.« Das stimmte tatsächlich. Georges Playboyleben war von den großzügigen Spenden des Vaters finanziert worden. Ohne Geld kein Jetset mehr.

»Bei ihm weiß man nie. Vielleicht hat er einen seiner Milliardärsfreunde überreden können, ihm 'ne Million zukommen zu lassen. Im Gegensatz zu uns war er Meister darin, Dad das Geld aus der Tasche zu ziehen.«

Zack zuckte mit den Schultern. »Deswegen brauchen wir uns keine grauen Haare wachsen zu lassen. George würde eine Million innerhalb von ein paar Monaten durchbringen.«

Die beiden Männer lachten. Sie brauchten sich keine Sorgen zu machen, dass George seine Million auftreiben würde. Zack war der cleverste der Brüder, Matthew der entschlossenste. Aber George war weder besonders gerissen noch allzu fleißig. Die beiden Brüder hatten immer mit einem gewissen Neid auf die Leichtigkeit reagiert, mit der George dem Vater das Geld aus der Tasche zog. Nun hatten sie Gelegenheit, es ihm heimzuzahlen. Zack wusste, dass Matthew sein einziger ernst zu nehmender Rivale war, und umgekehrt war es ebenso. Die beiden Männer musterten sich mit wachsamen Blicken.

Die Türglocke ertönte, und Zack erhob sich rasch. »Das wird sie sein. Mach du die Tür auf, ich bereite ihr einen Drink zu.«

Matthew öffnete und glaubte eine Fremde vor sich zu sehen. Es war zwar Josie, aber in einem völlig neuen Erscheinungsbild. Sie trug ein marineblaues Kleid und eine weiße Baumwollbluse. Ihr einziger Schmuck bestand aus einem schmalen Goldkettchen, und das dunkle, natürlich gelockte Haar war zurückgenommen und hochgesteckt. Noch vor wenigen Wochen war Josephine ein schlankes, hübsches und lebhaftes junges Mädchen mit einer Leidenschaft für das Tanzen und für Partys gewesen. Jetzt wirkte sie auf einmal geschäftstüchtig, strebsam und seriös. Möglicherweise zum ersten Mal in ihrem Leben zeigten ihre Mundwinkel nicht nach oben.

»Jesus, Josie«, murmelte Matthew. »So schnell?«

»Ja, ich hatte Glück. Ich habe den letzten Platz in der Cavendish-Sekretärinnenschule bekommen und gehe seit einer Woche hin. Es läuft ganz gut.«

»Und dieses Zeug, das du trägst? Von Marks & Spencer, nehme ich an?«

»Ja. Ich hätte nie gedacht, was man für fünfhundert Pfund alles kaufen kann. Wie du siehst, bin ich völlig neu eingekleidet.«

Sie deutete eine halbherzige Drehung an, als wollte sie ihr neuestes Partykleid vorführen.

»Es ist nicht fair, Josie. Ehrlich nicht.«

Sie schaute zur Seite, damit Matthew das gefährliche Funkeln in ihren Augen nicht bemerkte.

»Viele Möglichkeiten hatte ich nicht, stimmt. Aber eine Menge Mädchen schlagen sich so durch.«

Matthew breitete tröstend die Arme aus, aber sie schob ihn sanft beiseite. Hätte sie seine Umarmung geduldet, wäre sie in Tränen ausgebrochen, und sie war nicht hergekommen, um zu weinen. Im Wohnzimmer nahm sie erleichtert einen Gin Tonic. Unter Zacks finsterem, unbehaglich prüfendem Blick streckte sie die Beine auf seinem gläsernen Sofatisch aus.

»Marks & Spencer, was?«

»Genau.«

Zack nickte nur wissend. Josie konnte förmlich spüren, wie er das Gesehene in seinem Hirn speicherte und ad acta legte. Dann ging er zur Offensive über.

»Nun, Josie, wirst du uns verraten, warum du uns zusammengetrommelt hast, oder sollen wir raten?«

»Ich glaube nicht, dass es da viel zu raten gibt«, erwiderte sie und bemühte sich, ihrer Stimme einen festen Klang zu verleihen. »Mummy steht unter Schock. Selbst nach einem Monat ist sie noch depressiv und zeigt keine Anzeichen der Besserung. Wir müssen etwas unternehmen.«

»Sie muss mal raus«, warf Zack ein. »Sich einen Job suchen.«

»Wie denn? Maschine schreiben kann sie nicht mehr, und etwas anderes hat sie nie gelernt.«

»Ach komm schon. Wir wissen doch alle, dass sie noch tippen könnte, wenn sie nur wollte. Sie könnte alles Mögliche tun, wenn sie sich ein bisschen zusammenreißen würde.«

»Zack! Sie ist in einem erbärmlichen Zustand. Sie hat einiges durchgemacht.«

»Und was schlägst du vor? Sollen wir ihr abwechselnd Schlaflieder singen?«

Josie drohte der Geduldsfaden zu reißen, obwohl sie damit gerechnet hatte, dass Zack es ihr nicht einfach machen würde.

»Ich sage, dass sie Hilfe braucht. Von uns allen. Und zwar sofort.«

Zack schnaufte verächtlich, warf sich im Sessel zurück und überließ es seinem Bruder, die Unterhaltung in gemäßigterem Tonfall fortzuführen.

»Und was hast du dir dabei vorgestellt?«, fragte Matthew sanft.

»Mum hat sich darauf verlassen, dass sie es nach der Testamentseröffnung leichter hat. Dad hat sie im Stich gelassen. Das heißt nicht, dass wir es genauso halten müssen. Wir können uns alle Arbeit suchen. Ich hoffe, dass ich einen Job finde, sobald mein Kurs beendet ist. Dann kann jeder von uns einen festen Betrag für Mums Unterhalt beisteuern. Und wir könnten zusammenlegen, damit sie irgendwo eine würdigere Bleibe findet. Da, wo wir jetzt wohnen, hat sie sich nie wohl gefühlt.«

»Sie ist verdammt gut in der Lage, arbeiten zu gehen«, zischte Zack.

»Ach ja? Woher weißt du das? Wann hast du sie das letzte Mal gesehen?«

Matthew griff abermals besänftigend ein.

»Bist du mal mit ihr beim Arzt gewesen? Vielleicht kann man sie mit Medikamenten von ihren Depressionen befreien?«

»Ja, ich war mit ihr bei einem Arzt«, erwiderte Josie, immer noch aufgebracht. »Er hat sich drei Minuten Zeit für sie genommen und ihr anschließend Prozac verschrieben, mit dem Ergebnis, dass sie nicht mehr schlafen kann oder Albträume hat. Wenn ich noch mal mit ihr zu einem Arzt gehe, dann zu einem Privatspezialisten, für den wir bezahlen müssen.«

Matthew verstummte. Der Gedanke, die Mutter einfach ihrem Schicksal zu überlassen, verursachte ihm Unbehagen, aber ebenso wenig behagte ihm die Vorstellung, etwas von seinem Geld anzubieten, bevor Zack sich dazu bereit erklärte. Zack, der sich bis dahin lässig im Sessel geflegelt und seinen Whisky hin und her geschwenkt hatte, schnellte auf einmal alarmiert nach vorn.

»Nein«, sagte er.

»Nein? Was soll das heißen, nein?«

»Das heißt nein, Josie. Ich habe drei Jahre Zeit, eine Million Pfund zu verdienen. Und ich denke nicht daran, mir den Arsch aufzureißen, um am Ende das Ziel um ein paar Pfund zu verfehlen, nur weil Mum zu faul ist, selber arbeiten zu gehen.«

»Das hat nichts mit Faulheit zu tun!«

»Wie würdest du es denn nennen? Wenn man solchen Leuten erst einmal nachgibt, wollen sie immer mehr und mehr.«

»Solchen Leuten? Zack! Sie ist unsere Mutter!«

»Dabei besteht überhaupt kein Grund, sich wegen Geld den Kopf zu zerbrechen. In drei Jahren wird sie anständig versorgt sein. Entweder bekommt einer von uns das Geld, in welchem Fall er sich auch um sie kümmern wird. Oder keiner von uns gewinnt, was trotzdem bedeutet, dass wir zusammen genug Geld haben werden, Mum zu unterstützen. Es gibt also überhaupt kein Problem.« Zack blickte Matthew an, der zustimmend nickte. »Und ich bin sicher, George ist derselben Meinung. Also hör auf, dir den Kopf zu zerbrechen.«

»Aber sie braucht *jetzt* Hilfe.«

»Josie, sieh mal. Du bist im Testament sowieso nicht eingeschlossen. Also kannst du genauso gut erst mal dein Gehalt dazu verwenden, dich um Mum zu kümmern. Schließlich kann man nicht behaupten, dass sie übermäßig viel isst oder Unmengen für Kleidung und dergleichen benötigt. In drei Jahren zahlen wir dir alles zurück. Und wenn es mal knapp wird, kannst du immer noch eine Hypothek auf das Haus aufnehmen. Jesus, in drei Jahren lachen wir über diese Probleme. Dann schicken wir dich wieder zur Schule, und du kannst dein Penny-Outfit in den Müllschlucker stopfen.«

Josephine war außer sich. Mit zitternden Händen stellte sie ihren Drink auf den Tisch und erhob sich.

»Zu deiner Information, dieses Penny-Outfit beabsichtige ich zu tragen, wenn ich anfange, mir meinen Lebensunterhalt zu verdienen. Und wenn du dir einbildest, ich würde Mummys Haus belasten, auf den Verdacht hin, dass einer von euch drei Babys in den nächsten drei Jahren den großen Preis gewinnt, musst du verrückt sein. Und wenn du außerdem glaubst, es sei in Ordnung, sie jetzt, wo sie euch am nötigsten braucht, einfach im Stich zu lassen, musst du vollkommen den Verstand verloren haben.«

Zack erwiderte nichts, doch in seinem Gesicht spiegelte sich Verachtung.

»Matthew, sag du es ihm«, appellierte Josie an ihren Bruder.

Matthew hatte sich wie ein Fünfjähriger auf seinem Sessel

zusammengekauert, in der Hoffnung, sich unsichtbar zu machen. Er besaß weder den aggressiven Egoismus seines Bruders Zack, noch verfügte er über Josies warmherzigen Gerechtigkeitssinn. Er schluckte und schüttelte nur stumm den Kopf.

»Zum Teufel noch mal, ihr zwei! Sie ist doch nicht irgendeine übergeschnappte alte Kuh, sie ist eure Mutter!«

Zack beugte sich vor und öffnete den Mund. Die beiden anderen wussten, was er dachte, nämlich, dass sie sehr wohl eine übergeschnappte alte Kuh *und* ihre Mutter sei. Josephine machte Anstalten, ihr Glas nach ihm zu werfen, wenn er es aussprechen würde. Doch Matthew kam den beiden rasch zuvor. »Josie, natürlich ist sie unsere Mutter. Aber Zack hat auch Recht. Es macht keinen Sinn, wenn wir jetzt alle unser Geld oder unsere Zeit in Mum investieren, wenn das dazu führt, dass wir Gradley Plant Heir und all das übrige Vermögen verlieren. Jeder von uns ist besser dran, wenn wir dafür sorgen, dass Dads Geld in der Familie bleibt, statt irgendeinem Wohltätigkeitsverein in die Hände zu fallen.«

»Ihr wollt also kooperieren? Das Geld, das ihr am Ende der drei Jahre verdient habt, zusammenlegen oder Dads Vermögen in vier Teile aufteilen?«

Die Frage war an beide gerichtet, aber Matthew überließ die Antwort Zack. Doch dessen Schweigen war unerbittlich.

»Und? Was passiert jetzt?«, fragte Josie.

»Nun, ich nehme an, die nächsten drei Jahre werden hart«, antwortete Matthew. »Für jeden von uns. Aber wir müssen an die Zukunft denken. Und Zack hat Recht. Du willst doch nicht für den Rest deines Lebens Sekretärin bleiben. Du brauchst eine Möglichkeit, da wieder rauszukommen.«

»Ich brauche eine Möglichkeit, da herauszukommen?«, wiederholte Josie abwesend. »Die Antwort lautet also nein? Keine Hilfe von euch? Nichts?«

»Natürlich werden wir tun, was wir können.« Matthew

blickte Zack an, der sich einen weiteren Whisky einschenkte und nicht aufschaute.

»Realistisch gesehen, wird das nicht viel sein. Aber wir werden tun, was wir können.«

»Ich verstehe.«

Josephine stellte ihren Drink wieder ab. Ihre Hände hatten zu zittern aufgehört. Sie nahm ein Kunstobjekt vom Glastisch, der vor ihr stand, und drehte es in den Händen. Das Objekt stellte einen in Bronze gegossenen Rennwagen dar, der auf einem polierten Granitsockel ruhte, und war ein Geschenk von Bernard Gradley an Zack gewesen. Der hatte das Ding zwar nie gemocht, sich aber auch nicht dazu entschließen können, es fortzuwerfen. Josie betrachtete es. Das Stück erinnerte sie an die Bemühungen ihres Vaters, Liebe mit Geld zu erkaufen, und wie kläglich ihm diese Bemühungen misslungen waren. Liebe erkauft Liebe. Geld erkauft Geld.

Josie streckte die Hand aus und ließ den Gegenstand fallen. Er landete krachend in der Mitte des Glastisches und hinterließ zwei diagonale Sprünge, die von einer Ecke zur anderen verliefen und den Tisch in vier Stücke teilten. Die Hälfte der Platte glitt vom Sockel und zerbrach auf dem Teppichboden. Die verbleibenden Stücke der Platte verharrten mit abstehenden Spitzen auf ihrem Sockel. Der Rennwagen lag auf dem Boden, umgeben von Scherben.

»Wie bedauerlich«, sagte sie und ging.

## 9.

Wo war George, und was hatte er vor? Fragen, die George sich selbst gerade stellte. Er befand sich irgendwo in Cornwall, soviel wusste er. Sein Wagen parkte abseits einer Nebenroute der A 30, unweit von Bodmin Moor.

Es war spätabends Mitte August, und George beobachtete,

wie der letzte Hauch des Tageslichts sich vor der aufziehenden Sternennacht zurückzog.

Irgendwo im Inneren des Wagens summte ein Insekt, das George wohl erst unschädlich machen würde, wenn es ihn stach. Er stellte den Sitz so weit wie möglich zurück, was nicht allzu viel brachte. Ein Lotus Esprit ist nicht für stämmige Männer konstruiert, die ihn zum Campen zweckentfremden, was George zum wiederholten Male feststellen musste. Sein Versuch, in einem Zelt zu übernachten, hatte sich als Fiasko erwiesen, aus dem er in einer stürmischem Sommernacht völlig durchnässt und frustriert hervorgegangen war. Seither zog er das enge Innere seines Wagens jedem noch so geräumigen Zelt vor.

Er schloss die Augen, in der irrigen Hoffnung, dass dies zwangsläufig zu Schlaf führen würde. Es funktionierte nicht. Seine Beine sandten ihm eine Nachricht, die er jede Nacht zu ignorieren suchte, aber es hatte etwas mit Schalensitzen und Federbetten und deren jeweiligen Vor- beziehungsweise Nachteilen zu tun. Irgendwo draußen kreischte ein Tier. George erinnerte sich an ein Video, das er gesehen hatte, und das von einem Puma handelte, der angeblich im Bodmin Moor herumirrte und offenbar immer noch frei herumlief. Würde ein Puma einen Lotus angreifen? George kurbelte vorsichtshalber das Fenster hoch.

Während er sich im Sitz zurückfallen ließ, begann die Mücke ihre Attacke. Er schlug vergeblich um sich, tastete nach dem Lichtschalter und wedelte bei eingeschaltetem Licht ein, zwei Minuten ziellos mit einer Ausgabe der *Financial Times* herum, die neben ihm auf dem Sitz gelegen hatte.

Die Zeitung in der Hand, blickte er erneut auf die nun schon vertraute Seite mit den Kleinanzeigen. Einige waren mit Kugelschreiber umrandet. Den Rest würde er sich morgen vornehmen, und dann war es schon wieder Zeit für die nächste Zeitung, die nächste Kleinanzeigenrubrik. So würde es weitergehen, bis er seinen letzten Penny ausgegeben hatte und endgültig in seinem Lotus Esprit gestrandet wäre, zu arm, sich einen Liter Benzin zu leisten.

Zack und Matthew mochten über seine Millionärsfreunde spekulieren, aber George kannte die Gesetze des internationalen Jetset besser als sie. Wollte man dazugehören, bezahlte man dafür entweder mit Geld oder mit seinem Körper. George besaß weder das Geld noch den Körper dafür. Sobald die Meute herausfand, dass seine Brieftasche leer war, würde sie ihn abstreifen wie die Kleider der vergangenen Saison. Da zog er sich lieber selbst aus dem Verkehr.

Er warf die Zeitung auf den Boden. Zu Hause auf dem Anrufbeantworter waren drei Nachrichten von seiner Schwester und eine von Kiki gewesen. Er vermisste sie beide.

George knipste das Licht aus und versuchte zu schlafen.

## 10.

Matthew ging durch die Halle der verlassenen Börse. Abgesehen von den roten Ziffern der Digitaluhren an der Wand und dem Flackern der Bildschirme lag der Raum im Dunkeln. Matthew betrat das Büro und schaltete die Lampe über seinem Schreibtisch ein. Er mochte die Dunkelheit und die Stunde der Stille, bevor das Reinigungspersonal um fünf Uhr früh erschien. Nachdem er sich einen Becher schwarzen Kaffee geholt hatte, machte er sich an die Arbeit.

Seit Matthew vor fünf Wochen ernsthaft begonnen hatte zu arbeiten, hatte er eine gewisse Routine entwickelt. Als Luigi um sieben Uhr mit frischem Kaffee erschien, lagen bereits fünf von Matthew vorbereitete Stapel mit detaillierten und sorgfältig recherchierten Informationen für das Team bereit. Anfangs wurden die Stapel als willkommener Luxus betrachtet, inzwischen waren sie schon zur Selbstverständlichkeit geworden. »Das Evangelium des Matthäus«, wie Luigi es zu bezeichnen pflegte.

Die fiktive Lira, die Matthews Fortschritte in Luigis Augen bezeichnete, hatte nun beinahe den Stand des Dollar erreicht. In der Praxis bedeutete dies, dass Matthew mit Gewissheit davon ausgehen konnte, dass Luigi zu seinen Gunsten stimmen und Madison's ihm nach Beendigung seines Abschlusses eine Festanstellung anbieten würde. Aber das war nicht genug. Ihm blieben drei Jahre, eine Million Pfund zu machen, und er beabsichtigte nicht, auch nur ein Jahr mit dem Studium der Wirtschaftswissenschaften zu vertrödeln.

Matthew brauchte einen Job, und er brauchte ihn jetzt. Später an diesem Tag stand ein Gespräch mit Brian McAllister an. McAllister, Sohn eines LKW-Fahrers aus Glaswedge, regierte die Devisenabteilung mit ruhiger Stimme und allwissendem Blick. Angeblich kannte er den Markt jedes einzelnen Händlers besser als die Händler selbst. Wie die meisten seiner Kollegen war auch er bereit, auf der Suche nach hohen Profiten Risiken einzugehen. Was seltener vorkam: Er war ebenfalls bereit, auf ein Risiko zu verzichten, wenn er es für zu waghalsig hielt. Es gab viele Leute, die höhere Gewinne erzielten als McAllister, aber niemand machte geringere Verluste.

Matthews Schicksal hing von McAllisters Urteil ab. Ein Berufungsgericht würde es nicht geben.

Kurz nach neun Uhr kam Luigi an seinem Schreibtisch vorbei. »Na, Matteo, wie steht die Lira denn heute?«

Matthew gab vor, seinen Monitor zurate zu ziehen. »He, Luigi, stell dir vor, die Lira entspricht exakt einem Dollar.«

»Und wie hoch ist der italienische Schuldenberg?«

Matthew drückte auf ein paar Tasten der Computertastatur. Eine neue Maske leuchtete auf. »Na, schau dir das an. Rupert Murdoch hat soeben für zig Milliarden Dollar die italienische Regierung aufgekauft. Alle Schulden sind getilgt.«

Luigi grinste. »Mal im Ernst, Matteo, Big Mac wird mich

fragen, wieso du auf einmal so arbeitswütig geworden bist, wo du bis vor kurzem der verdammt faulste Sack gewesen bist, der mir je untergekommen ist. Woher sollen wir eigentlich wissen, welchen von beiden Matteos wir uns einhandeln?«

»Mein Dad ist vor sechs Wochen gestorben«, sagte Matthew, der davon bis dahin nichts erwähnt hatte. »Vor fünf Wochen ist mir klar geworden, dass ich mich von jetzt an um mich selbst kümmern muss. Und genau das tue ich.«

Luigi nickte ernst und blickte Matthew prüfend an. »Das tut mir leid, Matteo. Ich hatte keine Ahnung.«

Luigi machte sich auf den Weg zu Big Mac, wie McAllister hinter seinem Rücken genannt wurde.

Die Unterredung dauerte vielleicht fünf Minuten, angesichts McAllisters knapp bemessener Zeit ein langes Gespräch. Matthew trommelte nervös mit den Fingern auf seinen Schreibtisch und vergewisserte sich zum wiederholten Male, dass das Dokument in seiner Jackentasche sich noch an seinem Platz befand. Luigi kehrte zurück, und einer nach dem anderen verschwanden Anders, Cristina und Jean-Francois in McAllisters Büro. Matthew glaubte, dass sie ihm die Stange halten würden. Alle hatten ihm versichert, dass seine Recherchen ihnen im allgemeinen Gerangel des Marktes einen echten Vorsprung verschafft hatten. Die Spekulationsgeschäfte hingen natürlich nach wie vor von ihrem eigenen, täglichen Urteilsvermögen ab, doch Matthew war ihnen eine Hilfe gewesen, und dafür waren sie ihm dankbar.

Jean-Francois kehrte zurück. Er klopfte Matthew auf die Schulter. »Allez«, sagte er mit aufmunterndem Augenzwinkern. Matthew ging in McAllisters Büro. Dieser hatte die dreißigsekündige Unterbrechung zwischen Jean-Francois' Abgang und Matthews Erscheinen genutzt, den Anruf eines Kollegen in Paris entgegenzunehmen. Das Gespräch plärrte über den Lautsprecher auf McAllisters Schreibtisch. Thema der Konversation war offenbar, wie der französische Bondmarkt auf das europäische Gipfeltreffen reagieren würde, das am Tag darauf stattfinden sollte.

McAllister bemerkte Matthews Erscheinen und bedeutete ihm, sich zu setzen. Privatsphäre existierte auf dem Börsenparkett nicht. Unterhaltungen wurden von Büro zu Büro, quer über den Flur geführt. Telefongespräche wurden aufgezeichnet. Pierre d'Avignon, McAllisters Gesprächspartner, hätte nicht einmal mit der Wimper gezuckt, wenn er gewusst hätte, dass jemand ihrem Telefonat zuhörte. D'Avignon stellte McAllister eine Frage, die offenbar mit dem bevorstehenden Gipfel zu tun hatte.

»Interessante Frage«, sagte McAllister mit seinem breiten schottischen Akzent. »Ich werde unseren Analysten veranlassen, ein paar diesbezügliche Recherchen anzustellen und mich morgen wieder bei Ihnen melden.«

»Okay, aber gleich als erstes morgen früh. Bevor der Markt eröffnet.«

»Abgemacht. Gleich als Erstes morgen früh.«

»Und setzen Sie einen Ihrer besten Leute darauf an, McAllister«, sagte d'Avignon. »Wir verfügen augenblicklich über Bondanteile im Wert von fünfhundert Millionen Dollar und wollen schließlich nichts vermasseln.«

»Keine Sorge, ihr kriegt den Besten.«

D'Avignon hing ein. McAllister blickte Matthew an.

»Mitgekriegt?«

»Sie möchten, dass ich die Recherchen übernehme?«

McAllister nickte.

»Klar. Kein Problem«, krächzte Matthew. Er wusste so gut wie nichts über den europäischen Gipfel, von dem d'Avignon gesprochen hatte, aber wenn er jetzt kniff, konnte er sich gleich von seinem Job verabschieden. Der Mund wurde ihm trocken.

»Okay. Dann reden wir morgen, nach Ihrem Gespräch mit d'Avignon, über Ihren Job.«

Matthew war entlassen, hielt McAllisters Blick aber weiterhin fest. Die Augen des Schotten waren blau und durchdringend; es war, als würde man geradewegs in das Antlitz Gottes blicken.

»Da ist noch etwas, das ich Sie gern fragen würde.« Er verstummte. McAllister wartete schweigend. Himmel, war dieser Mann einschüchternd. »Ich will nicht erst meinen Abschluss machen. In den letzten Wochen ist mir klar geworden, dass ich den Börsenhandel mag. Ich glaube nicht, dass ein Abschluss mich zum besseren Händler macht. Ich will hart arbeiten und jetzt damit anfangen – und wenn irgend möglich, hier bei Madison.«

Matthew schwieg, um die Wirkung seiner Worte abzuschätzen, doch McAllisters Gesicht war undurchdringlich. Matthew kam zu dem Schluss, dass er ebenso gut gleich seinen einzigen Trumpf ausspielen konnte und zog einen Brief aus der Jackentasche.

»Mir ist ein Posten bei Coburg's angeboten worden. Eigentlich möchte ich nicht dort arbeiten, sondern hier. Ich weiß so gut wie Sie, dass Madison Coburg's jederzeit in die Tasche stecken könnte und wäre lieber auf der Gewinnerseite. Aber vor allem will ich Börsenhändler werden und jetzt damit anfangen. Und wenn das bedeutet, dass ich bei einer zweitklassigen Firma anfangen muss, werde ich das tun.«

McAllister würdigte den fotokopierten Brief auf seinem Schreibtisch kaum eines Blickes. Matthew hatte den Brief aus Zacks Wohnung mitgehen lassen, an dem Abend, an dem Josie dessen Glastisch zertrümmert hatte. Abgesehen von den Anfangsbuchstaben und dem Namen der Abteilung waren kaum Änderungen nötig gewesen. »Sehr geehrter Mr. Gradley, erfreulicherweise können wir Ihnen eine Stelle als Geschäftsführer unserer Global-Markets-Abteilung anbieten. Wir freuen uns, Sie als Mitarbeiter unseres Unternehmens zu begrüßen und bitten Sie, Ihren Eintrittstermin so bald wie möglich zu bestätigen.« Es folgten noch einige Nebensächlichkeiten. Matthew hatte den gefälschten Originalbrief fotokopiert und mit der Lupe inspiziert. Er war überzeugt, dass die Änderungen nahezu unsichtbar waren.

McAllister tippte flüchtig mit dem Finger auf den Brief und gab Matthew zu verstehen, dass er ihn wieder einstecken könne.

»Unterschätzen Sie Coburg's nicht«, sagte er mit sanfter Stimme. »Die Firma gibt es schon seit über zweihundert Jahren, doppelt so lange wie uns. Wir können uns glücklich schätzen, wenn wir es ebenso lange machen.«

Das Gespräch war beendet.

## 11.

George ließ die kleine Häusergruppe hinter sich. Als sie außer Sichtweite war, lenkte er den Wagen an den Straßenrand, zog seine *Financial Times* hervor und unterstrich eine weitere Rubrik. Sein Vorgehen wurde allmählich lächerlich. Aber er wollte noch zwei Wochen weitermachen – höchstens drei –, danach würde er aufgeben. Dann sollten Zack oder Matthew sich seinetwegen das Vermögen des Vaters unter den Nagel reißen. Er würde sich nach einer Stelle als Packer umsehen, neue Freunde und neue Beschäftigungen finden. Vielleicht könnte er sogar eines Tages wieder die Schulbank drücken, seinen Abschluss nachholen und sich einen anständigen Job suchen. So lebten schließlich die meisten Leute. Aber im Augenblick wollte er es noch weiter versuchen.

Er blickte wieder in die Zeitung. Gissings war der nächste Name auf seiner Liste. Der Laden befand sich in einem Dorf namens Sawley Bridge, irgendwo in der Nähe von Ilkley in Yorkshire. George wählte eine Nummer und wurde zweimal weiterverbunden. Er bekundete sein Interesse und fragte nach vorhandenen Unterlagen, die er einsehen könnte. Ja, es gab Unterlagen; ob man sie ihm zuschicken solle? Sehr gern, erwiderte George, aber es wäre unpraktisch, sie an seine Geschäftsadresse zu senden. Vielleicht könne man sie an das Hotel schicken, in dem er abzusteigen gedachte, das Devonshire Arms nahe Skipton. Das wäre großartig.

Ja, man würde die Unterlagen sogleich losschicken. Ob er schon einen Termin für eine Werksbesichtigung vereinbaren wolle? Nein, danke, er wolle sich erst die Unterlagen anschauen.

George schaltete sein Handy aus. Er war ohnehin unterwegs nach Norden, um sich einen schottischen Laden anzusehen. Er würde bei Devonshire Arms reinschauen, sich für die »Änderung seiner Pläne« entschuldigen und die Unterlagen von dem befremdeten Empfangschef entgegennehmen. Inzwischen besaß er Routine in solchen Dingen. Genau wie er die Kunst entwickelt hatte, immer noch gepflegt und mit respektablem Äußerem aufzutreten, obwohl er überwiegend in seinem zweisitzigen Lotus hauste, unter dessen Motorhaube mehr Platz war als im Kofferraum.

Er blickte wieder auf die Anzeige. Gissings, hm? Besondere Hoffnungen machte er sich nicht, aber er war noch nicht bereit, Kisten zu stapeln.

Lustlos ließ er den Motor an.

## 12.

Erster Schritt: Informationen sammeln.

Matthew durchforschte die Nachrichtendateien der Bank, um sich Fakten sämtlicher europäischen Gipfeltreffen der vergangenen zehn Jahre zu verschaffen; dann druckte er die Meldungen der führenden europäischen Tageszeitungen aus, die sich mit den jeweiligen Auswirkungen der Gipfel beschäftigt hatten. Nachdem er auf eine neue Datei umgeschaltet hatte, holte er die Bondmarktdaten zu den entsprechenden Terminen ein. Zuletzt rief er die Forschungsberichte der wichtigsten Investmentbanken auf und druckte etwa dreißig Berichte von jeweils mehreren Seiten Umfang aus. Diese Datenbank wurde mit fünfundzwanzig Dollar pro Blatt berechnet, und er brachte es in anderthalb Stunden auf eine Rechnung von tausend Dollar. Eine Tatsache, die Matthew ebenso wenig interessierte wie irgendjemand anders. Wo ein einziger Handel, selbst ein winziger, leicht fünftausend Dollar Gewinn oder Verlust für die Bank bedeuten kann, zerbrechen sich nur Verlierer über so etwas wie Kostenkontrolle den Kopf.

Um diese Zeit war es vier Uhr nachmittags. Auf Matthews Schreibtisch türmte sich ein Papierstapel, den zu lesen ihm so gut wie keine Zeit blieb.

Er arbeitete sich durch die Unterlagen. Das Meiste war bedeutungsloser Kram; dazwischen aber befanden sich die Diamanten, die er brauchte. Er überflog Blatt für Blatt und errichtete sich einen kleineren Stapel mit den Meldungen, die er für relevant hielt.

Dann rechnete er ein paar Beträge durch und druckte Grafiken aus. Er checkte die Bond-, Devisen- und Aktienmärkte und teilte die vorhergegangenen Werte in ein Dutzend unterschiedliche Kategorien ein. Wieder und wieder durchforstete er die Zahlen auf der Suche nach einem Muster.

Um elf Uhr abends wusste Matthew, was er sagen würde und wie er es seinen Zuhörern, deren Kenntnisse seine eigenen bei weitem übertrafen, vortragen und begründen musste.

Er holte sich erneut Kaffee und entwarf seine Präsentation. Diese umfasste ein Dutzend Dias sowie fünf Anlagen mit sechzig Grafiken. Zwei weitere Anhänge enthielten einige der interessantesten Statistiken und Forschungskommentare, die er ausgegraben hatte. Mit schweren Schritten ging er hinüber zum Faxgerät. Es war ein Uhr dreißig morgens. Matthew hielt sich seit über zweiundzwanzig Stunden in der Bank auf.

Er schrieb ein Deckblatt und tippte d'Avignons Nummer in das Gerät. Nach ein paar Freizeichen wurde das erste Blatt eingezogen. Matthew ging hinaus, um sich noch einen Kaffee zu holen. Irgendwas stimmte nicht mit dem Automaten, der Kaffee schmeckte nach Metall. Er trank ihn trotzdem.

Als er zurückkam, spie das Faxgerät gerade eine Fehlermeldung aus. In d'Avignons Gerät war das Papier ausgegangen. Bis jemand im Pariser Büro erscheinen und Papier nachlegen würde, war es zu spät, den Bericht durchzuschicken. Verdammt! Matthew versuchte eine andere Faxnummer in der Nähe von d'Avignons Büro. Fünf Seiten glitten langsam durch die Maschine, dann das gleiche Resultat. Verdammt und zugenäht! Es war zwei Uhr morgens. Drei Uhr Pariser Zeit.

Matthew erwägte kurz seine Möglichkeiten. Viele Alternativen blieben ihm nicht. Er ging die Treppe hinunter und winkte ein Taxi vom gegenüberliegenden Stand heran.

»Wohin, der Herr?«, fragte der Fahrer.

»Paris«, antwortete Matthew. »Rue de la Colonne.«

Sie schafften es in sage und schreibe vier Stunden bis Paris, was allerdings nur der irrigen Annahme des Taxifahrers zu verdanken war, dass es auf den französischen »Autoroutes« keine Geschwindigkeitsbeschränkung gebe. Matthew hütete sich, den Mann über den Unterschied zwischen »Autoroutes« und »Autobahnen« aufzuklären und döste im Fond des Wagens vor sich hin, während draußen die ebene französische Landschaft in der Morgendämmerung vorüberzog.

Sie erreichten Paris vor der Rush-Hour und kamen vor dem eleganten Pariser Madison-Gebäude zum Stehen. Matthew wies den Fahrer an zu warten und stürmte hinein.

D'Avignon war erst kurz zuvor eingetroffen. Leicht befremdet, Matthew persönlich vor sich zu sehen, entschuldigte er sich für das leere Faxgerät und bedeutete ihm, sich zu setzen. Matthew reichte ihm die Präsentation, d'Avignon rief McAllister über die Freisprechanlage an, und die Konferenzschaltung begann.

Matthew dirigierte die beiden durch seine Arbeit. Er hatte sich ausgerechnet, dass die Besprechung alles in allem ungefähr zwanzig Minuten dauern würde, wovon er etwa sieben Minuten Redezeit für sich selbst veranschlagt hatte. Auf der Fahrt im Taxi war er seine Einführung ein Dutzend Mal durchgegangen, bis er irgendwann nach der Abfahrt Lille eingenickt war.

Matthew war überzeugt von seinen Schlussfolgerungen. Sämtliche Fakten schienen darauf hinzuweisen, dass der Bondmarkt nach ein paar Tagen des Nachsinnens seine Aufmerksamkeit wieder anderen Dingen zuwenden würde. Er sprach genau sechseinhalb Minuten ohne Unterbrechung. McAllister und d'Avignon überprüften die Unterlagen und stellten ihm lediglich ein paar Fragen zu einzelnen Punkten. Keiner der beiden Händler stellte Matthews Arbeit infrage. Nach einer kurzen Diskussion über die Frage, wie man die Einsätze der Firma am besten platzieren solle, legte d'Avignon auf. Er bedankte sich für Matthews Kommen und bot ihm halbherzig eine Führung durch das Gebäude an, die Matthew ablehnte. D'Avignon stürzte erleichtert davon, um ein Telefonat aus Mailand entgegenzunehmen. Matthew ging hinunter zum wartenden Taxi. Durch den anschwellenden Verkehr kämpften sie sich ihren Weg aus Paris nach Norden, Richtung Calais und weiter nach London.

Zurück an seinem Schreibtisch musste Matthew etliche Seitenhiebe einstecken.

»Fährt zum Frühstück nach Paris und bringt mir nicht mal 'n lausiges Croissant mit«, beschwerte sich Luigi. »Gut, dass ich Big Mac gestern geraten habe, dich zu feuern.«

»*Oui*, das war aber ein verdammt teures Frühstück«, sagte Francois. »Ich glaube nicht, dass die Firma für Taxifahrten außerhalb Londons aufkommt. Ich fürchte, dafür musst du aus eigener Tasche blechen, Matthieu.«

»Die Frage ist, ob ich mir das leisten kann. Big Mac hat mir immer noch nicht gesagt, ob ich den Job kriege.«

Matthew schielte hinüber zu McAllisters Büro, um herauszufinden, ob die Gelegenheit anzufragen günstig sei. Die Tür war geschlossen, das Licht gelöscht. Luigi folgte Matthews Blick.

»Big Mac hat sich Urlaub genommen, Matteo. Er war nur heute Morgen kurz hier. Montag in einer Woche ist er zurück.«

Bis jetzt war Matthew zu müde gewesen, um nervös zu sein, was sich nun schlagartig änderte. Er starrte auf das leere Büro. Noch zehn Tage, bis eine Entscheidung fiel. Zehn Tage, in denen er nicht wissen würde, ob er immer noch dabei war, im Rennen um seine Million, oder bereits bei der ersten Hürde ausgeschieden war.

Angst breitete sich in seinem Inneren aus. Unschlüssig wandte er sich ab. Kaum hatte er sich umgedreht, flog ein Brötchen quer durch den Raum und landete in seinem Nacken. Luigi.

»Wie lange sollen wir eigentlich noch auf unseren Cappuccino warten?«

# HERBST 1998

Herbst in England. Nichts, was es zu berichten gäbe, außer dass die Blätter ihr Grün gerade gegen ein kränkliches Gelb eintauschen, das bald einem stumpfen, unscheinbaren Braun weichen wird. Nach einer kurzen Vorstellung, gemeinhin mit dem euphemistischen Begriff »Farbschauspiel« bezeichnet, fällt das Laub zu Boden, um sich unter den Bäumen zu einem glitschigen, braunen Teppich zu vereinen, auf dem Kinder sich um die glänzendsten Kastanien zanken.

Und in der Zwischenzeit, nach einem verregneten Bankfeiertag im August, der obligatorischen Parade schreiender Kinder und stockenden Verkehrs, nimmt der Himmel eine zementgraue Farbe an.

Zeit, sich endgültig von der Sonne zu verabschieden. Es ist der erste September 1998. Noch 1051 Tage bis zu Bernard Gradleys Stichtag.

## 1.

Guten Morgen, Sir.«

Der in einen roten Mantel gekleidete Türsteher hielt die Eingangstür auf. Zack trat schaudernd ein. Im Zeitalter von Automatik- und Drehtüren beschäftigte Coburg's immer noch einen altertümlichen, in rote Livree gekleideten Lakaien für diesen Job. Das sagte alles. Coburg's ist eine der größten britischen Handelsbanken, aber ihre Glanzzeiten sind lange vorbei. Die großen amerikanischen Banken – Goldman Sachs, Merrill Lynch, Morgan Stanley, Madison, Weinstein Lukes – beherrschen den Globus, während Coburg's, eine Dorfschönheit inmitten von Topmodels, sich an die Vergangenheit klammert und den Fortschritt hartnäckig ignoriert.

Das alles wusste Zack. Er wusste, dass er bei Coburg's nicht zu seinem Vermögen kommen würde. Aber es war das Tor zum internationalen Finanzwesen, dem einzigen Wirtschaftszweig der Welt, wo Millionäre nicht die Ausnahme, sondern die Regel sind. Selbst in Coburg's bröckelndem Imperium konnte Zack den Duft des Geldes wittern. Und er liebte ihn.

Sein Vorgesetzter war ein eitler Pfau namens Fabian Slater, der ihn am Empfang begrüßte und auf einen Schnellrundgang durch die Bank mitnahm. Zack schüttelte unzählige Hände, tauschte Begrüßungen aus und hütete sich, seine Gefühle zu offenbaren. »Meiner Meinung nach ist es am klügsten, wenn man sich ein paar Jahre ruhig verhält und so viel Wissen ansammelt wie möglich«, belehrte ihn Slater. Zack lächelte und schwieg. Er hatte andere Vorstellungen. Er schüttelte weitere Hände, lernte weitere Leute in anderen Abteilungen kennen: Fusion & Akquisition, Eigen- und Fremdkapitalmarkt, Finanzmarkt.

Viel gab es nicht zu sehen. Auf dem Börsenparkett regiert die Atmosphäre des Marktes. An hektischen Tagen, wenn alle Märkte in Aufruhr sind, herrscht hier ein scheinbar undurchdringliches, lärmendes Chaos. Man spürt förmlich die immensen Geldmengen, die lautlos durch den Raum wogen. Aber das war Matthews Welt, nicht Zacks.

Zack gehörte nun der gediegeneren Welt der Finanzberater an. In ihren nüchternen Büros finden sich die Vertreter der weltweit größten Unternehmen ein. Einige kommen, um Gelder aufzunehmen, Millionenbeträge, manchmal gar Milliarden. Andere wollen auf Nummer sicher gehen, sich gegen

Risiken wappnen, von denen es in dieser komplizierten Finanzwelt nur so wimmelt. Wieder andere spielen das schnelle Spiel um schnelles Geld und verlieren. Sie tätigen riskante Einsätze, die sich dank schwachsinniger Paragrafen in den Jahresberichten vor ihren Aktionären verheimlichen lassen. Am interessanten wird es, wenn der aggressive Unternehmertyp auf der Bildfläche erscheint. Angst vor der Konkurrenz? Kauf sie. Ein Auge auf einen Betrieb mit höherem Umsatz geworfen? Schnapp ihn dir. Wenn du meinst, du könntest den Laden von dem Kerl besser schmeißen, kauf ihn auf, wirf ihn raus, oder nimm den Laden auseinander und verscherbel ihn.

Börsenhändler messen ihren Testosteronspiegel daran, wer am lautesten brüllt oder die höchsten Risiken mit dem Geld anderer Leute eingeht. Zack wusste es besser. In der gediegenen Welt der Unternehmensfinanzierung, wo die Banker sich im Flüsterton mit ihren Kunden unterhalten, herrscht ein anderer Testosteronspiegel. Weniger laut, weniger aggressiv, aber gleichermaßen gierig, unbarmherzig und hart.

»Da ist noch jemand, den ich Ihnen vorstellen möchte«, bemerkte Slater in schleppendem Tonfall. »Ein Mädchen namens Sarah Havercombe. Kennen Sie Sarah zufällig? Sie müssten beide zur gleichen Zeit in Oxford gewesen sein, glaube ich.«

»Sarah? Sarah Havercombe? Ja, ich kenne sie.«

Bei Gott, und ob er sie kannte. Er und Sarah hatten in Oxford drei Jahre lang eine stürmische Affäre gehabt. Sie stammte aus einem verdammt guten Stall und war obendrein noch reich. Ihr Vater war Viscount mit Ahnensitz in Devon. Anders als die meisten Aristokratenfamilien hatten die Havercombes ihren Reichtum umsichtig gepflegt und obendrein auch noch vermehrt. Eine Familienbeteiligung an Hatherleigh Pacific, einem Unternehmen in Hongkong, machte sie zu einer der hundert wohlhabendsten Familien des Landes.

»Sarah«, rief Slater, als er auf eine junge Frau zusteuerte, die mit dem Rücken zu ihnen saß. Sie war ziemlich streng in einen rosa Baumwollrock und eine einfache, marineblaue Bluse gekleidet. »Ich wollte dir unseren neuesten Rekruten vorstellen. Ich lasse euch beide mal allein, okay?«

Slater verdrückte sich, während Sarah sich umdrehte und überrascht stutzte. Sie hatte sich kein bisschen verändert. Kurzes brünettes, fast blondes Haar, das von dem unvermeidlichen Stirnband zurückgehalten wurde. Ihr großflächiges, leicht strenges Gesicht war trotz des klaren Teints eine Spur zu einfach, um als schön bezeichnet zu werden. Sie trug nur wenig Makeup, dafür umso mehr Selbstvertrauen zur Schau. Ihre Augen weiteten sich überrascht.

»Sarah! Hi!«, sagte Zack. »Ich wusste gar nicht, dass du hier arbeitest.«

»Nun, dem ist aber so.«

»Das sehe ich. Ich bin gerade dazugestoßen. Vor weniger als einer Stunde, genau genommen.«

»Willkommen an Bord, sollte ich jetzt wohl sagen.«

Zack fühlte bereits die knisternde Spannung, die sich während dieses idiotischen Wortwechsels bemerkbar machte und fragte sich, ob es ihr ebenso erging. Ihre Beziehung war die leidenschaftlichste gewesen, die beide bis dahin gehabt hatten. Leidenschaftlich in sexueller Hinsicht, um genau zu sein. Kaum ein Tag war vergangen, an dem sie sich nicht wenigstens einmal, wenn nicht zwei- oder dreimal geliebt hatten. Doch auch im negativen Sinne war es eine leidenschaftliche Verbindung gewesen. Sie hatten sich ständig gestritten. Außer einem starken Willen hatten sie nichts gemeinsam. Sarah liebte Bälle, Partys, Pferde, Landhäuser. Zack liebte Philosophie, Zynismus und hasste alles, was sie liebte. Sie hatten diskutiert, gestritten und sich geliebt. Alle ihre Freunde waren der Meinung, dass sie nicht zusammenpassten. Ihr Verstand hatte dem zugestimmt, doch sie standen dem überwältigenden gegenseitigen Verlangen ihrer Körper machtlos gegenüber. Erst als Sarah Oxford verließ, hatte die Distanz das Unvermeidliche bewirkt.

»Was gibt's Neues?«, fragte Zack.

»Ich bin verlobt«, antwortete sie. »Du kennst ihn vielleicht. Robert Leighton.«

Sarah klang, als setzte sie voraus, dass Zack wusste, um wen es sich handelte, aber er hatte keine Ahnung und hob fragend die Augenbrauen.

»Er war zur gleichen Zeit wie du in Eton, aber ich nehme an, du erinnerst dich nicht an ihn ... Er ist nett und höflich, mag die gleichen Dinge wie ich. Und er liebt mich.«

Zack hatte die Frage eigentlich nur gestellt, um die wachsende Spannung, die sich sofort zwischen ihnen aufgebaut hatte, zu entschärfen. Doch Sarahs Antwort war recht aufschlussreich. Sie spürte die Elektrizität also auch und knallte ihm ihre Verlobung sozusagen als Verteidigung um die Ohren.

»Das sind ja großartige Neuigkeiten. Ich freue mich für dich. Ich hoffe, dass alles gut läuft mit euch beiden. Ich bin sicher, dass es so ist.«

»Ja. Danke.« Ihre Blicke trafen sich kurz.

»Übrigens, hast du die Kollegen von der Rechtsabteilung schon kennen gelernt?«, fragte sie.

Zack schüttelte weitere Hände und grinste ein neues Grüppchen Leute an. Sarahs Stimme hatte wieder an Festigkeit gewonnen, war freundlich, aber nicht zu vertraut im Tonfall. Trotzdem spürte er an seiner rechten Seite, wo sie neben ihm ging, ein leichtes Prickeln unter der Haut. Obwohl er sich bemühte, auf der Hut zu sein, Abstand zu wahren, die Distanz etwas zu vergrößern, konnte er sich zweier Gedanken nicht erwehren.

Erstens, wie schön der Sex mit ihr gewesen war. Es hatte sie beide verwirrt, dass sie so leidenschaftlichen Sex miteinander haben konnten, obwohl ihre Beziehung ein solches Desaster war. Es war, als ob ihre Körper zu etwas imstande wären, was der Rest von ihnen erst noch lernen musste.

Zweitens wurde ihm zum ersten Mal bewusst, dass der zukünftige Ehemann von Miss Sarah Havercombe geradewegs in eine der reichsten Familien Englands einheiraten würde. Für Miss Sarah Havercombe waren eine Million Pfund in der Tat ein Taschengeld.

## 2.

Das Schild musste vor dreißig Jahren gemalt worden sein. »The Gissings Modern Furniture Company (Ltd.)« verkündete es großspurig in pinkfarbenen, überdimensionalen Lettern. »*Moderne* Möbel, *moderner* Stil, zu *moderaten* Preisen«. Das klägliche Wortspiel wurde vom Bild einer Sekretärin in Minirock und Hochfrisur gekrönt, die mit übertriebener Geste auf eine Büromöbelgarnitur deutete. Die Werbetafel mochte 1963 peppig gewirkt haben, aber heute müssten die Preise schon verdammt moderat sein, um damit noch Kunden hinterm Ofen hervorzulocken.

George verlangsamte seinen Lotus und rollte durch das Werkstor. Hinter dem Fabrikgelände erstreckte sich hügeliges Weideland, das ins offene Moor überging. Ein paar Männer schlenderten über den Hof und stutzten, als sie den Ankömmling erblickten. Ein Lotus verirrte sich heutzutage nur selten auf das Gelände der Gissings Modern Furniture Company.

George stellte den Motor ab und lauschte dem verebbenden, volltönenden Klang der Maschine. Der Hof, der gleichzeitig als Parkplatz genutzt wurde, war mit einer Mischung aus Regenwasser, Kies, Holzspänen und Maschinenöl bedeckt. George streckte vorsichtig seinen elegant beschuhten Fuß aus dem Wagen und achtete sorgfältig darauf, seine Aufschläge nicht durch einen versehentlichen Kontakt mit dem Boden zu verschmutzen. Er zog seine Sonnenbrille Marke Dior aus der Jackentasche und stapfte hinüber zur Tür mit der Aufschrift »Empfang«.

Eine gleichgültig wirkende Frau saß am Empfangspult. Bei Georges Eintreten legte sie ihr Exemplar des *Puzzler* aus der Hand an und starrte ihn an wie eine Erscheinung. George starrte zurück. »Zu Tom Gissing, bitte.«

Die Empfangsdame wies auf eine scheußliche Sitzgruppe in einer Ecke der kleinen Eingangshalle. »Setzen Sie sich, bitte«, sagte sie. »Ich gebe Mr. Gissing Bescheid, dass Sie hier sind.« George ließ sich auf einem der Gissingstühle in der Ecke nieder. Das Möbelstück ächzte unter seinem Gewicht. Einen Moment fragte er sich, weshalb er überhaupt hier war.

Kurz darauf hinkte ein älterer Herr auf ihn zu.

»Mr. Gradley? George Gradley?«, fragte er, während er George die Hand schüttelte. »Wissen Sie, dass ich Ihren Vater kannte? Ja, damals in den Sechzigern, als er noch am Anfang stand. Hab' versucht, ihn zum Beitritt in die Handelskammer und unseren Rotary Club zu überreden, aber ich fürchte, er war ein wenig zu draufgängerisch für unsereins. Immerhin hat er's ganz allein geschafft. Wir hätten ihn gern dabei gehabt. Sie sehen genauso aus wie er. Wahrscheinlich sagt Ihnen das jeder. Es tut mir natürlich sehr leid ... äh, ich meine, sein Unfall. Für junge Leute wie Sie muss so etwas besonders hart sein. Sie haben viel weniger Erfahrung im Umgang mit Verlusten. Eigentlich gar keine.«

Während der alte Mann weiterplapperte, führte er George zu einem Raum mit der pompösen Beschriftung »Vorstandsbüro«. Eine Sekretärin, die zwar erst dreißig war, aber wesentlich älter wirkte, blickte ihnen mit grimmiger Miene entgegen.

»Wollen Sie 'n Tee?«, fragte sie.

»Kaffee bitte«, erwiderte George.

»Die Maschine ist kaputt. Nehmen Sie lieber Tee«, sagte sie und verließ das Büro. Sie war klein und stämmig, wie George, und wie es auch Bernard Gradley gewesen war. Das gleiche lohfarbene Haar, das auch Georges Haupt zierte, umrahmte – zu einem Bob geschnitten – ihr Gesicht. Ihre Züge waren ein wenig unregelmäßig und das Kinn eine Spur zu kräftig, um feminin zu wirken. Aber Georges Gesicht war ebenfalls ein wenig schief, und seine Züge waren schwerlich als fein geschnitten zu bezeichnen. Ein Fremder hätte die beiden für Geschwister halten können. Der alte Mann führte George zu einem Tisch am Ende des Raums und rückte einige Papiere zurecht, die darauf lagen.

»Mr. Ballard von der Bank hat mir gesagt, dass Sie kommen würden. Wir sind heilfroh, dass wir es mit Ihnen zu tun haben, und nicht mit dem Konkursverwalter. Obwohl wir uns, fürchte ich, schon mehr oder weniger damit abgefunden hatten.«

»Nun ja, ich habe noch keine Entscheidung getroffen.«

»Nein, natürlich nicht. Wie sollten Sie auch? Ich nehme an, Sie möchten zuerst die Verkaufsräume, den Werksraum und die Lackiererei in Augenschein nehmen. Wir haben übrigens ein paar wunderbare Entwürfe auf dem Reißbrett liegen. Eine kleine Finanzspritze würde schon genügen, damit wir wieder auf die Füße kommen. Wir verfügen über ein erstklassiges Team, müssen Sie wissen, und haben stets Wert darauf gelegt, die traditionellen Handwerksmethoden aufrechtzuerhalten. Unsere Mannschaft ist hochqualifiziert. Mein Gott, einige von ihnen müssen schon über mehr als fünfzigjährige Erfahrung verfügen, fast ein Dutzend der Männer ist länger dabei als ich. Qualität! Dafür haben wir keine Mühe gescheut. Leider machen die Käufer sich das heutzutage kaum noch bewusst. Kein Mensch interessiert sich noch dafür, ob Fugen von Schwalbenschwanzverbindungen gehalten werden oder bloß verleimt sind. Aber wenn man die Dinge richtig angeht, macht es sich letztendlich auch bezahlt. Qualität kommt nie aus der Mode. Das ist mein Motto. Na ja, eigentlich das meines Vaters. Aber er hatte Recht.«

Ein Becher Tee wurde vor George auf den Tisch geknallt.

»Wusste nicht, wie Sie ihn mögen, also hab' ich zwei Zucker reingetan.«

»Danke, Val«, sagte der alte Mann.

George machte sich nichts aus Tee. Aber den Tag zuvor hatte er – was inzwischen selten genug vorkam – in London verbracht, um im Café Royal in der Regent Street das neue Rennpferd eines Freundes zu feiern. Dort wurde der Tee in hauchdünnem China-Porzellan serviert. Das Bergamotte-Aroma des Earl Grey hatte sich mit dem Duft nach frischem Gebäck, warmen Mundtüchern, weiblichen Parfüms, poliertem Holz und der Aussicht auf geräucherten Lachs und Vollkornbrot vermischt. Und Kiki war da gewesen, zart und elfengleich und hinreißend in ihrem blassblauen Kleid, doch unerreichar wie immer. Sie hatte sich beklagt, dass sie »zweimal nach Paris fliegen musste, um das passende Kleid zu finden, und dann noch ein drittes Mal, weil in ganz London kein vernünftiges Paar Schuhe aufzutreiben sei«. Dabei war sie nach Komplimenten fischend herumgewirbelt, einem Wunsch, dem George und die anderen nur zu gern nachgekommen waren.

Der Geruch des dampfenden Teebechers, der vor ihm auf dem Tisch stand, riss ihn in die Gegenwart zurück. Dieser Tee war stark genug, einen Bauarbeiter niederzustrecken, und der Zucker war offensichtlich mit der Schaufel in die Tasse gegeben worden. Du lieber Himmel. George war so gut wie pleite. In etwa einem Monat würde seine Barschaft endgültig dahin sein. Dann konnte er sich nicht einmal mehr einen Tee leisten wie den hier, geschweige denn, sich weiterhin bei Kiki und ihresgleichen sehen lassen. Ein preiswerter Tag bestand für sie darin, ihre Geldbörse zu vergessen, was nichts anderes bedeutete, als dass ihre Begleiter die Rechnungen bezahlen mussten. George schob den Teebecher beiseite.

»Sehen wir uns mal um«, sagte er.

Der alte Mann führte ihn über das Fabrikgelände, an dessen Ende eine Sägemühle betrieben wurde. Baumstämme wurden hineingetragen, zersägt, behandelt und anschließend in säuberlichen Reihen aufgestapelt. Es war offensichtlich, dass die Mühle zur Zeit nicht übermäßig ausgelastet war. Die wenigen Männer, die dort tätig waren, gaben sich gar nicht erst die Mühe, beim Anblick ihres Bosses einen Anschein von Geschäftigkeit zu erwecken. Sie starrten George unverhohlen an und ließen keinen Zweifel an ihrer Missbilligung. Es war ein trüber Tag, und über dem Moor zog Regen auf. Dennoch rückte George entschlossen seine Sonnenbrille auf der Nase zurecht.

In der Fabrik selbst ging es etwas geschäftiger zu. Die Hälfte der Männer beachtete George kaum, der Rest taxierte ihn mit der gleichen Geringschätzung, die ihm bereits in der Mühle entgegengeschlagen war.

Der alte Mann hatte nicht gelogen, als er von alten Handwerksmethoden sprach. Es wurde natürlich maschinelles Werkzeug in der Fabrik verwendet, aber jedes Möbelstück wurde von Hand gefertigt und zusammengesetzt. Gissing beschrieb George, inwieweit man unter dem Druck der wachsenden Kosten gezwungen gewesen war, bei den Standardausführungen Kompromisse einzugehen. Schwalbenschwanzverbindungen waren durch Anschlitz-Zungen, Anschlitz-Zungen durch Nägel und Leim ersetzt worden. Der alte Gissing hätte am liebsten über jeden Nagel einzeln gejammert, hätte George ihn nicht weitergedrängt. Der Rundgang endete in der Lackiererei, der Lagerhalle und einem völlig altmodischen Verkaufsraum, dessen letzter Kunde vermutlich schon zu Zeiten des Profumo-Skandals[1] vor Empörung zu Tode gekommen war.

Zurück im Verwaltungsbüro holte der alte Mann sämtliche Unterlagen über offen stehende Verbindlichkeiten hervor. George war erleichtert zu sehen, dass es sich dabei um Computerausdrucke handelte. Hätte der Alte ihm Federkielaufzeichnungen vorgelegt, wäre er auch nicht weiter überrascht gewesen. Sorgfältig studierte George die Auflistungen. Bis vor weniger als zwei Monaten hatte er in seinem ganzen Leben noch keine Bilanzaufstellung zu Gesicht bekommen, und seine Vorstellung von einer doppelten Buchführung hatte sich auf die vage Vermutung beschränkt, dass es sich dabei um Praktiken zwielichtiger Buchhalter handeln müsse. Er musste noch viel lernen.

George schaute sich die Jahresberichte seit 1980 und die Monatsberichte der vergangenen dreißig Monate an. Gissing erklärte ihm umständlich die Feinheiten des LIFO-Inventursystems, der Abschreibungsmethoden sowie die Akronyme, die zur Identifizierung der im Aktivpostenregister aufgeführten Werkzeugmaschinen verwendet wurden. George überwand sich zwischenzeitlich sogar, zwei Tassen des torfig schmeckenden Tees zu trinken.

Acht Stunden später hatte er die Zusammenhänge begriffen. Zu Beginn der achtziger Jahre war die Rezession noch gnädig mit Gissings umgesprungen. Größere Konkurrenten hatten ihre Ausfuhrmärkte verloren, weil sie ihre Kosten nicht schnell genug reduzierten. Gissings hingegen, das keinen Exportmarkt zu verlieren hatte, fuhr die Kosten herunter, entwarf ein neues Produktsortiment und erwirtschaftete Einnahmen von

---

[1] Der britische Heeresminister John Profumo hatte sich ein Callgirl mit dem sowjetischen Militär-Attaché geteilt.
Der Sexskandal erschütterte die englische Regierung und führte 1963 auch zum Rücktritt von Premierminister Harold Macmillan.

eins Komma neun Millionen Pfund bei Produktionskosten von eins Komma sieben Millionen. Mr. Gissing hatte in seiner Eigenschaft als geschäftsführender Gesellschafter entschieden, dem Aktionär Gissing eine Dividende in Höhe von fünfzigtausend Pfund auszuzahlen. Aber das war lange her.

Nach dem Höhenflug der frühen Achtziger ging es für Gissings langsam abwärts, während andere Firmen wieder auf die Füße kamen. In der zweiten Hälfte des Jahrzehnts schlug die Firma sich mehr schlecht als recht durch, indem hier Investitionsausgaben gekappt, dort Marktbudgets gekürzt und die Entwicklung neuer Produkte zugunsten kleiner kosmetischer Veränderungen des alten Sortiments aufgegeben wurden, die ohnehin zu spät kamen.

In den Neunzigern wurde die Rezession noch härter. Ein Jahr, bevor es mit der Firma bergab ging, hatte der alte Tom Gissing seine Bank zu einem Darlehen in Höhe von vierhunderttausend Pfund überreden können. Die Finanzspritze sollte für eine grundlegende Modernisierung verwendet, das Werksgelände erweitert und saniert und neue, computergesteuerte Designsysteme eingeführt werden. Wäre alles nach Plan verlaufen, hätte die Gissings Modern Furniture Company vielleicht – aber auch nur vielleicht – tatsächlich neuen Schwung erhalten.

Aber dann kam die Rezession der Thatcher-Ära. Gissings Absatz ging mehr und mehr zurück. Das Bankdarlehen wurde für die Deckung der Firmenverluste verwendet. Noch schlimmer kam es, als die Firma, die für die Bauarbeiten auf dem Gelände zuständig war, mitsamt der Vorauszahlung von Gissings bankrott ging. Die Erneuerung des Produktsortiments wurde gestoppt. Kosten wurden reduziert, wo sie eigentlich ganz hätten gekappt werden müssen. Das Darlehen von vierhunderttausend Pfund, zu dem nun noch die Zinsen hinzukamen, blähte sich zu einem Schuldenberg von fünfhundertfünfzigtausend auf. Dazu kamen Verzugszinsen. Die

Lawine, mit der Gissings unaufhaltsam talwärts stürzte, beschleunigte sich in bedrohlichem Maße.

All das hatte dem alten Gissing seinen Kampfgeist geraubt. Er verbrachte nun seine Zeit damit, in den Archiven der Fabrik herumzustöbern und investierte die ihm noch verbliebene Energie in den Aufbau eines »Museums«, um damit Besucher in die Fabrik zu locken.

Die Bank hatte sich lange Zeit tolerant gezeigt; nun aber war sie mit ihrer Geduld am Ende. Vor drei Wochen hatte sie die komplette Rückzahlung des Darlehens gefordert. Gissing blieben dreißig Tage, das Geld aufzutreiben. Scheiterte er, würde der Konkursverwalter – eine Mischung aus Gerichtsvollzieher und Leichenbestatter – die Sache in die Hand nehmen; die Firma würde unter den Hammer kommen. War der Konkursverwalter der Meinung, der Laden sei unverkäuflich, würde er die Fabrik mangels Masse dicht machen und die einzelnen Vermögenswerte Stück für Stück versteigern. Tom Gissing würde so oder so mit leeren Händen dastehen.

Dem alten Mann grauste bei diesen Aussichten. Die Firma an jemand anders zu verlieren, wäre schon hart genug, aber zuzusehen, wie die Firma zugrunde ging, würde ihn schlichtweg umbringen. Aus diesem Grund hatte er einen Unternehmensberater eingeschaltet. Er war gekommen, hatte seinen Bericht erstellt und eine Anzeige unter der Rubrik »Geschäftsveräußerungen« in der *Financial Times* geschaltet. Dort war George auf den Namen der Firma und den Bericht gestoßen, der ihn zu seinem Besuch ermuntert hatte. Doch so beschönigend der Bericht des Unternehmensberaters auch gewesen war, die Firma befand sich in einem völlig desolaten Zustand.

Jetzt blieben noch acht Tage bis zur Fälligkeit des Darlehens. Der Abend zog sich hin. George hatte sämtliche Unterlagen sorgfältig durchgelesen und immer noch nicht die geringste Vorstellung, ob man diese in den letzten Zügen liegende Firma jemals wieder zum Leben erwecken konnte. Allerdings waren da ein paar simple Fakten, die er nicht aus den Augen verlieren durfte. Er besaß kein Geld. Irgendetwas zu kaufen wäre bereits ein Triumph an sich. Und außerdem zog er nun bereits seit zwei Monaten quer durchs Land, auf der Suche nach einem Betrieb, den er praktisch zum Nulltarif erwerben könnte. Bis jetzt hatte er nichts dergleichen ausfindig gemacht. Solide Firmen waren unerschwinglich. Die maroden mehr als hoffnungslos. Aber Gissings besaß trotz seiner Nachteile einen entscheidenden Vorteil: Es wurden immer noch Möbel im Wert von anderthalb Millionen Pfund pro Jahr verkauft. Eine Tatsache, mit der man immerhin etwas anfangen konnte.

Der alte Mann kehrte ins Büro zurück. Nur er, George und die Sekretärin befanden sich jetzt noch auf dem alten Fabrikgelände. Im Laufe des Tages hatte der alte Mann zunehmend den Sinn für die Realität verloren. Manchmal schien er der Meinung zu sein, die Fabrik für ein kleines Vermögen verkaufen zu können, dann wieder behandelte er George wie einen Geschäftspartner und sprach davon, wie sie gemeinsam den Laden wieder in Schwung bringen würden. Zwischendurch kam George sich vor wie ein Historiker, der beauftragt wurde, die glorreiche Vergangenheit der Firma zu verewigen. Das Ganze war recht erbärmlich, und George wollte endlich zum Schluss kommen.

Gissing lud einen weiteren Stapel Papiere vor ihm auf dem Tisch ab.

»Ich nehme an, hier möchten Sie auch einen Blick hineinwerfen. Prospekte aus unseren Anfangszeiten. Sehen Sie das hier? *The Thunderer!* Was für ein Name für einen Schreibtisch, nicht wahr? War damals sehr gewagt, das können Sie mir glauben.«

George unterbrach ihn unsanft.

»Ich bin hier, weil ich Ihren Laden kaufen will.«

Der alte Mann sank im Stuhl zurück.

»Ja. Ja, natürlich. Gewiss doch.«

»Hatten Sie bereits Angebote?«

Der Alte schüttelte den Kopf. »Nein.«

»Im Augenblick ist die Firma nicht viel wert, habe ich Recht? Sie sind mit einer halben Million Pfund verschuldet und haben seit sechs Jahren keinen Gewinn mehr gemacht.«

»Na ja, Sie haben vermutlich Recht. Aber man kann nie wissen. Im Augenblick sieht es zwar nicht rosig aus, aber wir haben nie die Hoffnung verloren.«

»Nun, wie dem auch sei«, erwiderte George. »Ich werde Ihnen ein Angebot unterbreiten. Für die Fabrik, Entwürfe, Inventar. Für alles.«

Der alte Mann benetzte sich die Lippen, die auf einmal trocken geworden waren. »Wie viel?«, krächzte er kaum hörbar.

Die Frage brachte George ein wenig aus dem Konzept. Den Entschluss, überhaupt ein Angebot zu machen, hatte er gerade erst gefasst. An die Höhe des Angebots hatte er noch keinen Gedanken verschwendet. Nachdenklich vergrub er die Hände in den Taschen.

»Ich gebe Ihnen ein Pfund«, sagte er schließlich und warf ein Pfundstück auf den Tisch. Die Münze drehte sich sekundenlang auf der Kante und blieb dann liegen. »Wenn Sie mir die Fabrik überlassen, kann ich durch eine Kapitalumschichtung dafür sorgen, dass der Laden weiterläuft. Wenn nicht, wird Ihre Fabrik und die Arbeit, die Sie hineingesteckt haben, umsonst gewesen sein. Die Bank wird den Laden liquidieren. Sie wissen, dass es so ist.«

George hatte nicht beabsichtigt, so rüde zu sein. Aber er fühlte sich unsicher, und Unsicherheit ließ ihn taktlos werden. Er überlegte, ob er irgendetwas sagen, sich entschuldigen oder versuchen sollte, den alten Mann aufzumuntern. Doch er fühlte sich wie gefangen in der Stille, die sich über den Raum gesenkt hatte. Einen schier unendlichen Augenblick lang starrte der Alte auf das blinkende Geldstück. Seine wässrigblauen Augen füllten sich plötzlich mit Tränen. Er bewegte lautlos die Lippen. Doch schließlich umschlossen seine zitternden Finger die glänzende Münze.

»Viel Glück«, sagte er. »Kümmern Sie sich gut um alles. Das werden Sie doch, oder?« Der alte Mann schlurfte aus dem Raum. Seine Hand umkrampfte das Pfundstück so fest, dass George befürchtete, er werde sich an den Kanten der Münze schneiden. An der Tür wandte er sich noch einmal um. »Oh – der Name. Sie können natürlich tun, was Ihnen beliebt – aber, ich hab' den Namen immer gemocht. Gissings Furniture. Das hat doch was, oder? Na ja, wie dem auch sei, viel Glück.«

Seine Schritte entfernten sich langsam auf dem dunklen Flur. Die Sekretärin des Alten hatte die Szene verfolgt. Aus ihrem Blick sprach Verachtung.

»Erfreut, Sie an Bord zu haben, Sir«, zischte sie.

Sie hielt Georges Blick einen Moment lang stand, bevor sie sich mit empörter Miene abwandte. Ein paar Minuten später war George der einzige Mensch, der sich noch in der Fabrik befand.

Seine Fabrik. Seine Kopfschmerzen. Sein Problem. Sein Schlüssel zu einer Million Pfund.

## 3.

McAllister war aus dem Urlaub zurück, doch er war den ganzen Tag beschäftigt gewesen. Matthew beobachtete sein Büro wie ein Habicht. Entweder telefonierte McAllister oder befand sich in irgendwelchen Meetings. Die Angst nagte immer noch an Matthew. Leg endlich den Hörer auf. Gib mir eine Antwort, verflixt.

Endlich, um vier Uhr nachmittags, signalisierte ihm McAllister durch einen Blick, in sein Büro zu kommen. Matthew eilte hinüber und war gerade im Begriff sich zu setzen, als

McAllister ihn aufforderte, die Tür zu schließen. Diese Tür wurde für gewöhnlich nie geschlossen, es sei denn – wenn man den Gerüchten Glauben schenkte – McAllister feuerte jemanden. Matthew schloss die Tür, setzte sich und hielt den Atem an.

»Drei Dinge, Matt: Erstens, Sie haben Ihre Aufgabe neulich einwandfrei erledigt. Zu viele Börsen- oder Devisenhändler, nicht nur in dieser Bank, sondern überall, neigen zu der Annahme, dass ihr Spürsinn für den Markt so gut ist, dass sie Fakten gar nicht zu verstehen brauchen. Das ist Quatsch. Jeder gute Händler verfügt über Spürsinn, aber ein erstklassiger Händler muss Kaufmann, Wirtschaftsexperte und Diplomat zugleich sein. Sie scheinen das zu begreifen, und das gefällt mir.

Zweitens, Sie werden Ihren Job bei uns bekommen. Sie können Ihre derzeitige Aufgabe noch beenden, danach schicken wir Sie zu einem Trainingsprogramm nach New York. Wenn Sie durchrasseln oder Ihre Ausbilder der Meinung sind, Sie sollten zuerst Ihren Abschluss machen, fliegen Sie, und das war's. Allerdings sehe ich keinen Grund, weshalb Sie versagen sollten. Ich bin der Meinung, dass Sie ein guter Börsenhändler werden.

Der dritte Punkt: Ein guter Freund von mir, Bob Landau, der die Börsenetage bei Coburg's leitet, erzählte mir, dass Ihr Bruder dort demnächst in der Unternehmensfinanzierung anfängt. Von Ihnen hat man dort noch nie gehört, und es ist offensichtlich, dass auch Sie nicht viel über Coburg's wissen. In einer Bank, vor allem auf dem Börsenparkett, herrschen gewisse Regeln. Irgendwann brechen die meisten Händler diese Regeln, indem sie etwa einen Handel nicht vorschriftsmäßig registrieren, ein Positionslimit überschreiten, lügen, oder die Wahrheit vor einem Kunden verheimlichen. Ich bedaure, dass dieses Spiel nun mal so ist, wie es ist. Mir ist klar, dass das, was wir jungen Mitarbeitern zahlen und die Art, wie wir sie motivieren, Fehler provoziert. Für die Händler in dieser Firma gilt Folgendes: Über einen Fehler werden wir in der Regel hinwegsehen. Unterläuft Ihnen ein zweiter, bedeutet dies, dass Sie nicht in der Lage sind, aus Ihren Irrtümern zu lernen, womit Sie hier fehl am Platz wären. Sie, Matthew, haben Ihr Fehlerpotenzial bereits ausgeschöpft.«

## 4.

Spätabends nach einer Party. Die Musik war gut gewesen, die Drinks okay, die Männer Schrott. Josie kicherte in sich hinein, entließ einen kleinen Rülpser in die milde Herbstnacht und bog leicht schwankend in ihre Straße ein.

Aber unter dem Gekicher und dem Partykleid war sie traurig. Ihre besten Freundinnen waren entweder mit den Vorbereitungen ihres Winterurlaubs beschäftigt oder sprachen von nichts anderem als dem bevorstehenden Studentenleben. Josie besaß weder das Geld, in Wintersport zu fahren, noch würde sie auf die Universität gehen. Nur halbherzig hatte sie sich an den Gesprächen beteiligt. Noch vor dem allgemeinen Aufbruch, der im üblichen Pfeifen nach Taxis, piepsenden Handys und aufheulenden Sportwagen gipfeln würde, musste sie sich verabschieden, um die letzte U-Bahn zu erwischen.

Sie war ärgerlich auf ihre Mutter. Zack hatte Recht, dass Mums Zustand zum Teil selbst verschuldet war. Aber was sollte sie dagegen unternehmen? Ihre Mutter einfach ignorieren? Sie ohne Einkommen sich selbst überlassen? Ihr den Rat geben, sich aufs Fahrrad zu schwingen und sich einen Job zu suchen? Oder ihre wachsenden Depressionen zu einem Bündel verschnürt auf den Müll werfen? Josie war siebzehn Jahre alt. Sie wollte leben, Ski fahren, ein Studium absolvieren, Karriere machen – und zwar jetzt. Sie wollte das Leben, das sie sich erträumt hatte und war zornig auf alles, was sich ihr in den Weg stellte.

Sie schloss die Haustür auf. Im Wohnzimmer brannte noch Licht. Helen Gradley saß im Lehnstuhl. Ihr Kopf war auf die Schulter gesunken, ein Rinnsal aus Speichel tropfte aus ihrem Mundwinkel. Die Hände waren blau verfärbt.

»Mum? Mum! Um Himmels willen!« Josie eilte zum Telefon und wählte den Notruf. »Ambulanz? Hallo!« Sie hielt die Hand vor die Lippen der Mutter. Kein Hauch war zu spüren. »Bitte, es handelt sich um meine Mutter. Bitte kommen Sie schnell! Ich glaube, sie ist tot.«

## 5.

Ein Unternehmen zu kaufen unterscheidet sich nicht wesentlich vom Kauf eines Gebrauchtwagens. Man unternimmt eine Testfahrt, blickt unter die Motorhaube, feilscht um den Preis. Hat man erst einmal das Geld übergeben und ist losgefahren, gibt es kein Zurück. Wenn der Motor heißläuft, der Pleuelfuß sich selbstständig macht oder die Hydraulikflüssigkeit zischend entweicht, wird es kritisch.

Manche Leute sind Experten auf diesem Gebiet. Sie erkennen eine überlackierte Karosserie auf zehn Meter Entfernung und einen dubiosen Händler auf zwanzig Meter. Solche Leute brauchen keine Hilfe. Die machen alles selbst – inspizieren den Wagen, feilschen um den Preis, schließen den Handel ab. Das sind die Glückspilze. Der Durchschnittsbürger zieht entweder Experten oder einen Automobilclub zurate, oder er gewöhnt sich an Qualmwolken, kostspielige Pannenhilfe und daran, sein Geld Leuten in die Hand zu drücken, die in Gelächter ausbrechen, kaum dass sein Vehikel den Werkstatthof verlassen hat.

Genauso ist es mit Unternehmen. Wenn man einen Laden

kaufen will, sollte man einen verdammt gründlichen Blick unter die Motorhaube werfen, bevor man den Scheck ausstellt. Und falls man nicht ausgesprochen clever oder ein verdammter Narr ist, ist es ratsam, einen Fachmann hinzuzuziehen. Und außerdem, wenn man schon im Begriff ist, einen Scheck über eine Million Pfund auszustellen, kommt es auf einen kleineren Scheck über ein Prozent des Verkaufspreises für einen beratenden Experten auch nicht mehr an. Solche Experten findet man in den Finanzierungsabteilungen jeder Bank. Und wenn die Besten dieser Spezies auch nicht immer die heitersten Zeitgenossen sind, so liegt das gewiss nicht an mangelnden Geldmitteln. Ein Prozent von einer Milliarde sind immerhin zehn Millionen Pfund.

Just in diesem Augenblick steckten zwei Mitarbeiter von Coburg's ihre Köpfe unter eine Motorhaube und gähnten vor Langeweile.

Der große Raum, in dem sie sich befanden, maß etwa 60 mal 45 Meter. An einer Seite erstreckte sich die Fensterfront von einer Wand zur anderen und gewährte den Blick auf die imposanten Dächer der Liverpool Street Station. Auf der gegenüberliegenden Seite befand sich neben der Eingangstür ein schmaler Tisch für Kaffee und Erfrischungen. An den beiden Stirnwänden, die mit hellem Buchenholz vertäfelt waren, stapelten sich achtundachtzig Leitz-Ordner. Weitere sechs Ordner lagen aufgeschlagen auf einem Tisch in der Mitte des Raumes. Jeder einzelne war prall mit Dokumenten gefüllt. Das Register zu den Ordnern umfasste fünfundfünfzig Seiten plus einem zusätzlichen, dreiseitigen »Führer durch zusätzliches Material«. Zack rieb sich die Augen. »Herrje, ist das immer so öde?«

Die beiden Männer von Tominto Oil waren zum Lunch gegangen, sodass Zack und Sarah offen sprechen konnten. Es war eine merkwürdige Situation für die beiden, Seite an Seite zu arbeiten. Sarah stand kurz vor ihrer Hochzeit, aber Zack fühlte sich noch genauso von ihr angezogen wie früher. Man konnte nicht behaupten, dass sie Freunde waren, lediglich Kollegen. Vielleicht waren sie nie Freunde gewesen, sondern immer nur streitende Liebende. Jetzt gingen sie jedenfalls recht zurückhaltend miteinander um, sprachen über die Arbeit, versuchten höflich zu sein und die knisternde Spannung im Raum zu ignorieren.

»Wir müssen vierundneunzig Akten durchgehen. Das ist noch gar nichts. Ich hab' schon mal ein Firmenarchiv gesehen, das mit hundertsiebzig Ordnern gefüllt war. Die Verhandlungen haben anderthalb Jahre gedauert, und dann kam der Deal nicht mal zustande. Das war hart.«

Sarah machte eine wegwerfende Handbewegung. Sie fühlte sich befangen. Die beiden zusammen in ein Projekt zu stecken, war wie Luft und Benzin zu mischen und zu hoffen, dass keine Funken entstehen. Aber Piers St George Hanbury, der Projektleiter, hatte keine Ahnung von ihrer gemeinsamen Vergangenheit, und Sarah tat ihr Möglichstes, jeden privaten Kontakt im Keim zu ersticken, geschweige denn, Funken aufkommen zu lassen.

Sie gehörten zu einem Team von Coburg's, das einer texanischen Ölgesellschaft, der Tominto Oil, dabei helfen sollte, eine schottische Firma aufzukaufen. Das schottische Unternehmen, Aberdeen Drilling, sollte von der Stammfirma, die zur Zeit mit vier Bietern verhandelte, darunter Tominto, versteigert werden. Zack und Sarah und die beiden Männer von Tominto Oil arbeiteten sich durch das Archiv von Aberdeen Drilling. Hier befanden sich alle wichtigen Unterlagen des Unternehmens. Es war sozusagen der Motor von Drilling, und im Augenblick war die Motorhaube hochgeklappt. Jeder Bieter hatte eine Woche Zeit, sich zu orientieren. Sie durften alles lesen und so viele Notizen machen, wie sie benötigten, aber nichts kopieren.

Am Ende der Woche würde die Motorhaube wieder geschlossen und Tominto und Coburg's von dannen ziehen, um das Gelesene auszuwerten und einen Preis zu veranschlagen. Lag ihr Gebot über dem der drei anderen Bieter, würde der Vertrag unterzeichnet und der Kauf besiegelt werden. Man würde frohgemut in der Hoffnung auf eine pannenfreie Zukunft davonfahren. Gehörte ihr Gebot zu den drei niedrigeren, würde der Verkäufer bedauernd den Kopf schütteln, und die Arbeit von einer Woche war umsonst. Die Leute von Tominto würden sich wieder ihren Geschäften und die Mitarbeiter von Coburg's sich einem neuen Projekt zuwenden.

Und was, wenn das Archiv unvollständig war? Was, wenn unter diesen Myriaden von Dokumenten – Geschäftskonten, Steuerunterlagen, Umweltberichten, Lieferverträgen, Kundenanalysen und unzähligen anderen Papieren – ein oder zwei lausige Überraschungen sorgfältig ausgespart worden waren, sodass die armen Käufer keinerlei Hinweis darauf finden konnten? Nun, hier verhält es sich wie beim sicheren Teil des Autohandels. Wer ein Unternehmen kauft, unterzeichnet einen Vertrag mit Haftungsausschlussklauseln. Diese Klauseln schützen vor bösen Überraschungen, auf die der Verkäufer *nicht* hingewiesen hat. Stellt sich heraus, dass irgendeine Information im Archiv unterschlagen wurde, durch die dem Käufer später Kosten entstehen, ist der berechtigt, diese dem Verkäufer später in Rechnung zu stellen.

Also entwickeln Verkäufer ihre eigene Strategie. Verkäufer hinterlegen alles im Datenraum. *Alles.* Sie stopfen ihn so voll wie nur irgend möglich. Existieren Zeitbomben, vergraben sie diese unter Bergen von Details, die so langweilig sind, dass selbst Buddha schreiend gegen die Wände treten würde. Jedes Mal, wenn Zack oder Sarah versucht waren, eine Seite zu überspringen, hielt der Gedanke, dass die Zeitbombe, die Nadel im Heuhaufen, die zu finden ihre Aufgabe war, sich genau dort verbergen könnte, sie davon zurück.

Natürlich, die beiden Typen von Tominto Oil waren auch

dabei, aber sie waren keine Experten. In seinem vierzigjährigen Bestehen hatte Tominto Oil vielleicht fünf Firmen für ein paar Millionen Dollar aufgekauft, während Coburg's alle zwei bis drei Monate mehrere solcher Geschäfte abwickelte. Die Typen von Tominto Oil verkörperten den Durchschnittskäufer, der den Kopf unter die Motorhaube steckt. »Das Teil da sieht aber dreckig aus«, sagt er ratlos, oder: »Muss dieses Ding da so versteckt angebracht sein?« Hier sollte man sich zurückhalten und die Fachleute ihre Arbeit tun lassen.

Sarah und Zack beugten sich wieder über ihre Ordner. Sarah tippte Notizen in einen Laptop. Zack besaß zwar ebenfalls einen, benutzte ihn aber nicht. Seit frühester Jugend hatte Zack ein hervorragendes fotografisches Gedächtnis entwickelt. Er brauchte eine Seite nur anzuschauen, sie sich einzuprägen und konnte in der Gewissheit weiterblättern, die Seite jederzeit abrufen zu können, und zwar so klar, als läge sie vor ihm. Es war ihnen nicht gestattet, Kopien zu machen. Aber Zack hatte das nicht nötig. Er fotografierte alles mit den Augen.

Schweigend arbeiteten sie weiter. Sarah tippte weiter ihre Notizen ein. Beide durchforschten sie Seite um Seite auf der Suche nach einem Problem, jeder befangen von der Gegenwart des anderen.

## 6.

Terminal 4 auf dem Flughafen Heathrow ist der interessanteste von allen. Die Zielorte auf den Abflugstafeln erinnern an Schauplätze aus James-Bond-Filmen. Afrikanische Häuptlinge in Stammestracht bugsieren ihre Gepäckwagen zwischen denen japanischer Geschäftsleute hindurch. Arabische Reisende, genug Gepäck im Schlepptau, um einen Kleinlaster damit zu füllen, mischen sich unter Studenten mit abgerissenen Rucksäcken und Pässen voller Visastempel. Terminal 4 ist ein Schmelztiegel, eine erregende Welt des Chaos. Doch trotz der Konfusion herrscht hier ein ungeschriebenes Gesetz des Klassenunterschieds. Economy-Reisende werden nach links dirigiert, Business-Reisende nach rechts. Und in einem abgetrennten Bereich auf der rechten Seite werden First-Class- und Concorde-Passagiere mit Samthandschuhen umsorgt, um ihnen die Zumutung, sich zu Fuß zur Maschine begeben zu müssen, erträglicher zu machen. In dieser gedämpften Welt werden die Reichen, Berühmten und Mächtigen bei jedem Schritt bewacht und hofiert, bis sie über eine eigene Gangway in ihre Maschinen entschwinden.

Matthew stand frustriert in der Economy-Schlange.

Als sein Vater noch für seine Flugtickets zu zahlen pflegte, war Matthew für gewöhnlich Business Class geflogen, manchmal sogar First Class, wenn die unvermeidlich vorausgehende Diskussion sich ertragen ließ. Aber heute, ein Economy-Ticket in der Tasche, blickte er ungeduldig auf die Schlange vor ihm und schaute zum wiederholten Mal auf seine Armbanduhr. Noch fünfzig Minuten bis zum Abflug, aber es schien keinen Millimeter vorwärts zu gehen. Nur die Rückansicht einer äußerst attraktiven Französin vor ihm bewahrte ihn davor, endgültig die Geduld zu verlieren. Sie trug lässige Jeans und ein weißes T-Shirt, aber der Designer-Look war unverkennbar und ihre Figur eine Augenweide. Sie schob einen großen Koffer vor sich her, und über ihrer Schulter baumelte eine weiße Ledertasche. Matthew hätte gern ihr Gesicht gesehen, fürchtete jedoch, enttäuscht zu werden, wenn sie sich umdrehte. Im Augenblick sah sie absolut vollkommen aus.

In diesem Moment brach vorn am Check-in-Schalter ein Tumult aus. Die bis dahin ordentlich in einer Reihe stehenden Reisenden drängten nach vorn. Matthew schloss sich ihnen an, um herauszufinden, was los war.

Die Maschine, die um achtzehn Uhr nach New York starten sollte, hatte ein technisches Problem. Eine Ersatzmaschine war bereits zur Stelle, allerdings eine kleinere Boing 767, anstelle des geplanten Jumbos. Die überzähligen Passagiere konnten ihren Flug an diesem Abend nicht mehr antreten. Ihnen wurde die Unterbringung in einem nahegelegenen Hotel angeboten, oder ersatzweise Bargeld für die Heimfahrt. Sämtliche Passagiere sollten am darauffolgenden Morgen mit einer eigens für diesen Zweck eingesetzten Maschine nach New York befördert werden. British Airways entschuldigte sich wortreich für die Unannehmlichkeiten und empfahl den Passagieren, das Bodenpersonal zu kontaktieren, falls sie weitere Hilfe benötigten.

Matthew war außer sich. Er musste nach New York, um das berühmt-berüchtigte Schulungsprogramm bei Madison's anzutreten. Am ersten Morgen sollte der Präsident der Bank eine für ihre Kürze bekannte Einführungsrede halten. »Sehen Sie sich die Nachbarn zu Ihrer Rechten und Linken genau an«, pflegte er zu sagen. »Es besteht die Möglichkeit, dass zum Ende dieses Seminars einer von Ihnen oder Sie selbst versagt haben. Eine zweite Chance wird es nicht geben. Also tun Sie Ihr Bestes. Und vergessen Sie nie: Irgendwann werden Ihre Seminarpartner vielleicht Ihre Freunde oder Kollegen werden. Im Augenblick sind sie in erster Linie Konkurrenten.«

Es war Matthews Verschulden, wenn er zu spät erschien. Brian McAllister hatte ihn übers Wochenende wegen eines öden Projekts festgehalten, das unbedingt abgeschlossen werden musste, und dies war der letzte Flieger, der ihn rechtzeitig nach New York bringen konnte. Weil er noch in der Ausbildung war, musste Matthew sich mit einem Economy-Ticket begnügen. Eine Sparmaßnahme, die ihn nun den Flug kosten konnte. Aber Madison interessierte sich für Resultate, nicht für Pechvogelgeschichten. Wie es aussah, würde Matthew der erste Anwärter der Bank werden, der es nicht einmal schaffte, rechtzeitig zum Schulungsprogramm zu erscheinen.

*»Merde!«*

Der Fluch war ihm aus der Seele gesprochen, kam aber aus einem anderen Munde. Es war die Französin im weißen T-Shirt. Ihr Gesicht war alles andere als eine Enttäuschung. Langes dunkelbraunes Haar, durch einen Mittelscheitel geteilt, umrahmte weich ihr ovales Gesicht. Die makellose Haut wurde durch die leicht geschminkten, hohen Wangenknochen noch hervorgehoben. Sie sah aus wie eine Madonna. Und obwohl offensichtlich zutiefst erbost, wirkte sie durch und durch gelassen. Perfekt, dachte Matthew, einfach perfekt. Einen Augenblick lang vergaß er sogar seinen Flug.

Die Französin hatte zu niemand Besonderem gesprochen, lediglich ihren Gefühlen freien Lauf gelassen, trotzdem fühlte Matthew sich zu einer Erwiderung bemüßigt.

»Unglaublich, nicht?«, sagte er und strahlte sie an.

»Eine Katastrophe. Ich *muss* heute Abend noch nach New York. Ich habe meinen Abflug schon zweimal verschoben.«

»Ich auch. Sehen wir mal, ob wir irgendwas ausrichten können«, schlug er vor und schob sich dichter an das Gedränge.

»Hier werden Sie bestimmt nichts erreichen. Es sei denn, Sie haben etwas vorzuweisen, das die fünfzig Leute vor Ihnen nicht haben. Kommen Sie mit.«

Sie machte auf dem Absatz kehrt und steuerte zielstrebig den ehrwürdigen Bereich der Business-Reisenden an. Matthew zögerte einen Augenblick, dann folgte er ihr. Als er sie ein paar Meter vor dem Check-in-Schalter einholte, rannen Tränen über ihr Gesicht, und sie zerknüllte bebend ein Taschentuch zwischen den Fingern. Er musste sich bemühen, mit ihr Schritt zu halten. Am Schalter angekommen, schleuderte sie ihr Ticket und ihren Pass darauf. »Wir müssen nach New York. Wir *müssen*!«, schluchzte sie unter Tränen.

Sie schien jetzt völlig aufgelöst und suchte verzweifelt Trost in den Armen des verdutzten Matthew. Sie war wunderbar. Hinreißend. Atemberaubend. Ihr Körper schmiegte sich trostsuchend an ihn. Willig hielt er sie fest.

Von erneuten Weinkrämpfen geschüttelt, machte sie sich plötzlich wieder frei und begann am Ringfinger ihrer linken Hand zu zerren. Mit einer theatralischen Handbewegung ließ sie zwei Schmuckstücke auf den Schalter fallen. Den einen zierte ein einfacher Saphir, der von winzigen Diamanten eingefasst war, das andere war ein schlichter Goldreif.

»Wenn Sie uns schon die Flitterwochen ruinieren, können Sie die auch gleich haben!«, rief sie schluchzend. Ring und Reif rollten über den Schalter. Der Reif landete im Schoß der Stewardess, der Ring kullerte weiter und fiel auf das Gepäckförderband, das in die große Sortierhalle führte. Die Stewardess machte einen Satz und hechtete nach dem Ring, bevor er davongetragen wurde.

Inzwischen hatte Matthew seine Fassung zurückgewonnen. Während die Stewardess dem Ring hinterherjagte, nutzte er die Gelegenheit, einen Blick auf den Pass zu werfen, der vor ihm auf dem Schalter lag. Sophie Clemenceau. Als die Stewardess mit erhitzten Wangen und den beiden Schmuckstücken wieder auftauchte, ergriff Matthew die Initiative.

Er zog seine Begleiterin fester an sich und sagte: »Es tut mir leid, Sophie meint es nicht so. Sie weiß natürlich, dass Sie nichts dafür können. Es ist nur die Aufregung.«

»Sind Sie in den Flitterwochen?«, fragte die Stewardess.

»So ist es. Vor Ihnen steht das frisch gebackene Ehepaar Mr. und Mrs. Matthew Gradley.« Mit einem leichten Druck unterhalb der Schalterhöhe wurde ihm für die Information gedankt.

»Oh, wie unangenehm für Sie, die Hochzeitsnacht im Airporthotel verbringen zu müssen. Es ist wirklich nicht besonders, um ehrlich zu sein.«

»Nun, es wird uns nichts anderes übrig bleiben, fürchte ich. Ich bin sicher, dass Sophie in ein paar Tagen darüber hinweg sein wird. Obwohl sie ausgesprochen abergläubisch ist.«

Sophie gab ihr Bestes, den Anschein zu erwecken, dass sie den Schock selbst in ein paar Monaten, geschweige denn in einigen Tagen nicht überwunden hätte. Matthew spürte, wie sein Hemd auf der Brust klebte, wo Sophies Tränen es durchnässt hatten.

»Warten Sie einen Moment. Mal sehen, was ich tun kann. Ich wäre auch nicht begeistert, würden mir meine Flitterwochen auf diese Art verdorben.«

Die Stewardess eilte davon. Matthew tätschelte weiter Sophies Rücken, was keineswegs unangenehm war. Er hoffte, die Stewardess würde sich Zeit lassen. Als sie fort war, rückte Sophie ein winziges Stückchen von Matthew ab.

»Guter Einfall«, flüsterte er ihr zu.

»Gute Reaktion«, gab sie zurück, bevor sie wieder unüberhörbar zu schluchzen begann. Er strich ihr weiter über den Rücken, während sie ihr Gejammer fortsetzte. Sie war atemberaubend, mehr als perfekt. Ihr vermeintlicher Gatte Matthew wäre auf der Stelle bereit gewesen, sie tatsächlich vom Fleck weg zu heiraten. Viel zu schnell kehrte die Stewardess lächelnd zurück. »Glücklicherweise sind noch zwei Plätze in der ersten Klasse frei. Sie waren eigentlich ausgebucht, aber die Gäste sind nicht erschienen. Ich werde Sie sofort mit den besten Empfehlungen unserer Airline einbuchen.«

Kurz darauf passierten sie Hand in Hand die Expressabfertigung der Passkontrolle. Ein seliger Blick nach hinten sagte ihnen, dass die fünfzig oder sechzig zurückgebliebenen Passagiere sich immer noch tobend um den Check-in-Schalter drängten. Matthew wandte sich Sophie zu.

»Erzähl mir von unserer Hochzeit. Ich scheine da was verpasst zu haben.«

Sie lachte. Ihre Zähne waren strahlend weiß.

»Tz, tz, schon vergessen? Ich hätte guten Grund, mich scheiden zu lassen.«

»Warte besser damit, bis wir in der Luft sind. Wir wollen doch nicht, dass sie ihre Meinung ändern. Das war ja eine tolle Show, die du da abgezogen hast.«

»Ich kann schon seit meinem siebten Lebensjahr auf Kommando weinen. So hab' ich mich immer aus der Affäre gezogen, wenn ich Ärger hatte. Auch wenn ich die Schuldige war.«

Nach der Passkontrolle trennten sie sich kurz. Sie begab sich zur Harrod's-Boutique, Matthew zu einem Zeitungsstand. Doch ihre Sitze befanden sich nebeneinander, und auf der Ablage dazwischen warteten bereits eine Flasche Champagner und ein Blumenstrauß auf sie. Matthew, der als Erster auf seinem Platz erschien, sah sich gezwungen, den neugierigen Stewardessen den »glücklichen Tag« bis ins Kleinste zu schildern und wurde erst durch Sophies Erscheinen erlöst.

Man ließ sie eine Zeit lang allein, damit sie es sich in den luxuriösen Sitzen bequem machen konnten. Matthew streckte behaglich die Beine aus, die kaum den Sitz vor ihm erreichten.

Das Menü versprach exquisite Köstlichkeiten, und eine exklusiv für die First-Class-Fluggäste bereitstehende Videothek verhieß einen unterhaltsamen Abend. Er warf einen Seitenblick auf Sophie, die einen marineblauen Pulli aus der Tasche gezogen und sich um die Schultern gelegt hatte. Sie wirkte lässig, selbstsicher und schön. An ihrem Ringfinger steckten der »wiedergefundene« Ring sowie ein zweiter, doch zwei schmale, blasse Streifen an der anderen Hand verrieten Matthew, wo sie normalerweise steckten. Also war Sophie nicht verheiratet.

Matthew wünschte sich nichts sehnlicher, als mehr als nur ihr zufälliger Komplize bei einem unbedeutenden Schwindel zu sein. Eine Stewardess näherte sich ihnen.

»Wir wüssten gern Ihren genauen Zielort in New York, da wir Ihnen eine unserer Service-Limousinen zur Verfügung stellen möchten, um Sie zu Ihrem endgültigen Bestimmungsort zu bringen.«

Matthew schwieg abwartend. Als Gentleman wollte er es Sophie überlassen, ihre Adresse zu nennen. Er konnte sich ein Taxi vom Flughafen nehmen. Schon jetzt empfand er ein Gefühl des Verlusts bei dem Gedanken, sich wieder von ihr trennen zu müssen. Jedenfalls war er entschlossen, sie während des Fluges so gut wie möglich kennen zu lernen. Wenn sie wirklich so großartig war wie es schien, würde er keine Mühe scheuen, während seines fünfmonatigen Aufenthalts in New York das Nützliche mit dem Angenehmen zu verbinden.

Sophie holte einen Bogen mit einer Adresse hervor. »Es ist an der Kreuzung Park Avenue und 75th Street Upper East Side.«

Im gleichen Block lag auch Matthews Unterkunft. Der Briefkopf mit der Adresse kam Matthew bekannt vor. Hudson House. Ein kleines Hotel mit einem großen Geschäftskundenstamm. Als die Stewardess außer Hörweite war, lehnte er sich zu Sophie hinüber.

»Arbeitest du etwa auch für Madison?«

Sie blickte ihn scharf an.

»Ich beginne morgen mit dem Schulungsprogramm. Das ist der Grund, weshalb ich unbedingt den Flieger kriegen musste.«

»Ich auch.«

»Schön, dich kennen zu lernen.«

Sie schüttelten sich offiziell die Hände, vorsichtig darauf bedacht, dass die Kabinencrew sie nicht beobachtete. Es waren erst vierzig Minuten vergangen, seit Sophies Tränen sein Hemd durchnässt, und dreißig Minuten, seit Matthew beschlossen hatte, sie näher kennen zu lernen.

Jetzt war er gleichermaßen erleichtert und nervös. Erleichtert, weil er sie nun jeden Tag während der kommenden fünf Monate sehen würde. Nervös, weil ihm die berühmte Rede in den Sinn kam, die er morgen hören würde. Die schöne Sophie Clemenceau würde seine Kollegin und Freundin, wenn er Glück hatte, sogar seine Geliebte werden. Aber fünf Monate lang war sie auch seine Rivalin.

## 7.

George machte einen Anwalt in Ilkey ausfindig und beauftragte ihn, einen Kaufvertrag aufzusetzen, der ihn zum rechtmäßigen Eigentümer von Gissings machte. Er wies den Anwalt an, einen einfachen Vertrag zu entwerfen und zwei Kopien an Gissings zu schicken. Er rechnete damit, ein paar Zugeständnisse machen zu müssen, doch postwendend kam eine Kopie des Vertrages zurück, unterschrieben mit zittriger Hand von »Thomas Gissing, Eigentümer und Geschäftsführer, 1963-98«. Es waren keine Änderungen hinzugefügt.

Elf Wochen nach der Testamentseröffnung seines Vaters war George stolzer Besitzer einer Firma, deren Jahresumsatz anderthalb Millionen Pfund betrug. Das Darlehen ausgenommen, beliefen sich die Vermögenswerte der Konten auf etwa dreihundertfünfzigtausend Pfund. Bis dahin hatte George also ein Pfund plus ein paar hundert Pfund für Anwaltskosten investiert. Er hätte sich glücklich schätzen können.

Aber dem war durchaus nicht so. Heute war Montag. Am Freitag stand für Gissings Modern Furniture Company der Fälligkeitstermin für mehr als eine halbe Million Pfund ins Haus. Val Bartlett, die Sekretärin des alten Gissing, die nun Georges Sekretärin war, brachte gerade mal mickrige fünfzehn Pfund aus der Bargeldkassette der Firma zum Vorschein. Georges Wagen würde vielleicht zwanzig Riesen einbringen. Und das war's auch schon.

George vereinbarte ein Treffen mit David Ballard, dem Bankberater der Firma. Wie der Zufall es wollte, war Ballard bereits Bernard Gradleys Banker gewesen, als dieser sein erstes Geschäftskonto eröffnete, und die beiden hatten eine Menge lukrativer Geschäfte miteinander gemacht. Die Unternehmen beider Männer expandierten. Ballard wurde verantwortlicher Bereichsleiter für alle Bankdarlehen an mittlere Unternehmen in Yorkshire und im Nordwesten, während Gradleys Gewerbe sich über das ganze Land ausbreitete. Trotz ihrer unterschiedlichen Karrieren hatte sich zwischen beiden Männern eine von gegenseitigem Respekt geprägte Freundschaft entwickelt. Wenn George jemanden benötigte, der ihm auf die Beine half, war Ballard genau der richtige Mann dafür.

Ballards Büro lag direkt am Marktplatz von Richmond, einem florierenden kleinen Städtchen im Norden von Yorkshire. Der Raum war von Ballard selbst ausgestattet worden, und das Ergebnis war ein freundliches, warmes Ambiente. Ballard hatte zahlreiche Beförderungen ausgeschlagen, weil er nicht aus Yorkshire fortwollte. Seine Kunden mochten ihn, und seine Vorgesetzten ließen ihm freie Hand. Er hieß George mit Kaffee und Keksen willkommen.

»Wie schön, George. Lange her, seit ich Sie das letzte Mal gesehen habe. Tut mir sehr leid, das mit Ihrem Vater. Muss Sie arg mitgenommen haben, nehme ich an. Wie hat die arme Helen es aufgenommen?«

Ballard kaute auf einem Keks, während er sprach. Er war ein korpulenter Mann mit graumeliertem Haar und Schnurrbart und besaß die schmalen Lippen eines harten, unnachgiebigen Bankers, aber die Fältchen um seine Augen ließen auf einen freundlichen, humorvollen Mann schließen. Ein paar Kekskrümel waren in seinem Schnurrbart hängen geblieben.

George zuckte mit den Schultern. Josie zufolge befand ihre Mutter sich in der Tat in bedenklichem Zustand und stand kurz davor, dem Vater ins Grab zu folgen. Aber Ballard brauchte nicht die ganze düstere Wahrheit zu erfahren. Ein Märchen war hier mehr von Nutzen.

»Ach, um ehrlich zu sein, Mutter trägt es mit Fassung«, sagte George. »Wie Sie wissen, gab es zum Schluss nicht mehr allzu viele Gefühle zwischen Mum und Dad. Sie freut sich, dass das Geld jetzt endlich der Familie zugute kommt, nachdem er es so lange hinter Schloss und Riegel gehalten hat.«

Das Testament war natürlich geheim, aber Ballard wusste wie jeder andere, wie viel Bernard Gradley wert gewesen war. Wenn es George gelang, bei Ballard den Eindruck zu erwecken, dass er in Kürze ein paar Millionen erbte, dürfte er eher geneigt sein, ein wenig Nachsicht mit Gissings walten zu lassen.

»Nun ja, ein paar Millionen dürften den Schmerz in der Tat lindern, nehme ich an«, erwiderte der Banker. »Insbesondere, wenn man den alten Bastard nicht ausstehen konnte – und ich spreche als Freund des Bastards, wie Sie wissen. Aber darüber wollten Sie vermutlich nicht mit mir reden, stimmt's? Wie ich hörte, sind Sie jetzt stolzer Besitzer vom Laden des alten Tom Gissing. Ich wäre nie darauf gekommen. Hätte ich Ihnen nicht zugetraut. Aber es sind schon merkwürdigere Dinge geschehen. Was also kann ich für Sie tun?«

»Nun, ich schulde Ihnen mehr oder weniger eine halbe Million.«

»Das ist richtig. Übrigens ist es mehr, nicht weniger. Fünfhundertvierundachtzigtausend und siebenhundertzweiundachtzig Pfund, um genau zu sein. Fällig am Freitag.«

»Sehr schön, aber ich frage mich, ob wir uns wohl auf eine

Verlängerung einigen könnten. Zwei oder drei Monate vielleicht?«

»Eine Verlängerung? Was ist denn mit dem Geld von Ihrem Dad?«

Da war ein gewisses Zwinkern in Ballards Augen, aber sein Mund war unnachgiebig.

»Die Vermögensverwalter haben das Erbe noch nicht freigegeben«, antwortete George wahrheitsgemäß. »Die Frage der Erbschaftssteuern muss noch geklärt, der Gesamtvermögenswert ermittelt werden, und so weiter. Bis ich meinen Anteil erhalte, bin ich arm wie eine Kirchenmaus. Ich würde das Darlehen gern aussetzen, bis ich eine Kapitalumschichtung vornehmen, die Schulden abschreiben und eine gesunde Bilanz vorweisen kann.«

»Haben Sie ein Schreiben von den Testamentsvollstreckern? Ich wäre bereit, Ihnen einen Aufschub zu gewähren, wenn ich etwas Schriftliches hätte.«

George geriet einen Augenblick aus der Fassung. Ein Schreiben könnte er zwar vorlegen, nur würde nicht das darinstehen, was Ballard lesen wollte.

»Äh ... ich glaube schon. Ich weiß allerdings nicht, ob ich das Schreiben rechtzeitig vorlegen kann. Es handelt sich um eine ganze Horde von Vollstreckern, und der juristische Kram scheint sich endlos hinzuziehen.«

Ballard überflog ein paar Zahlen, die vor ihm auf dem Schreibtisch lagen.

»Die Zinsen, die am Freitag fällig sind, belaufen sich auf sechstausend. Wenn Sie die auftreiben – plus eine Vorauszahlung von weiteren dreißigtausend auf die nächsten Zinszahlungen –, könnte ich Ihnen einen zeitweisen Aufschub von, sagen wir, drei Monaten einräumen. Okay?«

George nickte, unfähig zu sprechen. Er hatte darauf gezählt, dass Ballard seinem Vorschlag ohne Vorbehalte zustimmen würde. Wie es jetzt aussah, war Ballard alles andere als eine Hilfe gewesen. George trat blinzelnd auf den Marktplatz hinaus und verscheuchte eine Politesse von seinem im Halteverbot stehenden Wagen. Er holte sein Handy hervor und tippte eine Nummer ein. Ihm blieben fünf Tage, sechsunddreißigtausend Pfund aufzutreiben. Versagte er, wäre seine Laufbahn als Eigentümer von Gissings Modern Furniture Company bereits zu Ende, bevor sie richtig angefangen hatte.

## 8.

Nein, Gott sei Dank nicht tot, aber sehr krank.

Der Notarztwagen war wenige Minuten später eingetroffen. Ein freundlicher Sanitäter hatte der aufgelösten Josephine beruhigend versichert, dass der Puls der Mutter stabil und ihre Atmung zwar schwach, aber regelmäßig sei.

Der Weg ins Krankenhaus wurde zu einer abenteuerlichen Fahrt mit Blaulicht und Sirenengeheul. In der Klinik integrierte man Helen Gradley ohne viel Umstände in den Routineablauf des modernen britischen Krankenhausbetriebes. Aufgrund ihres ernsten Zustandes wurde sie sofort auf der Intensivstation untergebracht. Im Laufe der Nacht und des darauf folgenden Tages wurden Diagnose und Prognose etwas klarer.

Helen Gradley hatte einen Schlaganfall erlitten, eine Durchblutungsstörung des Gehirns. Die Konsequenzen waren selbst für einen Spezialisten schwer vorauszusagen. Manche Menschen verloren in diesem Fall Sprach-, Koordinations- und Erinnerungsvermögen, erholten sich jedoch innerhalb von Wochen oder Monaten. Andere erlitten geringfügigere Verluste, dafür aber endgültig. Helens Schlaganfall wurde als äußerst schwer eingestuft, und erst die Zeit würde Gewissheit über die Folgen bringen.

Und Josephine? Während der ganzen ersten Nacht im Krankenhaus war sie nicht von der Seite ihrer Mutter gewichen. Ärzte waren gekommen und gegangen, hatten widersprüchliche Ratschläge erteilt und waren, von ihren Piepsern gerufen, wieder davongeeilt, zu beschäftigt, um ihre Arbeit gründlich zu tun. Josephine, die immer noch ihr Partykleid trug, hatte die Hand der Mutter gehalten und ihr aufmunternde, tröstende Worte zugeflüstert. Sie erinnerte sich, in welcher Stimmung sie heimgekehrt und die Hügel zum heimatlichen Haus hinaufgestiegen war. Jetzt waren ihr Zorn, die Sehnsucht nach ihrem alten Leben wie fortgeblasen. Helen Gradley, die so lange der Schutzschild zwischen ihren Kindern und deren Vater und das unschuldige Opfer eines unfairen Scheidungsprozesses und eines skrupellosen Testaments gewesen war, lag hilflos wie ein Baby in ihrem Bett und blickte ihre Tochter flehend an.

Josephine war siebzehn Jahre alt. Nie hatte sie damit gerechnet, sich ihren Lebensunterhalt verdienen, geschweige denn, sich um einen behinderten Elternteil kümmern zu müssen. Aber sie kannte ihre Pflicht. »Es ist alles in Ordnung, Mummy«, flüsterte sie.

## 9.

Jeder Banker kennt das Problem. Du kommst nach einem harten Arbeitstag müde wie ein Hund nach Hause, aber wenn du endlich im Bett liegst, stellt sich kein Schlaf ein. Oder, schlimmer noch, du schläfst zwar, aber die Zahlenkolonnen, mit denen du dich tagsüber herumgeschlagen hast, lassen dich auch im Traum nicht los. Du bist wie ein Cursor, bewegst dich durch Tabellenkalkulationen, sortierst Zahlen aus, der letzte einsame Überlebende in Gridlock City.

Es war drei Uhr morgens, als Zack fluchend die Laken zurückwarf. Durchs Fenster drangen gedämpft der ferne Verkehrslärm von der Camden High Street und das Klingeln des Milchwagens herauf. Zack versuchte sich auf die Geräusche zu konzentrieren, um das Klick, Klick der Zahlenreihen in seinem Kopf damit zu ersticken.

Er knipste das Licht an, spritzte sich Wasser ins Gesicht und beschloss zu duschen. Vielleicht würde das den Müll des Tages fortspülen. Unter der Dusche rieb er sich mit dem Aroma-Duschgel von Boots ein, das Josephine ihm zum Geburtstag geschenkt hatte. Ein demonstratives Geschenk, das weniger als einen Zehner gekostet hatte – Josies Art, ihn daran zu erinnern, dass sie kämpfen musste, um über die Runden zu kommen. Der Teufel sollte sie holen. Wenn Zack erst im Alleingang das Vermögen des Vaters gerettet hatte, würde sie schon aufhören, sich zu beschweren. Wenn sie dank Zack ein paar Millionen auf dem Konto hatte, würde sie ihm ein anständigeres Geschenk kaufen können. Das fliederfarbene Gel floß unter dem Wasserstrahl Zacks hageren Körper hinunter. Die Zahlen ratterten immer noch in seinem Gehirn, wenn auch ein wenig langsamer.

Er warf sich einen Morgenmantel über, den er in besseren Zeiten im New York Plaza hatte mitgehen lassen, und trottete in die Küche. Der Kühlschrank war leer bis auf einen Jogurt, dessen Verfallsdatum längst überschritten war. Zack öffnete ihn und schnüffelte daran. Der Jogurt roch okay. Was ist der Unterschied zwischen einem Jogurt und Australien? Der Jogurt hat eine noch lebende Kultur. Hahaha. Zack löffelte den Becher aus und starrte dabei das Verfallsdatum auf dem Deckel an. Demnächst würde er noch von Strichcodes träumen. Und wenn er in der Mülltonne herumstöberte, fänden sich vielleicht noch ein paar Kassenzettel als Lektüre.

Er ging zurück ins Schlafzimmer und setzte sich auf die Bettkante. Sarah Havercombe schien ihm in diesem Augenblick völlig gleichgültig. Und überhaupt, sie war ja verlobt.

Coburg's begann ihn zu langweilen, und seiner Million Pfund war er auch noch keinen Penny näher gekommen. Er war sich noch nicht einmal klar darüber, wie er vorgehen sollte. Matthew wurde inzwischen an der Wall Street in die Kunst des Börsenhandels eingeweiht, und George steckte wer-weiß-wo und trieb wer-weiß-was. Vielleicht hatte Josie Recht, dass sie bloß ein Haufen Narren waren. Aber was blieb ihnen übrig, als es wenigstens zu versuchen? Es immer weiter zu versuchen. Bis zum Verfallsdatum.

Warum ging ihm der Ausdruck nicht mehr aus dem Kopf? Verfallsdatum. Fälligkeitstermin. Die Zahlen waren verschwunden, dafür hatte sich jetzt dieser Begriff in seinem Hirn festgesetzt. Hing es mit diesem verdammten Archiv von Aberdeen Oil zusammen, diesen unzähligen Vertrags- und Rechnungsstapeln? Waren nebensächliche Begriffe ebenso willkürlich hängen geblieben wie die Zahlen?

Fünf Minuten später warf er erneut die Laken zurück und knipste wieder das Licht an. Stirnrunzelnd vor Konzentration begann er, sich Seite für Seite aus dem Archiv wieder vor Augen zu führen. Da war sie, die gesuchte Seite, schwach zuerst, dann immer schärfer. »Standardgarantien für Consultant-Verträge« lautete die Überschrift. Zack ging den Text durch, der darunter stand. Er war in unverständlichem Juristenkauderwelsch verfaßt, doch für Zack war die Bedeutung klar. Er rief sich ein anderes Blatt ins Gedächtnis zurück. »Versicherungsvereinbarungen: Provisionen und Haftungsausschlussklauseln«. Jetzt wurde die Sache noch deutlicher. Kein Wunder, dass er nicht hatte schlafen können. Noch ein Blatt war zu überprüfen. »Verzeichnis der wichtigsten Consulting-Projekte, 1988-98«. Die Seite wurde schärfer, aber Zack wusste jetzt bereits, was sie beinhaltete.

Er knipste das Licht aus und schlief tief und fest wie ein Baby.

## 10.

Durch die Jalousien hinter den Schulungsteilnehmern konnte man erkennen, wie der Hudson River in den Atlantik mündete. Auf dem Wasser herrschte emsiger Verkehr, und die Freiheitsstatue schwenkte mahnend ihre Fackel. Auch wenn das Tor zur freien Welt heute nicht mehr ist, was es einmal war, herrscht hier noch immer Hochbetrieb für alles, was verpackt, verschifft und verkauft werden soll. Weiter draußen im Südwesten, kaum sichtbar durch den Dunst, sorgen die Kräne der Hafengesellschaft dafür, dass der Güterstrom nicht abreißt.

Die Teilnehmer schenkten der Szenerie keine Beachtung. Stapelte man sämtliche Frachtgüter übereinander, die im Laufe eines Jahres die Luft- und Schifffahrtshäfen von New York und New Jersey passierten, entstünde ein Berg, groß genug, ein Wintersportgebiet darauf einzurichten. Und trotzdem wäre dieser überdimensionale Güterberg nicht einmal ein Tausendstel der unsichtbaren Fracht wert, die zur gleichen Zeit geräuschlos die elektronischen Datenbahnen der Wall Street passierte.

Der Markt für US-Regierungsanleihen ist über sechs Billionen Dollar wert. An den Devisenmärkten werden an jedem Arbeitstag über eine Billion Dollar umgesetzt. Die Umsätze der US-Aktienmärkte werden auf vierzehn Billionen geschätzt. Der Markt für Industrieschuldverschreibungen, Anleihen, Einlagenzertifikate und unzählige weitere Wertpapiervarianten fügen dem Ganzen nochmals Milliardensummen hinzu. Und jedes dieser Dokumente gehört Investoren, fähigen oder unfähigen, klugen oder einfältigen, die sich drehen und winden, um Verluste zu vermeiden und Profite zu ergattern.

An der Wall Street geschehen die unterschiedlichsten Dinge, manche von Nutzen für die Welt, andere weniger nützlich.

Der eigentliche Zweck dieses Ortes ist leicht zu begreifen: Es ist der Umschlagplatz, an dem Investoren Wertpapiere kaufen und verkaufen können. Und jedes Mal, wenn ein Stück Papier den Besitzer gewechselt hat und hoffnungsvoll von seinem neuen Eigentümer entgegengenommen wird, gibt es jemanden, der noch zufriedener ist: der Händler, der den Deal abgewickelt hat. Von jedem Dollar, der hier den Besitzer wechselt, fließt ein geringer Betrag in seine Tasche. An manchen Märkten sind diese Beträge mikroskopisch klein. An den Devisenmärkten kommt es vor, dass die Provision für den Wall-Street-Banker nur ein paar Hundertstel eines Cents beträgt. Auf den Aktienmärkten kann es schon ein halber Cent sein, manchmal sogar zwei oder drei.

Den Händler schert es nicht, dass sein Anteil prozentual winzig ist. Ein Zehntel eines Cents mal eine Million macht schon Tausend Dollar. Ist der Händler clever genug, zwei Zehntel herauszuschlagen, wird es den Investor nicht weiter schmerzen – was bedeuten ihm schon zwei Zehntel eines Cents? –, wohingegen der Händler seinen Gewinn damit bereits verdoppelt hat. Nicht lange, und er wird ein nettes kleines Häuschen auf Long Island, einen deutschen Sportwagen und eine ansehnliche Yacht sein Eigen nennen. Seine Kinder werden die besten Schulen besuchen, seine Frau auf die exklusivsten Partys eingeladen, und er selbst wird den Kontakt mit den Kumpels von der Uni, die zwar bessere Noten hatten, aber den verhängnisvollen Fehler begingen, auf eine Karriere als Ingenieur oder Beamter zu setzen, längst abgebrochen haben.

Das Leben als Wall-Street-Händler kann ausgesprochen reizvoll sein. Und genau aus diesem Grund hatten sich die Seminarteilnehmer hier eingefunden.

Matthew blickte sich um. Schräg unterhalb von ihm saß Sophie. Er fing ihren Blick auf und lächelte sie an. Sie erwiderte sein Lächeln. Matthew hatte sich nicht geirrt. Sie war immer noch atemberaubend, mit perfekter Figur und makellosem Teint. Matthew war fest entschlossen, sie näher kennen zu lernen. Ein hoch gewachsener, blonder Kalifornier drängte sich durch die Sitzreihen und ließ sich neben Matthew nieder.

»Was dagegen, wenn ich mir hierher setze? Ich bin Scott Petersen. Nett, dich kennen zu lernen.«

Scott Petersen war ein paar Zentimeter größer als Matthew, seine Schultern ein paar Zentimeter breiter, und er sah eine Spur besser aus. Matthew hasste ihn augenblicklich.

»Hi. Ich bin Matthew Gradley.«

Sie schüttelten sich die Hände.

»Aus England?«

»Richtig.«

»Na, das ist ja prima«, sagte Petersen und ließ den Blick durch den Saal schweifen. »Es sind etwa zweiundzwanzig Nordamerikaner dabei, ungefähr genauso viele Europäer und vielleicht fünfzehn oder zwanzig Leute von woanders her. Hauptsächlich aus dem pazifischen Raum, schätze ich. Vorhin habe ich ein Grüppchen Südamerikaner gesehen, und ich weiß, dass ein Russe und so 'ne Art Ölprinzessin aus dem Mittleren Osten auch mit von der Partie sind.«

Matthew stieß seinen Nachbarn an. Ein pummeliges, dunkelhäutiges Mädchen, dessen aufgetürmtes Haar von schweren Goldspangen gehalten wurde, kam den Gang zu seiner Rechten herunter. Auch an den Fingern, Handgelenken und am Hals funkelte Goldschmuck. Ihr Blick war starr geradeaus gerichtet, die breiten Züge wirkten unbeteiligt.

»Das ist sie«, flüsterte Petersen. »Sie soll mit Mühe und Not ihren Collegeabschluss geschafft haben, und mit ihrem Englisch ist es auch nicht weit her. Aber ihre Familie verfügt über Ölvorkommen im Wert von mehreren Milliarden Dollar und, na ja ...«

Petersen zuckte mit den Schultern. Er begriff zwar, aber es gefiel ihm nicht.

Um bei Madison vorwärts zu kommen, bedarf es gewisser Qualifikationen. Diese Qualifikationen kommen in verschiedener Form daher, und die pummelige Gestalt der Ölprinzessin war eine davon.

Matthew wandte sich ihr zu.

»Hallo«, sagte er. »Matthew Gradley.«

»Sehr erfreut«, erwiderte das Mädchen mit starkem Akzent. »Fareshti Al Shahrani aus ...«

Was immer sie zu sagen im Begriff gewesen war, wurde unterbrochen, als die Tür zum Saal geöffnet wurde und ein Mann zielstrebig auf das Pult aus Walnussholz zusteuerte. Die Kursteilnehmer verstummten. Der Mann war Dan Kramer, der Löwe der Wall Street.

Das altmodische Walnusspult barg eine Reihe von Kontrollschaltern für Lautsprecheranlage, Licht, Jalousien, Monitore, Projektoren und so weiter. Doch Kramer blieb neben dem Pult stehen. Er brauchte weder Dias, noch bedurfte seine Stimme einer Verstärkung. Kramer war nicht besonders groß, doch seine Züge waren wie gemeißelt unter seiner widerspenstigen, aschblonden Mähne. Dieser Mann bedurfte keiner körperlichen Größe, um ehrfurchtgebietend zu wirken. Seit das *Time Magazine* Kramer in einer Titelstory als »Löwen der Wallstreet« bezeichnet hatte, war dieser Spitzname zu seinem ständigen Begleiter geworden. In gelassenem Zustand wirkte Kramer grimmig, war er verärgert, musste er geradezu furchterregend sein.

»Mein Name ist Daniel Kramer. In meiner Eigenschaft als Vorsitzender und geschäftsführender Direktor von Madison begrüße ich Sie zum heute beginnenden Schulungsseminar.«

Er grinste, doch dieses Grinsen erheiterte niemanden der Anwesenden. Zu viele Zähne wurden dabei entblößt, und es währte eine Spur zu lange.

»Sie haben sich erfolgreich um einen Job bei uns bemüht,

weil Ihre Interviewpartner beim Einstellungsgespräch der Meinung waren, dass Sie über die entsprechenden Fähigkeiten verfügen. Wir sind sehr wählerisch bei der Auswahl der Kandidaten, da jeder Irrtum eine Zeitverschwendung für die Bank bedeutet. Trotzdem irren wir uns in etwa einem von drei Fällen. In solchen Fällen sagen wir ›sorry‹ und fordern die Betreffenden auf, diese Bank zu verlassen. Wir wünschen Ihnen durchaus kein unangenehmes Leben, sondern bitten Sie lediglich, es außerhalb dieses Unternehmens zu führen.

Diejenigen unter Ihnen, die bleiben, werden sich gelegentlich fragen, ob sie die richtige Entscheidung getroffen haben. Die Arbeit ist hart, der Druck erbarmungslos. Jedes Mal wenn Sie glauben, eine Aufgabe gemeistert zu haben, werden wir unsere Anforderungen steigern. Sie werden diesen Anforderungen entsprechen oder die Firma verlassen. Bewähren Sie sich, werden Sie eines Tages Summen verdienen, die – bis auf eine kleine Elite – für den restlichen Teil der Bevölkerung unvorstellbar sind. Außerdem werden Sie über die Genugtuung verfügen, es an einem der anspruchsvollsten Arbeitsplätze der Welt geschafft zu haben. So viel zu Ihrer Entlohnung.

Für mich von vorrangiger Bedeutung ist die Entlohnung für die Bank. Ich werde gelegentlich gebeten, unsere Strategie zu definieren. Das ist ganz einfach: Wir rekrutieren die Besten aus jedem Land, in dem wir tätig sind. Und wen wir einmal rekrutiert haben, den behalten wir. Dann fahren wir mit unserer Arbeit fort. Das ist alles. Die Entlohnung für die Firma ergibt sich von allein.«

Kramer ließ den Blick durch den Hörsaal schweifen.

»Irgendwelche Fragen?«

Aus seinem Munde war das weniger eine Frage als ein Scherz. Noch nie, seit Kramer diese Rede führte, hatte jemand eine Frage gestellt. Er lächelte erneut. Schon wieder zu viele Zähne. Und wieder hallte das Lächeln noch nach, als das Licht bereits erloschen war. Mit anderen Worten: Der Löwe der Wall Street marschierte aus dem Saal.

Matthew hatte vorher gewusst, dass Kramer nicht zu den zart besaiteten Zeitgenossen gehörte. Matthew kam mit Druck nicht nur zurecht, er blühte dadurch geradezu auf. Aber dieser Kramer war wirklich furchteinflößend, und Matthews Mund fühlte sich auf einmal trocken an. Er blickte schräg nach unten zu der Reihe, in der Sophie saß. Sie wirkte vollkommen gelassen. Weder benetzte sie die Lippen, noch rutschte sie unruhig auf ihrem Platz herum oder spielte mit ihrem Kugelschreiber wie die anderen Anwesenden. Sie saß einfach da und sah schön und begehrenswert aus. Matthew vergaß Kramer.

Er öffnete seine Aktenmappe und zog eine Karte heraus, die er am Morgen gekauft hatte. Er schrieb etwas hinein, kritzelte Sophies Namen auf den Umschlag und ließ ihn zielsicher auf Sophies Pult landen.

Sie blickte sich suchend um und schenkte Matthew ein höfliches Lächeln. Nachdem sie den Umschlag geöffnet und die Zeilen gelesen hatte, lächelte sie erneut. Diesmal war ihr Lächeln mehr als nur höflich, und ihr Blick signalisierte Einverständnis. Wenn er Glück hatte, bedeutete dieser Blick sogar mehr. Die Mitteilung auf der Karte war kurz und knapp. Sie lautete: »Liebste Mrs. Gradley, da heute der erste Tag unserer Flitterwochen ist, würde es Ihnen vielleicht gefallen, mit mir essen zu gehen? 20.00 Uhr. The Riverside. Ihr ergebener Gatte, Mr. Gradley.«

## 11.

Hank Daggert, geschäftsführender Direktor von Tominto Oil, machte sich nicht viel aus dem britischen Mutterland. Gewiss, einige Dinge waren in Ordnung. Maggie Thatcher gefiel ihm, der flexible Arbeitsmarkt und North Sea Oil. Aber die Liste dessen, was er verabscheute, war bei weitem länger. Er hasste die Queen, Gewerkschaften, New Labour, John Lennon, die unbewaffneten Polizisten, die BBC, heißen Tee, warmes Bier und kalte Zimmer. Und diese steife Mannschaft ehemaliger Eton-Absolventen, die ihm dabei helfen sollte, den Deal mit Aberdeen Drilling durchzuziehen, war ihm ebenfalls zuwider. Aber er hatte keine andere Wahl. Coburg's war die größte unabhängige britische Bank. Sie würde ihm bei seinem Vorhaben, ein britisches Unternehmen zu kaufen, die besten Dienste leisten. Doch im Augenblick folgte er den Ausführungen Piers St George Hanburys mit wachsender Verärgerung.

»Sie wollen also sagen, dass in dem Archiv eine Zeitbombe tickte?«

»Ja, und wir sind der Meinung, dass Sie Ihr Angebot entweder um zehn Millionen Pfund senken oder darauf bestehen sollten, dass der Verkäufer Sie gegen sämtliche Verbindlichkeiten versichert, die möglicherweise auf Sie zukommen.«

»Großer Gott. Es sind nur noch vierzehn Tage, bis unser endgültiges Angebot vorliegen muss. Hätten Sie damit nicht früher rausrücken können?«

»Ich verstehe Ihren Ärger. Aber das Problem war sehr sorgfältig verborgen, und es hat uns geraume Zeit gekostet, es ausfindig zu machen. Aber immer noch besser, Sie erfahren es spät als überhaupt nicht.«

»Was Sie nicht sagen«, grummelte Daggert. Tominto Oil war ungefähr eine Milliarde Dollar wert, wovon Daggert Anteile im Wert von fünf Prozent besaß. Hank Daggert war kein besonders charmanter alter Mann, aber die Aktionäre von Tominto Oil schätzten ihn durchaus. »Erklären Sie mir die Sache noch mal. Ich will sichergehen, dass ich es verstehe.«

Piers Hanbury war zu wichtig, um sich mit Details abzugeben. Er gehörte zu den angesehensten Händlern in der City of London und neigte nicht zu übertriebener Nervosität wegen eines Hundert-Millionen-Deals, bei dem eine lächerliche Provision in Höhe von einer Million Pfund herausspringen würde. Seine Aufgabe bestand darin, distinguiert dreinzuschauen und dem Kunden durch seine Anwesenheit ein Gefühl der Sicherheit zu vermitteln.

»Zack, weshalb erklären Sie es uns nicht?«, fragte Hanbury sanft. »Schließlich war es Ihre Entdeckung.«

Vor Kunden war Hanbury die Höflichkeit selbst, aber einen Tag zuvor war er Zack gegenüber ausgerastet. »Warum, zum Teufel, kommen Sie jetzt erst damit an? Jetzt ist der Deal so gut wie geplatzt.« Hanbury war sauer.

In einem Punkt unterscheidet sich der Kauf eines Unternehmens vom Kauf eines Wagens. Zieht man beim Autokauf einen Gutachter hinzu, damit er das Fahrzeug unter die Lupe nimmt, zahlt man dem Gutachter ungeachtet des Ergebnisses eine Gebühr. Auf diese Art hat man die Gewissheit eines unabhängigen Zustandsberichts. Käme man jedoch überein, die Gebühr nur bei Erhalt eines positiven Berichts zu zahlen, stünde man am Ende mit lauter positiven Berichten für Wagen da, die binnen kürzester Zeit auf dem Schrottplatz landen würden.

Aus irgendeinem Grund, den kein Mensch erklären kann, geht es beim Kauf eines Unternehmens anders zu. Die Beraterbank erhält ihre Provision nur, wenn es tatsächlich zum Geschäftsabschluss kommt und ihr Klient die anderen Bieter aus dem Feld schlägt. Die Verlockung ist daher groß, den Klienten zu einem überhöhten Gebot zu veranlassen – und immer wieder kommt es vor, dass Mitarbeiter der beratenden Banken dieser Versuchung erliegen. Piers St George Hanbury war einer von dieser Sorte. Wenn Zack das Problem ein paar Wochen früher ausfindig gemacht hätte, als sie sich noch durch das Archiv arbeiteten, hätte Hanbury garantiert Gründe erfunden, Tominto Oil trotzdem zum Kauf von Aberdeen Oil zu ermuntern. Jetzt war der Preis bereits diskutiert und festgelegt, und nun kam dieser verdammte Gradley mit einem Haken in Höhe von zehn Millionen Pfund daher, und der ganze Handel drohte ins Wasser zu fallen.

»Also gut«, setzte Zack an. »Gerade als man sich entschlossen hatte, Aberdeen Drilling zu verkaufen, ergab sich eine gravierende Schwierigkeit. Ein norwegisches Consulting-Projekt, an dem Tominto Oil beteiligt gewesen war, droht jetzt zum Problem zu werden. Aberdeen hatte den Bau einer Nordsee-Pipeline nach Bergen betreut. Sie machten ihre Arbeit, wurden bezahlt und vergaßen die Sache. Aber um den Auftrag zu bekommen, hatten sie seinerzeit eine Garantie geboten: Sollten die Arbeiten nicht zufriedenstellend durchgeführt werden, würden sie eventuell anfallende Kosten übernehmen. So lautete die Abmachung.

Nun, gerade als sie bereit waren, ihr Archiv für potenzielle Käufer zu öffnen, klopften die Norweger wieder an die Tür. Wie sich herausgestellt hatte, hatte es beim Bau der Pipeline einige Schlampereien gegeben, wofür die Norweger jetzt Aberdeen Drilling verantwortlich machten. Was vielleicht stimmte, vielleicht auch nicht. Es gab keine gerichtliche Untersuchung deswegen, aber nehmen wir einfach mal an, die Norweger haben Recht und Aberdeen hat Mist gebaut.

Normalerweise wäre das nicht weiter tragisch. Aberdeen ist natürlich gegen solche Fälle versichert. Wenn sie den Norwegern den Schaden zahlen müssen, würden sie sich das Geld von der Versicherung zurückholen. Hier aber liegt das Problem. Als sie nämlich den Vertrag mit den Norwegern unterzeichneten, waren sie gar nicht versichert. Es hatte gewisse Probleme bei den Überweisungen gegeben, und sie waren eine Woche mit der Prämienzahlung im Rückstand. Soweit ich weiß, lag es an einem krankheitsbedingten Personalausfall. Aber wie dem auch sei, in der Woche der Vertragsunterzeichnung lag kein Versicherungsschutz vor. Jetzt wollen sie möglichst verkaufen, bevor die Schadensverbindlichkeiten fällig werden, und natürlich will man vermeiden, dass der Käufer merkt, was da auf ihn zukommt.«

»Aber sagten Sie nicht, dass sich diese Informationen im Archiv befanden? Wie kann das sein, wenn sie die Sache doch vertuschen wollen?«, fragte Daggert.

Zack lächelte.

»Aberdeen Drilling *muss* solche Informationen ins Archiv packen, andernfalls kann der Käufer das Geld zurückfordern. Aber sie haben es clever angestellt. Sie haben ihre Zeitbombe gut versteckt, indem sie sie in vier kleine Teile zerlegten. Drei davon haben sie im Archiv verborgen und eins in der Presse. Jedes dieser Teile für sich ist harmlos, nur zusammen ergibt es einen ziemlichen Knall.«

»Fahren Sie fort.«

»Der erste Teil der Bombe verbarg sich im Kleingedruckten der Consultant-Vereinbarungen. Darin hieß es, dass auf sämtliche Arbeiten im Zusammenhang mit dem Consultant-Vertrag Garantien gewährt würden. Probleme, die sich darüber hinaus ergäben, seien jedoch dadurch nicht gedeckt. Der zweite Teil steckte als Fußnote in einem Berg von Versicherungsunterlagen. Die Fußnote wies darauf hin, dass diese Versicherung während einer Spanne von einigen Tagen außer Kraft gesetzt war. Der dritte Teil der Bombe bestand in einer Notiz, die besagte, wann der Vertrag mit den Norwegern unterzeichnet worden war. Nämlich – welche Überraschung – genau zu jenem Zeitpunkt, als der Versicherungsschutz nicht bestand. Man könnte es auch so formulieren, dass der Vertrag unterzeichnet wurde, als der Versicherungsschutz sein Verfallsdatum überschritten hatte.

Und jetzt kommt der cleverste Schachzug. Der brisanteste Teil der Bombe – nämlich der, der sofort unser Misstrauen erregt und uns auf die Spur der anderen Teile geführt hätte, den haben sie außerhalb des Archivs versteckt.«

»Aber ich dachte ...«, wollte Daggert einwenden.

Zack unterbrach ihn. »Ja, Sie dachten, dass das, was sich nicht im Archiv befindet, von der Gewährleistung ausgenommen ist. Das ist richtig – es sei denn, die betreffende Information wurde bereits der Öffentlichkeit zugänglich gemacht, zum Beispiel der Presse. Genau das haben sie getan. Sie haben den gefährlichsten Teil ihrer Zeitbombe einem norwegischen Journalisten zugetragen. Einem Mann, der für ein norwegisches Industrieblatt mit einer Auflage von fünftausend Exemplaren arbeitet. Dem haben sie gesagt, was es zu sagen gab. Der Journalist verfaßte einen kurzen Artikel, auf norwegisch, versteht sich, und veröffentlichte die Mitteilung in seinem Blatt. Schon ist die Sache öffentlich. Allerdings ist die Story nicht groß genug, um von anderen Blättern aufgenommen zu werden. Und falls doch – bis englischsprachige Magazine sie aufgegriffen hätten, wäre der Handel mit Tominto bereits über die Bühne gegangen. Schließlich sprechen die wenigsten Leute fließend Norwegisch oder hegen übermäßiges Interesse an Offshore-Ölgeschäften.«

Daggert schüttelte ungläubig den Kopf. »Wie, zum Teufel, seid ihr dann darauf gestoßen? Vertreibt ihr euch die Zeit damit, norwegische Industriemagazine zu lesen?«

Zack schüttelte den Kopf. »Erst als ich nachträglich über das Archiv nachdachte, fielen mir die ersten drei Teile auf, die sehr sorgfältig und weit entfernt voneinander verborgen waren. Jedes Einzelne befand sich in Dokumenten, die eigentlich viel zu langweilig waren, um sie zu lesen. Mir wurde klar, dass sich dahinter eine Bombe verstecken musste. Alles, was fehlte, war der Zündstoff. Also begann ich zu suchen. Wir benutzten unsere Datenbanken, um zuerst die einschlägige englischsprachige, später die weltweite Presse zu durchforsten. Und peng, auf einmal taucht dieser norwegische Artikel auf. Da war sie, die Zeitbombe, scharf gemacht und tickend.«

Zack warf Daggert den Artikel mit einer Übersetzung auf den Schreibtisch. Daggert überflog ihn kurz. Es wurde darin lediglich angesprochen, dass es ein Problem gab und die Norweger deswegen Anspruch auf Schadenersatz erheben würden. Das war alles. Aber es genügte.

»Haben Sie Aufzeichnungen über den anderen Kram, die anderen Teile der Bombe?«

Daggert hatte die Frage an Zack gerichtet, der den Kopf schüttelte. Also wandte Daggert sich an seine beiden Angestellten, die mit Zack und Sarah im Archiv gewesen waren. »Habt ihr was darüber?« Beide verneinten. Daggerts Tonfall wurde schärfer. »Niemand von Ihnen hat Aufzeichnungen gemacht, und von mir wird verlangt, dass ich mit meinem Gebot um zehn Millionen runtergehe?«

Hanbury witterte eine Möglichkeit, wie man offen mit dem Kunden sein, ihn aber vielleicht trotzdem überreden könnte, bei seinem ursprünglichen Gebot zu bleiben.

Er setzte zum Sprechen an, aber der arrogante junge Gradley fiel ihm einfach ins Wort.

»Ich habe Aufzeichnungen, allerdings keine schriftlichen.«

»Wie bitte?« Daggert war stocksauer. Wollte der Kerl ihn auf den Arm nehmen?

»Ich habe ein hervorragendes Gedächtnis und vergesse niemals Fakten.«

Daggert stieß ein verächtliches Lachen aus. »Das lässt sich leicht nachprüfen.« Er streckte die Hand nach dem Notizblock eines seiner Angestellten aus, der umfangreiche Aufzeichnungen aus dem Archiv enthielt. Daggert blätterte die Seiten durch und blickte Zack herausfordernd an. »Okay. Registernummer siebenundfünfzig, Kladde acht. Können Sie mir sagen, was darin steht?«

Zack rief sich das Register ins Gedächtnis und blätterte es in Gedanken bis zu der betreffenden Kladde durch. »Verfahrensweisen bei Abmahnungen«, sagte er schließlich. »Disziplinarausschüsse. Erste und zweite Verwarnung. Und so weiter.«

Daggert nickte und blätterte weiter. »Register einundneunzig, Kladde vier. Auf der Seite stehen einige Zahlen. Lesen Sie sie mir vor.«

Zack beschwor die Seite herauf und ratterte auch die Beträge fehlerfrei herunter. »Achtzehn Komma sechs, vierzehn Komma acht ...«

»Okay. Stop. Sie haben mich überzeugt. Gute Arbeit, junger Mann. Piers, wir gehen um zehn Millionen Pfund runter. Ist das klar? Wir bieten nur hundertfünfzehn Millionen.«

Hanbury schluckte. Dieser verdammte Gradley. Der Teufel sollte ihn holen.

»Klar. Aber darf ich Sie an unsere Empfehlung erinnern, dass das Zuschlagsgebot bei mindestens hundertfünfundzwanzig liegen sollte. Ich muss Sie leider warnen: Mit Ihrem revidierten Gebot sind Sie vermutlich aus dem Rennen.«

Der Ölmann funkelte die aristokratische Gestalt Hanburys an.

»Kann schon sein. Aber deswegen werfen wir noch lange kein Geld aus dem Fenster.«

## 12.

Kiki? Ich bin's, George.«

»George, Darling, wie geht es dir?« Kikis Englisch war hervorragend, aber sie wusste, dass ihr französischer Akzent viel reizvoller klang und nutzte diese Tatsache bei jeder Gelegenheit.

»Mit geht's gut«, sagte George. »Sag mal, kannst du vorbeikommen? Ich muss dich sehen.«

»Jetzt, Darling? Isch wollte gerade ausgehen. Isch 'abe schon mein 'ut auf.«

»Ach, komm, du bist doch immer auf dem Sprung. Ich habe dir ein Taxi bestellt. Es wartet vor dem Hotel. Bitte, Kiki, es ist dringend.«

Sie zögerte einen Moment und überlegte, ob sie ihn noch länger hinhalten sollte.

»Okay, George«, sagte sie dann. »Aber du wirst mein neues Kostüm ausgiebig bewundern müssen. Isch 'abe es gerade erst gekauft.«

George versprach es ihr.

»Und isch will wirklisch ausgehen. Isch werde nur zwei Minuten bleiben können.«

»Geht in Ordnung.«

»Vielleischt sogar nur ein Minut. Isch brauche Zeit, misch fertisch zu machen.«

»Sich fertig zu machen« bedeutete bei Kiki, ihr makelloses Makeup eingehend zu überprüfen und kostspielige Markenkosmetikartikel in anderer Leute Badezimmer liegen zu lassen.

»Kiki, ich verabreiche dir persönlich eine Pediküre, wenn's sein muss. Aber bitte komm.«

Und sie kam. Anderthalb Stunden später natürlich, und mit einer Harvey-Nichols-Tüte in der Hand. Aber immerhin kam sie. Ihr neues Kostüm war wirklich umwerfend. Korallenrot und maßgeschneidert und ebenso ins Auge springend, wie es das Preisschild gewesen sein musste. George zollte ihm die Bewunderung, die ihm gebührte, fast so viel, wie Kiki verlangte.

Niemand konnte George mehr auf die Palme bringen als Kiki, aber gleichzeitig hatte er sich noch zu keiner Frau so hingezogen gefühlt. Abgesehen von einem Neujahrskuss in

Monaco, der George sehr viel und Kiki vermutlich nichts bedeutet hatte, war zwischen ihnen nie etwas gewesen. In anderer Aufmachung wäre George mit seiner schleppenden Sprechweise, seiner phlegmatischen Art und dem kräftigen Körperbau als typischer Yorkshire-Farmer durchgegangen. Sie dagegen war klein, zierlich, hell, und wie ein Vögelchen von Zweig zu Zweig, flatterte sie von einer Sache zur anderen. Sie waren ein ungleiches Paar, doch George hielt beharrlich Kontakt zu Kiki, während sie zwischen Gstaad, Monaco, London, New York, Palm Beach, Mailand und ihrem Chateau im Loiretal hin und her jettete.

Was Kiki betraf, schien sie sich zu George nicht mehr und nicht weniger hingezogen zu fühlen als zu ihren anderen zahlreichen Freunden. Aber es war nicht zu leugnen, dass es sie immer wieder zu George nach London zog. Dort ließ sie sich in seiner Wohnung auf dem Sofa nieder, führte ihm ihre neuesten Errungenschaften vor, verstreute Kosmetika, zeigte ihm die Fotos der Partys, von denen sie soeben zurückgekehrt war, beratschlagte sich mit ihm, was sie zur nächsten Party tragen sollte, nannte ihn Darling, fuhr ihm durchs Haar und eilte wieder davon, um ihn in freudiger Erwartung auf ihren nächsten Besuch zurückzulassen.

Jetzt stieg sie endlich vom Wohnzimmertisch, auf dem sie ihm Pirouetten drehend ihr Kostüm vorgeführt hatte.

»So, du warst wirklisch ein braver Junge, George. Aber du wolltest misch sicher nischt nur sehen, um mein neues Kostüm zu bewundern, oder?«

George ergriff die Gelegenheit beim Schopf. In kurzen Sätzen erzählte er Kiki vom Testament seines Vaters, von der Herausforderung, vor die es ihn und seine Brüder stellte, dass sie diese Herausforderung angenommen hätten und ihm jetzt genau drei Tage blieben, den Betrag von sechsunddreißigtausend Pfund aufzutreiben.

»Kiki«, schloss er, »ich wollte dich etwas fragen. Du hast

doch immer gesagt, wie gut dir meine Wohnung gefällt, und wie leid du's bist, immer in Hotels zu übernachten, wenn du nach London kommst. Nun, mein Vater hat die Wohnung für neun Monate im Voraus bezahlt, und ich könnte schon morgen ausziehen. Wenn du in den Mietvertrag einsteigen würdest, wäre ich dir bis in alle Ewigkeit dankbar.«

Kiki hatte Georges Ausführungen still und mit ernster Miene zugehört. »Aber George«, erwiderte sie nun, »diese Wohnung ist so *masculin*. Weißt du, isch brauche etwas, das ein wenig mehr *feminin* ist. All dies Blau und Gold, das ist etwas für disch, und es war letztes Jahr sehr in Mode. Aber dieses Jahr sind die Farben viel 'eller, weißt du.«

Sie wedelte mit der Hand herum. Trotz ihrer Worte war ihre Miene ernst geblieben.

»George, du brauchst das Geld wirklisch, nischt wahr?«

George nickte.

»Und wenn isch dir das Geld gebe, gibst du es irgendeinem Bankdirektor, der es dir wegnimmt und be'ält? Und du sagst, dies Geschäft, das du gekauft 'ast, ist nichts wert, und wird wahrscheinlich den Bach 'eruntergehen? O George, dann wirst du kein Geld mehr 'aben, und isch kann disch nisch mehr sehen, weil du mit Löscher in dein Schuh 'erumlaufen wirst, und isch mag keine Männer mit Löscher in die Schuh.«

In ihren Augen glitzerten Tränen.

»Aber isch nehme an, du willst dieses dumme Geld unbedingt 'aben, weil du ein Mann bist und weil deine Brüder auch Männer sind und du nischt 'inter ihnen zurückstehen willst, also muss isch dir das Geld geben, und dann wirst du es verlieren. Aber du wirst ein 'arter Mann sein und disch nicht beklagen, und dann werde isch dich 'assen, weil du kein Geld 'ast und disch nicht beklagst und trotzdem Löscher in dein Schuh 'ast und isch disch nisch mehr sehen kann.«

Jetzt weinte sie. Große Tränen kullerten unter ihren bebenden Wimpern hervor. George stand auf, um ihr ein Taschentuch zu holen. In einem plötzlichen Impuls warf sie sich in seine Arme und vergrub ihr Gesicht an seiner Brust. Nach einer Weile verebbte ihr Schluchzen und sie schaute zu ihm auf. Er erwiderte ihren Blick und beugte sich hinab. Wer wen zuerst küsste? Wer weiß? Aber innerhalb von Sekunden fanden sich ihre Lippen, sanft zuerst, dann voller Leidenschaft. Kikis Lippen und Zunge brannten vor Verlangen. Ihr winziger Körper schmiegte sich in Georges kräftige Arme, und George umschloss sie mit der ganzen aufgestauten Leidenschaft der vergangenen Jahre.

Nach einiger Zeit – keiner von beiden vermochte zu sagen, wie lange sie so dort gestanden hatten – lösten sie sich voneinander und blickten sich an. Kiki hatte aufgehört zu weinen, aber ihre Wangen waren noch feucht und gerötet. George wollte sie erneut in die Arme schließen, die soeben entfachte Leidenschaft wieder auflodern lassen, aber sie wich zurück.

»Sieh nur, was du angerischtet 'ast, du dummer Kerl«, sagte sie und betupfte sich das Gesicht. »Jetzt muss isch noch einmal von vorn beginnen. Und dann müssen wir los, dieses dumme Geld für disch auftreiben und vernünftige Vor'änge aussuchen gehen. Was 'ältst du von rosa? Isch 'abe ein paar sehr 'übsche in eine reizende kleine Laden auf der Fulham Road gesehen. Sie sind natürlisch aus Seide, also kann dieses ulkige alte Sofa auch nischt 'ier drin bleiben. O George, du machst mir nischt als Kummer.«

Sie verschwand im Bad. Seine Gefühle für sie drohten ihn fast zu überwältigen, doch er spürte schon, wie sie sich wieder zurückzog. Ein Eisvogel auf der Flucht vor dem Bären.

Nach geraumer Zeit verließ sie mit makellos erneuertem Makeup das Bad und nahm George mit zu ihrem »Avocat«. Der Advokat erwies sich als Londoner Anwalt, der mit der Verwaltung von Kikis Treuhandvermögen beauftragt war und die schier unlösbare Aufgabe hatte, den Überblick über Kikis

Finanzen zu behalten. Da Kikis Londoner Hotelrechnungen mittlerweile in astronomische Höhen schossen, begrüßte der Anwalt den Vorschlag. Allerdings gab es ein Problem. Der Anwalt war mehr oder weniger verpflichtet, Kikis Rechnungen zu bezahlen, solange das, was sie kaufte, einem vernünftigen Marktpreis entsprach. Unglücklicherweise belief sich die neunmonatige Mietvorauszahlung für Georges Wohnung nur auf siebenundzwanzigtausend Pfund. Trotz Kikis verzweifelter Argumente bestand der Anwalt darauf, dass er gegen die Treuhandvereinbarungen verstoße, wenn er mehr als diesen Betrag für die Übernahme des Mietvertrages bezahlte.

Es blieb nur eine Lösung. George fragte Kiki, ob sie seinen Wagen haben wolle. Natürlich wolle sie seinen Wagen, wie konnte er auch nur in Erwägung ziehen, dass sie ihn nicht wollte? Kiki besaß keinen Führerschein (wie sie auf Anfrage des Anwalts einräumen musste), aber wie sollte sie jemals fahren lernen, wenn man ihr nicht mal gestattete, ein Auto zu kaufen?

So wurde der Handel besiegelt. Im Austausch für die Summe von siebenundvierzigtausend Pfund gab George seine Wohnung auf und verkaufte seinen Wagen. Das Geld floss von Kikis Treuhandkonto auf Georges Konto. Von Georges Konto wurden sechsunddreißigtausend Pfund auf das Geschäftskonto von Gissings überwiesen und von dort unmittelbar an David Ballards Bank. Punkt vier Uhr am Freitagnachmittag war die Transaktion beendet.

George begleitete Kiki auf der Suche nach Einrichtungsgegenständen für ihre neue Wohnung durch die nobelsten Boutiquen auf der Sloane Street, Kings Road und Fulham Street. Bei dem Tempo, das sie beim Geldausgeben vorlegte, würde sie innerhalb weniger Wochen noch einmal fünfzigtausend Pfund durchgebracht haben.

Um vierzehn Uhr am Samstagnachmittag fiel Kiki ein, dass sie am gleichen Abend auf einer Party in New York erwartet wurde und rauschte von dannen, um die nächste Concorde zu erwischen. George begleitete sie zum Flughafen. Vor der Expressabfertigung der Passkontrolle blieben sie stehen. Jetzt ließ der Abschied sich nicht mehr aufschieben. Kiki wandte sich ihrem Begleiter zu. In ihrem Gesicht spiegelten sich widerstreitende Gefühle.

»Mach's gut, George.«

»Bis bald, Kiki.«

George wollte sie küssen, so wie er es am Tag zuvor getan hatte. Er konnte nicht glauben, dass sie nicht den gleichen Wunsch verspürte. Aber sie schüttelte mit bekümmerter Miene den Kopf, stellte sich auf die Zehenspitzen, um ihn auf die Wange zu küssen, und drückte ihn kurz an sich, so wie sie es praktisch mit allen ihren Freunden hielt.

»Viel Glück mit deiner schrecklichen Fabrik.«

»Auf Wiedersehen. Lass von dir hören.«

Sie machte sich auf den Weg, und er sah ihr nach, bis sie aus seinem Blickfeld verschwunden war. Sein Herz war schwer vor Sehnsucht nach ihr, und er fragte sich, ob er sie jemals wiedersehen würde. Außerdem fragte er sich, wo er die kommende Nacht verbringen sollte.

## 13.

Zack war deprimiert. Er schlug sich mit Unterlagen herum, die so öde waren, dass es schon wehtat. Der Deal mit Aberdeen Drilling war wie erwartet geplatzt. Nachdem Tominto Oil ein niedrigeres Angebot von hundertfünfzehn Millionen Pfund gemacht hatte, wurde ihnen höflich dankend mitgeteilt, dass dies leider zu wenig sei. Das war's. Der Gewinner hatte den Handel zwar noch nicht unter Dach und Fach, aber das spielte keine Rolle mehr. Wer immer gesiegt hatte, Tominto Oil war es jedenfalls nicht gewesen. Zacks erster Deal war ins Wasser gefallen. Bei dem Versuch, die Leiter zu einer Million Pfund zu erklimmen, hatte er den Fuß noch nicht einmal auf die erste Sprosse gesetzt.

Und was noch schlimmer war, allmählich dämmerte ihm einiges über die Wahl seiner Tätigkeit. Um es auf dem Gebiet der Unternehmensfinanzierung zu etwas zu bringen, musste man nicht nur brillant, sondern auch alt sein. Unternehmer, die im Begriff stehen, Entscheidungen auf Leben und Tod zu fällen, verlangen nicht nur nach klugen, sondern nach alten Köpfen. Und wenn sie zwischen beiden Möglichkeiten wählen müssen, entscheiden sie sich unweigerlich für die zweite. Da geht es auf dem Börsenparkett anders zu. Dort kannst du alt und grau sein, aber wenn du auf das falsche Pferd setzt und der Botenjunge auf das richtige, findest du dich unversehens mit Schrubber und Lappen die Böden wischend wieder, während der Botenjunge sich bereits nach den Immobilienpreisen auf Long Island erkundigt. Zack mochte der brillanteste Kopf in der City of London sein, aber ohne langjährige Erfahrung würden seine Prämien niemals ausreichen, das Vermögen des Vaters zu ergattern. Wenn er sich nicht vorsah, würde Matthew ihn schlagen. Was für eine Erniedrigung!

Und noch etwas nagte an ihm. Tag für Tag hatte er Sarah vor Augen, musste mit ihr arbeiten, sich professionell geben, und durfte sie weder berühren, geschweige denn mit ihr ins Bett gehen. Er war scharf auf sie wie eh und je – und dennoch gezwungen, höflich zuzuschauen, wie sie sich und ihre Millionen an irgendeinen aristokratischen Schwachkopf verschwendete. Ja, Zack hatte allen Grund, deprimiert zu sein.

Es war acht Uhr abends, und er machte sich bereit, das Büro zu verlassen. Auf seinem Weg hinaus kam er an Sarahs Schreibtisch vorbei. Sie arbeitete noch an einer Präsentation, ihr Haar energisch hinter die Ohren geklemmt.

»Hi, Sarah.«

»Hi, Zack. Fertig für heute?«

»Ja. Sag mal, hast du Lust, noch was trinken zu gehen?«

Es war das erste Mal, dass einer von ihnen einen Vorschlag machte, der über das berufsmäßige Miteinander hinausging. Sarah zögerte.

»Hm, ich hätte schon Lust, aber ich muss das hier noch fertig machen. Und Robert holt mich in einer dreiviertel Stunde ab.«

Robert Leighton, der Verlobte. Der Stein im Weg. Zack seufzte.

»Okay. Dann ein andermal? Morgen vielleicht? Ist doch blöd, dass wir Seite an Seite arbeiten und so tun, als ob wir uns kaum kennen.«

»Ja, aber bleiben wir realistisch. Du hättest mich freiwillig nie als Kollegin gewählt, und ich dich ebenso wenig. Aber nun ist es so, und bis jetzt hat's funktioniert. Warum die Dinge unnötig komplizieren?«

Zack spreizte die Hände. Er konnte schlecht antworten »weil ich geil auf dich bin und dein Geld will«. Stattdessen sagte er: »Ein Drink kann doch nichts schaden. Es ist jetzt Jahre her. Ich habe mich geändert. Ich weiß, dass ich damals schwierig war, aber es muss ja nicht wieder so sein.«

»Du warst nicht schwierig, Zack. Du warst unmöglich.«

Sie forderte ihn heraus. Früher hätte er das nicht auf sich sitzen lassen. Schon standen sie wieder kurz vor einem Streit. Zack lenkte vorsichtig ein.

»Okay, ich war unmöglich. Tut mir leid. Ich war unmöglich, und du warst ein sturer Dickschädel.«

Jetzt war es an ihm, sie herauszufordern. Würde sie ihre Fehler zugeben? Sie nickte. »Ja, ich war ein Dickschädel. Und bin es immer noch. Ich habe mich nicht verändert und mag noch die gleichen Dinge wie früher. Jagen, Bälle, alles, was du verabscheust.«

»Ist schon in Ordnung. Von mir aus kannst du jedes pelzbehaarte Wesen in England um die Ecke bringen. Geht mich nichts mehr an. Robert ist derjenige, der mit dir leben muss. Ich lade dich lediglich auf einen Drink ein.«

Sarah seufzte und blickte Zack an. Es war das erste Mal in dieser ganzen Zeit, dass sie einander wirklich anschauten. Beide hatten sich kaum verändert: Er war immer noch hager, dunkel und markant, und sie hell, mit sportlicher Figur, energischem Kinn und offenem Blick. Körperlich hatte alles zwischen ihnen gestimmt – das Einzige, das wirklich gestimmt hatte.

»Okay, gehen wir irgendwann einen trinken.«

»Schön. Großartig. Ich nehme dich beim Wort.«

Sie nickten einander zu. Zacks Stichwort zum Aufbruch. Aber er konnte sich nicht losreißen. Sein Körper brannte vor Verlangen. Sarah hatte eine Haarsträhne hinter dem linken Ohr hervorgeholt und spielte abwesend daran herum. Zack beobachtete sie. Er kannte Sarah. Wenn sie an ihren Haaren herumspielte, bedeutete das, dass sie an Sex dachte.

»Arbeitest du an irgendwas Interessantem?«, fragte er, nicht etwa weil es ihn interessierte, sondern weil er noch etwas Zeit herausschinden wollte.

Sarah lachte. »Nein. Es sei denn, du findest Steuerlücken interessant. Könnte dir wirklich mehr liegen als mir.«

»Mein Interesse ist bereits geweckt.«

»Na, dann machst du dir am besten eine Kopie von der Seite. Für mich ist es einfach nur öde.«

Zack nahm das Blatt, das Sarah ihm hinhielt, und überflog es kurz. Er spürte wachsende Erregung.

»Worum geht's?«

»Steht alles drin«, erwiderte Sarah, aber Zack rührte sich nicht vom Fleck. Sie schob ihren Stuhl zurück und begann zu erklären. »Jedes Steuergesetz weist Lücken auf. Bei diesem Spiel geht's darum, Wege zu finden, so viel Geld als möglich und so schnell wie möglich durch diese Lücken zu schleusen, bevor das Finanzamt aufmerksam wird und dich daran hindert.«

»Und wenn sie dich schnappen?«

»Nun, du tust ja nichts wirklich Illegales. Im Gegenteil, du legst das Gesetz buchstabengetreu aus, allerdings anders, als ursprünglich gemeint war. Wenn der Fiskus entdeckt, dass ihm Einnahmen durch die Lappen gehen, erlässt er ein neues Gesetz, das die Lücke stopfen soll. Dann kommen unsere Steuerexperten mit ihren verdrehten Hirnen zum Zug, um neue Lücken im Gesetzesnetz ausfindig zu machen. Das wäre genau das Richtige für dich. Du hast das verdrehteste Hirn, das mir je untergekommen ist.«

»Kann ich eine Kopie machen?«, fragte Zack und wedelte mit der Präsentation herum.

»Klar«, antwortete Sarah lachend. »Hab' ich doch schon gesagt. Aber bring's mir zurück.«

Zack tat impulsiv einen Schritt auf sie zu. Ihm war selbst nicht klar, ob er vorgehabt hatte, Sarah auf den Mund oder auf die Wange zu küssen. Aber da sie sowieso überrascht zurückwich, endete sein Versuch irgendwo zwischen ihrer Nase und ihrem Mund. Verlegen entschuldigte er sich für seine Tollpatschigkeit und eilte aufgeregt wie ein Sechsjähriger davon, die Präsentation zu kopieren.

Unternehmensberater müssen alt, weise und grauhaarig sein. Steuertrickser nicht. Die müssen nur im Recht sein.

## 14.

Die Werkstatt der Fabrik war leergeräumt. Die Ausstellungsstücke, die der alte Gissing liebevoll für sein Museum zusammengetragen hatte, standen zusammengeschoben und nachlässig mit einer Staubplane bedeckt an der Wand.

George beobachtete schweigend, wie die letzten Arbeiter hereinkamen. Es gab keine Stühle, und die Belegschaft, überwiegend Männer, stand mit verschränkten Armen unwillig murmelnd beisammen. Gissings war nicht nur der größte Arbeitgeber in Sawley Bridge, sondern auch so ziemlich der einzige. George war also nicht nur Herr über eine Fabrik, sondern über eine ganze Gemeinde.

Mangels Podest hatte George einen der Gissing-Schreibtische an die Wand geschoben. Darauf saß er nun und blickte auf das Meer aus Gesichtern. Neben ihm stand Val Bartlett, die Sekretärin des alten Gissing, mit einem Papierbündel in der Hand, das zusammenzustellen sie und George einige Wochen gekostet hatte. Ihre Lippen waren zusammengepresst, und die Mundwinkel zeigten nach unten. Das Gemurmel der zusammengetrommelten Arbeiter hatte einen drohenden Unterton. George war nervös.

Als alle vollzählig waren, erstarb das Murmeln. Sämtliche Augen waren auf George gerichtet, der jetzt schwerfällig auf den Schreibtisch kletterte. Wenigstens würde die solide Qualität des alten Gissing-Möbels seinem Gewicht standhalten. In Georges Tasche steckten ein paar Notizen, aber er würde sie nicht brauchen. Er wusste, was er sagen wollte.

»Ich danke euch allen, dass ihr gekommen seid. Mein Name ist George Gradley, und ich bin der neue Besitzer dieser Fabrik. Ich habe euch hier zusammengetrommelt, um euch mitzuteilen, wie die Dinge im Augenblick stehen und welche Änderungen vorgenommen werden müssen.

Zuerst die gute Nachricht: In den vergangenen zwölf Monaten wurden Möbel für insgesamt anderthalb Millionen Pfund umgesetzt. Was bedeutet, dass es noch genügend Menschen gibt, die unsere Arbeit so schätzen, dass sie bereit sind, dafür zu blechen.

Nun die schlechte Nachricht: Im letzten Jahr haben wir weniger verkauft als im Jahr davor. Und im Jahr zuvor weniger als im davorliegenden Jahr. Anders ausgedrückt, die Verkaufszahlen sind seit fünf Jahren rückläufig.

Wären die Kosten ebenfalls rückläufig, würde ich mir darüber im Augenblick nicht allzu sehr den Kopf zerbrechen. Doch leider sind die Kosten konstant geblieben oder zum Teil sogar gestiegen. Wie euch allen bekannt ist, sind unsere Kosten höher als unsere Einnahmen. Sogar beträchtlich höher. Etwa um zweihunderttausend pro Jahr, und das ohne Berücksichtigung der Zinsen.

Es wäre vielleicht ein Trost, wenn Gissings sich an der Zukunft orientiert hätte, aber dem ist nicht so. Im Gegenteil. Der Ausbau der Fabrik ist erst zur Hälfte fertig, und es fehlt das Geld, die Sache zu Ende zu bringen. Unser Produktsortiment hat sich in den vergangenen drei Jahren nicht verändert und liegt Jahrzehnte hinter dem Zeitgeist zurück. Unsere Kataloge sind eine Katastrophe und die Preise nicht wettbewerbsfähig. Selbst die treuesten Kunden beginnen allmählich, sich anderswo zu orientieren, und man kann es ihnen nicht verübeln.

Das alles wäre nicht übermäßig tragisch, wenn wir Zeit hätten, die Dinge ins Lot zu bringen. Aber die haben wir nicht. Wir schulden der Bank über eine halbe Million Pfund, und uns bleiben noch knapp zwei Monate bis zum Fälligkeitsdatum. Die Chance, den Betrag innerhalb des erforderlichen Zeitraumes aufzutreiben, ist gleich Null. Aber eine Chance haben wir – wenn auch nur eine winzige –, die Bank davon zu überzeugen, uns mehr Zeit einzuräumen.

Ich weiß, dass niemand von euch mich kennt. Und vermutlich ist niemand in diesem Raum von meiner Anwesenheit begeistert. Aber ich möchte erreichen, dass ihr mir glaubt. Ihr alle kennt meine Sekretärin Val. Ich habe sie angewiesen, denen von euch, die interessiert sind, Einblick in sämtliche Geschäftsdaten zu gewähren. Ihr könnt euch alles anschauen. Bilanzen, Kosten, Schulden, alles. Val versteht davon ebenso viel wie ihr, und auf jeden Fall mehr als ich. Also redet mit ihr. Das hier ist eure Fabrik, und ihr habt ein Recht darauf zu wissen, was vor sich geht. – Bis hierhin irgendwelche Fragen?«

George blickte sich um. Niemand rührte sich. Es war für alle offensichtlich gewesen, dass Gissings in Schwierigkeiten steckte, aber bisher hatte niemand ihnen gesagt, wie schlimm es wirklich stand. George fühlte, dass die Belegschaft ihm glaubte. Aber Vertrauen war eine andere Sache, und der schwierigste Teil seiner Ansprache stand noch bevor. George war nervös, aber entschlossen.

»Was also werden wir tun? Nun, auf lange Sicht – falls uns so viel Zeit bleibt – werden wir Gissings in ein florierendes, expandierendes Unternehmen mit gesunder Bilanz, erstklassigen Produkten und dickem Auftragsbuch verwandeln. Aber im Augenblick besteht unser Ziel darin, zu überleben, was bei den derzeitigen Kosten unmöglich ist. Mit sofortiger Wirkung werde ich fünfunddreißig Mitarbeiter suspendieren. Val wird gleich die Namen der Betroffenen vorlesen. Ich sage bewusst suspendieren, weil ich hoffe, euch so bald wie möglich zurückholen zu können. Für euch wird das kein großer Trost sein, da eure Gehaltsschecks ausbleiben und die Fabrik vermutlich in ein paar Monaten ohnehin den Bach runtergeht. Ich schulde euch natürlich eine Abfindung. Einigen, die schon seit Ewigkeiten dabei sind, sogar eine beträchtliche Summe. Nun, ihr werdet sie nicht kriegen, weil kein Geld in der Kasse ist. Ihr könnt natürlich vor Gericht ziehen und werdet sogar Recht bekommen. Aber euer Geld kriegt ihr deshalb trotzdem nicht, denn bis ihr einen Titel zugesprochen bekommt, wird diese Fabrik vermutlich schon bankrott sein. Es tut mir leid, aber so stehen die Dinge nun mal.«

Val stand neben ihm, mit einer Liste der fünfunddreißig Namen. Alle Mitarbeiter der Sägemühle mussten gehen. Es machte wenig Sinn, eine Sägemühle zu betreiben, wenn man gutes Holz in besserer Qualität anderswo billiger bekommen konnte. Und aus der Produktion mussten alle gehen, die bei Georges erstem Besuch gemurrt hatten. Diejenigen, die weiter ihre Arbeit getan hatten, durften bleiben.

»Was den Rest von euch angeht, so werde ich eure Einkommen um fünfzehn Prozent kürzen. Wenn irgendjemand bereit ist, größere Opfer zu bringen, werde ich seinen Namen in Goldbuchstaben auf das Firmenschild malen lassen, sobald ich mir das Geld für die Farbe leisten kann. Ich bin nicht befugt, eure Gehälter auf diese Weise zu kürzen, und selbstverständlich könnt ihr auch damit vor Gericht ziehen und gewinnen. Aber Geld werdet ihr keins sehen, und einen Job habt ihr dann auch nicht mehr, weil die Fabrik dann vermutlich am Boden liegt. Wie die Dinge im Augenblick stehen, beabsichtige ich nicht, auch nur einen Penny zu investieren, bevor der Laden nicht genug Geld einbringt, unsere Kosten einschließlich Zinsen zu decken. Und ich werde mir den Arsch aufreißen, damit wir es schaffen.«

Die Menge schwieg. Bleiche Sonnenstrahlen fielen durch die schmutzigen Glasfenster. Der Hof wirkte verlassen und grau. George fühlte sich ausgeliefert und angreifbar auf seinem Pult, aber auch erleichtert. Er hatte gesagt, was gesagt werden musste, und getan, was getan werden musste. Und immerhin stand er noch. »Irgendwelche Fragen?«

Das Schweigen währte noch ungefähr eine halbe Minute. Dann räusperte sich jemand in den hinteren Reihen.

»Wieso, zum Teufel, schreiben Sie der Bank nicht einfach 'nen Scheck über den verdammten Betrag und lassen uns arme Schweine in Ruhe?«

## 15.

Jetzt versuchen Sie es einmal ohne das Geländer. Benutzen Sie den Stock, wenn es nötig ist.«

Die Schwester war freundlich und geduldig. Helen Gradley ließ das hölzerne Geländer los, das an der Wand entlang auf einen Spiegel zuführte, und machte einen Schritt vorwärts. Die Krücke war fest vor ihr auf den Boden gestemmt, weniger um Halt zu finden, als vielmehr, um sich zu vergewissern, dass der Boden nicht unter ihr nachgab. Ein Schritt. Zwei Schritte. Drei Schritte. Die Schwester und Josephine zählten mit, während Helen beobachtete, wie ihr Spiegelbild näher kam.

»Gut gemacht, Mum. Du schaffst es. Noch vier Schritte.«

Das war eindeutig zu viel verlangt. Helen stützte sich schwer auf die Krücke, deren Spitze nach vorn wegrutschte. Einen Augenblick schwankte sie, dann gewann das Gesetz der Schwerkraft Oberhand, und Helen Gradley fiel mit ihrer Krücke krachend zu Boden. Sie begann zu weinen. Ein scharfer Geruch signalisierte, dass die Kontrolle über ihre Blase ebenfalls zusammengebrochen war.

»Oje«, sagte die Schwester. »Plumps. Lassen wir es gut sein für heute.« An Josephine gewandt fügte sie hinzu: »Es kommt oft vor, das ein Schlaganfall Inkontinenz mit sich bringt. Ich hole etwas zum Aufwischen.«

Geschäftig eilte sie davon. Josephine ließ die Mutter auf dem Boden neue Kraft sammeln und strich ihr tröstend über den Rücken. Die Genesung Helens machte nur schleppend Fortschritte. Niemand hier im Zentrum für Physiotherapie hat es direkt formuliert, aber man konnte heraushören, dass die Meinung herrschte, ihre Mutter gebe sich nicht genug Mühe. Josie hatte dem wenig entgegenzusetzen. Als einer der Ärzte die Verabreichung weiterer Antidepressiva vorschlug, hatte Josie schweren Herzens eingewilligt.

Sie blickte auf ihre Armbanduhr. Zeit, an ihren Arbeitsplatz als Sekretärin einer großen Londoner Bank zurückzukehren. Ihr Arbeitgeber war äußerst großzügig und ließ ihr reichlich Zeit, sich um ihre Mutter zu kümmern, wenn es nötig war. Aber es gab gewisse Grenzen. Josie hob die Krücke vom Boden auf und ließ sie gedankenverloren zwischen den Händen hin und her gleiten. Einerseits sah sie darin das, was es war: eine Krücke, eine Gehhilfe, ein Hilfsgerät für Schwache. Aber sie umfasste sie, wie ein Mann sie vielleicht umfasst hätte: wie einen Hockeyschläger, einen Baseballschläger oder ein Schwert.

# WINTER 1998-99

Zwei Monate des Schulungsprogramms sind bereits vorüber. Die Tage ziehen dahin mit Wirtschaftslehre, Anleihenrechnung, Computeranalysen. Abends wird gebüffelt, Freundschaften werden gepflegt. Manhattan ist kalt, und es wird noch kälter werden. Die Bäume im Park strecken ihre kahlen Äste gen Himmel, und in den Geschäften türmen sich Weihnachtsartikel. Die Wochenenden vergehen mit Skaten, Schaufensterbummeln und Telefonieren mit Zuhause, während in den Straßen die Weihnachtslichter blinken.

Es ist der 14. Dezember 1998. Noch 947 Tage bis Bernard Gradleys Stichtag.

## 1.

War es möglich, dass Matthew sich verliebt hatte? Wenn dem so war, wäre es das erste Mal. Bisher war sein Liebesleben eher mit dem Besuch von Sushi-Restaurants vergleichbar gewesen: abwechslungsreich, aber auf Häppchen beschränkt. Und jetzt? Nun, es war noch zu früh, etwas Genaues zu sagen. Sie waren nach wie vor nur Freunde, aber Sophie war charmant, clever, ehrgeizig, souverän, und sie mochte Matthew. Darüber hinaus sah sie hinreißend aus und verstand sich traumhaft zu kleiden, was Matthews nicht zu unterschätzender Eitelkeit mehr als entgegenkam. Er umwarb sie aufmerksam und zurückhaltend, ohne sie zu drängen.

Heute wollte er sie in eine *Trattoria* nach Little Italy einladen und dort den entscheidenden Schritt wagen. Zum ersten Mal in seiner erfolgreichen Laufbahn als Verführer war Matthew unsicher, wohin das Ganze führen würde. War es Liebe?

Vielleicht, aber vielleicht waren es auch nur die Nerven. Denn vor dem Abend musste Matthew noch den bisher härtesten Test des Lehrgangs hinter sich bringen. Heute sollte das erste Handelsspiel stattfinden. Der Begriff »Spiel« war eigentlich ein Witz, denn die Sache war ernster als ein Examen. Ohne Kenntnisse in Anleihenrechnung, Wirtschaft und dergleichen wird man natürlich kein Börsenmakler. Aber wer darüber hinaus die Kunst des Handelns nicht versteht, wird es nie zur begehrten Traumvilla auf Long Island bringen.

Das Spiel war denkbar einfach. Die Kursteilnehmer wurden in drei Gruppen aufgeteilt. Eine Gruppe bestand aus Investoren, die zweite aus Verkäufern, die dritte aus Händlern. Die Investoren verfügten über eine Menge fiktiven Geldes und fiktiver Staatsanleihen. Ihre Aufgabe bestand darin, durch die Investition ihrer Vermögenswerte so viel Geld wie möglich anzuhäufen. Die Investoren arbeiteten allein und standen in gegenseitiger Konkurrenz.

Verkäufer und Händler bildeten ein Team, und jedes Team repräsentierte eine Investment-Bank. Die Banken stiegen ohne Staatsanleihen und mit einem vergleichsweise geringen Geldbetrag in das Spiel ein. Ihr Ziel bestand ebenfalls darin, möglichst schnell möglichst viel Geld zu machen. Gemäß den Gesetzen der Wall Street.

Wie der Zufall es wollte, wurde Matthew Händler und Sophie Verkäuferin. Beide bildeten zu Matthews Freude ein Team und nannten sich »Banque Entente Cordiale«. Sie konkurrierten mit etwa zwanzig anderen Banken im Spiel.

Es gab noch ein paar zusätzliche Regeln. Die Investoren durften nicht miteinander, sondern ausschließlich mit den

Banken handeln. Nehmen wir an, Fareshti (die pummelige Ölprinzessin, die einen Investor spielte) will eine spezielle Staatsanleihe erwerben, die, sagen wir, im Jahr 2017 fällig wird. Also muss sie eine Reihe Verkäufer kontaktieren, um deren Verkaufspreise zu erfahren. Stößt sie auf einen akzeptablen Preis, willigt sie in den Handel ein und schreibt ein Ticket aus, einen Orderzettel, um den Handel zu registrieren.

Und woher bekam Sophie ihre Preise? Ganz einfach: von Matthew. Und woher bekam der sie? Wieder ganz einfach: Er bestimmte sie selbst. Dabei musste er allerdings darauf achten, den Preis niedrig genug zu halten, den Handel abzuschließen und hoch genug, dabei noch eine Gewinnspanne für die Banque Entente Cordiale zu erzielen. Wir erinnern uns: Jedes Börsenparkett ist nichts anderes als eine bessere Wechselstube. Kaufte Matthew einen Bond für 102 Dollar, durfte er sich glücklich schätzen, ihn für 103 Dollar zu verkaufen. Dass sein Gewinn dabei lediglich einen Dollar ausmachte, war unwesentlich. Die größten Villen auf Long Island gehören Händlern, die bei einem einzelnen Deal jeweils nur ein paar Cent einstreichen. Allerdings tätigen sie eine Menge solcher Deals.

Zum Spiel gehörte noch ein weiterer Faktor. Einer der Tutoren klappte von Zeit zu Zeit eine Umschlagtafel um, auf deren Seiten jeweils eine neue Pressemeldung zu lesen war. Dabei konnte es um Verbraucherinvestitionen, Wahlergebnisse oder den Tod eines Präsidenten gehen. Der Finanzmarkt reagiert sensibel auf politische oder wirtschaftliche Ereignisse. Investoren, die gerade noch fein heraus waren, erleben dann, wie ihre Vermögenswerte ins Schwanken geraten, schwinden oder – im günstigeren Fall – im Wert steigen.

Das war alles. Weitere Spielregeln gab es nicht. Am Ende des Spiels würden die einzelnen Aktivposten gezählt. Und wie die New Yorker T-Shirt-Philosophen es so lapidar ausdrücken: Wer am reichsten stirbt, hat gewonnen. Der Investor und die Investment-Bank, die zum Schluss als Sieger aus dem

Spiel hervorgingen, würden mit Rosen und Champagner belohnt werden. Die inoffizielle Strafe der Verlierer bestand in der stets präsenten Gewissheit, dass diese Handelsspiele zu den wichtigsten Tests des Seminars zählten und das Seminar eine Versagerquote von eins zu drei aufwies. Der Löwe der Wall Street würde nicht hungrig ausgehen.

Das Spiel begann. Sophie und Matthew hatten sich auf einige Grundregeln geeinigt. Anders als bei einem Examen gab es bei diesen Spielen keine zweite Chance.

»Viel Glück«, flüsterte Matthew Sophie ins Ohr.

»*Bonne Chance*, Monsieur Gradley. Viel Glück.«

Ein Pfiff ertönte, und los ging's.

Die Kursteilnehmer waren in drei Reihen aufgeteilt. Die Investoren saßen an der Längsseite des Raumes, während die Verkäufer in einer Reihe in der Mitte des Raumes platziert waren. Die Händler hatten ihre Plätze gegenüber ihren Verkäufern eingenommen. Sie waren allerdings nicht verpflichtet, auf ihren Stühlen sitzen zu bleiben; es stand ihnen frei, sich auf der Suche nach einem lukrativen Deal unter die anderen Händler zu mischen.

Zuerst ging es noch recht ruhig zu, und es gab kaum Bewegung im Raum. Die Kursteilnehmer waren zur Höflichkeit angehalten, und es herrschte dementsprechender Anstand. In der Absicht, einen Teil ihrer Barschaft in Bonds anzulegen, erkundigten sich ein paar Investoren bei den Verkäufern nach Preisen, die diese jeweils mit ihren Händlern absprachen. Jegliches Feilschen wurde von Gelächter und Entschuldigungen begleitet. Noch saßen die Händler auf ihren Plätzen.

Dann klappte der Tutor eine Seite der Tafel um. GREENSPAN ÄUSSERT SICH ZUVERSICHTLICH ANGESICHTS DER ZU ERWARTENDEN INFLATION, stand dort für jedermann sichtbar. Alan Greenspan war das Oberhaupt der US-Notenbank. So lange er der Meinung war, dass die Inflationsrate niedrig blieb, würden die Bondpreise in dem Maße steigen, in dem Investoren sich in die positive Wirtschaftsprognose einkauften. Die Händler revidierten eilig die Preise, die sie an ihre Verkäufer weitergaben. Nicht alle Händler zogen die gleichen Schlussfolgerungen aus der Schlagzeile. Das ruhige Gleichmaß im Raum schlug um. Der Geräuschpegel stieg.

Die Verkäufer erfragten jetzt alle paar Sekunden bei ihren Händlern die Preise. Da das Preisniveau sich ständig veränderte, mussten die Händler auf Draht sein, um auf dem Laufenden zu bleiben. Nach und nach verließen sie ihre Plätze, um sich am Tun der anderen zu orientieren oder direkt mit den anderen Händlern zu verhandeln. Die Verkäufer mussten inzwischen schreien, wenn sie bei ihren Händlern neue Preisinformationen einholten. In dem Maße, in dem das Volumen der Handelstransaktionen zunahm, steigerte sich auch der Lärmpegel im Raum.

Und dann, ohne Vorankündigung und von der Hälfte der Anwesenden unbemerkt, wurde eine neue Nachricht aufgeblättert. KONSUMENTENNACHFRAGE BEDEUTEND HÖHER ALS ERWARTET. Also hatte Greenspan sich womöglich geirrt und das Inflationsrisiko unterschätzt. Die Bondpreise mussten wieder fallen. Aber um wie viel? Hierauf gab es weder eine richtige, noch eine falsche Antwort. Die einzige Antwort gab der Markt.

Sophie rief Matthew etwas zu, um sich zu vergewissern, dass er die Nachricht gesehen hatte. Er hatte, brüllte ihr aber trotzdem ein Dankeschön für den Hinweis hinüber. Sophie nahm jetzt immer mehr Aufträge entgegen und baute den Handelsfluss aus. Es war eine interessante, aber nervenaufreibende Tätigkeit. Matthew wollte vermeiden, auf einem zu großen Stapel Bonds sitzen zu bleiben, für den Fall, dass er von einer Veränderung der Marktlage überrascht würde. Also musste er für jeden Deal, den Sophie ihm vermittelte, ein oder zwei andere tätigen, um seine Position auszugleichen.

Die Nachrichten auf der Umschlagtafel erfolgten nun in rascherer Reihenfolge.

»Nenn mir einen Preis für den Kauf der 2017er und einen zum Verkauf der 2012er«, rief Sophie.

Matthew musste auf Draht sein. Investoren dürfen sich nicht viel Zeit lassen, wenn der Markt derart in Aufruhr ist.

»Ich kaufe 2017er für 99 Dollar. Die 2012er will ich im Augenblick lieber nicht verkaufen, weil ich knapp damit bin. Verlang 105 Dollar dafür. Zu dem Preis wird sie sowieso keiner haben wollen, der halbwegs bei Verstand ist.«

Matthew wusste, dass ein geschickter Investor die 2012er woanders viel billiger erwerben konnte.

»Okay. Einkauf 2017er zu 99 Dollar. Verkauf 2012er zu 105 Dollar.«

Matthew hob bestätigend den Daumen. Das gehörte zu den Regeln, die sie ausgemacht hatten: jeden Preis bestätigen.

Andere Paare hatten diese Abmachung untereinander versäumt, was jetzt in zunehmendem Maße zu Diskussionen und Missverständnissen führte. Unterdessen mischte Matthew sich wieder unter den Pulk der Händler. Durch rasches Reagieren konnte er von einem Händler Bonds kaufen und unmittelbar darauf zu geringfügig höherem Preis wieder an einen anderen verkaufen. Es war ein harter Job. Geschickte Händler kennen sich auf dem Markt gut genug aus, die Zwischenhändler zu umgehen. Aber nicht alle waren so gewieft. Matthew bemerkte ein paar Japaner, die offensichtlich ziemlich ins Schwimmen gekommen waren. Er versuchte sich an ihre Namen zu erinnern. Sophie half ihm auf die Sprünge: Takashi und Atsuo. Matthew ging zu ihnen hinüber und ließ einen Scherz über das anschwellende Chaos im Raum fallen. Er blieb in ihrer Nähe und half ihnen bei ein paar kleineren Gelegenheiten. Auf dem Bondmarkt, sei er real oder fiktiv, sind einfältige Freunde die besten Freunde.

Sophie unterbrach ihn.

»He, Matthew! Wir haben beide Deals durchgezogen. Ich habe hundert Posten 2017er zu 99 Dollar gekauft und zweihundert 2012er zu 105 Dollar verkauft. Die Konten sind schon aktualisiert.«

Matthew unterbrach seine derzeitige Betätigung und eilte hinüber zu Sophies Pult.

»Du lieber Himmel, Sophie! Wer hat sich denn darauf eingelassen? Die 2012er stehen bei 100 Dollar. Wir haben an jedem Bond genau fünf Dollar verdient.«

Bei einem Spiel, in dem die Gewinnspanne selten einen Dollar überschreitet, sind fünf Dollar in der Tat ein Vermögen.

»Fareshti hat die Bonds gekauft«, antwortete Sophie. »Ich glaube, sie steht ziemlich unter Druck.«

Sie blickten beide zu Fareshti, die kerzengerade auf ihrem Stuhl saß und vor sich hin starrte. Ihr Block lag umgedreht auf ihrem Pult; sie hatte offensichtlich völlig den Überblick über ihre Positionen verloren. Matthew und Sophie beobachteten, wie sie ihre schweren goldenen Ohrringe abnahm und neben die bereits auf dem Pult liegende massive Goldkette legte. Es sah aus, als drücke ihr üppiger Goldschmuck sie regelrecht nieder.

»Mein kleines Investorauge hat da gerade jemanden ausgespäht, der Hilfe der Banque Entente Cordiale gebrauchen könnte.« Matthew grinste.

Sophie warf ihm einen Blick zu.

»Das ist nicht fair. Sie weiß doch gar nicht mehr, was sie tut.«

»Ich weiß ja nicht, wie es mit dir ist, aber meine Lieben haben leider vergessen, mich mit Ölvorkommen im Wert von ein paar Millionen Dollar auszustatten. Ich muss mir meinen Lebensunterhalt als Börsenhändler verdienen.«

Sophie lächelte halbherzig. »*C'est vrai. D'accord.* Aber es gefällt mir trotzdem nicht.«

Sie rief Fareshti etwas zu, die beim Klang der freundlichen Stimme inmitten des Getöses dankbar aus ihrem Dämmerzustand erwachte.

»Gib mir deinen Block«, sagte Sophie. »Ich helfe dir, wieder auf den aktuellen Stand zu kommen.«

Eine dankbare Fareshti warf ihren Block zu Sophie hinüber, die sich mit ihrem Taschenrechner darüber beugte. Die Prinzessin massierte sich in der Zwischenzeit mit der Hand den Nacken und starrte dabei auf den Haufen Goldschmuck, der vor ihr auf dem Pult lag. In der Wüste ein paar Löcher bohren zu lassen, erschien ihr wesentlich einfacher als das hier. Aber ihre Eltern waren der Meinung, sie benötige eine westliche Wirtschaftsausbildung, und da saß sie nun. Dankbar schaute sie zu Sophie hinüber.

Nach einer Weile erhob sich Sophie und händigte Fareshti ihren Block wieder aus, die ihn unsicher und ohne einen Blick darauf zu werfen wieder an sich nahm.

»Ich glaube, du hast zu viele Langläufer und bist zu knapp an kurzfristigen Posten«, sagte Sophie zu ihr.

Fareshti blickte sie verständnislos an.

»Du solltest hundertfünfzig von den 2012ern und 2017ern verkaufen, und die gleiche Stückzahl 1999er und 2005er kaufen. Wir machen das für dich, wenn du willst.«

Fareshti nickte. Wie freundlich Sophie war, und sie brüllte auch nicht wie die anderen. Sophie drehte sich um und schaute nach Matthew aus, der wieder im Getümmel untergetaucht war.

»Fareshti würde gern ...«, begann sie.

Sie ahnte, dass Matthews Preise weit über dem Marktwert liegen würden. Er gab vor, angestrengt nachzudenken und nannte dann ein paar Preise, die ihm für jeden Bond zehn Dollar Gewinn einbringen würden.

»Aber das ist das Äußerste, was ich anbieten kann«, brüllte er herüber. »Und lange kann ich diese Preise nicht halten.«

Fareshti ahnte nichts von der Scharade. Sie nickte zu jedem Deal, den Sophie ihr vorschlug und ließ diese die Tickets ausschreiben. Derweil streifte die Prinzessin ihre Goldreifen und die Armbanduhr ab und massierte sich die Handgelenke.

Das Spiel ging weiter. Die Tafel wurde erneut umgeblättert. Das Chaos im Raum steigerte sich zum Crescendo.

Fareshti hielt sich mit weiteren Deals überwiegend zurück. Nur gelegentlich gab sie sich einen Ruck und schloss einen Handel ab, als wolle sie zeigen, dass sie das Spiel ebenso gut beherrschte wie die anderen. Jede ihrer Transaktionen wurde durch Sophie abgewickelt. Und jedes Mal schlug Matthew dabei zehn bis fünfzehn Dollar Profit pro Bond heraus. Bis Sophie schließlich protestierte.

»Wir haben jetzt genug.«

»Sophie, für Fareshti ist das nur ein Spiel. Für uns ist es Ernst. Wenn du den Kurs wegen falscher Zurückhaltung geschmissen hast, wird sie dir nicht mehr leidtun. Außerdem ist sie nicht die Einzige, die hier platt gemacht wird.«

Da hatte er Recht. Takashi-san und Atsuo-san hatten ebenfalls ein beträchtliches Scherflein zum Gewinn der Banque Entente Cordiale beigetragen.

»Okay, aber wir haben uns doch bis jetzt wirklich gut geschlagen. Da brauchen wir nicht noch nach dem letzten Dollar zu grapschen.«

Nach drei Stunden ertönte ein zweiter Pfiff. Das Spiel war beendet.

Wie betäubt fuhr Fareshti mit der Hand in ihr Haar und entfernte die letzte massive Goldspange, die sich zu dem bereits vor ihr ruhenden glitzernden Haufen gesellte. Es war die einzige Bewegung, die von der Prinzessin ausging.

Die Tutoren sammelten die Tickets ein, die während der nächsten Stunden von einem Prüfungsteam ausgewertet werden sollten. Gegen vier Uhr würden die Ergebnisse bekannt gegeben und die Preise überreicht werden. Sophie und

Matthew kannten ihr Ergebnis bereits. Sie hatten das Spiel mit 5.000 Dollar begonnen und mit 32.420 Dollar abgeschlossen.

Als Fareshtis fürsorgliche Beraterin kannte Sophie deren Ergebnis ebenfalls. Als Investorin hatte Fareshti das Spiel mit einem höheren Betrag begonnen – 100.000 Dollar, um genau zu sein. Abgeschlossen hatte sie mit 68.920 Dollar. Und wenn auch die Banque Entente Cordiale nicht den gesamten Verlustbetrag der Prinzessin eingeheimst hatte, so war doch der überwiegende Teil davon auf ihre Konten gewandert.

Takashi und Atsuo beglückwünschten sich beim Verlassen des Raumes zu ihrer ersten Handelskostprobe. Auf dem Weg hinaus bedankten sie sich überschwänglich bei Matthew für dessen Hilfe. Keiner der beiden Japaner war sich darüber im Klaren, dass ihr Verlust ihr Startkapital bei weitem überstieg. Noch weniger ahnten sie, dass das Geld in Matthews Tasche gelandet war.

Während der Raum sich leerte und die Geräuschkulisse allmählich verebbte, blickten Sophie und Matthew einander in die Augen. Es schien Jahrzehnte her, dass sie sich mehr als nur flüchtige Blicke zugeworfen oder sich über das Getöse hinweg Beträge zugerufen hatten.

Selbst nach diesen drei chaotischen Stunden sah Sophie noch immer makellos aus. Sogar im eifrigsten Gefecht hatte sie Gelassenheit bewahrt, souverän auf die Anfragen reagiert, die von allen Seiten auf sie einprasselten, und gleichzeitig die Konten der Bank gewissenhaft aktualisiert. Sie war die einzige Person im Raum gewesen, die während des gesamten Spiels ihren Blazer anbehalten hatte. Jetzt, nachdem der Tumult endlich überstanden war, ließ sie ihn achtlos neben sich auf den Boden fallen. Sie lehnte sich, so weit sie konnte, auf dem Stuhl zurück, ließ den Kopf in den Nacken fallen und fuhr sich mit den Händen durchs Haar. Dann schnellte sie wieder nach vorn und packte Matthews Arme.

»Wir haben gewonnen, Matthew. Ich glaube, wir haben tatsächlich gewonnen.«

»Das glaube ich auch.«

Sie hielt seine Arme weiter fest. Matthew ließ die Hände vorsichtig über ihre Hüften gleiten. Ihre Lippen öffneten sich, durchaus nicht zum Protest.

Sie küssten sich. Wäre die Welt um sie herum in diesem Augenblick aus den Angeln geraten, hätten sie es nicht bemerkt oder sich nicht darum gekümmert. Immer wieder fanden sich ihre Lippen.

»Mrs. Gradley. Wir sollten öfters gewinnen.«

»Da ist was dran, Mr. Gradley. Das sollten wir.«

Die Banque Entente Cordiale gewann den Champagner und die Rosen. Sie hatte 11.250 Dollar mehr Gewinn gemacht als ihr nächster Konkurrent. Scott Peterson, der hoch gewachsene Kalifornier, war mit 121.870 Dollar der Sieger unter den Investoren. Am schlechtesten hatte Prinzessin Fareshti Al Shahrani abgeschnitten. In ihren Augen standen Tränen, aber sie saß nach wie vor aufrecht, wie es sich für eine Prinzessin geziemte. Sie war immer noch der Meinung, dass Sophie sie vor einem noch übleren Schicksal gerettet hätte, und bedankte sich erneut bei ihr, als die Gruppe sich auflöste.

An diesem Abend besuchten Matthew und Sophie nicht die *Trattoria* in Little Italy. Sie fuhren zu Matthews Apartment, bestellten sich Pizza und feierten ihren Sieg auf eine Weise, die selbst Matthews kühnste Träume überstieg.

## 2.

Zack platzte in Hanburys Büro. Hanbury, der verheiratet war, telefonierte gerade mit seiner Geliebten und war alles andere als erfreut über die Unterbrechung. Als er Zack signalisierte, den Raum wieder zu verlassen, wertete der es als

Aufforderung, sich zu setzen, was typisch für ihn war. Hanbury beendete das Gespräch ziemlich abrupt. »Also, wir sehen uns dann heute Abend in der Oper. Sei pünktlich.« Dann wandte er sich Zack zu. »Was wollen Sie?«

»Ich habe einen Weg gefunden, den Deal mit Aberdeen Drilling zu retten. Ich bin sicher, wir könnten zurück an den Verhandlungstisch.«

»Wir haben es bereits vermasselt. Der Deal ist geplatzt. Und ich verbitte mir, dass Sie noch einmal so hier herein...«

»Ja, aber wir haben zu niedrig geboten. Ich weiß, dass es schon spät ist, aber wenn wir noch ein Angebot machten, sagen wir, zehn Millionen mehr, vielleicht zwölf ...«

»Ach, kommen Sie. Wir sind raus. Die anderen Jungs haben gewonnen. Unsere Provision können Sie abschreiben. Es ist vorbei. Würden Sie nun bitte ...«

»Aber Sie haben meinen Vorschlag noch nicht gehört. Schauen Sie, Tominto Oil hat eine Stange Geld bei erfolglosen Bohrungen in Nigeria verloren. Insgesamt haben sie sechzig Millionen Pfund aus dem Fenster geworfen, ohne Steuerverlustzuweisungen. Aberdeen Drilling dagegen hat eine profitable Tochterfirma da draußen ...«

»Ich will nichts mehr davon hören. Halten Sie jetzt die Klappe, und verschwinden Sie.«

»Was soll das heißen, Sie wollen nichts mehr davon hören? Ich präsentiere Ihnen hier eine Lösung.«

Hanbury besaß ein leicht aufbrausendes Temperament, und Zacks ungeschickte Unterbrechung zum falschen Zeitpunkt lieferte ihm einen ausgiebigen Grund.

Der ältere Banker erhob sich aufgebracht.

»Ich sage es jetzt zum letzten Mal. Der Deal ist gestorben, und ich habe keine Verwendung für Ihre kindischen Steuerbetrügereien. Verlassen Sie jetzt mein Büro, und bleiben Sie draußen.«

Zack hatte hart an dieser Steueridee gearbeitet. Sein Konzept bestand darin, dass Tomintos Verluste unter dem nigerianischen Steuergesetz mit den Profiten von Aberdeen Drilling verrechnet werden konnten. Er hatte gründliche Recherchen angestellt und war überzeugt, dass es funktionieren würde. Und natürlich war er davon ausgegangen, dass Hanbury begeistert auf seinen Vorschlag einging. Zack war jetzt ebenfalls wütend und verlor die Beherrschung.

»Verdammt noch mal! Da komme ich hier mit einer guten Idee – eine Idee, die uns den Deal und die Provision retten würde – und Sie aufgeblasener, arroganter, dämlicher Schnösel wollen mich nicht mal anhören. Ich frage mich, warum ich mir überhaupt die Mühe gemacht habe.«

Zack wandte sich um, doch Hanbury war mit einem Satz an ihm vorbei und knallte die Tür zu. Dann führte er sein Gesicht ganz nahe an das von Zack.

»Wie können Sie es wagen, so mit mir zu reden!«, zischte er. »Falls Sie vorhaben, noch einen einzigen Tag in dieser Bank zu verbringen, liegt morgen um Punkt neun Uhr ein Entschuldigungsschreiben von Ihnen auf meinem Schreibtisch. Ein *ausgiebiges* Entschuldigungsschreiben. Und falls – *ich sagte falls* – ich zufrieden bin, werden wir uns mit der Personalabteilung in Verbindung setzen, damit Sie in eine Abteilung versetzt werden, wo Sie keinen Kontakt mehr zu Kunden haben, denn ich will verdammt sein, wenn ich Sie jemals wieder an einen Kunden heranlasse. Habe ich mich klar ausgedrückt?«

Hätte Zack in diesem Moment seine Sinne beisammen gehabt, hätte er sich vermutlich auf der Stelle entschuldigt und auf Knien um Vergebung gebeten. Piers St George Hanbury war Coburg's erfolgreichster Händler, und was immer er verlangte, die Bank würde es ihm gewähren. Aber – wie Sarah Havercombe nur bestätigen konnte – war Zack nicht mehr fähig, klar zu denken, wenn er wütend war. Er stürmte zu Hanburys Schreibtisch.

»Sie können Ihr Entschuldigungsschreiben haben. Und zwar gleich.«

Er griff nach einem Stift und kritzelte in Großbuchstaben auf ein Blatt Papier: LIEBER MR. HANBURY, ICH BEDAURE SEHR, DASS SIE SOLCH EIN AUFGEBLASENER DICKSCHÄDEL SIND. HOCHACHTUNGSVOLL, ZACK GRADLEY.

Er ließ das Blatt auf Hanburys Schreibtisch liegen und stürmte zitternd vor Wut aus dem Raum.

In übelster Stimmung verließ er die Bank. Es war ein fataler Streit gewesen. Wenn Hanbury seine Drohung wahrmachte, ihn aus dem Kundenverkehr zu ziehen – was bedeutete, dass Zack ins so genannte »Back Office« verbannt würde – wäre seine Karriere für alle Zeiten beendet. Der Gehaltsunterschied wäre zunächst zwar minimal und die geringere Verantwortung kaum spürbar. Aber mit fortschreitender Zeit würden die Kollegen im »Front Office« es zum Associate Director, später zum Direktor bringen, während die Belegschaft der hinteren Ränge sich zu fragen begänne, ob sie es wohl jemals bis zum Manager bringen würden. Ein gut angesehener Dreißigjähriger im »Front Office« wäre zutiefst erschüttert, wenn sein Jahresbonus das bereits beträchtliche Jahresgehalt unterschreiten würde. Sein Kollege aus dem »Back Office« dagegen ging Weihnachten dankbar mit einem Bonus von tausend Pfund nach Hause.

Den Kragen gegen den Schneeregen hochgeschlagen und die Augen auf den Boden geheftet, verließ Zack das Gebäude und trat, ohne nach rechts oder links zu blicken, auf den Zebrastreifen, der zum Eingang der gegenüberliegenden U-Bahn-Station führte. Ein grüner Jaguar, der mit überhöhter Geschwindigkeit die enge Straße entlangpreschte, kam mit quietschenden Bremsen zum Stehen.

»Verdammter Trottel. Können Sie nicht Acht geben, wo Sie hingehen!« Ein distinguiert wirkender Mann mit sorgfältig zurückgekämmtem, silbergrauem Haar steckte den Kopf aus dem Fenster und beschimpfte Zack.

»Zisch ab, du dämlicher seniler Tattergreis!«, brüllte Zack zurück, erfreut über die Gelegenheit, seine Wut an jemandem auslassen zu können.

»Das nächste Mal trete ich nicht auf die Bremse, du Vollidiot.«

Der Mann im Auto schrie jetzt ebenfalls, wobei ihm sein silbergraues Haar wie eine Mähne um den Kopf wehte. Sein Akzent war undefinierbar. Zack hätte nicht sagen können, ob es sich um einen Engländer handelte, der gerade von einem längeren Aufenthalt in den Staaten zurückgekehrt war, oder einen Ami, der schon zu lange in London lebte. Jedenfalls sah er aus wie ein Viscount und fluchte wie ein Kutscher. Irgendwie war er Zack sogar sympathisch. Er warf dem Mann noch ein paar Obszönitäten an den Kopf und stampfte davon.

Nach diesem Zwischenfall fühlte er sich ein wenig besser. Hanbury konnte ihm gestohlen bleiben. Zack würde sich niemals entschuldigen. Außerdem hatte er schon eine bessere Idee.

## 3.

David Ballard verlangsamte seinen schwarzen BMW. Beim Zusammentreffen mit einer Herde Schafe, auf der Straße hinauf nach Sawley Bridge, war er kurz zuvor gezwungen gewesen, auf den matschigen Seitenstreifen auszuweichen, und nun war die eine Seite des Wagens über und über mit Lehmspritzern verdreckt. Es war ein frostiger Nachmittag, und bis Ballard daheim war, würde der Dreck festgefroren sein. Der Wagen verschlang mehr von seinem Gehalt, als Ballard eigentlich rechtfertigen konnte, aber er legte 35 000 Meilen im Jahr für Kundenbesuche zurück, und der BMW machte jede einzelne Meile zum Vergnügen. Er würde den Schmutz am Abend entfernen.

Ballard fuhr langsam auf den Fabrikhof. Ein paar mit Leitern und Farbeimern ausgerüstete Arbeiter, die auf die Kälte fluchten, machten sich daran, das Reklameschild über dem Eingangstor zu überpinseln.

Ballard war zornig. Sehr zornig. Er brachte seinen Wagen neben dem einzigen anderen Gefährt auf dem Hof, einem alten Transit mit der Aufschrift »Gissings Modern Furniture«, zum Stehen. Den werden sie wahrscheinlich als Nächstes überpinseln, dachte er und stapfte ärgerlich die Treppe zu Georges Büro hinauf.

George saß über einen Haufen Papierkram gebeugt an seinem Schreibtisch.

»Hallo«, begrüßte er seinen Besucher. »Sie hätten sich anmelden sollen, dann lägen Ihre fünfhundert Riesen bereit. Nun bleibt Ihnen nichts anderes übrig, als zu warten.« Ballard war nicht zum Scherzen aufgelegt.

»Was, zum Teufel, hat das zu bedeuten, dass Sie den Namen der Firma ändern wollen?«

George lehnte sich brüskiert zurück. Ballard war zwar ein hartgesottener Geschäftsmann, trotzdem trat er in der Regel mit einem gutmütigen Augenzwinkern auf, und um seine Mundwinkel spielte gewöhnlich ein Lächeln. Normalerweise wirkte er eher wie jedermanns Lieblingsonkel. Im Augenblick konnte davon keine Rede sein. George antwortete ihm kühl.

»Ich verstehe nicht, was Sie das angeht, solange wir uns an die Darlehensbedingungen halten.«

»Kommen Sie mir nicht so. Ist was dran an dem Gerücht, oder nicht?«

»Zu Ihrer Information: Es ist wahr.«

Ballard schäumte vor Wut. Die rote Farbe seines Gesichts stand in sonderbarem Kontrast zu dem eisgrauen Haar. Seine Stimme war wütend, aber er hatte sich unter Kontrolle.

»Gestern Abend habe ich Tom Gissing bei den Weihnachtsfeierlichkeiten im Rotary Club getroffen. Er erzählte mir, dass Sie den Firmennamen ändern wollen. Der Name war das Einzige, das Tom noch am Herzen lag. Ich glaube sogar, dass er über die verletzende Art, wie sie ihm die Fabrik abgekauft haben, hinweggekommen wäre, wenn Sie den Laden mit seinem Namen wieder zum Leben erweckt hätten. Wahrscheinlich wäre er sogar der Erste gewesen, der sich dafür bei Ihnen bedankt hätte. Stattdessen hat er sich gestern den ganzen Abend an meiner Schulter ausgeweint. Als ich ihn heute Morgen anrief, um mich zu erkundigen, ob es ihm besser ginge, meldete sich niemand. Ich fahre rüber zu ihm, um nach ihm zu sehen, und finde ihn tot auf. Herzschlag.« Ballard hielt einen Augenblick inne, bevor er zu seiner endgültigen Beschuldigung ansetzte. »Sein Tod geht auf Ihr Konto. Möge Gott Sie dafür bestrafen.«

Aschfahl im Gesicht, erhob sich George, ging zu einem Aktenschrank und holte ein Blatt Papier heraus, das er Ballard über den Tisch zuschob.

»Das ist der Antrag auf Änderung des Firmennamens. Wir ändern den Namen von *Gissings Modern Furniture Company (Ltd)* in *Gissings Furniture Limited.* Der alte Name war furchtbar altmodisch, aber ich habe nicht im Traum daran gedacht, den Namen des Gründers herauszustreichen, noch werde ich das jetzt tun, wo er tot ist.«

»Und was ist mit dem Schild über dem Tor? Bis jetzt stand nur *Gissings Furniture* darauf.«

George schüttelte den Kopf.

»Ich habe sämtliche Gehälter um fünfzehn Prozent gekürzt. Jedem, der bereit ist, auf mehr zu verzichten, habe ich versprochen, seinen Namen in Goldlettern auf dem Firmenschild zu verewigen. Meine Sekretärin verzichtet auf dreißig Prozent, also kommt ihr Name auf das Schild, wie versprochen. Das *Gissings Furniture* bleibt, wie es ist.«

Ballard tat einen tiefen Atemzug und strich sich über seinen Schnurrbart. Seine Gesichtsfarbe hatte von rot zu rosa gewechselt.

»Es tut mir leid«, sagte er. »Ich hätte Sie nicht beschuldigen sollen, bevor ich die Fakten kannte. Ich nehme meine Worte zurück und entschuldige mich dafür.«

Er streckte seine Hand aus, die George akzeptierte. »Schon gut. Ich kann Ihre Aufregung verstehen. Das mit Mr. Gissing tut mir aufrichtig leid. Ich hoffe, dass er trotzdem irgendwann stolz auf mich sein kann.«

»Ja, das hoffe ich ebenfalls. Ich bedaure meine Worte sehr. Es war wirklich etwas voreilig von mir.«

»Nun, ich vermute, zum Teil bin ich selbst schuld. Man kann nicht gerade behaupten, dass ich im Augenblick mit offenen Karten spiele. Darum ist es kein Wunder, dass Gerüchte entstehen. Tatsache ist, dass ich gern mehr Leute daran beteiligen würde, diesen alten Kasten wieder zum Leben zu erwecken. Für einen allein ist es wirklich viel verlangt. Das Problem ist nur, dass die Leute mir anscheinend nicht trauen. Es ist, als würde man von morgens bis abends Zähne ziehen, ohne den Eiterherd zu finden.«

»Ein kleiner Ratschlag, George«, sagte Ballard augenzwinkernd. »Erzählen Sie nie Ihrem Banker von Ihren Problemen. Er könnte es mit der Angst zu tun kriegen und sein Darlehen zurückfordern. Aber in Ihrem Fall besteht diese Gefahr ja nicht, da sie jeden Tag mit dem Geld Ihres Vaters rechnen können. Gott sei Dank, wo doch Ihre Darlehensfrist in einem Monat abläuft.«

Ballards Miene war jetzt eigenartig undurchschaubar. George versuchte gar nicht erst, Ballards Ausdruck zu ergründen. Ihn plagte schon seit längerem sein Gewissen, weil er Ballard hintergangen hatte, und dieser Augenblick war ebenso gut wie jeder andere, endlich reinen Tisch zu machen.

»David, da ist etwas, das ich Ihnen sagen muss.«

»Hoffentlich keine schlechten Nachrichten«, Ballard lachte verstohlen in sich hinein.

»Na ja, äh ... um eine gute Nachricht handelt es sich nicht gerade.«

»Raus damit! Solange Sie Ihren Verpflichtungen in einem Monat nachkommen, kann's nicht so tragisch sein. So war es doch abgemacht, nicht wahr?«

»Hm, ja, so war es abgemacht.«

»Na dann ist es ja gut.«

»David, ich werde das Geld nicht bekommen. Das Erbe ... es ist eine lange Geschichte. Jedenfalls ist kein Geld da.«

»Kein Geld?«

»Kein Penny. Ich nehme an, Sie werden uns den Laden dichtmachen, stimmt's?«

Ballard konnte kaum noch an sich halten. Er kicherte jetzt ganz unverblümt vor sich hin.

»Machen Sie sich keine Sorgen, George. Wenn es Verzögerungen mit der Auszahlung gibt, besorgen Sie mir einfach eine Erklärung der Testamentsvollstrecker.«

»Ich kann nicht ... worüber amüsieren Sie sich eigentlich so? Ich finde die ganze Sache überhaupt nicht komisch.«

»Wissen Sie denn nicht, wer die Vermögensverwalter sind?«

»Nun, der Anwalt meines Vaters, Earle, ist einer davon. Die anderen kenne ich nicht.«

»Glauben Sie wirklich, Ihr Dad hätte nicht an seinen ältesten Freund im Bankgewerbe gedacht?«

Ballard lachte George jetzt offen ins Gesicht, während dieser allmählich eins und eins zusammenzählte.

»*Sie* gehören zu den Vermögensverwaltern? Dann wussten Sie also, dass ich gar kein Geld zu erwarten habe. Wieso haben Sie denn überhaupt zugelassen, dass ich die Fabrik kaufe und sie nicht wie geplant in Konkurs gehen lassen?«

»Aus zweierlei Gründen. Erstens: Ich bekomme noch 36 000 Pfund von Ihnen.«

»Und zweitens?«

»Zweitens war mir klar, dass nur ein Genie in der Lage wäre, Gissings zu retten, so wie die Dinge standen. Ihr Vater hätte es geschafft.« Ballard zuckte mit den Schultern. Immerhin ging es nicht um sein eigenes Geld, sondern um das der Bank. »Ich dachte mir, ich gebe Ihnen eine Chance.«

George war erstaunt und geschmeichelt. Allmählich dämmerte ihm Ballards Logik.

»Also werden Sie uns den Laden nicht dichtmachen, wenn wir nicht bezahlen können?«

Ballard zuckte nochmals mit den Schultern. Jetzt hatte der Banker in ihm wieder die Oberhand über den freundlichen Onkel gewonnen.

»Vielleicht mache ich den Laden dicht, vielleicht auch nicht. Das hängt davon ab, wie das Geschäft bis dahin läuft, und auf welche Art die Bank das meiste Geld zurückbekommt. Aber bis jetzt, George, schlagen Sie sich doch recht gut.«

## 4.

Neun Uhr verstrich, und keine Spur von Zack. Hanbury und die beiden Mitarbeiter des Personalbüros schauten missbilligend auf ihre Armbanduhren.

Hanbury saß in einer Ecke des Raumes und telefonierte. Die beiden Leute vom Personalbüro unterhielten sich und schoben zwei Blätter hin und her, die vor ihnen auf dem Tisch lagen. Eines davon war ein DIN-A4-Bogen, auf den Zack am Vortag sein »Entschuldigungsschreiben« an Hanbury gekritzelt hatte. Das andere war ein Brief, der mit folgendem Wortlaut begann: »Lieber Zachary, wir bedauern, Ihnen mitteilen zu müssen, dass Ihr Arbeitsvertrag mit

Coburg's mit sofortiger Wirkung erlischt.« Der Brief war nicht unterzeichnet.

Endlich, mit vierzig Minuten Verspätung, tauchte Zack auf. Er war unrasiert und sah aus, als habe er die Nacht durchgemacht, und offensichtlich hatte er sich weder umgezogen noch geduscht. Sein Atem roch nach Alkohol. Hanbury, der sich mit solchen Dingen auskannte, tippte auf Champagner. Der ältere der beiden anderen Männer signalisierte Zack, Platz zu nehmen.

»Nun, Zack, wir hatten eine längere Unterredung mit Piers, und er schilderte uns seine Version des gestrigen Zwischenfalls. Außerdem haben wir ... äh, dieses Dokument hier vorliegen, das Sie gestern verfasst haben. Nun, wir würden gern vernünftig über ...«

»Oh, ich bin überzeugt, dass Piers und ich übereinstimmen, was den Vorfall betrifft«, unterbrach ihn Zack. »Er hat einen Deal mit einem wichtigen Kunden vermasselt und es abgelehnt, sich meinen Vorschlag anzuhören, wie man die Sache noch retten könnte. Ich nehme an, er möchte sich bei mir entschuldigen.«

Die beiden Männer vom Personalbüro schauten sich an. Hanbury blickte ungerührt ins Leere. Die Sache begann ihm zu gefallen.

»Aber Zack, seien Sie doch vernünftig«, versuchte der Mann es noch einmal. »Noch haben wir keine endgültige Entscheidung getroffen, und wenn Sie sich jetzt einsichtig zeigen, bin ich überzeugt, dass wir einen Posten für Sie finden, der Ihren Neigungen entspricht.«

»Ach, und woran hatten Sie dabei gedacht? An die Kantine? Oder vielleicht an die Putzkolonne?«

Sein Gegenüber schob ihm das Kündigungsschreiben über den Tisch.

»Noch ist dieses Schreiben nicht unterzeichnet. Sie stehen erst am Anfang Ihrer Karriere, die Sie sich gewiss nicht selbst verderben wollen. Eine aufrichtige Entschuldigung würde Ihnen eine zweite Chance eröffnen, über die Sie sich glücklich schätzen dürfen. Ich bezweifle, dass Sie das Zeug für einen Job im Front Office besitzen, aber sollte es doch der Fall sein, werden Sie Gelegenheit haben, dies zu beweisen. Wir brauchen jemanden, der die Rechnungsabteilung ein wenig auf Trab bringt. Ein Mann mit Ihren Fähigkeiten könnte sich dort durchaus bewähren. Aber ich muss Sie warnen: Es ist Ihre letzte Chance, und sie ist futsch, falls Sie sich weiter so uneinsichtig zeigen.«

Hanbury genoss die Situation sichtlich. Nach seinem Dafürhalten blieb Zack gar keine Wahl, als das Angebot anzunehmen. Er selbst hatte auf diesen Vorschlag gedrängt, um Zacks Demütigung noch zu vertiefen, indem er ihn auf einen öden Posten ohne Zukunftsperspektive verbannte. Und er, Hanbury, würde ein Auge darauf haben, Zack den Sprung ins Front Office zu verwehren, und dafür sorgen, dass Zack bei Beförderungen und Prämien stets als Letzter berücksichtigt würde.

Zack hatte richtig vermutet. Hanbury war nicht der Typ, der eine Entschuldigung gelten ließ. Er wollte, dass Zack für den Rest seiner Karriere sämtliche Türen verschlossen blieben, und er, Piers Hanbury, würde jede Sekunde davon auskosten.

Rasch überflog Zack den vor ihm liegenden Brief. Fristlose Kündigung. Sechs Monate Gehaltsfortzahlung. Zwölf Monate kostenloser Service einer Stellenvermittlung. Das Paket war nicht mal übel. Coburg's heuerte und feuerte ebenso viele Mitarbeiter wie andere Firmen heutzutage, aber man bemühte sich, die Dinge anständig zu handhaben. Zack zögerte eine Weile und wandte sich dann Hanbury zu, der den Blick des Jüngeren mit unverhohlener Schadenfreude erwiderte.

»Ich nehme die Worte zurück, die ich gestern geschrieben habe«, begann Zack.

»Sehr vernünftig«, erwiderte Hanbury süffisant. »Ihr neues Wirkungsfeld ist Ihnen wie auf den Leib geschneidert. Ich bin sicher, Sie werden die Herausforderung genießen.«

»Denn wenn ich es recht bedenke«, fuhr Zack ungerührt fort, »bedaure ich nicht im Geringsten, dass Sie ein solch aufgeblasener Dickschädel sind. Ein anderes Verhalten würde jemandem mit Ihrem abstoßenden Äußeren kaum gerecht werden.«

Stille senkte sich über den Raum. Hanbury war wie vom Donner gerührt. Der Mann von der Personalabteilung zückte demonstrativ seinen antiken Füllfederhalter und unterzeichnete das Kündigungsschreiben. Nachdem er es trocken gewedelt hatte, schob er es Zack über den Tisch hinweg zu.

»Sie sind ein sehr unvernünftiger junger Mann. Das werden Sie Ihr Leben lang bereuen.«

Zack griff nach dem Brief.

»Der ist verbindlich? Kein Irrtum möglich?«

»Korrekt.«

»Sechs Monate Gehalt, steuerfrei, keine Fragen?«

Der Mann aus der Personalabteilung nickte.

»Gut. Dann benötigen Sie das hier ja nicht. Fröhliche Weihnachten allerseits.«

Mit diesen Worten erhob sich Zack, zog ein Blatt Papier aus seiner Tasche und riss es genau in der Mitte durch. Er ließ die beiden Hälften auf dem Tisch liegen und schritt ohne einen Blick zurück aus dem Raum.

Piers Hanbury legte die beiden Teile übereinander. Es handelte sich um ein Schreiben Zacks an die Personalabteilung.

*Da mir bei einer besseren Bank ein lukrativerer Job zu höherem Gehalt und einer beträchtlichen Prämie angeboten wurde, sehe ich mich gezwungen, hiermit meine fristlose Kündigung einzureichen. Der Ordnung halber möchte ich anmerken, dass mir die Arbeit bei Coburg's nicht gefallen hat und ich die Firmenleitung in keiner Weise respektieren kann. Ich freue mich darauf, dieses Unternehmen in Zukunft mit aller Macht und erfolgreich zu bekämpfen.*

Der Brief war nicht unterzeichnet. Piers Hanbury las das Schreiben langsam durch und verließ wortlos den Raum. Die beiden Mitarbeiter der Personalabteilung lasen es ebenfalls. Nachdem sie es ungläubig ein zweites Mal gelesen hatten, ging der ältere der beiden damit zum Papierkorb und ließ die beiden Hälften hineinfallen. Also wirklich! Da verstand noch einer die Welt!

## 5.

Ein ungemütlicher Dezembermorgen. Wolken hüllten das Dorf und die Fabrik ein, und alles war klamm und kalt. Die schmierige Schicht, die den Fabrikhof bedeckte, war zur öligen Kruste erstarrt. Von Norden wehte ein eisiger Wind über das Moor und drang durch die verfallenden Fenster ins Innere des Fabrikgebäudes. Es war eine unwirtliche und bedrückende Arbeitsstätte. Eine deprimierende Art, sich seinen Lebensunterhalt zu verdienen, insbesondere, wenn man nicht einmal ein Gehalt bezog und die Zahlen auf dem Girokonto immer tiefer in den roten Bereich absackten.

Georges Arbeitstag begann in aller Frühe, und um Punkt acht Uhr dreißig kündeten laute Schritte auf dem Flur auch Vals Erscheinen an. In eine Art Tweedcape gehüllt, das George an eine Pferdedecke erinnerte, betrat sie den Raum. Der grobe Stoff ihres eckig geschnittenen Kostüms betonte ihre Formen perfekt, wie George missmutig registrierte. Der Unterschied zwischen ihr und Kiki war so extrem, dass George nicht umhin konnte, die beiden miteinander zu vergleichen, sobald er Vals ansichtig wurde oder an Kiki dachte. Beides geschah in diesen Tagen nur zu häufig.

»Wollen Sie mich verarschen?«, fiel sie sofort über George

her. Offenbar hatte sie das Schild über der Toreinfahrt bemerkt.

»Überhaupt nicht«, erwiderte George. »Wer so viel Loyalität zeigt wie Sie, verdient Anerkennung. Hätte diese Firma Geld übrig, würde ich mich herzlich gern in anderer Form erkenntlich zeigen. Da dies nicht der Fall ist, tue ich eben, was möglich ist.«

»Ich verzichte auf Ihre pathetischen kleinen Gesten«, giftete Val. »Ich handle gewiss nicht Ihnen zuliebe so und habe es schon gar nicht auf Fleißkärtchen abgesehen.«

»Das weiß ich doch, Val. Ich will mich nicht mit Ihnen streiten. Wenn es Ihnen lieber ist, lasse ich Ihren Namen wieder entfernen. Ich wollte lediglich zu meinem Versprechen stehen. Aber da ist noch etwas anderes, was ich Ihnen sagen muss. Ich weiß nicht, ob Sie es schon gehört haben, aber Tom Gissing ist letzte Nacht gestorben. Wie es aussieht, ist er friedlich eingeschlafen. Es tut mir sehr leid.«

Überrascht registrierte er, welche Reaktion seine Worte auslösten. Vals für gewöhnlich strenge Züge schienen förmlich in sich zusammenzufallen. Sie ließ sich auf den Stuhl an Georges Schreibtisch sinken, fegte ein paar darauf liegende Unterlagen zu Boden und begann hemmungslos zu weinen. George hielt ihr ein Taschentuch hin, das sie wortlos nahm.

Nach einer Weile erhob sie sich, rang um Fassung. George versuchte sie zu trösten.

»Machen Sie sich keine Gedanken wegen des heutigen Tages. Nehmen Sie sich frei, und kommen Sie zurück, wenn Sie sich gefangen haben. Sagen Sie einfach Bescheid, wann ich wieder mit Ihnen rechnen kann.«

»Vielleicht überhaupt nicht mehr«, antwortete sie reserviert. »Jetzt, wo Tom Gissing nicht mehr da ist, besteht wirklich kein Grund mehr, für dieses lächerliche Gehalt für eine Firma zu arbeiten, die ohnehin so gut wie bankrott ist.«

»Wie können Sie so etwas behaupten? Was ist denn mit

den Arbeitern, deren Existenz von diesem Betrieb abhängt? Mit ihren Familien? Und was ist mit der Firma selbst?« George war offenkundig entsetzt. Große Güte! Wenn selbst Val Bartlett ihn im Stich ließ, brauchte er sich bezüglich der anderen Angestellten auch keine Hoffnung mehr zu machen.

Val ging wie von der Tarantel gestochen auf ihn los. »Wie können Sie es wagen?«, zischte sie. »Tom Gissing hätte solche Worte wenigstens ehrlich gemeint. So etwas aus Ihrem Munde kann einem nur Übelkeit verursachen!«

»Du meine Güte, Val, was habe ich denn getan? Arbeite ich nicht hart genug? Versuche ich nicht alles, den Laden am Laufen zu halten? Gibt es irgendwas, das ich sonst noch für diese Firma tun könnte?«

»Allerdings! Sie brauchen doch bloß Ihre verdammte Brieftasche zu zücken, die Bank auszahlen, den Jungs ihr Gehalt wieder aufstocken und die Leute zurückholen, die Sie gefeuert haben. Ich weiß selbst, dass die Kosten gekürzt werden mussten, aber was Sie hier abziehen, ist einfach lächerlich, wenn man bedenkt, wie reich Sie in Wirklichkeit sind!«

»Wie reich ich bin? Sind Sie von Sinnen?«

»Immerhin haben Sie die Millionen Ihres Vaters geerbt. Ich weiß nicht, wie viele Millionen Sie wert sind und warum Sie Ihre Zeit hier bei uns verschwenden. Aber es widert mich an, und ich komme garantiert nicht zurück.«

Sie wandte sich ab, doch George packte ihren Arm. Ohne ihren Protest zu beachten, führte er sie mit steinerner Miene aus dem Büro.

Mit entschlossenem Griff zog er sie die Treppe hinunter, durch die Empfangshalle und hinaus auf den eisigen Hof. Das einzige Fahrzeug auf dem Hof war der Firmentransit, den George kurz nach seiner Übernahme in Besitz genommen hatte. Obwohl er damit nur selten das Gelände verließ, hatte George allen anderen die Benutzung des Fahrzeugs untersagt.

Jetzt steuerte er auf den Wagen zu, schloss ihn auf und öffnete die beiden Hecktüren.

Im Inneren befanden sich eine Matratze und Bettzeug. Eine Paraffinlampe baumelte von einem Haken an der Decke. Auf dem Boden standen ein Campingkocher, ein paar Konserven und ein vertrockneter Brotlaib. Ein Krug Wasser und eine Emailleschüssel gaben Aufschluss über die sanitären Arrangements. Auf einem Ständer hinter dem Fahrersitz hing ein Kleidersack mit Georges Designerausstattung: Anzüge, Jacketts, Hosen und Hemden. Dem muffigen Geruch nach zu schließen, diente dieser Ort schon seit längerem als Lagerstatt. Ein Wasserspritzer von der morgendlichen Toilette war auf dem Boden zu Eis gefroren.

»Das Domizil des reichen Erben«, bemerkte George. »Willkommen im Schloss.«

Er knallte die Türen wieder zu, ohne sie abzuschließen, und ging zurück in sein Büro. Val folgte ihm nicht, und nach einer halben Stunde blickte George aus einem der Vorderfenster, um nachzusehen, wo sie geblieben war.

Sie stand noch immer neben dem Transit, zusammen mit einer Gruppe von etwa zwanzig Arbeitern. Einige kamen gerade dazu, andere waren wieder auf dem Weg zurück an ihre Arbeitsplätze. Offenbar war sein Transit im Augenblick zu einer Art Touristenattraktion auf dem Gelände geworden, und Val Bartlett agierte als Führerin. George trollte sich zurück an seinen Schreibtisch, konnte sich aber nicht mehr konzentrieren.

Ungefähr fünfzig Minuten später kehrte Val zurück. Ihr Gesicht war wie immer ausdruckslos, doch um ihre Augen spielte ein Lächeln.

»Ab heute werden Sie vermutlich keine Probleme mehr haben, was die Kooperation der Mitarbeiter betrifft«, sagte sie. »Vor allem, nachdem einer der Jungs einen Kontoauszug unter Ihrer Matratze gefunden hat.«

»Ich hoffe, Sie haben wenigstens Eintrittsgeld genommen«, brummte George. »Fünfzig Pence für einen Blick, und ich wäre wieder eine Woche länger über die Runden gekommen.«

Der Rest des Tages verlief in ungewohnter Geschäftigkeit. Zum ersten Mal spürte George bei seinen Mitarbeitern echten Enthusiasmus. Ein Komitee, dem er die Modernisierung des Produktsortiments übertragen hatte und das während der bisherigen Meetings durch sture Opposition gegenüber jeder Neuerung glänzte, sprühte plötzlich vor Ideen. Der alte Gissing hatte Recht gehabt. Diese Leute verstanden ihr Handwerk. Man spürte, dass sie das Schreinern liebten. Zum ersten Mal hatte George den Eindruck, dass der Kauf von Gissings gar keine so schlechte Investition gewesen war.

Gegen Abend ging er mit Val die Treppe hinunter. Wie so oft, waren sie die Letzten, die die Fabrik verließen. Es war ein klarer, frostiger Abend, und die Nacht drohte bitter kalt zu werden. George öffnete die Türen des Transit. Jetzt brauchte er wenigstens kein Geheimnis mehr um seine Behausung zu machen.

»Ich würde Sie auf einen Drink einladen, aber Sie wissen ja, wie es hier drinnen aussieht.«

Doch in der Zwischenzeit hatten sich Heinzelmännchen in Georges Domizil zu schaffen gemacht. Das Innere des Wagens war gründlich aufgeräumt worden. Irgendjemand hatte einen Bettkasten gebaut, in dem jetzt die Matratze lag. Darunter befanden sich zwei Schubladen, und alles, was zuvor auf dem Boden verstreut lag, war säuberlich hineingeräumt worden. Auf einem einfachen Tisch thronte der Campingkocher, und in einem roten Krug steckte sogar ein geschmückter Kiefernzweig. Daneben standen ein Sechserpack Bier und, in Zeitungspapier eingeschlagen, eine dampfende, köstlich duftende Schüssel mit Fleischpastete. In einem Anflug von Humor hatte jemand einen alten Gissings-Katalog an die Wand gepinnt. »*The Thunderer! Der Schreibtisch von morgen!*«

George war zu Tränen gerührt. Es war eine harte und einsame Zeit für ihn gewesen, seit sein Vater gestorben war, und dies war das erste Mal, dass jemand helfend die Hand ausstreckte. Er drehte sich zu Val um, um herauszufinden, ob das Ganze auf ihre Veranlassung hin geschehen war, aber sie war ebenso überrascht wie er.

»Nun«, kommentierte George, nachdem er seine Stimme wiedergefunden hatte. »Da wollte wohl jemand seine handwerklichen Fähigkeiten unter Beweis stellen. Der Geist von Gissings, und so weiter.«

»Geist von Gissings hin oder her«, erwiderte Val. »Hier können Sie jedenfalls nicht länger bleiben.«

»Wie bitte?«

»Meinen Sie, ich will für einen Zigeuner arbeiten? Sie kommen mit zu mir. Schon weil bald Weihnachten ist. Sie können in meinem Wohnzimmer übernachten, bis Sie etwas anderes gefunden haben.«

George hatte gar keine Gelegenheit zu protestieren. Mit der für sie typischen Entschlossenheit hakte sie ihn unter und zog ihn mit sich. Sie ließen den Transit mit offenen Türen zurück und verließen in Vals zerbeultem altem Wagen das Fabrikgelände.

## 6.

Es war alles andere als beschaulich, dieses Weihnachtsfest. Helen ging es schlimmer denn je. Ein paar Tage zuvor hatte sie es fertig gebracht, ein halbes Dutzend Valium zu schlucken, weil sie den »Kick« schätzte, den es ihr verschaffte. Aber das biochemische Pendel war unbarmherzig, und Heiligabend durchlitt sie sämtliche Entzugssymptome, die Valium als eines der am schnellsten abhängig machenden Medikamente mit sich bringt. Sie jammerte, war reizbar und stellte sich hilfloser, als sie war.

Josie legte im Vorderzimmer Patiencen mit ihr, während George und Matthew sich darin hervortaten, die Bratkartoffeln anbrennen zu lassen (George aufgrund seiner Vergesslichkeit, Matthew wegen seines Jetlag und Zack – man mochte es kaum glauben – telefonierte unentwegt dienstlich auf seinem Handy).

»Dein neuer Arbeitgeber ...«, begann George, dem der Name nicht mehr einfiel.

»Weinstein Lukes«, ergänzte Zack.

»Ja. Geben die dir nie einen freien Tag?«

»Zurzeit nicht, aber wer weiß. Im Moment operiere ich hauptsächlich in Öl und Gas. Das heißt, dass die Hauptklientel im Nahen Osten sitzt. Die mögen es, wenn man sie Weihnachten anruft. Es verleiht ihnen das Gefühl, besonders wichtig zu sein, wenn sie einem Investmentbanker die Feiertage versauen können.«

»Wie bist du eigentlich an den Job gekommen?«, wollte Matthew wissen, dem die Frage schon länger auf der Zunge brannte. Er hatte seine Neugier bisher nur im Zaum gehalten, weil er fürchtete, seinen Neid nicht verbergen zu können.

Zack zuckte mit den Schultern. »Angeborene Genialität«, antwortete er und tippte die nächste Telefonnummer in sein Handy. Matthew biss sich auf die Lippen, während George sich daranmachte, die verbrannten Kartoffeln aus der Pfanne zu kratzen.

George fühlte sich völlig in den Schatten gestellt. Matthew war tags zuvor per Virgin Atlantic Upper Class eingeflogen und würde am nächsten Tag auf die gleiche Weise zurückkehren. Zack klebte nur an seinem Handy und redete von seinen multinationalen Businessdeals. Und was hatte er, George, der Älteste, mit diesen ersten fünf Monaten angefangen, die er nun sozusagen vom Scheckbuch des Vaters abgeschnitten war? Er war auf die Mildtätigkeit seiner Sekretärin angewiesen und hatte kein Einkommen, und das Einzige, das ihm geblieben war – eine heruntergewirtschaftete alte Möbelfabrik –, drohte sich als komplette Verschwendung des einen Pfunds herauszustellen, das er in diesen Laden investiert hatte. Kiki war unerreichbar geworden, seine Mutter ein Wrack, und seine Brüder schienen es darauf abgesehen zu haben, ihn mit ihren Handys, ihren Gehältern und dem Millionen-Dollar-Geschwätz zu erniedrigen. George überließ Matthew die Kartoffeln und gesellte sich nebenan zu Josephine.

»Was, ihr habt die Kartoffeln anbrennen lassen? Bleib du hier bei Mum. Ich sehe besser mal in der Küche nach dem Rechten. Habt ihr daran gedacht, den Truthahn zu begießen?«

»Den Truthahn begießen?«

Aber Josephine huschte bereits aus der Tür. Sie warf Zack aus der Küche, der sich mit seinem Handy auf die Treppe verzog, ungehalten über den schlechten Empfang und einen der Junior-Analysten, der sich trotz des Feiertags offensichtlich noch im Büro aufhielt, um ein Projekt zu beenden. Matthew und Josie versuchten unterdessen das Festtagsmahl zu retten und deckten den Tisch. Als George der Mutter ins Esszimmer helfen wollte, bemerkte er, dass sie sich nass gemacht hatte. Es war kaum der Rede wert, nur ein paar Tropfen, aber mehr, als dass George damit fertig geworden wäre.

»Oh, Himmel. Josie, kannst du mal kommen?«

»Was ist los? Mein Gott, George. Ich dachte, ich hätte dich gebeten, dich um sie zu kümmern?«

»Was hätte ich denn machen sollen? Sie aufs Töpfchen setzen?«

»Könnt ihr bitte mal still sein, ich telefoniere«, erklang Zacks Stimme aus dem Flur.

Josie rauschte hinaus, und bevor Zack die Hand über die

Sprechmuschel halten konnte, verkündete sie laut und deutlich: »Zack, deine Mutter hat in die Hose gemacht. Könntest du bitte helfen, sie sauber zu machen?«

Zack warf seiner Schwester einen vernichtenden Blick zu und verzog sich auf die Straße, um zu Ende zu telefonieren. Die Verbindung wurde irgendwo zwischen Treppenhaus und Bürgersteig unterbrochen, und hinter ihm schlug die Tür zu. Fluchend tippte Zack auf die Wiederholungstaste und stampfte gegen die Kälte mit den Füßen.

»Kommt ihr?«, rief Matthew aus dem Speisezimmer. »Das Essen wird kalt.«

Als die anderen endlich eintrafen, schlief er – den Kopf auf die Arme gelegt – tief und fest. Ein Opfer des Jetlag.

Nein, es war in der Tat kein beschauliches Fest, dieses erste Weihnachten nach Bernard Gradleys Tod.

## 7.

Die Bären, die Baissespekulanten und Schwarzseher der Finanzmärkte, hatten den Crash vorhergesagt, aber niemand hatte damit gerechnet, dass ausgerechnet Japan den Anstoß geben würde. Der unmittelbare Auslöser war belanglos. Wieder einmal war eine japanische Bank dabei ertappt worden, Schmiergelder an organisierte Verbrechersyndikate gezahlt zu haben. Ein paar der Verantwortlichen gehörten zur Regierungspartei. Es gab Geldstrafen, Inhaftierungen, Entlassungen. Alles in allem nichts Außergewöhnliches.

Die ersten Reaktionen waren entsprechend verhalten. Eine leichte Kurskorrektur führte zur Senkung der Bondpreise um ein halbes Prozent. Der japanische Aktienmarkt schien davon unbeeindruckt und stieg sogar geringfügig. Ein Feiertag stand vor der Tür, und sogar in Japan lassen die Gemüter sich leicht ablenken.

Aber dieser erste Tag war nur ein leichtes Zucken; das Erdbeben stand noch bevor. Wieso es dann aber tatsächlich dazu kam, wird ein ewiges Geheimnis bleiben. Vielleicht fühlten sich Japans Investoren durch die Bilder hoher Amtsträger in Handschellen verunsichert, die am Abend über die Mattscheibe flimmerten. Vielleicht war es auch die flammende Rede eines Oppositionsführers. Was auch immer der Grund gewesen sein mochte, als der Markt am nächsten Tag eröffnete, begannen die Bondpreise zu fallen, und der Aktienmarkt folgte auf dem Fuß. Ein rollender Stein wurde zum Erdrutsch, und zum Ende des Tages war der Bondmarkt um drei, der Aktienmarkt um fünfzehn Prozent gefallen.

Europäische Investoren nahmen das Chaos in Japan zur Kenntnis und fragten sich bange, welche Auswirkungen die westlichen Märkte zu erwarten hatten. Der Handel verlief verhalten und unentschlossen. Wenn die New Yorker Börse stark eröffnete, war nichts zu befürchten. Wenn aber die amerikanischen Investoren kalte Füße bekamen, könnte es zur Katastrophe kommen. Es war ein hektischer Vormittag.

»Nikkei-Index um fünfzehn Prozent gefallen – Amerikanische Investoren besorgt« lautete die Schlagzeile des *Wall Street Journal* an diesem Tag. Der bekannteste TV-Börsenexperte präsentierte seinen Kommentar an diesem Morgen vom originalgetreuen Modell eines Wall-Street-Fenstersimses. Nachdem er seine Hiobsbotschaften verkündet hatte, sprang er. Natürlich war es nur Show, aber nichtsdestotrotz beunruhigend.

Der Markt eröffnete ruhig. Niemand wollte den ersten Schritt tun. Aber nach und nach entschlossen sich die Investoren, auf Nummer sicher zu gehen. Auf Nummer sicher gehen bedeutet verkaufen, doch wenn alle verkaufen, gibt es keine Käufer. Die Stimmung auf dem Bondmarkt schwappte über auf den Aktienmarkt, der die verspätete Reaktion durch umso rascher fallende Kurse wettmachte. Am Ende dieses Tages waren der Bondmarkt um drei Prozent und der Aktienmarkt um achtzehn Prozent gefallen.

Schweißgebadet verließen die Händler ihre Arbeitsplätze und stürzten gierig nach einem Drink ins Freie. Achtzehn Prozent! Einige hatten durchaus Grund zum Feiern. Das waren diejenigen, die sich bedeckt gehalten und auf Verluste gesetzt hatten. Diese Glückspilze konnten nun beachtliche Tagesgewinne verzeichnen. Aber der Großteil der Börsianer war schlechter dran. Selbst vorsichtige Händler meldeten gravierende Verluste. Diese Unglücksraben hatten zusehen müssen, wie ihr hart verdienter Jahresgewinn sich an einem einzigen Tag in Luft auflöste. Ihre Prämien konnten sie vergessen, und ihre Stühle wankten. Sie philosophierten über die Ungerechtigkeit und mieden die Bars, in denen die Tagessieger den Champagner fließen ließen.

Unterdessen trat in einer der oberen Etagen eines Wall-Street-Wolkenkratzers ein Ausschuss zusammen, um die Lage zu analysieren. Es handelte sich um das Market Risk Commitee der Madison Bank, das unter Vorsitz Dan Kramers geführt wurde, geschäftsführender Direktor und bekannt als Löwe der Wall Street. Die Bank blickte auf einen nervenaufreibenden Tag zurück. Am Morgen hatte man auf eine Kurserholung an den US-Märkten gesetzt. Die Optionseinsätze waren nicht hoch gewesen, aber selbst ein geringer falscher Einsatz kann zu hohen Verlusten führen. Madisons Computer zeigten einen Verlust von achtzig Millionen Dollar vor Steuern an.

Niemand der Anwesenden zeigte sich übermäßig besorgt. Angesichts jährlicher Gewinne von weit über einer Milliarde waren achtzig Millionen eher ein Pappenstiel. So was konnte geschehen. Aber es gab andere Aspekte, die zu berücksichtigen waren. In Zeiten starker Turbulenzen laufen die Geschäfte in einer Bank wie Madison eher auf Sparflamme. Firmen, die kurz vor der Emission von Aktien oder Wertpapieren stehen, neigen in solchen Fällen zum Ausstieg aus laufenden Projekten. Investoren halten sich zurück. Die Telefone schweigen.

Der Ausschuss beriet sich bis neun Uhr abends. Madison, bekannt für rasch und entschlossen handelndes Management, beabsichtigte, am nächsten Morgen eine Pressemitteilung herauszugeben. Man einigte sich schließlich einstimmig auf den Inhalt; die Pressenotiz wurde entworfen und herausgegeben. Der entscheidende Absatz lautete folgendermaßen:

*Madison gibt bekannt, dass die heutige Kurskorrektur auf den Finanzmärkten zu einem Verlust von 80 Millionen Dollar führte. Die Bank ist zuversichtlich, dass keine weiteren Verluste größeren Umfangs zu befürchten sind und langfristig eine positive Entwicklung des Marktes zu erwarten ist.*

*Um die Kostenstabilität während des Berichtigungszeitraumes zu gewährleisten, beabsichtigt die Bank jedoch eine sofortige Überprüfung des Personalbestandes. Gravierende Einsparungen sind unausweichlich. Eine weitere Pressemitteilung wird in Kürze folgen.*

Die Notiz wurde in den Morgenausgaben der Presse ausführlich kommentiert. Es wurde als positives Zeichen gewertet, dass Madison öffentlich sein Vertrauen in den Markt zum Ausdruck brachte. Nicht zum ersten Mal wurde Madisons Management als Vorbild professionellen Führungsstils gepriesen. Eines der populären Blätter brachte den Artikel unter der Schlagzeile: »Der Markt atmet auf beim Gebrüll des Löwen.« Die angeschlagenen Finanzmärkte erholten sich ein wenig.

Die Seminarteilnehmer waren weniger enthusiastisch. Es kursierte das Gerücht, dass alle noch an diesem Tag entlassen werden sollten. Die Amerikaner unter ihnen verließen ihre Schreibtische und hefteten sich an die Fersen jener Leute, von denen sie sich nach dem Kursende einen Job versprachen. Die ausländischen Teilnehmer hängten sich ans Telefon, um die Stimmung in Tokio und Buenos Aires, Paris und London zu ergründen.

Matthew und Sophie, das glücklich verliebte Pärchen, begab sich nach unten, wo sie bei mehreren Bechern Kaffee Schlagzeilen, Gerüchte und Klatsch von daheim besprachen. Matthew hatte mit Luigi Cuneberti telefoniert, der einen ziemlich bedrückten Eindruck machte. Matthews Versuch, dies als typisch italienischen Hang zur Dramatik abzutun, hatte Luigi heftig widersprochen.

»Hör mal, Matteo. Ich bin Schweiz-Italiener, wie du weißt, und wenn ein Schweizer deprimiert ist, heißt das schon was. Es sieht wirklich düster aus, besonders für euch neue Mitarbeiter. Aber handle jetzt bloß nicht voreilig. Wenn es diesmal nichts wird, hast du auf jeden Fall nächstes Jahr wieder eine Chance.«

Matthew hatte kein Jahr zu verschenken, aber das konnte er Luigi schlecht erklären, geschweige denn als Druckmittel gegenüber McAllister verwenden. Sophie war ebenfalls besorgt. Die Pariser Filiale hatte gerade umfangreiche Expansionsmaßnahmen geplant, aber wie es jetzt aussah, würden sämtliche diesbezüglichen Aktivitäten ausgesetzt werden. Neue Rekruten waren jetzt alles andere als willkommen.

Matthew und Sophie hielten einander mit besorgten Mienen über den Tisch hinweg an den Händen und küssten sich. Wenigstens hatten sie einander.

## 8.

Der Dudelsackbläser hatte sein Spiel beendet. Ein Champagnerkorken knallte, und ringsum ertönte Applaus. Hank Daggert, geschäftsführender Direktor von Tominto Oil und seit diesem Tage Vorsitzender von Aberdeen Drilling, erhob sein Glas.

»Auf unsere neue Tochtergesellschaft und ihre lange und profitable Zukunft als Teil von Tominto Oil.«

Douglas McKenzie, der geschäftsführende Direktor von Aberdeen, der mit seinem Kilt aus dem Grüppchen hervorstach, strahlte vor Vergnügen. Anstelle des traditionellen Dolchs trug er einen Miniaturbohrturm mit Diamantspitze am Bein. Daggert war so begeistert von dem Teil, dass McKenzie ihm sogleich ein identisches Exemplar vom gleichen Silberschmied als Geschenk orderte.

»Und auf den jungen Gradley«, fügte Daggert hinzu, nachdem alle getrunken hatten, »durch den dies alles erst möglich geworden ist.«

Nochmals wurden die Gläser erhoben. Zack quittierte den Beifall mit seinem charakteristischen dünnen Lächeln.

Nach seinem Streit mit Hanbury war alles Schlag auf Schlag gegangen. Zack, der nicht im Traum daran gedacht hatte, sich zu entschuldigen, durfte keine Zeit verlieren. Von seinem Handy tätigte er diverse Anrufe. Sein erster Gesprächspartner war die Spezialistin für Energiewerte bei Weinstein Lukes. Weinstein Lukes gehört zu dem kleinen Kreis der weltweit führenden Investmentbanken. Dieser Bankenverbund – bestehend aus Goldman Sachs, Madison, Morgan Stanley, Merrill Lynch und ein paar anderen – beherrscht die Finanzwelt. Ganz gleich, wo und wann eine bedeutende Unternehmensbewegung stattfindet, Unternehmen heiraten, geboren oder zu Grabe getragen werden, ein Mitglied dieses elitären Bundes wird gewiss mit mattem

Lächeln und entsprechender Pose an Grab oder Altar stehen.

Zack teilte seiner Gesprächspartnerin, einer geschäftsmäßigen Amerikanerin namens Amy Mazowiecki, in kurzen Sätzen mit, was er sich vorstellte und anzubieten hatte.

»Okay, kommen Sie her«, erwiderte Mazowiecki knapp, nachdem er fertig war.

Zack sprang in ein Taxi und fuhr um acht Uhr abends vor dem Gebäude von Weinstein Lukes vor. Eine Sekretärin geleitete ihn zur zehnten Etage, wo sich die Konferenzräume befanden. In einem der Räume mit Ausblick auf den Fluss ließ sie Zack mit einem Tablett mit Kaffee und Tee zurück. Mazowiecki trat kurz darauf ein.

»Nun denn, schießen Sie los«, forderte sie ihn auf.

Zack erläuterte ihr seine Situation. Er sei derzeit bei Coburg's tätig. Die Bank habe eine Ölfirma bei einer Unternehmensübernahme beraten, wobei der Projektleiter es versäumt habe, den Kunden auf eine gravierende, offen stehende Verbindlichkeit hinzuweisen. Nachdem Zack dies an seiner Stelle getan und darüber hinaus ein Steuerschema erarbeitet hatte, diese Verbindlichkeit aufzufangen, sei er von seinem Vorgesetzten bei Coburg's ausgelacht worden. Seiner Meinung nach bestand bei dem Klienten nach wie vor Interesse, den Deal bei angemessenem Preis durchzuziehen. Des Weiteren glaube er, der Klient sei geneigt, lieber mit einer anderen Bank als Coburg's zusammenzuarbeiten.

»Was haben Sie anzubieten?«

»Ich stelle für Sie den Kontakt zum Klienten her und gebe Ihnen die Details des Steuerschemas. Wenn Sie Ihre Karten geschickt ausspielen, gewinnen Sie einen neuen Kunden, einen guten Deal und eine ansehnliche Provision.«

»Und was erwarten Sie dafür von uns?«

»Einen Job.«

Mazowiecki trommelte mit den Fingern auf die Tischplatte.

Sie musterte Zacks markante Züge. Nicht uninteressant. Er spielte nicht das übliche Spielchen der Bewerber, die zu viel lächeln und es darauf anlegen, sympathisch zu wirken. Sie bildete sich ihre Meinung. »Okay, mag sein, dass wir den Deal übernehmen, aber zuerst möchte ich ein paar Punkte klären. Erstens: Wir stellen niemanden ein, wenn wir nicht der Meinung sind, dass er sich langfristig als Glücksgriff erweist. Das heißt, wir bestehen auf knallharten Einstellungsgesprächen und werden bei Ihnen keine Ausnahme machen.

Zweitens: Wenn wir etwas für Ihren Klienten tun sollen, müssen wir rasch handeln. Es könnte bereits zu spät sein. Das bedeutet, Sie müssen uns alles über dieses Steuerschema mitteilen, damit wir uns sofort damit befassen können. Ich gehe davon aus, dass Sie uns ohne vorherige Zustimmung des Klienten keine vertraulichen Informationen geben wollen. Aber dies sind besondere Umstände, und Sie haben mein Wort, dass wir die Informationen, die Sie uns geben, in keiner Weise missbrauchen werden.

Drittens hoffe ich, dass Sie sich auf eine lange Nacht eingestellt haben. Wir werden einige Stunden an dieser Steuergeschichte zu arbeiten haben und uns anschließend Ihnen zuwenden. Morgen früh teilen wir Ihnen dann unsere Entscheidung mit. Einverstanden?«

Zack dachte einen Augenblick nach. Dies war eine andere Welt als Coburg's, und er brannte darauf, ihr anzugehören. Trotzdem zögerte er noch.

»Großartig«, sagte er, »aber ich fürchte, ich kann mich mit der mündlichen Zusicherung, meine Informationen vertraulich zu behandeln, nicht zufrieden geben. Ich bin immer noch Mitarbeiter von Coburg's.«

Zack scherte sich einen Dreck um die Ethik, wollte aber vertrauenswürdig erscheinen. Unsicher, ob seine Reaktion richtig gewesen war, hielt er kurz inne. Doch seine Bedenken waren unnötig.

Mazowiecki lächelte.

»Sehr gut. Sie haben soeben den ersten Test bestanden. Wir stellen niemanden ein, der nachlässig mit den Geheimnissen seiner Klienten verfährt.« Sie nahm einen unterschriebenen und datierten Brief aus ihrem Aktenkoffer und händigte ihn Zack aus. Der Brief beinhaltete die Zusicherung von Weinstein Lukes, keinen Gebrauch von jeglicher Information durch Zack Gradley zu machen, bevor dieser nicht seine schriftliche Einwilligung erteilt habe. »Das haben wir vorsorglich aufgesetzt für den Fall, dass Sie sich nicht als Sprücheklopfer erweisen sollten.«

Was dann folgte, war eine der seltsamsten Nächte, die Zack je erlebt hatte. Die nächsten drei Stunden verbrachte er mit Mazowiecki und einem übernächtigten Hal Gillingham, dem Steuerspezialisten von Weinstein Lukes. Zack erklärte ihm, worauf es seiner Meinung nach bei der Idee ankam. Gillingham erfasste schnell, worauf Zack hinauswollte. Er deckte ein paar technische Probleme auf, die Zack übersehen hatte, lieferte aber gleich die passenden Lösungen dazu. Der Mann sah aus, als wäre er unter die Räder gekommen, verfügte jedoch über einen rasiermesserscharfen Verstand. Um Mitternacht lehnte er sich zurück.

»Legen wir eine Pause ein. Ich bin überzeugt, dass wir jetzt ein brauchbares Schema haben. Wenn wir non-stop durcharbeiten, dürfte das Konzept bis Freitag stehen. Offen gesagt, die Sache gefällt mir außerordentlich.«

Dann begannen die Einstellungsgespräche.

Gewöhnliche Firmen hätten gewiss Schwierigkeiten gehabt, mitten in der Nacht eine Reihe von Interviews zu arrangieren. Nicht so Weinstein Lukes. Hier waren nachts ohnehin stets einige Büros erleuchtet, in denen Mitarbeiter daran arbeiteten, dringende Fristen einzuhalten. Mazowiecki schnappte sich ein halbes Dutzend dieser Kollegen, wies sie an, fünfundvierzigminütige Interviews mit Zack einzuschieben und ihr anschließend eine Beurteilung zu liefern. Zugegebenermaßen ein ungewöhnliches Anliegen, aber das Ungewöhnliche gehörte zum Alltag bei Weinstein Lukes, und niemand kam auf die Idee, sich darüber zu beschweren.

Die Interviews waren hart und gnadenlos. Stieß einer der Befrager auf Schwachpunkte, bohrte der nächste umso gründlicher darin herum. Bei Coburg's hatte Zack sich den anderen gegenüber stets überlegen gefühlt. Hier kam er sich plötzlich wie ein Schuljunge vor. Als man ihn zum vierten Mal fragte, wie viele Sprachen er spreche, und er zum wiederholten Male zugeben musste, dass er nur Englisch beherrsche, begann er sich zu fragen, ob er sich nicht besser bei Hanbury entschuldigt hätte.

Um vier Uhr morgens spürte Zack, dass er seit dem Lunch am Vortag nichts mehr zu sich genommen hatte und erkundigte sich zaghaft nach einem Automaten. Sein Interviewpartner, ein Spanier und durch und durch kastilischer Aristokrat, blickte ihn verständnislos an.

»Wollen Sie etwas zu knabbern oder zu essen?«, fragte er. »Wenn Sie jetzt die falsche Antwort geben, werde ich gewiss nicht für Ihre Einstellung plädieren.«

Zack lachte und verlangte etwas zu essen. Der Spanier tippte vier Ziffern in ein Telefon, und fünfzehn Minuten später erschien eine Kellnerin mit einem üppig belegten Clubsandwich.

»Einige von uns leben quasi in diesem Gebäude, daher ist es wichtig, die erforderlichen Annehmlichkeiten in Reichweite zu haben. In New York muss man sich in solchen Situationen mit Diät-Cola und Mikrowellenpizza zufrieden geben.« Der Spanier schauderte. Ein Konkurrenzunternehmen hatte ihm kürzlich einen Garantiebonus von zwei Millionen Dollar pro Jahr geboten, wenn er für zwei Jahre die Leitung ihrer Südamerika-Abteilung in New York übernähme. Er hatte es nicht einmal in Erwägung gezogen.

Endlich, um kurz nach sechs, war das letzte Interview vorüber. Unter dem Fenster schlängelte sich die Themse wie ein dunkles Band zwischen Bürogebäuden und Kränen mit abstrusen Weihnachtsdekorationen hindurch. Zack fühlte sich wie gerädert. Er konnte nur hoffen, dass die Mühe sich gelohnt hatte. Um sechs Uhr fünfundvierzig kehrte Mazowiecki zurück.

»Gratuliere. Wir bieten Ihnen einen Posten als Vizepräsident der Abteilung für Unternehmensberatung. Das Anfangsgehalt beträgt vierzigtausend Pfund. Außerdem haben Sie Anspruch auf einen Jahresbonus, zahlbar im Juni und basierend auf den Leistungen des Vorjahres. Da wir bereits Januar haben, werden wir im Juni noch keine Gelegenheit haben, Ihre Arbeitsweise auf die übliche Art zu beurteilen. Aber wenn das Geschäft, das Sie uns in Aussicht stellen, zustande kommt, erhalten Sie eine Vertragsabschlussprämie von fünfzigtausend Dollar. Was halten Sie davon?«

»Großartig. Ja, wirklich, absolut spitzenmäßig.« Trotz des Clubsandwichs fühlte Zack sich immer noch wie benommen.

»Okay. Wir haben Ihren Vertrag schon aufgesetzt, fehlt nur noch die Zustimmung von Dixon Banderman. Dixon ist Direktor der Abteilung für Unternehmensberatung und besteht darauf, jeden neuen Rekruten persönlich in Augenschein zu nehmen. Er hat noch nie jemanden abgelehnt, aber diese Hürde müssen wir noch nehmen.«

»Gut, wann werde ich ihn treffen?«

»Jetzt gleich. Er ist unten im Fitnessclub. Wir gehen zu ihm.«

Mazowiecki und Zack nahmen den Lift ins Kellergeschoss. Zu dieser frühen Stunde hielt sich hier kaum jemand auf, aber ein dumpfes Dröhnen ließ darauf schließen, dass eins der Fitnessgeräte in Betrieb war. Mazowiecki, die selbst einige Pfund Übergewicht hatte, orientierte sich an dem Geräusch. Ihre

Schritte beschleunigten sich, als sie den Gesuchten erspäht hatte. Zack folgte ihr in geringem Abstand.

Ein älterer Mann rackerte sich auf einem Laufband ab, mit dem Rücken zu ihnen.

»Hi, Dixon.« Mazowiecki drückte ihm den Vertragsentwurf in die Hand. »Darf ich mal stören und dir Zack Gradley vorstellen.«

»Hi, Amy. Klar, du immer.«

Die Stimme das Mannes klang irgendwie vertraut. Der undefinierbare Akzent. Ein Amerikaner, der zu lange in London gelebt hatte. Banderman wandte Zack das silbergrau melierte Haupt zu. Gütiger Himmel, das durfte nicht wahr sein! Das war der Kerl, den Zack am Abend zuvor auf dem Zebrastreifen zur Schnecke gemacht hatte. Auch in Bandermans Gesicht blitzte die Erinnerung auf.

»Mann Gottes! Amy, habt ihr den Verstand verloren! Diesem Kerl wollt ihr eine Vertragsprämie von fünfzigtausend zahlen?«

Zack schloss die Augen. Warum musste ausgerechnet er solches Pech haben? Er legte sich bereits die unverschämteste Erwiderung zurecht, die ihm einfallen wollte. Bevor Coburg's ihn in den Sack steckte und Weinstein Lukes ihm die Tür vor der Nase zuschlug, sollte wenigstens noch jemand seine Zunge zu spüren bekommen. Er bekam kaum mit, was Banderman als Nächstes von sich gab.

»Wenn ich dich recht verstanden habe, Amy, will dieser Bursche uns einen Millionendeal verschaffen und hat bereits bewiesen, dass er 'ne Menge von Steuerstrukturen versteht. Nun, ich weiß aus eigener Erfahrung, dass er auch seinen Mann zu stehen versteht. Der Gauner verdient einen Bonus von hunderttausend, wenn der Deal zustande kommt. Sieh zu, das dieser Wisch hier unter Dach und Fach kommt!«

Mit diesen Worten warf er der verdatterten Mazowiecki

den Vertrag zu. Sie verpasste selten eine Pointe, aber hier war ihr offensichtlich etwas entgangen.

»Willkommen an Bord«, sagte Banderman und streckte Zack seine verschwitzte Hand entgegen.

Zack und Mazowiecki setzten sich sofort mit Daggert in Verbindung, und Zack erklärte ihm, dass Aberdeen Drilling seines Wissens noch zu haben sei, und dass er eine Möglichkeit gefunden habe, einen akzeptablen Preis herauszuschlagen. Die einzige Bedingung sei, dass Daggert Weinstein Lukes sofort als Beraterbank engagierte.

Daggert war zwar überrascht über den Anruf, hörte aber interessiert zu.

»Sind Sie sicher, dass wir unsere Steuerverluste verwerten können?«

»Zu neunzig Prozent.«

»Sind Sie sicher, dass Aberdeen Drilling noch zu haben ist?«

»Zu neunzig Prozent.«

»Wie hoch ist die Provision für euch?«

Mazowiecki schlug vor, die Provision an der Höhe des Betrages zu messen, den Tominto Oil durch ihre Vermittlung einsparte. Coburg's hatte Tominto Oil empfohlen, hundertfünfzehn Millionen für Aberdeen zu bieten. Für jedes Pfund, das sie Tominto davon ersparten, sollte Weinstein Lukes zwanzig Pence erhalten. Das war ziemlich happig, aber Daggert war nicht in der Stimmung zu feilschen.

»In Ordnung. Faxen Sie mir den Vertrag, und ich unterschreibe.«

Sie legten auf, und Mazowiecki zauberte zwei Gläser Champagner hervor.

»Auf Ihren Job und Ihren Deal«, sagte sie.

Mittlerweile war es 20.40 Uhr. Zack erinnerte sich wieder an seine Verabredung mit Hanbury. Solange er noch bei Coburg's angestellt war, konnte er nicht für Weinstein Lukes arbeiten. Er ging zwar davon aus, dass er gefeuert würde, nahm aber für alle Fälle ein Kündigungsschreiben mit.

Die fette Abfindungszahlung erwies sich als unerwartetes Extra, aber das Beste war Hanburys Gesichtsausdruck, nachdem Zack seine Trumpfkarte auf den Tisch gelegt hatte.

Den Rest der Woche arbeitete Zack durchschnittlich zwanzig Stunden täglich daran, dass der Steuertrick hieb- und stichfest wurde. Am Freitagabend verkündete Gillingham, dass sie es geschafft hätten. »Großartig, Jungs«, war Mazowieckis einziger Kommentar. »Macht euch ein schönes Wochenende.«

»Wäre es jetzt nicht Zeit, den Verkäufer zu kontaktieren?«, wunderte sich Zack.

»Ruhig Blut«, empfahl ihm Mazowiecki und entfernte sich, um »mit einem befreundeten Journalisten« zu telefonieren.

Zack befolgte ihren Ratschlag verwundert, doch als er am Sonntag die Zeitung aufschlug, entdeckte er die Schlagzeile auf der ersten Seite des Wirtschaftsteils. Der Artikel – SCHWARZES LOCH AUF DEN KONTEN BEDROHT VERKAUF VON ABERDEEN – machte der öffentlichen Versteigerung der Firma ein Ende. Die anderen Bieter zogen sich zurück, Tominto scharrte ungeduldig mit den Füßen, und der verzweifelte Verkäufer warf Tominto das Unternehmen geradezu zum Fraß vor.

Nachdem alles aufgerechnet war – der Preis, die Steuerfreibeträge, die norwegischen Verbindlichkeiten –, bekam Tominto den Zuschlag von Aberdeen für sage und schreibe einhundert Millionen. Exakt fünfzehn Millionen weniger, als Coburg's empfohlen hatte. Die Provision für Weinstein Lukes betrug drei Millionen Pfund, ein Fünftel der eingesparten Summe. Die gesamte Aktion erstreckte sich über zwanzig Tage. Daggert, der der Provisionsvereinbarung zwar zugestimmt hatte, schüttelte jetzt fassungslos den Kopf.

»Wenn ich Öl nicht Geld vorziehen würde, müsste ich zugeben, im falschen Geschäft zu sein«, beschwerte er sich.

Der Dudelsackpfeifer spielte jetzt schneller, und der Champagner war dem Whisky gewichen. Douglas Mackenzie schnappte sich Mazowiecki und brachte ihr bei, wie man zu den Dudelsackklängen tanzt. Daggert packte die Leiterin seiner Finanzierungsabteilung, eine ernst dreinblickende Frau um die fünfzig, und gesellte sich dazu. Zack fühlte sich gelöst und glücklich. Sein erster Deal war unter Dach und Fach.

## 9.

Man konnte Matthew keinen Vorwurf machen.

Er hatte bis spätabends gebüffelt – woran ja nichts auszusetzen war – und mußte etwas in den Nachschlagewerken überprüfen, die im Büro der Kursleiterin Gillian McCutcheon aufbewahrt wurden. Auch daran gab es nichts auszusetzen. Während er die benötigten Informationen heraussuchte, fiel sein Blick auf einen Ordner, der auf dem Schreibtisch lag, woraus man Matthew ebenfalls keinen Vorwurf machen konnte. Schließlich war er nicht wie ein viktorianisches Schulmädchen dazu verpflichtet, den Blick auf den Boden geheftet zu halten. Der Ordner lag ganz offen da. »Kursleiter-Notizen für das Abschluss-Handelsspiel« stand darauf. Matthew schlug den Ordner auf.

Das Abschluss-Handelsspiel war fraglos der wichtigste Test des gesamten Lehrgangs. Bei der Entscheidung, wer blieb und wer gehen musste, war dieses gnadenlose letzte Spiel von entscheidender Bedeutung. Wäre Matthew sich seiner Position sicherer gewesen, hätte er den Ordner vielleicht nicht angerührt. Aber inzwischen war bestätigt worden, dass – dank Dan Kramers Entscheidung, die Kosten zu kappen – die dreiundsechzig Teilnehmer des Lehrgangs um nur fünf Jobs wetteiferten.

Zwei der glücklichen Gewinner waren bereits bekannt. Der eine war Adam Campbell, ein unscheinbarer Engländer mit wenig Haaren und noch weniger Sinn für Kleidung. Er sah aus wie ein Schwachkopf, war aber Experte in einem mathematischen Bereich, den das Londoner Optionsbüro dringend benötigte. Der zweite Glückspilz war ein Argentinier, Diego Burelli. Der Kerl besaß das Äußere eines Filmstars, war untrennbar verknüpft mit einer der einflussreichsten Familien Argentiniens und verfügte über einen finanziellen Instinkt, der seinesgleichen suchte. Er sollte die Leitung der Filiale in Buenos Aires übernehmen und würde sich zweifellos bewähren.

Damit blieben noch drei Stellen für einundsechzig Bewerber. Matthew und Sophie gehörten beide zum engeren Kreis der Anwärter. Außer ihnen kamen nur noch vier andere infrage. Scott Peterson, der Strahlemann aus Kalifornien; Heinz Schiffer, ein polternder Deutscher, dem einflussreiche Befürworter in Frankfurt den Rücken stärkten; Karen Onsley, eine überaus fähige Handelsanwärterin, deren Eltern, drei Onkel und zwei Geschwister bereits an der Wall Street arbeiteten und Fujimoto Takako, ein adretter Japaner mit bewundernswerter Trinkfestigkeit und einem sechsten Sinn für den asiatischen Markt.

Wie hätte Matthew sich verhalten sollen? Den Ordner wieder hinlegen und seiner Wege gehen, als habe er nichts gesehen? Warum sollte er? Im Gegensatz zu seinen Kollegen hatte er bis spätabends gelernt. In gewisser Weise konnte man den Ordner als Belohnung für seinen Fleiß betrachten. Und außerdem, woher sollte er wissen, ob die anderen ihn nicht auch schon längst entdeckt, gelesen oder fotokopiert hatten? Karen Onsley oder Heinz Schiffer hätte Matthew das auf jeden Fall zugetraut.

Was auch immer dafür oder dagegen sprach, Matthew streckte jedenfalls die Hand nach dem Ordner aus, schlug ihn auf und begann zu lesen. Zuerst im Stehen, dann setzte er sich und schließlich, als ihm klar wurde, dass einfaches Durchlesen nicht reichen würde, trug er den Ordner zum Kopierer und kopierte jede einzelne Seite. Anschließend legte er ihn wieder dorthin zurück, wo er ihn vorgefunden hatte und ging mit fünfunddreißig kopierten Blättern in seiner Aktentasche nach Hause. Jede Einzelne davon war pures Gold wert.

## 10.

Das ist sehr gut. Wirklich hervorragend.« Es war Sally Dummett, Leiterin von Gissings winzigem Designerteam, die sich derart äußerte. Sie drehte den Musterentwurf einer Büromöbelgarnitur so, dass die anderen ihn sehen konnten. »Jedes Stück ist tadellos ausgearbeitet. Das Design aktuell, ausgesprochen schick sogar. Man könnte es mit einem erstklassigen Sportwagen vergleichen: sauber verarbeitet, schnittig und funktionell.« Sie hielt einen Augenblick inne, um sich nicht zu sehr von ihrer eigenen Begeisterung mitreißen zu lassen. »Und trotzdem ist die Konstruktion denkbar einfach und das Material so kostengünstig wie nur möglich. Spitzenklasse.«

Die anderen am Tisch nickten düster. Es *war* Spitzenklasse. Aber leider stammte der Entwurf nicht von Gissings, sondern aus der Broschüre von Asperton Holdings, einem ihrer Hauptkonkurrenten.

»Klar, für das ungeübte Auge sieht es natürlich erstklassig aus«, wandte Andrew Walters ein, der penible Leiter der Produktionsabteilung, »aber es gibt immer noch genügend Kunden, die auf die traditionelle Verarbeitungsweise wert legen. Und wir müssen der Tatsache ins Auge sehen, dass wir nicht dafür ausgerüstet sind, derartige Stücke zu angemessenem Preis herzustellen. Vermutlich zu gar keinem Preis.«

»Ich kann nicht beurteilen, was wir produzieren können und was nicht. Aber ich weiß, dass wir immer weiter hinter den aktuellen Trend zurückfallen.«

Dummett blickte Beifall heischend zu George hinüber. Vergeblich. Vor dem Erwerb von Gissings hatte George in seinem ganzen Leben noch keinen Tag gearbeitet, und die paar Monate harter Schufterei, die nun hinter ihm lagen, machten ihn noch lange nicht zum Experten. Er tat einfach, was er mit seinem gesunden Menschenverstand und Vals enzyklopädischen Kenntnissen tun konnte.

»Was wir wirklich bräuchten, wäre eine kleine Finanzspritze«, sagte Walters. »So viel würde es gar nicht kosten, unsere Ausrüstung dem Mindeststandard anzugleichen. Hunderttausend würden schon reichen.«

»Nein. Auf gar keinen Fall«, fiel ihm Jeff Wilmot ins Wort, der farblose Buchhalter, der die haarsträubende Aufgabe zu bewältigen hatte, die Gissings-Bücher in Ordnung zu halten. »Wir können nicht einfach ... es ist nicht einmal daran zu denken ... in dieser Größenordnung ... Es sei denn ... ich meine ... es sei denn«, unsicher blickte er zu George hinüber, ob dieser vielleicht eine Hunderttausendpfundnote aus dem Ärmel zaubern würde, was leider nicht der Fall war. »Nun, ich finde, wir dürfen im Augenblick einfach keine Risiken eingehen.«

Die Diskussion zog sich hin, ohne dass man zu einer Lösung kam. Sally Dummett hatte Recht: Das Gissings-Sortiment war hoffnungslos veraltet. Walters hatte Recht: Wie es augenblicklich stand, würde die Fabrik immer mehr hinter die Konkurrenz zurückfallen. Und Wilmot hatte ebenfalls Recht: Es war einfach kein Geld da. Die ganze Diskussion hatte einen trostlosen Beigeschmack.

Nach einer Weile griff George ein. »Nun, wir alle wissen,

dass sämtliche Argumente, die angebracht wurden, ihre Berechtigung haben. Also können wir entweder aufgeben, oder wir versuchen zu retten, was zu retten ist. Entscheiden wir uns für die zweite Möglichkeit, müssen wir mit einer soliden Produktpalette rüberkommen. Was wir im Augenblick auf Lager haben, ist überteuert und altmodisch. Sally, sind Sie imstande, uns ein vollständig neues Produktsortiment zu entwerfen? Es müsste großartig aussehen, und wir müssten in der Lage sein, es in diesen klapprigen alten Mauern zu produzieren.«

»Ich könnte es versuchen.«

»Sie meinen sicher ›ja, natürlich kann ich das.‹ Nicht wahr, Sally?«

»Ja, okay. Ja, bestimmt.«

»Und es wird ebenso gut aussehen, wie der Asperton-Kram?«

»Ja.«

»Besser?«

»Ja, besser.« Dummett wurde auf einmal regelrecht enthusiastisch. Sie hatte unzählige Entwürfe im Kopf, die zu Tom Gissings Zeiten dort hatten bleiben müssen. Endlich durfte sie darauf hoffen, ihre Ideen zu verwirklichen.

»Sehr gut. Nun zu Ihnen, Andrew. Wie werden wir den Krempel produzieren?«

Andrew Walters verschränkte die Hände. Gissing hatte stets Verständnis für Walters' Motto gezeigt, »die Dinge richtig oder gar nicht« anzugehen. George war anders. Er verstand nicht das Geringste von der Produktion und hatte keine Ahnung von traditioneller Möbelfertigung.

»Unsere neuen Produkte werden billig und simpel herzustellen sein, stimmt's, Sally?«, sagte George.

»Genau.«

»Aber wir wollen sicherstellen, dass die Produktionsabteilung von Anfang an involviert ist, damit die Entwürfe den

Möglichkeiten dieser Fabrik angepasst werden. Aus diesem Grund, Andrew, sollten Sie ab sofort mit Sally zusammenarbeiten.«

Walters war alles andere als erfreut über die Aussicht, ausgerechnet zu Sally Dummetts Handlanger auserkoren zu werden.

»Okay«, brummte er. »Aber dass eines klar ist: Für mich liegt die Priorität immer noch in der Leitung der Werkstatt.«

»Hmmm«, erwiderte George, »wenn ich es recht bedenke, würde beides zusammen wohl einen ziemlichen Batzen Verantwortung bedeuten, was?«

»Nun ja, bei dem Zustand, in dem die Maschinen zurzeit sind ...«

»Das sehe ich ein. In diesem Falle bestimmen wir besser jemand anders aus der Produktionsabteilung, um Sally zur Seite zu stehen. Ich würde den jungen Darren aus der Schneidewerkstatt vorschlagen.«

»Nein, nein«, unterbrach Walters ihn hastig. »Ich glaube nicht, dass Darren über die nötige Reife verfügt. Lasst mich überlegen, wer würde sich besser eignen? Vielleicht könnte ich ja doch ein wenig Zeit erübrigen ...«

»Das wäre also geklärt«, fuhr George fort, als hätte er Walters gar nicht gehört. »Val, bist du so nett und holst du uns den jungen Darren mal aus der Werkstatt rüber?«

Ohne auf Andrew Walters' Protest zu achten, wandte George sich an Wilmot.

»Sie hätte ich ebenfalls gern dabei, Jeff. Ich möchte, dass Sie sämtliche Entwürfe Sallys durchkalkulieren und sich die voraussichtlichen Verkaufszahlen aus der Marketingabteilung besorgen. Ist der Profit nicht hoch genug veranschlagt, schicken Sie Sally wieder an ihr Reißbrett zurück. Okay?«

»Absolut«, antwortete Wilmot. Er hegte schon lange einen insgeheimen Groll, dass Tom Gissing ihm über die Buchhaltung hinaus nie weitere Verantwortung übertragen hatte. Für

Gissing hatte die Produktion von Möbeln stets an erster Stelle gestanden, der Verkauf war eher zweitrangig gewesen. Wilmot war höchst erfreut, endlich auch ein Mitspracherecht zu haben.

In diesem Augenblick erschien Val mit einem abgerissenen jungen Mann im Schlepptau. Auf seinem Kinn befanden sich mehr Haarstoppeln als auf dem rasierten Schädel. Er trug einen Ohrring, und seine Füße steckten in Turnschuhen, die vor Dreck starrten.

»Was'n los?«, lautete seine Begrüßung, während er in die Runde nickte.

»Guten Morgen«, sagte Andrew Walters.

»Guten Morgen, Darren«, sagte George. »Andrew und ich würden dich gern um einen Gefallen bitten. Andrew?«

Andrew Walters setzte zu einer umständlichen Erklärung an, die sich wie eine Anweisung zur Behinderung jeglicher Art von Veränderungen anhörte. George fiel ihm sanft ins Wort. Darren rieb sich die Nase und hörte ihm zu.

»Klar, okay. Dürfte kein Problem sein«, lautete sein Kommentar.

George war auf Darren aufmerksam geworden, als ein Laufkran im Lager zu Bruch gegangen war. Walters wollte das Teil unbedingt ersetzen, aber Darren, der zufällig dazukam, hatte entschieden protestiert. »Wetten, dass ich das Ding reparieren kann?«

Walters hatte behauptet, es sei gefährlich, ein tragendes Teil notdürftig zusammenzuflicken, aber George ermunterte Darren, es zu versuchen. Abends war die Sache schon erledigt, und Darren hatte nichts weiter dazu gebraucht als einen gewöhnlichen Autowerkzeugkasten und ein Stück Stahldraht. Walters, der das Werk überprüfte, unkte, es würde nicht auf Dauer halten, und obwohl er keine ernsthaften Beanstandungen vorzubringen hatte, beharrte er darauf, den Kran künftig nur noch mit der halben Last zu beladen. Val sagte, Darren sei der begabteste Techniker, den die Fabrik je gehabt hätte, und sein Kumpel Dave käme gleich an zweiter Stelle.

»Also gut. Sally, Jeff, Darren, Andrew – ihr wisst, was ihr zu tun habt?«

Alle nickten.

»Klar, wissen wir. Stimmt's, Sally?«, erwiderte Darren.

»Und ob. Wir brennen drauf, loszulegen.«

»Gut. Dann noch eins. Wie ihr wisst, findet in drei Monaten im Olympia-Ausstellungscenter die jährliche Britische Möbelmesse statt. Wir haben dort einen Stand gebucht. Das wird eine große Sache für uns. Alle bedeutenden nationalen Einkäufer werden dort sein, alle unsere Kunden, einfach jeder. Bis dahin müssen unsere neuen Entwürfe fertig sein. Und zwar nicht nur auf dem Reißbrett, sondern fertig produziert. Ich will, dass unser Lager bis dahin mit versandfertigen neuen Produkten gefüllt ist, damit wir die Ware sofort bei Auftragserhalt rausschicken können.«

Wilmot und Walters schüttelten beide den Kopf.

»Wir können froh sein, wenn wir bis dahin unsere Musterentwürfe fertig haben. Die können wir doch den Kunden zeigen, mit der Zusicherung, sie über die weitere Produktion auf dem Laufenden zu halten«, sagte Walters.

Wilmot nickte zustimmend.

»Ich glaube nicht, dass unsere gegenwärtige Finanzlage es zulässt, dass wir auf gut Glück im Voraus Möbel produzieren«, fügte er hinzu, aber George hatte offenbar gerade wieder einen Anfall von Schwerhörigkeit.

»Dann wären wir uns also einig«, sagte er.

## 11.

Die Torte bot zwar keinen Platz für die dreiundfünfzig Kerzen, die Helens Alter entsprochen hätten, aber auch die fünf, die darauf steckten, bereiteten ihr ausgesprochene Freude. Ihre Wangen glühten, als sie sich strahlend darüber beugte.

»Vorsicht, Mum«, warnte Josie.

Sie streifte ihr Haarband ab und befestigte es im Haar der Mutter, um es vor den brennenden Kerzen zu schützen. Helen war sehr still und unsicher in ihren Bewegungen, aber in ihren Augen war ein gewisses Verstehen abzulesen, mit dem sie die Welt um sich herum und ihre eigene unsichere Existenz erfasste. Sie lächelte ihre Tochter an und formte mühevoll ein Dankeschön. Josie erwiderte ihr Lächeln, während Zack die Szene ungeduldig beobachtete.

»Herrgott noch mal!«, sagte er. »Kannst du nicht einfach die dämlichen Kerzen ausblasen und voranmachen?«

Es war 18.30 Uhr. Eine Stunde zuvor war Zack auf dem Flughafen Heathrow gelandet und hatte auf dem Weg zurück ins Büro einen kurzen Abstecher eingelegt, um der Mutter zum Geburtstag zu gratulieren. Matthew hatte bereits telefonisch von New York aus gratuliert. George, der während der Woche nicht abkömmlich war, hatte ebenfalls angerufen und versprochen, am Wochenende vorbeizuschauen. Irritiert durch Zacks ungeduldigen Einwand, blickte Helen ihre Tochter verunsichert an.

»Sobald Mum so weit ist«, antwortete Josie. »Es ist ihre Party, nicht deine.«

Sie war müde, aber sie würde nicht zulassen, dass Zack alles verdarb. So wie sie die Mutter vor den brennenden Kerzen schützte, schützte sie Mum auch vor dem Sarkasmus des Bruders. Josie wußte inzwischen, dass sie genügend Kraft besaß. Sie verdiente den Lebensunterhalt für sich und Mum, hielt das

Haus in Ordnung und fand sogar noch Zeit, dem Leben ein paar schöne Seiten abzugewinnen.

Sie warf Zack einen verstohlenen Blick zu. Auf einmal sah sie ihn, wie er wirklich war. Ihr störrischer älterer Bruder hatte sich in einen unwirschen Investmentbanker verwandelt. Müde von der Reise saß er in seinem Jermyn-Street-Anzug da und war in Gedanken noch bei seinen Geschäften. Was es wohl für ein Gefühl sein musste, seine Sekretärin zu sein? Solange sie seine Anrufe entgegennahm, die Termine sorgfältig koordinierte und den Schreibkram fehlerfrei erledigte, würde er sich an ihren Namen erinnern und höflich sein. Aber sobald sie einen Fehler machte, würde er ausrasten. Selbst wenn sie sich nichts zuschulden kommen ließ, würde er vermutlich seine Launen an ihr auslassen, wann immer ihm der Sinn danach stand.

Bruder und Schwester. Banker und Sekretärin. Beide blickten noch eine Weile schweigend auf die flackernden Kerzen, die nun fast heruntergebrannt waren.

»So, jetzt ...«, begann Zack.

»Nur zu, Mum«, sagte Josie. »Sehen wir mal, ob wir die Kerzen auspusten können.«

Helen formte die Lippen zu einem O und blies. Die Handlung, ohne darüber nachzudenken durchgeführt, erforderte von Helen höchste Konzentration. Jeder Befehl musste auf den leeren Speicherplätzen ihres Gehirns neu programmiert werden. Die geschädigten Hirnpartien würden geschädigt bleiben, andere Regionen mussten ungewohnte Aufgaben übernehmen. Die Herausforderung, der Helen sich tagtäglich aufs Neue stellen musste, übertraf bei weitem jene, der ihre Söhne sich stellen mussten. Sie brachte einen schwachen Luftzug zustande, längst nicht ausreichend, die Kerzen damit auszublasen.

»Bravo! Gut gemacht, Mum«, sagte Josie und brachte die Angelegenheit zu Ende.

»Herrje!«, murmelte Zack.

Die gekaufte Torte war mit einer Schicht aus Puderzucker bedeckt und mit künstlicher Creme und billiger Marmelade gefüllt. Zack stellte sein Stück beiseite, ohne es anzurühren.

»Ich habe euch Geschenke mitgebracht. Leider hatte ich keine Zeit, sie einzupacken.«

Er wühlte in seiner Duty-free-Tüte herum und brachte kostspieliges Parfum und Schokolade zum Vorschein. Beides händigte er seiner Schwester aus.

»Sieh mal, Mum«, sagte Josie, nahm die Hände der Mutter und legte sie um die Geschenke. »Riecht das nicht wunderbar? Möchtest du ein Stück Schokolade probieren?«

»Hübsch«, brachte Helen heraus. »Vielen Dank.«

Zack quittierte das Dankeschön der Mutter mit dünnem Lächeln. »Für dich habe ich auch etwas, Josie.«

Zack schüttete den Inhalt des Beutels auf seinen Schoß. Herrenhemden von Pinks, drei Hermes-Krawatten und ein Seidentuch, ebenfalls von Hermes, kamen zum Vorschein. Er reichte das Tuch Josephine. Sie faltete es auseinander, bewunderte das Design und legte es sich um die Schultern. Es war herrlich und stand ihr ausgezeichnet.

»Es ist wunderschön Zack, danke.«

»Gern geschehen.«

Josie betrachtete die anderen Sachen auf Zacks Schoß. Er hatte zwar daran gedacht, den Preis vom Seidentuch zu entfernen, aber an den Krawatten prangten noch protzig die Preisschildchen. Jede hatte fünfzig Pfund gekostet, und für das Hemd hatte er gewiss noch einmal so viel bezahlt.

»Es ist wirklich schön, Zack, aber ... Nun, falls du mal etwas Bargeld erübrigen kannst, Mum und ich könnten es wirklich gebrauchen. Die Tagespflege für Mum ist sehr teuer, weißt du.«

»Mein Gott, jetzt fang bloß nicht an zu jammern.« Zack war müde.

»Nein, ich fange nicht an zu jammern«, erwiderte Josie verärgert. »Aber es ist ...«

»Ich komme extra hierher, um ...«

»Von Heathrow nach Kilburn im Taxi. Das kann man wohl kaum als Pilgerreise bezeichnen.«

»Ich mache euch kostspielige Geschenke, und alles was du ...«

»Wir haben es im Moment nicht einfach und ...«

»Oh, sicher, es ist nicht einfach, Sekretärin zu spielen. Man muss sich die Fingernägel lackieren, im Waschraum herumtratschen ... was noch? Ach ja, hin und wieder wird man genötigt, ein paar Kopien anzufertigen!«

»Hör auf!«, fauchte Josie ihn an, die schneeweiß geworden war. Sie wollte sich Zacks Sticheleien nicht weiter anhören. Sie war achtzehn Jahre alt und musste sich allein in einer komplizierten Situation zurechtfinden. Sich auf einen Streit mit Zack einzulassen, würde mehr von ihrer Energie auffressen, als sie übrig hatte. »Hör sofort auf damit!«

»Und Mum. Mit einer Frau mittleren Alters Mutter und Kind spielen, das muss wahrhaftig die Hirnzellen strapazieren!«

Zack erhob sich. Josephine weinte jetzt. Heiße Tränen rannen ihr über die Wangen. Sie war zornig auf Zack und zornig auf sich selbst, weil sie zuließ, dass er sie so verletzte.

»Verschwinde!«

»Ich gehe schon. Ich habe nämlich noch zu arbeiten. Richtige Arbeit. Für Erwachsene.«

»Verschwinde endlich.«

Josephine, die jetzt ungehemmt weinte, schob ihren Bruder aus der Tür.

Der Teufel sollte ihn holen! Sie wischte sich die Augen mit dem Hermestuch ab. Niemand hatte das Recht, so mit ihr zu reden. Niemand!

# FRÜHJAHR 1999

Der Frühling an der Wall Street ist eher unspektakulär. Der Januar gilt traditionell als guter Börsenmonat, da alle Dummköpfe die Lektionen des Vorjahres bereits wieder vergessen haben und sich voller Optimismus und Naivität in neue Spekulationen stürzen. Im Februar ist die Euphorie der Feiertage vorüber. Kassierte Bonusse, die man nicht auf die hohe Kante legte, wurden in wenig aufregende Projekte wie die Ausbildung der Kinder, Hypothekentilgung oder ins Aufrüsten der Yacht gesteckt. Am Markt ist die übliche Geschäftigkeit eingekehrt. In den Abteilungen für Vermögensanlagen und in der Unternehmensberatung arbeiten Banker wie die Besessenen an Megaprojekten, die in Wichita zu Arbeitsplatzverlusten und an der Wall Street zu saftigen Gewinnen führen. Ab März ist der Blick bereits erwartungsvoll nach vorn gerichtet, und man fragt sich, ob man das gesetzte Gewinnziel erreichen wird und welche Prämien zu erwarten sind.

Unter den Teilnehmern des Schulungsseminars herrscht dagegen eine ganz andere Stimmung. Die Studenten stehen unter aufreibender Anspannung. Sie wollen keine Prämien, sondern Jobs. Es ist der 4. März 1999. Noch 867 Tage bis Bernard Gradleys Stichtag.

## 1.

Irgendwo unter der Wall Street kämpfte die Consolidated Edison Company mit einem Problem. Selbst heute, nahe dem Wendepunkt des Milleniums, werden New Yorks Gebäude noch mit Dampf beheizt, der durch ein unterirdisches Rohrnetzwerk geleitet wird. In der Regel funktioniert das System, doch – wie überall – tauchen von Zeit zu Zeit Probleme auf, und heute war es wieder mal so weit.

Aus einem gewaltigen Rohr, das wie ein Schornstein aus dem Boden ragte, entwich zischend der heiße Dampf, während sich darunter Arbeiter emsig in einem offenen Kanalschacht zu schaffen machten.

Den Pendlern, die aus der U-Bahn in die Wall Street strömten, mutete der Anblick wie eine Bürgerkriegsszene an. Hinter ihnen ragte eine abgasgeschwärzte Kirche auf, an Gott und Pflichterfüllung mahnend; vor ihnen strebten Dampfschwaden wie Geschütznebel empor, um sich mit den blendenden Strahlen der Morgensonne zu vereinen. Gerade noch war die eiserne Statue des alten Washington auf ihrem steinernen Sockel zu erkennen, die vor der Fassade der alten US-Zentralbank immer noch den Vorsitz führte. Dahinter nichts als Rauch und gleißendes Sonnenlicht. Zwischen den Rauchschwaden blitzten hier und da flatternde Fahnen auf – Stars and Stripes im Morgendunst. Man hätte die zur Arbeit hastenden Pendler gleichermaßen für flüchtende Besiegte oder plündernde Sieger halten können. Matthew befeuchtete sich aufgeregt die Lippen.

Das war die Wall Street. Die berühmteste Straße der Welt. Durch diese tiefen Häuserschluchten floß mehr Geld, als irgendein Finanzminister jemals unter Kontrolle haben würde. Hier waren Reichtum und Macht zu Hause.

Matthew war bereit für beides. Er besorgte sich einen Kaffee an einem der unzähligen Stände entlang des Bürgersteigs und betrat das glänzende Madison-Gebäude.

Es war der Tag des letzten, entscheidenden Handelsspiels: Dreiundsechzig Bewerber kämpften um fünf Jobs. Matthew war angespannt. Dieses Mal begann er das Spiel mit dem entscheidenden Vorteil, die Spielregeln und Aufgaben aus Gillian McCutcheons Ordner zu kennen.

Wenn die darin enthaltenen Informationen stimmten, würde dieses Spiel sich von allen bisher da gewesenen unterscheiden. Anstelle von Bonds oder Aktien sollten die Teilnehmer mit Lotterielosen handeln. Jeder würde mit tausend Losen beginnen. Jedes Los spielte in einer Lotterie mit einem theoretischen Gewinn in Höhe von einer Million Dollar. Unterschiedliche Nachrichten, die Matthew einem Anhang des Ordners entnommen hatte, würden im Laufe des Spiels nach und nach bekannt gegeben werden und den Lospreis je nach Reaktion des Marktes sinken oder steigen lassen.

Jeder Händler träumt davon, in die Zukunft blicken zu können. Wäre man in der Lage, eine einzige, simple Statistik am Tag vorherzusehen – zum Beispiel den Preis der US-Bundesschatzbriefe –, könnte man sich anstelle des Hauses auf Long Island schon eine eigene sonnige Insel aussuchen. Zu gegebener Zeit könnte man die Insel gegen ein Land, das Land gegen einen ganzen Kontinent eintauschen. Heute konnte Matthew für einen einzigen Tag die Zukunft vorhersagen.

Der Ordner hatte keinen Aufschluss über den Preis der Lotterielose gegeben, aber etwas ebenso Nützliches enthüllt. In den bisherigen Spielen gab es keinen Hinweis darauf, wie die Preise sich entwickeln würden, ausschlaggebend war einzig die Reaktion des Marktes. In diesem Spiel konnte man den Preis der Lose durch schlichte Mathematik errechnen. Waren zum Beispiel eine Million Lose für einen Millionentreffer im Umlauf, dann war jedes Los einen Dollar wert. Kaufte man ein Los für 99,5 Cents, erwarb man einen Vorteil. Verkaufte man eins für anderthalb Dollar, machte man Gewinn.

Matthew hatte frühmorgens, während Sophie noch schlief, über seinen Aufzeichnungen gesessen und bis auf das Sechzehntel eines Cents sämtliche Möglichkeiten der Preisschwankungen durchgespielt, seine Geschwindigkeit trainiert und immer komplexere Varianten durchprobiert. Er würde nicht zulassen, dass er geschlagen wurde. Dies war seine Chance.

Sophie schlüpfte neben Matthew an seinen Schreibtisch. Gewöhnlich frühstückten sie zusammen. Nicht heute. Matthew war zu beschäftigt gewesen.

»Du siehst nervös aus, *mon cher*«, sagte Sophie.

»Ja. Mir ist ganz mulmig. Dafür siehst du umso besser aus.«

Wie immer im Fall von Sophie war dies gelinde untertrieben. Sie trug ein aschgraues, grün abgesetztes Kostüm und darunter eine strahlend weiße Bluse. Im Pariser Büro, wo man weitaus gewagter herumlief, hätte ihr Rock wahrscheinlich als konservativ, wenn nicht gar altmodisch gegolten. Aber hier in New York präsentierte sie so viel Bein, wie ihre weiblichen Kurskolleginnen höchstens unter der Dusche freigaben. Ihr Teint schimmerte, und nichts in ihrem Verhalten ließ auf Nervosität schließen. Matthew hatte ein schlechtes Gewissen wegen seines Geheimnisses, aber er ahnte, dass Sophie den Betrug nicht mitgemacht hätte, und jetzt war es ohnehin zu spät, sich ihr anzuvertrauen.

Sie küsste ihn.

»Mach dir keine Sorgen, Darling. Du schaffst es auf jeden Fall. Entweder gewinnst du und kriegst deinen Superjob, oder du gewinnst nicht und kriegst diesen Job eben nicht, dafür aber einen genauso guten im nächsten Jahr. Auf jeden Fall bist du fein raus. Was macht ein Jahr schon für einen Unterschied!«

»Mehr als du glaubst«, brummte Matthew.

Sophie fuhr ihm durchs Haar.

»Du bist zweiundzwanzig, *imbecile*. Zur Not kannst du immer noch deinen Abschluss machen. Schließlich mache ich mir nichts aus ungebildeten Männern.«

»Und wenn du verlierst?«

»*Que sera, sera.* Dann mach' ich etwas anderes.«

»Du hast gut reden. Supermodel. Filmstar. Finanzmogul. Für dich ist die Welt eine Auster.«

»Erwähn' jetzt keine Austern. Da werd' ich ganz ... du weißt schon.«

Die Konversation mündete in das unsinnige Geplänkel Liebender. Als es Zeit wurde, sich in den großen Konferenzsaal zu begeben, wo das Spiel stattfinden sollte, war Matthew sich zweier Dinge deutlich bewusst. Erstens musste er diesen Job bei Madison unbedingt haben, und zweitens hatte er noch nie so für eine Frau empfunden wie für Sophie.

Die Teilnehmer versammelten sich. Die Hälfte von ihnen war ganz offensichtlich nervös. Die andere Hälfte hatte entweder resigniert, wie Prinzessin Fareshti, die schon jetzt den Eindruck machte, als würde sie jeden Moment einschlafen; oder sie waren, wie Sophie und Scott Peterson, immun gegen Lampenfieber. Der beneidenswerte Diego Burelli, der in Kürze seinen Job in Buenos Aires antreten würde, rief auf Spanisch Witze in sein Handy, während Matthews Nerven zum Zerreißen gespannt waren.

Gillian McCutcheon war bereits da, ebenso ein Grüppchen namhafter Händler, die den Ablauf kontrollieren würden.

»Das ist Coniston, nicht? Kopf der Abteilung Corporate Fixed Income.«

»Und die Frau neben ihm ist Maria Hernandez. Die Königin der Risikoanleihen.«

Den Kursteilnehmern, die um ihre Zukunft bangten, erschienen die Gestalten Fred Conistons und Maria Hernandez' wie vom Olymp herabgestiegene Götter. Gillian McCutcheon begann die Spielregeln zu erläutern.

»Anders als bisher werden Sie diesmal nicht mit Börsenunterlagen, sondern mit Lotterielosen handeln. Jeder von Ihnen beginnt mit eintausend Losen. Für jedes Los steht die Chance eins zu einer Million, den Jackpot von einer Million Dollar zu knacken.«

Sie fuhr fort. Es war genau, was Matthew erwartet hatte. Seine heimliche Sorge schwand, dass die Aufzeichnungen ihn auf eine falsche Spur geführt haben könnten.

Er konnte tatsächlich die Zukunft vorhersagen. Kurz nach Beginn des Spiels tauchten die erwarteten Ankündigungen auf. »Lotteriebetrug in Wisconsin«, murmelte Matthew atemlos vor sich hin, »fünftausend Lose ungültig geworden.« Und tatsächlich verkündete die Schlagzeile das Auffliegen eines Fälscherrings in Wisconsin und die Beschlagnahmung von 5000 Losen.

Matthew wusste, welche Preise er angeben musste. Er gab vor, kurze Berechnungen anzustellen, achtete aber gleichzeitig darauf, sich schnell genug unter die Menge der Händler zu mischen, seinen Preis lauthals zu verkünden und die anderen nach den ihren zu fragen. Eine Regel des Spiels bestand darin, dass jeder auf Anfrage einen Preis parat haben und bei seinem Gebot bleiben musste, wenn der andere in den Handel einschlug. Es gab keine Ausweichmöglichkeit. Man konnte sich nicht einfach in eine Ecke verziehen und den Kopf in den Sand stecken, was ohnehin die verkehrteste Strategie gewesen wäre.

Matthew war es nur recht, wenn die anderen seine Preise erfragten. Er wusste ja – ganz gleich, ob er kaufte oder verkaufte –, dass seine Gebote immer eine Gewinnspanne beinhalteten. Aber noch lieber fragte er die Preise der anderen ab. Er pickte sich die unbegabtesten Händler heraus und kaufte oder verkaufte in großen Mengen, sobald er eine günstige Gelegenheit entdeckte. So tigerte er durch den Saal und hielt nach den weniger begabten seiner Konkurrenten Ausschau.

»*Bonjour, Monsieur Gradley.* Ihre Preise bitte?«, flüsterte plötzlich eine vertraute Stimme neben ihm.

Er drehte sich um und blickte in Sophies betörendes Antlitz.

»Für jeden anderen verkauf' ich zu 88 und kaufe für 87«, sagte er. »Aber du, mein Schatz, kannst alle Lotterielose der Welt für einen Dollar und einen Kuss bekommen.«

Matthew riss einen Orderzettel für sie aus seinem Block, unterschrieb ihn und überließ es ihr, ihn auszufüllen. Es war wie ein Blankoscheck. Wenn sie es darauf anlegte, sämtliche Lose Matthews für einen Penny zu kaufen, brauchte sie das Ticket nur auszufüllen. Seine Unterschrift würde die Rechtmäßigkeit jederzeit bestätigen.

Sophie hob die Augenbrauen und füllte das Ticket mit gespielt ernster Miene aus:

| | |
|---|---|
| Name des Händlers: | *Matthew Gradley* |
| Art des Handels: | *Verkauf* |
| Käufer/~~Verkäufer~~: | *Sophie Clemenceau* |
| Zahl der Einheiten: | *10.000* |
| Preis per Einheit: | *0,01* |
| Gesamtbetrag: | *100* |
| Uhrzeit der Transaktion: | *09.46* |

Das Ticket besagte, dass Matthew Sophie zehntausend Lose für einen Cent das Stück verkaufte. Würde Sophie auf diesem Deal bestehen, müsste Matthew bankrott aus dem Spiel ausscheiden. Nicht einmal Fareshti Al Sharani würde es fertig bringen, so viel Geld zu verlieren.

»*Voilà*«, sagte Sophie. »Das wird deinen hochfliegenden Plänen ein Ende bereiten. Sie schob sich eng an Matthew heran, sodass die anderen nicht sehen konnten, was zwischen ihnen vor sich ging, und ließ das Ticket zwischen den Knöpfen ihrer Bluse hindurch in ihrem Büstenhalter verschwinden. »Du kannst es dir zurückholen, wenn du willst«, flüsterte sie.

Matthew lächelte. Er trat noch näher an sie heran und fingerte nach dem Ticket.

»*Fais attention!* Nur das Ticket ist erlaubt, sonst nichts.«

»Vielleicht sollte ich das Ticket vergessen und lieber schauen, was ich dort sonst noch so finde.«

Aber Matthew war ungeduldig. Er würde später noch genug Gelegenheit haben, den Inhalt von Sophies Büstenhalter zu erforschen. Er gab ihr einen flüchtigen Kuss und tauchte wieder in der Menge unter. Kopfschüttelnd versuchte sie den Zettel aus seinem Versteck zu entfernen. Als er noch tiefer rutschte, ließ sie es gut sein und wandte sich wieder ihren eigenen Geschäften zu.

Matthew beobachtete, wie seine Konkurrenten sich schlugen. Scott Peterson ragte aus einem Grüppchen Japaner heraus, das sich um ihn scharte. Ständig wechselten Lose ihre Besitzer. Er hörte, wie Peterson seine Preise verkündete. Der Teufel sollte ihn holen. Der Kerl war ihm hart auf den Fersen und dealte mit den gleichen Beträgen wie Matthew. Auch Karen Onsley und Heinz Schiffer machten eifrig Geschäfte. Und auch sie operierten mit den richtigen Preisen.

Verdammt! Matthew merkte, dass er weder die Brillanz von Peterson oder Schiffer besaß, noch die Cleverness von Sophie, die ihre Geschäfte souverän und gelassen abwickelte. Der einzige Vorteil, den ihm die illegale Einsicht der Unterlagen verschaffte, bestand darin, sich dadurch auf das Niveau zu bringen, das Peterson und die anderen durch eigene Fähigkeit erreichten. Besonders Peterson und Karen Onsley wirkten ausgesprochen beschäftigt. Matthew wusste, dass er nicht sonderlich beliebt bei den anderen Kursteilnehmern war. Er hatte keine Zeit gehabt, sich beliebt zu machen und seine Energien gleichmäßig auf Sophie und die Arbeit für das Seminar verteilt. Jetzt musste er regelrecht darum kämpfen, die anderen auf seine Preise aufmerksam zu machen und zu einem Handel zu bewegen, während Peterson von Interessenten geradezu bestürmt wurde.

Verdammt und zugenäht!

Matthew zog sich für einen Augenblick aus dem Getümmel zurück, um seinen Kontostand zu aktualisieren und einen Schluck Kaffee herunterzukippen. Er saß mit dem Rücken zur Wand und arbeitete fieberhaft. Der Tisch war mit einem bodenlangen Tuch bedeckt. Sophie, die gesehen hatte, wie er sich aus der Menge löste, huschte zu ihm hinüber. Sie setzte sich neben ihn, und im Schutz des grünen Tischtuchs glitt ihre Hand in seinen Hosenbund und steckte ein Stück Papier unter seinen Slip. »Meine Antwort auf ihr Kompliment, *Monsieur*. Wenn Sie Hilfe brauchen, es zu entfernen, dürfen Sie gern auf mich zurückkommen.«

Sie küsste ihn und verschwand wieder. Matthew hörte, wie sie jedem, der sie ansprach, ihre Preise verkündete. Sophie war beliebt. Jedermann kam auf sie zu, wenn er sie sah. Es war wie verhext!

Matthew zog das Papier aus seiner Hose. Es war ein Blanko-Orderzettel, unterzeichnet von Sophie. Er lächelte geistesabwesend.

## 2.

Amy Mazowiecki war nicht für schnelle Sprints geschaffen, trotzdem hielt sie sich wacker auf diesem Spurt vom Taxi zum Check-in-Schalter und erreichte nur knapp hinter Zack ihr Ziel.

»Schaffen wir den Flug nach London noch? Wir haben nur Handgepäck.«

»Die Maschine startet in zwanzig Minuten.« Die Bodenhostess der SAS blickte zweifelnd drein. »Ich muss erst am Gate nachfragen.«

Sie wählte eine Nummer und erklärte dem Kollegen am Gate irgendetwas auf Schwedisch. Ihrem Gesichtsausdruck war nicht zu entnehmen, ob die Antwort positiv oder negativ ausfiel. Sie legte den Hörer wieder auf.

»Okay, zeigen Sie Ihre Tickets am Gate vor, Sie bekommen Ihre Bordkarten dort. Aber Sie müssen sich beeilen.«

Erneut rannten sie los. Glücklicherweise gab es weder bei der Sicherheits- noch bei der Passkontrolle eine Warteschlange. Am Gate warteten ungefähr zwanzig oder dreißig Leute darauf, an Bord gehen zu dürfen. Mazowiecki hielt inne.

»Es ist doch noch jede Menge Zeit. Ich wünschte wirklich, die würden einen nicht so hetzen, wenn keine Veranlassung dazu besteht.«

Stellte man alle Menschen der Welt entsprechend ihrem Verbrauch an fossilen Brennstoffen in einer Reihe auf, würden die im Bereich Anlage- und Unternehmensberatung tätigen Banker zweifellos die Spitze bilden. Für einen in London ansässigen Banker dieser Spezies ist es völlig normal, jährlich über hundertfünfzig Flüge zu absolvieren. Ein Großteil davon interkontinental und nur für ein einziges Meeting. In seiner jungen Karriere hatte Zack bereits einen Termin in Houston und je einen Tagestrip nach Dubai und Tokio hinter sich gebracht. An den Grund für den Tokiotrip konnte er sich nicht einmal mehr erinnern. Internationales Business kennt keine Grenzen. Flugzeugsitze werden zu Betten, Jetlag zur Lebensart. Für solche Leute – Mazowiecki hatte längst aufgehört, Meilen für Urlaubsreisen zu sammeln, die sie nie antreten würde – ist die Vorstellung, ein Flugzeug früher als ein paar Minuten vor dem Take-off zu besteigen, geradezu absurd.

Jetzt schlenderten sie ausnahmsweise zur Maschine. Zack wollte unterwegs noch ein paar Unterlagen durchgehen, und

Mazowiecki, die erst am Tag zuvor von New York eingeflogen war, beabsichtigte, ein wenig Schlaf nachzuholen. Bevor sie es sich bequem machte, wandte sie sich an Zack. »Wir sollten uns mal kurz über die Firma und Ihre Zukunftsperspektiven unterhalten. Eigentlich hätte das schon bei Ihrem Eintritt geschehen sollen, aber ich fürchte, wir waren seitdem ständig beschäftigt.«

»Beschäftigt? Das nennen Sie beschäftigt?«, entgegnete Zack, der jetzt bereits seit neunzehn Tagen ohne Unterbrechung im Einsatz war.

Mazowiecki lächelte gequält. Der Humor verabschiedet sich als Erstes, wenn eine Horde hoch qualifizierter, ehrgeiziger Menschen achtzig Stunden in der Woche Seite an Seite arbeitet.

»Okay. Ich komme zur Sache. Was ist Weinstein Lukes eigentlich? Eine Investmentbank, gewiss, aber außerdem ist es eine Partnerschaft. Nicht im metaphorischen, sondern im sprichwörtlichen Sinne. Zum jetzigen Zeitpunkt sind etwa einhundert Partner aktiv bei Weinstein Lukes beschäftigt. Ein paar Hundert weitere befinden sich im Ruhestand. Ihnen allen gehört die Firma. Wenn wir anderthalb Milliarden Dollar Gewinn im Jahr machen, wird dieser Betrag unter den Partnern aufgeteilt. Diejenigen, die noch aktiv sind, bekommen natürlich mehr, aber die Ruheständler brauchen sich auch keine Sorgen um ihre Heizkostenrechnung zu machen. Sollten Sie bei Weinstein Lukes bleiben und es zum Partner bringen, werden Sie äußerst wohlhabend sein, Zack. Im vergangenen Jahr trug der Partner, der am schlechtesten abschnitt, viereinhalb Millionen nach Hause. Der Beste – nun, wie gesagt, ausgesorgt hat er allemal.

Das ist das Geheimnis dieser Firma. Aus diesem Grund arbeitet jeder von uns so brutal hart. Aus diesem Grund finden die Leute sich mit der Ungewissheit des Jobs ab, dem nicht vorhandenen Privatleben und dem erbarmungslosen Druck.

Sie und ich, Zack, wir bleiben dabei, weil wir hoffen, es eines Tages zum Partner zu bringen.«

»Haben Sie jemals daran gedacht aufzuhören?«

»Natürlich. Das hat jeder. Ich werde durchschnittlich sechsmal im Jahr von Headhuntern angerufen, die mir attraktive Angebote machen. Weniger Arbeit, mehr Geld. Aber ich bin Senior Vice President. Entweder schaffe ich es in ein, zwei Jahren zum Partner, oder die Firma wird mir höflich mitteilen, dass man meine Dienste nicht mehr benötigt. Dann kann ich mir immer noch einen leichteren Job suchen, das Geld und den Respekt, den man mir fraglos entgegenbringen wird, genießen und versuchen, die Trümmer meines Privatlebens zusammenzuklauben. Aber wenn man mich bei Weinstein Lukes zum Partner macht, kann ich wirklich behaupten, es geschafft zu haben.«

»Und der Druck lässt nach, stimmt's?«

Mazowiecki lachte laut auf. »Absolut nicht. Der lässt nie nach.« Sie schnappte sich eine Serviette von dem vor ihr liegenden Tablett und zeichnete ein Dreieck darauf. »So sieht das Firmenkonzept aus. Ganz unten stehen die Analysten. Sie arbeiten etwa drei Jahre lang achtzehn Stunden am Tag, sechs Tage in der Woche. Danach werden die meisten von ihnen gefeuert. Etwa einer von dreien darf bleiben. Diejenigen, die die nächste Stufe erreichen, werden Accociates. Sie bilden sozusagen das Getriebe des Unternehmens und sind die Sklaventreiber der Analysten. Nach den Associates kommen die Vice Presidents, wozu Sie gehören. Ein eindrucksvoller Titel, aber die Firma hat über tausend VP's. Der Hauptunterschied zwischen euch und den Associates besteht darin, dass ihr dafür verantwortlich seid, das Produkt dieser Firma – unseren Service – zu verkaufen. Ihr müsst in der Lage sein, einen Chief Executive, der alt genug ist, euer Vater zu sein, davon zu überzeugen, dass er auf unsere Dienste für einen Abschluss, der sich womöglich als die bedeutendste Transaktion im Leben seines Unternehmens herausstellen könnte, auf keinen Fall verzichten darf. Ein Großteil unserer Associates schafft den Sprung nicht, und wir verlieren viele von ihnen – und viele VP's –, was jedoch völlig in Ordnung ist.« Ihr Kuli umriss nochmals das Dreieck auf der Serviette. »Wir müssen Mitarbeiter abstoßen, um die Struktur unserer Pyramide zu erhalten. Wenn wir unsere Top-Leute weiterhin so bezahlen wollen wie bisher, brauchen wir eine kleine Spitze und eine breite Basis.

Als Vice President müssen Sie der Firma im ersten Jahr sechs Millionen Dollar einbringen. Im zweiten Jahr werden acht erwartet, im Jahr darauf zwölf. Verfehlen Sie Ihr Ziel, setzen wir uns mit Ihnen zusammen und versuchen den Grund herauszufinden. Wir sind durchaus verständnisvoll, aber wenn es zur Gewohnheit wird, dass Sie die Erwartungen nicht erfüllen, werden Sie sich irgendwann nach einem anderen Job umsehen müssen. Denken Sie an die Pyramide. An mich als Senior Vice President werden die gleichen Anforderungen gestellt, nur dass die erwarteten Gewinnsummen noch höher sind. In Kürze werde ich die Verantwortlichen davon überzeugen müssen, dass ich das Zeug zum Partner habe, oder ich darf mir einen anderen Job suchen.«

»Und wie viel muss man der Firma einbringen, um zum Partner ernannt zu werden?«

Amy Lou lächelte über die Frage. Zack war noch ein wenig zu jung, um sich darüber den Kopf zu zerbrechen, aber ihr gefiel seine Direktheit. Dem Kerl lag das Geldgeschäft im Blut.

»Auf diesem Niveau gibt es kein festgelegtes Limit mehr. Aber wenn man es zu Einnahmen im Bereich um fünfunddreißig Millionen oder mehr bringt, *müssen* sie einen in Betracht ziehen. Und wenn man das auch noch zur Regel macht, ist man so gut wie drin.«

»Und danach?«

»Danach besteht die Pyramide weiter. Man muss die Erwartungen nach wie vor erfüllen, oder man landet im Ruhestand. Wenn man nicht jedes Jahr ein wenig mehr heranschafft, geht die Firma davon aus, dass man müde wird, und setzt jemand Jüngeren auf Ihren Platz. Aber dann kann man immerhin behaupten, es geschafft zu haben. Es gibt nichts besseres, als Partner bei Weinstein Lukes zu sein. Nicht mal an der Wall Street. Und, wie ich immer wieder betone, um seine Heizkosten muss man sich auch keine Sorgen mehr machen.«

Zacks Miene war ausdruckslos. Wenn überhaupt eine Regung erkennbar war, dann vielleicht, dass seine ohnehin schmalen Lippen noch fester zusammengepresst und seine Augen noch ein wenig verengter waren. Aber er war nachdenklich geworden.

Weinstein Lukes war ein anderes Kaliber als Coburg's. Und zum ersten Mal in seinem Leben empfand er es als Privileg, bei einer Sache dabei zu sein, anstatt das Gefühl zu haben, dass die anderen sich privilegiert schätzen durften, ihn dabei zu haben.

Aber darum ging es ihm nicht in erster Linie. Seine Gedanken kreisten um etwas ganz anderes. Wenn er es schaffte, der Bank fünfunddreißig Millionen Dollar zu erwirtschaften, stünde er an der Schwelle zum Partner. Und die Partnerschaft würde ihm allein im ersten Jahr mehrere Millionen Dollar einbringen, den Schlüssel zum Vermögen seines Vaters. Hätte Zack zehn Jahre Zeit, auf dieses Ziel hinzuarbeiten, bestünde kein Zweifel an seinem Erfolg. Aber er hatte keine zehn Jahre, er hatte nur zweieinhalb.

3.

Ein heftiger Rülpser entfuhr George. Automatisch wollte er die Hand vor den Mund halten, ließ sie aber wieder auf seinen Schoß fallen, bevor sie ihr Ziel erreicht hatte. Hier durfte er sich gehen lassen. Sein Rülpser hallte herzhaft durch die Küche.

»Sorry. Der Tee war großartig. Danke, Val.«

»Gern geschehen. Morgen machst du den Tee, okay?«

»Klar, wenn du mir aufschreibst, wie es geht und mir eine Einkaufsliste dalässt.«

»Na, dann kann ich es auch gleich selber machen.«

George verstummte. Geplänkel dieser Art waren zur Routine zwischen ihnen geworden. Nach einer Weile gab Val sich geschlagen.

»Wenn du willst, kannst du ja den Garten mulchen, während ich den Tee mache.«

»Den Garten mulchen?«

»Mist verteilen. Stell dir einfach vor, der Garten wäre mein Wohnzimmer und der Mist deine schmutzige Wäsche. Dann kannst du nichts verkehrt machen.«

»Okay.«

»Und du machst den Abwasch.«

»Okay.«

»Und irgendwann lernst du, wozu Kochtöpfe da sind.«

»Was immer du willst. Dann mache ich dir Leber mit Zwiebeln.«

»Idiot«, erwiderte sie. Er wusste, dass sie Leber verabscheute, und sie wusste, dass er nicht kochen konnte. »Ich gehe jetzt spülen, du kannst ja inzwischen nebenan ein wenig Ordnung schaffen. Noch Tee?«

»Gern.«

George trollte sich ins Wohnzimmer und schob das Sofa wieder in die richtige Position. Anschließend stapelte er seine

Schmutzwäsche zu einem Haufen, stopfte die Socken ganz nach unten und warf ein Handtuch über das Bündel. Merkwürdigerweise vermisste er seine Wohnung in Chelsea nicht im Geringsten, ebenso wenig die Zugehfrau, die zweimal wöchentlich vorbeischaute, und die edle Einrichtung. Noch weniger verspürte er Sehnsucht nach seiner Playboyclique. Er hatte kein einziges Mal mit ihnen telefoniert oder ihnen geschrieben. Einzig Kiki fehlte ihm. Seine Vernarrtheit war durch die Trennung noch gewachsen, und er dachte unaufhörlich an sie. In seinen Träumen und Tagträumen tauchten immer wieder die gleichen Bilder auf. Besonders drei Begebenheiten gingen ihm nicht aus dem Sinn: Die beiden Male, da er sie geküsst hatte – in Monaco und im Oktober in seiner Wohnung in Chelsea – und ihr Abschied am Flughafen. Sie hatte so zerbrechlich und begehrenswert ausgesehen. Jetzt lagen Welten zwischen ihr und seinem derben, einfachen Leben in Yorkshire. Ganz gleich, was mit Gissings und dem Vermögen seines Vater geschehen würde, George bezweifelte, dass er ohne Kiki jemals wirklich glücklich sein würde. Val unterbrach seine Gedanken.

»Hier. Vorsicht, es ist heiß.«

George nahm den Becher mit Tee entgegen. Val kannte nur eine Art, ihren Tee zuzubereiten – heiß, stark und süß –, doch George hatte sich längst daran gewöhnt; er schmeckte ihm sogar. Er hatte die schwere Statur seines Vaters geerbt, und in seinem bisherigen Leben hatten ihn nur die entsetzten Ausrufe seiner weiblichen Bekannten angesichts seiner ungesunden Essgewohnheiten darin gehindert, völlig aus dem Leim zu gehen. Diese Zeiten waren vorbei. Inzwischen aß George, was ihm schmeckte – gemischte Grillplatten, Schweinepasteten, Chips. Seine einzige körperliche Ertüchtigung bestand darin, in der Fabrik umherzugehen. Die Designeranzüge waren ihm längst zu eng geworden, und er suchte ständig nach neuen Löchern in seinen Gürteln. Kurz: Er wurde fett.

Für den Rest des Abends saßen George und Val einträchtig vor dem Fernseher. Der Film war albern, aber keiner der beiden scherte sich darum. Sie tranken ihren Tee, blickten auf die Mattscheibe und verpassten die Handlung, weil sie sich zwischendurch unterhielten. Val war gut gelaunt, lachte viel und neckte ihn wegen seines wachsenden Bauchumfangs. Auch George fühlte sich gelöst. Einmal seufzte er. Als seine Hand zufällig auf Vals Bein landete, ließ er sie dort liegen. Sie protestierte nicht. Es war ein harmonischer Abend.

Als der Film zu Ende war, brachte George die Tassen in die Küche.

»Ich mache morgen Frühstück«, rief er in der Annahme, Val sei noch im Wohnzimmer.

»Danke«, antwortete sie direkt hinter ihm. Und dann: »Bist du eigentlich zufrieden?«

»Zufrieden? Was meinst du? Mit Gissings und so? Ich würde sagen, es ist okay. Ich weiß nicht.«

»Das meinte ich nicht. Ich meine, ob du zufrieden damit bist, auf meinem Wohnzimmerfußboden zu kampieren?«

»Ja. Es macht mir nichts. Obwohl ich dir vermutlich ziemlich im Weg bin. Vielleicht sollte ich mein Lager morgens zusammenrollen.«

»Willst du mit nach oben kommen?«

Val blickte ihn mit geröteten Wangen freimütig an.

»Da ist doch kein Platz? Ich dachte ...«

»George, wenn du willst, kannst du bei mir schlafen. Ich würde gern mein Bett mit dir teilen.«

George war sprachlos, aber Worte waren jetzt ohnehin nicht gefragt. Auf einmal wurde er sich seines Körpers und seines Verlangens nach Val bewusst und erkannte, dass ihre Stärke und die Wärme, die sie ausstrahlte, genau das waren, wonach er sich in den vergangenen Monaten, den langen, einsamen Nächten auf dem Sitz seines Wagens, dem Boden des

Transits und der Matratze in diesem Wohnzimmer gesehnt hatte. Lächelnd erwiderte er ihren Blick.

»Ja, Val«, sagte er und legte seine Hand auf ihre Wange. »Das würde ich gern.«

Sie gingen nach oben und taten, was Menschen nach einem langen Arbeitstag und einem angenehmen Mahl zu tun pflegen. Am nächsten Morgen rollte George seine Matratze im Wohnzimmer für immer zusammen.

## 4.

Die Ergebnisse des Handelsspiels wurden mit monotonen, sachlichen Namensaufrufen bekannt gegeben. Petersen, Onsley Schiffer und Takako hatten ihre Sache vorzüglich gemacht. Karen Onsley strahlte über das ganze Gesicht.

»Sophie Clemenceau.« Sophie, die neben Matthew saß, sah hinreißend aus wie immer: Die Madonna des Börsenparketts, deren brünette Schönheit Matthew immer wieder zum Träumen brachte. Er blickte sie von der Seite an, sog ihr argloses Gesicht, die makellosen Züge, das sanft gewellte Haar in sich ein. Er war Adam, der einen letzten Blick zurück auf den Garten Eden wirft.

»Sophie Clemenceau.« Ihr Ergebnis wurde verlesen. Es war niederschmetternd. Sie hatte zwar nicht am schlechtesten abgeschnitten, aber schlecht genug, ihre Aussichten auf einen Job zu verlieren.

*»Non!«*, rief sie.

Sie schnellte von ihrem Stuhl hoch. Die Orderzettel befanden sich nach Händlern sortiert in kleinen Kästen vorn auf einem Tisch. Vor den Augen der Klasse schnappte sich Sophie ihr Kästchen und blätterte fieberhaft durch die Zettel, bis sie fand, was sie befürchtet hatte. Das Blankoticket, das sie Matthew zugesteckt hatte. Jetzt war es kein Blankozettel mehr. Schwarz auf weiß war hier der Handel aufgeführt, der sie ins Abseits katapultiert, ihre Bank ruiniert, sie den Job gekostet hatte. Es war nur ein Stück Papier, aber es fühlte sich an wie ein Dolch in ihrem Herzen, hineingerammt von dem Mann, den sie liebte.

Mit wildem Blick starrte sie Matthew an. Alle Farbe war aus ihrem Gesicht gewichen, ihr Mund und ihre Augen waren weit aufgerissen, zu einer einzigen stummen Frage. Aber das Beweisstück war unmissverständlich. Ohne ihre Sachen mitzunehmen, verließ sie den Saal, nach einem letzten, gepeinigten Blick auf ihren Verräter.

Matthew hätte in Hochstimmung sein können. Sein eigenes Ergebnis würde jeden Moment verlesen werden. Es würde besser sein als das von Petersen, Schiffer, Onsley und Takako, und es würde seine Eintrittskarte zu Madisons Börsenetage bedeuten. Ein weiterer Meilenstein auf dem Weg zum Vermögen seines Vaters. Doch weit davon entfernt, euphorisch zu sein, vermochte Matthew kaum zu atmen. Der Dolch, den er Sophie ins Herz gerammt hatte, schien sich – rätselhafte Magie der Liebe – gleichermaßen in sein eigenes Herz zu bohren. Sie würde ihm nicht vergeben. Wie sollte sie? Er konnte sie nicht einmal darum bitten. Er hatte gewonnen, was er sich am meisten wünschte, und verloren, was er am innigsten liebte. Es war zu spät, sich zu fragen, ob es ein guter Handel gewesen war.

Er sollte nie wieder etwas von Sophie hören.

## 5.

Zack entdeckte Sarah an einem Tisch, auf dem bereits etliche Champagnergläser standen. Der Sir-John-Peel-Ball, das alljährliche Zusammentreffen der Söhne und Töchter britischer Aristokratie, fand in diesem Jahr im Sion House statt.

Zu dem herrschaftlichen Anwesen, das genau in der Einflugschneise des Flughafens Heathrow lag, gehörte eine Parkanlage, für die jeder Gartenbauarchitekt einen Mord begangen hätte. Wie alle der anwesenden Damen war auch Sarah in aufwändiger Ballrobe erschienen. Sie trug Perlen und eine duftige Kreation aus bauschendem, rotem Taft.

»Sarah! Du siehst fantastisch aus.«

»Zack! Hallo! Vielen Dank. Schön, dich zu sehen. Leute, das ist Zack Gradley, ein alter Freund vom College. Zack, das ist Charlotte ...«

Sarah wies Zack den Platz neben Charlotte zu, die sich »zutiefst beeindruckt« über seine Tätigkeit als Investmentbanker äußerte. »Ich bin nur eine unbedeutende Kindergärtnerin«, fügte sie hinzu, aber ihr distinguiertes Upper-Class-Englisch ließ darauf schließen, dass sie gewiss nicht auf diese Tätigkeit angewiesen war, um über die Runden zu kommen. Zack lavierte sich durch die Konversation und gab sich betont freundlich.

Sarah beobachtete ihn. Früher wäre Zack aus der Rolle gefallen, hätte Charlotte mit zynischen Sticheleien zu Tränen gereizt und wäre anschließend abgerauscht. Und bei ihrem nächsten Treffen hätten sie sich wegen des Abends in die Haare gekriegt. Aber der neue Zack zeigte sich von seiner besten Seite und schlug sich wacker, bis Sarah ihn erlöste.

»Charlotte, kennst du eigentlich Dominic? Du müsstest im gleichen Ponyclub wie seine Schwester gewesen sein.« Charlotte wandte sich ab, um mit Dominic ein Gespräch über Pferde zu beginnen. »Na, wie kommst du klar, Zack?«, fragte Sarah.

»Ganz gut. Wirklich nett, diese Charlotte.«

»Ja, nicht wahr?« Sarah schwieg einen Augenblick. Sie überlegte, ob sie es wagen könnte, Zack ihren Verlobten vorzustellen. Schließlich gab sie sich einen Ruck und zog ihn zum anderen Ende des Tisches. »Du hast Robert noch nicht kennen gelernt, Zack. Robert, das ist Zack Gradley.«

Robert Leighton entsprach exakt dem Bild, das Zack sich von ihm gemacht hatte. Kräftig, ein wenig zu kurz geraten, das einfältig-offene Gesicht eine Spur zu rot. Zack hätte augenblicklich alles über diesen Mann sagen können: Eton, Landwirtschaftsstudium, großes Haus auf einem Anwesen irgendwo im West Country, Intellekt eines Pferdes und das kaufmännische Gespür einer Hammelkeule. Zack hatte Sarah immer prophezeit, dass sie eines Tages so jemanden heiraten würde. Die beiden Männer schüttelten einander die Hand.

»Nett, Sie kennen zu lernen«, sagte Leighton zuvorkommend. »Ich habe schon viel von Ihnen gehört, wie man so schön sagt.«

»Nicht nur Gutes, nehme ich an. Ich war damals ziemlich unausstehlich.«

»Ach, das ist doch längst vergessen, stimmt's, Sarah? So schlimm kann es nicht gewesen sein, wenn ihr immer noch Freunde seid.«

Zack zuckte mit den Schultern, und Sarah lächelte. Es *war* so schlimm gewesen. Schlimmer noch. Selbst heute waren sie nicht sicher, ob sie wirklich Freunde waren. Dieser Abend war ein brisantes Experiment, das jeden Augenblick in einem lauten Knall verpuffen konnte. Leighton ahnte nichts davon und plapperte unbefangen weiter.

»Sarah hat mir erzählt, dass Sie einer dieser hoch begabten Senkrechtstarter im Bankgewerbe sind. Verstehe selber nicht die Spur von diesem Kram. Ganz schön beeindruckend.«

»Ach, überhaupt nicht. Es ist genauso trocken, wie man es erwartet. Aber Ihnen muss man gratulieren. Der Mann, der Sarah heiratet, darf sich glücklich schätzen.«

Zacks Lippen lächelten, aber die Hand in seiner Tasche ballte sich bei seinen Worten zur Faust. Wenn es nach seinen Plänen ging, würde es nicht dazu kommen.

»Yeah, sie ist ein Pfundsweib, nicht wahr. Versteh' gar nicht, was sie an mir findet. Ha, ha.«

Sarah ließ ihren Verlobten und ihren Exgeliebten allein. Allerdings blieb sie in der Nähe, um ein Auge auf die beiden zu haben. Robert Leighton war freundlich und öde. Er würde sein Leben mit Hunderennen, häuslichen Partys, Bällen und der Verwaltung seines Anwesens verbringen und dabei immer röter im Gesicht werden, bis er irgendwann tot umfiel. Zack wusste, dass Sarah genau diesen Lebensstil schätzte. Es war die Welt, in die sie hineingeboren war und die sie liebte.

Aber war das wirklich genug? Zack war anderer Meinung. Als Leightons Ehefrau würde Sarah ihr Leben zwischen Partys und der Erziehung ihrer Kinder aufteilen. Sarah hatte mehr vom Leben zu erwarten. Sie war clever, vor ihr lag eine glänzende Karriere. Und sie hatte einmal zu Zack gehört.

Das Dinner bestand aus schottischem Räucherlachs, gefüllt mit Krabbenmousse, walisischen Lammkottelets mit Beilage und einer Dessertauswahl – Früchte der Saison in Rotweingrütze, oder Karamelpudding mit *crème anglaise*. Die Küchenchefs hatten allerdings den Appetit ehemaliger englischer Schuljungen auf schwere Nachspeisen unterschätzt, denn als die Kellnerin mit dem Servierwagen Zacks Tisch erreichte, waren nur noch die Früchte der Saison übrig. Robert Leigthon war zutiefst enttäuscht und schickte die Kellnerin zurück in die Küche, um nachzusehen, ob nicht doch noch etwas von dem Biskuitkuchen übrig sei. Anschließend begann er den klumpigen Bird's-Eye-Pudding anzupreisen, den sie in Eton immer bekommen hatten. Sarah wies ihn sanft zurecht. Sie hätte sich längst an seine Art gewöhnen sollen, wenn sie diesen Kerl heiraten wollte, dachte Zack. Würde man Robert Leighton aufschneiden, fände man vermutlich Unmengen Karamelpudding in ihm. Zack war eifersüchtig. Eifersüchtig, aber vorbereitet.

Als der Port herumgereicht wurde, stieß Zack versehentlich

Leightons Glas um, besorgte ihm ein neues und überreichte es entschuldigend seinem Besitzer, der den Inhalt selig herunterkippte. Selbst ein sensiblerer Gaumen als der Leightons hätte die zwanzig Milligramm Melatonin schwerlich wahrgenommen.

Der Abend zog sich dahin. Die britischen Bälle sind längst nicht mehr, was sie einmal waren. Es gibt keine Walzer mehr, keine Tanzkarten und keine Debütantinnen, die sittsam darauf warten, dass sich ein Galan aus der Menge löst und artig um die Ehre eines Tanzes bittet. Die Streichquartette sind der Rockmusik gewichen. In diesem Fall konkurrierte die Live Band geräuschvoll mit einem DJ, der den Nachbarsaal unter den Klängen von Oasis, Verve und Madonna erbeben ließ. Begeistert, aber ungelenk tummelten sich die Tänzer auf der Tanzfläche. In einem Nebensaal löschten Tarotlesungen, Feuerschlucker, Hypnotiseure und Gaukler auch die letzte Ähnlichkeit mit Bällen früherer Zeiten aus. Wie Kinder auf einem Jahrmarkt eilte die Blüte der englischen Aristokratie von einer Darbietung zur nächsten.

Zack, Sarah und Robert Leighton mischten sich eine Zeit lang unter die Tanzenden. Zack, der es hasste zu tanzen, machte nur eine leidliche Figur, aber die anderen waren auch nicht besser. Irgendwann klagte Leighton darüber, dass ihm unwohl sei und ging nach draußen, um frische Luft zu schnappen. Zack, Sarah und zwei andere Mädchen schlenderten zu dem Hypnotiseur. Sarah, die die Vorstellung bereits kannte, hielt eines der Mädchen gerade noch rechtzeitig davon ab, sich als Freiwillige zur Verfügung zu stellen. Und prompt suggerierte der Hypnotiseur seinen Opfern kurz darauf, sie befänden sich mit einer aufblasbaren Prinz-Charles-Puppe im Bett.

Zack legte seine Hand auf Sarahs Arm. Die leise Berührung ihrer Haut durchfuhr ihn wie ein elektrischer Schlag. Einmal hatte sie ihm gehört. Zack war sich nicht im Klaren darüber, ob er sie liebte, aber er wusste, dass sein Körper sich nach ihr sehnte.

»Hast du Lust, ein bisschen im Garten herumzuschlendern?« Er bemühte sich, seiner Stimme einen unverbindlich heiteren Klang zu geben. »Damit wir einen klaren Kopf für die nächste Vorstellung bekommen.«

Als nächstes war Wulf der Wiederkäuer angekündigt worden.

»Okay«, antwortete Sarah nach einem forschenden Seitenblick. »Ich glaube, wir haben schon seit Jahren kein vernünftiges Gespräch mehr geführt.«

»Ich bezweifle, dass wir das jemals getan haben. Es sei denn, du bezeichnest Kräche und Sex als Gespräch. Lag vermutlich an mir.«

»Nett von dir, die Schuld auf dich zu nehmen. Ich hoffe nur, du willst jetzt nicht plötzlich ein neues Kapitel aufschlagen.«

»Sei nicht dumm. Schließlich bist du vergeben.«

»Ja. Robert ist reizend, nicht wahr? Ich bin froh, dass ihr euch kennen gelernt habt.«

»Ja, er ist wirklich nett. Gratulation.«

Sarah musterte Zack scharf. Ihr Blick fragte, was ihr Mund nicht zu fragen wagte. Zack antwortete ihr trotzdem.

»Okay, okay. Ich bin der Meinung, dass du viel zu clever für ihn bist. Du hast eine reelle Chance, bei Coburg's Karriere zu machen. Was wird aus diesem Teil von dir, wenn du ihn heiratest? Das ist wirklich nicht als Kritik gemeint. Und da ich völlig darin versagt habe, dich glücklich zu machen, soll es mir nur recht sein, wenn Robert es tut.«

Sarah antwortete nicht sofort. Seite an Seite ließen sie die hell erleuchteten Fenster hinter sich liegen und schlenderten auf eine Allee hochragender Platanen zu. Ihre Schritte knirschten auf dem Kies. Eine Weile gingen sie schweigend nebeneinander her.

»Doch, du hast mich glücklich gemacht«, sagte Sarah

schließlich. »Es ist nur, dass du mich gleichzeitig auch fürchterlich auf die Palme gebracht hast. Ich hätte das auf Dauer nicht ausgehalten. Robert ist – ich weiß nicht –, er ist viel sanfter als du. Ich weiß natürlich, dass er kein Superhirn ist, aber er mag die gleichen Dinge wie ich, und er liebt und vergöttert mich. Man kann es schwerlich als kompromisslose Beziehung bezeichnen, aber welche Partnerschaft ist das schon?«

Sie blickte ihn an, als rechnete sie ernsthaft mit einer Antwort.

»Von mir darfst du keinen Rat erwarten.« Zack lachte. »Du warst die einzige Frau, die mir je etwas bedeutet hat, und jetzt schau mich an. Was habe ich schon vorzuweisen?«

»Und für deine Kompromissfähigkeit bist du auch nicht gerade berühmt.«

»Stimmt.«

Sie stichelte schon wieder, um ihn auf die Probe zu stellen. Aber er ging ungerührt weiter. Hinter ihnen dröhnten die Bässe der Rockmusik, und die Lichter aus den überfüllten Sälen durchfluteten die milde Nachtluft.

»Danke, Zack. Ich hatte befürchtet, dass du heute Abend eine Szene machen würdest, und jetzt schäme ich mich dafür. Aber ich hätte wirklich nicht geglaubt, dass du so nett sein kannst.«

In diesem Augenblick kam ihnen aus der Dunkelheit eine Frau entgegen. Sie trug ein mitternachtsblaues, mit Samt und schwarzer Spitze abgesetztes Kleid, das am Ärmel eingerissen war. Weinend und auf einem Schuh humpelnd rannte sie an ihnen vorbei. Den anderen Schuh hatte sie offenbar verloren.

Vor ihnen, unter einem Baum, schimmerte etwas Weißes. Sarah schritt schneller aus. Zack folgte ihr.

Der helle Fleck entpuppte sich als das gestärkte Hemd Robert Leightons, der lautstark schnarchend unter besagtem Baum lag. Seine Fliege war aufgeknöpft, die Hose hing ihm halb über der Hüfte, und seine Faust umschloss einen Fetzen

Stoff. Mit Samt abgesetzte schwarze Spitze. Sein Atem roch nach Alkohol.

Sarahs Gesicht war aschfahl. Sie machte keine Anstalten, sich ihrem schnarchenden Verlobten zu nähern. Worte waren überflüssig. Zack ließ ihr einen Augenblick Zeit, bevor er sie mit sich fortzog.

»Ich bringe dich nach Hause«, sagte er, »und sorge dafür, dass jemand nach ihm sieht.«

Er legte einen Arm um sie, und sie ließ sich widerstandslos fortführen. Durch den Stoff seines Dinnerjackets konnte er ihre nackten Schultern spüren, die jetzt sacht bebten. Wie gern hätte er ihren Nacken berührt, endlich wieder richtig ihre Haut gespürt. Aber es war noch zu früh.

Im Taxi fuhren sie zu Sarahs Wohnung. Zack schloss die Tür auf und betrat mit ihr die Wohnung. Sarah bestand darauf, sich selbst zu entkleiden. Aber er brachte sie mit einem Becher Kakao und einer Wärmflasche, die er irgendwo aufgetrieben hatte, zu Bett. Sarah dankte ihm mit schwachem Lächeln. Keiner der beiden verlor ein Wort über das, was vorgefallen war.

Zack nahm den Ersatzschlüssel an sich und versprach, am nächsten Morgen nach Sarah zu sehen. Vorher ermahnte er sie noch, diese Art Schock nicht auf die leichte Schulter zu nehmen.

In Hochstimmung fuhr er nach Hause. Seine Gefühle für Sarah waren stärker denn je, und er wünschte sich nichts sehnlicher, als endlich wieder mit ihr ins Bett zu gehen. Mitleid für Leighton empfand er nicht. Der Kerl war ein Narr und hatte bekommen, was er verdiente.

In Zacks Wohnung brannte Licht. Auf dem Sofa saß eine Frau in BH und Höschen und nähte den eingerissenen Ärmel ihres mitternachtsblauen Ballkleides wieder zusammen.

»Wenn du meinen zweiten Schuh nicht wieder herbeischaffst, schuldest du mir ein Paar«, begrüßte sie ihn.

»Du kannst ein Dutzend Schuhe haben«, erwiderte er. »Die Vorstellung war oscarverdächtig. Das Publikum war zutiefst beeindruckt.«

»Was hast du ihm in den Drink gekippt? Er war ja schon hinüber, bevor ich ihn unter dem Baum hatte. Das letzte Stück musste ich ihn fast tragen.«

»Melatonin. Ein Schlafhormon. Vollkommen harmlos. Mein Dad hat es immer gegen Jetlag benutzt.«

»Na, jedenfalls hat's funktioniert. Erzähl mir besser nicht, was die Scharade sollte. Sonst wünsche ich mir womöglich, ich hätte nicht mitgemacht.«

»Nicht doch. Du hast praktisch das Universum mit einem Fingerschnippen gerettet. Und außerdem, wozu hat man alte Freunde?«

Zack hatte sich neben ihr auf dem Sofa niedergelassen und küsste sie.

Für Zack war keine Frau mit Sarah vergleichbar, aber während er auf das wahre Vergnügen wartete, gab er sich mit dem zufrieden, was sich bot. Und was seine Freundin Annabel Queensferry anging, so hatten ihre gelegentlichen gemeinsamen Nächte die langjährige und zuverlässige Freundschaft noch nie beeinträchtigt. Das mitternachtsblaue Ballkleid glitt lautlos zu Boden.

## 6.

Noch ein Monat bis zur bevorstehenden Möbelmesse. Sally Dummett hatte ihre Entwürfe fertig gestellt. Darren hatte es geschafft, Andrew Walters davon zu überzeugen, dass die Stücke produziert werden konnten, und Jeff Wilmot war freudig überrascht gewesen, als man ihm die niedrige Kalkulation vorlegte. George war hochzufrieden und sagte es auch.

»Großartige Arbeit, Kinder. Jetzt werden die Leute sehen, dass noch Leben in dieser alten Bude herrscht.«

»We're all off to Wem-ber-leee«, trällerte Darren.

»Und, können wir loslegen?«, fragte George.

Es war keine wirkliche Frage, auch wenn Walters und Wilmot anfangs daran gezweifelt hatten – Walters wegen der Problematik, die durch die Fertigung zu vieler Produkte gleichzeitig entstehen würde und Wilmot wegen fehlender Geldmittel für die notwendigen Materiallieferungen. Doch George hatte Rechnungen nur noch bezahlt, wenn es unumgänglich war, und selbst dann war es erstaunlich oft vorgekommen, dass er die Schecks mit dem falschen Datum versah, oder dass Val Kuverts falsch adressierte oder vergaß, eine Marke daraufzukleben. Die gewöhnlich so tüchtige Val hatte es sogar fertig gebracht, ein heilloses Durcheinander beim Kopieren der Belege für das Finanzamt anzurichten, sodass es Wochen dauerte, bis die zuständigen Finanzbeamten den erforderlichen Überblick bekamen und ihre Ansprüche geltend machen konnten. Da auf diese Weise kaum größere Beträge Gissings verließen und sogar kleinere Beträge hereinkamen, war Wilmots Argumenten der Wind aus den Segeln genommen, und es war genug Bargeld vorhanden, mit der Produktion zu beginnen.

Was die technischen Herausforderungen anging, hatte Andrew Walters allerdings nicht ganz Unrecht. Gissings würde sich mit seiner antiquierten Ausrüstung und der eingeschränkten Produktionsfläche arg anstrengen müssen, das Niveau einer modernen Fabrik zu erreichen. Die Situation glich dem Kampf einer Spitfire gegen F-111er. Aber hier konnten Darren und Dave ihre Findigkeit beweisen. Für jedes Problem, das Walters aufwarf, fanden sie mindestens eine, wenn nicht gar zwei oder drei Lösungen. Wenn Gissings die Spitfire war, waren Dave und Darren die Mechaniker, die die Maschine in die Luft brachten. Ging ein Gerät zu Bruch, waren die beiden zur Stelle. Mit Kordeln und Schnürsenkeln vollbrachten sie wahre Wunder. War beides nicht mehr verfügbar, mussten eben Kaugummi und ein Gebet herhalten. Irgendwie brachten sie das Kind immer zum Schaukeln.

Andrew Walters widersetzte sich diesen Improvisationen. Was die beiden jungen Männer leisteten, war in seinen Augen nachlässige Arbeit und stand in einigen Fällen in krassem Widerspruch zu den allgemeinen Sicherheitsbestimmungen. Aber George war nicht Tom Gissings, er genehmigte jeden Vorschlag, den Walters nicht als gänzlich unmöglich abschmetterte. Schließlich wurde auch Walters' Stolz angestachelt. Er wollte es nicht länger auf sich sitzen lassen, dass die beiden jungen Männer ihm vor den Augen des Chefs die Show stahlen. Also ging er zum Gegenangriff über. Walters verfügte über technische Qualifikationen und Fertigkeiten, die den beiden Jungen weit voraus waren. Also griff er ihre Vorschläge auf und verbesserte sie. Er pulte ihr Kaugummi ab und zeigte ihnen, wie man es noch besser machen konnte. Walters wollte die Spitfire nicht nur fliegen, sondern in ungeahnte Höhen aufsteigen lassen.

Georges Frage, ob sie bereit seien, war also rein rhetorisch. Feierliches Nicken von Wilmot und Walters. Zustimmendes Grunzen von Darren und Dave, den beiden Unerschütterlichen, und begeistertes Gestikulieren vonseiten Sally Dummetts.

»Gut. Dann fangen wir morgen an. Aber ich wollte noch etwas anderes mit euch besprechen. Oder Sally, vielleicht sollten Sie das lieber übernehmen.«

»O ja, gern, George«, sagte die Designerin. Für sie war George der erste Mensch, der ihr Talent wirklich zu schätzen wusste, und sie schwärmte ihren Freunden bei jeder Gelegenheit von ihm vor. Sie dachte sich natürlich nichts weiter dabei, aber Vals scharfen Augen war nicht entgangen, dass Sally, jedes Mal wenn sie mit George zusammentraf, Makeup trug und dass ihr Parfüm immer aufdringlicher wurde. Val kräuselte die Lippen, als Sally loslegte.

»Ich wollte euch einige Produktideen zeigen, an denen ich in den letzten Wochen gearbeitet habe. Ich habe das Sortiment ›Bright and Brillant‹ getauft, weil – nun ja, weil es genau das ist: strahlend und schön. Die Idee habe ich aus einer italienischen Designerreihe, deren preiswerteste Artikel siebenhundert Pfund kosten. Ich bin der Meinung, dass wir eine eigene, kostengünstige Version herausbringen und uns auf diese Weise ein ordentliches Stück vom Marktanteil sichern könnten. Ich finde ...«

»Zeigen Sie uns Ihre Entwürfe, Sally«, forderte George sie auf.

»Natürlich, George. Hier sind sie.« Sie leerte den Inhalt ihrer Mappe auf den Tisch. Alles in allem waren es etwa fünfzehn Farb- und Filzstiftzeichnungen: Tische, Stühle, Geschirrschränke, Hocker, Kommoden, Anrichten und Regale. Die Form der einzelnen Stücke war zwar hübsch, aber an sich nichts Außergewöhnliches. Was sofort ins Auge sprang, waren die Farben: Gelb, Rot, Blau, Grün. In der Tat strahlend und schön.

»Die Idee liegt in den leuchtenden Farben, und natürlich in der Zweckmäßigkeit. Die einzelnen Teile sind so konzipiert, dass sie alle miteinander kompatibel sind. Wenn man einen größeren Tisch benötigt, braucht man nur ein Teil einzuklinken. Man muss sich nicht erst einen neuen Tisch kaufen. Jedes Teil passt ins andere, man kann sie zusammenstellen wie man will. Wie ein riesiges, buntes Legospiel. Schulen werden sich darum reißen. Und ich bin überzeugt, dass jede Menge Büros damit aufgemöbelt und flexibler gestaltet werden könnten. Kinderzimmer, private Arbeitszimmer – die Möglichkeiten sind endlos.«

Walters, Wilmot, Darren und Dave nahmen die Zeichnungen zögernd zur Hand. George und Val, die sie bereits vorher gesehen hatten, hielten sich zurück. Es bestand kein Zweifel daran, dass die Entwürfe auf dem Papier großartig aussahen. Die Frage war, ob eine Möglichkeit zur Fertigung bestand.

»Ein paar von diesen Rahmen sind aus Metall, nicht wahr, Sally? Das ist nichts für uns,« sagte Walters. »Unsere Produktionsmöglichkeiten beschränken sich auf die Verarbeitung von Holz.«

»Und da wäre noch der Anstrich«, fügte Darren hinzu, der ausnahmsweise einmal mit seinem Vorgesetzten übereinstimmte. »Das ist absolut unmöglich. Wir haben jetzt schon Probleme mit dem Lackieren, ganz zu schweigen von den Farbmengen, die für diese Sachen nötig wären. Das ist schlichtweg unrealistisch.«

George schwieg eine Weile. Dann wandte er sich an Wilmot.

»Wie sähe die Cash-Flow-Prognose für nächstes Jahr aus, angenommen wir nehmen kein komplett neues Sortiment ins Programm?«

»Also, nach optimistischen Schätzungen sieht es ganz okay aus. Wir könnten ungefähr fünfzig-, sechzigtausend machen, vor Steuern.«

»Und wie sähen die Verbindlichkeiten in zwölf Monaten aus?«

»Mit etwas Glück 475 000. Sagen wir besser 495 000, um sicherzugehen. Vielleicht 500 000.«

»Also eine halbe Million«, erwiderte George. »Dann sitzen wir hier mit einer Fabrik, die ein halbes Jahr älter ist, und Schulden, die sich kaum verringert haben. Nein, was wir brauchen, ist ein Kassenschlager, und obwohl ich die Arbeit, die ihr in den vergangenen sechs Wochen geleistet habt, sehr zu schätzen weiß – ein Kassenschlager ist nicht dabei. Es ist eine solide Basis, mehr nicht.«

Schweigen folgte auf seine Worte. Die »Bright and Brillant«-Serie war eindeutig die spektakulärste Entwurfsserie auf dem Tisch. George blickte Darren direkt ins Gesicht. »Sind Sie der Meinung, dass es absolut unmöglich ist, diese Sachen zu einem annehmbaren Preis herzustellen?«

»Äh, nein, das nicht, aber ich meine ...«

»Dann ist es also möglich. Richtig, Darren? Richtig, Andrew?«

Das Wort »unmöglich« existierte in Darrens zugegebenermaßen eingeschränktem Vokabular nicht, und Andrew Walters wollte sich vor George nicht weniger fähig präsentieren als Darren. Beide Männer zuckten unschlüssig mit den Schultern und schüttelten mit dem Kopf. Aber keiner wagte ein definitives Nein.

»Gut«, sagte George. »Worauf warten wir noch?«

## 7.

In den Vortragssälen von West Point oder Sandhurst erlernt man das Kriegshandwerk, verfolgt die Spuren Hannibals und Napoleons, Caesars und Eisenhowers, Marlboroughs und Grants. Man erfährt, wie Wellington bei Waterloo hätte geschlagen und Gettysburg für den Süden hätte eingenommen werden können. Doch bevor man nicht selbst unter feindlichem Himmel dem Ansturm des Gegners standgehalten hat, ist man für seine Kameraden so wertlos wie ein ungeladenes Gewehr.

Verglich man das Madison-Schulungsprogramm mit West Point, waren die darauffolgenden beiden Monate mit dem Marsch in die Schlacht gleichzusetzen. Während dieser zwei Monate war Matthew einem leitenden Händler des New Yorker Corporate Bond Büros zugeteilt. Dieser »Big Brother«, ein hartgesottener New Yorker namens Saul Rosenthal, war schon lange genug dabei, um über ein eigenes Büro zu verfügen; allerdings zog er es vor, auf seinem Händlerplatz inmitten der Betriebsamkeit der Börsenetage zu sitzen. Rosenthals Verhältnis zum Markt glich einer bitteren Liebesbeziehung; er sprach über dieses Geschäft wie eine sitzen gelassene Mätresse über ihren treulosen Liebhaber. Matthew hätte sich keinen besseren Lehrer wünschen können.

Dabei machte Rosenthal es ihm durchaus nicht leicht. In der Regel vergaß er Matthews Existenz einfach. Aber da Rosenthal die Angewohnheit hatte, tägliche Ereignisse unentwegt mit sarkastischen Bemerkungen zu kommentieren, lernte Matthew schon dadurch, dass er einfach die Ohren spitzte. Gelegentlich stellte er eine Frage, und wenn er Glück hatte, erhielt er sogar eine Antwort.

Er folgte Rosenthal auf Schritt und Tritt und lernte auf diese Weise dessen Gesprächspartner kennen. Die meisten dieser künftigen Kollegen hießen ihn freundlich willkommen und boten ihm Hilfe und Rat an. Matthew schüttelte unzählige Hände und merkte sich zahllose Namen. Er hielt sich so gewissenhaft an der Seite seines Vorgesetzten, dass er ihm gelegentlich sogar auf die Toilette folgte. Schließlich hielt Pinkeln seinen Herrn und Meister nicht vom Sprechen ab.

Die Arbeit verschaffte Matthew Erleichterung, aber eher von der Art, wie Aspirin den Schmerz zu lindern vermag. Er vermisste Sophie, und seine Sehnsucht wuchs mit jedem Tag. Er kannte weder ihre Telefonnummer noch ihre Adresse. Was hätte er auch sagen sollen? In seinen Träumen ertappte er sich oft dabei, wie er sich rechtfertigte und sie verzweifelt anflehte, ihm zu verzeihen und zu ihm zurückzukehren. Aber sie war für immer gegangen, und er wusste es. Und noch etwas nagte unsäglich an Matthew: Die Börsenhändler, die dem Abschlusshandelsspiel beigewohnt hatten, waren tief beeindruckt gewesen. Offenbar hatte Dan Kramer sich von Maria Hernandez dazu bewegen lassen, allen Teilnehmern einen Job zu geben, die herausragende Fähigkeiten bewiesen hatten, und der »Löwe der Wall Street« hatte ohne zu zögern zugestimmt. »Unsere Aktionäre sollen sehen, dass wir zwar rigoros sein können, wenn nötig, aber keineswegs über das Ziel hinausschießen. Picken wir uns die Besten heraus und stellen sie ein.«

Und so geschah es. Außer Matthew bekamen auch Scott Petersen, Karen Onsley, Heinz Schiffer und Fujimoto Takako einen Job. Diego Burelli und Adam Campbell traten die vereinbarten Posten in Buenos Aires und London an. Sogar Prinzessin Al Fareshti, die mit am schlechtesten abgeschnitten hatte, bekam eine Stelle in der Kundenbetreuung im Mittleren Osten. Ihr Wert für die Firma war ohnehin nie von ihren Leistungen abhängig gewesen.

Nur eines wurde bei Madison bedauert: man hätte auch Sophie Clemenceau gern einen Posten angeboten. »Ein schlechter Handel macht noch keinen zum schlechten Händler, und bis auf eine einzige Transaktion waren Sophies Abschlüsse hervorragend«, hatte Hernandez es ausgedrückt. Unglücklicherweise war es unmöglich, sie aufzuspüren, und nach einer Woche stellte die Bank ihre Bemühungen ein. Und Matthew musste mit der Gewissheit leben, dass sein Betrug und sein Verrat an Sophie völlig überflüssig gewesen waren.

Um seinem Schmerz zu entfliehen, stürzte er sich in die Arbeit. Auf den US-Bondmärkten gibt es Tausende Investoren mit den unterschiedlichsten Vorbehalten. Unzählige Ereignisse wirken sich auf die Urteile dieser Investoren aus, und Abertausende Bonds erlauben es ihnen, dieser Beurteilung Ausdruck zu verleihen. Um herauszufinden, wie ein beliebiger Investor einen beliebigen Bond zu gegebener Zeit beurteilte, brauchte Matthew lediglich ein paar Millionen Permutationen in Betracht ziehen. Langeweile war das Geringste seiner Probleme.

## 8.

Wie versprochen, schaute Zack am Morgen nach dem Ball bei Sarah vorbei. Er ließ sich selbst mit Sarahs Ersatzschlüssel ein und bereitete ihr ein üppiges Frühstück aus Croissants, frischem Orangensaft, Eiern mit Speck, Toast und Kaffee. Als er merkte, dass sie wach war, klopfte er sacht an die Schlafzimmertür und trat ein. Sarah hatte eine furchtbare Nacht hinter sich, aber sie war froh, ihn zu sehen. Obwohl sie kaum etwas herunterbrachte, war sie ihm dankbar für das Frühstück und sah zu, wie er sich dann über die Reste hermachte. Sie ließen die Vorhänge geschlossen und nahmen den Hörer von der Gabel des Telefons.

Keiner von beiden sprach viel, aber das wenige, was gesagt wurde, war eindeutig.

»Glaubst du, es gibt irgendwelchen Zweifel an dem, was er getan hat, Zack?«

»Nun, er war betrunken. Nüchtern hätte er sich gewiss nicht so aufgeführt.«

»Das macht es eher schlimmer als besser.« Sie schwieg, während sie erneut gegen die Tränen ankämpfte. »Wir waren verlobt, Zack. Ich wollte ihn heiraten.«

Zack hielt stumm ihre Hand.

Wie zu erwarten, löste Sarah ihre Verlobung mit Leighton, der lediglich eine verschwommene Erinnerung an sein angebliches Vergehen hatte. Verwirrt und unglücklich übergab er sein Anwesen in Wiltshire einem professionellen Farmverwalter und trat den Coldstream Guards bei, um seine Zeit künftig in der Gesellschaft von Männern und Pferden zu verbringen. Immerhin hatten weder die einen noch die anderen ihn bisher jemals enttäuscht.

Zack und Sarah erneuerten derweil vorsichtig ihre Freundschaft. Sie trafen sich auf Drinks in der City, und Sarah lud ihn zu Dinnerpartys ein, für die er trotz seiner immensen Arbeitszeiten sogar gelegentlich Zeit aufbrachte. Sie sprach mit ihm auch über ihre Beziehung zu Robert Leighton. Im Nachhinein wurde ihr klar, dass der Vorfall auf dem Ball nur ein Auslöser gewesen war, und dass sie mehr erwartete, als was Robert ihr hätte bieten können. Zack hörte ihr verständnisvoll zu und widmete ihr seine Zeit und Zuneigung.

Mit der Zeit vertiefte sich ihre Freundschaft, und eines Tages lud Sarah Zack sogar ein, das Wochenende mit ihr in Ovendon House zu verbringen – bei ihrem Vater, Lord Hatherleigh.

»Hast du keine Angst, ich könnte aus der Rolle fallen?«

»Wenn du das tust, hetze ich dir die Jagdhunde von Ovendon House auf den Hals. Aber inzwischen bist du ja erwachsen geworden, Gott sei Dank. Früher war die Vorstellung, dich mit meinem Vater zusammenzubringen, mein größter Albtraum. Heute vergesse ich beinahe, mir Sorgen zu machen.«

»Ich werde mich von meiner besten Seite zeigen.«

»Das will ich dir auch raten.«

»Aber mach mir keinen Vorwurf, wenn ich aus der Fingerschale trinke oder die falsche Gabel benutze.«

»Wir benutzen überhaupt keine Fingerschalen, es sei denn, wir essen etwas Entsprechendes«, erwiderte Sarah schnippisch. Dann hielt sie inne. Zack hatte nur einen Scherz machen wollen. »Tut mir leid. Mach einfach, was ich tue, bring ein vernünftiges Dinnerjacket mit, und leg dich nicht mit meinem Dad an.«

Jetzt war es an Zack, unsicher zu sein.

»Ich soll wirklich ein Dinnerjacket mitbringen?«

»Normalerweise geht es ganz ungezwungen zu. Nur sonntags haben wir es gern ein wenig formeller, schwarze Krawatte und so. Bring es einfach mit, trag es einmal, dann kannst du es wieder ausziehen. Es wird dich schon nicht umbringen.«

»Nein, keine Sorge. Ich wusste nur nicht, ob du es wirklich ernst meinst.«

Es war abgemacht. Zack schickte sein Dinnerjacket in die Reinigung und tat sein Möglichstes, Weinstein Lukes an die unglaubliche Vorstellung zu gewöhnen, dass einer ihrer Angestellten sich ein ganzes Wochenende freizunehmen gedachte.

## 9.

Für die Möbelbranche ist die British Furniture Showcase die wichtigste Messe überhaupt. Bedeutende und unbedeutende Möbelfabrikanten präsentieren hier Käufern aus Großbritannien und der ganzen Welt ihre Waren. Fantasievoll gestaltete Ausstellungsflächen ziehen das Auge der Besucher an: Hier finden sich Wüstenlandschaften, graffitigeschmückte New Yorker U-Bahn-Szenen, minimalistische Zurückhaltung in schlichtem Weiß und sogar eine in Schräglage gehaltene Fläche mit dem Titel »Ballsaal der Titanic«. Wo immer man hinschaut, überall wimmelt es von Händlern, Möbeln und Preislisten.

Und irgendwo in diesem Getümmel war auch Gissings vertreten.

Natürlich konnte man sich keinen der exponierten Stände im Haupttrakt leisten. Das Gissings-Budget reichte gerade für einen bescheidenen Platz, ein wenig abseits des Zugangs zur Haupthalle gelegen. George gab sich optimistisch, aber Tatsache war, dass die meisten Besucher nur deshalb dorthin fanden, weil sie auf der Rückkehr von den Waschräumen den falschen Weg einschlugen.

Dabei konnten ihre Produkte sich durchaus sehen lassen. Die traditionelle Serie war vollständig überarbeitet worden. Die Stücke entsprachen dem Zeitgeschmack, und die Preise waren angemessen. Aber die »Bright and Brillant«-Kollektion war zweifellos Star der Gissings-Fläche und machte selbst inmitten des Glamours dieser Messe ihrem Namen alle Ehre. Die Produkte waren modern und sprangen sofort ins Auge, und die Preise waren annehmbar. Sie hatten einen guten Absatz verdient.

»Irgendwelche Neuigkeiten?«

George kehrte soeben von einem Rundgang zurück.

»Nichts von Bedeutung. Es gab ein paar Anfragen, aber bisher keine Aufträge«, berichtete Josephine.

George hatte seine Schwester gebeten auszuhelfen, in der Hoffnung, dem Stand durch Josephine etwas mehr Stil zu verleihen. Natürlich war auch Val anwesend und stand mit ihrem Wissen zur Verfügung, aber sie konnte schwerlich als Blickfang bezeichnet werden. Dagegen wirkte Josephine, die eines ihrer Designerkleider trug, durchaus dem äußeren Rahmen angemessen. Sie hätte auch zu prestigeträchtigeren Gelegenheiten eine gute Figur gemacht.

»Am ersten Tag läuft es immer langsam an«, versuchte Val zu trösten. »Die Kunden schauen sich erst um und kaufen später.«

»Aber *so* langsam?«, fragte George. Val schenkte sich eine Erwiderung. Beide wussten, dass die Sache eigentlich besser hätte anlaufen sollen. Ein paar der Einkäufer, die sich bei ihnen umschauten, waren überrascht, dass überhaupt ein Gissings-Stand existierte.

»Es hieß, ihr seid pleite. Neues Management, hm? Ach, Sie sind der neue Besitzer? Na dann, viel Glück. Als ich den alten Tom Gissing das letzte Mal sah, ließ er durchblicken, dass es nicht besonders gut steht.«

Niemand wollte das Risiko eingehen, einer Firma Aufträge zu erteilen, die vielleicht Bankrott ging, bevor sie ihre Verträge erfüllen konnte. Nach einer weiteren Stunde vergeblichen Hoffens senkte George die Preise um fünf Prozent.

»Eure Stücke sind wirklich großartig«, beteuerte Josephine. »Ich bin sicher, dass das Geschäft noch in Gang kommt.«

»Klar. Ist schon okay«, erwiderte George. »Danke übrigens, dass du zugesagt hast. Wie geht es dir und Mum? Tut mir leid, ich bin noch gar nicht dazu gekommen, mich zu erkundigen.«

»Na ja, leicht ist es nicht«, antwortete Josephine. »Mum macht praktisch keine Fortschritte, und ich muss mich ziemlich abstrampeln, das Geld für die Tagesschwester aufzutreiben. Alle sagen, ich soll Mum in ein Pflegeheim geben, aber ich will verdammt sein, wenn ich das tue.«

»Nein, um Gottes willen. Natürlich nicht. Ich wünschte, ich könnte helfen, Josie. Aber zurzeit beziehe ich noch nicht mal ein Gehalt.« George verstummte unglücklich. Dann zog er seine Brieftasche hervor, in der etwa vierzig Pfund steckten. Eigentlich war es Vals Geld. Nach kurzem Zögern gab er es seiner Schwester. »Ich gebe dir mehr, sobald ich kann, ich verspreche es. Wenn es hart auf hart kommt, kann ich immer noch alles hinschmeißen und einen Job annehmen, für den ich wenigstens bezahlt werde.«

»Sei nicht töricht«, erwiderte Josie. »Achtung – Kunde im Anmarsch.«

Josie setzte ihr unwiderstehlichstes Lächeln auf, um die Ankömmlinge zu begrüßen, aber es war wieder einmal falscher Alarm. Die Gruppe war lediglich auf der Suche nach den Toiletten. Val wies ihnen den Weg, während George mit seiner Schwester auf der Rückseite einer der Preislisten Schiffe versenken spielte. Mittag war bereits vorüber, und bis jetzt hatten sie so gut wie nichts verkauft.

Und dann geschah unerwartet ein Wunder. Ein Grüppchen gut aussehender junger Leute im Schlepptau, erschien Kiki auf der Bildfläche. Ihr cremefarbenes Kaschmirkleid stand in hinreißendem Kontrast zu ihrem sonnengebräunten Teint. Auf ihrer kleinen Stupsnase thronte eine goldgefasste Armanibrille.

»George, Darling. Wieso versteckt ihr euch in dieser winzigen Ecke? Ihr müsst ja sehr exklusiv sein, nischt wahr? Gefällt dir meine neue Brille? Isch 'abe sie mir extra gekauft, um *très* geschäftsmäßig auszusehen. Ich wirke sehr *industrielle*, nischt wahr?«

In dem Designergestell steckte Fensterglas. Kikis Sehschärfe war hervorragend, und sie wirkte so *industrielle* wie ein Abendkleid von Versace. George hatte ihr eine Nachricht zukommen lassen, in der Hoffnung, sich mit ihr zum Tee oder dergleichen treffen zu können, wenn er schon einmal in London war. Aber er hatte keine Antwort erhalten, und auch nicht wirklich damit gerechnet. Trotz seiner Beziehung zu Val vermisste er sie, aber ihm war klar, dass mittlerweile Welten zwischen ihnen lagen.

»Kiki! Wie schön! Nett von dir, dass du gekommen bist.«

Er stellte Kiki seiner Schwester und Val vor, deren Miene keinen Zweifel daran ließ, was sie von dem Neuankömmling hielt. Die auffällige Clique in Kikis Begleitung schwärmte über die Gissingsche Ausstellungsfläche und nahm möglichen tatsächlichen Interessenten den Platz weg.

»Aber George. Natürlisch bin isch gekommen. Meine Papa braucht eine neue Schreibtisch, und isch möchte ihm einen zum Geburtstag schenken. Allerdings bevorzugt er Louis-Quince-Stücke. Isch glaube nischt, dass isch 'ier etwas für ihn finden werde. Übrigens, George, wo sind eigentlich die Waschräume? Wir nahmen an, sie sind 'ier. Sonst hätten wir disch gar nischt entdeckt.«

»Da seid ihr nicht die Einzigen. Das ist der Grund dafür, dass wir nichts verkaufen. Wer hier vorbeikommt, hat ein ganz anderes Ziel.«

George vermochte seinen Jammer nicht mehr zu verbergen. Aber nichts konnte Kiki schneller vergraulen. Ihr Gefolge im Schlepptau, verschwand sie in die Richtung, die George ihr gewiesen hatte. Nach einer Viertelstunde gab George die

Hoffnung auf, dass Kiki nochmals zurückkehren würde. Vermutlich hatte sie sich an eine Party erinnert, oder an ein Kleid, das sie unbedingt kaufen musste. Sein Trübsinn wurde größer, und selbst Vals verlässliche Anwesenheit vermochte ihn nicht zu trösten.

Doch Kiki kehrte zurück, beladen mit einem halben Dutzend weißer Hinweisschilder mit der Aufschrift »Toiletten«. Ihre Begleiter schwenkten die gleichen Trophäen. Sie mussten das ganze Gelände abgegrast haben.

»Tut mir leid, dass es so lange gedauert 'at, George. Aber einige dieser dummen Dinger 'ingen so 'och, dass man sie kaum erreichen konnte. Isch 'offe, es macht niemandem etwas aus, dass wir sie entfernt 'aben, aber sie sahen so 'ässlich aus. Isch fürchte, wir 'aben ein wenig Verwirrung angerichtet, denn ein paar 'aben wir so verdreht, dass sie nun in diesen kleinen Saal weisen. Es ist wirklich nicht sehr 'übsch 'ier. Leider 'abe isch jetzt keine Zeit mehr und muss gehen. Diese Dinger werden wir 'ier lassen«, fügte sie hinzu und drückte George die Toilettenschilder in den Arm. »Sie sind nischt sehr sauber, und mein Kleid ist nagelneu.«

Nach einem letzten flüchtigen Kuss schwirrte sie wieder davon. George und Val verbargen die Schilder unter dem Stand, und es dauerte nicht lange, bis Kikis Streich Erfolg zeigte. Leute strömten herein, erkundigten sich nach den Toiletten und beschwerten sich über die schlechte Beschilderung. George pflichtete ihnen bei, erklärte aber bedauernd, dass auch er nicht wisse, wo sich die Waschräume befänden. Zum ersten Mal war ihr Stand regelrecht bevölkert. Die Gissings-Stücke veranlassten viele der unfreiwilligen Besucher zu anerkennenden Kommentaren, worauf sie von George und seinen beiden Helferinnen sogleich in Verkaufsgespräche verwickelt wurden und Preislisten ausgehändigt bekamen. Das funktionierte zwar nicht immer, zeigte aber durchaus Erfolg. Die ersten Aufträge kamen herein, und George begann sich zu entspannen.

Abends fuhren George und Val mit Josie zurück zu Helens Haus in Kilburn. George übernachtete mit Val in seinem alten Zimmer, aber wohl war ihm nicht dabei. In Yorkshire mochte es angehen, dass seine Sekretärin gleichzeitig seine Vermieterin und Geliebte war, aber Val seiner Schwester und seiner Mutter vorzustellen und in deren Haus zu übernachten, verlieh der ganzen Angelegenheit einen seriöseren Anstrich, als ihm lieb war. Wenigstens waren Dave und Darren nicht dabei, die mit nach London gekommen waren, um beim Auf- und Abbau des Standes zu helfen. Sie zogen es vor, bei einem Kumpel in Brixton zu übernachten, »bei meinem ehemaligen Dope-Dealer«, wie Darren treuherzig erläutert hatte. Die beiden hatten geackert wie die Pferde, um alles rechtzeitig fertig zu bekommen, und abgesehen von ein paar kleineren Handgriffen hatte George ihnen für die Zeit der Messe freigegeben. Das war das Mindeste, was sie verdienten.

Der Abend verlief angespannt. Helen hielt sich recht gut, hatte ihre Bewegungen unter Kontrolle und vermochte sogar, mehr oder weniger flüssig zu sprechen.

»Ah, George«, sagte sie und tätschelte Vals Hand. »Deine Verlobte? Ganz reizend, wirklich. Wie pflegte deine Großmutter immer zu sagen? Lebe in Yorkshire und schließ eine Yorkshire-Ehe. Das habe ich getan, und ... und ...«

Ihre Gedanken verloren sich in schmerzlichen Erinnerungen, und sie brach in Tränen aus. George war so peinlich berührt, dass er die roten Flecken auf Vals Wangen gar nicht bemerkte, als Val eilig zu einer Erklärung ansetzte. Im weiteren Verlauf des Abends war Helen in sich gekehrt und still, hielt aber an der Vorstellung fest, Val sei Georges Verlobte.

Vor dem Schlafengehen hielt George kurz Josie zurück.

»Äh ... wegen morgen. Was dein Äußeres angeht ... meinst du, es wäre machbar ... ich meine, würde es dir etwas ausmachen ...«

Hilflos brach er ab. Er wusste einfach nicht, wie er sich verständlich machen sollte. Josie lachte ihn aus.

»Höher, kürzer, enger, greller?«, fragte sie.

»Wie?«

»Absätze, Rock, Oberteil, Lippenstift«, erklärte ihm Josie. »Höher, kürzer, enger, greller. Das meintest du doch, oder?«

»O ja, bitte. Wäre das okay?«

Es war okay. Josies Outfit am nächsten Tag hätte selbst einen *Sun*-Reporter verdutzt. Es war kurz, pink, eng und sexy.

Wenn die Leute sich an diesem Tag nach den Toiletten erkundigten, erklärte Josephine bedauernd, dass sie leider nicht helfen könne, aber ob man sich nicht die Produkte anschauen möge? Dabei bückte sie sich erstaunlich oft, um auf interessante Formen und Details aufmerksam zu machen. Die Käufer bekamen so viele Formen und Details zu sehen, dass ihnen fast die Augen aus dem Kopf fielen. Sie schlürften den dargebotenen Sekt, beäugten Josephine und lauschten Georges Erläuterungen. Was sie sahen, gefiel ihnen, und die Aufträge rollten herein.

An diesem Vormittag erhielten sie so viele Bestellungen, dass George zehn Prozent auf alle Preise aufschlug. Nach dem Lunch lief das Geschäft sogar noch besser, weil mehr Leute die Waschräume aufsuchen mussten. Ein Scherzbold hatte in der Nacht offenbar Zement in die Haupttoiletten am anderen Ende des Komplexes geschüttet, sodass die einzigen funktionierenden sanitären Anlagen jene in der Nähe des Gissings-Standes waren.

Der Ansturm war so groß, dass George noch einmal fünf Prozent aufschlug. Die Leute kauften und kauften. Inzwischen kamen sie sogar, weil sich herumgesprochen hatte, dass Gissings gute Ware zu anständigen Preisen verkaufte. Der Umsatz war doppelt so hoch wie am Tag zuvor. Ein Journalist von *Furniture Today*, der monatlichen »Bibel« der Möbelbranche, machte sogar ein kurzes Interview mit George, das unter dem Titel »Zurück vom Abgrund« erscheinen sollte. George erzählte ihm, dass Gissings eine vollständige Kapitalumschichtung vorgenommen habe und Konkursbefürchtungen der Vergangenheit angehörten. Käufer könnten wieder bedenkenlos Vertrauen in die Gissings-Produkte haben. Der Journalist schluckte den Brocken und äußerte sich ebenfalls anerkennend über das Sortiment. George war in Hochstimmung.

Am dritten Tag war der Ansturm nur geringfügig kleiner. Die Organisatoren hatten einen mobilen Toilettenwagen neben dem Eingang aufstellen lassen, und das Chaos, das Kiki mit den Hinweisschildern verursacht hatte, mehr oder weniger behoben. Trotzdem betrug der Umsatz immer noch etwa vier Fünftel des Vortages, und obendrein zu den erhöhten Preisen.

In euphorischer Stimmung fuhren sie am Abend über die Autobahn nach Hause. Darren, der behauptete, einen Führerschein zu besitzen, saß am Steuer, obwohl Val seinen Fahrkünsten äußerst skeptisch gegenüberstand. Sie zählten die eingegangenen Aufträge und diskutierten, wie sie die Lieferfristen am besten einhalten könnten. Einfach würde es nicht werden, aber es war ein Problem, mit dem man sich freudig auseinander setzte.

Als sie an einer Tankstelle Halt machten, um zu tanken und einen heißen Tee zu trinken, erkundigte sich Darren, wer die kleine Französin am ersten Tag gewesen sei. Sie hatte den Namen Gissings auf dem Transporter entdeckt, sich auf Darren und Dave gestürzt und ihnen eine bizarre Story von Toiletten und Männern mit Löchern in den Schuhen erzählt. George antwortete ausweichend auf Darrens Frage. Je weniger Val über Kiki erfuhr, umso besser. Aber da war noch etwas anderes gewesen. Als sie den Transporter für die Rückfahrt beladen hatten, waren George fünf leere Zementsäcke aufgefallen, die vorher nicht da gewesen waren. Offenbar war Kiki weit mehr *industrielle*, als er ihr zugetraut hatte.

Auf der Weiterfahrt drehten die beiden jungen Männer das Radio auf, und die Unterhaltung verebbte. George schloss die Augen und schlummerte ein. In seinen Träumen geisterte Kiki herum.

## 10.

Wie von Dan Kramer vorhergesagt, stiegen die Anforderungen bei Madison rasch, und als Matthews zweimonatiges Noviziat vorüber war, übertrug man ihm den Handel mit Industrieanleihen. Diese Wertpapiere, auch Corporate Bonds genannt, werden zu festgelegtem Zinssatz und Endfälligkeitstermin von Unternehmen an Investoren vergeben und dienen in der Wirtschaft als Instrument der langfristigen Kreditfinanzierung. Seine laufenden Geschäfte wurden von Alan und Rick abgewickelt, der »Smaller Institutions Group«, deren Hauptaufgabe darin bestand, Aufträge hereinzuholen. Die beiden Männer sahen aus wie zwei Komiker. Alan war klein, dick und extrem behaart, Rick lang, dürr und völlig kahl. Aber ihr Äußeres spielte keine Rolle, denn sie zogen fleißig Aufträge an Land. Aufträge bedeuteten Handel. Handel versprach Profit. Und wenn Matthew Profit machte, würde er seinen Job behalten, einen Bonus kassieren und durfte die Hoffnung schüren, seinen Bruder Zack zu schlagen.

Matthew verfügte über einen eigenen Schreibtisch, eigenen PC-Zugang und Telefon. Sein Arbeitsplatz befand sich in einem Saal, in dem Hunderte anderer Händler ebenfalls über eigene Schreibtische mit gleicher Ausstattung verfügten. An hektischen Tagen, wenn die Händler lauthals ihren Handel herausbrüllten, Preise austauschten und Verwünschungen ausstießen, herrschte hier ein ohrenbetäubender Lärm, der an das Brausen eines großen Flusses erinnerte. Es war der Fluss des Geldes.

Als er an seinem ersten Tag von einem morgendlichen Meeting an seinen Schreibtisch zurückkehrte, blinkte bereits die Rufleuchte. Ohne darauf zu achten, woher der Anruf kam, nahm er den Hörer auf.

»Madison Trading. Guten Morgen.«

»Hey, Matteo. Willst du nicht 'n paar Bonds kaufen?«, ertönte eine vertraute Stimme. »Hab' ein paar Milliarden von Uncle Sam's Besten und 'ne Tasse Kaffee vor mir auf dem Schreibtisch.«

»Hi, Luigi. Schön, von dir zu hören.«

»Wollte dir nur einen guten Start wünschen. Warte, ich stelle dich auf die Quakbox.« Luigi meinte die Lautsprecheranlage, durch die Matthews Stimme im ganzen Raum zu hören war. »Hier sind noch ein paar Leute, die dir ein Wörtchen sagen wollen.«

Anders, Cristina und Jean Francois kamen nacheinander an den Apparat, um Matthew auf die übliche, schnoddrige Art zu seinem Erfolg zu beglückwünschen. Nach kurzem Geraschel am anderen Ende ertönte der unverkennbare schottische Akzent McAllisters an seinem Ohr.

»Sie haben sich wacker geschlagen, Matthew. Wie ich hörte, haben nur eine Hand voll Leute das Programm überstanden, und Sie waren einer davon. Das spricht für Sie. Saul Rosenthal sagte ebenfalls, dass Sie schnell lernen, und er ist bekannt für seine hohen Maßstäbe. Weiterhin viel Glück.«

»Danke«, erwiderte Matthew geschmeichelt. Dass McAllister sich die Zeit nahm, einen Gedanken an ihn zu verschwenden, war eine Ehre, und geradezu verblüffend war es, dass Rosenthal ihn tatsächlich wahrgenommen und vor allem einen so positiven Eindruck gewonnen hatte.

»Und womit hat man Sie jetzt betraut?«

»Ich arbeite in der Smaller Institutions Group, Corporate-Bond-Abteilung.«

»Ach ja. Das ist das Team, das Fiona Shepperton unterstellt wurde. Sie soll die Verkaufsleistungen drüben ein wenig in Schwung bringen. Sie ist ein absoluter Profi, Matthew. Von dieser Frau können Sie eine Menge lernen. Aber lassen Sie sich nicht durch ihr eigenartiges Auftreten abschrecken. Sie neigt dazu, ein wenig exzentrisch zu sein.«

Auch Rosenthal hatte Fiona Shepperton bereits lobend erwähnt. Sie war Alans und Ricks Vorgesetzte, also konnte es nicht schaden, sie kennen zu lernen. Nachdem McAllister eingehängt hatte, schlenderte Matthew hinüber zu Alan und Rick, um sich ihnen vorzustellen und den Tag zu besprechen. Alan, der bereits die Ärmel hochgekrempelt hatte und auf dessen Stirn und Glatze Schweißperlen glitzerten, begrüßte Matthew.

»Himmel, Rick, da steht der Typ schon auf der Matte, um uns zu schikanieren, und hat uns noch nicht mal ein paar Äpfel mitgebracht, zum Dank dafür, dass wir so reizende Lehrer sind.«

Matthew stellte ihnen zwei Becher dampfenden Kaffee auf den Schreibtisch.

»Wenn ihr Äpfel wollt, hättet ihr das vorher sagen müssen.«

»Hm, echter Kaffee. Und dafür ist er sogar zu Starbucks gegangen. Gib dem Kerl einen Kuss, Rick. Zeig ihm, dass du ihn liebst.«

Rick wischte sich über seine Glatze, auf der sich die Neonröhren der Decke spiegelten, und griff nach dem Kaffee.

»Ah, Kaffee. Großartig.« Rick war der ruhigere der beiden.

Nachdem Matthew sich offiziell vorgestellt hatte, setzten sie sich, um den bevorstehenden Tag zu besprechen. Welche Stimmung herrschte bei den Kunden? Würden die Aufträge »Kaufen« oder »Verkaufen« lauten? Wie würden die langfristigen Fälligkeiten gegen die kurzfristigen verrechnet werden?

Welche Faktoren würden den Markt in der kommenden Woche beeinflussen?

Die Stimmung der drei Männer war rasch von gegenseitigem Respekt geprägt. Die Vorgänger Alans und Ricks, die inzwischen gefeuert worden waren, hatten ihnen eine klägliche Abteilung hinterlassen, die die beiden nun auf der Basis guter Nachrichtenlage und solider Entscheidungen neu aufbauen sollten. Ungeachtet ihrer äußeren Erscheinung waren sie echte Profis.

Der Ankunft eines völligen Neulings in ihrem Team hatten sie mit Bangen entgegengesehen. Das Problem beim Verkauf an die so genannten Smaller Institutions liegt darin, dass man unweigerlich die unerfahrensten Händler zugeteilt bekommt. Aber Matthew kannte den Markt bereits und war begierig darauf, noch mehr zu lernen. Alan und Rick waren überrascht gewesen, als sie am Morgen einen Anruf von Brian McAllister erhielten, aber der Schotte hatte Recht. Matthew berechtigte zu den besten Hoffnungen.

Als sie sich trennten, hatte Matthew bereits eine Menge dazugelernt und sich schon ein paar Ideen zurechtgelegt, wie er an seine neue Aufgabe herangehen wollte. Sein nächster Weg führte ihn zu Saul Rosenthal, der gerade mit irgendeinem Unglückswurm an der Westküste telefonierte, der lieber seinen wohlverdienten Schlaf genossen hätte, statt sich den Kopf über den Bondmarkt zu zerbrechen.

»Machen Sie sich keine Gedanken, und gehen Sie schlafen. Sie machen sich zu viele Sorgen«, beschwichtigte ihn Rosenthal scheinheilig. »Melden Sie sich bei mir, wenn Sie wieder wach sind. Aber ich versichere Ihnen, dass die Schatzobligationen sich vor nächsten Freitag nicht von der Stelle rühren. Vertrauen Sie mir.«

Wer immer sein Gesprächspartner am anderen Ende der Leitung gewesen sein mochte, war schließlich friedlich und hängte ein.

»Bin ich Händler oder Therapeut?«, brummte Rosenthal. Das war seine Art, sich nach Matthews Anliegen zu erkundigen.

»Ich habe ein paar Ideen und hätte gern Ihre Meinung dazu gehört.«

»Also doch Therapeut. Legen Sie sich hin, und erzählen Sie mir von Ihrer Mutter.«

Brummelnd nahm Rosenthal Matthew seinen Block aus der Hand und überflog dessen hingekritzelte Notizen.

»Mann, Sie legen sich ja mächtig ins Zeug. Und was ist das? Ihre Kunden wollen sich doch nicht ernsthaft mit Nullkupon-Anleihen herumschlagen? Reden Sie's ihnen aus, Matthew. Dafür muss man 'ne große Nummer sein, nicht die Third National Bank von Banjo Creek, oder wer immer Ihr Klient sein mag.« Er setzte seine mürrischen Kommentare fort und hielt nur inne, um den Belag seines Brötchens zu bemängeln – »Kein Streichkäse heute. Selbst Schuld, was muss ich auch gegen den Sabbat verstoßen« –, ein paar Telefonate entgegenzunehmen – »Saul Rosenthal, Psychoanalytiker, zu Ihren Diensten« – und sich ein paar Händler vorzuknöpfen, die an seinem Schreibtisch vorübergingen. Trotzdem hatte er Matthew zum Schluss ein paar nützliche Hinweise für dessen Vorgehensweise gegeben.

»Danke, Saul. Ich weiß das sehr zu schätzen.«

»Schenken Sie sich Ihre Dankbarkeit. Da geht der Ödipuskomplex wieder mit Ihnen durch. Morgen steht die Wiedergeburtstherapie auf dem Programm. Macht fürs Erste vierhundert Dollar pro Sitzung.«

»Ein angemessener Preis«, erwiderte Matthew. »Aber es spricht gegen meine Religion, Sabbatbrecher zu bezahlen.«

Damit war die Unterhaltung beendet.

Kurz nach der Eröffnung des Marktes erhielt Matthew den ersten Auftrag. Er machte ein Preisangebot, das darauf abzielte, den Zuschlag zu erhalten. Der Klient ging darauf ein, und schon hatte Matthew seine ersten Bonds verkauft. Der nächste Schritt bestand darin, Bonds zu kaufen, um seine Positionen abzudecken. Er betätigte ein Touch Screen, auf dem alle wichtigen Telefonnummern gespeichert waren. Eine Liste von Kunden, Händlern und sonstigen Kontaktpartnern leuchtete auf. Matthew wählte einen Namen aus, berührte die entsprechende Taste und war kurz darauf mit dem Händler einer anderen Bank verbunden. Nach einem knappen Informationsaustausch kaufte er ein paar Bonds zu einem zweiunddreißigstel Prozentpunkt günstiger, als er soeben selbst verkauft hatte.

Matthew hatte seinen ersten Handel abgeschlossen und siebenhundertfünfzig Dollar Gewinn eingestrichen. Nicht schlecht für den Anfang. Der West-Point-Absolvent hatte soeben seinen ersten Schuss abgefeuert.

## 11.

Um acht Uhr fünfzehn am Sonntagmorgen reihte Zack sich in den spärlichen Verkehr der M 4 ein, die aus London herausführte.

Drei Stunden später erreichte er Ovenden House, das oberhalb der kleinen Ortschaft Ovenden in Devonshire lag. Er passierte die hohen, prunkvoll verzierten Tore und fuhr langsam die Auffahrt hinauf, die durch einen weitläufigen Park führte. Vereinzeltes Wild graste auf dem Rasen unter mächtigen Eichen; vom Steg eines lang gestreckten Sees, dessen gegenüberliegendes Ufer kaum auszumachen war, tauchte ein Angler seine Rute in die ruhige Wasseroberfläche. Erst jetzt wurden die blassgrauen Mauern des herrschaftlichen, mustergültig in Stand gehaltenen alten Hauses sichtbar, die sich beeindruckend aus der Landschaft hervorhoben. Keine Dachpfanne bröckelte, und weder Unkraut noch Gestrüpp beeinträchtigten die ausgedehnte, tadellos gepflegte Rasenfläche des Parks, der von makellos erhaltenen Statuen geziert wurde. Hier musste ein großartiger Architekt am Werk gewesen sein. Aber für Zack war der Architekt weniger interessant als die Brieftasche, aus der er bezahlt worden war. Seine Erregung wuchs.

Ein Butler begrüßte Zack an der Eingangstür und geleitete ihn nach oben zu seinem Zimmer.

»Ich fürchte, das Bett wird ein wenig zu kurz für Sie sein, Sir. Es stammt aus dem siebzehnten Jahrhundert. Damals waren die Gentlemen noch ein bisschen kleiner. Gestatten Sie, dass ich die Fenster für Sie öffne.«

Während der Butler sich an den Fensterriegeln zu schaffen machte, flog die Tür auf, und Sarah stürmte ins Zimmer. Sie trug Reithosen, Stiefel und einen ausgeleierten Pullover unter ihrem Tweedjacket.

»Zack! Da bist du ja! Wir haben dich hier untergebracht. Das Bett ist ein wenig klein, aber wenn du die Nackenrolle rausschmeißt und dich ein bisschen schräg legst, müsste es gehen. Es ist schon sehr alt, aus dem siebzehnten Jahrhundert. Ich glaube, es hat mal einer Prinzessin gehört. Danke Jasper. Ich kümmere mich um Zack.«

Der Butler zog sich zurück. Er hatte die Fensterflügel sperrangelweit geöffnet, und kühle Luft strömte ins Zimmer. Sarah schleuderte die mit antiken Stickereien verzierte Nackenrolle vom Bett und klopfte die Kissen zurecht. »So müsste es gehen.«

»Großartig«, sagte Zack. Das Bett sah recht verlockend aus.

Hier draußen auf dem Land wirkte Sarah vornehmer, aber auch burschikoser als in der Stadt. Allmählich dämmerte Zack, warum Sarah und Robert Leighton der Ansicht gewesen waren, für ein gemeinsames Leben geschaffen zu sein. Aber er ließ sich seine Irritation nicht anmerken. Sarah hatte mehr zu bieten als Pferdevernarrtheit und Kissen aufzuschütteln. Natürlich waren da ihr Körper und das nötige Kleingeld, das ihm eine gute Startposition verschafft hätte, aber das war es nicht allein. Er war sich nicht sicher, ob er sie liebte, aber er respektierte diese junge Frau.

»Reiten oder angeln?«, fragte Sarah. »Ich gehe gleich reiten. Wenn du willst, suchen wir dir ein besonders sanftes Pferd aus. Oder du begleitest Dad später zum See. Angelst du? Ich weiß es gar nicht mehr.«

»Komm, tu nicht so. Du weißt verdammt genau, dass ich nicht ...«

»Ach ja, ich hatte es vergessen. Mit dir ist nichts anzufangen, stimmt's?«

»... aber ich nehme an, mit einer Angel in der Hand kann mir weniger zustoßen als mit Zügeln. Würde es deinem Vater etwas ausmachen, es mir beizubringen?«

»Oh, er wird begeistert sein. Dad ist zwar ein hoffnungsloser Fall, aber das Angeln ist seine Leidenschaft. Ich bringe dich nach unten.«

Sie verließen das Zimmer und machten sich durch ein Labyrinth von Korridoren auf den Weg zur Hintertreppe.

»Das ist das Problem mit diesen Häusern«, bemerkte Sarah. »Entweder du lernst sie von Kindesbeinen an kennen, oder du findest dich nie zurecht.«

Schließlich erreichten sie den Hauptflügel des Erdgeschosses. Zwei Spaniel schossen aus dem Nichts hervor und begrüßten Sarah mit freudigem Gekläff. Sie tätschelte die Tiere liebevoll und suchte in ihrer Jackentasche vergeblich nach Leckereien für die beiden.

»Tut mir leid, ihr Süßen. Ich hab' nur Karotten für die Pferde dabei, nichts Leckeres für euch. Bonnie und Smudge, das ist Zack. Zack, darf ich dir Bonnie und Smudge vorstellen.«

Zack, dem Hunde alles andere als geheuer waren, streckte kühn die Hand aus und versuchte sie zu streicheln. Sie wichen zwar zurück, aber erst nachdem Bonnie ihm mit seiner feuchten Zunge herzhaft die Hand abgeleckt hatte. Zack verspürte den dringenden Impuls, sich sofort die Hände zu waschen, doch ihm war klar, dass dies in Sarahs Augen ein unverzeihlicher Frevel gewesen wäre. Verstohlen wischte er sich die Hand an der Hose ab, aber er hätte schwören können, dass der Geruch und der Abdruck von Bonnies Zunge immer noch daran hafteten. Sarah begleitete Zack zum Büro ihres Vaters; die beiden Hunde sprangen kläffend voraus.

»Dad arbeitet zwar, aber er freut sich bestimmt über eine Unterbrechung. Wir werden ihn einfach von seiner Arbeit loseisen.«

Sarah wollte gerade die Tür öffnen, als Zack sie am Arm festhielt.

»Wie soll ich ihn anreden?«

»Mit Lord Hatherleigh, wenn ihr euch die Hand gebt. Dann wird er dich sowieso auffordern, ihn Jack zu nennen.«

Zack nickte, und Sarah öffnete die Tür.

»Hi, Dad. Ich möchte dir Zack Gradley vorstellen.«

Bonnie und Smudge stürmten vor ihnen ins Zimmer. Lord Hatherleigh, schlank und durchtrainiert, erhob sich hinter seinem Schreibtisch. Er nahm seine Brille von der Nase und kam auf Zack und Sarah zu. Smudge stürzte erfreut jaulend auf den Lord zu und tollte zwischen seinen Füßen herum. Um nicht auf den Hund zu treten, wich Hatherleigh zur Seite aus und stieß gegen einen Stapel Papiere, der auf einem Beistelltisch ruhte und nun ins Wanken geriet.

Zack machte einen Satz nach vorn, um den Stapel aufzufangen, doch Bonnie beschloss, die Verfolgung ihres Gefährten Smudge aufzunehmen und geriet Zack dabei zwischen die Füße, sodass er strauchelte, mit dem Kopf gegen den Stapel stieß und mitsamt den Papieren unsanft auf dem Boden landete, wobei ihn der schwere Briefbeschwerer schmerzhaft an der Schläfe streifte.

»Ihr verdammten Köter! Ab jetzt!«, rief Sarah.

»Alles in Ordnung mit Ihnen?«, erkundigte sich ihr Vater besorgt.

»Lord Hatherleigh. Erfreut, Sie kennen zu lernen«, erwiderte Zack benommen.

## 12.

Wir müssen die Aufträge stornieren.«

»Unmöglich! Es handelt sich um unsere Kunden, eine im Aussterben begriffene Spezies.«

»Aber wir können die Liefertermine nicht einhalten.«

Andrew Walters und George starrten einander an. Dies war die Kraftprobe, die alle hatten kommen sehen, seit George darauf bestanden hatte, die »Bright and Brillant«-Kollektion in der Olympiahalle zu präsentieren.

Der Verkauf war deutlich besser angelaufen als erwartet, und auf Georges Veranlassung waren die Fließbänder in den vergangenen vier Wochen auf Hochtouren gelaufen. Mit zusätzlichen Überstunden würden sie ihre Verpflichtungen seiner Ansicht nach erfüllen können. Auch Wilmot war selig. Dank Georges zehnprozentigem Preisaufschlag machten sie mit jedem Stück einen hervorragenden Gewinn.

Da fast die Hälfte der Aufträge der »Bright and Brillant«-Kollektion galt, hatte George – in dem Bemühen, der maroden Fabrik zu einer neuen Chance zu verhelfen – zweimal die Preise erhöht und die Lieferzeiten erheblich verkürzt. Schafften sie es, die Aufträge zu erfüllen, bedeutete dies einen enormen Schritt nach vorn. Wurden sie ihren Versprechungen jedoch nicht gerecht, oder sollten sich die Kosten zur Durchführung dieser Versprechen als zu hoch erweisen, wäre das Unternehmen noch vor Jahresende pleite.

Zwei gravierende Probleme waren entstanden: Erstens ging der Bedarf an Metallrahmen weit über das hinaus, was sie bereits geordert hatten. Zweitens kamen die Arbeiten in der Malerwerkstatt mindestens zweimal am Tag zum Erliegen, da die dortigen Vorrichtungen nicht für das Auftragen von Farblacken konzipiert waren. Laut Walters konnten sie den Anstrich der »Bright and Brillant«-Kollektion schlichtweg vergessen.

»Warum nennen wir es nicht »Nackt und Natürlich«? Dann brauchen wir weder Lack noch Farbe.«

Walters hätte am liebsten aufgegeben. George wusste zwar keinen Ausweg, hatte aber nicht die Absicht, sich geschlagen zu geben. Immer wieder ging er die Probleme mit dem älteren Mann durch, als auf dem Flur Schritte ertönten und kurz darauf die Tür aufflog. Darren, der mit seinem geschmacklosen braun-lila gemusterten Hemd und den schmuddeligen Schlaghosen einen krassen Kontrast zu dem altmodisch-konservativ gekleideten Walters bildete, schwenkte ein Blatt Papier und hüpfte um die beiden herum.

»Wir haben es geschafft! Gissings hat es geschafft!«, jubelte er.

Walters machte dem Gehopse ein Ende, indem er Darren mit erstaunlicher Geschicklichkeit das Blatt entriss und zu lesen begann.

»Ich fass' es nicht«, sagte er mit aufrichtiger Bewunderung. »Dieser kleine Hosenscheißer hat tatsächlich eine Firma in Sussex aufgetan, die uns die Lieferung sämtlicher Metallrahmen garantiert, die wir benötigen, und das sogar noch rechtzeitig und unter dem dafür veranschlagten Preisniveau.«

»Wir haben's geschafft! Wir haben's geschafft!« Darren führte immer noch seinen Freudentanz auf.

Walters reichte George das Schreiben. Es handelte sich um ein schriftliches Angebot der Firma Sussex Metal Workshop. Eines ihrer beiden Probleme war also offensichtlich gelöst.

»Gut gemacht«, sagte George. »Bleibt nur noch das Problem des Anstrichs.«

Darrens Thriumphgeheul erstarb. Walters' Trübsalmiene kehrte zurück, doch weil Darren zugegen war, riss er sich zusammen.

»Nun, wir haben drei Möglichkeiten«, begann er. »Wir können unsere Kunden bitten, sich ungefähr ein Jahr zu gedulden und uns derweil überlegen, wie wir ihre Aufträge erfüllen. Aber ich nehme an, diese Option kommt nicht infrage. Zweitens könnten wir irgendwo eine voll ausgerüstete Farbwerkstatt stehlen, erbetteln oder ausleihen. Oder drittens: Wir kaufen ein paar Dutzend Handsprühdosen, stellen genügend Leute ein, die rund um die Uhr im Einsatz sind, den ganzen Kram per Hand einsprühen und Schirme darüberhalten, damit der Regen den Stücken nichts anhaben kann, während sie trocknen. Ihr wisst ja, dass wir nicht mal die Möglichkeiten haben, das Zeug in unserer Werkstatt vernünftig unterzustellen.«

»Konzentrieren wir uns auf die beiden letzten Möglichkeiten«, brummte George.

»Also, wir brauchen eine neue Lackiererei und eine geräumige Trockenhalle. Das würde uns ... sagen wir, zweihundert Riesen kosten, plus Installation und so weiter. So eine Ausstattung kauft man nicht aus dem Regal und nimmt sie unter den Arm. So etwas muss bestellt und produziert werden, und das braucht Zeit. Wenn wir die ganze Chose heute bestellen, können wir frühestens in vier Monaten damit rechnen.«

»Dann fällt diese Möglichkeit also auch aus. Was wäre, wenn wir eine Lackiererei beauftragten und irgendeine Firma dafür bezahlten, dass sie uns ihre Einrichtungen nachts benutzen lassen? Es müsste sich doch eine Werkstatt finden lassen, die für unsere Zwecke geeignet ist. Schließlich geht's nicht um Raketentechnik.«

»Ich habe mich bereits umgehört. Das Problem ist, dass jeder, der über die nötige Ausstattung zum Lackieren, Streichen und Trocknen verfügt, selbst im Möbelgeschäft ist. Und die denken nicht dran, der Konkurrenz unter die Arme zu greifen.«

»Verstehe«, erwiderte George. »Können Sie mir eine Liste geben, wo Sie bereits angefragt haben? Welche Firmen Sie kontaktiert und mit wem Sie gesprochen haben und so weiter? Ach ja – ich möchte außerdem gern wissen, wo Sie noch nicht angerufen haben, wo man nach Ihrer Vermutung jedoch über die Geräte verfügt, die wir brauchen.«

»Okay. Ich kann Ihnen aber jetzt schon sagen, welche Firma am besten geeignet wäre. Asperton Holdings ist der größte Möbelfabrikant im Norden Englands, und sie arbeiten viel mit Farblackierungen. Aber da brauchen Sie es gar nicht erst versuchen. Die lauern schon seit Jahren darauf, dass wir Pleite gehen.«

»Stimmt«, bestätigte Darren. »Ein Kumpel von mir arbeitet da. Er hat Unterlagen gesehen, die bestätigen, dass sie jeden Tag mit unserer Aufgabe rechnen. Sie haben irgendwann mit dem Gedanken gespielt, Gissings aufzukaufen, aber dann sagten sie sich: ›Was soll's, warten wir, bis sie bankrott sind und krallen uns die Kunden lieber kostenlos‹.«

»Reizend«, murmelte George. »Asperton Holdings, sagt ihr also.« Er schwieg einen Augenblick. »Und was ist mit unserer dritten Option?«

»Sie meinen die Sprühdosen? Das war eigentlich ein Scherz, George«, erwiderte Andrew Walters vorsichtig.

»Okay, dann lassen Sie den Scherz noch mal ausführlicher hören.«

Walters seufzte.

»Nun ja, die Modelle für die Messe haben wir auf diese Weise fertig gekriegt, mit Handsprühdosen, die man in jedem Laden bekommt. Aber Holz braucht Grundierung, Deckanstrich, manchmal noch Überlack. Und zwischen jedem Auftrag müssen die Teile erst mal trocknen. Wir haben für jedes Stück mehrere Tage gebraucht und den ehemaligen Museumsraum für die Sprühaktion und als Trockenraum benutzt. Wenn wir rund um die Uhr arbeiten und den Raum voll auslasten, würden wir ungefähr dreißig bis vierzig Teile pro Woche schaffen.«

Sie mussten mindestens zwanzig- oder dreißigmal so viel in einer Woche produzieren, um ihre Aufträge zu erfüllen.

»Okay. Und weiter?«, fragte George.

Walters konnte sich jetzt ein Lachen nicht verkneifen.

»Nun, das einzige erhebliche Problem, das mir im Augenblick dazu einfällt, ist die Arbeitsintensität. In einer funktionstüchtigen Lackiererei würden wir morgens eine ganze Ladung auf das Förderband packen und nach dem Lunch wieder runternehmen. Mit Sprühdosen dauerte es hundertmal so lange, und man muss obendrein drauf achten, dass die Farbe gleichmäßig aufgetragen wird. Wir müssten die Belegschaft verdoppeln oder verdreifachen. Mir fallen noch neun oder zehn andere Probleme ein, aber die möchte ich Ihnen lieber ersparen.«

George schwieg. Walters' Argumentation war niederschmetternd. Darren hüllte sich ebenfalls in Schweigen.

»Gut«, sagte George schließlich. »Genau das werden wir tun. Ich danke euch.«

## 13.

Von Ovenden House machte Zack sich sofort auf den Weg zu Weinstein Lukes, wo er um zwanzig Uhr am Sonntagabend eintraf. Er hatte zwei Analysten damit beauftragt, die Arbeit für die kommende Woche vorzubereiten. Die beiden jungen Männer, ein Brite und ein Schwede, die zwischen leeren Pizzaschachteln und Firmenberichten hockten, waren fast mit ihrer Arbeit fertig.

»Wie kommt ihr voran?«

»Wir müssen nur noch ein paar Aktienkurse aufarbeiten. Die PCs waren abgestürzt. Aber abgesehen davon sind wir so gut wie durch.«

»Okay«, sagte Zack. »Dann macht die Arbeit fertig, ich sehe mir inzwischen diese Sachen hier schon mal an.«

Bei Weinstein Lukes hält sich niemand mit nebensächlichen Floskeln auf. Man ist höflich und professionell und sagt, was man zu sagen hat. Der Druck ist so stark, dass jedes unnötige Geplänkel mit Faulheit gleichgesetzt würde.

Zack unterzog die Arbeit der beiden Männer einer sorgfältigen Prüfung und stellte erleichtert fest, dass es nichts daran auszusetzen gab. Er hatte sich ein Wochenende freigenommen, und alles war glatt gelaufen. Ein paar Kleinigkeiten mussten korrigiert werden, aber alles in allem hatten die beiden gute Arbeit geleistet. In etwa sechs Stunden dürfte alles unter Dach und Fach sein.

Der junge britische Analyst, ein schlaksiger Rotschopf mit dem Spitznamen Smylie, reagierte geknickt auf Zacks Ankündigung. Sein auffallend fliehendes Kinn und die ausgeprägte Stirn erweckten den Eindruck, jemand habe seinen Unterkiefer dermaßen eingedrückt, dass der Rest des Kopfes hervorgetreten sei.

»Eigentlich hatte ich gehofft, heute Abend noch meine Großmutter besuchen zu können. Sie wird heute neunzig, und die ganze Familie ist versammelt. Ich könnte später wiederkommen.«

»Wo wohnt Ihre Großmutter?«

»In einem Pflegeheim in Surrey. Ich könnte in einer Stunde dort sein, eine Stunde bleiben und wäre so gegen elf, halb zwölf wieder hier.«

»Wie viel Schlaf habt ihr letzte Nacht gekriegt?«

»Ungefähr vier Stunden. Wir haben ziemlich geackert, um hier voranzukommen«, erwiderte Smylie hoffnungsvoll.

»Okay«, erwidert Zack ungerührt. »Dann bleiben Sie besser, und bringen das hier zu Ende. Wir haben noch ein paar Stunden Arbeit vor uns, und ich möchte nicht, dass sich wegen Übermüdung Fehler einschleichen. Sie können Ihre Großmutter morgen besuchen.«

Smylie nickte resigniert. Er wusste, morgen würde er von Zacks Projekt abgezogen und mit einer anderen Aufgabe betraut werden, die genauso eilig war. Außerdem war die Familie dann längst wieder abgereist und der Geburtstag der Großmutter vorbei. Wenigstens hatte er eine Karte geschrieben. Er würde es nächstes Wochenende versuchen.

Während die beiden Analysten sich wieder über ihre Zahlenkolonnen beugten, machte Zack sich ebenfalls an die Arbeit. Doch so sehr er auch versuchte, sich zu konzentrieren, irgendetwas nagte an ihm und brachte ihn immer wieder aus dem Konzept.

Das Wochenende hatte ihm wider Erwarten Vergnügen bereitet. Lord Hatherleigh (»nenn mich Jack, mein Junge«) hatte sich als exzellenter Lehrer im Fliegenfischen entpuppt, und zu seiner eigenen Überraschung hatte Zack sich nicht einmal ungeschickt angestellt. Die beiden Männer waren gut miteinander ausgekommen, und am nächsten Tag war Zack hin- und hergerissen zwischen der Entscheidung, mit dem Viscount fischen oder mit dessen Tochter reiten zu gehen. Da er aber aus einem bestimmten Grund in Ovenden war, ließ er sich von Sarah zu Letzterem überreden. Natürlich war sie mit geschickten Manövern um ihn herumgaloppiert und hatte sich maliziöse Kommentare über seine Reitkünste nicht verkneifen können, worauf Zack vergeblich versucht hatte, seinen lethargischen Gaul aus dem behäbigen Trott zu reißen, während Sarah laut auflachend davonpreschte und Zack und seinen Klepper in einem Hagel aufspritzender Erde zurückließ.

Zu Pferde wurde ihre maskuline Ausstrahlung noch augenscheinlicher. Sie wirkte stark, draufgängerisch, athletisch und siegessicher. Hier draußen empfand Zack ihre herbe Ausstrahlung noch erregender. Nachdem sie abgesessen waren und Sarah ihm im Stall zeigte, wie man Gurt und Sattel löst, empfand er ihre erotische Anziehungskraft stärker denn je. Er sehnte sich danach, sie zu berühren, aber es war noch nicht der richtige Zeitpunkt.

Als er sich von ihr verabschiedete, gab er seiner Hoffnung Ausdruck, bald wieder eingeladen zu werden.

»Sei kein Narr«, antwortete sie unbekümmert. »Alte Freunde brauchen keine Einladung. Sag einfach Bescheid, wenn du mal wieder Zeit hast.«

Es war eine nette Bemerkung, aber Zack wollte durchaus nicht als »alter Freund« betrachtet werden. Spürte sie denn wirklich nichts von seinem Verlangen?

Aber das war es nicht, was ihm jetzt durch den Kopf ging. Irgendetwas anderes rumorte vage in seiner Erinnerung – etwas, das sein Blick nur teilweise gestreift hatte. Zack suchte nach einem Anhaltspunkt.

Nachdem er mit dem Kopf gegen Lord Hatherleighs Papiere gekracht war, war sein Blick benommen über die Blätter gewandert, während Sarah versuchte, die Hunde aus dem Zimmer zu scheuchen. Zack beschwor die Szene in Gedanken wieder herauf. Der winzige Impuls der Erregung, der ihn seitdem nicht mehr loszulassen schien, wurde deutlicher. Was immer der Auslöser war, es musste etwas mit diesem Zwischenfall zu tun haben.

Er rief sich die auf dem Boden verstreuten Papiere wieder ins Gedächtnis. *Hatherleigh Pacific* hatte auf allen Blättern gestanden. Der Name der Hatherleighschen Holding Company in Hongkong, die Quelle ihres Reichtums. Als Lord Hatherleigh den Anteil von seinem Vater geerbt hatte, war er etwa dreißig Millionen Pfund wert gewesen, heute musste es fünfzehnmal so viel sein. Jack Hatherleigh war in der Tat mehr als nur ein geschickter Fliegenfischer.

Aber das war es nicht, was Zacks Aufmerksamkeit geweckt hatte. Schließlich war nichts Ungewöhnliches daran, dass Hatherleighs eigene Firmenunterlagen in dessen Büro herumlagen. Nein, da war noch etwas anderes gewesen. Zack brachte alle Konzentration auf, zu der er fähig war.

South China Trust Bank. Das war einer der Namen. Soweit Zack sich erinnerte, handelte es sich um ein kleineres, in Hongkong ansässiges Bankhaus. Warum interessiert Hatherleigh sich für die South China Trust Bank?, fragte sich Zack stirnrunzelnd. Die Erinnerung verschwamm immer wieder vor seinen Augen. Bonnie hatte sich eines der Blätter geschnappt, und Sarah versuchte es ihm zu entwenden, indem sie das Maul des Hundes aufzwang. Jetzt erinnerte Zack sich wieder: Er hatte die handschriftlichen Worte zwischen Bonnies Zähnen hindurch entziffern können. Angestrengt kniff er die Augen zusammen.

Schließlich lehnte er sich entspannt zurück. Es gab einiges zu tun.

## 14.

Der Jahrestag der Firmengründung. Am Abend sollte eine Party steigen; endlich mal wieder ein Anlass, sich zurechtzumachen.

Josie war zuerst unschlüssig gewesen, ob sie überhaupt hingehen sollte, weil sie befürchtete, niemanden zu finden, der sich um die Mutter kümmerte. Aber schließlich entschloss sie sich doch, die Party zu besuchen. Sie hatte zwar im vergangenen Jahr binnen weniger Wochen ihre Zukunftsaussichten, ihren Reichtum, ihren Vater und auf gewisse Weise auch die Mutter verloren, aber deshalb war ihr nicht der Geschmack an Partys vergangen. Sie würde hingehen, sich betrinken, tanzen und sich nach Kräften amüsieren.

Aber sie sollte ihre Entscheidung bald bereuen. Obwohl sie in der Außenhandelsabteilung arbeitete, setzte man sie zu einer Gruppe Computerfreaks an den Tisch; eine gut gemeinte Geste, sie mit Leuten ihres Alters zusammenzubringen. Die Gespräche drehten sich ausschließlich um Cyber-Talk, Computerspiele und Alkohol, und die Gesichter ihrer Tischnachbarn wirkten, als seien sie im Umgang mit Aknecreme vertrauter als mit der Benutzung von Rasierapparaten. Josie, die sich in ihrer Designeraufmachung etwas deplatziert fühlte, fragte sich, ob sie sofort gehen oder noch warten sollte, bis getanzt wurde.

Währenddessen entstand ein Stück weiter unten am Tisch ein kleiner Tumult. Ein paar Typen brachten magnetische Taschenschachspiele zum Vorschein, und einer der älteren Computerfreaks – er musste knapp über dreißig sein – protestierte. Doch Josies scharfem Blick entging nicht, dass sein Protest nur halbherzig und der Bursche in Wirklichkeit erfreut war. ›Miklos, Miklos!‹, ertönte es im Chor. Irgendwer stülpte ihm eine Jacke über den Kopf, die unnötigerweise noch mit einer Krawatte zugebunden wurde. Die Schachfiguren wurden auf den Brettern aufgebaut.

Unter der Jacke war Protest zu vernehmen. Offenbar war der Vermummte nicht einverstanden, dass man ihn am Trinken hinderte. Nach weiterem Hin und Her und Anfeuerungen arrangierte man die Jacke so, dass er zwar trinken, aber immer noch nichts sehen konnte. Erneutes Gebrummel ertönte unter der Jacke. Josie konnte die Worte nicht verstehen, aber auf einmal wurde der Platz gegenüber Miklos geräumt, und man bugsierte Josie auf den leeren Stuhl.

»... gegen eine schöne Frau«, hörte sie jemand sagen.

»Ich kann aber nicht besonders gut Schach spielen«, protestierte Josie.

»Ich spiele ohne meine Springer«, drang es unter der Jacke hervor.

»Ich habe gar kein Schachbrett«, sagte Josie und blickte fragend die Typen an, die zwar ihre Schachbretter hervorgeholt hatten, aber keine Anstalten machten, sie herauszurücken.

»Ich spiele auch gegen drei Leute«, ertönte es aus der Jacke, worauf mehrere hilfreiche Hände sich daranmachten, die Schachfiguren auf Papierschnipsel zu malen, sodass Josie sich kurz darauf vor einem aufgemalten Schachbrett mit Papierfiguren wiederfand. Jetzt waren weitere Rufe zu hören. »Miklos, Miklos!«

»Kann's losgehen?« fragte er. »Damenbauer auf D vier.«

Josie musterte ihr Schachbrett. Sie spielte zwar nicht besonders gut, fühlte sich aber gekränkt angesichts der Tatsache, dass man ihr zutraute, gegen einen Blinden zu verlieren, der drei Partien auf einmal spielte, betrunken war und obendrein noch ohne seine beiden Springer spielte. Sie setzte ebenfalls ihren Damenbauern und schaute fragend auf. Sollten die drei Spieler ihre Züge der Reihe nach bekannt geben? Nein, die beiden anderen, sichtlich erfahreneren Spieler, verkündeten ihre Züge Schlag auf Schlag und erhielten unmittelbare Antworten aus dem Inneren der Jacke.

»Ich bin mit meinem Bauern vorgezogen«, sagte Josie. »Mit dem vor der Dame.«

»Miklos Kodaly«, stellte sich der Vermummte vor. »Bauer des Damenläufers auf C drei. Sehr erfreut, Sie kennen zu lernen.«

Ein Glas Wein verschwand im Inneren der Jacke und kehrte leer zurück.

»Josephine Gradley«, erwiderte sie. »Die Freude ist ganz auf meiner Seite.«

Fremde Hände bewegten Kodalys Figuren, und man bedachte Josephine von allen Seiten mit Ratschlägen. Sie befolgte die Vorschläge und überließ es den anderen, ihre Züge in die Schachsprache zu übersetzen. Kodaly spielte weiter an drei Fronten. Er lavierte sich rasch durch die gut durchdachten Eröffnungen der beiden anderen Gegner, während er bei Josie aufgrund der beiden fehlenden Springer gezwungen war, ein wenig länger nachzudenken.

»Ich ziehe jetzt mit dem Läufer«, verkündete Josie.

»Sie täten gut daran, Ihren Turm zu verteidigen«, sagte Kodaly. »Er ist in Gefahr.«

»Oh, ich habe Läufer und Turm verwechselt. Die Schnipsel sind nicht besonders gut zu erkennen.«

Gegen einen blinden Spieler war das keine sehr überzeugende Ausrede, aber Kodaly winkte ab und bedeutete Josie, einen neuen Zug zu machen.

»Wo haben Sie das Schachspiel gelernt?«

»Läufer schlägt Turm«, sagte Kodaly zu einem der beiden anderen Spieler. »Schach. – Das habe ich zu Hause gelernt.«

»Und das ist wo?«

»Székesfehérvar.«

»Also kein Londoner«, stellte Josie fest. Bis jetzt war sie mehr von seinem Schachspiel als von ihm selbst beeindruckt.

»Balaton-See«, sagte er. »Sie sind am Zug.«

»Kann ich rochieren?«

»Nein. Mein Läufer bietet Ihrem König Schach. – Balaton-See in Ungarn.«

»Ihr Teller steht noch auf dem Tisch, falls Sie etwas essen möchten.«

»Nein, danke. Der Drink reicht mir. Ich bin aus Ungarn.«

»Ich nehme Ihnen einen Bauern weg.«

»Schon besser. Dame schlägt Bauer.« Und dann zu einem der beiden anderen Typen: »Matt in drei Zügen.«

»Und was treiben Sie hier in London?«

»Ich verfüge über drei Begabungen. Schach, Saufen und Computer. In Ungarn liege ich beim Schach nur auf dem achten Platz, einmal war ich sogar auf Platz sechs. In Italien wäre ich vermutlich Champion, aber Ungarn ...« Er zuckte mit den Schultern. Sein Kopf steckte immer noch unter der Jacke. »Es ist schwer, sich seinen Lebensunterhalt mit Schach oder Saufen zu verdienen.«

»Dann also mit Computern?« Josie nippte am Wein. Während sie ein halbes Glas geleert hatte, waren vier Gläser unter der Jacke verschwunden. »Ich glaube, ich nehme Ihnen jetzt Ihren Turm weg.«

»Dann muss ich Ihnen Ihre Dame wegnehmen.«

# SOMMER 1999

Das erschöpfte Jahrhundert liegt in den letzten Zügen. Der verregnete Sommer hinterlässt in den Fotoalben Erinnerungen an durchnässte Picknicks. Die Stimmung ist auf dem Tiefpunkt. Man kann nicht sagen, dass es ein großartiges Jahrhundert war, und niemand wird ihm nachweinen. Es ist der 22. Juni 1999. Noch 757 Tage bis Bernard Gradleys Stichtag.

## 1.

Val stopfte die schmutzige Wäsche in die Maschine. Ihre schwarzen Schlüpfer, ein paar Socken und Handtücher. Automatisch überprüfte sie die Taschen seiner Jeans, bevor auch sie in die Trommel geschoben wurden. Typisch, die Brieftasche steckte noch darin. Val legte sie beiseite, füllte die restliche Wäsche ein und schaltete die Maschine an. Die Brieftasche lag immer noch auf der Waschmaschine.

Obwohl es Sonntag war, hielt George sich wie immer bis zum Tee in der Fabrik auf. Vermutlich tigerte er wieder einmal durch die regengepeitschten Gebäude, auf der Suche nach Dingen, die angeblich der dringenden Erledigung bedurften. Einmal war Val hinausgefahren, um ihn abzuholen und hatte ihn dabei überrascht, wie er in der Empfangshalle den Boden aufwischte. »Es sah ein wenig schmuddelig aus«, lautete seine Erklärung. »Macht keinen guten Eindruck.« Nun, jedenfalls würde er seine Brieftasche da draußen nicht brauchen. Val holte sich einen Aufnehmer, um den Küchenboden zu wischen, und ließ die Brieftasche auf der Waschmaschine liegen.

Nachdem sie die Küche geputzt, im Esszimmer Staub gewischt und im ganzen Haus gesaugt hatte, war auch die Wäsche fertig.

Die Fabrik warf inzwischen ein wenig Geld ab, und George gönnte sich davon ein kleines Gehalt, hauptsächlich, damit er Josephine jeden Monat etwas zukommen lassen konnte. Er zahlte zwar keine Miete an Val, war aber eifrig darauf bedacht, seinen Teil zu den Haushaltskosten beizutragen. Sie brauchte dringend einen neuen Staubsauger und beschloss, ihn am Abend darauf anzusprechen.

Val hing die Wäsche auf und füllte eine Ladung Weißwäsche in die Maschine. Seine Brieftasche lag immer noch unangetastet an der gleichen Stelle.

Anschließend musste sie noch einkaufen, was einen Abstecher nach Ilkey bedeutete. Val hatte kaum noch Bargeld im Haus, also musste sie entweder vorher bei der Bank vorbei oder sich bei George etwas borgen. Sie zögerte. Die Brieftasche war Teil seiner Privatsphäre. Aber andererseits – waren sie nicht ein Liebespaar? Warum sollte er Geheimnisse vor ihr haben? Warum war es so wichtig, seine Brieftasche nicht anzurühren? Außerdem regnete es, und der Weg zur Bank würde ziemlich ungemütlich werden. Sie nahm seine Brieftasche und öffnete sie.

Es war genug Geld für ihre Einkäufe darin. Eigentlich hätte sie sich nur etwas herauszunehmen brauchen und die Brieftasche zurücklegen können. Aber sie zögerte. Sie waren doch ein Liebespaar, nicht wahr? Also keine Geheimnisse. Val inspizierte die Brieftasche. Ein paar Kreditkarten befanden sich darin, einige Rezepte, uninteressanter Krimskrams hauptsächlich, wenn da nicht drei eselsohrige, abgegriffene Fotos gewesen wären. Zwei Aufnahmen zeigten die kleine Französin, Kiki, die unverschämt schlank, jung, braun gebrannt und attraktiv aussah. Die Fotos waren an irgendeinem Strand aufgenommen; Kiki posierte in einer Art Sarong und lachte strahlend mit ihren makellos weißen Zähnen in die Kamera. Das dritte Foto war eine Gruppenaufnahme: George und Kiki mit ihren unbeschwerten jungen Freunden irgendwo in den Bergen. Im Hintergrund waren Skier zu erkennen. Im Gegensatz zu Kiki wirkte George zwischen den anderen deplatziert und schwerfällig. Auf die Rückseite war eine Notiz gekritzelt: »George, ich musste Dir unbedingt diese Aufnahme schicken. Du siehst so *adorable* aus, Du großer Bär. *Gros bisous*, love Kiki.«

»Dicke Küsse, in Liebe, Kiki.« Aha.

Von Val gab es kein Foto.

Val legte die Brieftasche mitsamt dem Geld zurück, machte sich auf den Weg zur Bank und erledigte ihre Einkäufe.

Am Abend schenkte sie George ein Foto von sich, das er verlegen entgegennahm. Über die anderen Bilder verlor sie kein Wort. Eine Woche später überprüfte sie erneut seine Brieftasche. Kikis Fotos steckten immer noch gut sichtbar darin. Ihr eigenes Foto hatte er dahinter geschoben. Als Val daran zog, pappte es fest und ließ sich erst nach mehreren Versuchen bewegen. Es war das erste Mal, dass dieses Foto herausgezogen wurde.

## 2.

Scott Peterson, der jetzt mit Staatsanleihen handelte und wie Matthew der Smaller Institutions Group zugeteilt war, durchquerte die Börsenetage. Er war auf dem Weg zu Rick und Alan, um wie oft während eines Arbeitstages kurz Rücksprache mit den beiden zu halten.

An diesem Nachmittag saß noch eine dritte Person in dem

kleinen Erker. Sie war mittelgroß, um die dreißig, und hatte üppiges, dunkles Haar. Mit ihrem makellosen Porzellanteint und den ebenmäßigen, beinahe vornehmen Zügen hätte man sie als Schönheit bezeichnen können, wäre da nicht diese eigenartige Leere gewesen. Ihr Ausdruck war völlig emotionslos; nichts in ihrem Gesicht wirkte einladend oder verlieh einem das Gefühl, willkommen zu sein. Abgesehen davon war ihre Erscheinung perfekt und ließ keinen Zweifel daran, dass sie Führungspersönlichkeit besaß. Und es war unbestreitbar, dass ihre Führungsposition ihr wie auf den Leib geschneidert war.

Peterson strahlte Alan, Rick und die Frau mit seinem breiten California-Beach-Lächeln an.

»Hi, Al, Rick«, begrüßte er seine Kollegen und streckte der Frau die Hand entgegen. »Hallo, ich bin Scott, Abteilung für Staatsanleihen.«

Die Frau ignorierte seine ausgestreckte Hand und setzte ihr Gespräch mit Alan und Rick ungerührt fort. Peterson wartete unschlüssig. Wo er herkam, pflegten die Leute sich nicht so zu benehmen.

»Ich hoffe, Sie haben nichts dagegen, wenn ich kurz unterbreche. Ich würde gern ein paar Dinge mit Rick klären«, sagte er schließlich.

An diesem Anliegen war durchaus nichts Ungewöhnliches. Händler müssen sich laufend mit ihren Akquisiteuren kurzschließen, und es gehört nun mal zur Etikette des Börsenparketts, dass niemand darauf pocht, ein ungestörtes Gespräch zu führen, sei es der Hausmeister oder Dan Kramer höchstpersönlich. Rick und Alan machten jedoch keine Anstalten, Peterson zu Hilfe zu kommen. Ihr Blick war auf die Frau geheftet, die sich jetzt erhob. Der Erker, in dem sich Ricks und Alans Arbeitsplätze befanden, lag eine Stufe erhöht. Dank dieses Vorteils war die Frau beinahe ebenso groß wie Peterson.

»Gewiss dürfen Sie uns unterbrechen, aber zuerst küssen Sie mir die Füße«, forderte sie ihn auf, ohne eine Miene zu verziehen.

Peterson lächelte, eine reflexartige Reaktion, wenn er verunsichert war. So benahm sich doch kein Mensch! Sein Blick streifte Alan und Rick, aber deren Mienen waren ausdruckslos. Von ihnen war keine Hilfe zu erwarten. Er lachte.

»Klar, kein Problem. Aber zuerst möchte ich mit Rick sprechen.«

Er machte einen Schritt vor, doch sie verstellte ihm den Weg.

»Ich meine es ernst. Küssen Sie mir die Füße.«

Danach geschah alles wie in Zeitlupe. Peterson beschloss, das merkwürdige Ansinnen als Scherz zu betrachten. Was sollte dieses knapp einssechzig große Persönchen ihm schon anhaben? Er setzte seinen Fuß auf die Stufe und machte Anstalten, um seine Widersacherin herumzugehen. Aber er hatte kaum Zeit, auch nur sein Gewicht zu verlagern, als die Hand der Frau auch schon nach unten schoß, unsanft zwischen seine Beine griff und ihn zu sich heranzog. »Los, küss sie!«

Ihr Griff war unnachgiebig. Eisern umschlossen ihre Finger seine Hoden, quetschten und zerrten. Es war offensichtlich, dass sie trotz ihrer zierlichen Erscheinung körperlich in Topform war.

Petersens Lippen bewegten sich lautlos. Er brachte gerade noch ein krächzendes »Okay« heraus, das in unartikuliertes Stöhnen überging.

»Also los. Ich warte.«

Sie ließ nicht locker. Im Gegenteil, sie packte vielmehr noch härter zu und wippte den Inhalt ihrer Hand leicht auf und ab – Petersen war kein schlecht ausgestatteter Kerl –, was ihm eine weitere Serie von Schmerzenslauten entlockte.

Aschfahl unter seiner Sonnenbräune, bückte er sich hinunter, so gut es ging. Mehr schlecht als recht gelang es ihm, einen ihrer Füße zu küssen, wobei ihre unerbittlichen Finger immer noch um seine Weichteile gekrallt blieben. Erst dann ließ sie von ihm ab, und er landete krachend auf dem Boden.

»Ich danke Ihnen«, sagte sie. »Lassen Sie sich nur Zeit bei Ihrem Gespräch mit Rick.«

Petersen rappelte sich stöhnend auf. Er konnte nicht fassen, was soeben geschehen war. Wäre er in der Lage gewesen, sich umzusehen, hätte er dem Gesichtsausdruck der anderen entnehmen können, dass dies durchaus keine außergewöhnliche Vorstellung gewesen war. Matthew, der wie alle anderen in dem Großraumbüro Zeuge des Spektakels geworden war, erkannte das sofort. Peterson verzog sich leicht verkrümmt in den Waschraum, um seine Wunden zu lecken. Die Frage, die er Rick hatte stellen wollen, konnte warten. Matthew wandte sich an Saul Rosenthal.

»Was, in aller Welt, sollte das denn?«

Matthew hatte bereits Geschichten über absonderliche Verhaltensweisen aus den Achtzigern gehört, als unter der allgemeinen Woge des Reichtums und der Gier die Frischlinge unter den Händlern auf unmöglichste Weise schikaniert wurden. Aber in den Neunzigern hatte sich dies grundlegend gewandelt. Heute war man schon deshalb disziplinierter, weil die Gerichte derart diskriminierendes Verhalten unerbittlich ahndeten.

»Ein Klasseweib, nicht wahr?«, sagte Rosenthal mit anzüglichem Grinsen. »Fiona Shepperton. Eine der Seniorkräfte im Verkauf. Ein richtiges Schätzchen. Die Geschäftsleitung hat ihr bereits nahe gelegt, es sein zu lassen. Aber bisher hat sich keins ihrer Opfer offiziell beschwert, und man will sie nicht feuern, solange es nicht unbedingt sein muss. Also kommt sie damit durch.«

»Gütiger Himmel.« Instinktiv klemmte Matthew die Beine zusammen, was Rosenthal ein Kichern entlockte. »Denken Sie daran, dass sie Ricks und Alans Vorgesetzte ist. Früher oder später werden Sie sie auch kennen lernen. Aber ich versichere Ihnen, dass sie einen weichen Kern hat. Sie liebt Plüschtiere, ist reizend zu Kindern. Nur mit den Junior-Händlern hat sie ein Problem. Aber machen Sie sich keine Gedanken. Soweit ich weiß, hat sie noch niemandem dauerhaften Schaden zugefügt. Und sie ist verdammt gut in ihrem Job.«

Matthew verspürte keine große Lust, herauszufinden, wie lange der Schaden dauerte, den sie anrichtete. Aber Rosenthal hatte Recht. Wenn Fiona Shepperton für Alan und Rick verantwortlich war, kam er nicht darum herum, mit ihr zusammenzutreffen. Und wenn er diese Eierklammer schon kennen lernen musste, konnte er es genauso gut gleich hinter sich bringen.

Eine Bondkalkulation in der einen Hand, einen Block in der anderen steuerte er auf Alans und Ricks Erker zu. Shepperton saß wieder auf dem gleichen Platz wie vorher. Matthew setzte einen möglichst unbeteiligten Gesichtsausdruck auf, um sich den Anschein zu geben, er habe das kleine Zwischenspiel zuvor nicht mitbekommen. Sein Vorteil sollte auf dem Überraschungseffekt beruhen. Als er die kleine Gruppe erreichte, wandte er sich unmittelbar an Shepperton.

»Ich an Ihrer Stelle würde mich von diesen beiden Eierköpfen fern halten«, sagte er und deutete auf Alan und Rick. »Die haben sowieso keine Ahnung.«

»Ach, und Sie haben Ahnung?«, erwiderte sie, ohne zu lächeln. Selbst wenn man vorbereitet war, konnte sie einen ziemlich entmutigen.

»Na klar. Nett, Sie kennen zu lernen. Ich bin Matthew Gradley und handle im Namen von diesem Komikerduo hier mit Regierungsanleihen.«

Er streckte die Hand aus, die sie ignorierte. Auf seine Frage, ob er kurz unterbrechen dürfe, reagierte sie mit einem winzigen, unmerklichen Lächeln. Was für ein Glückstag, innerhalb von einer Stunde zwei Opfer zu finden. Ihr Blick glitt nach unten. Er hielt immer noch die Kalkulation und den Block in je einer Hand.

»Nur zu«, sagte sie und erhob sich. »Wenn Sie mir vorher die Füße küssen.«

Sie stand ihm auf dem Erkerpodest gegenüber. Matthew näherte sich ihr, bis ihre Gesichter kaum ein paar Zentimenter weit auseinander waren.

»Nein.« Matthew schüttelte den Kopf.

Sie war schnell, aber er war schneller. Ihre Hand schoss nach unten, doch Matthew ließ blitzschnell seinen Block fallen und packte ihr Handgelenk. Sie versuchte, die gefangene Hand zu befreien. Doch obgleich sie ziemlich kräftig war, hatte sie keine Chance gegen Matthew. Schließlich gab sie auf.

Matthew umklammerte ihre beiden Hände mit seiner Rechten. Dann umfasste er mit dem freien Arm die geschäftsführende Direktorin Fiona Shepperton und hob sie auf Ricks Schreibtisch. Ihre Leichtgewichtigkeit erinnerte ihn an Sophie, eine Erinnerung, die ihn wie ein schmerzhafter Pfeil durchzuckte. Rasch schob er den Gedanken beiseite.

»Wenn ich recht darüber nachdenke, finde ich die Vorstellung, Ihnen die Füße zu küssen, doch recht reizvoll.« Er deutete eine ironische Verbeugung an, hob einen ihrer Füße an seine Lippen und hauchte aus einigen Zentimetern Entfernung einen Kuss darauf. Hinter ihm ertönte Applaus. Shepperton ignorierend, wandte er sich Alan zu und unterbreitete ihm eine Idee bezüglich eines Handels. Shepperton schloss sich ihrem Gespräch mit einigen Vorschlägen an. Für jemanden, der angeblich einen Monat nicht in New York gewesen war, besaß sie eine bemerkenswerte Marktkenntnis. Alan, der mit Matthews Idee einverstanden war, stimmte zu und forderte ihn auf, ein paar Preise festzulegen. Matthew griff nach seinem Notizblock.

»Ich habe schon einige Zahlen vorbereitet.« Und dann, zu

Shepperton gewandt, fügte er hinzu: »War nett, Sie kennen zu lernen. Und danke für Ihre Vorschläge.«

»Das Vergnügen war ganz auf meiner Seite«, erwiderte sie sarkastisch.

Zwischen den Beglückwünschungen seiner Kollegen hindurch schritt Matthew zurück an seinen Schreibtisch. Seine Zeugungsfähigkeit war zwar nicht zu Schaden gekommen, aber er hatte keine Ahnung, ob er Shepperton beeindruckt oder sie sich zum Feind gemacht hatte. Das sollte er noch herausfinden.

## 3.

Lampenkabel hingen an den Masten wie die Takelage eines Schiffes. Draußen herrschte regnerische Dunkelheit. Aber unter der Segeltuchplane war es taghell. Das Trommeln des Regens wirkte wie ein anfeuerndes Stakkato.

Männer und Frauen, Kinder und Pensionäre machten sich zwischen den Möbelstücken zu schaffen, die überall auf den Sisalmatten aufgestellt waren. Eine Ladung, die in den vergangenen 48 Stunden grundiert, gestrichen, versiegelt und getrocknet worden war, wurde soeben hinausgeschafft. Selbst in dieser tristen Umgebung machte die »Bright and Brillant«-Kollektion ihrem Namen alle Ehre. Nach dem Abtransport der fertigen Stücke wurde eine neue Ladung unbehandelter Teile hereingeholt. Die Güterkarren, die eigentlich für den Transport schwerer Lasten in der Fabrik vorgesehen waren, ließen sich auf dem voll gestellten, unebenen Boden des Zeltes kaum bewegen, sodass jeweils zwei Männer ihre ganze Kraft aufbringen mussten, die leeren Plätze wieder aufzufüllen. Im Vergleich zu den soeben herausgebrachten, farbenfrohen Stücken wirkten die unbehandelten Möbel »nackt wie ein Spice Girl unter der Dusche«, um es mit Darrens bizarren Worten auszudrücken. Aber das Girl würde nicht lange nackt bleiben. Ein Grüppchen Arbeiter, die Hälfte davon Frauen, blickte den unbehandelten Möbelstücken tatendurstig entgegen. Hinter ihnen befand sich ein Tapeziertisch, auf dem eine Teekanne, jede Menge Milch, Biskuits sowie fünfunddreißig Spritzpistolen lagen, die erst einige Wochen zuvor angeschafft worden waren, aber bereits so abgenutzt wirkten wie der Helm eines Fünf-Sterne-Generals. Nachdem die Gruppe einen letzten Schluck Tee heruntergespült und sich in die Hände gespuckt hatte, luden sie die Spritzpistolen und nahmen sich die nächste Fuhre vor. Der überwiegende Teil bestand aus Tischen und Stühlen, viele davon in Kleinformat, die zur Lieferung an Vorschulen und Kindergärten bestimmt waren. Aber es waren auch Kommoden, Geschirrschränke, Anrichten, Schreibtische und dergleichen darunter.

Andrew Walters hatte Recht gehabt. Die Prozedur war ausgesprochen aufwändig. In den ersten sechsunddreißig Stunden war George wie ein aufgescheuchtes Huhn überall herumgeflattert. Jede Oberfläche musste makellos sein. Beim winzigsten Fehler – und sei es nur ein Tropfen auf der Innenseite einer Schublade – weigerte er sich, das Teil als produktionsfertig durchgehen zu lassen. Fünfunddreißig Stunden lang hatte er alle zum Wahnsinn getrieben, und es sah so aus, als ob höchstens eine Hand voll fertiger Produkte aus der Flut des Rohmaterials hervorgehen würde, die das Zelt passierte. Doch in der letzten Stunde, bevor der völlig übermüdete George von einer resoluten Val nach Hause ins Bett verfrachtet worden war, fügte sich schließlich alles zusammen. Arbeiter, die nie zuvor eine Spritzpistole gehandhabt hatten, entwickelten sich zu Experten mit diesem Gerät. Tischplatten glänzten wie Spiegeloberflächen. Keine Tropfnasen waren mehr im Inneren der Schränke und Schubladen zu sehen. Die »Bright and Brillant«-Kollektion versprach ein Renner und Kassenmagnet zu werden.

George hatte das Auftragsvolumen unterschätzt. Aber die Idee mit dem Zelt funktionierte. Das Festzelt, das er aufgetrieben hatte, war eines der größten des Landes. Es wurde gewöhnlich für Landwirtschaftsausstellungen genutzt und löste das Raumproblem auf einen Schlag. Darren und Dave hatten die Baumärkte in Leeds und Manchester durchforstet und genügend Spritzpistolen gekauft, um damit ein ganzes Schlachtschiff zu verschönern.

Auch die Einstellung zusätzlicher Arbeitskräfte war kein Problem gewesen. George hatte alle Mitarbeiter hinzugezogen, die er bei seiner Antrittsrede vor Weihnachten vorübergehend entlassen musste, und ihnen einen Handel angeboten: wenn sie rund um die Uhr für drei Pfund fünfzig die Stunde bar auf die Hand arbeiteten, würde er sie – sobald sich das Produktionsniveau normalisiert hatte – offiziell wieder einstellen oder ihnen zumindest die zustehende Abfindungssumme zahlen. Alle hatten mit Begeisterung zugestimmt.

Aber nicht nur die ursprünglich entlassenen Mitarbeiter stellten sich zur Verfügung. Sawley Bridge ist eine kleine Gemeinde, und jeder, der hier lebt, arbeitet entweder selbst für Gissings oder hat Freunde oder Verwandte, die für die Firma tätig sind. Die finanzielle Misere des Betriebes war kein Geheimnis, sondern Hauptgesprächsthema im örtlichen Pub und in den Läden, und alle eilten in Scharen herbei, um zu helfen. Mütter ließen ihre Kinder in der Obhut von Nachbarn und strömten zur Fabrik. Kinder, die nicht wussten, womit sie sich die Langeweile in den Sommerferien vertreiben sollten, schlichen um das Fabrikgelände herum, bis jemand ihre Untätigkeit bemerkte und ihnen eine Spritzpistole in die Hände drückte. Pensionäre, die von Fernsehserien und durchnässten Schrebergärten die Nase voll hatten, boten ihre Hilfe an. Selbst der Vikar tauchte eines Tages auf und verbrachte den Nachmittag damit, Firnis auf den leider noch feuchten Untergrund einiger Möbelstücke aufzutragen.

Alles in allem, schätzte Val, verfügte Gissings über einen etwa zweihundert Leute umfassenden, mobilen Stamm von Arbeitskräften. Und während Jeff Willmot, der Buchhalter, etwas über unternehmerische Versicherungspflicht, Gesundheits- und Sicherheitsvorschriften und die Verantwortung des Arbeitgebers vor sich hin murmelte, verteilte George Geld in braune Umschläge und sorgte dafür, dass an den Wochenenden stets gefüllte Bierfässer neben den Teekannen standen. Wilmot wies er an, das Geld für die Löhne als »Beratungshonorare« und die für das Bier als »Werbungskosten« zu verbuchen. Wilmot setzte ein paar umständliche Memoranden auf, die George in den Papierkorb wandern ließ, und tat ansonsten, was man ihm auftrug.

Sie schafften es, ihre Ware sogar noch vor Ablauf der Lieferfristen zu verschicken.

## 4.

Walters blickte bekümmert drein, was nichts Ungewöhnliches war. Es war Darrens und Daves todtraurige Miene, die George augenblicklich in Alarmstimmung versetzte.

»Was ist passiert?«

»Das sehen Sie sich besser selbst an«, sagte Walters. George folgte ihnen von seinem Büro zum ehemaligen Museum, das jetzt als Zwischenlager diente. Es war voll gestapelt mit Möbeln, das meiste davon aus der »Bright and Brillant«-Serie.

»Schauen Sie sich das an.«

Walters' Finger deutete auf einen »Bright and Brillant«-Kinderschreibtisch, der für eine Vorschule in Schottland vorgesehen war. Das Teil hätte schon vor Wochen ausgeliefert werden sollen, aber man hatte um eine Verschiebung des Versandtermins gebeten, weil der Direktor der Schule sich mit der

Physiklehrerin und dem Renovierungsbudget der Schule aus dem Staub gemacht hatte. Die ursprünglich spiegelglatte Schreibplatte, auf deren leuchtendem Unterton ein breites Smiley-Gesicht prangte, schlug Blasen und begann sich zu lösen, sodass das Gesicht bereits abblätterte und leicht leprös wirkte. Mit versteinerter Miene ließ George einen Fingernagel über die Oberfläche gleiten, was eine Spur von Rissen hinterließ.

»Was ist die Ursache?«

»Wir haben zwei verschiedene Versiegelungen benutzt. Das hier ist das schnell trocknende Material, mit dem wir vor etwa vier Wochen angefangen haben, um Zeit zu sparen.«

»Wie viele Teile sind betroffen?«

»Ungefähr die Hälfte von dem, was auf Lager ist, und alles ist für den Versand bestimmt. Außerdem ungefähr ein Drittel dessen, was bereits ausgeliefert wurde.«

»Welche Möglichkeiten bleiben uns?«

»Die Versiegelung abziehen. Den Anstrich, sofern nötig, ausbessern, und die qualitativ bessere Versiegelung neu auftragen.«

»Wissen wir schon, an wen die Sachen ausgeliefert wurden?«

»Wir gehen gerade die Kundenlisten durch. Heute Abend hast du sie auf dem Tisch. Sobald wir einen Überblick haben, wie viele Teile zurückkommen, versuchen wir einen neuen Produktionsplan aufzustellen.«

George nickte beklommen.

»Nehmt es nicht zu tragisch, Jungs. Es ist nicht eure Schuld. Ich war's, der euch in den Ohren gelegen hat, die Sache voranzutreiben. Ihr habt nur meine Anweisungen befolgt. Wir werden auch aus diesem Schlamassel einen Ausweg finden.«

George war selbst nicht überzeugt von seinen Worten. Sie waren bereits am Limit ihrer Produktionskapazität angelangt, und er spürte, dass der anfängliche Enthusiasmus nachließ. Die Pensionäre kehrten zurück zu ihren Flimmerkisten und Schrebergärten; Mütter und Kinder zogen wieder nach Hause. Der Gedanke, die Arbeit von vier Wochen zu erneuern und gleichzeitig die noch ausstehenden Aufträge zu erfüllen, war geradezu utopisch. Allein die Kosten würden den Profit zunichte machen, den sie durch die Messe erzielt hatten. Und wenn dieser Gewinn, den sie dank des Messezulaufs verbuchen durften, verloren war, konnten sie die ganze Sache gleich vergessen. George hatte keine Lust, sich bis in alle Ewigkeiten mit dem Darlehen herumzuschlagen und jeden einzelnen Tag, den sie überlebten, als Triumph anzusehen. Dann konnte er sich seinen Lebensunterhalt ebenso gut als Bauchtänzer verdienen. Den nötigen Körperumfang dafür besaß er ja.

Als er kurz darauf wieder sein Büro betrat, hielt Val die Hand auf die Sprechmuschel.

»Für dich, George«, flüsterte sie. »Ein Mr. Evans von Brynmawr Furnishings. Scheint ziemlich sauer zu sein.«

Georg griff nach dem Hörer.

»Mr. Evans, wie schön, dass Sie so schnell zurückrufen.«

»Ich rufe Sie nicht zurück. Sie haben mich gar nicht angerufen.«

Was natürlich stimmte. George überzeugte ihn vom Gegenteil:

»Aber gewiss doch. Ich habe Sie Anfang der Woche zu erreichen versucht und Ihnen eine Nachricht hinterlassen. Da liegt sicherlich ein Missverständnis vor. Vermutlich mein Fehler. Aber ich bin froh, dass Sie jetzt anrufen – ich muss unbedingt mit Ihnen sprechen.«

»Ah, es geht um den Anstrich, was? Deshalb rufe *ich* nämlich an. Bei mehreren Stühlen, die Sie geliefert haben, blättert die Farbe ab.«

»Ich weiß. Ich kann mich gar nicht genug für dieses Malheur entschuldigen«, sagte George. »Unser Lieferant hat uns eine neue Versiegelung aufgeschwatzt, und wie es scheint, hat man uns eine minderwertige Qualität angedreht. Ich fürchte, dass nicht nur die Stühle betroffen sind. Der gesamte Posten ist in Mitleidenschaft gezogen. Ich habe angerufen, um Ihnen vorzuschlagen, die ganze Lieferung zurückzuschicken – auf unsere Kosten selbstverständlich. Wie werden die Teile neu überarbeiten und umgehend an Sie zurückschicken. Darüber hinaus erhalten Sie auf Ihren nächsten Auftrag einen zehnprozentigen Preisnachlass, als Entschuldigung sozusagen, und die Garantie, dass so etwas nicht wieder vorkommt.«

»Nun, das nenne ich ein faires Angebot.« Evans war auf eine hitzige Diskussion eingestellt gewesen. Jetzt, da George ihm sozusagen auf dem Silbertablett servierte, was er zu fordern im Begriff gewesen war, wusste er nicht recht, wie er reagieren sollte. »Aber lassen Sie mich ja nicht hängen, klar?«

»Selbstverständlich nicht. Ihre Sendung hat absolute Priorität, wenn sie hier eintrifft. Wir schicken Ihnen die Teile so schnell wie möglich zurück.« George vermutete ganz richtig, dass Evans einen Sündenbock für seinen Unmut suchte und lieferte ihm einen. »Dafür können wir uns bei dem Lieferanten für die Versiegelung bedanken. Diese Leute versprechen einem das Blaue vom Himmel, und wenn das Produkt nicht hält, was sie versprochen haben, sind sie nirgends greifbar. Da fragt man sich, wie man als Kleinunternehmer in diesem Land noch überleben soll.«

Damit traf er bei Evans genau ins Schwarze. Dieser hegte nämlich seinen eigenen Groll darüber, wie man kleinere Betriebe in Großbritannien behandelte. Als George zwanzig Minuten später den Hörer auflegte, klingelten ihm die Ohren von Evans' Verwünschungen gegen die Regierung, Europa und die Welt an sich. Aber er hatte ihm die Beteuerung entlockt, sich keinen anderen Lieferanten zu suchen, und war ermuntert worden, sich so viel Zeit mit der Überarbeitung der Lieferung zu nehmen, wie nötig sei.

Nummer eins von neunundvierzig, die ihm noch bevorstanden, dachte George. Aber zuerst musste er einen anderen Anruf tätigen, den einen, von dem alles abhing.

Er wählte David Ballards Nummer, den er – wie sollte es anders sein – in seinem Auto erreichte. George fragte sich, ob Ballards Versicherungsgesellschaft sich darüber im Klaren war, dass ihr Kunde die Angewohnheit hatte, auf den kurvigen Straßen Yorkshires bei siebzig Meilen die Stunde zu telefonieren und dabei die Landschaft zu betrachten.

»David? Ich bin's, George Gradley.«

»George? Mann, ich hätte Sie fast nicht erkannt. Sie sollten sich mal hören – tiefster Yorkshire-Dialekt«

»Nun, ich bin in Yorkshire geboren und aufgewachsen, was erwarten Sie denn?«

»Einen ganzjährig gebräunten ehemaligen Eton-Absolventen, Giorgio-Armani-Gecken, Designer-Schickimicki, wenn Sie es unbedingt wissen wollen. Aber so, wie es jetzt ist, gefällt es mir entschieden besser.«

Eine eigentümliche Art, Komplimente zu machen. Doch George trug es mit Fassung.

»Nun, ich hatte zwar nicht angerufen, um mir Ihr Urteil über meine charakterlichen Fortschritte anzuhören, aber trotzdem danke. Ich muss mit Ihnen reden.«

»Bleiben Sie dran.« Es folgte eine kurze Pause. George vernahm ein lang gezogenes Quietschen am anderen Ende der Leitung. »'tschuldigung, fast hätte mich der verdammte Lkw in der Kurve erwischt. Keine Rücksicht auf andere Fahrer, diese Kerle. Was sagten Sie?«

»Gehen Sie auf Unterschallgeschwindigkeit, und hören Sie mir zu. Wir sind nicht in der Lage, Ihnen das Darlehen zurückzuzahlen. Wir sind am Ende.«

Eine Weile herrschte Schweigen am anderen Ende der Leitung. George fragte sich schon, ob die Verbindung abgebrochen sei.

»Okay«, war Ballard dann wieder zu vernehmen. Jetzt

klang seine Stimme schon etwas ernster. »Ich habe angehalten, und sämtliche lahmen Enten dieses Landes nutzen die Gelegenheit, an mir vorbeizuziehen. Also treiben Sie keine Scherze mit mir. Wie war das?«

George wiederholte seine Worte und erklärte Ballard die Situation.

»Ich verstehe immer noch nicht ganz«, erwiderte dieser. »Nehmen wir im schlimmsten Fall an, dass Sie dieses Jahr keinen Penny Profit machen. Aber solange die Firma wieder Aufwind hat, gibt es doch immer noch nächstes Jahr, oder das Jahr darauf.«

»Ja, aber so lange will ich nicht warten. Und ohne mich gebe ich dem Laden, offen gesagt, keine Chance mehr.«

»Und warum erzählen Sie mir das? Wollen Sie, dass ich sofort auf der Rückzahlung bestehe, damit Ihr Elend sich verkürzt?«

»Nun, es gäbe da noch eine Sache, die Sie für mich tun könnten.«

George erklärte seine Idee in wenigen Sätzen. Ballard hörte schweigend zu. Hin und wieder warf er eine Frage ein, die George kurz und präzise beantwortete. Schließlich ging Ballard auf Georges Vorschlag ein.

»Ich habe in ein paar Tagen sowieso einen Termin mit diesen Leuten. Die Firma gehört zu meinen wichtigsten Kunden. Aber die sind knallhart, also machen Sie sich keine zu großen Hoffnungen.«

»Aber Sie werden es versuchen«, erwiderte George. Es war keine Frage, sondern eine Feststellung. »Das ist großartig. Und vergessen Sie nicht, David, ich habe bloß ein Pfund in diese Firma investiert, Sie eine halbe Million.«

5.

Zum Teufel noch mal, Zack, du hast sie seit über einem Monat nicht besucht. Deine Mutter hatte einen Nervenzusammenbruch, aber du bist nie da.«

»Ich arbeite ziemlich hart, Josie. Ich schlafe durchschnittlich fünf Stunden pro Nacht, und habe weiß Gott keine Zeit.«

»Was ist wichtiger? In der City of London den Banker zu mimen oder dich um deine Mutter zu kümmern? Du solltest mal ein paar Prioritäten setzen.«

»Meine Prioritäten sind ebenso klar wie die von Matthew und George. Wir reißen uns den Arsch auf, um das Vermögen zu retten. Wenn wir es geschafft haben, wird sich sowieso alles ändern. Also red mir keine Schuldgefühle ein.«

»Matthew ist in New York, George in Yorkshire. Matthew ruft jedes Wochenende an, und George kommt jedes zweite oder dritte Wochenende vorbei. George ist arm wie eine Kirchenmaus, aber er schickt mir jeden Monat Geld – mehr, als er sich eigentlich leisten kann. Du dagegen lebst nur ein paar Meilen entfernt und kassierst ein fettes Bankergehalt, lässt dich aber nie blicken, geschweige denn, dass du mal ein paar Pfund springen lässt.«

Zack setzte zum Protest an. Selbstverständlich liebte er seine Schwester und seine Mutter, jedenfalls ebenso sehr wie jedermann sonst, ausgenommen sich selbst. Aber diese drei Jahre waren nun mal kritisch. Sich mit Leidensmiene und einem Päckchen Taschentücher in Kilburn herumzudrücken, würde niemandem helfen. Nicht, wenn dabei dreißig oder vierzig Millionen Pfund, die eigentlich ihnen zustanden, irgendeinem dämlichen Kinderheim zugute kämen.

»Schau, Josie ...«, begann er, doch seine Schwester hatte bereits den Hörer auf die Gabel geknallt. »Danke, ich liebe dich auch«, sagte er genervt in die tote Leitung.

Mochte Josie denken, was sie wollte – Zack hatte nicht gelogen, als er behauptete, sehr beschäftigt zu sein. Einzig Sarah sah er so oft wie möglich, was aber auch nicht allzu oft war. Er war noch ein paar Mal in Ovenden House gewesen, und beim letzten Mal war es ihm sogar gelungen, sich im Sattel zu halten, als das Pferd über eine der von Sarah aufgebauten Hürden setzte, wenn auch auf der niedrigsten Stufe. Trotzdem hatte sie ihn ausgelacht und gespottet, aus ihm würde nie ein anständiger Reiter. Immerhin war Lord Hatherleigh der Meinung, er habe das Zeug zu einem exzellenten Fliegenfischer. Zack begehrte Sarah nach wie vor mit brennender Intensität, während sie offensichtlich immun gegen seine Begierde und sein heftiges Verlangen war.

Inzwischen hatte er für Amy Mazowiecki drei Energiegeschäfte erfolgreich abgeschlossen und der Bank dadurch fünfeinhalb Millionen Dollar erwirtschaftet. Jetzt brauchte er nur noch eine weitere halbe Million aufzutreiben, um das jährliche Soll eines Vice President zu erfüllen. Mazowiecki war sehr zufrieden mit ihm und schanzte ihm einträgliche Geschäfte zu. Er würde die sechs Millionen leicht zusammenbekommen.

Aber Zack war nicht nur daran interessiert, sechs Millionen einzubringen. Er wollte Partner werden, und dafür brauchte er den ganz großen Treffer. Von Mazowiecki wusste er, dass die normale Hürde bei fünfunddreißig Millionen lag, aber das galt für Leute, die sich in der Bank bereits einen Namen gemacht hatten. Wenn Zack es innerhalb der nächsten dreiundzwanzig Monate zum Partner bringen wollte, musste er diese Grenze sprengen. Er hatte sich vorgenommen, siebzig Millionen herbeizuschaffen. Dann konnten sie ihn nicht ablehnen.

Dieser Gedankengang führte ihn immer zum gleichen Ziel: zwei Namen, die an die Pinnwand über seinem Schreibtisch geheftet waren. Er verdrängte Josie aus seinen Gedanken und machte sich wieder an die Arbeit.

## 6.

Matthew füllte sein letztes Handelsticket aus. Er vergewisserte sich noch einmal, dass es gut zu entziffern war, denn jede Schlampigkeit bei der Festsetzung eines Handels konnte die Bank ein paar Riesen kosten. Was für ein Tag! Und was für eine Woche erst! Der Markt hatte fünf Tage lang verrückt gespielt, um dann auf dem gleichen Niveau zu schließen, wie er Anfang der Woche eröffnet hatte. Trotz der schwachen Nachfrage hatte Matthew in dieser Woche mehr Abschlüsse getätigt als in den vorhergehenden, dennoch lag er immer noch mit 20 800 Dollar hinten. Typische Auguststimmung, kommentierte Rosenthal die Lage.

Er räumte seinen Schreibtisch auf, griff nach seinem Jackett und schickte sich an, nach Hause zu gehen.

»Kommt ihr noch mit auf ein Bier, Jungs?«, fragte er, als er an Ricks und Alans Erker vorbeikam. »Ich gebe einen aus.«

Die beiden waren noch mit diversen Computerausdrucken beschäftigt. Alan stand wie üblich der Schweiß auf der Stirn, und aus seinem Papierkorb quollen leere Junk-Food-Verpackungen. Sein Papierkorb sah zwar meistens chaotisch aus, quoll aber in der Regel nicht über. Offenbar hatte auch Alan eine harte Woche hinter sich. Rick wischte sich mit dem Ärmel übers Gesicht. Es sah aus, als wolle er sich eine Haarsträhne aus der Stirn wischen, nur dass er gar keine Haare mehr hatte. Vielleicht polierte er sich auch nur die Stirn.

»Du willst also bezahlen? Hast wohl 'nen Treffer gelandet, was? Komm, erzähl mir nicht, du hättest 'ne gute Woche hinter dir, wir haben deine Tickets gesehen. Tut mir leid, Junge, aber wir haben noch mindestens eine Stunde zu tun.«

Rick nickte bloß. Auch nach längerer Bekanntschaft war er nicht gesprächiger geworden. Matthew war enttäuscht. Während des Übungsseminars hatte seine Freizeit sich auf das Büffeln und auf Sophie beschränkt. Er besaß keine Freunde in

New York und tat sich schwer, welche zu finden. Er vermisste Sophie noch zu sehr, als dass er ernsthaft versucht hätte, sich anderen Frauen zu nähern, womit die einzige Art sozialer Kommunikation, die ihm vertraut war, automatisch ausfiel.

Scott Petersen verließ den Raum zusammen mit einem lärmenden Pulk vorwiegend weiblicher Kollegen. Offensichtlich hatte er sich wieder erholt.

»Schönes Wochenende allerseits«, rief er.

Matthew und Alan erwiderten etwas, während Rick sich aufs Nicken beschränkte. Die Börsenetage – der einzige Ort, an dem Matthew sich heimisch fühlte –, leerte sich allmählich. Matthews Stimmung sank.

Eine Bewegung hinter Alan und Rick signalisierte Matthew, dass sich noch jemand in dem Erker aufhielt. Fiona Shepperton, die hinten am Fenster sitzend ein paar Dokumente durchgelesen hatte, erhob sich und händigte Rick die Unterlagen aus.

»Habe ich das richtig verstanden, Sie wollen mich zu einem Drink einladen?«, fragte sie.

»Gewiss. Wenn Sie Lust haben.«

»Heute habe ich schon etwas vor. Aber morgen wäre ich frei.«

»Einverstanden«, erwiderte Matthew, der dieser Tage jeden Abend frei war. »Wohin möchten Sie? Bestimmen Sie den Treffpunkt.«

Eine Verabredung mit der Eierklammer war nicht gerade das, was Matthew sich unter einem vergnügten Abend vorstellte, aber immer noch besser, als allein vor einer Lasagne aus der Mikrowelle zu hocken.

»Ich überlege mir was und rufe Sie morgen um die Mittagszeit an.«

Matthew stimmte zu und machte sich trübselig auf den Heimweg.

## 7.

David Ballard studierte die Zahlen, die vor ihm lagen und zugegebenermaßen beeindruckend waren. Seinem Kommentar war dies allerdings keineswegs zu entnehmen.

»Ihre Umsatzrendite scheint ein wenig unter Druck zu geraten, wie ich sehe. Und wie erklären Sie den Rückgang beim Absatz der Wohnmöbel?«

Mike und Eileen Asperton, geschäftsführender Direktor und Vorsitzende von Asperton Holdings starrten David befremdet an. Die beiden waren seit fünfundzwanzig Jahren verheiratet und ähnelten einander wie zwei Erbsen; sie waren ebenso rund und klein. So wie Mike Asperton nirgends ohne die obligatorische Zigarre zwischen den Lippen in Erscheinung trat, war es unvorstellbar, sich seine Frau ohne das Taschentuch vorzustellen, mit dem sie hüstelnd unermüdlich den Qualm fortwedelte. Die beiden waren weithin bekannt für diese Zwei-Mann-Show und ihren geschäftlichen Erfolg. Ihr Unternehmen florierte seit zweieinhalb Jahrzehnten. David Ballard bewunderte die Geschäftstüchtigkeit der beiden, er hatte mit Krediten und Ratschlägen zu ihrem Erfolg beigetragen. Umso schwerer war für die beiden seine plötzliche Skepsis zu begreifen.

»Unter Druck? Unsere Verkaufszahlen sind um fünfunddreißig Prozent gestiegen«, erwiderte Mike Asperton, »und unsere Gewinnspanne ist lediglich um eins Komma drei Prozent gefallen. Offen gesagt, sind wir hochzufrieden mit diesem Ergebnis. Und wenn wir es ein bisschen langsamer angehen, werden die Gewinne auch wieder steigen. Und was den Wohnmöbelbereich angeht, nun – Sie wissen doch, dass wir uns auf Büroeinrichtungen und kleinere Industriedesigns konzentrieren wollten, da dort unserer Meinung nach unsere Stärke liegt.«

Ballard blickte zweifelnd drein.

»Hmmm. Ich gebe zu, dass die Zahlen unter dem Strich nicht schlecht aussehen. Was mir Sorgen bereitet, ist, wie Sie es dahin gebracht haben. Die Gewinnspanne schrumpft, obwohl der Umsatz steigt. Das sieht mir arg nach einer drohenden Cash-Flow-Krise aus.«

Eileen Asperton, die von den beiden die schärfere Zunge besaß, war verärgert. »David, Sie wissen sehr gut, dass wir noch nie ein Cash-Flow-Problem hatten. Unser Budgetierungssystem ist hervorragend, und wir sind dabei, unsere Kostenberechnungen noch zu verbessern.« Ihr Gatte schwenkte seine Zigarre, um ihren Worten Nachdruck zu verleihen.

Ballard hob die Augenbrauen. »Wollen Sie damit sagen«, fragte er und tippte dabei auf den Stapel Unterlagen auf seinem Schoß, »dass diese Kostenberechnungen nur vorläufig sind?«

»Nein, sie sind durchaus nicht vorläufig«, erwiderte Eileen kühl, aber höflich. »Wir wollen sie lediglich noch ein wenig straffen. Sie kennen doch unseren Standard.«

Ballard runzelte die Stirn. Die Aspertons hatten um ein Darlehen über fünf Millionen Pfund ersucht, um ihre Produktionskapazität zu verdoppeln, ein Schritt, zu dem er sie schon seit einiger Zeit ermunterte. Dadurch würden sie zu einer der größten Möbelmanufakturen des Landes werden, und Ballard zweifelte nicht, dass sie Erfolg haben würden. Unter normalen Umständen hätte er dem Darlehen ohne zu zögern zugestimmt, aber heute waren seine Beweggründe ein wenig komplizierter.

»Wie lange würde es ungefähr dauern, bis Sie endgültige Zahlen vorlegen können?«

»David, diese Zahlen sind endgültig. Es ist nur so, dass wir ständig an Verbesserungen arbeiten. Das gehört zu unserer Geschäftsphilosophie.«

»Nun, vielleicht sollten wir abwarten, bis Sie in sechs Monaten die Halbjahresbilanz vorliegen haben. Dann werden wir sehen, ob Sie bezüglich der Gewinnspanne Recht haben, oder ob meine Vorsicht angebracht war. Um ehrlich zu sein, ich würde es schon riskieren, aber ich brauche die Genehmigung meiner Vorgesetzten. Kreditausschüsse und das alles, Sie wissen schon.«

»Mein Gott, guter Mann«, rief Asperton. »Wir wollen das Geld jetzt. Was ist, wenn Sie in einem halben Jahr noch mal bis Januar warten wollen?« Seine Zigarre schrumpfte unter seinem hektischen Paffen, und die wedelnde Hand seiner Gattin legte an Tempo zu. Ballard behielt seine beiden Opfer sorgfältig im Auge, während er vorgab, die Zahlen noch einmal zu studieren.

»Ich sehe gerade, dass die Einnahmen aus der Lackiererei extrem gefallen sind. Was geht denn da vor sich?«

»Ach, eine Zeit lang haben wir unsere Einrichtungen anderen Betrieben überlassen, um unsere immensen Verbindlichkeiten schneller abzubauen. Aber das haben wir wieder aufgegeben, weil es nicht viel einbrachte und wir nicht erpicht darauf sind, der Konkurrenz zu helfen.«

»Hm.« Ballard grunzte. »Das hilft uns natürlich auch nicht weiter. Mein Kreditausschuss tendiert dazu, so etwas als übertriebene Gutgläubigkeit zu bewerten. Um ehrlich zu sein, der Zeitpunkt ist ein wenig ungünstig. Letzte Woche erhielt ich einen Anruf von einem Ihrer Konkurrenten. Er steht kurz davor, das Handtuch zu werfen und Konkurs anzumelden. Und Sie wissen ja, wie diese Ausschüsse sind. Wenn ich denen erzähle, dass eines unserer Darlehen an eine Möbelfabrik sich soeben in Rauch aufgelöst hat und ihnen dann vorschlage, einem anderen Unternehmen der gleichen Branche fünf Millionen zu gewähren, werde ich höchstwahrscheinlich auf Unverständnis stoßen. Deshalb halte ich es für besser, noch etwas zu warten.«

»Nun, wir können aber nicht warten, bis Ihr Ausschuss den Verlust verschmerzt hat«, sagte Asperton. »Sie sind nicht die einzige Bank in der Stadt.« Die Spitze seiner Zigarre ragte ausnahmsweise einmal reglos in der Luft, während er Ballard nicht aus den Augen ließ. Auch seine Gattin hatte ihr Taschentuch zusammengefaltet und das übliche Hintergrundhüsteln eingestellt. Scheinbar resigniert hob Ballard die Hände.

»Da haben Sie wahrscheinlich Recht. Vermutlich sollte ich das nicht einmal sagen, denn wir wollen ja mit Ihnen im Geschäft bleiben. Nur ist es im Augenblick leider so, dass Sie es eilig und ich ein Problem habe. Aber ... nun ja, es liegt bei Ihnen.«

Eileen Asperton war nicht der Typ, der sich mit halb angefangenen Sätzen abspeisen ließ. »Was meinen Sie mit aber? Aber was?«

Ballard zögerte.

»Sehen Sie, die Tatsache, dass es heutzutage jede Menge Banken gibt, bedeutet noch lange nicht, dass unter diesen Banken uneingeschränkte Konkurrenz herrscht. Nur wenige Banken gewähren diese Art von Darlehen, und nur eine Hand voll Leute in diesen Banken befassen sich damit. Ich kenne diese Leute, und sie kennen mich. Wenn Sie jetzt losziehen und die freundliche Bank in Ihrer Nachbarschaft bitten, Ihnen einen Kredit über ein paar Millionen zu gewähren, wird es nicht lange dauern, bis bei mir das Telefon klingelt und man mich fragt, ob ich Sie bereits abgewiesen habe. Und wenn ich bestätige, dass dies der Fall war, werden Sie eine Menge freundlichen Schwachsinn zu hören kriegen, aber kein Darlehen bekommen.«

»Dann wird es also unser kleines Geheimnis bleiben, David.« Allen dreien war bewusst, dass die Worte, von Eileen Asperton wie eine Behauptung formuliert, in Wirklichkeit eine Frage waren.

»Ich würde einen anderen Banker niemals anlügen, Eileen. Unser seriöses Bankwesen hier oben verdanken wir der Tatsache, dass wir einander helfen. Hat einer von uns in einem Unternehmen, das in Schwierigkeiten steckt, ein Darlehen offen stehen, setzen wir uns zusammen und beraten gemeinsam, was zu tun ist. Meistens stimmen wir darin überein, das Unternehmen zu retten. Das wäre nicht möglich, wenn man befürchten müsste, dass der andere die Beine in die Hand nimmt, das Weite sucht und einen bis zum Hals im Schlamassel zurücklässt, wenn Sie verstehen, was ich meine.«

»Wollen Sie mir drohen?«, polterte Mike Asperton und übertönte den Protest seiner Gattin. »Wollen Sie mir allen Ernstes erzählen, dass ich sechs Monate stillhalten soll, bis Sie mir gnädigerweise das Darlehen gewähren, oder andernfalls dafür sorgen, dass keine Bank in Yorkshire mir einen Penny leiht?«

»Ich drohe Ihnen durchaus nicht, Mike. Wenn Sie nicht warten wollen, gehen Sie meinetwegen woanders hin. Ich halte Sie nicht davon ab. Ich habe lediglich gesagt, dass ich einen Kollegen nicht belügen werde.«

Asperton saß reglos auf seinem Stuhl und musterte Ballard prüfend. Plötzlich bemerkte er, dass seine Zigarre erloschen war und warf sie mit einer aufgebrachten Handbewegung fort. Er zog eine neue hervor, zündete sie an und paffte hektisch, bis sich ein Zentimeter Asche vor der glühenden Spitze gebildet hatte. Erst dann entspannte er sich, wie ein Patient unter der Sauerstoffmaske, während Eileen wieder anfing zu husten und in der Luft herumzuwedeln.

»Was ist das für ein Unternehmen, das kurz vor dem Bankrott steht?«, fragte sie, scheinbar das Thema wechselnd.

Ballard lachte. »Das darf ich Ihnen aber nun wirklich nicht verraten.«

»Es handelt sich um Gissings, stimmt's?«

Ballard zögerte scheinbar, aber dann zuckte er mit den Schultern. »Woher wissen Sie das?«

»Die warten doch schon seit Jahren, dass das Dach über ihnen einstürzt. Es gab einen Artikel in *Furniture Today*, dass sie wieder auf dem aufsteigenden Ast sind, aber das war bloß Schönfärberei. Erst vor kurzem haben sie darum ersucht, unsere Lackiererei nutzen zu dürfen. Als wir ablehnten, haben sie sich furchtbar aufgeregt, und dann haben wir nichts mehr von ihnen gehört. Und jetzt sind sie also am Ende?«

»Ja. Es war die Lackiererei, die ihnen den Todesstoß versetzt hat. Sie konnten ihren Lieferverpflichtungen nicht mehr nachkommen, und – pffft.«

Eileen Asperton lehnte sich vor. Sie witterte einen Sieg.

»Haben sie gesagt, ob das Konkursverfahren bereits eingeleitet wurde?«

»Nein. Man wollte mich nur höflicherweise wissen lassen, dass es kurz bevorsteht.«

Mike Asperton merkte, worauf seine Frau hinauswollte und nahm den Gedanken enthusiastisch auf.

»Und wenn wir ihnen gestatten, unsere Lackiererei zu benutzen? Nur so lange, bis unser Darlehen bewilligt ist. Sobald wir grünes Licht für das Darlehen haben, ziehen wir Gissings die Krücken wieder weg. Ihr Kreditausschuss wird zwar toben, aber dann ist es zu spät, stimmt's? Und Sie können ihnen sagen, dass wir mit den Einnahmen aus der Lackiererei unsere Gewinnspanne dem Niveau vom letzten Jahr angeglichen haben. Was meinen Sie dazu?«

Aspertons Eifer war noch größer als seine Zigarre. Er war ein cleverer Geschäftsmann, aber ein miserabler Pokerspieler.

Ballard lächelte. »Sie beide sind wirklich zwei harte Nüsse. Aber okay, abgemacht. Nur eins noch.«

»Ja?«

»Ich weiß, dass Sie es kaum erwarten können, dass Gissings Pleite geht, aber ich habe denen einen mächtigen Batzen Geld geliehen. Überlassen Sie ihnen die Lackiererei für sechs Monate. Das wird sie nicht retten, aber ihr Leben verlängern und mir ein paar Zinsen mehr einbringen.«

Die Aspertons blickten zweifelnd. »Wer garantiert uns, dass sechs Monate nicht die Rettungsleine für sie bedeuten?«, wandte Eileen ein, die Vorsichtigere von beiden. »Es liegt nicht in unserem Interesse, Konkurrenten zu stützen. Immerhin haben sie einen neuen Mann im Unternehmen, Bernard Gradleys Sohn. Wie wir gehört haben, geht dort einiges vor.«

»Das stimmt. Aber der macht bloß ein bisschen Wirbel. Hat ein paar Stellen gestrichen und die Löhne gekappt. Die Belegschaft ist begeistert, weil die Leute denken, wenn sie die Quälerei ein paar Monate mitmachen, wendet sich bald alles zum Guten. Aber was glauben Sie, wie lange die das mitmachen? Und was, wenn ihre Geduld zu Ende geht?« Die Aspertons schwiegen. Ballard spürte, dass sein Publikum noch nicht ganz überzeugt war. Er zog seine letzte Trumpfkarte aus dem Ärmel. »Soll ich Ihnen ein Geheimnis verraten? Was glauben Sie, wie viel Gissings meiner Bank schuldet?«

Mike Asperton grinste. »Wie viel? Na ja, das sind ja eher kleine Fische. Angenommen, Sie haben denen das Geld geliehen, als sie ganz oben waren, dann haben sie, wenn sie Glück hatten, zweihunderttausend gekriegt. Und wenn sie immer noch den ganzen Betrag schulden, dann sind sie mausetot. Okay. Also, ich sage zweihunderttausend.«

»Mehr.«

»Mehr? Tatsächlich? Zweihundertfünfzigtausend? Dreihunderttausend? Nein, so viel bestimmt nicht.«

»Fünfhunderttausend.«

In Aspertons Gesicht arbeitete es. Dann konnte er nicht mehr an sich halten. »Eine halbe Million! Du lieber Himmel!« Er wollte sich schier ausschütten vor Lachen. Seine Frau lächelte zuerst und kicherte dann. Beide bebten vor Heiterkeit, und ihre Gesichter liefen rot an. Asperton war regelrecht außer sich. »Sie haben denen tatsächlich so viel Geld geliehen? Sie täten besser daran, Dinosauriern Lebensversicherungen anzudrehen. Hahaha. Herrgott! Kein Wunder, David, dass Ihr Ausschuss die Hosen voll hat. Du liebe Zeit! Und ich dachte immer, Sie wären gut in Ihrem Job. Hahaha! Eine halbe Million! Wenn ich das dem Vorstand erzähle. Hihi!«

»Das war eine vertrauliche Information, Mike. Behalten Sie sie bitte für sich.«

»Ja, ja. Natürlich. Keine Bange.«

Mike Asperton vermochte sich kaum zu beruhigen, und auch seine Gattin wurde immer wieder von Lachanfällen geschüttelt. Bis zur nächsten Vorstandssitzung würde Asperton die zugesicherte Diskretion gänzlich vergessen haben, und David Ballard sah im Geiste bereits die Mitglieder des Asperton-Vorstands versammelt, wie sie angesichts des Verhängnisses, das über dem Laden des alten Gissing schwebte, vor Lachen unter dem Tisch lagen.

»Okay ... hahaha. Sollen sie die Lackiererei ruhig sechs Monate benutzen, von mir aus sogar zwölf, wenn's sein muss. Sie werden ... hähähä ... werden allerdings im Voraus bezahlen müssen.« Asperton krümmte sich vor Lachen über seinen eigenen Scherz.

Nachdem seine Heiterkeit endlich verebbt war, explodierten seine überstrapazierten Lungen förmlich in einem Hustenanfall. Aber er erholte sich rasch und zündete sich eine neue Zigarre an, während seine Gattin sich ebenfalls genug gefasst hatte, um ihr gewohntes Hüsteln und Wedeln wieder aufzunehmen. Mike Asperton schwenkte seine Zigarre. »Meine Medizin, wissen Sie«, erklärte er Ballard. »Gegen diesen entsetzlichen Husten. Das Einzige, was meine Lungen beruhigt.«

Die verbleibenden Einzelheiten waren rasch geklärt. Mike Asperton würde Gissings ein telefonisches Angebot für die Nutzung der Lackiererei für zwölf Monate machen, zahlbar monatlich im Voraus. Wenn Ballard die Bestätigung von Asperton und Gissings erhielt, dass der Deal abgeschlossen war, würde er dem hiesigen Kreditausschuss den Darlehensantrag Aspertons in spätestens vierzehn Tagen vorlegen. Wenn alles so lief wie erwartet, konnte Asperton in drei Wochen über das Geld verfügen.

Auf der Heimfahrt wurde Ballard während eines seiner haarsträubenden Überholmanöver bei Hochgeschwindigkeit auf engster Straße vom Piepsen seines Autotelefons unterbrochen. Es war George.

»Keine Ahnung, wie Sie das fertig gebracht haben, David, aber Sie haben ein Wunder vollbracht. Vielen Dank. Jetzt legen Sie schleunigst wieder beide Hände aufs Lenkrad und heften Ihre Augen auf die Straße. Wenn Sie es schaffen, heil hier einzutreffen, spendiere ich Ihnen einen Drink.«

## 8.

Punkt zwölf Uhr klingelte das Telefon. Es war Fiona Shepperton.

»Hallo. Es ist alles arrangiert. In zehn Minuten hole ich Sie ab.«

Matthew war ein wenig verdutzt. Er war davon ausgegangen, dass sie sich zum Abendessen treffen würden. Aber egal. Wenn er jetzt genug trank, würde der Abend mit Tiefkühllasagne, einem alten Film und dem Versuch, nicht an Sophie zu denken, vielleicht erträglicher ausfallen. Er fuhr sich mit dem Kamm durchs Haar und überlegte, ob er After-shave auftragen sollte. Dann musste er über sich selber lachen. Das war kein Rendezvous, sondern ein Treffen mit der Eierklammer. Zehn Minuten später summte die Gegensprechanlage, und Matthew fuhr mit dem Aufzug nach unten.

Fiona erwartete ihn im Taxi. Sie trug ein kurzes, pastellfarbenes Sommerkleid und einen Leinenblazer. Ihr langes Haar, das Matthew aus dem Büro nur streng nach hinten gebunden kannte, fiel in glänzenden Locken über ihre Schultern. Sie wirkte verblüffend weiblich, und Matthew, der nicht damit gerechnet hatte, die Eierklammer attraktiv zu finden, ertappte sich dabei, wie er sie bewundernd musterte. Er stieg in den Wagen. Der typische, undefinierbare Geruch, der New Yorker Taxis eigen ist, wurde von einem frischen, sauberen Parfümhauch überlagert. Matthew wäre es nicht in den Sinn gekommen, dass Shepperton zu den Frauen gehörte, die Parfüm benutzten, aber es gefiel ihm. Mit quietschenden Reifen und den obligatorischen Verwünschungen reihte der Fahrer sich in den Verkehrsstrom ein.

»Haben Sie Ihren Pass dabei?«, erkundigte sich Shepperton.

»Klar. In dieser Stadt bekommt man ja ohne Pass nichts zu trinken.« Matthew klopfte auf seine Jackentasche. Mit dem zerzausten blonden Haar und den weit aufgerissenen Augen eines Kindes wirkte er jünger als er war, und er hatte sich schon an die skeptischen Fragen der New Yorker Barkeeper gewöhnt. »Wohin fahren wir?«

»Es heißt Paradise Island. Wird Ihnen gefallen. Eine Mischung aus Kolonialstil und Karibik.«

»Na, dann sind Sie ja genau richtig angezogen.« In der Tat wirkte ihr Outfit leicht und lässig. Matthew war zwar ebenfalls dem drückenden New Yorker Wetter entsprechend gekleidet, hatte aber einen etwas förmlicheren Look gewählt: Jackett, Bügelfaltenhose, schwarze Schuhe, gestärktes Baumwollhemd. Er hatte sogar eine Krawatte eingesteckt. Während der Wagen sich langsam aus der Stadt in Richtung Long Island kämpfte, unterhielten sie sich über dieses und jenes. Fiona Shepperton trug keinen Ehering und erweckte nicht den Eindruck, als ob sie vergeben sei. Ihr Äußeres war attraktiv genug, Matthews Geschmack zu treffen und sein Verlangen zu entfachen. Aber Matthew war eher verunsichert als fasziniert. Zum einen vermisste er Sophie noch immer und bedauerte, was er ihr angetan hatte, zum anderen war Fiona Shepperton eine der ranghöchsten Mitarbeiterinnen in der Hierarchie von Madison. Und nicht zuletzt schlug er bei der Erinnerung an ihr erstes Zusammentreffen immer noch instinktiv die Beine übereinander. Ein Annäherungsversuch erschien ihm kein taktisch kluger Zug im Bestreben um seine Karriere.

Das Taxi folgte der Beschilderung zum Kennedy Airport. Matthew nahm an, sie wären auf dem Weg nach Long Beach oder einem Ziel irgendwo hinter dem Flughafen. Doch als der Fahrer sich direkt in die Spur zu den Terminals einreihte, wunderte er sich doch.

»Fiona, halten Sie den Typen für einen Autopiloten? Sie haben ihn wohl auf schnurstracks geradeaus eingestellt?«

Sie schüttelte den Kopf.

»Nein, nein. Ist schon in Ordnung.« Sie beugte sich vor und wies den Fahrer durch die verschmierte Trennscheibe an: »Zum American Airlines Terminal, bitte.« Zu Matthew gewandt fügte sie hinzu: »Paradise Island liegt ein Stückchen außerhalb von Kingston. Dort gibt es wunderbare Cocktails und einen herrlichen Ausblick aufs Meer. Ich bin sicher, es wird Ihnen gefallen.«

»Was Sie nicht sagen. Kingston, Jamaica, was?«, fragte Matthew, obwohl er die Antwort schon kannte.

Im Abfertigungsgebäude wies Fiona Shepperton ihn darauf hin, dass die Tickets bereits reserviert, aber noch nicht bezahlt seien und trat höflich beiseite, während Matthew seine Brieftasche zückte. Selbstverständlich hatte sie zwei Plätze in der Business Class gebucht. Matthew zuckte zusammen, als er den Tarif hörte, unterschrieb aber, ohne mit der Wimper zu zucken. Selbst Schuld, schließlich war es seine Einladung, da er sich bereit erklärt hatte, zu zahlen. Er mochte die erste Runde gegen Fiona Shepperton gewonnen haben, die zweite ging eindeutig an sie. Jetzt blieb ihm nichts anderes übrig, als Gleichmut vorzutäuschen.

»Sind Sie sicher, dass Sie heute Abend noch zurückfliegen wollen?«, fragte er. »Es wäre doch ein Jammer, viereinhalb Stunden nur für einen Drink zurückzulegen. Gestatten Sie, dass ich Sie auch zum Abendessen einlade.«

Sie schenkte ihm ein strahlendes Lächeln, als wäre ihr dieser Gedanke selbst nie gekommen.

»Was für eine reizende Idee. Dann müssten wir allerdings über Nacht bleiben.« Sie verstummte taktvoll.

»Kein Problem. Ich reserviere uns zwei Zimmer. Ich wette, Sie kennen ein akzeptables Hotel.«

Ihr Lächeln blitzte erneut auf. Es stellte sich heraus, dass sie in der Tat ein wunderbares Plätzchen kannte und die Umsicht besessen hatte, zwei der besten Suiten im Voraus reservieren zu lassen. Selbstverständlich musste die Reservierung noch bestätigt und die Rechnung beglichen werden. Der Preis trieb Matthew fast die Tränen in die Augen, aber jetzt gab es kein Zurück mehr.

»Sind Sie sicher, dass diese Suiten wirklich etwas taugen?«, fragte er stoisch. »Der Preis erscheint mir recht gering. Haben Sie übrigens schon eine Idee fürs Abendessen?«

Ein Telefongespräch später hatte Matthew sich von einem weiteren Batzen schwer verdienter Dollars verabschiedet. Selbst bei seinem üppigen Gehalt würde er für diesen Ausflug noch in den nächsten Monaten bluten müssen.

»Wirklich ein reizender Einfall. Ich hatte schon befürchtet, dass Sie mich in irgend so ein Loch in Manhattan schleppen würden«, sagte er zu ihr. »Wo es so wichtig ist, auch mal rauszukommen.«

Nach der Landung auf Jamaica traten sie hinaus in den gleißenden Sonnenschein der Karibik. Matthew, der sich in seiner etwas steifen Aufmachung, die so gar nicht zu dem milden Klima Jamaicas passte, unbehaglich fühlte, begab sich schnurstracks in eine der Flughafen-Boutiquen, um sich ein paar leichtere Baumwollsachen zuzulegen. Die Auswahl war nicht besonders ergiebig, und er kehrte mit einem kurzärmeligen Kakihemd, grellbunten Shorts, die ihm obendrein zu weit waren, und einem Paar Gummilatschen zurück, die er abscheulich fand. Dagegen wirkte Fiona, die im gleichen Laden einen breitrandigen Strohhut erworben hatte, wie ein Bild kühler Eleganz. Sie betrachteten sich in einem fleckigen Spiegel und brachen in Gelächter aus.

»Ich bezweifele, dass man Sie in diesem Aufzug ins Paradise Island lässt«, sagte Fiona. »Aber ich kann Ihnen ja von der Terrasse aus zuwinken.«

»Keine Chance. Wenn ich in dieser Bar nicht bedient werde, geht der Ausflug auf Sie.« Er fuhr sich durchs Haar, öffnete ein paar Knöpfe an seinem Hemd und blinzelte sie an. Er sah aus wie ein Tourist, der zu viel einheimisches Marihuana konsumiert hatte.

Fiona lachte. »Doppelt oder nichts, wenn Sie wollen.«

»Oje, meine Brieftasche gehört jetzt schon auf die Intensivstation.«

Auf der Fahrt zur Bar plänkelten sie weiter herum. Die Qualität der Straße und des Taxis entsprachen dem Standard von New York, nur das Englisch des Fahrers war besser.

Das Licht der untergehenden Sonne tauchte die karibische See in goldenes und violettes Licht. Ein warmer Wind wehte durch die offenen Fenster ins Innere des Wagens und erinnerte sie daran, wie feucht und schwül es jetzt in New York war. Fiona wurde sichtlich lockerer, und auch Matthew genoss den Ausflug allmählich. Seit der Bekanntgabe der Testamentsbedingungen ein Jahr zuvor hatte er in einem fort gearbeitet. Dieser verrückte und kostspielige Ausflug war zumindest eine Erholungspause.

Paradise Island wurde seinem Namen durchaus gerecht. Um das pinkfarben gestrichene Holzgebäude verlief eine Veranda, die von einem mit Laubsägearbeit geschmückten Geländer eingefasst war. Ein wahrhaft märchenhafter Schlupfwinkel auf goldenem Sand. Der grauhaarige Kellner geleitete Fiona und Matthew zu zwei komfortablen Schaukelstühlen, die vor einem der offenen Fenster standen. Direkt unter ihnen befand sich der Strand, der in den funkelnden Atlantik überging.

Beide bestellten Orangensaft gegen den Durst und Gin Tonics gegen die Mattheit. Sie prosteten sich zu, sprachen nur wenig und beobachteten, wie die letzten Segelboote heimwärts glitten.

Nach dem ersten Drink verfielen sie in angenehmes Schweigen. Matthew bestellte noch eine Runde Drinks und versuchte ein wenig mehr über Fiona zu erfahren. Sie gab nur wenig von sich preis. Ihren Eltern gehörte eine große Farm in Iowa. Sie hasste das Leben dort, und seit sie denken konnte, war es ihr Traum gewesen, einmal an der Wall Street zu arbeiten. Acht Jahre zuvor hatte sie bei Madison angefangen und war im vergangenen Jahr zur leitenden Direktorin ernannt worden, der jüngsten der Firma. Matthew erzählte Fiona vom Tod seines Vaters und dem Trainingsprogramm bei Madison, aber nichts über das Testament oder Sophie. Er fühlte sich dieser eigenartigen, attraktiven Frau gegenüber, die obendrein in einer ranghöheren Position tätig war, verunsichert und wollte persönliche Dinge lieber für sich behalten, bis er wusste, woran er mit ihr war.

Nach etwa einer Stunde bemerkte Matthew, dass es Zeit wurde, die Reservierung fürs Abendessen zu tätigen. Er bot sich an, ein Taxi zu besorgen.

»Wollen Sie wirklich hier fort?«

»Eigentlich nicht, aber bald werde ich Hunger bekommen.«

»Wir können auch hier essen, wenn Sie mögen. Ein bisschen rustikaler zwar, aber ausgezeichnet.«

Matthew hatte keine Einwände, und sie schlenderten ein kleines Stück strandaufwärts, auf ein großes Barbecuefeuer zu, das einladend knisterte. Daneben standen unter einem Sonnendach aus Bambus Tische mit üppig gefüllten Salat- und Früchteschüsseln. Die Gäste waren hauptsächlich Einheimische. Matthew und Fiona nahmen sich jeder einen Teller und versuchten die verlockensten Teile des Barbecues herauszupicken. Aber bald gaben sie auf und überließen es dem Küchenchef, eine Auswahl für sie zu treffen. Mit voll geladenen Tellern kehrten sie den hell erleuchteten Tischen den Rücken, setzten sich in den Sand und blickten hinaus aufs Meer, während sie sich mit den Fingern über das Essen hermachten. Nach und nach erschienen über ihnen die Sterne am sich verdunkelnden Himmel.

»Sie machen einen wirklich sympathischen Eindruck«, bemerkte Matthew. »Wieso spielen Sie eigentlich in der Bank die Hexe?«

»Vielleicht *bin* ich ja eine Hexe und spiele jetzt die nette junge Dame.«

»Kann nicht sein. Hexen benutzen Messer und Gabel. Und Sie haben vor mir angefangen mit den Fingern zu essen. Was hat's also auf sich mit dieser Eierquetsch-Nummer?«

»Ich weiß gar nicht, wo das Problem liegt. Schließlich ist es Ihnen ja gelungen, mir unversehrt zu entkommen.« Fionas Tonfall wurde deutlich distanzierter.

Matthew ließ es gut sein. Er zog es vor, den Rest des Ausflugs in entspannter Atmosphäre zu verbringen. Er besorgte noch ein paar Schalentiere und beförderte eine Hand voll von seinem Teller auf den Fionas. Der Friede war wiederhergestellt.

Nach einem Dessert aus köstlichen Früchten und Kaffee war es Zeit aufzubrechen. Erst nach einigem Palaver gelang es Matthew, die Rechnung zu begleichen, da niemand nachgehalten hatte, was sie konsumiert hatten und man sich offenbar nicht scheute, ihm sein Geld aus der Tasche zu ziehen. Aber schließlich ergab der Betrag nicht mehr als das, was er für eine

Pizza und Eiscreme in New York bezahlt hätte. Wenigstens ein Posten auf dieser Reise, der sich als preiswert entpuppte.

Ihr Hotel befand sich ein paar hundert Meter strandabwärts, und Fiona schlug vor, zu Fuß dorthin zu gehen. Das Meer verlockte sie zum Schwimmen. Fiona hatte zwar einen Badeanzug in der Tasche, entschloss sich aber nach kurzem Zögern, nackt ins Wasser zu gehen. Matthew folgte ihrem Beispiel, und sie wateten zusammen in das lauwarme Nass. Fiona war eine hervorragende Schwimmerin, und Matthew hatte Mühe, sie einzuholen. Sie ließ ihn näher kommen und tauchte dann unter, um wenige Meter neben ihm im Mondlicht wieder aufzutauchen. Matthew machte einen neuen Versuch, und diesmal stürzte sie sich auf ihn und drückte ihn unter Wasser. Er spürte ihren nackten Körper, als er hinabsank, aber als er kurz darauf prustend wieder an die Oberfläche kam, war sie bereits auf dem Rückweg zum Ufer.

Mit einem Handtuch aus Fionas Tasche rubbelten sie sich trocken. Soweit er es im Mondlicht beurteilen konnte, gab es an Fionas Figur nicht das Geringste auszusetzen. Einen Moment lang vergaß er sogar Sophie.

Das Hotel bestand aus mehreren vereinzelten Bungalows, die auf dem weitläufigen Gelände verstreut lagen. Die beiden Suiten, die Matthew reserviert hatte, bestanden aus je einem halben Bungalow, dessen beide separate Eingangstüren von einer duftenden Hecke aus Tabakpflanzen gesäumt wurden. Beide schlossen ihre Türen auf.

»Danke für den reizenden Abend«, sagte Matthew über die Hecke hinweg zu ihr. »Es hat mir wirklich gut gefallen.«

»Ich sollte mich bei Ihnen bedanken. Schließlich ist es Ihre Einladung.«

»Gute Nacht.«

»Gute Nacht ... Es sei denn, Sie möchten noch rüberkommen ...«

Die Aufforderung war eindeutig. Matthew betrat ihre Suite,

und noch bevor sie den Lichtschalter gefunden hatten, klammerten ihre feuchten Körper sich aneinander.

Noch nie hatte Matthew solchen Sex genossen. Fiona war leidenschaftlich und fordernd. Keine Zärtlichkeit sprach aus ihren Umarmungen, nur ein Hunger, den selbst Matthew nur mit Mühe stillen konnte. Nachdem sie sich geliebt hatten, rollte Matthew sich zur Seite, die Arme immer noch um Fiona geschlungen.

»In solchen Augenblicken wünschte ich, ich würde rauchen.«

Sie erwiderte nichts.

Nach einer Weile sagte sie zu ihm: »Du gehst jetzt besser nach nebenan.« Etwas in ihrer Stimme veranlasste Matthew, nicht mit ihr zu diskutieren. Er zog sich wortlos zurück.

Am nächsten Morgen verhielt Fiona sich freundlich, aber distanziert. Nachdem sie an Bord gegangen waren, kehrte die kühle Distanz immer mehr zurück, und bei der Landung in New York war sie wieder durch und durch Fiona Shepperton, Managing Direktor von Madison. Matthew, der erfahrene Veteran unzähliger One-Night-Stands, fühlte sich durch ihr Verhalten verletzt. Dafür hatte er seine dem Andenken Sophies gewidmete Keuschheit gebrochen?

Auf dem Kennedy Airport fragte sie Matthew, ob er sich ein Taxi zur Wall Street mit ihr teilen wolle. Matthew hielt die Frage für einen Scherz und ließ eine flapsige Bemerkung vom Stapel.

»Es besteht kein Grund, sich über jemanden lustig zu machen, der sich auf seine Arbeit vorbereitet. Von jemand mit deiner Erfahrung hätte ich das schon gar nicht erwartet«, erwiderte sie.

Ohne Kuss oder Abschiedswort stieg sie in ein Taxi und fuhr davon. Aber es war nicht ihr merkwürdiges Verhalten, das Matthews Gedanken auf der Fahrt nach Hause beschäftigte.

Während Fiona auf dem Rückflug neben ihm döste, hatte Matthew bemerkt, wie etwas von dem vor ihm liegenden Sitz zu Boden fiel. Von seinen Zeitungen gelangweilt, begann er mit den Füßen daran herumzuschieben. Es handelte sich um eine dieser spiralgebundenen Präsentationsbroschüren, wie man sie an der Wall Street zu Tausenden findet. Er hangelte sie näher zu sich heran. Als er die Beschriftung entziffern konnte, ließ er impulsiv eine Zeitschrift darüberfallen und hob beides zusammen auf, wobei er die Broschüre mit der Zeitung verdeckte. Anschließend machte er sich auf den Weg zu den Waschräumen, um seine Beute zu inspizieren. Die Broschüre war an Nicholas A. Draper gerichtet, einen weithin bekannten Übernahmehai. Draper verdankte seine Millionen dem Aufbau einer erfolgreichen Maschinenbaufirma, seine Milliarden allerdings seinem Talent, sich auf wirtschaftlich am Boden liegende Unternehmen zu stürzen, sie zu zerstückeln und gewinnbringend häppchenweise zu veräußern. Die Achtziger hatten viele solcher Finanzhaie hervorgebracht, aber im weniger aggressiven Klima der Neunziger waren die meisten von ihnen wieder von der Bildfläche verschwunden. Nicht so »Black Nick« Draper. Der war immer noch aktiv und hungrig.

Die Präsentationsbroschüre, die einen bekannten Namen der Wall Street auf ihrem Titelumschlag führte, lenkte Drapers Aufmerksamkeit auf Western Instruments, ein großes, in Montana ansässiges, schlecht geführtes Mischunternehmen mit enormem Schuldenberg. Das Management war selbstgefällig, die Aktionäre hatten die Nase voll, und die Geschäfte liefen immer schlechter. Das Unternehmen verkörperte ein klassisches Übernahmeziel, ein Musterbeispiel sozusagen. Das Problem war nur, dass davon schon seit Jahren die Rede war, und niemand mehr so recht an die Geschichte glaubte.

Niemand, bis auf die Wall Street Bank, die für diese Präsentation verantwortlich war. Darin befanden sich ausgiebige

Analysen, die Matthew nur zum Teil verstand, obwohl ihm die Schlussfolgerungen einleuchteten. Der Aktienkurs war so tief gesunken, dass Draper, wenn er wollte, die Firma kaufen und auf vertraute Weise damit verfahren konnte: Kosten reduzieren und Teile der Belegschaft feuern. Wenn die Kenner der Wall Street Recht behielten, konnte er die Überreste des Unternehmens nach einer Schlacht von etwa zwei Jahren verhökern und durch den Gewinn seinen Einsatz verdoppeln, wenn nicht gar verdreifachen.

Soweit Matthew es beurteilen konnte, gab es an dieser Präsentation nichts zu rütteln. Hinter solch einem Vorhaben verbarg sich ein Haufen Arbeit, den niemand auf sich nehmen würde, der nicht überzeugt war von einem positiven Ergebnis. Was würde Draper wohl davon halten, wenn er sich die Idee in seinem luxuriösen Anwesen auf Jamaica durch den Kopf gehen ließ? Was konnte er davon halten? Zwei Jahre, um sein Geld zu verdoppeln. Mehr als zu verdoppeln, wenn er Glück hatte. Konnte es ein besseres Fressen für einen ewig hungrigen Milliardär geben?

Nachdenklich hockte Matthew auf der engen Bordtoilette. Sollte er die Broschüre behalten oder wieder zurücklegen? Er hätte gern über Zacks fotografisches Gedächtnis verfügt. Das war jedoch nicht der Fall, und die Broschüre war es wert, darüber nachzudenken. Er entschloss sich, sie zu behalten.

Matthew hatte eine lange Liste von Bonds, die er von Zeit zu Zeit handelte. Das meiste davon waren gute, solide Industrieanleihen, ausgestellt von namhaften Firmen. Aber Western Instruments befand sich ebenfalls auf dieser Liste, aus dem einfachen Grund, weil niemand sich bislang die Mühe gemacht hatte, den Namen zu streichen, doch die Bonds wurden zum Kurs von zweiundachtzig Cents pro Dollar gehandelt. Matthew hatte niemals welche gekauft, und keiner seiner Kunden hatte je danach verlangt.

Geistesabwesend bezahlte er den Fahrer, der ihn vor seiner Haustür absetzte. Während er durch die Lobby seines Apartmenthauses schritt, die Broschüre fest unter den Arm geklemmt, setzte sich ein bestimmter Gedanke in ihm fest.

Gäbe Draper ein Gebot für die Firma aus, würde der Traum eines jeden Anleihegläubigers wahr werden. Wechselt ein Unternehmen den Besitzer, werden seine Bonds zum Ausgabekurs von hundert fällig. Also nicht zum Handelspreis von zweiundachtzig Cents, sondern zum Nennwert von einem Dollar. Wenn Matthew einen ordentlichen Schub Western-Instruments-Bonds erwarb, würde er auf einem fetten Profit sitzen, sobald Draper sein Gebot bekannt gab. Wenn er wirklich vorhatte, in seinem ersten Jahr einen Volltreffer zu landen und sich ins Reich der Megastar-Händler zu katapultieren: hier war die Gelegenheit.

Matthew zweifelte schon seit längerem, dass sein Plan A sich in die Tat umsetzen ließ. Es war praktisch noch nie vorgekommen, dass ein Neuling in nur drei Jahren einen Bonus von einer Million erhalten hatte, nicht einmal an der Wall Street; aber Plan B war schwierig und obendrein gefährlich. Wollte er es also mit Plan A schaffen, war dies seine Chance.

## 9.

Hal Gillingham, der Steuersachverständige unter den Partnern, kniff die Augen zusammen. Mit seinem von Furchen und Narben zerpflügten Gesicht wirkte der Neununddreißigjährige wie fünfundfünfzig.

Ein ungewöhnliches Phänomen. Die Reichen sehen normalerweise anders aus. Es scheint, als ob der unsichtbare Mantel des Reichtums sie gegen die äußeren Zeichen der Zeit schützt, besser als jede Feuchtigkeitslotion es vermag. Ihr Teint wirkt gesund und braun gebrannt. Ihre Hemden knittern nicht wie bei gewöhnlichen Menschen. Ihre Krawatten sind am Ende eines Tages immer noch makellos, und ihre Anzüge glänzen nicht. Sie sehen stets adrett aus.

Nicht so Hal Gillingham. Der sah noch nicht einmal durchschnittlich aus. Unter seinen wässrigen blauen Augen zeichneten sich dunkle Tränensäcke ab, an denen er unaufhörlich herumrieb.

»Hongkong. Wissen Sie, dass der Höchststeuersatz dort nur bei sechzehneinhalb Prozent liegt? Das ist kaum der Rede wert.«

»Klar«, erwiderte Zack. »Ich weiß auch, dass sie dort ein paar ziemlich rigorose Gesetze gegen Steuerhinterziehung haben. Und das ist die gute Nachricht.«

»Wieso soll das die gute Nachricht sein?«

»Weil das bedeutet, dass bisher vermutlich noch keiner mit einer Idee aufgetaucht ist, wie mein Kunde Steuern sparen könnte. Was uns eine gute Ausgangsposition verschafft.«

»Sie sind offenbar verdammt sicher, dass wir einen Weg finden.«

»Natürlich. Keine Finanzbehörde der Welt bringt niet- und nagelfeste Steuergesetze zustande. Wir müssen die Löcher nur ausfindig machen und einen Weg finden, über eine Milliarde Dollar hindurchzuschleusen.«

»Hongkong-Dollar?«

»Nein, amerikanische Dollar. Richtige Dollar.«

Gillingham rieb sich schon wieder die Augen, diesmal allerdings eher aus Interesse als aus Müdigkeit. Wie fast jeder im Bankgeschäft berechnete Gillingham seinen Kunden für jeden Deal eine prozentuale Provision. Je höher der Deal, desto saftiger die Provision. Seine Provision mochte nur ein halbes Prozent ausmachen, aber ein halbes Prozent von einer Milliarde sind fünf Millionen. Auch die Partner hatten ein Gewinnziel. Gillingham beugte sich vor.

»Okay. Ich bin interessiert. Was ist das für ein Deal?«

Zack erklärte es ihm, doch als er fertig war, blickte Gillingham enttäuscht drein.

»Das ist alles? Klingt ziemlich gewagt. Und wir wissen noch nicht einmal, ob der Kunde überhaupt interessiert ist.«

»Ich kenne den Kunden persönlich und weiß, dass er anbeißen wird. Wir müssen uns nur die genauen Zahlen beschaffen und zusammenrechnen. Und dann müssen Sie ihm helfen, die sechzehneinhalb Prozent zu sparen.«

Gillingham biss sich auf die Unterlippe und nickte. Zack vermutete, dass er nicht verheiratet war, andernfalls hätte seine Frau ihm abgewöhnt, auf den Lippen zu kauen. Es entblößte die Zähne und das Zahnfleisch, und beides war nicht besonders ansehnlich.

»Okay. Ich weiß nicht gerade viel über Hongkong, aber ich hatte da mal eine Idee, die ich dann nicht weiter verfolgt habe.« Gillingham beförderte diverse Bände des Hongkongschen Steuerrechts aus seinem voll gestopften Regal zutage und blätterte mit geübter Hand durch die Seiten.

»Kapitalgewinne. Das ist die Antwort. Wir müssen einen Weg finden, sämtliche Einnahmen in Kapitalgewinne umzuwandeln, und dann dafür sorgen, dass der Wertzuwachs nie realisiert wird. Die Steuerbehörde kann uns nichts anhaben, weil wir ihnen sagen: ›Nur Geduld, ihr kriegt euer Geld, sobald wir die Gewinne realisiert haben.‹ Dann bleibt ihnen nichts anderes übrig, als zu warten. Natürlich werden sie bis in alle Ewigkeit warten, aber sie sind machtlos. Wie also die Einnahmen umwandeln?«

Gillingham stöberte brummelnd durch die dicht bedruckten Textseiten. Während er vor sich hin murmelte, wurde Zack klar, weshalb dieser Mann es zum Partner gebracht und es geschafft hatte, Partner zu bleiben, während so viele andere Banker auf der Strecke geblieben waren. Gillingham würde diese Sache herausfinden.

»Yeah, es ist Stoff dabei, mit dem wir arbeiten können.

Allerdings brauchen wir Rechtshilfe aus Hongkong. Möglicherweise auch den Rat eines Steuerberatungsbüros. Aber wir haben einige Möglichkeiten an der Hand.«

Gillingham ließ die schweren Bücher auf seinen Schreibtisch fallen und richtete seinen Hundeblick auf Zack.

»Großartig. Wann können wir anfangen? Wie wär's mit heute Abend?« Zack konnte es kaum erwarten, die Sache in Angriff zu nehmen.

»Nein. Heute Abend geht es nicht. Ich muss zu einem Meeting.«

»Wie lange wird das dauern? Es macht mir nichts aus zu warten.«

Zack blieb sowieso meist bis in die Nacht in der Bank. Die einzigen Tage, an denen er früher Schluss machte – etwa um neun Uhr abends –, waren die, an denen er sich mit Sarah traf.

»Hm.« Gillingham schüttelte den Kopf. »Es handelt sich um ein privates Treffen und beginnt in einer Dreiviertelstunde.«

Zack warf einen Blick auf die Armbanduhr. Es war erst siebzehn Uhr dreißig. Kein Mensch verließ um achtzehn Uhr die Bank. Gillingham fiel völlig aus dem Rahmen.

»Hmm. Dieses Projekt ist ziemlich eilig. Vielleicht könnten Sie Ihre Verabredung um ein paar Stunden verschieben?«

Zack war zwar jünger als Gillingham und längst nicht so lange dabei wie dieser, aber er war im Recht. Die Bank besaß absolute Priorität. Privatangelegenheiten durften dem Geschäft nicht im Weg stehen. Ein dünnes Lächeln erschien auf Gillinghams Gesicht.

»Nicht diese Art von Verabredung. Ich kann es nicht verschieben.«

Zack starrte den älteren Mann an. Er hatte nicht die Absicht, nachzugeben. Wenn London am Morgen erwachte, ging der Tag in Hongkong gerade zu Ende. Wenn er sich erst am nächsten Tag mit Gillingham zusammensetzte, konnten sie sich vor übermorgen nicht mit den Anwälten in Hongkong in Verbindung setzen. Zack sagte nichts, aber sein Ausdruck war unerbittlich. Hal Gillingham hielt seinem Blick einen Augenblick stand und wandte dann die Augen ab.

»Es handelt sich um ein AA-Meeting. Anonyme Alkoholiker. Jeden Dienstag und jeden Donnerstag. Ich habe seit sechs Jahren kein einziges Treffen versäumt, und ich werde es auch Ihretwegen nicht tun.«

Zack war sprachlos. Er erinnerte sich, dass Mazowiecki erwähnt hatte, Gillingham habe einige Jahre zuvor eine Pause vom Bankgeschäft genommen. Vermutlich war eine Entziehungskur der Grund dafür gewesen. Gillingham musste schon sehr außergewöhnlich sein, wenn die Bank ihn danach wieder aufgenommen hatte.

»Tut mir leid. Das wusste ich nicht. Morgen geht auch in Ordnung. Ginge es morgen früh?«

»Kein Problem. Sagen wir acht Uhr dreißig?«

Sie trugen die Uhrzeit in ihre Terminkalender ein. Gillinghams Füller schwebte noch über der Seite.

»Wer ist eigentlich der Klient, auf den wir es abgesehen haben?«

Zack befeuchtete sich die Lippen. Der Moment der Wahrheit rückte näher.

»Der Klient ist Hatherleigh Pacific. Wir haben es auf den Vorsitzenden abgesehen. Lord Hatherleigh.«

## 10.

Geschafft.

Nachdem Matthew von seiner verrückten Karibik-Spritztour zurückgekehrt war, hatte er fünf Stunden mit der Lektüre der Präsentation verbracht. Je intensiver er sich damit befasste, desto logischer wurde die ganze Sache. Western Instruments war ein miserabel geführtes Unternehmen und Draper genau der richtige Mann, die Sache in die Hand zu nehmen.

Matthew versuchte die Präsentation mit Drapers Augen zu sehen, indem er nach Mängeln in der Argumentation oder Schwachpunkten in den Zahlen forschte. Er fand nichts dergleichen. Nach fünf Stunden legte er die Broschüre zur Seite, verließ die Wohnung und pfiff ein Taxi herbei. Er ließ sich zur Wall Street fahren und betrat um zweiundzwanzig Uhr am Sonntagabend das Madison-Gebäude.

Auf der Börsenetage begegnete ihm Fiona Shepperton, die gerade im Begriff war, die Bank zu verlassen.

»Ich habe beschlossen, deinen Ratschlag zu befolgen und ein paar Hausaufgaben zu erledigen«, sagte er in Erinnerung an ihre letzte bissige Bemerkung.

Sie nickte ihm kaum merklich lächelnd zu und steuerte auf die Aufzüge zu.

»Der nächste Ausflug geht auf dich«, rief er ihr hinterher. Er würde sich von ihr in einem Privatjet nach Timbuktu chauffieren lassen.

Fiona wandte sich noch einmal um, rang sich ein Lächeln ab und verschwand im Aufzug. Ob ihr Lächeln ein »Ja« bedeutete, war schwer zu sagen. Gewiss war es kein »Ja, sehr gern, wann kann's losgehen?«.

Hexe oder Darling?, fragte sich Matthew. Ihrem gewohnten Auftreten nach zu urteilen, war die Frage nicht schwer zu beantworten. Aber am Strand von Jamaica, wenn sie mit den Händen jede Menge Meeresfrüchte in sich hineinschaufelte und fröhlich in die karibische Nacht hinauslachte, war sie jedenfalls eine großartige Gefährtin, ganz zu schweigen von ihren Qualitäten im Bett. Wahrscheinlich Hexe, vielleicht Darling, mutmaßte Matthew. Aber fürs Erste hatte er wichtigere Entscheidungen zu treffen.

Er klaubte einige Dinge von seinem Schreibtisch zusammen

und begab sich ein paar Stockwerke höher in die Marktforschungsabteilung. Matthew war nicht sonderlich vertraut mit dieser Abteilung, die hauptsächlich den Leuten von der Unternehmensfinanzierung diente, also eher zu Zacks Ressort gehörte. Händler wie Matthew bezogen ihre Informationen in der Regel von den Reuter- und Telerate-Monitoren, aus morgendlichen Meetings und den Rufen der Händler, die tagtäglich durch die Börsenetage hallten. Verglichen mit dieser ihm vertrauten Hektik war die Atmosphäre in einer Bibliothek entschieden ruhiger. Aber heute Abend brauchte Matthew Informationen, die ihm die Handelsabteilung nicht liefern konnte.

Recherche-Assistenten waren rund um die Uhr im Einsatz. Außerdem waren etwa ein Dutzend erschöpft wirkender Analysten anwesend, die offensichtlich das ganze Wochenende damit verbracht hatten, irgendein Projekt für die kommende Woche vorzubereiten. Sie sahen aus, als lägen immer noch Berge von Arbeit vor ihnen. An einer Pinnwand hing ein Blatt mit der Überschrift: »Lebenszyklus eines Deals. Phase eins: Erregung. Phase zwei: Desillusionierung. Phase drei: Verzweiflung. Phase vier: Fehlschlag. Phase fünf: Bestrafung der Unschuldigen und Belohnung der Schuldigen.«

Du meine Güte, dachte Matthew, wie zahllose Händler vor ihm. Wieso, in aller Welt, kam jemand freiwillig auf die Idee, in der Unternehmensfinanzierung zu arbeiten? Und wie so viele Händler vor ihm gelangte er zu dem gleichen Schluss. Wer in diesem Job arbeitete, wollte dem Gerangel auf dem Börsenparkett entgehen.

Aber nun an die Arbeit. Mit Hilfe eines geduldigen Recherche-Assistenten machte Matthew Forschungs- und Entwicklungsberichte, Zeitungsausschnitte, Charts, Gewinnschätzungen und dergleichen über Western Instruments ausfindig. Außerdem konnte er eine beeindruckende Sammlung an Ausschnitten über Nick Draper und dessen Beutezüge zusammenstellen. Im Laufe seiner Karriere war Draper mit Spitznamen wie »Black Nick«, »Nick the Knife« oder einfach »Der Menschenfresser« bedacht worden. Matthew druckte sämtliche Informationen aus oder kopierte sie und machte sich mit seinem Stapel auf den Heimweg.

Dort schlug er erneut die Präsentation auf und verglich die Aussagen so weit möglich mit seinem Recherchematerial. Alles schien hieb- und stichfest. Soweit Matthew es beurteilen konnte, ließ die Präsentation keinen Zweifel daran, dass Draper zum Todesstoß bereitstand. Und wenn Draper beschloss, eine Übernahme zu starten, würden die Western-Instrument-Bonds von zweiundachtig Cents auf einen Dollar springen, was einen Anstieg von über zwanzig Prozent bedeutete. Eine derartige Rendite war bei den Bonds, mit denen Matthew gewöhnlich handelte, undenkbar. Aber da er sich in den Kopf gesetzt hatte, zum King des Börsenparketts zu avancieren und eine Million an Bonussen zu kassieren, war dies genau, was er brauchte.

Um vier Uhr morgens hatte Matthew seinen Entschluss gefasst.

Nach zwei Stunden Schlaf stand er auf, duschte, kippte einen Kaffee herunter, zog sich an und machte sich auf den Weg zur Wall Street. Er nahm am montäglichen Morgenmeeting teil, begrüßte Alan und Rick, ließ Saul Rosenthals Lamento über das Wochenende über sich ergehen, trank noch einen Kaffee und machte sich an die Arbeit. Kaum dass der Markt eröffnete, begann er Western-Instrument-Bonds zu kaufen. Er gab an diesem Tag vier Millionen Dollar dafür aus, und weitere sechzehn Millionen Dollar im Laufe der Woche. In der darauf folgenden Woche legte er nochmals fünf Millionen drauf. Alles in allem investierte er fünfundzwanzig Millionen, das Maximum dessen, über das er im Namen der Firma verfügen durfte. Über einen kurzen Zeitraum so viele Bonds der gleichen Firma zu kaufen, war nicht einfach, insbesondere bei einem Bond, der kaum gehandelt wurde. Matthew musste für dieses Privileg einen überhöhten Preis bezahlen, aber zum ersten Mal in seiner jungen Karriere als Börsenhändler war ihm dies gleichgültig. Jetzt ging es nur darum, die Bonds zu ergattern, bevor Draper zuschlug.

Dennoch konnte er die Preise nicht einfach vergessen. Am Ende jedes Tages ist ein Händler verpflichtet, seinen Gesamtbestand an Anlagewerten mit dem aktuellen Marktpreis zu vergleichen. Matthew hatte durchschnittlich dreiundachtzig Cents je Ein-Dollar-Bond bezahlt, deren aktueller Handelspreis bei zweiundachtzig Cents lag. Sein Fünfundzwanzig-Millionen-Dollar-Portfolio hatte ihm zweihundertfünfzigtausend Miese eingebracht, ein Verlust, der fast die Hälfte des Handelsprofits zunichte machte, das er in seiner bisherigen Laufbahn erwirtschaftet hatte.

Matthew checkte die Monitoren noch ein letztes Mal für diesen Tag. Nichts war geschehen. Absolut nichts. Niemand startet abends eine Übernahme, was vermutlich mit der protestantischen Arbeitsethik zusammenhängt. Er würde warten müssen, bis der Markt am Montag wieder eröffnete. Als er die Monitoren ausschaltete, bemerkte er, dass seine Hände zitterten. Sein Lippen öffneten sich zu einer unhörbaren Beschwörung.

»Los, Junge, mach endlich deinen Zug.«

## 11.

Na, Josie. Sie sehen sich doch nicht etwa nach einem anderen Job um?«

»Nein, nein«, erwiderte Josie verlegen. »Ich habe nur ein bisschen herumgeblättert, sonst nichts.« Sie faltete die Hauszeitung der Bank zusammen, deren Seite mit den internen Stellenausschreibungen aufgeschlagen gewesen war, und legte sie beiseite.

»Ohne Sie würden wir auch gar nicht mehr zurechtkommen.« Ihr Boss lächelte sie aufrichtig an und fügte hinzu: »Ich dürfte es Ihnen eigentlich nicht sagen, aber ich habe Sie zur Beförderung vorgeschlagen. Sie sind zwar noch recht jung, aber die Abteilung weiß, was sie an Ihnen hat.«

»Vielen Dank«, antwortete Josie. »Das ist wirklich sehr nett von Ihnen.«

»Sie werden uns also bestimmt nicht verlassen?«

»Nein. Ehrenwort.«

Ihr Vorgesetzter entfernte sich wieder. Er war nur zufällig vorbeigekommen, aber Josie war bis über beide Ohren errötet. So verlegen war sie nicht einmal geworden, als er sie wegen Miklos Kodaly geneckt hatte, ihrem »gutmütigen Computerschwachkopf«. Denn Josie hatte keineswegs nur herumgeblättert. Sie hatte mit einem Stift in der Hand sehr vertieft über der Zeitung gesessen.

## 12.

Am entfernten Horizont der ebenen Landschaft um Leeds tauchte ein Hubschrauber auf und näherte sich, bevor er wieder tiefer ging und aus ihrem Blickfeld verschwand. George, Val, Darren und Jeff Wilmot, der Buchhalter, bemerkten ihn zwar, ignorierten ihn jedoch, da sie Wichtigeres zu tun hatten.

»Sehen wir den Tatsachen doch ins Auge«, sagte Darren. »Die Jungs aus der Marketingabteilung dürfen zwar ein Kreuzchen nach dem anderen in die Auftragsbücher malen, aber uns fehlen verdammt noch mal die Möglichkeiten, diese Situation zu nutzen.« Er verstummte in der Annahme, sich deutlich ausgedrückt zu haben, doch George ermunterte ihn fortzufahren. »Was ich sagen will – wir brauchen eine größere Produktionsfläche und vernünftige Werkzeuge. Was hat es für einen Sinn, die Leute mit bunt schillernden Prospekten zu locken, wenn wir sie dann bitten müssen, sich hinten anzustellen, weil wir dem Auftragsvolumen nicht gerecht werden können?«

Er hatte Recht. Die Aufträge strömten nur so herein. Die »Bright and Brillant«-Kollektion war der Kassenschlager, aber auch die anderen Produkte liefen gut. Doch George hatte Anweisung erteilt, keine neuen Kunden mehr anzunehmen, um die bestehende Kundschaft nicht zu enttäuschen.

»Ich verstehe Ihre Argumentation«, sagte Wilmot, »aber so eine Aufrüstung kostet Geld. Und ich fürchte, wir verfügen nun mal nicht über das nötige Kleingeld, zum Alan Shearer der Möbelfabrikanten zu werden.«

Er blickte sich Beifall heischend um. Vergeblich. Die anderen ignorierten seinen armseligen Scherz. Draußen war wieder der Helikopter zu hören. Dem Aussehen nach handelte es sich um einen Privathubschrauber.

»Lassen Sie mal die Zahlen hören, Jeff«, sagte George.

»Kein Problem. Im Augenblick machen wir soliden Profit, stehen aber immer noch mit über vierhundertsechzigtausend Pfund in der Kreide. Von der Bank haben wir nichts mehr zu erwarten, und wenn wir den gesamten Gewinn in neue Ausrüstung investieren, kommen wir nie von unserem Schuldenberg runter. Es bleibt uns nichts anderes übrig, als auszuhalten, unsere Schulden zu bezahlen und den Gedanken an Investitionen auf später zu verschieben.«

»Und wie lange wird das dauern, Jeff?«, murmelte George unwillig. Sein Blick folgte dem Hubschrauber, der offenbar wieder zur Landung ansetzte. Er konnte jetzt höchstens noch zwei oder drei Meilen entfernt sein.

»Wenn es weiter so gut läuft wie bisher, sind wir in weniger als vier Jahren von unseren Schulden runter. Auf jeden Fall in spätestens vier bis fünf Jahren.«

George schüttelte den Kopf. In vier oder fünf Jahren wäre

er seine Schulden los. In zehn Jahren hätte er vielleicht seine Million zusammen. Aber bis dahin ließen Zack oder Matthew es sich schon seit zwölf oder dreizehn Jahre mit dem Vermögen des Vaters gut gehen. Dann hätten sie Bernard Gradleys geliebtes Unternehmen bereits verkauft und sich vom Erlös eine sonnige Insel samt Dienern, Yachten und schicken Wagen zugelegt. Mit dreißig oder vierzig Millionen konnten sie sich Berge von Aktien kaufen, so viel Steuern zahlen, wie ihr Steuerberater für klug hielt und trotzdem über ein Einkommen von einer Million pro Jahr verfügen.

Der Hubschrauber hatte sich jetzt wieder erhoben und schwenkte wie betrunken in einem Zickzackkurs durch die Luft. Er stieg auf, verharrte einen Moment, um dann wieder steil abwärts zu sinken. Seit George ihn beobachtete, war er mindestens ein Dutzend Mal gelandet, aber niemals für mehr als ein oder zwei Minuten am Boden geblieben. Mit düsterem Blick verfolgte George geistesabwesend das Treiben.

»Jeff, wir müssen die Produktion erweitern. Ich pfeife auf die Schulden. Die einzige Frage ist, wie viel es kosten wird und wo wir die Kohle herkriegen. Haben Sie bitte mal die aktuelle Cash-Flow-Prognose?«

Da Georges Meinung nach keine Hoffnung bestand, innerhalb der erforderlichen Zeit aus Gissings eine Million herauszuschlagen, wollte er zumindest versuchen, den Laden wieder anständig in Schwung zu bringen. Dann brauchte er sich wenigstens nicht zu schämen, wenn Zack und Matthew sich nach Ablauf der drei Jahre herumstritten, wer den höchsten Stapel Geld auf den Tisch türmte. Einer von beiden würde die Million verdient haben, da war George sicher.

Wilmot und Darren lagen sich schon wieder in den Haaren, als Wilmot seinen Aktenkoffer aus Lederimitat nach den Ergebnissen der aktuellen Cash-Flow-Prognosen durchstöberte. Darren träumte von einem großartigen, florierenden Unternehmen, während Wilmot die Fabrik am liebsten so eingeschränkt und kostengünstig wie irgend möglich betreiben wollte.

George mochte Darren. Für Wilmot oder Val würden dreißig Millionen keinen großen Unterschied bedeuten. Val würde immer dieselbe sein und vermutlich sogar weiter ihrer Arbeit bei Gissings nachgehen. Wilmot würde sich vielleicht in den Süden absetzen, sich aber nie von seinen abgetragenen, billigen Anzüge trennen und sich beim ersten Sonnenstrahl vermutlich krebsrot verfärben. Darren dagegen würde die dreißig Millionen in ein paar Jahren durchbringen und zum Schluss wieder da stehen, wo er jetzt war: ein abgerissener junger Typ mit großer Klappe, ohne einen Augenblick des Bedauerns für das, was er besessen und verloren hatte.

Darrens und Wilmots Gezänk wurde hin und wieder von Vals ruhigen Einwänden unterbrochen. In seinen düsteren Augenblicken mochte George es oft nicht fassen, dass er immer noch mit ihr zusammenlebte. Val war für Gissings wertvoller als irgendwer sonst, ohne Ausnahme. Wilmot konnte die Cash-Flow-Unterlagen nicht finden und verließ den Raum, um woanders danach zu suchen.

Der Hubschrauber befand sich jetzt direkt über dem Gissings-Gelände und umkreiste in geringer Höhe die Fabrik. Der Motorenlärm ließ die Scheiben erzittern und verdrängte jedes andere Geräusch. Jetzt konnte man auch die Gesichter der Insassen erkennen. George starrte mit weit aufgerissenen Augen hinaus. Seine Lippen bewegten sich, aber die Worte wurden vom Getöse hinweggefegt. Als der Helikopter zur Landung auf dem offen Feld ansetzte, das ans Gissings-Gelände grenzte, stürmte er aus dem Büro die Treppe hinunter ins Freie und durchquerte das Holzlager in Richtung der ehemaligen Sägemühle. Mit vor Anstrengung rotem Gesicht kletterte er über den Drahtzaun und traf gerade rechtzeitig ein, als der Hubschrauber aufsetzte. Eine Seitentür öffnete sich, ein Fuß erschien, und in einem Wirbel aquamarinblauer Seide tauchte die zerbrechliche, quicklebendige und wie immer atemberaubende Gestalt Kikis auf, die mit beiden Händen ihren Hut umklammerte, damit der Sog der Rotorblätter ihn nicht davonriss.

»George, mein Lieber. Du kannst dir nischt vorstellen, was für eine Mü'e es war, disch zu finden. Was bist du nur für ein schrecklischer Kerl, disch so zu verschtecken.«

»Kiki, wie schön, dich zu sehen«, keuchte George atemlos. Er küsste sie auf die Wange und schloss sie in seine mächtigen Arme.

»George, *sois sage*!«, tadelte sie ihn. »Du zerdrückst meine neue Kleid und brichst mir die Knochen. Wie dick du geworden bist.«

»Kiki, warum hast du nicht Bescheid gesagt, dass du kommst? Dann hätte ich hier ein wenig Ordnung geschaffen.« Seine Handbewegung umschrieb das Gissings-Gelände.

»*Stupide!* Isch konnte gar nicht wissen, dass isch 'ier 'er kommen würde. Aber dann er'ielt isch die Einladung zu dieser 'ochzeit in Schottland, und isch dachte, Yorkshire liegt auf dem Weg nach Schottland, und da 'ab isch beschlossen, disch zu besuchen, weil isch disch vermisse. Aber isch wusste nischt, dass Yorkshire so groß ist, und niemand schien jemals von deine Fabrik ge'ört zu 'aben, und es 'at Ewigkeiten gedauert, bis isch deine Adresse in mein Notizbuch gefunden 'abe. Wir mussten unentwegt an'alten und nach dem Weg fragen und – *enfin* – nun 'aben wir disch gefunden, aber George, du siehst nischt gut aus. Du bist doch nischt krank, oder?«

George war puterrot im Gesicht und zitterte vor Aufregung.

»Nein, nein, Kiki. Mir geht's gut. Ich freue mich nur so, dich zu sehen. Komm, soll ich dich ein bisschen herumführen?«

Sie zuckte mit den Schultern.

»*Oui*, wenn du willst. 'ierfür gibst du also deine Geld aus.

Es ist nischt sehr 'übsch, finde isch, aber isch vermute, Fabriken sind nie besonders 'übsch. Isch glaube, isch 'abe noch nie ein Fabrik gesehen, es sei denn, man zählt diese Ort dazu, wo Papa seine kostbaren Cognac abfüllt. Isch war einmal dort, aber isch 'abe nur Migräne bekommen.«

Sie plapperte weiter, während George die schweren Polyäthylentüren öffnete, die auf die Produktionsetage führten. Eigentlich bestand hier Schutzhelmvorschrift, aber George ignorierte dies in der Regel und vermutete ganz richtig, dass auch Kiki schwerlich dazu zu bringen sei, solch ein orangefarbenes Ungetüm auch nur in die Nähe ihres sorgfältig frisierten Köpfchens zu lassen. Also behielt sie ihr kaum als Schutz zu bezeichnendes blau-grünes Hütchen auf, dessen Federn und Spitzenzierrat auf und ab wippten, während sie sich durch die Fabrik bewegten.

George bugsierte Kiki die gelb markierten Laufwege entlang, wo keine Verletzungsgefahr durch Hebevorrichtungen, Gabelstapler und umherfliegende Splitter aus den Schneidemaschinen bestand. Er hielt sie vorsorglich an der Hand, während sie über die Öl- und Schmutzlachen auf dem Boden stieg. Gewöhnlich schwatzte George unaufhörlich, wenn er Besucher oder Kunden durch die Fabrik führte, und erläuterte seinen jeweiligen Begleitern geplante Verbesserungen, diverse kleine Tricks in der Herstellung und machte sich über die antiquierten Maschinen lustig. Dieses Mal schwieg er jedoch. Zum ersten Mal, seit er bei Gissings war, wurde er sich des Lärms bewusst. Drehbänke, Sägen, Bohrer, Hebekräne, Lastkarren, Wendevorrichtungen, Hobeltische, Schleifmaschinen und unzählige andere Geräte hämmerten, quietschten und ratterten vor sich hin. Arbeiter brüllten und lachten.

Natürlich gab es noch viel mehr zu sehen, aber für Kiki war es genug.

»Gehen wir etwas trinken«, sagte George.

Die Aufzüge waren schon seit Jahren außer Betrieb, sodass

sie die beiden Etagen zu Georges Büro zu Fuß hinaufgehen mussten.

»Ist es immer so laut?«, fragte Kiki. »Isch glaube, isch bin doch nischt so *industrielle*.«

»Ja, ich fürchte schon. Aber man gewöhnt sich dran«, schnaufte George. Früher war er besser in Form gewesen, aber das üppige Frühstück, das er Tag für Tag zu sich nahm, hatte sich genau in seiner Körpermitte niedergeschlagen. Er wurde Val mit jedem Tag ähnlicher, und ein wenig sportliche Betätigung wäre ihm nicht schlecht bekommen. Die Diskussion war immer noch im Gange, als er mit Kiki in sein Büro zurückkehrte.

»Wärt ihr so freundlich, das Büro zu verlassen? Ich habe Besuch.«

»Wir müssen dir unbedingt etwas sagen«, erwiderte Val, ohne sich vom Fleck zu rühren.

»Das kann warten. Aber es wäre nett, wenn du uns etwas zu trinken besorgen könntest. Kiki, was möchtest du?«

Kiki blinzelte wie ein Vögelchen. »Ein Badoit Mineralwasser wäre schön, oder falls du keins 'ast, ein Perrier. Isch trinke es mit eine Stück Zitron, aber ohn Eis.«

Kiki lächelte Val offenherzig an. Sie versuchte sich möglichst unkompliziert zu geben.

»Es gibt Leitungswasser, Tee oder Kaffee«, erwiderte Val.

»Oh, isch verstehe, Ihr Perrier ist alle. Das kenne isch. Es passiert mir andauernd, aber glücklicherweise gibt es diese liebenswürdige kleine Mann, der misch regelmäßig damit versorgt. Kaffee ist auch in Ordnung. Eine Espresso bitte. Isch trinke zwar lieber Cappuccino, aber davon muss isch immer kischern. Wo isch mir doch solche Mühe gebe, seriös zu wirken.«

Es gab natürlich nur Instantkaffee, und George mischte sich ein, indem er um zwei Tassen Tee bat. »Nicht zu stark, bitte.« Ebenso gut hätte er um den Weltfrieden bitten können.

Val kehrte mit zwei Pötten Tee zurück, schwärzer als ein Torfballen.

»Hier, genau wie du ihn magst. Ich wusste nicht, ob Sie Zucker wollen«, fügte sie an Kiki gewandt hinzu. »Also habe ich für alle Fälle ein Stück reingetan.«

Kiki rührte höflich in ihrer Tasse herum. Nachdem Val sich entfernt hatte, schob sie sie von sich. George setzte zu einer Entschuldigung an, aber sie unterbrach ihn.

»Kein Problem, George. Isch bin gar nischt so durstisch. Und zur Not ist ein klein Bar an Bord von 'ubschrauber.«

Beide schwiegen. Kiki hockte auf der Kante ihres Stuhls, auf dem sie ein Taschentuch ausgebreitet hatte und achtete sorgfältig darauf, mit ihren Armen nicht die Lehne zu berühren. Sie hätte gern ihren Hut abgenommen, aber nach einem Blick auf den Tisch verzichtete sie darauf. Die Möbel wirkten ein wenig schmuddelig und speckig vom jahrelangen Gebrauch, wie George jetzt auffiel. Val machte zwar hin und wieder sauber, beschränkte sich aber hauptsächlich aufs Abstauben. Schließlich würde niemand auf die Idee verfallen, Gissings einem Schönheitstest für Fabriken zu unterziehen.

Kiki warf einen Blick auf ihre kleine, juwelenbesetzte Armbanduhr.

»Oh, George, es 'at ewig gedauert, disch zu finden, und jetzt habe isch kaum noch Zeit. Ich 'offe, es geht dir gut?«

George verschränkte die Hände. Darauf wusste er keine Antwort.

»Mein Gott, Kiki. Das hier ist eine andere Welt. Alles ist anders geworden, seit mein Vater gestorben ist. Manchmal ist es okay, aber manchmal ... manchmal ... ich vermisse so viel ... ich vermisse ...« Er verstummte. Er vermisste Kiki, aber er brachte es einfach nicht über die Lippen. Er hätte sie gern geküsst, aber es war, als lägen Tausende von Meilen zwischen ihnen.

Er erkundigte sich nach ein paar gemeinsamen Bekannten,

und sie gab ihm nichtssagende Antworten. Er hatte längst den Kontakt zu gemeinsamen Freunden verloren und verspürte eigenartigerweise keinerlei Verlangen, die Beziehungen wieder aufzunehmen. Was ging es ihn an, ob Xavier und Julia sich verlobt hatten, oder ob die Hattenburgs in Monaco in Ungnade gefallen waren?

Kiki erkundigte sich nach seinem Leben, aber das war noch sinnloser. Georges Leben war von Dingen in Anspruch genommen, die außerhalb von Kikis Vorstellungsvermögen lagen. Wenn er versuchte, es ihr zu erklären, würde sie das alles *très désagréable* finden und George bedauern, dass er sich mit derartigen Angelegenheiten herumschlagen musste.

Nach weiteren zwanzig Minuten gegenseitigen Unbehagens blickte Kiki erneut auf die Uhr. Es war Zeit aufzubrechen. George bot ihr seinen Arm, geleitete sie zurück über den Hof und durch das Holzlager und tröstete sie über den miserablen Zustand ihrer Schuhe. Ihr Hut wäre um ein Haar in einer Tonne mit öligem Wasser gelandet, hätte George nicht rechtzeitig eingegriffen.

Der Hubschrauber hob ab. Kiki winkte George hinter der Scheibe zu, bis sie nur noch ein kleiner Punkt in der Ferne war. George winkte zurück. Ein schwergewichtiger Mann auf einem schmutzigen Fabrikhof.

Anschließend stapfte er zurück in sein Büro, wo Val, Darren und Wilmot ihn bereits mit betretenen Gesichtern erwarteten.

Wilmot begann zu sprechen.

»Äh ... es hat sich herausgestellt ... ich meine, ich habe nachgeschaut ... die Cash-Flow-Unterlagen scheinen abhanden gekommen zu sein. Unglücklicherweise sieht es so aus, als ob ich sie versehentlich an einem unsicheren Ort ... also ... es besteht die Gefahr, dass vertrauliche Daten in ... feindliche Hände geraten sind.«

Wovon, zum Teufel, sprach er? Es gibt nichts Schlimmeres

als einen Buchhalter mit schlechtem Gewissen. Val schaltete sich ein.

»Wilmot hat einen alten Freund besucht, der bei Asperton in der Buchhaltung arbeitet und seinen Aktenkoffer mit unserer Cash-Flow-Prognose dort vergessen. Die Aspertons behaupten, dass sie den Aktenkoffer nicht gefunden haben, aber es ist anzunehmen, dass sie lügen und die Unterlagen bis ins Detail unter die Lupe genommen haben.«

Die Pointe stand noch aus, aber George war im Augenblick etwas begriffsstutzig. Val half ihm auf die Sprünge.

»Wenn die sehen, wie gut unser Laden läuft, werden sie den Vertrag zur Nutzung ihrer Lackiererei kündigen. Dann bleibt uns nichts anderes übrig, als eine eigene Lackiererei einzurichten, womit das Geld draufginge, das du eigentlich in die Produktionserweiterung stecken wolltest.«

Einen Moment sah George die Szenerie mit Kikis Augen: ein schmuddeliger kleiner Raum über einer heruntergekommenen Fabrik in einer verregneten Ecke Englands. Und seine Gefährten: eine übergewichtige, ungeschminkte Frau, ein verwahrlost wirkender junger Typ, der auf dem Leibe trug, was er morgens zufällig auf dem Boden seines Schlafzimmers verstreut fand, und ein unscheinbarer Mann in unscheinbarem Grau mit noch unscheinbarerer Ausstrahlung. Und worum ging es? Es ging immer nur darum, wie sie es schaffen konnten, ein paar Möbel anzustreichen, um durch deren Verkauf der Bank ihr Geld zurückzuzahlen. So wollte er eine Million erwirtschaften? Da war es wahrscheinlicher, dass er eine Reise zum Mond antrat.

»Okay, okay. Jetzt erst mal raus mit euch. Ich muss eine Weile allein sein.«

Nur Val zögerte, bevor sie den Raum verließ. Sie war nicht bloß seine Sekretärin, sondern auch seine Geliebte. Es gefiel ihr ganz und gar nicht, wie der Rest der Welt durch das Erscheinen dieser hübschen kleinen Französin, die einfach in ihrem Hubschrauber vom Himmel fiel, für George plötzlich unwichtig wurde. Sie würde ihn später deswegen zur Rede stellen. Für den Augenblick entschloss sie sich, ihm seine Ruhe zu lassen.

Val ging davon, um in Gesellschaft einiger Mädchen aus der Marketing- und Verwaltungsabteilung ihre Butterbrote zu verspeisen. Die Mädels erkundigten sich neugierig nach der Besucherin aus dem Hubschrauber, doch Val hüllte sich in Schweigen. Als sie in ihr Büro zurückkkehrte, stellte sie fest, dass ein Fax für Gissings eingetroffen war. Es handelte sich um eine knappe Mitteilung von den Aspertons, die besagte, dass der Mietvertrag für die Lackiererei unter fristgemäßer Einhaltung der Kündigung zum nächsten Monatsende beendet sei. Wilmot war wirklich ein Idiot. Aber solche Dinge passierten. Was sie jetzt brauchten, war eine Geschäftsleitung, die nicht den Kopf verlor.

Val klopfte an Georges Tür und betrat sein Büro.

Er war fort. Sein Transit stand nicht mehr auf dem Hof, und in Vals Wohnung hob niemand den Hörer ab. Er hatte keine Nachricht hinterlassen, wohin er verschwunden war oder wie man ihn erreichen konnte.

Man hatte Val von klein auf dazu erzogen, nicht zu fluchen, und in der Regel hielt sie sich daran. Aber hätte jemand in diesem Augenblick ihre Lippen beobachtet, während sie ihren Blick durch das leere Büro wandern ließ, hätte er gesehen, wie ihre Schneidezähne sich fest in die Unterlippe gruben, bevor sie den Mund wieder öffnete.

Dann sagte sie ein kurzes Wort, und es war sehr undamenhaft.

## 13.

Zack hatte an diesem Tag drei Forellen gefangen, Lord Hatherleigh nur zwei. Als die gegrillten Fische bei Tisch aufgetragen wurden, erbot Zack sich lachend, Hatherleigh Unterricht im Fischen zu geben. Hatherleigh zahlte es ihm heim, indem er Zacks erste Versuche beim Auswerfen der Angelschnur imitierte. Zack setzte dagegen, dass selbst Smudge und Bonnie Hatherleigh beim Angeln noch etwas vormachen könnten und gab gleich eine Kostprobe von deren Geschicklichkeit zum Besten. Der Fisch verschwand unter einem Schwall von Gelächter im Maul der beiden.

Während des Hauptganges musste Zack sich entschuldigen, weil er wegen eines geschäftlichen Anrufs hinausgerufen wurde. Eins der Hausmädchen trug ihm seinen Teller hinterher, den er während des Gesprächs leerte. Zum Nachtisch erschien er wieder bei Tisch.

Die Mahlzeit endete in einem fröhlichen Gelage aus Käse, Nüssen, Kaffee, Brandy, Port und Zigarren, und die Gäste verabschiedeten sich erst nach Mitternacht. Ein örtliches Taxiunternehmen beförderte jene nach Hause, die in unmittelbarer Nähe wohnten. Die Familie, Zack und weitere Gäste des Hauses begaben sich nach oben in ihre Zimmer. Sarah stieg neben Zack die Treppe hinauf.

»Du warst ja richtig witzig heute Abend«, bemerkte sie. »Du und Dad habt alle zum Lachen gebracht, selbst mich, obwohl ich sämtliche Scherze schon kenne.«

Es fiel Zack immer noch schwer, die vielen Facetten Sarahs unter einen Hut zu bringen. Die Sarah dieses Abends: eine strahlende Erscheinung in Seide und Perlen, unbeschwert und lebhaft und stets im Mittelpunkt von Unterhaltung und Gelächter. Sarah, wie er sie ein paar Stunden zuvor erlebt hatte: Zerzaust und verschwitzt zeigte sie einem neuen Stallknecht, wie man eine Pferdebox ausmistet. Und die Sarah von

Coburg's: professionell, fleißig, ordentlich, zurückhaltend. In Gedanken fügte er dieser Liste noch eine andere Sarah hinzu: Die nackte Sarah im Bett, mit ihm verstrickt durch eine Million elektrischer Impulse.

»Ich mag deinen Dad und deine Mutter. Bei deiner Familie fühle ich mich wohler als bei meiner eigenen.«

Sarah blieb eine Stufe über Zack auf der imposanten Marmortreppe stehen. Ein Gainsborough-Porträt eines der Hatherleigh-Viscounts blickte unbeteiligt auf sie herab. Seit zwei Jahrhunderten verfolgte er das Kommen und Gehen in diesem Haus. Die Mode veränderte sich, nicht aber die Menschen. Sarah wandte sich Zack zu.

»Ich kann es nicht fassen, wie sehr du dich verändert hast.«

Zack nahm Sarahs Duft wahr. Nicht nur ihr Parfüm, sondern ihren eigenen Geruch.

»Ich habe mich weniger geändert als du glaubst«, sagte er sanft.

»Ach komm. Vor ein paar Jahren hättest du Ovendon House vermutlich in ein Einkaufszentrum verwandeln wollen. Und jetzt diskutierst du mit Dad, wie man am besten die Wilderer fernhält.«

»Das meine ich nicht.«

»Was meinst du dann?«

Zack schwieg, aber sein Körper schrie nach ihr. Wieso hörte sie es nicht?

»Oh, Zack, du wirst doch nicht alles verderben? Weißt du nicht mehr, was wir einander angetan haben? Ich hab' mir geschworen, dass es nie mehr dazu kommt. Aber du wirst immer ein Freund sein, sofern du es willst.«

Zack schüttelte den Kopf. Das zumindest war unmöglich.

»Sarah, ich will dich. So war es immer. Ich habe noch nie eine Frau wie dich kennen gelernt. Wenn ich dich nicht haben kann, sterbe ich lieber als Junggeselle.«

»Oh, Zack, du meinst es wirklich ernst?«, fragte sie mit erstickter Stimme. »Mein lieber, lieber Zack!«

Sie schlang die Arme um ihn und presste ihre Lippen auf die seinen. Endlich durften ihre Körper einander wieder fühlen.

Schweigend verfolgte der Gainsborough-Viscount aus seinem Rahmen herab das Geschehen. Hübsche Frauen und attraktive Abenteurer. Wie oft hatte er das schon gesehen?

In dieser Nacht erneuerten Zack und Sarah ihre Leidenschaft. Und als der Morgen in jenem Zimmer anbrach, das einst der Herzog von Wellington mit seiner Anwesenheit beehrt hatte, lagen sie friedlich schlummernd und immer noch eng umschlungen beieinander.

# HERBST 1999

Im Central Park verfärben sich die Blätter, und die Schaufensterauslagen verbreiten herbstliche Stimmung. Die New Yorker verlassen die Stadt, um ihre Wochenenden »upstate« zu verbringen, in den Shawangunks oder Catskills, wo sie beobachten, wie die Wälder sich auf den Winter vorbereiten. Die Blattfärbung ist dieses Jahr in Ordnung, aber die Preise sind hoch. Es ist der letzte Herbst des zweiten Jahrtausends. Die Feriendomizile sind ausgebucht. Man schreibt den ersten Oktober 1999. Noch 657 Tage bis Bernard Gradleys Stichtag.

## 1.

Matthew war besorgt. War Draper weich geworden? Hatte er die Nerven verloren, wie der Rest? Hatte er aufgegeben?

Seit zwei Monaten wartete er darauf, dass der Preis für Western-Instrument-Bonds in die Höhe schnellte, doch es tat sich nichts. Bis jetzt belief sich sein noch nicht realisierter Kursverlust auf eine Million. Wurde Draper nicht bald aktiv, würde Matthew ein miserables Jahresresultat vorweisen und konnte froh sein, wenn er seinen Job behielt; von einem Bonus gar nicht zu reden. Sein Vorhaben, mit »Plan A« eine Million Pfund zu machen, hätte sich dann als lächerlich erwiesen, und »Plan B« als undurchführbar.

Obgleich seine Ängste ohnehin schon zum ständigen Begleiter geworden waren, bestand an diesem Tag zusätzlich

Grund zur Besorgnis. Am Morgen hatte Rosenthal ihn an seinem Schreibtisch aufgesucht – ein an sich schon bemerkenswertes Ereignis, denn die zehn Meter zu Matthews Schreibtisch kamen für Rosenthal bereits einer Marathonstrecke gleich.

»Sagen Sie, Matthew, sind Sie heute Abend hier? Wir sollten uns mal unterhalten.«

»Klar«, erwiderte Matthew. »Geht's um was Bestimmtes, oder wollen Sie nur mal wieder Ihren Frust über die Japaner loswerden?«

»Hören Sie bloß auf. Dieser verdammte Yen sollte eigentlich fallen, aber er steigt und steigt, und meine hochverehrten ostasiatischen Freunde machen sich auf Uncle Sams Bondmarkt breit. Ich halte mich für einen eingeborenen Amerikaner und plädiere für einen Zuschuss. Wenn's sein muss, stecke ich mir auch Federn ins Haar und zieh' in ein Wigwam.«

»Mal im Ernst, Saul, gibt's was Besonderes?«

»Ach so, ja.« Rosenthal rief sich zur Ordnung. »Western Instruments. Die Geschäftsleitung hat festgestellt, dass Sie offenbar eine Vorliebe für den Laden entwickelt haben. Wir wollten uns mit Ihnen mal über die Angelegenheit unterhalten.«

»Gibt es ein Problem?«, fragte Matthew.

»Ob es ein Problem gibt? Wer kann schon behaupten, keine Probleme zu haben? Ich zum Beispiel verabscheue Wigwams, bin allergisch gegen Federn. Seit zwei Wochen sitze ich auf der falschen Seite des Marktes, und da fragen Sie, ob es Probleme gibt.« Rosenthal wandte sich ab, als ihm einfiel, dass er Matthews Frage immer noch nicht beantwortet hatte. »Warten Sie ab bis heute Abend. Nach Marktschluss reden wir darüber.«

Vergeblich versuchte Matthew sich auf andere Dinge zu konzentrieren. Fiona Shepperton, die kurz darauf auftauchte, vermochte seine Befürchtungen auch nicht gerade zu zerstreuen.

»Bist du heute Abend hier? Wir müssen uns mal über deine Position in Western Instruments unterhalten.«

»Klar. Saul hat mich schon drauf angesprochen.«

»Dann ist es ja gut. Ich hatte schon befürchtet, er hätte sein Anliegen vergessen, bis er an deinem Schreibtisch eintraf.« Sie zögerte einen Augenblick. »Ich bin sicher, du weißt, was du tust, aber es könnte nicht schaden, wenn du dir schon mal ein paar Gedanken über deine Argumentation machst.«

Matthew befolgte ihren Rat und machte sich im Laufe des Tages schriftliche Notizen. Er rief sich seine Präsentation hinsichtlich des Euro-Gipfels ins Gedächtnis, die er D'Avignon damals in Paris vorgelegt hatte. Die Erfahrung hatte bewiesen, dass es am besten war, sich kurz, knapp und überzeugend zu fassen. Er wollte sich auf gar keinen Fall seine Pläne durchkreuzen lassen.

Gegen Ende des Tages hatte er eine sechsseitige kopierte und gebündelte Präsentation zusammengestellt. Außerdem tätigte er im Laufe des Tages ein paar Deals, die ihm einen weiteren Verlust von sechzehntausend Dollar bescherten, und das, wo er in Wirklichkeit einen täglichen Gewinn in dieser Größenordnung benötigte. Schwamm drüber. Je eher Draper mit rauchenden Colts in die Stadt geritten kam, umso besser.

Nach Marktschluss musste Rosenthal sich noch mit einem anstehenden Handel herumschlagen, aber um achtzehn Uhr fünfundvierzig holte er Matthew an dessen Schreibtisch ab. Auf dem Weg ins Konferenzzimmer philosophierte Rosenthal erneut über Wigwams und General Custer.

Alle anderen waren bereits eingetroffen. Fiona Shepperton war da und Al und Rick. Und noch jemand war anwesend. Jemand, der mit dem Rücken zu Matthew telefonierte. Eine kräftige Gestalt mit schottischem Akzent. Brian McAllister legte den Hörer auf und begrüßte Matthew.

»Nett, Sie wiederzusehen.«

Matthew erwiderte irgendetwas und verfolgte alarmiert, wie McAllister die Tür schloss. Brian McAllister, der Türen immer dann zu schließen pflegte, wenn er Leute feuerte, und dessen stechender Blick selbst aus einem Autohändler die Wahrheit herauszulocken vermochte.

Kurz darauf öffnete die Tür sich wieder, und zwei weitere Personen traten ein. Sie stellten sich als David Seymour und Jane Stalwitz aus der Revision vor. Revisionsbeamte sind die Polizisten einer modernen Bank. Ihre Aufgabe besteht darin, sicherzustellen, dass kein Mitarbeiter sich im Dschungel der gesetzlichen Vorschriften verläuft, dem jedes Industrieunternehmen unterliegt; außerdem sollen sie Insidergeschäfte unterbinden, undichte Stellen beim Fluss vertraulicher Informationen aufspüren und spitzfindige Gesetzesumgehungen verhindern. Kurz, ihre Aufgabe besteht darin, die Bank frei von Sünde zu halten. In einer Welt, in der ihre Kollegen Bezüge kassieren, die so viele Ziffern haben wie Telefonnummern für Überseegespräche, erhalten Revisionsbeamte vergleichsweise bescheidene Gehälter. Der Job eines Revisionsbeamten besteht darin, hundertmal am Tag »Nein« zu sagen, sich anschreien zu lassen, und sein »Nein« zu wiederholen. Sollte einer Ihrer Sprösslinge auf den Gedanken verfallen, eine Karriere im Revisionswesen einzuschlagen – reden Sie es ihm aus.

Matthew schüttelte Hände und gab sich freundlich, doch in seinem Kopf arbeitete es fieberhaft. Wie er es sah, enthielt die Präsentation, die er im Flugzeug gefunden hatte, »kursempfindliche« Informationen, die im Falle ihres öffentlichen Bekanntwerdens den Kurs der Bond- und Aktienpreise des Unternehmens erheblich beeinflussen würden. Indem er sich die Broschüre angeeignet und auf der Basis des dadurch erworbenen Wissens Geschäfte machte, hatte Matthew nicht nur gegen die Etikette verstoßen, sondern obendrein ein Gesetz übertreten. Matthew hatte sich des Insider Tradings schuldig gemacht. Und dafür waren die Revisionsbeamten zuständig.

Matthew rief sich seine goldene Regel ins Gedächtnis: Fasse dich kurz und präzise und sei überzeugend. Er lehnte den Kaffee ab, den Rosenthal ihm anbot, und wandte sich an die Anwesenden.

»Was kann ich für Sie tun?«

Es war Rosenthal, der ihm antwortete.

»Es geht um Western Instruments, Matthew. Da ist was faul, schlimmer noch, es stinkt zum Himmel. Sie sind nicht dumm, Matthew, und müssten selbst darauf kommen. Irgendetwas hat Sie veranlasst, fünfundzwanzig Millionen, die dieser Bank gehören, in die Western zu investieren. Das ist Kohle, mit der diese arme alte Bank ihre Heizkosten und die verdammten Fensterputzer bezahlen muss und obendrein noch ein paar Nickel abzuzweigen versucht, um langjährige Angestellte zu bezahlen. Wir würden gern wissen, woher Ihr plötzliches Interesse an Western kommt.«

»Äh ... gewiss«, erwiderte Matthew unsicher und musterte dabei die beiden Leute von der Revision, die mit gezückten Kugelschreibern vor ihren gelben Notizblöcken seiner Antwort harrten. Sie nickten Matthew aufmunternd zu, und ihre Hände fuhren bereits emsig über das Papier und notierten jedes Detail. Waren sie als Polizisten auf Routinestreife hier oder im Begriff, eine Verhaftung vorzunehmen? Matthew vermochte es nicht zu sagen.

Jane Stalwitz, die Ältere der beiden, legte ihren Kugelschreiber nieder.

»Sie fragen sich gewiss, weshalb wir hier sind, Matthew. Nun, Sie haben ein Recht auf eine Antwort. Wir haben Ihre Aktivitäten verfolgt und sind dabei auf eine Unregelmäßigkeit gestoßen. Gewöhnlich kaufen und verkaufen Sie im Auftrag von Kunden und wickeln Geschäfte dahingehend ab, den Bedürfnissen dieser Kunden gerecht zu werden. Sie spekulieren so gut wie nie, und wenn doch, höchstens über einen kurzen Zeitraum. Aber plötzlich investieren Sie aus heiterem Himmel gigantische Beträge in Bonds einer einzigen Gesellschaft, und das nicht nur über mehrere Tage hinweg, sondern über Monate, und bleiben bei Ihren Geboten, obwohl der Preis dagegen spricht. Wir sind überzeugt, dass Sie Ihre Gründe dafür haben, und würden sie gern erfahren. Das ist alles.«

Jetzt bloß nicht den Kopf verlieren. Matthew verteilte seine vorbereitete Präsentation.

»Das ist eine gute Gelegenheit, Ihnen meine Pläne darzulegen. Ich persönlich bin überzeugt, dass sich diese Sache, mit der ich mich gerade befasse, auszahlen wird, selbst wenn es momentan nicht so aussieht. Dabei kann mir die Erfahrung und das Wissen der hier Anwesenden nur von Nutzen sein, und ich bin selbstverständlich dankbar für jeden Ratschlag.«

Matthew begann mit seinen Erläuterungen. Er erklärte den Anwesenden, dass er nach einer Möglichkeit gesucht habe, seine routinemäßigen Transaktionen auszudehnen, indem er über einige der in seinem Portefeuille vertretenen Unternehmen intensive Marktforschungen betrieben habe. Im Zuge dieser Recherchen, die er noch genauer ausführte, sei er zu dem Schluss gekommen, dass Western-Instruments-Bonds in Kürze aufgrund einer Übernahme stark anziehen mussten, und so habe er unverzüglich zugegriffen. Das war alles. Matthew hatte geschätzt, dass seine Rede etwa sechs Minuten in Anspruch nehmen würde. Aber da er nervös war und sich mehrmals wiederholte, wurden es acht Minuten.

Rosenthal und McAllister warfen ein paar technische Fragen ein, die Matthew beantwortete. Soweit er selbst es beurteilen konnte, wirkte seine Erklärung durchaus einleuchtend. Fiona hatte bisher geschwiegen.

Schließlich sagte Rosenthal: »Okay, zuerst dachte ich, Sie seien einfach nur größenwahnsinnig geworden, aber immerhin haben Sie sich Gedanken gemacht. Das ist mehr, als man von den meisten unserer geschätzten Kollegen behaupten kann, die sich in der Regel nur den Kopf darüber zerbrechen, wie sie ihre Prämien ausgeben sollen. Aber eins muss ich leider sagen, die Sache gefällt mir jetzt ebenso wenig wie vorher. Western Instruments stinkt zum Himmel, Matthew, und keine Analyse der Welt kann diesen Gestank entfernen.«

McAllister nickte zustimmend und ließ Matthew dabei keine Sekunde aus den Augen. Fiona schien zur Statue erstarrt zu sein. Jane Stalwitz beugte sich vor.

»Diesen ganzen theoretischen Kram verstehe ich nicht, aber es sieht so aus, als hätten Sie das alles sorgfältig durchdacht. Beantworten Sie mir nur eine Frage, Matthew. Wie viele Unternehmen haben Sie recherchiert, bevor Sie auf Western gestoßen sind?«

O Mann, das war ein harter Brocken.

»Es müssen eine ganze Reihe gewesen sein«, antwortete Matthew. »Aber ich hatte Glück. Auf Western bin ich ziemlich schnell gekommen.«

»Haben Sie die Recherche-Einrichtungen der Bank benutzt?«

»Klar. Nebenan bei Merrill Lynch wollten sie mich nicht reinlassen.« Es war ein kläglicher Scherz, und niemand lachte.

»Wie lange haben Ihre Recherchen gedauert?«

»Ein paar Wochen, würde ich sagen.«

Matthew erinnerte sich, einmal irgendwo gelesen zu haben, dass geschickte Lügner nicht logen, sondern lediglich ausweichende Antworten gaben, und sich – wenn das nicht mehr möglich war – so unbestimmt wie möglich äußerten. Allerdings saßen die nicht einen knappen Meter gegenüber von Brian McAllister.

»Wann genau haben Sie angefangen und aufgehört?« Stalwitz war erbarmungslos. Die beiden Kugelschreiber flitzten unermüdlich über das gelbe Papier.

»Nun, ich erinnere mich noch an den Abend, als ich auf

Western gestoßen bin. Es muss der achte August gewesen sein. Da war ich etwa vier oder viereinhalb Wochen mit den Recherchen beschäftigt.«

Die Kulis kratzten die Antwort auf das Papier.

»Und welche Unternehmen haben Sie herausgesucht, bevor Sie sich für Western entschieden?«

Matthew nannte ein paar Namen von Firmen aus seinem Wertpapierbestand. Firmen, die jeder in diesem Fall in Betracht gezogen hätte. Wieder wurde seine Antwort schriftlich fixiert.

»Was für Recherchematerial haben Sie verwendet?«

Matthew stutzte einen Augenblick. Was bezweckten sie mit dieser Frage? Wen sollte das interessieren?

Dann fiel es ihm wie Schuppen von den Augen. Um die Bibliothek zu benutzen, benötigte man seine Codekarte. Für den Zugang zu den Datenterminals brauchte man eine Kennnummer. Nahm man die Hilfe eines Rechercheassistenten in Anspruch, musste man ein Formular ausfüllen. Diese Vorgänge waren wie Fingerabdrücke. Angesichts des enormen Datenapparats der Bank war es vermutlich möglich, jeden Millimeter seiner Geschichte nachzuprüfen. Aber jetzt konnte er nicht mehr zurück, also verlegte er sich auf Ausweichmanöver.

»Na ja, das Übliche, würde ich sagen«, erwiderte er vage. »Jahresberichte, Zeitungsartikel, veröffentlichte Analysen.«

»Haben Sie die Jahresberichte aus der Bibliothek zurate gezogen oder haben Sie sie online aufgerufen?«

Diese Stalwitz war gnadenlos. Zwei Kugelschreiber harrten über gelben Blöcken schwebend seiner Antwort, bereit, ihn zweifach zu verdammen.

»Online oder aus der Bibliothek? Ich kann mich nicht mehr genau erinnern ...« Matthew verstummte. Er war als Bester aus dem härtesten Trainingsseminar der Wall Street hervorgegangen und hatte soeben eine exzellente Präsentation für seine

Western-Instruments-Geschäfte vorgelegt. Niemand in diesem Raum würde ihm abkaufen, dass er sich nicht erinnern könne, woher er seine Jahresberichte bezog. »Äh ... online, glaube ich.«

Stalwitz ließ nicht locker. Und die Brokerberichte? Welche? Wie viele? Zu welchen Zeiten hatte er die Bibliothek benutzt? Die gelben Seiten des Notizblocks füllten sich mit einem Meer aus Einzelheiten, festgehalten in pedantischer, dunkelblauer Kugelschreibertinte. Ein Meer, tief genug, Matthew darin zu ertränken. Die Fragen rissen nicht ab. Welchen Zeitungssausschnittservice hatte er konsultiert? Wie viele Rechercheanträge hatte er bei den Assistenten ausgefüllt?

Matthew geriet ins Schleudern. Die Wahrheit konnte er nicht sagen, aber jedes Wort, das er jetzt von sich gab, drängte ihn mehr in den Bereich des Widerlegbaren. Kam es zu einer Überprüfung, wäre ein Bericht über Matthew Gradley, wie er eines Sonntagabends um zehn in die Bank platzte und tags darauf Western-Instruments-Bonds im Wert von fünfundzwanzig Millionen Dollar kaufte, alles was sie finden würden. Nichts auf der Welt ließ weniger auf ein wohl durchdachtes, systematisches Recherchevorgehen schließen. Die Millionen seines Vaters konnte er getrost vergessen. In diesem Augenblick hätte er gern freiwillig darauf verzichtet, wenn er dadurch seinen Hals aus der Schlinge hätte ziehen können.

Zum ersten Mal löste der durchdringende Blick McAllisters sich von Matthew und schweifte in unbestimmte Fernen, als hätte er sich soeben eine Meinung zu irgendetwas gebildet. Matthew schwante, dass es nichts Gutes sein konnte. Die Worte »Sie haben Ihr Fehlerpotenzial ausgeschöpft, Matthew«, hallten ihm plötzlich in den Ohren. Aber dann geschah das Unerwartete.

Fiona Shepperton räusperte sich.

»Entschuldigen Sie, dass ich mich einmische, Jane, aber möglicherweise kann ich die Angelegenheit ein wenig verkürzen. Matthew hat seine Absicht, diese Recherchen durchzuführen, seinerzeit mir gegenüber erwähnt, und ich habe ihn dazu ermuntert, weil ich der Meinung bin, dass Händler sich generell ein genaueres Bild über die Firmen verschaffen sollten, mit deren Bonds sie handeln. Ich habe ihm bei der Beschaffung eines Großteils seines Recherchematerials geholfen, indem ich meinen Bereichsleitercode verwendete. Sie werden also nur auf wenige Anfragen unter seinem Namen stoßen.«

Stalwitz blickte sie verblüfft an. Weshalb sollte eine leitende Direktorin ihre Informationsprivilegien nutzen, um einem Juniorhändler zu helfen, den sie kaum kannte? Und ausgerechnet Fiona Shepperton, deren Ruf selbst in die toten Gewässer der Revisionsabteilung gedrungen war.

»Aus welchem Grund haben Sie ihn dabei unterstützt?«

»Er hatte bei seinem ersten Versuch Probleme, die erforderliche Unterstützung der Rechercheassistenten zu gewinnen. Eine Beschwerde, die mir nicht zum ersten Mal zugetragen wurde. Das Personal dort räumt den leitenden Direktoren und den Junioranalysten aus der Abteilung für Unternehmensfinanzierung, die sie alle zehn Minuten löchern, höhere Prioritäten ein. Selbst wenn die dort kaum etwas zu tun haben, kann man von Glück reden, wenn eine auf normalem Weg eingereichte Anfrage irgendwann mal an oberster Stelle des Stapels landet.«

Fiona Shepperton wirkte vollkommen souverän. Hier war er, der Freibrief, der Matthew vor dem Gefängnis bewahrte, unterzeichnet von einer leitenden Direktorin. McAllisters Blick hatte sich dem Geschehen wieder zugewandt, als Fiona zu sprechen begann, aber jetzt schweifte er wieder in die Ferne. Er entschuldigte sich und begab sich zu dem Telefon, das in einer Ecke des Raumes stand.

»Sie sind sich bewusst, dass es gegen die Vorschriften der Bank verstößt, einem anderen seine Zugangscodes zur Verfügung zu stellen?«

»Ja, ich bin mir dessen durchaus bewusst. Ich werde mich an diese Vorschriften halten, wenn das Personal der Forschungsabteilung endlich aufgestockt wird.« Shepperton gehörte zum Führungsstab der Bank. Ihr Vergehen war eher als geringfügig zu betrachten, und Stalwitz verlor rasch an Boden.

»Sie wollen damit also sagen, dass wir alle diese Anfragen unter Ihrem Zugangscode überprüfen können?« Stalwitz klopfte mit dem Kugelschreiber auf ihren Block.

»Natürlich. Allerdings werden Sie nicht viel finden. Sie dürfen nicht vergessen, dass vier Forschungsanalysten für mich arbeiten, die alle meinen Code benutzen. Und in diesem Fall handelt es sich nicht einmal um einen Verstoß gegen die Vorschriften.« Shepperton lächelte über ihren eigenen kleinen Scherz. »Sie werden zwar einen riesigen Berg an Abfragen pro Woche finden, aber ich fürchte, es wird schwierig sein zu unterscheiden, was davon von Matthew und was von meinen Analysten angefordert wurde.«

Stalwitz hatte aufgehört zu schreiben. Sie schob ihren Block ein wenig von sich fort.

»Ich denke, dass man das überprüfen kann.« Sie klang wenig enthusiastisch.

»Natürlich. Und das sollten Sie unbedingt tun«, erwiderte Fiona. »Ich halte es für wichtig, dass Sie jeder Unregelmäßigkeit nachgehen, die Ihnen verdächtig erscheint, und ich würde es begrüßen, wenn Sie Saul und mir morgen oder übermorgen Bericht erstatten.«

Stalwitz schwieg einen Augenblick. Sie kannte diese Art von Nachforschungen und wusste, was auf sie zukam. Sich anhand unzähliger Anfrageformulare und Computerausdrucke ein Bild von bestimmten Vorgängen zu machen, kommt einer Sisyphusarbeit gleich. Forschungsberichte über ein halbes Dutzend Unternehmen zurückzuverfolgen, die über einen Zeitraum von vier Wochen angefordert wurden, kann Ewigkeiten dauern. Die letzten Nachforschungen dieser Art hatten sie und ihre Kollegen eine ganze Woche nervenaufreibender Arbeit gekostet, und dabei hatte es sich um ein weitaus weniger umfangreiches Projekt gehandelt. Der jetzige Fall konnte sie und ihren Kollegen Monate beschäftigen. Es gehörte zu ihrem Job und war die Mühe wert, wenn der Anlass angemessen war. Aber Shepperton hatte ihnen so gut wie garantiert, dass sie nichts finden würden.

»Nun, vielleicht können wir uns die Mühe schenken, wenn wir überzeugt sind, auf nichts Außergewöhnliches zu stoßen«, wagte sie einzuwenden.

Shepperton blickte Rosenthal an, der ihren Blick richtig deutete. Er schob seine Kaffeetasse zur Seite und setzte sich so aufrecht wie möglich hin, was nicht wirklich aufrecht war.

»Nein. Ich finde es besser, eine Untersuchung ordnungsgemäß zu Ende zu bringen«, sagte er. »Wir alle werden zufriedener sein, wenn wir unsere Hausaufgaben hier gemacht haben.«

Rosenthals heimliche Bezeichnung für die Revisionsabteilung lautete »Behinderungsstab«. Soweit es ihn betraf, sollten sie aus dieser Angelegenheit ruhig eine Lehre ziehen. Seiner Meinung nach mussten riskante Handelsgeschäfte zwar mit angemessener Umsicht angegangen, aber nicht von vornherein blockiert werden. Stalwitz nickte.

»Ich verstehe. Es wird allerdings mehr als ein oder zwei Tage in Anspruch nehmen. Aber ich werde Sie in Kürze wissen lassen, wie viel Zeit wir voraussichtlich benötigen werden.«

»Sehr gut«, antwortete Fiona. »Hoffen wir, dass es nicht allzu lange dauert.«

Stalwitz, die Mutter von drei Kindern im Alter von neun,

sieben und drei Jahren war, hatte neben dieser Angelegenheit auch noch ihr normales Arbeitspensum zu bewältigen. Vor ihr lagen einige sehr lange Arbeitstage. Nur gut, dass sie einen brauchbaren Babysitter an der Hand hatte. Als das Meeting abgebrochen wurde, murmelte Rosenthal Matthew etwas zu, wobei er sich wenig Mühe gab, leise zu sprechen.

»Lassen Sie sich von diesen Neurotikern aus der Revision nicht ins Bockshorn jagen«, sagte er. »Die werden so schlecht bezahlt, dass sie unter Vitaminmangel leiden. Das macht sie nervös. Bei jedem lauten Geräusch zucken sie zusammen. Trotzdem, Ihr Handel gefällt mir immer noch nicht.«

»Na ja, die tun bloß ihre Arbeit, nehme ich an«, erwiderte Matthew, und blickte Fiona Shepperton nach, die gerade den Raum verließ.

Hexe oder Darling? Nichts von beidem. Sie war ein Engel, den der Himmel ihm gesandt hatte.

## 2.

Hier wohne ich.« Kodaly öffnete die Tür zu seinem Wohnzimmer, das unter einer Flut von Flaschen, leeren Lebensmittelpackungen, Zeitungen, Schachmagazinen und Kleidungsstücken unterzugehen drohte. »Es ist ein bisschen unordentlich.«

»Nein, es ist ein Saustall«, erwidert Josie. Sie übertrieb absichtlich; sie hatte schon Schlimmeres gesehen. Ziehe fünf Jahre vom biologischen Alter eines Mannes ab, und du erfährst sein geistiges Alter, war ihre Devise. Aber Kodaly war Mathematiker und Schachspieler, also war es in seinem Fall gerechtfertigt, diese Regel zu verdoppeln. Zog man zehn Jahre ab, befand sein Gehirn sich gerade im Teenagerstadium – was der Zustand seines Wohnzimmers bestätigte.

»Du solltest mal aufräumen.«

»Das meiste ist sowieso Müll. Das werfe ich weg.«

»Aber die Kleidung?«

»Ja, ja, die Klamotten«, murmelte Kodaly auf Ungarisch, während er den Abfall in einen schwarzen Sack stopfte und Hosen, Pullover und Jacketts mit dem Fuß zu einem Haufen zusammenschob.

Von der Lehne des Sofas aus sah Josie ihm zu. Auf dem Wohnzimmertisch stand ein Schachbrett, auf dem offensichtlich ein Spiel im Gange war. In einer Ecke des Zimmers summte ein PC, dessen Monitor ausgeschaltet war. Nichts deutete auf so etwas wie ein aktives Liebesleben hin.

»Spielst du gerade gegen jemand?«, fragte Josie.

Er blickte auf das Schachbrett. Sofort saugte sein Blick sich an der Konstellation der Figuren fest, und man spürte, wie es automatisch in seinem Hirn zu arbeiten begann, während er antwortete.

»Nein. Das ist ein Spiel zwischen Kasparow und Spassky.« Er bewegte einen der Läufer. »Kasparow würde einen Blick darauf werfen und gewinnen. Ich? Nun, ich sehe es jetzt und verstehe ... Aber in einem Spiel, bei tickender Uhr ... Deshalb verdiene ich mir meinen Lebensunterhalt mit Computern.«

Er blickte wie hypnotisiert auf das Spiel. Aber Josie wußte, dass er das Brett in Wirklichkeit gar nicht benötigte, um das Spiel zu sehen.

»Was ist denn nun mit dem Plunder hier, Miklos?«

»Ach so. Entschuldigung.«

Er wandte seine Aufmerksamkeit wieder dem Sack in seiner Hand zu und beendete seine Säuberungsaktion. Zeitschriften und Bücher wurden zu ungeordneten, aber säuberlichen Stapeln aufgetürmt. Die Kleidungsstücke verschwanden im Schlafzimmer, aus dem er zehn Minuten nicht mehr auftauchte, weil er den Raum ebenfalls einer größeren Aufräumaktion unterzog. Josie verzog sich unterdessen in die Küche, wo sie –

den Kontakt mit jeglichen Oberflächen tunlichst vermeidend – zwei Tassen Instant-Kaffee zubereitete.

»So, fertig. Alles aufgeräumt«, verkündete Kodaly, als er wieder auftauchte. »Das nächste Mal erledige ich das, bevor du kommst.«

Josie fiel auf, dass er kurz gezögert hatte, bevor er vom »nächsten Mal« sprach. Weniger weil er es infrage stellte, sondern vielmehr als Beweis, dass Josie ein wenig aus dem Rahmen seiner sonstigen Bekanntschaften fiel, dass er so etwas wie sie sozusagen gar nicht verdient hatte. Was Josie nur Recht war. Mit ihren achtzehn Jahren war sie zwar keine Jungfrau mehr, verfügte aber auch nicht über sonderlich viel Erfahrung. Kodaly verlieh ihr das beruhigende Gefühl, die Dinge unter Kontrolle zu haben.

»Danke«, erwiderte sie lächelnd. »Ich verspreche, dass ich es gebührend zu würdigen weiß.«

»Setz dich. Warte, ich nehme das Brett weg, damit meine Aufmerksamkeit nicht von der hübschen jungen Dame abgelenkt wird.« Er brachte das Schachbrett in eine Ecke des Zimmers. Selbst im Gehen hefteten seine Blicke sich auf die Spielfläche. »Kasparow ist ein großartiger Spieler. Er ist Beethoven, Shakespeare. Ich spiele seine Spiele nach und weiß ... ich könnte nie ... aber ich vergesse es immer wieder. So, jetzt kümmere ich mich nur noch um dich.«

Ein wenig verlegen prosteten sie sich mit den Kaffeetassen zu und tranken. Kodalys Blick schweifte über das Regal, das ihm als Weinkeller diente.

»Wann hast du mit dem Schachspielen angefangen?«, fragte sie.

Kodaly lachte. »Im Bauch meiner Mutter«, antwortete er. »Mein Vater war ein guter Spieler und wünschte sich, dass ich mal perfekt würde. Meine Mutter musste jeden Abend mit ihm spielen, während sie ... als sie mit mir schwanger war. Nachdem ich geboren wurde, verging ebenfalls kein Tag ohne Spiel. Ich spielte Schach, bevor ich sprechen konnte. Mein erstes Wort war ›König‹. ›Mutter‹ konnte ich erst sagen, nachdem ich alle Schachfiguren kannte. Das ist kein Scherz.«

Nachdem sie ihre anfängliche Befangenheit überwunden hatten, plätscherte die Unterhaltung locker dahin. Kodaly hatte eine ungewöhnliche Lebensgeschichte hinter sich, über die er interessant und teilweise sogar recht witzig zu erzählen wusste. Josie erfuhr eine Menge über das letzte Jahr der russischen Herrschaft in Ungarn, Kodalys Karriere in der Schachwelt und was auf Turnieren hinter den Kulissen vor sich ging, über sein Interesse an Computern und die bizarre Welt der europäischen Hacker. »Im Westen werden die Geräte immer größer, funktionieren besser, und man braucht sich über die Speicherkapazität kaum noch Gedanken zu machen. Im Osten waren die Computer viel schlechter. Man muss sehr ... sehr clever sein, einen wirkungsvollen Virus zu entwickeln.«

Josie blieb zwei Stunden. Sie öffneten eine Flasche Wein, von der Kodaly neun Zehntel trank, doch seine fahlen Züge ließen darauf schließen, dass seine Leber eine einzige Flasche als pure Erholung betrachtete. Schließlich erhob sich Josie.

»Ich muss jetzt gehen. Eine Nachbarin kümmert sich um meine Mutter, aber sie will jetzt gewiss nach Hause.«

Kodaly stand auf. »Natürlich. Also, ich hoffe ...«

»Es war wirklich sehr nett, Miklos. Ich werde nicht allzu oft kommen können, wegen Mum ... aber vielleicht nächste Woche? Donnerstag? Ich besorge einen Babysitter, dann kann ich vielleicht ein bisschen länger bleiben.«

»Ja, bitte. Die Wohnung wird blitzblank sein. Vielleicht koche ich etwas. Magst du ungarisches Essen? Paprika?«

»Das wäre toll.«

Jetzt gab es kein Zurück mehr. Sie standen an der Türschwelle zu Kodalys Apartment und küssten sich auf die

Wange. Josie erwartete einen Kuß, Kodaly drei. Lachend über die Verwirrung einigten sie sich auf zwei, doch Josies Hand ruhte immer noch auf seiner Schulter. Lächelnd zog sie ihn zu sich heran und küsste ihn kurz, aber beherzt auf den Mund.

»Bis nächste Woche«, verabschiedete sie sich.

## 3.

Guten Morgen, Zack«, begrüßte ihn Lord Hatherleigh. »Treten Sie ein.«

Zack stellte ihm die übrigen Mitglieder seines Teams vor: Phyllis Wang, eine Mitarbeiterin der Weinstein-Lukes-Filiale in Hongkong, und Hal Gillingham, der Steuersachverständige der Bank. Phyllis war eine zierliche Chinesin undefinierbaren Alters. Sie verfügte über zwanzigjährige Erfahrung im Bankwesen Hongkongs. Gillingham, der seinen gewohnten, sorgenzerfurchten Gesichtsausdruck zur Schau trug, sollte seine fundierten Kenntnisse des Steuerrechts einbringen.

Der Viscount führte seine Gäste zu einer geräumigen Chesterfield-Sitzgruppe.

»Machen Sie es sich bequem«, forderte er sie auf und lehnte sich selbst behaglich zurück. Trotz seines behäbigen Gebarens prickelte er vor Energie. Sich seiner Rolle als Gastgeber bewusst, erkundigte er sich pflichtschuldigst, wie Phyllis' Flug verlaufen sei und äußerte seine Überraschung, sie noch nie im Hongkong Jockey Club angetroffen zu haben. Dennoch vermochte seine höfliche Konversation nicht darüber hinwegzutäuschen, dass er lieber gleich zur Sache gekommen wäre.

Zack unterbrach sein Geplänkel.

»Vielleicht sollten wir jetzt mit der Präsentation beginnen«, sagte er. »Wir müssen sehr viel Material durchgehen.«

Hatherleigh nickte. Zack händigte allen Anwesenden ein spiralgebundenes Dossier aus, das die Aufschrift trug: *Hatherleigh Pacific – der nächste Schritt.*

Das Manuskript beinhaltete die dreißigseitige stichpunktartige Zusammenfassung einer weitgreifenden, komplizierten Finanzanalyse des Hatherleighschen Unternehmens. Unter der auf jeder Seite aufgeführten Überschrift zum jeweiligen Hauptpunkt befanden sich Charts, Grafiken, vergleichende Daten, Entwürfe, Fragen zu bestimmten Punkten, Termine und dergleichen. Zack schlug die erste Seite auf und begann seinen Vortrag.

»Hatherleigh Pacific ist eine Immobilien- und Schifffahrtsgesellschaft mit einer Reihe von Aktivposten, hauptsächlich Bürogebäude und Schiffe. Als Sie, Lord Hatherleigh, vor achtzehn Jahren zum Vorsitzenden wurden, mussten Sie feststellen, dass die Vermögenswerte der Gesellschaft nicht auf optimale Weise genutzt wurden. Schiffe fuhren nur halb beladen, und Bürokomplexe wurden zwar eifrig renoviert und expandierten, aber keines von beiden brachte nennenswerten Gewinn ein. Das haben Sie geändert, indem Sie Kosten einsparten und sich mehr an den Wünschen Ihrer Kunden orientierten. Heute, achtzehn Jahre später, haben Sie Ihr Ziel erreicht. Ihr Küstenschifffahrtsservice ist der größte und beste vor Ort. Ihre Immobilienwerte sind höchst rentabel. Ihr Profit ist ausgezeichnet.

Aber wie sehen Ihre Zukunftsmöglichkeiten aus? Im Bereich der Schifffahrt können Sie nicht weiter expandieren, weil Sie praktisch den ganzen Markt beherrschen. Ihr Immobilienbesitz ist voll ausgeschöpft, und angesichts der hohen Grundstückspreise wäre es unklug, auf diesem Gebiet weiter zu expandieren. Ihr Talent und Ihr Ehrgeiz verpflichten Sie zu mehr. Aber wo als Nächstes ansetzen?

Wir sind der Meinung, dass Sie im großen Stil planen sollten. Die kleineren Unternehmen in Hongkong sind hochqualifiziert. Es wäre leicht, sie aufzukaufen, aber schwer, ihre Effizienz noch zu steigern. Aber es gibt da ein paar attraktive Firmen, die heute das verkörpern, was Hatherleigh Pacific vor achtzehn Jahren war. Großartige Vermögenswerte, aber schlechtes Management. Wir sind überzeugt, dass Sie Ihre Zauberei wiederholen können, aber diesmal in größerem Rahmen. Und wir sind heute zu Ihnen gekommen, diese Möglichkeiten mit Ihnen zu besprechen.«

Hatherleigh blätterte bereits fasziniert durch das Manuskript, während Zack noch mit seiner Einführung beschäftigt war. Ein gutes Zeichen. Zack entspannte sich ein wenig.

Der erste Teil des Dossiers umfasste eine detaillierte Cash-Flow-Prognose von Hatherleigh Pacific. In ein, zwei Jahren würde das Unternehmen an seine Grenzen stoßen. Hatherleigh Pacific wäre zwar immer noch profitabel, aber wahrscheinlich kein aufstrebendes Unternehmen mehr.

Hatherleigh überprüfte die Zahlen. Die zusammenfassende Analyse war ihm nicht genug, und er fragte nach weiteren Details, worauf Zack zwei umfangreiche Anhänge aus seinem Aktenkoffer zutage förderte. Hatherleigh machte sich daran, die ausführlichen Tabellenkalkulationen durchzugehen und legte lediglich eine kurze Pause ein, um seine Sekretärin anzuweisen, seinen nächsten Termin abzusagen. Das Interesse des Viscounts war zweifelsfrei geweckt. Für den Laien gibt es nichts Öderes als endlose Finanzanalysen. Aber was die Anwesenden in diesem Raum sahen, waren keine Zahlen, sondern ein Unternehmen, dessen Innerstes nach außen gekehrt wurde. Sie lasen keine Kalkulationen, sondern blickten in die Seele des Unternehmens.

Hatherleigh löcherte Zack nach weiteren Einzelheiten. Ein, zwei Mal mochte er tatsächlich eine Antwort erwarten, aber Zack vermutete auch, dass Hatherleigh ihn auf die Probe stellen wollte. Der Viscount wollte sicherstellen, dass Zack wirklich verstand, wovon er redete, und nicht nur Eindruck mit diesen immensen Zahlenkolonnen schinden wollte. Aber Zacks Gedächtnis war tadellos, und seine Recherchen wiesen nicht die kleinste Lücke auf. Warum sie die Containerbewegungen im Yang-Sin-Terminal für 2001 aufgeführt hatten, wollte Hatherleigh wissen. Zacks Antwort kam wie aus der Pistole geschossen. Einige Artikel der *South China Morning Post* und im *Hong Kong Coastal Shipping Bulletin* hatten über eine Hafensanierung berichtet, die für dieses Jahr geplant war. Schiffe, deren Tiefgang ein bestimmtes Maß überschritt, würden keine Einfahrtgenehmigung mehr erhalten. Untersuchungen der Hafenstatistiken wiesen darauf hin, dass mit einem dreißigprozentigen Rückgang des Containerumschlags zu rechnen sei. Hatherleigh war sichtlich beeindruckt. Das Gespräch wurde fortgesetzt.

Gillingham rieb sich das zerfurchte Gesicht. Seit Beginn dieses Projekts fühlte er sich ständig wie zerschlagen. Aber er konnte damit umgehen. Er war seit sechs Jahren trocken und hatte Erfahrung darin, harte Zeiten durchzustehen, wenn es dadurch auch nicht leichter wurde. Er hatte schon Schlimmeres durchgemacht. Gillingham nahm die Hände vom Gesicht und konzentrierte sich wieder auf die Unterhaltung.

Zack und der Viscount legten die Tabellenkalkulationen beiseite und wandten sich dem Kern der Präsentation zu. Wie sollte Hatherleigh Pacific in Zukunft vorgehen? Worin sollte man investieren?

Zack hatte eine Auswahlliste mit sechs Namen mitgebracht. Bei den ersten fünf handelte es sich um solide mittelständische Firmen, die bereits seit Jahren in Hongkong ansässig waren. Der Viscount lauschte Zacks Ausführungen, blätterte aber gleichzeitig weiter in der Präsentation, was dazu führte, dass seine Aufmerksamkeit zu erlahmen drohte. Phyllis Wang und Gillingham bemerkten die ersten Anzeichen von Langeweile beim Viscount – Merkmale, die ihnen von anderen Sitzungen mit geschäftsführenden Direktoren geläufig waren. Zacks Felle drohten davonzuschwimmen.

Auch Zack entging die schwindende Aufmerksamkeit seines Zuhörers nicht. Aber ihm war es nur recht. Denn so verschaffte er sich genau die richtige Voraussetzung, um den letzten Namen ins Spiel zu bringen. In einem eigens zu diesem Zweck ausgeklügelten Tempo – nicht zu schnell und nicht zu langsam – spielte er mit seinem Publikum, indem er die Dinge weiter ausspann und allmählich dem Höhepunkt zusteuerte.

Schließlich gelangte er zu dem Schluss, dass der richtige Augenblick gekommen sei und nannte den letzten Namen auf seiner Liste:

South China Trust Bank. Es war der Name, der auf dem Blatt gestanden hatte, das Sarah seinerzeit Bonnies Zähnen zu entreißen versucht hatte. Ein Name, der zweimal unterstrichen und am Rand mit ein paar hingekritzelten Notizen versehen gewesen war. Worte, die Zack nur durch eine verschwommene Erinnerung hatte entziffern können und die immer wieder durch das Bild von Bonnies speicheltriefenden Lefzen überdeckt wurde. *Wir müssen diese Firma bekommen – aber wie?* hatte Lord Hatherleigh in seiner charakteristischen Schrift an den Rand gekritzelt.

Zack setzte zum entscheidenden Teil der bedeutendsten Präsentation seiner jungen Karriere an.

## 4.

Auf, auf ihr Roten«, sang Darren. Er war gerade dabei, eine Reihe leuchtend roter Stühle über die Laderampe in die Ausstellungshalle der jährlichen Northern Furniture Industries Show zu schleppen, die größte Möbelmesse des Landes neben der British Showcase. Bereits vor Monaten hatte

George einen großzügigen Stand gebucht und dafür gesorgt, dass es sich diesmal um einen strategisch günstigen Platz handelte.

Dave warf einen Blick zu Darren hinüber, während er einen Satz blaue Regalbretter aus dem Lastwagen beförderte und dabei »Blau ist die Farbe, Gissings der Name«, schmetterte. Sein mangelndes Gefühl für Melodie versuchte er durch Lautstärke wettzumachen.

Val verfolgte auf einer leeren Kiste sitzend den Entladevorgang. Es war sechs Uhr morgens und noch kühl. Sie nahm einen Schluck Tee aus der Thermoskanne. Die Arbeit ging gut voran, und Val blieb nicht viel zu tun. Darren kam zurück, um einen Schreibtisch mit ausziehbarer Ablagefläche für eine Computertastatur auszuladen. Der Tisch war gelb, mit fröhlichen roten und blauen Markierungen. Darrens Repertoire an abgewandelten Fußballhymnen versiegte vorübergehend. Aber kurz darauf polterte er von neuem los: »We all live in the yellow submarine, the yellow submarine, the yellow submarine.«

Daves nächste Fuhre bestand aus einem mit auffallend großen, weißen und gelben Gänseblümchen verzierten Geschirrschrank aus Holz. Da ihm keine Fußballvereine bekannt waren, die Gänseblümchen auf ihrer Fahne trugen, gingen ihm die Textideen aus. Er schulterte das Möbelstück und trottete in unfreiwilligem Schweigen an Val vorbei. »Daisy, Daisy«, murmelte sie.

»Ja, gut«, sagte Dave und platzte mit seiner unmelodischen Stimme los: »Ach, Daisy, geh noch mal ohne Klamotten durch den Saal.« Zum Entzücken der Beschäftigten auf den benachbarten Laderampen ließ er sich noch ein paar schlüpfrige Reime dazu einfallen.

Val packte ein paar mit gebratenem Schinkenspeck belegte Sandwiches aus, die sie zu Hause in Küchenpapier und Folie verpackt hatte, sodass sie noch warm waren. Die hätten George sicher geschmeckt.

Neben ihnen fuhr ein großer Lastwagen mit dem Asperton-Logo vor, der Val wieder an das Fiasko mit der Lackiererei und Georges Abwesenheit erinnerte. Sie seufzte.

Dave und Darren bauten sich vor ihr auf. Ob sie wohl etwas von ihren Sandwiches abhaben dürften? Die dufteten so köstlich, und sie selbst hätten nicht daran gedacht, sich etwas zum Frühstück mitzunehmen, erklärten sie treuherzig. Kindsköpfe! Val überließ ihnen eines ihrer Sandwiches, das sie sich teilten. Von ihrem Tee würden sie nichts abbekommen. Mit vollen Backen kauend, blieben sie bei Val stehen, als Darren plötzlich auffuhr.

»Verdammte Diebe!«

Er deutete mit seiner Sandwichhälfte auf den Asperton-Lkw.

Val und Dave drehten sich um. Zwei Männer in Asperton-Overalls entluden farbenfroh gestrichene Möbel, die nahezu identisch mit den Stücken der »Bright and Brillant«-Kollektion waren. »Willkommen in der Welt der Asperton-Brillanz!«, verkündeten die Werbetafeln, die jetzt ebenfalls entladen wurden. »Funktionell und strahlend – zu sagenhaften Preisen.«

Darren und Dave setzten zu einer Fußballhymne an, die gewöhnlich für Schiedsrichter gedacht war, die dem gegnerischen Team in der neunzigsten Minute einen umstrittenen Elfmeter zugestanden hatten.

»Lasst gut sein«, sagte Val zu ihnen. »Mit so etwas haben wir doch die ganze Zeit gerechnet.« Und das stimmte. Es gab kein Urheberrecht für Design, und dass jemand die »Bright and Brillant«-Kollektion kopierte, war zu erwarten gewesen. Nur ärgerlich, dass ausgerechnet die Aspertons diejenigen waren. Die würden sich nicht damit zufrieden geben, die Gissingsschen Entwürfe zu kopieren, sondern ihre Sache obendrein auch noch verdammt gut machen.

Der eigentliche Schock stand aber erst noch bevor. Kurz nach Ausstellungseröffnung schlenderte Val – in der Absicht, sich eine Preistabelle zu besorgen – zum Asperton-Stand. Michael Asperton, korpulent, mit funkelnden Augen und die unvermeidliche Zigarre zwischen den Lippen, war höchstpersönlich anwesend und blickte Val entgegen.

»Val Bartlett, nicht wahr? Ich erinnere mich an Sie aus der Zeit, als ich hin und wieder mit dem alten Tom Gissing zusammenkam. Ein Jammer, die Sache mit Tom, nicht wahr? Wir haben einen großen Kranz zu seiner Beerdigung geschickt.«

Tom Gissing hatte die Aspertons nicht ausstehen können, aber nie den Mut aufgebracht, dies offen zu zeigen. Val mochte sie ebenso wenig.

»Was kann ich für Sie tun, meine Liebe? Gefällt Ihnen unser neues Sortiment? Wir sind sehr zufrieden damit.«

Er kicherte, paffte und wackelte vor Vergnügen förmlich vor sich hin.

»Das sehe ich. Ich wollte mir gerade eine Preistabelle besorgen.«

»Preise? Aber meine Liebe! Der alte Tom Gissing hat nie von Preisen gesprochen, ehe er nicht das Produkt in Augenschein genommen hatte. Als Erstes pflegte er die Schwalbenschwanzverbindungen zu inspizieren. Aber gut, Sie wünschen eine Preisliste. Mal schauen, ob ich daran gedacht habe, welche mitzubringen. Hahaha! Ah, da haben wir sie ja. Das sind natürlich nur Listenpreise. Wir sind jederzeit bereit, über Mengenrabatte zu verhandeln. Lassen Sie es mich wissen, wenn Sie interessiert sind.«

Val nahm die Liste entgegen und ging ohne ein weiteres Wort. Der Kerl war unerträglich. Auf dem Weg zurück zum Gissings-Stand schlug sie die Preistabelle auf. Wäre sie sich nicht Michael Aspertons Blick bewusst gewesen, der sich in ihren Rücken bohrte, wäre sie vermutlich vor Schreck wie angewurzelt stehen geblieben. Das waren keine Tiefstpreise, sondern Schleuderpreise.

Zurück an ihrem Stand schätzten sie gemeinsam den Schaden ein. Das Asperton-Sortiment umfasste eine Kopie von jedem ihrer eigenen Produkte, aber die Preise lagen zwischen zwanzig und fünfzig Prozent unter den Gissings-Preisen. Obendrein war da noch Aspertons Bemerkung über Mengenrabatte. Damit hatte er Val signalisiert, dass er durchaus bereit war, seine Preise noch niedriger anzusetzen, wenn er Gissings dadurch aus dem Rennen schlagen konnte.

Um den Gissings-Stand drängte sich eine ansehnliche Zahl potenzieller Käufer. Sie hatten sich inzwischen einen Ruf verschafft, und es war keine Rede mehr davon, dass das Unternehmen kurz von dem Bankrott stand. Im Gegenteil, der Name Gissings bürgte wieder für Qualität, Innovation und Service. Aber Val machte sich nichts vor. Höfliche Kommentare kosteten nichts, aber Aufträge würden erst vergeben, wenn die Kundschaft sich einen Gesamtüberblick verschafft hatte. Und wenn sie erst einmal das Asperton-Sortiment entdeckt hatten, gab es keinen Grund mehr, zum Gissings-Stand zurückzukehren.

Sie sollte Recht behalten. Je weiter der Vormittag voranschritt, desto ruhiger wurde es auf ihrer Ausstellungsfläche. Wie sich herausstellte, hatten die Aspertons auch die Preise einiger anderer Sortimente reduziert, die im Stil der Gissingsschen Produktpalette ähnelten. Nur bei Erzeugnissen, mit denen Gissings nicht konkurrieren konnte, waren die Preise unverändert geblieben.

Es war eine unverhohlene Kriegserklärung der Aspertons.

Während sie in verdrießlicher Stimmung ihren Lunch einnahmen, beratschlagten Val, Darren und Dave, wie sie reagieren sollten. Kurz darauf stießen Jeff Wilmot und Andrew Walters dazu, die Val aus der Fabrik herbeizitiert hatte. Dies war eindeutig ein Notfall – oder schlimmer noch. Für George wäre es vielleicht nur ein Notfall gewesen, aber seit er vor zwei Monaten nach Kikis Hubschrauberintermezzo verschwunden war, hatte niemand etwas von ihm gehört.

»Das bedeutet Krieg, stimmt's?«, fragte Darren. »Wir müssen uns ihren Preisen anpassen, und wenn's sein muss, noch um zehn Prozent mehr runtergehen. Wir dürfen nicht einfach zusehen, wie die sich unsere Ideen unter den Nagel reißen.«

Dave stimmte ihm erwartungsgemäß zu. Val hüllte sich in nachdenkliches Schweigen, während Wilmot und Walters gemeinsam Front gegen eine Preissenkung machten.

»Wir können es uns im Augenblick einfach nicht leisten, noch weiter runterzugehen«, sagte Wilmot, indem er für beide sprach. »Seit ... äh ... seit der Vertrag für die Lackiererei gekündigt wurde, sind unsere Kosten gestiegen ...«

»Er wurde gekündigt, weil du denen unsere Gewinnspannen sozusagen auf dem Präsentierteller überreicht hast«, konnte Darren sich nicht verkneifen einzuwerfen.

»Nun, Tatsache ist, dass unsere Kosten gestiegen sind. Der Gewinn liegt bei etwa sechs oder sieben Prozent. Wenn wir zehn Prozent mit den Preisen runtergehen, landen wir im Minus. Und bei zwanzig bis fünfzig Prozent machen wir mit jedem Artikel einen Riesenverlust.«

»Und wenn die Aspertons uns dermaßen unterbieten, verkaufen wir überhaupt nichts.«

Darrens Logik war schwer zu widerlegen, aber Wilmot blieb unerschütterlich.

»Seht es doch mal so. Klar ist, dass die Aspertons mit diesen Preisen selbst auch keine Kohle machen können. Möglicherweise wollen sie sich bloß einen guten Einstieg verschaffen, bevor sie die Preise wieder raufsetzen.«

»Das stimmt«, bestätigte Walters. »Ich bin ganz sicher, dass wir billiger produzieren können als die. Immerhin sind wir in letzter Zeit verdammt clever geworden. Jeder Preis, der denen Gewinn einbringt, verschafft uns einen noch größeren Vorteil.

Ich plädiere dafür, dass wir uns zurücklehnen und in Ruhe abwarten, dass sie wieder zur Besinnung kommen.«

Val schüttelte den Kopf.

»Du irrst dich. Die Aspertons werden nicht ruhen, bis sie uns aus dem Geschäft gedrängt haben. Sie haben sich die Zahlen genau angeguckt, die Jeff zuvorkommenderweise in ihrem Büro vergessen hat, und sich ausgerechnet, dass wir in ein paar Jahren zu einer ernst zu nehmenden Konkurrenz für sie werden können. Außerdem haben sie spitz gekriegt, dass wir immer noch nahe am Abgrund sitzen, wenn auch auf dem aufsteigenden Ast. Die wollen uns den Todesstoß versetzen.

Sie kopieren unsere Möbel, verkaufen sie zu Schleuderpreisen und warten darauf, dass wir zahlungsunfähig werden. In der Sekunde, da wir aufgeben, greift Mike Asperton zum Telefon und macht David Ballard ein Angebot für Gissings. Wir werden so schnell verbluten, dass Ballard gar nichts anderes übrig bleibt, als einzuschlagen. Sie werden einen Spottpreis bieten, aber er wird ihn akzeptieren, denn je länger er zögert, desto größer wird sein Verlust. Und wenn die Aspertons Gissings erst mal in den Fingern haben, werden sie die Preise wieder anziehen, sodass Gissings gewissermaßen über Nacht wieder profitabel wird. Und was hat es sie gekostet? So gut wie nichts. In ein paar Monaten haben sie ihre Verluste wieder reingeholt.«

Val hatte Recht. Es gab keine andere Erklärung, und selbst Darren schwieg jetzt. Wäre George da gewesen, hätte er vielleicht eine Lösung gewusst. Auf jeden Fall hätte er sich irgendetwas einfallen lassen, statt das Unternehmen wie ein ruderloses Boot auf den Abgrund zudriften zu lassen. Es sah ziemlich trostlos für Gissings aus.

»Wie viel Zeit bleibt uns noch?«

Val hatte die Frage an Jeff Wilmot gerichtet.

»Bis wir das Insolvenzverfahren einleiten müssen? Na ja,

ich müsste ein paar Planungsstrategien entwickeln, die Auswirkungen alternativer Verkaufsstrategien analysieren ... äh, ein wichtiger Faktor ist zweifellos die kaufmännische Beurteilung ...«, womit Wilmot meinte, dass jemand anders als er die Verantwortung übernehmen müsse, falls er sich irrte, »... aber ich würde sagen, im günstigsten Fall haben wir drei Monate.«

## 5.

Matthew zerknüllte den Styroporbecher und warf ihn in einen Plastikmülleimer. Der Becher traf die Kante des Eimers, sodass ein paar Tropfen kalten Kaffees auf den hellbraunen Stoff seines Hosenbeins spritzten.

In zehn Minuten sollte die Maschine starten, und noch immer keine Spur von Fiona Shepperton. Matthew musste sich entscheiden, ob er allein nach Vermont reisen oder die ganze Sache vergessen und in sein Apartment zurückkehren sollte. So wenig Lust er verspürte, allein in einer luxuriösen Ferienhütte herumzuhängen, war der Gedanke an sein einsames Apartment noch unerfreulicher.

Er griff nach seiner Reisetasche und der Bordkarte. Er würde allein fliegen.

In diesem Augenblick öffnete sich die Glastür am Ende der Lounge, und eine atemlose Fiona stürmte herein. In bequemen, ausgeblichenen Jeans und Flanellhemd bot sie ein Bild entspannter Sorglosigkeit, doch ihre aufgerissenen Augen wirkten verletzlich, und sie errötete, als sie ihn erreichte.

»Geschafft. Entschuldige die Verspätung.«

»Kein Problem. Ich bin froh, dass du überhaupt gekommen bist.«

Er beugte sich zu ihr hinab, um sie auf den Mund zu küssen. Doch ihrer Reaktion nicht sicher, drehte er im letzten

Moment den Kopf und drückte ihr einen ungeschickten, flüchtigen Kuss auf die Wange. Sie erwiderte die Geste mit einem gleichermaßen verunsicherten Lächeln. Was waren sie? Ein Liebespaar? Kollegen? Verschwörer? Matthew war sich immer noch nicht im Klaren darüber, was Fiona veranlasst hatte, ihn vier Wochen zuvor aus den Fängen des Revisionsteams zu retten. Sie hatten seitdem kaum ein Wort gewechselt.

Auf Matthews Versuche, sie im Büro darauf anzusprechen, hatte Fiona mit kühler Geschäftsmäßigkeit oder verlegenem, wenn auch nicht unfreundlichem Themenwechsel reagiert. Schließlich hatte Matthew in Erinnerung an ihren gemeinsamen Jamaicatrip die Initiative ergriffen und ein verlängertes Wochenende in einem exquisiten Feriendomizil in Vermont gebucht, was ihn eine Stange Geld kostete. Mit der Begründung, die private Fiona näher kennen lernen zu wollen, schickte er ihr eine handgeschriebene Einladung nach Hause, buchte zwei Flugtickets und wartete. Nach einer Woche vergeblichen Wartens erkundigte er sich in der Bank bei ihr, ob sie mit von der Partie sei. Sie murmelte ausweichend, dass sie zwar gern mitkäme, aber noch nicht genau wisse, ob sie es einrichten könne. Also schickte er ihr das Flugticket per Post und hatte auf dem Weg zum Flughafen noch immer keine Gewissheit, ob er allein oder in Gesellschaft reisen würde.

Der Abflug verzögerte sich, was allerdings erst nach dem Einsteigen bekannt gegeben wurde, sodass sie die beengten Sitze eine Stunde länger ertragen mussten. Matthew blätterte in einem der Flugmagazine, während Fiona sich durch einen Stapel Forschungsberichte arbeitete. Eine Stewardess reichte Kaffee als klägliche Beschwichtigung für die Verspätung, wobei sie es fertig brachte, Matthews anderes Hosenbein auch noch zu bekleckern.

Schließlich erhielt die Maschine ihre Startgenehmigung und

rollte den Taxiway zur Startbahn entlang. Matthew ließ sein Magazin zu Boden fallen, lehnte sich zu seiner Begleiterin hinüber, nahm ihr die Firmenberichte aus der Hand und von ihrem Schoß und schob sie in die Tasche seines Vordersitzes.

»Schluss mit dem Geschäftlichen, bis wir Montagabend wieder hier zur Landung aufsetzen«, sagte er.

Einen Moment schien sie mit sich zu kämpfen, dann nickte sie ergeben.

»Okay.«

»Wenn du Entzugserscheinungen verspürst, darfst du eine Sondererlaubnis für eine Stunde Lektüre von Bond-Analysen beantragen.«

Sie nickte lächelnd.

»Okay. Vielen Dank.«

Je weiter die Maschine sie von Manhattan forttrug, desto mehr entspannte sie sich. Bei der Landung hatte sich Fiona Shepperton, stahlharte Managing Direktorin von Madison, in Fiona, das menschliche Wesen verwandelt.

In einem Mietwagen fuhren sie vom Flughafen anderthalb Stunden durch die bewaldete Hügellandschaft. Ein freundliches altes Ehepaar, das sie mit Mr. und Mrs. Gradley ansprach, händigte ihnen die Schlüssel aus und bestand darauf, ihnen einen Korb mit »Startverpflegung« mitzugeben. Ihr Wochenenddomizil bestand aus einer traditionellen, aber luxuriösen Holzhütte, die von einem überdimensionalen Kamin beheizt wurde und auf diskrete Weise mit sämtlichen modernen Annehmlichkeiten ausgestattet war. Hinter dem Haus fiel eine Rasenfläche von der Sonnenterrasse bis zum Ufer des privaten Sees ab, zu dem ein Ruderboot und eine kleine Anlegemole gehörten. Im umliegenden Wald schimmerten noch rote und gelbe Sprenkel, doch der Winter hatte bereits die Finger nach dem goldenen Blätterbaldachin ausgestreckt.

»Na? Gefällt es dir?«, fragte Matthew.

»Es ist großartig. Ich liebe Neuengland. Eines Tages werde ich mich an solch einem Ort zur Ruhe setzen.«

»Du wirst die Stadt vermissen und spätestens nach dem ersten Schneefall die Flucht ergreifen.«

»Ganz im Gegenteil. Nach ein paar kräftigen Schneeschauern würde ich mich erst richtig heimisch fühlen.«

Als sie nach oben gingen, stellten sie fest, dass nur eins der beiden Schlafzimmer vorbereitet worden war. Warum sollten Mr. und Mrs. Gradley es auch anders wünschen? Fiona packte ihre Sachen aus. Matthew ließ seine Tasche vorerst draußen im Flur auf dem Boden stehen. Er entfachte den Kamin, während Fiona in der Küche Stew aufwärmte, das sie mit warmem Brot servierte. Sie machten es sich auf dem Teppich vor dem Kamin bequem, aßen im Schein der Flammen und ließen sich das Yorkshire-Bier dazu schmecken, das Matthew in einem speziellen Spirituosengeschäft in Manhattan besorgt hatte.

Nachdem Stew, Bier und die knisternden Flammen ihren Zweck erfüllt hatten, brach Matthew das Schweigen.

»Warum hast du bei der Revisionsbefragung für mich gelogen?«, fragte er. »Ich habe wirklich gedacht, sie hätten mich beim Wickel.«

Fiona starrte in die Flammen. »Ich weiß es selbst nicht genau. Ich habe unseren gemeinsamen Ausflug nach Jamaica genossen, und ich war der Meinung, du verdienst eine zweite Chance. Jeder kann mal einen Fehler machen. Aber wenn du das nächste Mal eine Präsentation auf dem Boden eines Flugzeugs herumliegen siehst, lässt du sie gefälligst liegen.«

»Du hast sie gesehen? Ich dachte, du würdest schlafen.«

»Ich habe sie gesehen, bevor ich einschlief. Ein paar Wall Streeter wollen Draper dazu bringen, wieder in den Ring zu steigen, stimmt's?«

»Stimmt. Mir erscheint das immer noch eine gute Idee, nur dass mir inzwischen das Wasser bis zum Hals steht. Ich liege mehr als eine Million im Minus. Im Augenblick wäre ich schon dankbar, wenn ich unversehrt aus der Sache rauskäme.«

»Hm.« Fiona runzelte nachdenklich die Stirn. »Diese Bonds – wie würden die sich unter Berücksichtigung deines momentanen Kenntnisstandes im besten Fall entwickeln?«

Jetzt war es an Matthew, nachdenklich dreinzublicken. Er ließ sich sämtliche Möglichkeiten durch den Kopf gehen.

»Nun ja, ich würde sagen, der Preis könnte noch weiter fallen. Die Schulden drohen dem Unternehmen über den Kopf zu wachsen, und die Geschäftsführung macht keine Anstalten, eine Entscheidung zu treffen. Solange Draper sich nicht rührt, wird der Preis weiter südwärts sausen. Andererseits, wenn Draper seinen Zug macht, mache ich ein Vermögen.«

»Was glaubst du, wie viele Präsentationen der Art, wie du sie gefunden hast, Draper pro Jahr vorgelegt bekommt?«

Matthew war verblüfft.

»Keine Ahnung. Zwei oder drei vielleicht. In der, die ich gefunden habe, steckte ein Menge Arbeit. Das war kein Schuss ins Blaue.«

Fiona schüttelte den Kopf.

»Der Grund dafür, dass unsere Kollegen von der Unternehmensfinanzierung einen so harten Job haben, liegt daran, dass jede Präsentation für bedeutende Kunden ihnen eine Heidenarbeit abverlangt. Andernfalls würde ihnen der Kunde den ganzen Kram vor die Füße werfen und nie wieder von sich hören lassen. Deshalb arbeiten diese armen Schweine dreiundzwanzig Stunden am Tag.«

»Kann sein, aber hier war wirklich alles drin. Vergleichende Unternehmensanalysen, dynamische Investitionsrechnung, Liquidationsbewertung, Finanzierungsszenarien. Es fehlte nichts.«

»Matthew. Dieser Draper ist zwei oder drei Milliarden Dollar schwer. Würdest du dich an so einen Kerl heranwagen, ohne deine Hausaufgaben gemacht zu haben? Vor allem wenn sein eigenes Team sich mit genau den gleichen Angelegenheiten beschäftigt?«

»Vermutlich nicht«, räumte Matthew ein. »Aber hier handelte es sich nur um einen Annäherungsversuch. Und allzu viele gute Ideen wird er im Laufe eines Jahres auch nicht zu sehen bekommen.«

Wieder schüttelte Fiona den Kopf.

»Jede Bank der Wall Street beschäftigt Stäbe, die sich ausschließlich damit befassen, derartige Präsentationen zu produzieren. Der Finanzleiter eines Unternehmens, über das Fusionsspekulationen mit einem Konkurrenzunternehmen kursierten, erzählte mir mal, dass sie binnen eines Jahres fünfzehn Präsentationen von fünfzehn verschiedenen Banken erhalten hätten, die ihnen alle den gleichen Vorschlag unterbreiteten.«

»Und? Sind sie darauf eingegangen?«

»Ganz und gar nicht. Die beiden geschäftsführenden Direktoren konnten sich nicht ausstehen. Sie hätten sich niemals im gleichen Raum aufgehalten, geschweige denn ihre beiden Unternehmen fusioniert.«

Matthew dachte eine Weile nach. Als die Flammen heruntergebrannt waren, legte er ein paar Holzscheite nach.

»Du meinst also, ich sollte aussteigen?«

»Ich meine gar nichts. Ich gebe dir lediglich ein paar Informationen. Was du damit anfängst, ist deine Sache.«

»Dann kann ich meinen Bonus in den Wind schießen. Und meinen Job höchstwahrscheinlich gleich mit.«

In diesem Augenblick zerbarst einer der Holzscheite. Funken stoben empor, und ein paar regneten auf den Holzboden vor dem Kamin nieder. Einer landete glühend auf Fionas Oberschenkel. Geistesgegenwärtig fegte Matthew ihn mit der Hand in den steinernen Kamin zurück. Es war eigenartig, sie zu berühren. Sie war schön, aber unnahbar – eine hinreißende Statue mit abweisendem Blick. Matthew war sich noch immer nicht über seine Gefühle im Klaren, und soweit er es beurteilen konnte, erging es Fiona nicht anders. Sie dankte ihm, und sie kehrten die restliche Glut vom Boden auf.

»Lass dich nicht zu sehr von einem einzigen Handel in Anspruch nehmen«, riet sie ihm. »Wie läuft's denn abgesehen von deinem Western-Instruments-Flop bei dir?«

»Eigentlich ganz gut. Ich habe fast achthundert Riesen gemacht. Was angesichts der Tatsache, dass meinem Spielraum mit dem Geld der Bank immer noch Grenzen gesetzt sind, gar nicht mal so übel ist.«

»Ja. Klingt gut. Vertrau einfach darauf, dass die Bank clever genug ist, einen guten Händler in dir zu erkennen, trotz dieser einen gravierenden Fehlentscheidung in diesem Jahr.«

»Hältst du die Bank denn für clever genug?«

Sie zuckte mit den Schultern.

»Keine Ahnung. Aber ich führe den Vorsitz des diesjährigen Bewertungskomitees für die Juniorhändler.« Dieser Ausschuss überprüfte die jährliche Leistung der Juniorhändler und entschied über die Verteilung der Bonusse. Matthew lächelte.

»Vielen Dank.«

»Kein Grund, mir zu danken. Ich gebe lediglich mein ehrliches Urteil ab. Noch einmal werde ich nicht für dich lügen.«

»In Ordnung.« Matthew schwieg einen Augenblick. Dann stellte er die Frage, die ihm schon lange auf dem Herzen lag. Der Augenblick schien günstig. »Fiona, was werde ich in den nächsten zwei Jahren bei Madison maximal verdienen können? Angenommen, ich wäre der beste Händler, den sie je hatten und erhielte alle Anerkennung, die mir zustünde?«

Fiona lachte ihn aus.

»Du bist aber nicht der beste Händler, den wir je hatten. Und du hast einen ziemlich dürftigen Start hingelegt.«

»Ja, ich weiß. Aber angenommen, von jetzt an liefe alles perfekt. Wie viel?«

»Na ja, du kennst doch sicher das Gesetz der Wall Street, oder?«

Matthew hatte noch nie davon gehört.

»Die Faustregel ist einhunderttausend Dollar für jedes Jahr nach Abschluss der Wirtschaftsschule. Du hast die Wirtschaftsschule zwar nicht abgeschlossen, aber direkt auf dem Börsenparkett begonnen. Das ist der Punkt, der zählt. Demnach bekommst du dieses Jahr hunderttausend, nächstes Jahr zweihunderttausend und im dritten Jahr dreihunderttausend Dollar. Da du allerdings nicht in der Unternehmensfinanzierung, sondern als Händler tätig bist, kannst du schneller vorwärts kommen. Außerdem arbeitest du bei Madison, einer der finanzkräftigsten Banken der Wall Street, was ebenfalls als Plus zu werten ist. Wenn wir also die Faustregel in deinem Fall verdoppeln, bekommst du in diesem Jahr zwei, im nächsten vier und im dritten Jahr sechs Riesen. Und solltest du dich tatsächlich als größter Crack erweisen, der jemals das Börsenparkett betreten hat, könnte man die Regel verdreifachen. Drei-, sechs-, neunhunderttausend.«

»Aber das erste Jahr habe ich schon geschmissen, stimmt's? Denn es sieht nicht so aus, als ob Draper mich noch aus dem Schlamassel herauszieht.«

»Richtig. Womit die Hoffnung auf sechshunderttausend Dollar im nächsten Jahr ebenfalls schwindet.«

So war es. Eine Million Pfund waren mehr als anderthalb Millionen Dollar. Matthew war ein guter Händler, aber so gut nun auch wieder nicht. Wenn er nicht sämtliche Wall-Street-Rekorde brach, bestand kaum die Chance, sich innerhalb von drei Jahren die erforderliche Million zum Erwerb des väterlichen Vermögens zu erarbeiten. Also musste er zu Plan B übergehen, was ihm im Grunde seines Herzens schon lange klar gewesen war.

Sie unterhielten sich über andere Dinge. Es war schon spät, als sie die Flammen erstickten, das Geschirr forträumten und die Treppe hinaufstiegen. Fiona steuerte auf das einzige benutzbare Schlafzimmer zu. Matthew blieb im Flur neben seiner Tasche stehen.

»Fiona«, sagte er. »Du hast gesagt, du würdest niemals wieder für mich lügen.«

»Richtig.«

»Und wie sieht es damit aus?«, fragte er mit einem Blick auf das einladende, mit blütenweißen Leinentüchern und Federbetten ausstaffierte Doppelbett.

Sie lächelte. Wieder flackerte eine undeutbare Furcht in ihrem Blick auf, aber ihre Antwort war eindeutig. Sie ging auf Matthew zu und blieb ganz dicht vor ihm stehen. Ihr langes, dunkles Haar fiel auf ihre Schultern herab, und ihr Gesicht war nahe dem seinen.

»Küss mir die Füße, du großer Junge.«

Matthew schüttelte den Kopf. Langsam führte sie ihre Hand hinab zwischen seine Beine. Sie griff nach ihm, entschlossen, doch ohne ihm wehzutun, und führte ihn zum Bett.

»Küss mich«, verlangte sie erneut, und diesmal gehorchte Matthew.

Es war genau wie beim ersten Mal. Sie stachelten sich gegenseitig auf, und nachdem sie ihre Lust intensiv befriedigt hatten, sanken sie ermattet zurück und fielen in Schweigen. Kurz darauf vollzog sich – genau wie auf Jamaica – eine Veränderung mit Fiona. Matthew wollte sie in den Armen halten, und sie bemühte sich, es zu erlauben. Aber es war für beide offensichtlich, dass es nicht funktionierte.

»Würde es dir etwas ausmachen, auf dem Sofa zu schlafen?«, fragte sie schließlich.

Mit einer Decke und einem Kissen aus dem Eichenregal unter dem Fenster machte Matthew sich auf den Weg nach unten. Er bekam kein Auge zu und starrte in die erlöschende Glut. Seine Gedanken drehten sich um Western Instruments, Nick Draper, um seinen Bonus und die Millionen seines Vaters. Er dachte an seine Brüder, Zack und George, an Josephine und seine kranke Mutter. Seine Gedanken wanderten zu Sophie, der ersten Frau, für die er je etwas empfunden hatte. Und er dachte an die rätselhafte Fiona und fragte sich, ob sie wohl jemals eine Nacht in seinen Armen verbringen würde. Über dem See und den bewaldeten Höhen verblassten die Sterne im Anbruch der Morgendämmerung.

Und als er gerade zum hundertsten Mal über Fiona nachgrübelte, vernahm er ein Knarren auf der Treppe. In ihrem langen Baumwoll-T-Shirt, das sie als Nachthemd benutzte, stand sie am Treppenabsatz.

»Bist du wach?«, flüsterte sie.

»Ja.«

Sie kam zu ihm und blieb vor der Couch stehen.

»Ich fürchte, ich bin nicht besonders gut, wenn es um menschliche Nähe geht. Meine Kindheit war ziemlich kompliziert. Aber wenn du dich mit meinen Macken abfinden kannst, würde ich es gern versuchen.«

Matthew hob einen Zipfel seiner Decke. Fiona kroch darunter und ließ zu, dass er den Arm um sie legte. Sie war angespannt, aber nicht mehr auf der Flucht. Matthew öffnete den Mund, um etwas zu sagen, aber sie legte ihm den Zeigefinger auf die Lippen.

»Lass uns einfach still sein«, sagte sie.

Und während die beiden beobachteten, wie die Morgendämmerung langsam über die Wälder und Hügel Vermonts kroch, brach Tausende von Meilen entfernt eine andere Dämmerung heran und bescherte den warmen, blauen Gewässern Jamaicas einen neuen Sonnentag.

Nick Draper, Frühaufsteher und unermüdlicher Geschäftsmann, hielt eine Präsentation in seiner Hand, die er in den vergangenen Monaten sorgfältig geprüft hatte. Eines seiner besten Teams hatte sie zerpflückt und wieder zusammengesetzt. Western Instruments. Was für ein Unternehmen! Es schrie geradezu danach, auseinandergenommen zu werden. Und logischerweise war er der richtige Mann dafür.

Aber auch für einen Mann wie Draper war Logik nur bis zu einem gewissen Punkt ausschlaggebend. Der Hauptsitz von Western Instruments befand sich in Sandpoint, Montana, weit oben in den Bergen, unweit der kanadischen Grenze. Die Winter mussten teuflisch kalt sein und die Sommer ebenfalls nicht gerade erfreulich. Draper hasste Kälte. Aus diesem Grunde war er nach Jamaica gezogen. Zwei oder drei Jahre damit zu verbringen, irgendwelche Schwachköpfe in Montana in den Hintern zu treten, entsprach ganz und gar nicht seiner Vorstellung von Vergnügen. Und wo lag der Vorteil des Milliardärsdaseins, wenn man dabei nicht seinen Spaß haben konnte?

Zögernd griff er nach der Präsentation und ließ sie in sein »Erledigt«-Körbchen fallen. Seine Sekretärin Helen würde sie am Montag in den Reißwolf geben.

## 6.

Es war eine dieser zugleich guten und schlechten Nachrichten.

Positiv betrachtet beinhaltete die gefaxte Bestätigung der Bank immerhin einen Hinweis, auf den Val schon seit langem wartete: eine Nachricht von George. Ihr Zorn über sein Verschwinden war längst in kalte Wut umgeschlagen. Doch ihre Loyalität der Firma gegenüber bestand nach wie vor, und ihr war klar, dass Gissings ihn brauchte, wenn die Firma überleben wollte. So lautete die gute Nachricht also: George Gradley lebte und war offenbar wohlauf.

Der negative Aspekt der Nachricht überwog allerdings bei weitem, besagte er doch, dass es George Gradley in den Sinn gekommen war, fünfundvierzigtausend Pfund vom Notfallkonto des Unternehmens abzuheben, auf dem sich jetzt nur noch fünfzehntausend Pfund befanden. George hatte zwar das Recht dazu – schließlich war er der geschäftsführende Gesellschafter und einziger Aktionär der Firma –, aber der Zeitpunkt hätte ungünstiger nicht sein können.

Hatte Wilmot zuvor mit seiner Einschätzung richtig gelegen, dass Gissings noch eine Lebenserwartung von höchstens drei Monaten blieb, so musste er sie jetzt revidieren. Gissings blieb weniger als ein Monat.

## 7.

Zack, der daran gewöhnt war, jede Nacht mit wenigen Stunden Schlaf auszukommen, erschien der Flug von Heathrow nach Hongkong wie eine Ewigkeit – obendrein eine Ewigkeit außerhalb der Reichweite eines Mobilfunknetzes.

Neben ihm schnarchte Gillingham, der mit geschlossenen Lidern noch unattraktiver aussah als im Wachzustand, da seine Augen im Schlaf tränten. Zack füllte ihm seinen Becher mit Orangensaft nach. Er würde ihn brauchen, wenn er erwachte.

Zack hatte gegessen und geschlafen, und jetzt langweilte er sich. Draußen brach bereits der Sonnenaufgang des Ostens an, Stunden bevor die gleiche Sonne die grauen Straßen Londons erwecken würde, doch sämtliche Fensterrollos waren heruntergezogen, sodass das Innere der Maschine im Dunkeln lag. Zack öffnete seinen Aktenkoffer und ging zum wiederholten Male die Dokumente durch, was eigentlich unnötig war, da er sie bereits auswendig kannte. Trotzdem blätterte er weiter darin herum, bis das Frühstück serviert wurde.

Nach der Landung auf dem Kai Tek Airport fuhren sie mit dem Taxi durch Kowloon und passierten den Tunnel nach Wan Chai, wo sich die Büros von Hatherleigh Pacific befanden. Dort stieß Phyllis Wang kurz darauf zu ihnen, und ein paar Minuten später tauchte Lord Hatherleigh persönlich auf. Er schüttelte allen kurz die Hand und bugsierte sie durch die Executive Lounge.

»Wir tagen heute im Vorstandszimmer. Da haben wir genug Platz uns auszubreiten, und der Ausblick ist auch nicht übel.«

Das war durchaus nicht zu viel versprochen. Panoramafenster erstreckten sich vom Boden bis zur Decke und gewährten einen weiten Blick auf die belebte Schifffahrtsstraße von Victoria Harbour und die glitzernde Fassade der dahinter liegenden Stadt. In der Ferne, hinter den Wolkenkratzern, schimmerte im blassblauen Dunst das chinesische Festland: kommunistisch, diktatorisch, unergründlich.

Hier verlief die Grenze zum Unbekannten.

Zwei Männer warteten bereits im Vorstandszimmer. Der eine, mit rotbraunem Haarschopf und den typischen Sommersprossen der Hochlandschotten im roten Gesicht, erhob sich.

»Mein Name ist James Macintyre, aber das können Sie getrost gleich wieder vergessen. Meine Freunde nennen mich Scottie, alle anderen Mr. Scottie. Ich bin Chief Executive bei Hatherleigh Pacific.«

Er beugte sich vor und schüttelte als erstes Zack die Hand. Sein Händedruck war eisern, und Zacks Hand schmerzte. Er hoffte, dass Macintyre mit Phyllis' zarten Knochen sanfter verfahren würde. Anschließend schüttelte Zack die Hand von Edmund Chai, ein adrett gekleideter Chinese und Finanzchef des Hatherleighschen Unternehmens. Chai nickte und lächelte wie eine Handpuppe, aber hinter den flaschenbodendicken Brillengläsern verbarg sich ein scharf kalkulierender Verstand.

Der Vormittag verstrich mit der Diskussion der aktuellen Situation von Hatherleigh Pacific. Scottie und Ed Chai verschlangen die Zahlen der Präsentation ebenso gebannt, wie es Hatherleigh getan hatte, nur dass die beiden sich möglicherweise noch intensiver mit den Details beschäftigten. Chai nickte und lächelte die ganze Zeit, und die rote Farbe in Scotties Gesicht vertiefte sich noch. Zack und Phyllis Wang übernahmen den Verhandlungspart für Weinstein Lukes, während Gillingham gedankenverloren seinen Kaffee schlürfte, über den Hafen hinweg in die Ferne starrte und sich wünschte, irgendwo anders und ein paar Jahre jünger zu sein. Die Alkoholsucht nagte an seiner müden Seele.

Schließlich flüsterte Chai Scottie etwas zu, worauf dieser nickte. Chai lächelte, nickte ebenfalls und verließ den Raum.

»Bis jetzt haben wir uns bis ins Detail mit Ihren Zahlen beschäftigt. Da ist es nur fair, wenn wir Ihnen jetzt unsere Kalkulationen offen legen.«

Chai kehrte mit dem Strategieplan für Hatherleigh Pacific zurück. Nicht nur Kommunisten entwickeln Fünfjahrespläne. Unternehmen halten es ebenso. Chai breitete die Zahlen vor Zack aus: Umsatz, Betriebsergebnis, Gewinn vor Steuern, Reingewinn. Die Berechnungen lagen erstaunlich nah an denen von Weinstein Lukes.

»Dann scheinen wir also richtig zu liegen«, bemerkte Zack.

»O ja, sehr. Ganz recht«, nickte Chai eifrig lächelnd.

Phyllis und Zack wechselten einen Blick. Im Jargon von Weinstein Lukes hatte Hatherleigh Pacific soeben die Hosen runtergelassen, was so viel bedeutete, dass sie ihnen Einblick in geheimste Firmendaten gewährt hatten. Kein Unternehmen tut so etwas, wenn es einer Bank nicht hundertprozentiges Vertrauen entgegenbringt. Zack und Phyllis wussten jetzt, dass sie beim Verlassen der Firma auf jeden Fall einen Auftrag in der Tasche haben würden. Die Frage war nur, wofür und für wie viel.

Nach dem Lunch rückte Lord Hatherleigh mit der Sprache heraus.

»Ich habe Ed und Scottie angewiesen, Sie in die Mangel zu nehmen. Nun, die beiden sind ebenso angetan von Ihrer Arbeit wie ich, und wir haben uns entschlossen, in Zukunft mit Ihnen zusammenzuarbeiten. In London haben Sie mir die Namen von sechs Unternehmen vorgelegt. Wir sind lediglich an einem davon interessiert: der South China Trust Bank.«

Scottie führte Hatherleighs Ausführungen weiter.

»Genau. Die anderen Namen klingen zwar ebenfalls interessant, aber bei weitem nicht so attraktiv. Wie Sie wissen, besitzt die South China eine der größten Küstenschifffahrtsflotten neben der unseren. Aber während unsere Flotte vollständig aus Containerschiffen besteht, führt die South-China-Flotte ausschließlich Frachtschiffe. Kohle, Holz, Zement, Eisenerz, Öl, Stahl, was auch immer. Es handelt sich um eine beträchtliche Flotte von ungeheurem Potenzial, und doch glauben wir, dass sie seit sieben Jahren keinen Profit mehr gemacht hat. Der Grund dafür liegt im schlechten Management. Die Flotte ist einwandfrei. Wir gehen davon aus, dass der tatsächliche Wert der Flotte an eine Milliarde US-Dollar heranreicht.

Außerdem besitzt die South China etwas Land, das sich in ihrer Bilanz jedoch kaum niederschlägt. Nun, wir haben ein Erschließungsschema erarbeitet, von dem wir glauben, dass wir es zu achtzig Prozent des aktuellen Marktpreises bewerten können. Wir haben den Ruf und die Fähigkeiten. Nur über das Land verfügten wir bisher nicht. South China würde uns all das verschaffen – und noch mehr. Wir glauben, dass das Land allein für uns zweihundertfünfzig Millionen Dollar wert sein könnte.

Und dann ist da noch die Bank. Beantworten Sie mir eine

Frage: Wie viel müssten wir Ihrer Meinung nach bieten, um sicherzugehen, den Zuschlag für South China zu erhalten?«

Zack zögerte einen Augenblick. Er hatte seitenweise Material darüber, Berge von »Was-wäre-wenn-Analysen«, Unmengen Matrizen. Aber Scottie machte nicht den Eindruck, als ob er sich von alldem beeindrucken ließe.

»Wir rechnen damit, dass eins Komma zwei Milliarden Dollar genügen müssten. Um ganz sicherzugehen, müssten Sie vielleicht ein paar Hunderttausend drauflegen. Sagen wir, eins Komma vier.«

Scottie nickte.

»Das entspricht unseren eigenen Berechnungen. Eins Komma vier. Wir gehen davon aus, dass das Land und die Flotte in unseren Händen eins Komma zwei Milliarden wert wären. Das bedeutet, wir kaufen den gesamten Rest von South China für nur zweihundert Millionen, ein Taschengeld für eine Bank dieser Größenordnung. Das wäre ein sensationelles und außergewöhnlich lukratives Geschäft für uns.«

»Womit wir zum Kernpunkt kämen«, sagte Zack.

»Richtig.« Auf Scotties Zügen erschien ein dünnes Lächeln. Chai hörte einen Augenblick zu lächeln und zu nicken auf.

»Woher bekommen wir eins Komma vier Milliarden Dollar? Eine Milliarde könnten wir als Kredit aufnehmen, das ist das Äußerste.«

»Mehr«, erwiderte Zack. »Wir können amerikanische Investoren für Sie auftreiben, die Ihnen eins Komma eins Milliarden leihen, vielleicht sogar eins Komma zwei, wenn Sie sich von dem gepfefferten Zinssatz nicht abschrecken lassen. Aber es bleibt immer noch eine Lücke. Sie haben zwei Möglichkeiten. Die nahe liegende wäre die Neuemission von Aktien.«

Scottie schüttelte den Kopf. Chai lächelte und schüttelte ebenfalls den Kopf.

»Ich fürchte, das müssen wir ausschließen, Zack«, ergriff

Lord Hatherleigh das Wort. »Meine Familie besitzt dreißig Prozent der Aktienanteile des Unternehmens, und wir wollen unsere Anteile nicht durch den Verkauf weiterer Aktien schmälern. Diese Möglichkeit fällt definitiv aus. Ihr müsst einen anderen Weg finden.«

Zack nickte. Er hatte mit so etwas gerechnet und war entsprechend vorbereitet. Aus diesem Grunde war Gillingham mit von der Partie.

»Wir haben noch eine zweite Möglichkeit anzubieten. Es gibt einen Weg, den verbleibenden Betrag mit Hilfe des Finanzamtes aufzubringen. Hal, würden Sie es bitte erklären?«

Gillingham setzte sich auf. Seine ausgemergelten Züge belebten sich, seine Stimme klang fest. Wieder einmal kam die Brillanz dieses Mannes zum Vorschein, der seit über zehn Jahren Partner bei Weinstein Lukes war. Er überzeugte nicht nur, er faszinierte.

Das Konzept war einfach. Der einzige Grund, warum Hatherleigh Pacific nicht den Gesamtbetrag von eins Komma vier Milliarden als Darlehen aufnehmen konnte, war der, dass ein Teil der Gewinne vom Finanzamt abgeschöpft wurde. Wenn der Fiskus aber großzügigerweise auf die Körperschafts- beziehungsweise Gewerbesteuern verzichten würde, könnte das Unternehmen den vollen Betrag aufnehmen. Doch wie sollte man die Steuerbehörde zu solch einem beispiellosen Akt von Großzügigkeit verleiten? Darauf hatte Gillingham die Antwort parat. Das Schema war simpel in seiner Beschreibung und komplex im Detail. Eine Klausel im Steuergesetz, ursprünglich zur Unterstützung von Bauträgern konzipiert, war von Gillingham in ein Schema zur Durchführung umfassender Steuerersparnis umgewandelt worden. Es war brillant.

Die drei Mitarbeiter von Hatherleigh Pacific lauschten wie gebannt.

Chais Kenntnisse im komplizierten Dickicht des Steuerrechts waren hervorragend. Er begriff rasch, worum es ging, und begann gezielte Fragen zu stellen. Hatherleigh und Scottie waren bald überfordert und entschuldigten sich, als Gillingham, Zack und Chai sich verschiedenen juristischen Dokumententwürfen zuwandten. Nach zwei Stunden war Chai überzeugt und holte seine beiden Vorgesetzten in den Besprechungsraum zurück.

»Wir müssen uns natürlich noch mit unseren Anwälten zusammensetzen«, erklärte Chai, »aber ich verstehe mehr von diesem Kram als sie und weiß, dass die Sache funktionieren wird.«

Er war restlos überzeugt, und es war offensichtlich, dass seine beiden Vorgesetzten seinem Urteil vertrauten. Die drei Männer von Hatherleigh Pacific zogen sich zu einem kurzen Gespräch in eine Ecke des Raumes zurück. Der Vorschlag war besser als alles, was sie zu hoffen gewagt hatten. Durch die Steuerersparnis würde der potenzielle Gewinn für Hatherleigh Pacific enorm sein. Jetzt blieb nur noch, Weinstein Lukes offiziell mit der Beratung ihres Unternehmens zu beauftragen. Die drei Männer kehrten zu ihren Sitzen zurück. Hinter ihnen strahlte das Licht der Nachmittagssonne über den Hafen und beleuchtete Schiffe, Bürogebäude und Banken: die Geldmaschine Hongkong, das neue Imperium von Hatherleigh Pacific.

»Zack, Phyllis, Hal, wir möchten euch für diese exzellente Präsentation danken«, begann Lord Hatherleigh, »und euch den Auftrag erteilen, uns bei der Akquisition der South China Trust Bank behilflich zu sein. Mit wem muss ich über die Gebühren verhandeln?«

Er konnte immer noch nicht glauben, dass Zack der Verantwortliche für diese Angelegenheit war. Er war jung genug, sein Sohn zu sein. Gütiger Himmel, wenn Sarah es ernst mit Zack meinte, würde er sogar sein Schwiegersohn werden. Doch es war Zack, der ihm frank und frei antwortete.

»Mit mir. Unser Beraterhonorar beträgt ein Prozent der voraussichtlichen Abschlusssumme. Unsere Finanzierungsgebühr – dafür, dass wir Ihnen bei der Aufbringung des Kapitals behilflich sind – beträgt weitere zwei Prozent.«

»Drei Prozent! Von eins Komma vier Milliarden? Das sind über vierzig Millionen!«

Hatherleighs Überraschung war verständlich. Bei Geschäften dieser Größenordnung betragen die Honorare selten mehr als ein Prozent. Zack antwortete ihm kühl.

»Richtig, das ist eine Menge Geld. Aber vergessen Sie nicht, ohne die Vermeidung von Steuern könnten Sie diesen Deal überhaupt nicht abwickeln. Wir zeigen Ihnen, wie man die Steuern umgehen kann, sodass dieses Geschäft durchgezogen werden kann. Und das kostet extra.«

Zack verstummte, aber die Bedeutung seiner Worte war klar. Jede Investmentbank war in der Lage, Hatherleigh bei einer Übernahme zu beraten, aber nur Weinstein Lukes besaß das Knowhow zur Durchführung der Übernahme. Ohne Gillinghams Steuerschema war der Deal nicht möglich.

Lord Hatherleigh trommelte verärgert mit den Fingern auf die Tischplatte. Da saß dieser junge Freund seiner Tochter ihm gegenüber und verlangte tatsächlich vierzig Millionen Dollar. Vergessen war die Höflichkeit der Dinnerrunden in Ovenden House. Aber das war nicht mal das Ärgerlichste. Das Ärgerliche daran war, dass Hatherleigh einschlagen musste. Er konnte gar nicht anders.

Da begann Zack erneut zu sprechen.

»Dieser Deal wird Hatherleigh Pacific verändern. Und das liegt nicht etwa an unseren Fähigkeiten, sondern an Ihrem eigenen genialen Management und Ihrer Entschlusskraft, Lord Hatherleigh. Wir aber können Ihnen den Schlüssel zur Tür anbieten. Und ...« Nach einer kurzen Pause fuhr er fort: »Und verdammt, Jack, das wär doch ein Riesenspaß, oder?«

Phyllis Wang, Hal Gillingham, Scottie und Chai erstarrten.

So etwas sagte man doch nicht! Man konnte ein 1,4-Milliarden-Dollar-Geschäft nicht lapidar als »Riesenspaß« bezeichnen. Zack hatte sich ein wenig zu weit aus dem Fenster gelehnt und würde zweifellos die Konsequenzen zu spüren bekommen. Alle Augen waren auf Lord Hatherleigh gerichtet.

Der starrte Zack ebenfalls entgeistert an. Eine wahrhaftig erstaunliche Ausdrucksweise. In all den Jahren seines Geschäftslebens hatte er so etwas noch nicht zu hören bekommen.

»Spaß?«, sagte er. »Ein Riesenspaß?« Und während er Zack immer noch anstarrte, breitete sich auf seinen hageren, aristokratischen Zügen ein vergnügtes Grinsen aus. »Ja, verdammt, und ob das ein Spaß wird!«

## 8.

Uneinnehmbar erhob sich das Schloss wie eine Festung im Sonnenschein, und die goldglitzernden Strahlen brachen sich an den Schutzwällen aus Kalkstein. Eingetaucht in klares Herbstlicht stand George unter dem altertümlichen Wehrturm der Eingangspforte. Sein Mietwagen, ein zweisitziges Mercedes-Cabrio, hatte er zwischen einer kunterbunten Mischung Clios, Puntos und anderen Kleinwagen geparkt. Es war ihm unbegreiflich, warum eine der angesehensten Familien Frankreichs, ja Europas, die Unbequemlichkeit auf sich nahm, in solch einem düsteren Kasten zu wohnen. Und wo waren die Luxuskarossen, die pompöse Eingangshalle, die Gärten und die darin herumspazierenden Pfauen?

Wie dem auch sei – er war hier, um nach über zwei Monaten erfolgloser Jagd endlich sein Opfer zu stellen. Er drückte gegen die Holztür, die in die mächtige, mittelalterliche Pforte eingelassen war und blickte sich hilfesuchend um. Ein alter

Mann im Overall unterhielt sich mit einer Wäscherin. Ein widerlicher kleiner Köter, hässlicher als eine Kröte, zerrte kläffend und schnappend an seiner Kette.

*»Excusez moi«*, sagte George, womit seine Französischkenntnisse bereits erschöpft waren. »Ich suche nach ... äh ... Kiki.« Er beschränkte sich darauf, ihren Spitznamen zu benutzen, da er ihren richtigen Namen und vollständigen Titel noch nie korrekt auszusprechen vermochte. »Ich werde erwartet«, fügte er lahm hinzu. Der Mann und die Frau musterten George, seinen Armani-Anzug, die Designer-Sonnenbrille, und ihr Blick wanderte durch die offene Holztür zu dem im Hintergrund geparkten schwarzen Sportwagen.

*»Kelso. Tais-toi!«*

Vergeblich versuchte der Mann den Hund zum Schweigen zu bringen. Dann wandte er sich George zu und erklärte ihm in sprudelndem französischem Bauerndialekt etwas, wobei er wild mit den Händen gestikulierte und zwischendurch immer wieder den Hund anherrschte. George verstand kein Wort.

Schließlich probierte der Alte es mit einer anderen Taktik. Er suchte stirnrunzelnd nach einem Wort und sagte dann: »Mitkommen.« Die beiden durchquerten den Innenhof und betraten einen von Rüstungsteilen und rostigen Waffen gesäumten Flur. Der Mann klopfte auf eine derbe hölzerne Bank, die entlang einer Seite der Wand verlief. *»Restez là. Hier warten.«*

George wartete. Nach der gleißenden Sonne empfand er die Kühle im Inneren des Gebäudes als angenehm. Er lehnte sich an die steinerne Mauer und hoffte, dass der raue Putz sein Jackett nicht beschmutzen würde, dessen sorgfältiger Schnitt Georges zunehmende Korpulenz zu kaschieren versuchte. Trotz der Kühle schwitzte er. Nachdem er etwa zehn Minuten gewartet hatte, erschien ein adrett gekleideter junger Mann durch eine Tür am Ende des Ganges und kam zu ihm.

»Guten Morgen. Wie ich hörte, sind Sie ein Bekannter der Familie?«, sagte er in einwandfreiem Englisch, wobei nur eine Spur seines französischen Akzents herauszuhören war.

»Ja. Ich bin hier, um Kiki zu sehen. Sie erwartet mich bereits. George Gradley.«

Der junge Mann zögerte kurz. Er schien abzuwägen, ob es angebracht war, Georges Verwendung von Kikis Spitznamen zu korrigieren, ließ die Sache dann aber auf sich beruhen.

»Richtig, ich glaube, man hat Sie bereits vor einer Stunde erwartet.« Das stimmte. George hatte sich hoffnungslos verfahren, und ihm war zu guter Letzt nichts anderes übrig geblieben, als hinter einem Traktor herzukriechen, der ebenfalls auf dem Weg zum Schloss war.

»Bitte verzeihen Sie, dass niemand zu Ihrer Begrüßung bereitstand«, sagte der geschniegelte junge Mann, aber es klang durchaus nicht wie eine Entschuldigung. »Den alten Trakt des Schlosses benutzen nur die Dienstboten. Besucher treffen gewöhnlich am Nordportal ein.«

Während dieser versteckten Zurechtweisung eskortierte er George mit schnellen Schritten durch eine Flucht düsterer Korridore, bis sie eine mit Nägeln beschlagene Doppeltür aus Eichenholz erreichten, die in eine hohe, in lichten Farben gestrichene, sonnendurchflutete Eingangshalle führte. Sämtliche Farben waren in sanften Pastelltönen gehalten, rechts und links der hohen Fenster fielen Seidenvorhänge herab. Zwei einheitlich gekleidete Dienstmädchen waren damit beschäftigt, einen Louis-Quinze-Tisch zu polieren, auf dem eine dekorative Porzellanschale stand. Der geschniegelte junge Mann hob den Deckel der Schale, nahm sich eine Hand voll Schokolade und steckte sich ein Stück in den Mund.

Weiter ging es über Marmortreppen, durch zartblau gestrichene Korridore, bis sie schließlich eine weiße, mit Gold verzierte Flügeltür erreichten. Der junge Mann klopfte zwar höflichkeitshalber an, trat aber, ohne eine Antwort abzuwarten, in den Raum. Und drinnen, in einem kanariengelben Zimmer mit himmelblauer Zimmerdecke und blauen Polstermöbeln, weit offenen Terrassentüren, durch die Sonnenstrahlen fielen und eine milde Brise aus dem darunter liegenden Garten strömte, erwartete ihn Kiki.

Sie trug blass olivgrüne Leinenhosen und eine cremefarbene Baumwollbluse. Bei Georges Eintreten legte sie die Flöte beiseite, auf der sie offensichtlich gespielt hatte.

»George! Wie schön, disch zu sehen. Charles-Henri, wie reizend von dir, dass du ihn aus den Tiefen des Schlosses gerettet 'ast. Isch verlaufe misch auch immer. Es macht misch ganz verrückt. Würdest du bitte seinen Wagen zum 'aupteingang bringen?« Der junge Mann zog sich zurück. »Aber du bist gemein, dass du so spät kommst, George. Isch 'atte nichts anderes zu tun als Flöte spielen, was so langweilisch ist.«

Während sie auf ihn einplapperte, küssten sie sich, wie Freunde es zu tun pflegen, und Kiki räumte George einen Platz zwischen ihren herumliegenden Notenblättern frei.

»Es ist schön, dich endlich wiederzusehen, Kiki. Ich habe Ewigkeiten nach dir gesucht.«

»Das 'abe ich ge'ört, du schlimme Kerl. Isch musste zu meine Freundin Maria nach Argentinien flüschten. Isch kam mir vor wie eine von diese Füchse, die ihr Engländer so gern jagt. Isch bin nur zurückgekommen, weil isch mir dachte, armer George, er will misch so gern sehen, also sollte isch ihm den Gefallen tun, auch wenn isch ein komisch Gefühl dabei 'abe. Und dann kommst du auch noch viel zu spät, dass isch auf die Flöt spielen musste, bis mir die Lippen wund wurden, und isch den armen Charles-Henri losschicken musste, disch aus die Kerker dort drüben zu retten.« Sie machte eine vage Handbewegung in Richtung des alten Schlosstraktes.

»Kiki, warum bist du vor mir davongelaufen?«, fragte George sanft.

»Ach, George, was ist es denn, das du mir so dringend sagen willst, dass du sogar dein großartig Fabrik so lang allein lässt?«

George hatte seine Frage zuerst gestellt. Aber Kiki war die Lady, also gab er ihrer Frage den Vorrang. Er hatte sich seine Worte genau zurechtgelegt und räusperte sich.

»Kiki, ich liebe dich«, begann er mit sanfter Stimme. »Ich liebe dich, seit ich dich kenne. Als du mich im vorigen Jahr in meiner Wohnung geküsst hast, wurde mir klar, dass ich niemals aufhören würde, dich zu lieben. Und als du mich in der Fabrik besucht hast, wusste ich, dass ich ohne dich niemals glücklich sein würde. Und da bin ich.«

Ungelenk ließ er sich zwischen den Notenblättern auf ein Knie hinab und zog eine kleine Schachtel aus der Tasche, aus der er einen schlichten Ring mit einem eingefassten Brillanten und einem Saphir zum Vorschein brachte; ein Ring, der ihn dreißigtausend Pfund und möglicherweise seine Fabrik gekostet hatte.

»Kiki, willst du mich zum glücklichsten Mann auf der Welt machen und meine Frau werden?«

Jetzt erst schaute er zu ihr auf. Kikis Gesicht war tränennass. Die mutwillige Koketterie war verschwunden, und unter Tränen schüttelte sie den Kopf. Wortlos zog sie ihn am Ärmel zur Terrasse hinaus, die auf beiden Seiten von einem goldgerahmten Spiegel gesäumt wurde. Im darunter liegenden Garten stolzierten Pfauen zwischen Springbrunnen und den Gärtnern umher, die sich hingebungsvoll der Beschneidung der Hecken und Rosensträucher widmeten.

»George, isch finde, du bist der netteste, freundlischste Mann, den isch kenne, und ich mag disch wirklisch. Aber schau uns doch an. Wir könnten nicht verschiedener sein. Wenn du mich 'eiraten würdest, würdest du mich 'assen, noch bevor wir ein Nacht miteinander verbracht 'ätten, und das wäre doch furschtbar.«

George starrte sein Spiegelbild an. Der Armani-Anzug konnte die Wahrheit nicht verbergen. Er war der Sohn seines Vaters. Auf seinem Kopf leuchteten die gleichen lohfarbenen Stoppeln, die gleichen Schweinsäuglein blickten ihm im Spiegel entgegen, in dem er die vertraute, schwergewichtige Gestalt musterte. George Gradley war aus Yorkshire-Holz geschnitzt, und kein Designer der Welt war in der Lage, das zu verbergen.

Und Kiki? Er musterte ihr Spiegelbild neben dem seinen. Sie bebte vor Rührung, und es sah aus, als ließe die Brise aus dem Garten sie frösteln. Sie war all das, was er nie sein würde. Zerbrechlich, hinreißend, reich. Es war unvorstellbar, dass sie ihre Welt, diesen goldenen Käfig, jemals verlassen würde. Gissings, Yorkshire, die Fabrik würden sie im Nu ersticken. Und ebenso wenig konnte George sich vorstellen, in ihre Welt einzutauchen. Himmel, er war noch nicht einmal in der Lage gewesen, ihre Eingangstür zu finden. Wie sollte er sich in ihrem Leben zurechtfinden?

Lange betrachtete er ihrer beider Bild im Spiegel. Kiki war die begehrenswerteste Frau der Welt, aber sie war keine Frau für ihn. Er nickte ergeben.

»Du hast Recht, Kiki. Ich wünschte, es wäre anders, aber du hast Recht.«

»Liebster George. Isch 'abe disch von 'erzen gern. Das ist der Grund, warum isch nach Argentinien geflüchtet bin. Ich konnte es nischt ertragen, nein zu sagen.«

Sie ließ zu, dass er sie umarmte. Eng umschlungen standen sie eine Weile da. Schließlich machte sie sich sanft von ihm frei und küsste ihn. Sie ließ sich seine unbeholfenen Bemühungen gefallen, ihre Tränen mit seinem Taschentuch fortzutupfen.

»George, erst kommst du zu spät und lässt misch mit die langweilige Flöte allein, dann bringst du mich zum Weinen, dass meine Makeup ruiniert ist. Und das alles kurz vor dem

Lunch, dass Papa bestimmt wissen will, was los ist und isch ihn anlügen muss. Wo isch ihn doch noch nie anlügen konnte, weil er sowieso immer alles weiß«, schimpfte sie halbherzig. Dann lud sie ihn ein, zum Essen zu bleiben. Einen Augenblick lang unterlag George der Versuchung, die Einladung anzunehmen, dann aber lehnte er ab.

»Danke, Kiki, aber ich wäre nur fehl am Platz. Ich mache mich besser auf den Heimweg. In der Fabrik vermisst man mich gewiss schon.«

»*Tu as raison*, George. Du 'ast Rescht. Oh, und George, das ist eine bezaubernde kleine Ring, aber isch glaube, er steht eine andere Dame zu.«

Sie gab ihm den Ring zurück.

»Einer anderen? Jetzt hör aber auf, Kiki. Es hat all die Jahre nur dich gegeben.«

»Was ist mit deine ... wie 'eißt sie noch gleich? Valerie?«

»Val«, entgegnete George verwundert. »Was weißt du von Val? Im Übrigen ist nie etwas Ernsthaftes zwischen uns gewesen. Wie könnte auch?«

»Oh. *Pardon.* Als ich euch zusammen gesehen 'abe, dachte isch ... isch dachte, ihr seid eine Paar. Das war auch die Grund, dass isch davongelaufen bin. Isch wollte misch nischt zwischen euch stellen. Isch 'atte so ge'offt, dass du einsehen würdest, dass sie besser zu dir passt.«

George nahm den Ring zurück. Gissings lief nicht so gut, dass er es sich leisten konnte, die Hälfte des Firmennotgroschens für einen unerwünschten Verlobungsring aus dem Fenster zu werfen. Er verstaute den Ring wieder in seiner Tasche. Erstaunlicherweise fühlte er sich seltsam befreit. Er war mit freudiger Erregung gekommen, und nun war er erleichtert zu gehen.

Sie schlenderten langsam zur Frontseite des Hauses, in die weitläufige Eingangshalle, in der die Büste eines Vorfahren von Kiki stand, der einer der einflussreichsten Männer der

Geschichte Frankreichs gewesen war. Auf seinem würdigen Haupt thronte ein grotesk wirkender gelber Hut.

»Oh, mein 'ut. Ich 'abe disch überall gesucht!«

Sie setzte ihn auf. Im gelben Schatten der ausladenden Krempe küssten sie sich ein letztes Mal. Kikis Augen waren immer noch feucht.

»Adieu, George«, sagte sie. *»Bonne chance.«*

»Auf Wiedersehen, Kiki. Vergiss mich nicht.«

George stieg in seinen Mercedes und machte sich auf den Weg in Richtung Bordeaux. In den vergangenen sechs Wochen hatte Kiki seine Gedanken beherrscht. Wann immer er an Val oder die Fabrik gedachte hatte, hatte ihn ein beinahe körperlich spürbares Gefühl der Abneigung überkommen. Aber jetzt, auf der Heimfahrt, weit entfernt von einem gebrochenen Herzen, fühlte er sich plötzlich wie ein anderer Mensch. Und statt wehmütig an die Frau zu denken, die er soeben zurückgelassen hatte, freute er sich plötzlich auf das Wiedersehen mit Val. Er erinnerte sich an ihren kräftigen Körper und die Geborgenheit ihrer Umarmung, die Unbefangenheit, die sie miteinander teilten, die Abende, wenn sie miteinander geschlafen hatten und sich mit dampfenden Teetassen im Bett aneinanderkuschelten, ihr gemeinsames Interesse für alles, was mit der Fabrik zu tun hatte.

Val war aus dem gleichen Holz geschnitzt wie George. Sie waren einander ähnlich wie Geschwister. Aber Val war nicht seine Schwester, sie war seine Geliebte. Und er hatte einen kostspieligen Verlobungsring zu vergeben.

9.

Matthew rief sein Portfolio auf. Eigentlich brauchte er gar keinen Blick darauf zu werfen. Ihn interessierte im Augenblick nur die Notierung der Western Instruments, und die kannte er zur Genüge. Der Bondpreis hatte sich geringfügig erholt, sodass das Resultat nicht ganz so schlecht wie erwartet aussah; trotzdem stand Matthew das Wasser bis zum Hals. Sollte er verkaufen oder halten?

Im Grunde war es keine Frage. Sein Vertrauen in Draper war dahin. Fiona hatte Recht: Gewiss bekam Draper ein Dutzend solcher Vorschläge pro Jahr, aber nur alle vier bis fünf Jahre realisierte er eine Übernahme. Auf eine solche Übernahme zu setzen war etwa so erfolgversprechend, wie auf einen 30:1 Außenseiter beim Pferderennen zu wetten: Die Erfolgsaussichten sind gering, das Gewinnpotenzial hoch. Eine reizvolle Art des Glücksspiels, aber keine geschickte Handelsstrategie.

Das Telefon klingelte. Ein Kunde auf der Suche nach »irgendetwas mit höherer Rendite« wollte IBM-Bonds abstoßen. Wie der Zufall es wollte, brauchte Matthew IBM-Bonds, um einen Handel aus der vorhergehenden Woche auszugleichen, sodass er einen guten Preis nennen konnte. Der Kunde ging auf das Angebot ein, und Matthew machte sich daran, einen Orderzettel auszufüllen.

»Sie sind nicht zufällig an Western-Instruments-Aktien interessiert?«, fragte er den Kunden, bevor er auflegte. »Ich habe da eine Position, die ich glattstellen muss. Ich könnte sie Ihnen ein Viertel unter Marktpreis überlassen.«

»Western Instruments? Das ist doch ein Scherz, oder? Na ja, geben Sie mir ein bisschen Zeit, ich rufe Sie zurück.«

Fünfzehn Minuten später meldete der Kunde sich wieder und war bereit zu kaufen. Matthew bestätigte den Preis, und sie einigten sich auf einen Deal über fünfundzwanzig Millionen. Mit einer Mischung aus Erleichterung und Bedauern füllte Matthew den Orderzettel aus.

Er hatte seine Bonds zu achtundsiebzig Cents pro Dollar verkauft, sodass ihm ein Verlust von eineinviertel Millionen Dollar blieb. Sein erstes Jahr als Börsenhändler war ein Flop. Aber wenigstens hatte er dem Fiasko ein Ende gesetzt und aus dem Vorfall seine Lehre gezogen.

Zeit für Plan B.

## 10.

Angeleuchtet vom Licht der tiefstehenden Novembersonne, erhob sich die Fassade von Ovendon House in blassgoldenem Schein, doch Zack hatte keinen Blick dafür. Er stand zögernd unter dem Torbogen zum Rosengarten, an dessen Gemäuer sich eine zartrosa Kletterrose emporrankte. Zu dieser späten Jahreszeit lagen die meisten Blütenblätter als trauriger Haufen auf den Steinplatten am Boden, doch ein paar Nachzügler standen noch in Blüte. Aus dem Impuls heraus langte Zack hinauf und brach ein paar Zweige ab. Das Gewächs widersetzte sich dem Versuch, sich seine Schätze rauben zu lassen, mit unerwarteter Hartnäckigkeit. Doch Zack gab nicht nach, und schließlich gelang es ihm, der Ranke drei ansehnliche Zweige abzutrotzen, wobei die Pflanze allerdings einige Blätter lassen musste. Dort wo er die Zweige abgebrochen hatte, waren die Stiele übel zugerichtet, und ein ganzer Strang hing vom Torbogen herunter. Zack befestigte ihn mehr schlecht als recht zwischen den übrigen Zweigen und hoffte, dass niemand Notiz davon nehmen würde. Dann machte er sich auf die Suche nach Sarah.

Er brauchte nicht weit zu gehen. Sarah kniete neben einer hölzernen Laube und war dabei, eine Rose einzupflanzen. Rechts und links von ihr reckten sich gelbe Rosen mit rot geränderten Blütenblättern wie ein Echo des Sonnenunterganges empor. Sie schaute auf.

»Hallo, Prachtkerl«, sagte sie, als sie ihn erblickte.

Zack begrüßte sie und reichte ihr die Rosen.

»Was ist das denn?«

»Ich schenke dir Rosen.«

»Die kannst du mir gar nicht schenken. Sie gehören mir schon.«

»Was?«

»Das ist mein Rosengarten. Den habe ich zum sechzehnten Geburtstag von Daddy bekommen. Und die Rose, die du da in der Hand hast, wurde von ihrem Züchter nach mir benannt – Sarah Havercombe.«

»Oh, tut mir leid. Na gut, dann schenke ich sie dir eben nicht, ich überreiche sie dir. – Für dich, mein Schatz.«

Sie griff nach den Rosen und schrie auf.

»Au, verflixt! Du hättest wenigstens vorher die Dornen abschneiden können.«

Zack entschuldigte sich erneut und begann die Dornen von den Stielen zu entfernen – eine ziemlich stachelige Angelegenheit. Je länger er hantierte, desto mehr Blütenblätter fielen zu Boden. Novemberrosen gehören nicht eben zu den robustesten Blumen, selbst wenn es sich dabei um die Sarah-Havercombe-Rose handelt. Als Zack fertig war, war kaum noch etwas von den Blüten übrig. So hatte er sich die Szene nicht vorgestellt. Aber Romantik zu verbreiten war noch nie seine Stärke gewesen.

»Wir sollten besser mal einen Blick auf die arme alte Ranke werfen. Man darf die Zweige niemals einfach abbrechen, schon gar nicht um diese Jahreszeit. Der Frost könnte die ungeschützten Zweige schädigen.«

Zerknirscht trottete Zack hinter Sarah her, zurück zum Torbogen.

»Oh, Zack, was hast du angerichtet!«

Sarah öffnete eine unauffällige grüne Metallklappe, die in den Torbogen eingelassen war. Neben einigen anderen Utensilien befanden sich zwei Gartenscheren darin. Sarah griff sich eine davon und machte sich daran, die zerzauste Pflanze wieder zurechtzuschneiden.

»Ich hoffe, ich habe keinen nachhaltigen Schaden angerichtet?«

»Nein. Rosen sprießen nach dem Zurückschneiden erneut. Das ist eine ihrer magischen Eigenschaften. Aber ein Meisterstück hast du nicht gerade vollbracht. Diese Sarah Havercombe gedieh hervorragend, auch ohne dein Dazutun. Vielen Dank.«

Sarah häufte die abgeschnittenen Rosenstränge ein Stück vor dem Torbogen auf, wo sie eingesammelt und zusammen mit anderen Gartenabfällen verbrannt werden würden. Sie legte die Schere zurück in das Schränkchen, und der Friede war wiederhergestellt.

»Tut mir leid wegen der Rose.«

»Schon gut. Vergiss es. Das nächste Mal machst du's ordentlich.«

»Ich muss dir was sagen. Darum wollte ich dir auch die Rosen überreichen. Ich will dich heiraten, Sarah. Ich meine ... willst du meine Frau werden?«

Zack hielt inne. Irgendwie hatte er alles falsch angefangen. Er nahm Sarah die entdornten Rosen aus der Hand, ließ sich auf ein Knie nieder und fing noch mal von vorne an.

»Liebe, süße Sarah, willst du mich zum glücklichsten Mann Englands machen und meine Frau werden?«

Erneut bot er ihr die Rosen dar, von denen kaum mehr als ein Bündel dornenloser Stiele übrig war. Sarah nahm sie mit zitternden Händen entgegen.

»Oh, Zack. Ja, ich will.«

## 11.

Der Lieferwagen gab wie zu erwarten seinen Geist auf. George war kein Mechaniker, und im Übrigen war sowieso kein Werkzeug vorhanden. Es war zehn Uhr abends, und es goss in Strömen.

Da war nichts zu machen. George schob den Wagen auf den Randstreifen, hievte seinen Koffer heraus und machte sich daran, die fünf Meilen nach Hause zu Fuß zu marschieren. Schon nach weniger als einer Meile war er bis auf die Haut durchnässt, aber in gewisser Weise war es nicht die schlechteste Art heimzukehren. Am Ende des Weges würde ihn eine starke Tasse Tee erwarten, vielleicht ein paar gebratene Würstchen mit Eiern und hoffentlich der behagliche Komfort der tröstlichen Umarmung Vals. Er ließ Ilkey hinter sich und trottete die Landstraße entlang, die ihn hügelaufwärts nach Sawley Bridge führte. Zu beiden Seiten der Straße heulte der Wind durchs nasse Gras, und hin und wieder flüchtete ein verwirrtes Pferd oder Schaf vor ihm in die dunkle Nacht. Der nasse Koffer wog schwer in seiner Hand. Es befanden sich nur unnütze Designerklamotten darin, die George sich Kiki zuliebe zugelegt hatte. Er würde den Kram bestimmt nicht mehr brauchen.

Ein Stück den Weg aufwärts plätscherten die Wellen eines Sees in der Dunkelheit. George zog einen Stein aus dem schlammigen Graben am Wegrand, öffnete den Koffer und ließ den Stein hineinfallen. Dann zog er den Reissverschluss zu und warf den Koffer, so weit er konnte, ins Wasser, wo er blubbernd verschwand. Auf Wiedersehen, Kiki. Auf Wiedersehen französische Riviera, Welt der Superreichen. Es war ein Abschied von einer Welt, die George jetzt für immer hinter sich lassen wollte.

Willkommen, Val. Willkommen, Yorkshire. Willkommen, Gissings.

Als er das Haus erreichte, war es weit nach elf. Zack war durch und durch nass und glücklich, zurück zu sein. Doch als er seinen Schlüssel ins Schloss steckte, stellte er fest, dass die Tür von innen verriegelt war. Auf sein Klopfen erschien Val im Nachthemd an der Tür.

»Hi, Val. Ich bin's.«

»Das sehe ich«, antwortete sie und machte keine Anstalten, ihn einzulassen.

»Darf ich reinkommen?«

Sie schüttelte den Kopf.

»Nein. Ich vermiete keine Zimmer mehr. Sag mir Bescheid, wann du deine Sachen abholen willst. Sie stehen in Kisten verpackt im Schuppen.«

»Zimmer zu vermieten, Val? Ich dachte, wir ... ich meine, es tut mir leid, dass ich mich einfach aus dem Staub gemacht hab', ehrlich. Ich muss dir so viel erzählen. Ich ... es war falsch, ich weiß. Aber ich musste es tun. Jetzt ist es vorbei. Ehrenwort. Es kommt bestimmt nicht wieder vor.«

»Bestimmt nicht«, sagte Val und machte Anstalten, die Tür zu schließen.

»Kann ich nicht wenigstens für einen Moment reinkommen? Ich muss dir etwas sagen.«

Zack war sich gar nicht sicher, was er ihr eigentlich sagen wollte. Doch sein Herz hämmerte gegen den Verlobungsring, der in seiner Brusttasche steckte. Val schüttelte den Kopf und schob die Tür ein Stück weiter zu.

»Warte! Ich weiß nicht, wohin ich sonst gehen soll.«

Sie zuckte mit den Schultern.

»Ich glaube, in Leeds gibt es eine Herberge.«

Die Tür schloss sich endgültig. Leeds war gut fünfzehn Meilen weit weg.

George verbrachte die Nacht in der Fabrik. Da alle Türen abgeschlossen waren und er keinen Schlüssel dabeihatte, kroch er in der leer stehenden alten Sägemühle unter. Auf einem Stapel altem Geröll, eine ölige Plane über den Armani-Anzug gezogen, schlief George zitternd ein.

Er erwachte früh und trottete zurück nach Ilkey, wo er sich ein deftiges Frühstück gönnte und sich angemessene Kleidung besorgte, nachdem die Läden geöffnet hatten. Der Verkäufer erlaubte George, sich umzuziehen, und fragte mit unbewegtem Gesichtsausdruck, ob er seinen Anzug zusammengefaltet oder auf einem Bügel mitzunehmen wünsche. George betrachtete das einst so edle, jetzt durchnässte und fleckige Material.

»Verbrennen Sie ihn«, sagte er.

George mietete sich für unbestimmte Zeit in einer Bed-and-Breakfast-Pension ein, beauftragte eine örtliche Werkstatt, sich um den Lieferwagen zu kümmern und nahm sich ein Taxi zurück zur Fabrik. Mit gemischten Gefühlen stapfte er die Treppen zu seinem Büro hinauf, wo gerade eine Lagebesprechung abgehalten wurde.

Andrew Walters, Jeff Wilmot, Val und ein missmutig dreinblickender Darren saßen um den Tisch. Andrew Walters schien seine Machtposition als amtierender Geschäftsführer sichtlich zu genießen, während Darren schmollte, da er keine offizielle Position in der Firma innehatte und ihm in Georges Abwesenheit niemand sonderliche Aufmerksamkeit schenkte. Bis auf die unbeteiligt dreinblickende Val reagierten alle verdutzt auf Georges Erscheinen.

»Hallo. Tut mir leid, dass ich so lange weg war. Was gibt's Neues?«

Andrew Walters versuchte ihm die Sache mit dem Asperton-Feldzug gegen Gissings zu erklären, aber Darren fiel ihm immer wieder ins Wort, um Georges Aufmerksamkeit zu erlangen. Wilmot bekräftigte Walters' Erklärungen auf seine gewohnt affektierte Weise. Nur Val, die die ganze Angelegenheit in ein paar knappen Sätzen hätte zusammenfassen können, hüllte sich in Schweigen. Schließlich hatte George genug gehört.

»Die Aspertons haben also unser Sortiment kopiert, ihre Preise reduziert und warten jetzt sozusagen drauf, dass wir ausbluten?«

Bestätigendes Gemurmel war die Antwort.

»Und wir bluten bereits, richtig?«

Wilmot antwortete ziemlich schroff. Seiner Ansicht nach hatten Buchhalter ihren Vorgesetzten zwar mit gebührendem Respekt zu begegnen, aber andererseits entsprach es nicht gerade der feinen Art eines geschäftsführenden Direktors, sich mitten in einer der schlimmsten Krisen mit einer Tasche voll dringend notwendigen Bargeldes der Firma aus dem Staub zu machen.

»Das kann man wohl sagen. Bis jetzt haben wir nur überlebt, weil wir die Kunden auf Zahlung ihrer Rechnungen gedrängt und unsere eigenen Verbindlichkeiten ausgesetzt haben. Mr. Walters hat uns vor ein paar Minuten eröffnet, dass uns noch etwa eine Woche bleibt, bis uns endgültig die Barmittel ausgehen. Meiner Meinung nach – und das habe ich bereits mehrfach mündlich sowie in diversen eindringlichen Memoranden zu diesem Thema deutlich gemacht«, er wedelte mit einem Bündel Blätter, »stehen wir auf der Schwelle zur Zahlungsunfähigkeit und sind gesetzlich verpflichtet, die Geschäfte sofort einzustellen.«

*»Was?«*

»Es besteht Grund zu der Annahme, dass wir künftig weder unsere Lieferanten noch unsere Mitarbeiter bezahlen können, und es ist illegal, den Betrieb unter diesen Voraussetzungen weiterzuführen. In meinen Memoranden, die Sie auf Ihrem Schreibtisch einsehen können ...«

»Schon gut. Wir stehen also sozusagen alle mit einem Bein im Knast. Danke, Jeff, Sie haben Ihren Standpunkt mehr als deutlich gemacht. Nun, welche Gegenmaßnahmen sind bisher ergriffen worden?«

Die Antworten fielen spärlich aus, doch es dauerte eine

Weile, bis George die Fakten ermittelt hatte. Ein paar Kostenfaktoren waren gekappt, eine zusätzliche Werbekampagne gestartet worden. Das war aber auch schon alles. Der Verkauf war zwar noch nicht vollständig zum Stillstand gekommen, aber der Blick ins Auftragsbuch war nicht eben erhebend.

»Okay. Jetzt habe ich ein ungefähres Bild von der Situation. Kann ich den Asperton-Kram mal sehen? Wir haben doch gewiss-Muster?«

»Äh ... nein«, erwiderte Walters.

»Nun, ich will mir die Sachen aber mal anschauen. Darren«, George drückte ihm ein Bündel Banknoten in die Hand, »besorgen Sie uns ein paar Musterobjekte von den kopierten Asperton-Sachen Und beeilen Sie sich.«

Darren war schon aus der Tür, bevor George ausgeredet hatte und rief lauthals nach Dave. Minuten später jagte der Firmenlieferwagen mit voll aufgedrehtem Radio vom Betriebshof.

In den folgenden Stunden kümmerte George sich um Angelegenheiten, die schon seit Wochen fällig gewesen wären. Unter anderem befanden sich eine Reihe Nachrichten von seinem Banker David Ballard auf seinem Schreibtisch, die er kurzerhand zerriss. Val redete nur das Nötigste mit ihm und vermied jede persönliche Bemerkung. Als George einen erneuten Versuch machte, sich für sein plötzliches Verschwinden zu entschuldigen, fiel sie ihm barsch ins Wort.

»Ich glaube nicht, dass dieses Thema irgendetwas mit meiner Arbeit hier zu tun hat, oder?«

»Ach, komm schon, Val, lass uns reden.«

»Tut mir leid. Ich habe zu tun.«

Die Wartezeit verlief in eisigem Schwiegen. Endlich kehrten Dave und Darren vergnügt zurück. Der Lieferwagen war beängstigend voll geladen. Die beiden jungen Burschen hatten jeder eine Zigarre zwischen den Lippen, und Darren wedelte mit Georges Geldbündel.

»Wir sind zum Verkaufshof der Aspertons gefahren, haben den alten Asperton höchstpersönlich aufgesucht und ihm gesagt, dass wir von Gissings kommen und ihre verdammten Möbel so toll fänden, dass wir ein paar Muster kaufen wollten. Der alte Gauner ist selber mit nach unten gekommen und hat uns die ganze Ladung umsonst überlassen. Hat behauptet, wir bräuchten nix zu bezahlen, weil Möbelfabrikanten zusammenhalten müssten. Der alte Windhund! Der Idiot hörte überhaupt nicht mehr auf zu kichern. Dave hat ihm ein paar Zigarren geklaut, und ich war so frei, einen Stapel ihrer Prospekte mitgehen zu lassen.«

»Yeah«, meinte Dave. »Darren wollte noch ein paar Reifen von ihrem Fuhrpark aufschlitzen, aber ich hab's ihm ausgeredet.«

Andrew Walters setzte dazu an, den beiden zu predigen, dass jeder Mitarbeiter ein Repräsentant seiner Firma sei, doch George steckte sein Geld wieder ein und empfahl Walters, die Sache zu vergessen.

Sie luden die Asperton-Möbel vom Wagen und stellten sie im ehemaligen Gissings-Museum auf, das inzwischen leer stand. George trommelte ein paar Handwerker zusammen, und sie begannen die Teile auseinanderzunehmen.

Sie versuchten Farbe, Firnis, Holz, Konservierungsmittel und sogar den Lieferanten für die Metallteile herauszufinden und schauten sich genau an, an welchen Stellen Klebstoff, Nägel oder Verfugungen benutzt worden waren. Sie nahmen jedes Teil genau unter die Lupe, untersuchten Scharniere, Winkelträger, Griffe und sogar die Schrauben, skizzierten die Entwürfe und analysierten die Broschüre.

Nachdem sie alles genau inspiziert hatten, begannen sie mit der Kostenanaylse des Sortiments, um die Produktionskosten jedes einzelnen Artikels zu ermitteln. Der Plan der Aspertons war einfach zu durchschauen. Sie hatten ein Sortiment nachgeahmter Möbel zum niedrigstmöglichen Budget produziert.

Mit ihren Schleuderpreisen machten sie zweifellos Verlust, den sie durch oberflächliche Verarbeitung aber so gering wie möglich zu halten versuchten. Ihr Ziel war, Gissings in den Bankrott treiben, aber möglichst wenig für dieses Vergnügen zu zahlen. Um zwei Uhr morgens gebot George den Handwerkern Einhalt.

»Wir wissen jetzt alles, was wir wissen müssen. Die Frage ist, was sollen wir dagegen tun?«

Wilmot, der Buchhalter, ergriff zuerst das Wort.

»Gewisse Mitarbeiter der Geschäftsleitung und ... äh ... einige Untergebene«, begann er mit einem Seitenblick auf Darren, »haben dafür plädiert, unsere Preise denen der Konkurrenz anzugleichen. Ein Schritt, vor dem ich aufs Schärfste warne. Unsere Verluste werden noch drastischer steigen, wenn wir die Verkaufspreise der einzelnen Posten weiter reduzieren.«

»Ganz meine Meinung«, sagte George.

Darren fühlte sich getroffen. Hatte er sich doch Unterstützung von seinem Helden George erwartet. »Wenn zehn Mann hinter dem Ball herrennen, schießt man kein Tor«, ereiferte er sich. »Beim derzeitigen Preisniveau verkaufen wir kein einziges Stück mehr. Und gar nichts zu tun, wäre glatter Selbstmord.«

George nickte wieder. »Ganz meine Meinung.«

»Wie bitte?«, fragte Wilmot.

»Dann muss also eine Entscheidung getroffen werden«, triumphierte Darren.

»Das habe ich bereits«, erwiderte George. »Wir können die Preise nicht weiter kappen, und wir können sie auch nicht so lassen, wie sie sind. Also werden wir sie hinaufsetzen. Zwanzig Prozent sollten genügen.«

## 12.

Josephine bewegte die Maus. Der Monitor erwachte zum Leben und bedeckte sich mit unverständlichen Codes.

»Was bedeutet das alles, Miklos?«

»Das? Oh, nichts weiter. Ein Freund von mir schreibt Schachprogramme und hat mich gebeten, einen Blick darauf zu werfen.« Er lachte. »Lausiges Programm. Und fantasielos obendrein.«

»Wieso fantasielos?«

»Na ja, Schach ist ... Schach ist etwas Großartiges. Computer versuchen bloß die Zukunft zu errechnen. Auf diesen Zug folgt jener Zug, dann dieser Zug, jener Zug und so weiter. Das ist kein Schach. So funktioniert höchstens eine Rechenmaschine. Gute Spieler rechnen zwei, drei Züge im Voraus und fragen sich, ist das ein guter Zug? Ist er von Vorteil für mich? Computer spielen hässliches Schach. Fantasielose Spiele.«

»Kannst du es mir beibringen?«

»Schach spielen?«

»Nein, wie man mit Computern umgeht, programmiert und so.«

»Du? Du willst programmieren?«

Überheblichkeit lag Kodaly fern, doch er sah in Josephine immer noch die Sekretärin, eine attraktive und selbstsichere zweifellos, aber eben eine Sekretärin. Und für Kodaly lagen Welten intellektueller Hierarchie zwischen einem Computerprogrammierer und einer Sekretärin.

»Ja. Programmieren. Ich will es lernen.«

»Was weißt du denn bis jetzt über Computer?«

»Wie man das Gerät einschaltet und wie man tippt.«

Kodaly holte tief Luft und blies sie mit aufgepusteten Wangen aus.

»Eine ziemliche Herausforderung. Wäre nicht ein Kurs ...«

»Ich habe weder die Zeit noch das Geld für einen Kurs. Aber wenn mein Freund es mir beibringen würde ...«

Kodaly holte nochmals tief Luft und fischte ein Buch aus seinem Regal: *Pascal 1.01*

»Okay. Computer sind wie Schachbretter: sehr einfach und sehr kompliziert«, begann er.

Es war das erste Mal, dass sie ihn als ihren Freund bezeichnet hatte.

## WINTER 1999-2000

Das Ende des Milleniums naht. Es herrscht schneidende Kälte. Im Park wurden eine Obdachlose und ihr Kind erfroren aufgefunden. Der Mann, der sie fand, ist Fotograf. »Immer noch zu wenig Obdachlosenheime«, springt es dem Passanten von sämtlichen Titelseiten ins Auge. Was angesichts des Wahnsinns, der in den Einkaufszentren tobt, niemanden weiter berührt. Steht doch das letzte Weihnachtsfest des Jahrtausends bevor. Ein neuer Mantel, ein neues Kleid sind wichtiger. Wer will schon den Start ins neue Jahrtausend in der Kleidung der letzten Saison antreten? Auf chinesischen und koreanischen Fließbändern werden Feuerwerkskörper gebündelt und »zum Eilversand« in Kisten verpackt. Die Regale der Pyrotechnik-Industrie, deren Umsätze bereits Rekordhöhen erreicht haben, sind zum Bersten gefüllt. Das alte Millenium verabschiedet sich im Pulverdampf. Wie sonst sollte man dem greisen, alten Jahrtausend die letzte Ehre erweisen?

Es ist der 20. Dezember. Noch fünf Tage bis Weihnachten, noch elf bis zum Ende des Jahrtausends. Und noch 576 Tage bis Bernard Gradleys Stichtag.

# 1.

Mit seiner Behauptung, den Reichen sei der Weg in Gottes Paradies verwehrt, verscherzte Jesus sich die Gunst der Investmentbanker. Religiöse Überzeugungen sind in Banken noch dünner gesät als tätowierte Abteilungsleiter. Doch eine ehrfurchtgebietende Instanz wird auch in diesem Universum gebraucht, und bei Madison heißt diese göttliche Macht EPAS.

EPAS ist wie der Gott des Alten Testaments: gerecht und gnadenlos. Es belohnt die Guten und straft die Bösen. Den Favoriten winken hohe Bonusse und ansehnliche Gehaltserhöhungen. Sünder erhalten allenfalls winzige Prämien, werden übergangen oder fliegen gleich. Das Martyrium währt das ganze Jahr, denn kaum sind die Januarbonusse ausbezahlt, beginnt die Einschätzung der Leistungen des einzelnen Mitarbeiters von neuem. Aber im Herbst schwebt das Damoklesschwert namens EPAS am tiefsten über den Häuptern sämtlicher Angestellter.

Denn im Herbst schreibt jeder Beurteilungen über jeden: Vorgesetzte über Untergebene, Untergebene über Vorgesetzte. In der bedrohlichen Gewissheit stets präsenter Konkurrenz werden die gegenseitigen Beurteilungen mit Hilfe ausführlicher und inquisitorischer Formulare verfaßt. Da diese Formulare anonym ausgefüllt und verschickt werden, weiß niemand, wer was über wen schreibt. Hat man im Februar jemanden beleidigt, bekommt man neun Monate später, anhand eines Formulars, das man selbst nie zu sehen bekommt, und anhand von Anschuldigungen, gegen die man sich nicht zur Wehr setzen kann, die Rechnung präsentiert. Niemals werden zwei Banker einander ohne das Bewusstsein gegenübertreten, dass jeder Fehler, jedes unbedachte Wort sich als Bumerang erweisen könnte. EPAS ist der Big Brother in Gestalt des Kapitalisten, Gott in Gestalt eines Spions.

Im Dezember, kurz vor Weihnachten, werden die Resultate bekannt gegeben.

Matthew wartete nervös vor Rosenthals selten benutztem Büro, in dem Peterson soeben das Ergebnis seiner diesjährigen Beurteilungen eröffnet bekam. Gedämpfte Geräusche drangen aus dem Inneren des gläsernen Raumes, dessen Jalousien jede etwaige Gemütsbewegung auf den Gesichtern der Insassen verbarg. Es ging das Gerücht, dass die Bond-Abteilung, Matthews Abteilung, verkleinert werden sollte, und Matthew konnte auf kein besonders ertragreiches Jahr zurückblicken. Beklommen wartete er.

Endlich trat Peterson aus Rosenthals Büro. Er hatte ein erfolgreiches Jahr hinter sich und verließ den Raum mit entsprechend breitem Grinsen. In der Tür wandte er sich noch einmal um.

»Nochmals vielen Dank, Saul. Das ist eine ansehnliche Summe«, sagte er zu Rosenthal, bevor er sich zu Matthew umdrehte.

»Hi, Matt. Ich drück' dir die Daumen.« Er hielt kurz inne. Peterson wusste über Matthews Verluste durch Western Instruments Bescheid, und natürlich waren ihm auch die Gerüchte über die Verkleinerung der Abteilung bekannt. Aus Rücksicht auf Matthews Gefühle versuchte Peterson sein Grinsen zu unterdrücken und weniger glücklich dreinzublicken. Aber er war ein schlechter Schauspieler, und nach kaum zwei Schritten kehrte sein Grinsen zurück. Matthew fühlte sich hundeelend.

Jetzt war er an der Reihe. Er wollte gerade an Rosenthals Tür klopfen und eintreten, als eine tiefe schottische Stimme hinter ihm dröhnte: »Hallo, Matt. Alles klar?« Es war die Stimme von Brian McAllister.

»Yeah, danke«, erwidert Matthew mechanisch. »Ich bin auf dem Weg, mir von Rosenthal den Todesstoß versetzen zu lassen.«

»Den Todesstoß?«

»Na ja, Sie wissen schon. Meine Beurteilung für das vergangene Jahr.«

»Weshalb sollte das Ihr Todesstoß sein, Matthew?«, fragte McAllister mit bohrendem Blick. Eine rein rhetorische Frage, auf die Matthew sich die Antwort schenkte. »Nun, ich hoffe, Sie haben keinen Grund zur Besorgnis«, sagte der Schotte, »aber wenn Sie nichts dagegen haben, gehe ich mit Ihnen hinein.«

Matthew blickte ihn überrascht an. Gewöhnlich wurden die EPAS-Ergebnisse unter vier Augen bekannt gegeben, schließlich dienten sie nicht der allgemeinen Unterhaltung. Aber Matthew hütete sich, McAllister etwas abzuschlagen, also betraten sie zusammen Rosenthals Büro. Was mochte der Grund für die Anwesenheit des Schotten sein?

Matthew, Rosenthal und McAllister ließen sich an dem runden Mahagonitisch nieder, der zu den Annehmlichkeiten eines geschäftsführenden Direktors gehörte. Rosenthal war ein begnadeter Händler. Die Aufgaben und Pflichten des Managers erfüllten ihn jedoch immer wieder mit Unbehagen. Dennoch war er sich über seine Position im Klaren – insbesondere unter dem stechenden Blick McAllisters – und schlüpfte in die von ihm erwartete Rolle, indem er sich alle Mühe gab, wie ein verantwortungsbewusster Vorgesetzter zu wirken.

Er sprach über Matthews Beurteilung vonseiten seines Teams, was man an ihm schätzte und was nicht. Die Bewertung war weitgehend positiv ausgefallen; Kritik hatte man vorwiegend konstruktiv geäußert. Matthew fragte sich, wie Fionas Kommentar wohl ausgefallen war, doch Rosenthals Resümee ließ keine Rückschlüsse darauf zu.

Matthews Western-Instruments-Katastrophe wurde ausführlich kommentiert. Rosenthal bemängelte Matthews Verluste und die Tatsache, dass er sich nicht zuvor mit jemandem in dieser Angelegenheit beraten habe. »Ein haarsträubender Handel«, waren seine Worte. »Jedes Mal, wenn ich mich wegen eines eigenen schlechten Handels ärgere, rufe ich mir Ihren Western-Instruments-Deal ins Gedächtnis, das gibt mir dann meine gute Laune zurück. Aber eins muss man Ihnen lassen: Sie haben sich was dabei gedacht und Ihre Hausaufgaben erstklassig gemacht. Diese Bank bestraft ihre Mitarbeiter nicht dafür, dass sie auf das falsche Pferd setzen, sondern lediglich für inkompetente Vorgehensweise – stimmt's, Brian?« McAllister nickte bestätigend, und Rosenthal fuhr fort: »Das nächste Mal machen Sie Ihre Hausaufgaben genauso gut, vergessen aber nicht, mit dem guten alten Onkel Rosenthal zu sprechen, bevor Sie handeln. Und denken Sie dran: Wenn die Sache stinkt, ist was faul.«

Nach zwanzig Minuten kam er endlich zum entscheidenden Punkt.

»Alles in allem hat die Bank in ihrer unergründlichen Weisheit – fragen Sie mich nicht, warum – beschlossen, Ihnen einen Bonus zu zahlen. Und hauen Sie nicht gleich die ganze Summe auf den Kopf, Junge, wenn Sie nach Hause gehen.«

Er warf Matthew über den Tisch hinweg einen Umschlag zu, den Matthew mit zitternden Händen öffnete. Seit der Revisionsbefragung war er nicht mehr so nervös gewesen.

Im Inneren des Umschlags steckte ein Blatt Papier, auf dem Matthews Name sowie Einzelheiten zu seinem Angestelltenverhältnis standen. Dann folgte eine Gehaltsaufstellung sowie die Höhe des Bonus. Matthews Gehalt war um fünfzehn Prozent erhöht worden. Der Bonus betrug hunderttausend Dollar.

»Danke. Vielen Dank.«

»Danken Sie nicht mir«, erwiderte Rosenthal, »sondern der Bank. Oder von mir aus EPAS. Oder Dan Kramer. Jedenfalls haben Sie sich nicht schlecht geschlagen. Eines Tages wird aus Ihnen noch ein erstklassiger Händler.«

Matthews Erleichterung war so groß, dass die Enttäuschung erst langsam zu ihm durchsickerte. Hunderttausend Dollar waren okay fürs erste Jahr. Aber ein herausragendes Ergebnis war es nicht. Peterson hatte bestimmt doppelt so viel erhalten. Hätte er sich nicht den Flop mit Western Instruments geleistet, wäre mindestens so viel wie bei Peterson herausgesprungen. Und wenn der Deal mit Western Instruments wie erhofft verlaufen wäre, stünde jetzt eine Drei vor seinem Bonus. Nun musste er sich mit einem Bonus von umgerechnet fünfundsechzigtausend Pfund zufrieden geben.

Der eine oder andere wird an dieser Stelle der Meinung sein, dass diese Summe als Draufgabe zu einem bereits großzügigen Gehalt für einen Anfänger im ersten Jahr, der noch nicht einmal einen Abschluss vorweisen konnte, sehr beachtlich ist. Doch wir bewegen uns in der Welt von Madison, jenem magischen Universum, in dem man Jahr für Jahr aufs Neue in der Lotterie gewinnt und dennoch Qualen leidet, wenn der Gewinn unter dem des Vorjahres liegt. Matthew hatte allen Grund, unzufrieden zu sein.

»Da ist noch etwas, das ich Ihnen sagen möchte«, fuhr Rosenthal fort. »Sie haben sicher von dem Gerücht gehört, dass die Bank die Bond-Abteilung verkleinern will. Nun, das entspricht der Wahrheit.«

Panik ergriff von Matthew Besitz. Er würde sich seine Million Pfund nicht auf reguläre Weise erarbeiten können, so viel war ihm inzwischen klar. Aber er hatte einen anderen Plan, zum Ziel zu kommen, und die Voraussetzung dafür war, dass er seinen Job behielt. Der Mund wurde ihm trocken.

»Wenn wir den Personalstamm der Abteilung beschneiden, werden unglücklicherweise jene Mitarbeiter betroffen sein, die zuletzt gekommen sind. Es sei denn, sie haben sich seit ihrem Eintritt durch außergewöhnliche Leistungen hervorgetan.«

Rosenthal sprach von Peterson. Petersons Zahnpastagrinsen bedeutete also, dass er bleiben würde. Und Matthew? Was würde er bekommen? Ein bedauerndes Lächeln und einen Tritt in den Hintern? Hier ist Ihr Trostpreis, aber leider können wir Sie nicht mehr gebrauchen? Machen Sie sich keine Sorgen wegen der dreißig Millionen Ihres Vaters. Wir sind sicher, Sie werden das Ding schon schaukeln. Matthews Gedanken rasten, während Rosenthal fortfuhr.

»Aber wir wollen natürlich keinen unserer vielversprechenden jungen Profis verlieren. Und deshalb ist Mister McAllister hier. Brian?«

McAllister übernahm das Wort.

»Wir stellen ein neues Team in London zusammen, Matt, und ich würde es gern sehen, wenn Sie mit von der Partie wären. Es geht um den Handel mit europäischen Müllanleihen – hochverzinsliche Risikoanleihen.«

Matthew wusste, wovon McAllister sprach. Angenommen ein Unternehmen – zum Beispiel Eurotunnel – nimmt eine größere Summe auf. In der Folgezeit laufen die Geschäfte jedoch schlecht und den Kreditgebern – also Bankern und Investoren – wird deutlich, dass das Unternehmen das Darlehen nicht mehr in voller Höhe bedienen kann. Wie im Falle von Western Instruments werden dann die Firmenanleihen weit unter Nennwert gehandelt. Sowohl für Unternehmen als auch für die Geldgeber kommt der Handel mit solchen Anleihen einer Achterbahnfahrt gleich. Wer clever genug ist, kauft zu Tiefstkursen, verkauft zum Höhepunkt und macht ein Vermögen. Allerdings kann sich ein Kurs, der sich eben noch als Tiefstand präsentierte, kurz darauf lediglich als kurze Verschnaufpause vor dem endgültigen Kollaps erweisen, womit man Kopf und Kragen verliert, und das alles in einer einzigen Position.

»Der Job erfordert natürlich ein Gespür für den Markt«, fuhr McAllister fort. »Darüber hinaus Intelligenz und die Fähigkeit, interessante Projekte detailliert zu recherchieren. Das hat mich auf Sie gebracht, Matthew. Ich bin der Meinung, dass Sie für diese Aufgabe wie geschaffen sind, und würde mich freuen, wenn Sie dabei wären. Im Januar soll es losgehen. Sie müssten sich also über die Feiertage nach einer Unterkunft in London umsehen.«

McAllister beschrieb die Stelle noch ausführlicher, doch Matthew hatte bereits angebissen. Ein Job wie dieser war geradezu perfekt für seine Pläne. Er war zwar immer noch unglücklich über seinen Bonus, aber das Angebot war fantastisch. Damit würde Plan B doch noch zur Ausführung kommen.

Das Arrangement wurde rasch besiegelt. Selbst wenn er weniger begeistert gewesen wäre, hätte Matthew den Vorschlag annehmen müssen. Denn ein solches Angebot war nichts anderes als ein Befehl. Und sein alter Job hatte sich ohnehin mehr oder weniger in Luft aufgelöst.

Es gab nur ein gravierendes Problem: Fiona. Sobald Matthew Rosenthals Büro verlassen hatte, eilte er zu ihr. Auf dem Weg über das Börsenparkett – vorbei an Sekretärinnen im Kampf mit Fotokopierern, Händlern, die über ihren Zwei-Dollar-Cappuccinos großtuerische Reden schwangen, und Boten, die seit über fünfzig Jahren bei der Firma tätig waren und noch nicht einmal ein Zehntel dessen kassierten, was Matthew heute als Bonus eingesteckt hatte – ging ihm alles Mögliche durch den Kopf.

Er war erleichtert, noch einen Job zu haben und aufgeregt über seinen neuen Posten. Er war froh über seinen Bonus und erfreut über das Lob, das Rosenthal und – wichtiger noch – McAllister ausgesprochen hatten. Er war enttäuscht über die Höhe seines Bonus, obgleich ihm bewusst war, dass es sich um eine faire, ja großzügige Summe handelte. Aber vor allem wurde ihm klar, dass er sich ein Leben ohne Fiona nicht mehr vorstellen konnte.

In dieser Stimmung platzte er in ihr Büro, das von allen Seiten durch Glaswände abgegrenzt wurde.

Matthew wollte gerade den Mund aufmachen, da bemerkte er, dass sie telefonierte. Sie benutzte die Freisprechanlage anstelle des Hörers. Matthew ließ sich auf einen Stuhl fallen und wartete ungeduldig mit den Fingern trommelnd darauf, dass sie das Gespräch beendete. Endlich schaltete Fiona das Gerät aus. Wie gewöhnlich entsprach ihr äußeres Erscheinungsbild durch und durch der Geschäftsfrau, die sie verkörperte. Ihr prachtvolles Haar war streng zurückgebunden, sodass die makellosen Züge noch besser zur Geltung kamen. Lediglich Augen und Mundpartie strahlten einen Hauch zu viel Distanz aus. Und wie immer im ersten Augenblick, wenn sie Matthews ansichtig wurde, flackerte eine Spur von Furcht in ihrem Blick auf.

»Verdammtes Chicagoer Büro«, schimpfte sie. »Erst muss man denen ununterbrochen die Hand halten. Dann machen sie aus Versehen mal Gewinn, und schon ist es allein ihr Verdienst, und kein Wort des Dankes.« Plötzlich gewahrte sie Matthews angespannten Gesichtsausdruck. »Was ist los?«, fragte sie.

Matthew berichtete ihr in knappen Worten.

»Dann verschwindest du also in ein paar Wochen nach London. Klingt ja aufregend.«

»Ich freue mich auf den Job. Aber was wird aus uns?«

»Aus uns?«, fragte sie. In der Bank schien sie oft völlig zu vergessen, dass sie ein Paar waren. »Ein Flug von New York nach London dauert doch bloß eine Nacht. Wir bleiben bestimmt in Verbindung.«

»In Verbindung? Hör schon auf, du weißt genau, dass wir auf diese Art keine Chance haben.«

»Na ja, es sieht nicht so aus, als ob du die Wahl hättest. Oder hast du noch andere Angebote?«

»Du hast Recht. Ich muss nach London. Aber ich möchte,

dass du mitkommst. Du bist geschäftsführende Direktorin und hast hier eine Menge Punkte gesammelt. Du kannst es dir erlauben, die Bank um eine entsprechende Stelle in London zu bitten.« Es war das erste Mal, dass Matthew sich so ereiferte. »Bitte.«

»Du willst, dass ich hier alles hinschmeiße und mit nach London komme? Nur um mit dir zusammen zu sein?«

»Ja. Möglicherweise stellt es sich ja heraus, dass wir füreinander bestimmt sind. Wir sollten uns wenigstens eine Chance geben.«

»Du glaubst, wir könnten füreinander bestimmt sein?«

Fiona hatte sich abgewandt, sodass Matthew ihr Gesicht nicht sehen konnte. Ihre Stimme war tonlos.

»Ja, das glaube ich.«

Befangen und entschlossen zugleich drehte sie sich zu ihm um.

»Ich habe auch eine Neuigkeit. McAllister war vor ungefähr zwei Monaten hier und hat mir von dieser neuen Gruppe in London erzählt und dass er beabsichtigte, dich dafür zu rekrutieren. Ich habe ihn gefragt, wer die Leitung der Gruppe übernehmen würde, und er wusste es noch nicht. Also habe ich mich angeboten. Er war einverstanden. In zwei Wochen bin ich dein Boss.«

Matthew war überwältigt. Dies war vermutlich der engagierteste Schritt, den Fiona je für eine Beziehung gewagt hatte. Sie waren zwar noch nicht verlobt, aber auf Matthews Romantikbarometer sprachen alle Anzeichen dafür. Die Glasscheiben von Fionas Büro waren nicht gerade geeignet, den Anlass gebührend zu würdigen, also standen sie sich einen Augenblick nur lächelnd gegenüber. Dann aber machte Matthew plötzlich einen Schritt auf sie zu und fegte mit der linken Hand einen Stapel Unterlagen von ihrem Schreibtisch.

»Oh, Verzeihung«, sagte er und bückte sich, um sie aufzuheben.

Sie beugte sich ebenfalls hinab, und im Schutz von Schreibtisch und Aktenschrank küssten sie sich.

»Fiona, liebe Fi«, flüsterte Matthew.

## 2.

Gillingham starrte in das vor ihm liegende Steuergesetzbuch. Die Buchstaben verschwammen vor seinen Augen, und die bedruckte Seite teilte sich. Eine Phantomseite verrutschte nach oben links, während die andere nach unten rechts sackte. Er vermochte kein Wort zu entziffern.

Gillingham schloss die rotgeränderten Augen und stützte den Kopf auf die Hände. Es war halb zwölf mittags. Am Abend zuvor war er zeitig zu Bett gegangen. Trotzdem versagten ihm nicht nur seine Augen den Dienst, sein ganzer Kopf spielte verrückt.

Kurz nachdem Hal im vergangenen Herbst auf diesen Steuertrick gekommen war, hatte Zack den Deal in die Wege geleitet. Die Sache war nicht einfach gewesen. Das Hongkongsche Steuergesetz beinhaltet ausführliche Paragrafen zur Unterbindung der Steuerhinterziehung. Die darin enthaltenen verzwickten Klauseln konnten Leuten wie Gillingham wahrhaftig den Spaß verderben. Aber er hatte trotz der Humorlosigkeit der Hongkongschen Gesetzgebung eine Lücke gefunden und sie mit Anwälten und Steuerberatern überprüft. Es würde klappen.

Aber die Lücke ausfindig zu machen, war nur der Anfang. Jetzt hieß es die Details auszuarbeiten. Sorgfältig formulierte Dokumente mussten entworfen werden, um die Sache nicht wie einen Trick zur Steuerhinterziehung aussehen zu lassen. Auch wenn es genau das war.

Gillingham war berühmt für seine ausgeklügelte Detailarbeit. Aber seine Reputation bei Weinstein Lukes verdankte er nicht allein der Fähigkeit, Lücken in den Steuergesetzen der Welt aufzuspüren, sondern auch seinem Geschick, sich diese Lücken zunutze zu machen. Seine Deals waren unanfechtbar und seine Dokumententwürfe hieb- und stichfest. So mancher Steuerprüfer kochte vor Zorn, aber nie fanden sie eine rechtliche Handhabe gegen ihn. Sie konnten lediglich neue Gesetze erlassen, um Gillinghams Treiben Einhalt zu gebieten, doch keines seiner Geschäfte war jemals außer Kraft gesetzt worden.

Das war der alte Gillingham. Dann aber änderte sich alles. Seine ehemals glückliche Ehe ging in die Brüche, nachdem Gillinghams Frau sich die langen Phasen seiner Abwesenheit und sein üppiges Bankkonto zunutze gemacht und sich einem mittellosen Gefährten aus Collegezeiten zugewandt hatte. Es folgten die Scheidung, gegenseitige Beschuldigungen, Unterhaltszahlungen und Verbitterung. Gillingham suchte Trost im Whisky, und aus einem handfesten Gesellschaftstrinker wurde ein noch handfesterer einsamer Trinker.

Und mit dem Trinken schwand sein Auge fürs Detail. Eines Tages unterlief ihm in Gegenwart mehrerer Anwälte ein Fehler, der beinahe einen ganzen Deal zum Platzen gebracht hätte. Er war davongestürmt, um sich mit einem Drink zu beruhigen und elf Tage später mit ausgepumptem Magen in einer Entzugsklinik erwacht.

Jedem anderen hätte die Bank den Laufpass gegeben. Aber Gillingham war etwas Besonderes. Leute mit einem Gespür für Steuertricks sind seltener und wertvoller als Diamanten. Und Gillingham war in der Lage, die Steuerbehörden in jedem Land der Welt auszutricksen. So manchem Bankkunden hatte er auf diesem Weg zu einem Vermögen verholfen, ein Privileg, das die Kunden der Bank fürstlich honorierten. Also erhielt er eine zweite Chance.

Die Bedingung lautete, dass er trocken blieb. Schaffte er es, durfte er zurückkommen und sogar die Partnerschaft behalten. Sollte er jemals wieder einen Tropfen anrühren, war er draußen. Ein fairer Handel. Mehr als fair. Und Gillingham war dankbar.

Nachdem der Nebel sich gelichtet hatte, kehrte sein Talent zurück. Und wenn auch seine einstige Brillanz verschwunden war, so war seine Meisterhaftigkeit im Detail doch ungebrochen. Gillingham war wieder ein Mann, dem die Kunden vertrauen konnten.

Zumindest war es bisher so gewesen. Aber seit ein paar Monaten spürte Gillingham, dass eine kaum merkliche Veränderung mit ihm vorging. Ihm war, als würde er in ruhigen Gewässern schwimmen und dennoch von einer unsichtbaren Macht sanft in die Tiefe gezogen. Ein kaum spürbares, aber hartnäckiges Ziehen, das er nicht einmal richtig zu beschreiben vermochte. Aber Gillingham war schon einmal in den Abgrund gezogen worden und kannte die Anzeichen. Und sie waren da. Tag für Tag. Eine zärtliche Versuchung; eine sanfte, lockende Einladung, unter die Oberfläche zu tauchen, nur für einen winzigen Moment, nur für einen kleinen Drink. Aus seiner langen Zeit der Abhängigkeit waren ihm solche wiederkehrenden Anwandlungen allzu vertraut. Nur dass sie ihn dieses Mal, sechs Jahre nach dem Entzug, nicht mehr loszulassen schienen. Mit jedem Tag umklammerten sie ihn ein wenig hartnäckiger. Das Weihnachtsfest würde nicht einfach für ihn werden.

Hal Gillingham hatte Angst.

Gott sei Dank hatte er diesen Gradley zur Seite. Der Junge war ein Geschenk des Himmels. Sein Gedächtnis war einzigartig, und er besaß einen messerscharfen Verstand. Wenn Gillingham wieder mal den Faden zu verlieren drohte, erfasste Gradley blitzschnell, worauf er hinauswollte. Gillingham beobachtete erleichtert, wie die Dokumente für den Hongkong-Deal unter Zacks unauffälliger Wachsamkeit allmählich Gestalt annahmen. Gradley war zudem eifrig bemüht, ihm auch bei anderen Aufgaben behilflich zu sein, und Hal bezog ihn nur zu gerne mit ein. Natürlich hatte er zuvor Amy Lou Mazowieckis Genehmigung dafür einholen müssen, aber Zack hatte ihr die Antwort leicht gemacht. Er arbeitete wie ein Pferd, sieben Tage die Woche, und das aus freien Stücken.

Dem Himmel sei Dank für den jungen Gradley.

Bevor er seine umnebelte Aufmerksamkeit wieder auf ein paar obskure Punkte im Hongkongschen Umsatzsteuergesetz lenkte, erhob sich Gillingham und unternahm einen kurzen Abstecher in Zacks Büro, das sich unweit von seinem eigenen befand. Zack war gerade mit einigen Änderungen am Entwurf eines Übernahmevertrages beschäftigt. Sie wechselten ein paar Worte über den Deal – eine willkommene Unterbrechung ihrer Arbeit. Danach fühlte Gillingham sich etwas besser.

Bevor er an seinen Platz zurückkehrte, nahm er einen kräftigen Zug aus der Flasche Orangensaft, die stets auf Zacks Schreibtisch bereitstand. Der Saft war immer frisch gepresst, nicht zu kalt, aber angenehm erfrischend. Der Geschmack war hervorragend und nicht zu vergleichen mit den gewöhnlichen Billigsäften.

## 3.

Zum ersten Mal rückt das Weihnachtsfest in den Hintergrund. Trotz Millionen geschlachteter Truthähne; trotz unzähliger Weihnachtsmänner, die immer noch über den japanischen Einkaufszentren schweben; trotz der Kinder, die wie jedes Jahr ihr nagelneues Spielzeug binnen Minuten kaputt machen; Vätern, die zu tief ins Glas schauen und Müttern, die in der Küche durchdrehen – trotz weihnachtlicher Traditionen, die pflichtbewusst gepflegt werden –, ist Weihnachten zum ersten Mal nicht der Höhepunkt des Jahres. Während die Truthähne in den Röhren brutzeln, eilen die Gedanken der

Menschen bereits voraus, dem Tod des Jahrhunderts und der Geburt des neuen Jahrtausends entgegen.

Politiker haben sich das Ereignis auf die Fahnen geschrieben. Kirchenpredigten sind erfüllt davon. Talkshows und Quizsendungen, Straßen und Geschäfte – nirgends wird von etwas anderem gesprochen. Nie waren TV-Sendungen geschmackloser, Diskussionen stupider. Gut so. Je stupider, desto besser: Der Mensch will lachen und sich überlegen fühlen, nicht nachdenken. Das alte Jahrtausend gleitet in einem Feuerwerkshagel von Tijuana bis Taipeh, von Petersburg bis Johannesburg dahin – eine mexikanische Schießpulversalve, ein Feuerrad zum Mars. Politiker posieren am Fuße riesiger Felsen mit Feuerwerkskörpern in der Hand und proklamieren die kommenden tausend Jahre als das Jahrtausend der Konservativen, das Jahrtausend der Menschheit, das Jahrtausend des Gott-weiß-Was. Kameras klicken, das Lächeln verschwindet, Funken sprühen, und Schlag Mitternacht zerreißt eine Farbexplosion den Himmel, während die Menschheit sich um den Verstand säuft. Ehebrüche erreichen ein Rekordhoch. Zweihundert Esoteriker entschließen sich aus unerfindlichen Gründen, die ohnehin niemanden interessieren, ihrem Leben gemeinsam ein Ende zu setzen. Mit angehaltenem Atem wartet die Menschheit darauf, dass Computer in Asien und Teilen der restlichen Welt verrückt spielen, Flugzeuge vom Himmel fallen und das größte Desaster in der Geschichte der Menschheit seinen Lauf nimmt. Und das alles nur, weil ein paar pickelige Computerfreaks in Kalifornien nicht in der Lage waren, weiter als bis 99 zu zählen. Ist der Kater überwunden, heißt es: zurück an die Arbeit. Das einundzwanzigste Jahrhundert und dritte Jahrtausend beginnt wie alle anderen, nur diesmal mit der Segnung des Alka Seltzer.

Matthew hält sich in New York auf, wo er den Transfer seines Portfolios veranlasst und die Kündigung seines Apartments abwickelt. Er und Fiona sehen sich beinahe jeden

Abend, obgleich Fiona der wachsenden Beziehung immer noch mißtrauisch gegenübersteht. Matthew drängt sie nicht. Er denkt immer noch mit Scham und Bedauern daran zurück, was er Sophie angetan hat. Nie wieder würde er so etwas riskieren. Matthew ist erwachsen geworden, und vielleicht ist Fiona die richtige Frau für eine Beziehung mit dem erwachsenen Matthew. Die Zeit wird es zeigen.

Zack verbringt den Jahreswechsel in Ovendon House. Er und Sarah sind ein glückliches Paar, und Zack ist froh, dass er sich während der Feiertage nicht mit seiner Mutter oder Josephine herumschlagen muss. Und er ist glücklich, wie gut sein Plan sich entwickelt. Indem er sich für Gillingham unentbehrlich machte, ist es ihm gelungen, sich erfolgreich in die Steuerabteilung von Weinstein Lukes vorzutasten. Der Deal mit Hatherleigh Pacific läuft hervorragend, und in Kürze wird er eine der reichsten jungen Damen Englands heiraten. Er bezweifelt, dass die Ehe nach dem Stichtag des väterlichen Testaments weiterbestehen wird. Aber das bereitet ihm nur geringes Kopfzerbrechen. Wenn er Sarah verlassen sollte, würde es fair vonstatten gehen. Sie könnte ihr Geld behalten, und Zack würde zu verhindern wissen, dass Kinder im Spiel waren. Sarah würde eine Weile untröstlich sein, aber darüber hinwegkommen. In der Zwischenzeit würde Zack längst über das Vermögen seines Vaters verfügen und war vielleicht sogar Partner bei Weinstein Lukes. Das einundzwanzigste Jahrhundert verspricht äußerst erfolgreich für ihn zu werden.

Georg verbringt die Feiertage mit seiner Mutter und seiner Schwester in Kilburn. Verglichen mit dem Desaster im letzten Jahr, ist dieses Weihnachtsfest nicht einmal so übel. Sie verzichten auf den Truthahn und begnügen sich mit Hähnchenschnitzeln. Helen blüht in der friedlichen Atmosphäre förmlich auf und genießt die Aufmerksamkeit, die ihr zuteil wird. Ihre Aussprache ist immer noch schleppend, aber deutlicher, und sie besteht darauf, in der Küche zu helfen. Sie ist zwar keine wirkliche Hilfe, aber allein der gute Wille zählt. »Ihr Zustand könnte noch viel besser sein«, vertraut Josie dem Bruder an, als sie kurz allein im Zimmer sind. »Aber es ist, als ob sie sich dagegen wehrt, weitere Fortschritte zu machen.«

George zahlt sich seit dem Sommer ein Gehalt aus, von dem ein Großteil monatlich auf Josies Bankkonto landet. Jetzt kann sie sich zwar eine Tagesbetreuung für die Mutter leisten, aber die Situation könnte besser sein. George und Josie beratschlagen, was man noch tun könnte. George erneuert seine Einladung an Mutter und Schwester nach Yorkshire, aber sie wissen beide, dass die Mühe, die Mutter an ein fremdes Haus zu gewöhnen, den Aufwand nicht lohnt. Josie berichtet George, dass weder Zack noch Matthew sie finanziell unterstützen, und George erkundigt sich, was die beiden so treiben. »Sie führen sich immer noch auf wie verzogene Bälger«, antwortet Josie, worauf beide lachen müssen.

»Wie läuft deine Fabrik?«, erkundigt sie sich.

George zuckt mit den Schultern. »Noch sind wir zahlungsfähig. Aber die Chancen, dass wir's auch in ein paar Monaten noch sind, stehen eins zu drei.«

»So schlimm?«

»So schlimm.«

»Dann wird der Millionen-Rettungsakt also nicht von deiner Seite kommen?«

»Keine Chance, Schwesterchen«, beteuert er lachend.

Sie verzehren ihr Schnitzel und schauen eine Weile fern. Auf einem Kanal läuft eine Art »Millenium-Gameshow«. Sie schalten weiter und sehen sich einen alten Spielfilm an.

»Was macht dein Liebesleben?«, erkundigt sich Josie.

»Noch trostloser als unsere Auftragsbücher«, antwortet George. Er erzählt seiner teilnahmsvoll zuhörenden Schwester die Geschichte mit Kiki und Val, und dass Val sich immer noch weigert, mit ihm zu sprechen. Josie kann Vals Standpunkt verstehen, doch sie drückt den Bruder tröstend an sich. Sie ist ein prima Kamerad, so viel steht fest.

»Ich hoffe, du schlägst dich besser an der romantischen Front als ich«, sagt George.

Seine Schwester errötet leicht.

»Ich treffe mich mit jemand«, gibt sie zu. »Ein ungarischer Kollege aus der Bank.«

»Klingt nach Zigeunerblut, Leidenschaft und Temperament.«

»Eher nicht. Ich stehe nicht sonderlich auf Zigeuner.«

»Werde ich ihn mal kennen lernen?«

»Mal sehen. Er ist wirklich interessant, aber ... na ja, nicht gerade der häusliche Typ. Außerdem weiß ich selbst noch nicht, wie ernst mir die Sache überhaupt ist.«

Josephine scheint nicht erpicht darauf, das Thema zu vertiefen, und George lässt es gut sein. »Ist es nicht Zeit für Mom?«, fragt er.

Gemeinsam bringen sie Helen zu Bett. Die Mutter trägt noch immer Inkontinenzeinlagen. George findet die ganze Prozedur ziemlich abstoßend, bemüht sich aber dennoch zu helfen. Helen murmelt irgendetwas, aus dem George eine Entschuldigung herauszuhören glaubt, dass sie solche Umstände macht. Aber er ist sich nicht sicher. Es ist schon spät, und Helens Aussprache wird undeutlicher, wenn sie müde ist. Anschließend geht er mit Josie wieder hinunter ins Wohnzimmer, wo sie bei einer Tasse koffeinfreiem Instantkaffee noch eine Weile vor dem Fernseher sitzen.

»Wie läuft's bei der Arbeit, Josie?«

»Ganz gut. Im neuen Jahr wechsle ich in die Buchungsabteilung. Dann bin ich Sachbearbeiterin in der Abwicklung.«

»Verdienst du dann mehr?«

»Nein, eher weniger. Aber die Arbeit gefällt mir besser. Die Stelle wurde intern ausgeschrieben. Ich habe mich darum beworben und den Job bekommen.«

George ist leicht befremdet. Da beschwerte sich Josephine ständig darüber, nicht genug Geld zu haben, und dann bewarb sie sich für einen schlechter dotierten Posten. Aber es ist ihr Leben, und sie hat Recht, dass Zack und Matthew leicht und locker für die Pflege der Mutter aufkommen könnten. Warum sollte Josie sämtliche Opfer bringen?

»Das freut mich für dich. Und was für Aufgaben hast du dann?«

»Ach, Überweisungen bearbeiten und dergleichen. Verwaltungskram, weißt du. Aber das muss ja auch gemacht werden.«

»Könntest du nicht ein paar Hunderttausend auf das Gissings-Konto transferieren? Wir könnten eine kleine Finanzspritze gebrauchen.«

»Klar, mal sehen, was sich machen lässt.«

Sie schalten den Fernseher aus, spülen die Tassen ab und gehen zu Bett.

Noch 571 Tage bis Bernard Gradleys Stichtag. Die Hälfte der Frist ist abgelaufen.

## 4.

Zack verließ die Kantine mit einer braunen Tüte, in der sich ein Croissant, ein Becher schwarzer Kaffee und zwei Flaschen frisch gepresster Orangensaft befanden. Unter seinem Arm klemmte eine aktuelle Ausgabe der *Financial Times*, und in seiner Jackentasche steckte eine Viertelliterflasche Wodka. Er durchquerte den Flur, verschwand in der Herrentoilette und verbarrikadierte sich in einer der Kabinen. Dort öffnete er eine der beiden Orangensaftflaschen und trank ein paar Schlucke. Anschließend füllte er den Wodka hinein und schüttelte das ganze kräftig durch. Wodka mit Orangensaft ist ein ausgesprochen diskretes Getränk. Weder schmeckt noch riecht man den Alkohol. Man möchte eine winzige Abschwächung des Fruchtgeschmacks wahrnehmen, allerdings nicht, wenn man Hal Gillingham hieß und in den vergangenen Monaten eine unmerklich ansteigende Dosis dieses Gemischs zu sich genommen hatte.

Zack war zufrieden. Heute war es so weit. Schade, dass Gillingham sich nicht seinen eigenen Strick gedreht hatte. Bei den meisten Alkoholabhängigen reichte ein winziger Tropfen, um die alte Sucht wieder aufleben zu lassen. Nicht so bei Gillingham. Zack hatte den inneren Kampf des älteren Mannes voller Interesse verfolgt, und dessen Charakterstärke forderte ihm zunehmenden Respekt ab. Gillingham war nicht nur der brillanteste Kopf, den Weinstein Lukes je zu seinen Mitarbeitern gezählt hatte, er war offenbar auch ein zäher Kämpfer. Ein Jammer, dass die Firma ihn bald verlieren würde.

Zack verließ den Waschraum und fuhr mit dem Lift nach oben. Auf dem Weg zu seinem Arbeitsplatz biss er in sein Croissant. Als er an Gillinghams Büro vorbeikam, trat er ein.

»Guten Morgen.«

»Morgen, Zack«, begrüßte ihn Gillingham und wedelte dabei mit einer Ausgabe des Steuerrechts. »Hatte gestern eine großartige Eingebung, während ich in meinem AA-Meeting saß. Guter Ort zum Nachdenken. Wollen Sie ihn hören?«

»Klar. Hier, Ihr Saft.«

»Okay. Unser Hongkong-Steuerbeschiss ist großartig, aber objektgebunden, stimmt's? Es funktioniert nur bei Immobiliengesellschaften und dergleichen. Um richtige Kohle aus der Idee zu schlagen, brauchen wir etwas, das jeder Hinz und Kunz einsetzen kann. Irgendetwas, das wir nicht erst in jahrzehntelanger Kleinarbeit auf den jeweiligen Kunden zuschneiden müssen, vor allem, wenn es nur um ein Standardprodukt geht, das wir über den Tresen schieben wollen. Können Sie mir folgen?«

»Hm. Sie meinen so eine Art Heiligen Gral, was? Den Traum eines jeden Steuertricksers?«

»Genau das.« Hal grinste. Die Zusammenarbeit mit Zack gefiel ihm. Zack hatte zwar nicht das Zeug zum ganz großen Crack in der Welt der Steuergesetze, so wie er selbst. Aber der Bursche war brillant, wenn es ums Detail ging, besaß eine schnelle Auffassungsgabe und arbeitete hart. Außerdem war er ein netter Kerl. Was für ein Team! Hal nahm einen Schluck Orangensaft. Heute Morgen fühlte er sich wie beschwingt, und der Saft floß wie Nektar seine Kehle hinab. Köstliches Zeug. Er leerte die Flasche in einem Zug und fuhr fort: »Und um dieses wundersame Produkt zu verkaufen, wollen wir nicht erst ein neues Verkaufsteam zusammenstellen, sondern mit einem Team arbeiten, das der Bank bereits zur Verfügung steht. Richtig? Nun, wer wäre besser dafür geeignet, als unsere Abteilung für Derivatenhandel?«

Derivatenhandel klingt zwar pompös, ist aber gar nicht so kompliziert. Steigt beispielsweise der Hongkong-Dollar gegenüber dem Yen, hat man zwei Möglichkeiten. Entweder man kauft Hongkong-Dollar und beobachtet, wie ihr Wert steigt. Oder aber man schließt eine Wette ab, dass der Hongkong-Dollar steigt. Liegt man richtig, hat man sein Geld verdoppelt. Liegt man falsch, ist das Geld futsch. Verglichen mit dem Kauf von Hongkong-Dollar beinhaltet die zweite Möglichkeit zwar ein höheres Risiko, aber auch höheren Gewinn. Klingt riskant. Aber auch das Leben ist riskant, und jeder riskiert es.

»Sie wollen unser Derivaten-Team zum Verkauf eines Steuertricks einsetzen?«, fragte Zack voller Bewunderung für Hals Einfallsreichtum.

»Genau. Und jetzt fragen Sie sich sicher, an welchen Trick ich dabei gedacht habe. Ganz einfach. An unsere alte Freundin, die Lücke im Steuergesetz von Hongkong. Wir versehen unser erarbeitetes Schema mit einem kleinen zusätzlichen Kniff, der sie für die gesamte Skala derivativer Finanzinstrumente anwendbar macht.«

Hal erklärte ihm die Idee bis ins Detail. Was ihm vorschwebte, war so kompliziert, dass selbst Zack Mühe hatte, ihm zu folgen. Aber schließlich begriff er, worum es ging und war baff. Dieser Gillingham war ein Genie. Er hatte wahrhaftig den Gral gefunden. Und das Geniale daran war, dass es so aussah, als würde seine Idee sich auf den gesamten ostasiatischen Raum anwenden lassen. Hongkong, Singapur, Malaysia, möglicherweise sogar noch weiter. Welch ein Konzept! Sie sprachen noch weiter darüber, bis Gillingham plötzlich unruhig wurde. Obwohl er allen Grund hatte, sich großartig zu fühlen, war ihm auf einmal hundeelend. Die Sucht nagte schärfer an ihm denn je in diesen letzten, schwierigen Monaten. Er fühlte sich krank. Teufel noch mal, er fühlte sich betrunken. Was, in Gottes Namen, war bloß mit ihm?

»Soll ich Ihnen noch etwas Saft holen?«, fragte Zack.

»Das wäre großartig. Sie sind ein wahrer Kamerad.«

Gillingham blickte Zack dankbar nach, als dieser sich auf den Weg machte, mehr von der Droge heranzuschaffen, die Körper und Geist zersetzte.

## 5.

Mr. Evans, Inhaber von Brynmawr Furnishings, blickte zweifelnd drein.

»Also, wenn Sie mich fragen, verdienen die Aspertons ihren Ruf für Qualität. Ich habe bis jetzt nur gute Erfahrungen mit ihnen gemacht und nichts zu sehen bekommen, das mich veranlassen würde, meine Meinung zu ändern.«

»Und das genau ist der Punkt, nicht wahr?«, erwiderte George. »Sehen kann man nichts. Aber haben Sie sich mal gefragt, weshalb die Preise nur halb so hoch sind, wie man eigentlich erwarten sollte? Hm? Die Aspertons haben bisher noch nie Möbel zum Schleuderpreis verkauft, oder irre ich mich?«

»Das ist wahr. Aber es ist doch eine akkurate Kopie Ihres Sortiments. Man kann die Sachen nicht auseinander halten.«

»Oh, und ob da ein Unterschied besteht. Ich zeige es Ihnen. Und dann werden Sie zugeben müssen, dass die Aspertons ausgesprochen trickreich an die Sache herangegangen sind. Man muss sie richtiggehend bewundern.«

George eskortierte den zweifelnden Mr. Evans in den aufpolierten Ausstellungsraum von Gissings.

»Wir werden sehen«, sagte Mr. Evans. »Um ehrlich zu sein, hätte ich beinahe schon an Ort und Stelle einen Auftrag erteilt, nachdem ich die Asperton-Stücke gesehen hatte. Nur weil Sie in der Sache mit der abblätternden Farbe so fair reagierten, habe ich ... oh, was ist das denn? Sehe ich doppelt?«

George lachte angesichts der Reaktion seines Besuchers. »Verblüffend, nicht wahr?«

Durch das ehemalige Museum erstreckte sich ein Gang, der an einem breiten Samtvorhang endete. Die »Bright and Brillant«-Kollektion stand auf der linken Seite, die Asperton-Kopien auf der rechten. Jedem Gissings-Entwurf stand das passende Pendant der Aspertons gegenüber. Die Wirkung war verblüffend. Durch diesen Spiegeleffekt wurde hervorgehoben, dass die beiden Sortimente sich glichen wie ein Ei dem anderen. Bis auf eine Kleinigkeit: Das Asperton-Sortiment war nur halb so teuer wie die Gissings-Stücke.

»Phänomenal, kann ich nur sagen«, bemerkte Evans. »Solch ein Anblick bietet sich mir gewöhnlich erst nach ein paar Gläschen.«

»Der Asperton-Kram sieht tatsächlich aus wie unserer. Und das ist der Punkt. Sie wollen sich unser Qualitätssiegel unter den Nagel reißen, was wir natürlich als Kompliment auffassen. Aber wenn Sie sich die Sachen genauer ansehen, werden Sie feststellen, dass alles nur zweite Wahl ist. Hier, sehen Sie sich den Anstrich an.«

George zog ein Feuerzeug aus der Tasche und hielt es dicht

an die leuchtend gestrichene Oberfläche eines Asperton-Schreibtisches. Nach acht Sekunden begann die Farbe Blasen zu werfen und aufzuplatzen.

»Das passiert bei unserer Ware nicht. Schauen Sie her.«

George hielt die Flamme an das identische Gissings-Stück und zählte langsam bis fünfzehn. Dann knipste er die Flamme aus. Sie hatten hundert solcher Tests durchgeführt. In siebenundneunzig Fällen hatte die Farbe länger als fünfzehn Sekunden gehalten. In keinem davon länger als fünfundzwanzig Sekunden.

»Sie benutzen billige Farbe, die gerade noch die Sicherheitsauflagen erfüllt. Sie können drauf wetten, dass das Zeug vor Ablauf eines Jahres abzublättern anfängt. Da zahlen wir lieber mehr und verwenden qualitativ bessere Produkte. Ich demonstriere Ihnen das noch an einem anderen Beispiel.«

George ging zu einem Asperton-Schrank und drehte die Schrauben aus einem der Scharniere. Die Länge der Schrauben betrug nur fünf achtel Zoll. Er wiederholte die Prozedur an einem Gissings-Schrank. Hier maßen die Schrauben einen ganzen Zoll.

»Die Differenz mag geringfügig erscheinen, aber glauben Sie mir, der Unterschied zwischen Scharnieren, die ein paar Monate oder eine Ewigkeit halten, ist beträchtlich. Wir wären nicht einmal im Traum auf die Idee verfallen, an der Länge der Schrauben zu sparen. Aber beim Asperton-Sortiment ist an allen Ecken und Enden geknausert worden. Schauen Sie sich nur das Scharnier im Vergleich zu unserem an. Unseres ist viel stärker, das kriegen Sie nicht so leicht kaputt.«

George schob seinen Gast weiter durch den Gang und blieb bei einem Asperton-Stuhl stehen, dessen rückwärtige Beine sich samt Lehne vom Sitz gelöst hatten.

»Sie fragen sich vermutlich, was mit diesem Stuhl passiert ist. Das kann ich Ihnen sagen. Ich habe den Fehler gemacht, mich beim Hinsetzen zurückzulehnen.«

George schenkte sich den Hinweis, dass sie ein bisschen nachgeholfen hatten, indem sie zu dritt auf dem Stuhl gesessen hatten und auf und ab gehüpft waren.

»Hier wurde das Gelenk nicht anständig verfugt. Man braucht sich bloß zurückzulehnen, und wenn man ein wenig korpulenter ist«, George tätschelte sich den Bauch, »landet man auf dem Boden. Vergleichen Sie das mal mit unserer Konstruktion ...« Und George klärte seinen Gast ausführlich über die Elemente einer soliden Stuhlkonstruktion auf.

So ging es noch eine Zeit lang weiter, und Evans war zunehmend beeindruckt. In Wirklichkeit waren die Asperton-Teile nur geringfügig schlechter als das Gissings-Sortiment. Schenkte man Georges Ausführungen Glauben, standen sie allerdings kurz vor dem Auseinanderfallen.

»Was ich nicht begreife – weshalb tun die Aspertons so etwas?«, sagte Evans nach einer Weile. »Sie haben doch einen guten Namen. Warum ruinieren sie ihn selbst, indem sie solchen Schrott verkaufen?«

»Ha! Die Millionen-Dollar-Frage. Haben Sie das Gerücht noch nicht gehört, dass die Aspertons an die Börse wollen?«

Das Gerücht existierte bereits, solange man sich erinnern konnte, doch der Asperton-Betrieb war immer noch zu hundert Prozent in Familienbesitz.

»Der alte Fuchs. Klar habe ich davon gehört.«

»Nun, was würden Sie tun, wenn Sie vorhätten, an die Börse zu gehen? Nicht sofort, natürlich, aber in ungefähr einem Jahr?«

Evans blickte verständnislos.

»Ich kann es Ihnen sagen. Sie würden versuchen, Ihren Gewinn so hoch wie möglich zu treiben. Wenn es dann zur Emission der Aktien kommt, erzielen Sie einen großartigen Preis, weil die Leute nämlich nur auf die letzten Bilanzen blicken. Und wenn die Gewinne dann im nächsten Jahr den Bach runtergehen, scheren Sie sich einen Dreck darum, weil Sie Ihr

Schäfchen im Trockenen haben und irgendein armer Hund den Preis dafür zahlen muss.«

Evans nickte, als hätte er die Aspertons schon immer durchschaut.

George spann den Faden noch weiter.

»Die Aspertons haben sich in den zwanzig Jahren einen Ruf für hochwertige Qualität erworben. Das nutzen sie jetzt aus, indem sie ein Sortiment nett anzuschauender, aber minderwertig verarbeiteter Möbel auf den Markt bringen. Die Leute wundern sich zwar über den Preis, gehen aber davon aus, dass es in Ordnung sein muss, da sie wissen, woher die Ware kommt. Also geht der Verkauf voran und der Profit steigt. Die Aspertons betreiben Ausverkauf auf Kosten ihrer Kundschaft. Wenn die Wahrheit ans Licht kommt, liegen Mike und Eileen Asperton längst auf den Bahamas in der Sonne, genießen ihren Ruhestand und scheren sich einen Dreck um die Firma. Wie gesagt, man muss sie regelrecht bewundern. Dass sie damit unsere ganze Branche in Verruf bringen, gefällt mir allerdings weniger. Oder«, fügte George hinzu, als wäre ihm der Gedanke soeben erst gekommen, »was sie Leuten wie Ihnen damit antun. Wenn Sie Ihren Kunden diese minderwertige Qualität verkaufen, werden letzten Endes Sie dafür verantwortlich gemacht. Ganz gleich, wer wirklich der Schuldige ist.«

Evans war überzeugt. Es war Zeit für das Finale.

»Falls Sie also an unserem ›Bright and Brillant‹-Sortiment interessiert sind, stehen wir Ihnen jederzeit zu Verfügung. Ihr Auftrag hat absolute Priorität. Über Lieferzeiten brauchen Sie sich also keine Gedanken zu machen.«

Ein Versprechen, das leicht einzuhalten war, da Gissings inzwischen weit unterhalb der Auslastungsgrenze produzierte. »Aber da Sie gerade hier sind, möchte ich Ihnen noch etwas ganz Besonderes zeigen.«

George ging zu dem Vorhang am Ende des Ganges und zog

an der Kordel. Der Stoff glitt zur Seite, und angestrahlt von Halogenspots kam eine exquisite Designergarnitur zum Vorschein, die in den edelsten Farbtönen schimmerte. Vertäfelungen zierten die Oberflächen, und jedes Detail wurde durch lebhafte Farbimpulse hervorgehoben. Venezianisches Rot wurde von glänzenden, blassterrakotta Profilen gerahmt, niederländisch Blau durch zartrosa Akzente unterstrichen. Verglichen mit den bisher begutachteten Möbelstücken eröffnete sich hier eine ganz neue Qualitätsdimension.

»Darf ich vorstellen – die Gissings ›Select-Kollektion‹«, sagte George.

Der Eindruck der Erlesenheit war durchaus berechtigt. Auf der Suche nach einer Produktreihe, die sich ebenso schamlos kopieren ließ, wie ihre »Bright and Brillant«-Kollektion von den Aspertons kopiert worden war, hatten George und Sally Dummett sich zwei Tage lang durch unzählige Stapel einschlägiger Fachzeitschriften gearbeitet und Formen und Entwürfe sorgfältig studiert. Bei jedem infrage kommenden Objekt waren sie nach einem strikten Auswahlkriterium verfahren: Ließ es sich schnell nachbauen? Ließ es sich preiswert kopieren? Ließ es sich verkaufen?

Schließlich fanden sie, wonach sie suchten. Ein bekannter New Yorker Möbeldesigner hatte eine Kollektion in einer prächtigen, aber unaufdringlichen Farbskala herausgebracht. Das Basissortiment ähnelte auf erstaunliche Weise dem bereits existierenden Gissings-Sortiment. Lediglich ein paar Detailänderungen waren notwendig: ein paar flottere Griffe, ein paar Paneele. Nichts Großartiges. Die Hauptarbeit hatte in der richtigen Anordnung der Farben bestanden. Aber da war Sally Dummett ganz in ihrem Element und hatte großartige Arbeit geleistet.

Und so wurde das neue Gissings-Sortiment geboren. Wie angekündigt, hatte George zwanzig Prozent auf den Preis aufgeschlagen, sich dann kurz besonnen und nochmals fünf

Prozent daraufgelegt. Die Ausstellungshalle war neu gestrichen und mit Teppichen und raffinierter Beleuchtung ausgestattet worden. Und als alles fertig war, bekam das inzwischen erweiterte Verkaufsteam grünes Licht, zum Hörer zu greifen und die Kunden über die neue Select-Kollektion in Kenntnis zu setzen.

Hauptzweck der Aktion war natürlich die Werbung für die neue Kollektion. Aber waren die Gespräche erst einmal im Gange, wurde die Gelegenheit ergriffen, ein paar Gerüchte zu streuen. Haben Sie schon von den Aspertons gehört? Verkaufen schäbige Produkte, um sich auf ihren Börsengang vorzubereiten ... aber nicht doch, bei Gissings läuft alles bestens. Unser Umsatz steigt. Es sind die Käufer, um die wir uns Sorgen machen. Kaufen in gutem Glauben Asperton-Produkte und gucken in die Röhre, wenn alles auseinander fällt. Das ist doch keine Art, was meinen Sie?

Schnell überwogen die Gerüchte um die Aspertons alles, was je über Gissings gemunkelt worden war. Andrew Walters erfuhr sogar von einem Kunden – im Vertrauen, versteht sich –, dass die Aspertons bereits den Termin für ihren Börsengang festgelegt hätten. Ein anderer konnte beschwören, dass er gesehen hatte, wie ein Team Bankberater die Büros der Aspertons verließ. Und wieder ein anderer behauptete, er habe gehört, dass die Aspertons eine noch nie da gewesene Menge an Artikeln aus ihrer »Brillanz-Kollektion« hatten zurücknehmen müssen. Das Gissings-Team lauschte den Geschichten, pflichtete ihnen bei und sorgte dafür, dass die Gerüchteküche weiter brodelte.

Mr. Evans war der Letzte einer langen Reihe Kunden, die von George durch die Ausstellungshalle geführt wurden und deren Blicke beim Zutagetreten der Aspertonschen Mängel zunehmend missbilligender wurden. Und am Ende eines jeden Rundgangs teilte sich der Vorhang, und das Select-Sortiment wurde präsentiert. George brauchte kaum noch auf die

Highlights der Kollektion hinzuweisen. Die Möbel verkauften sich von selbst.

Und wie so viele vor ihm, ging auch Mr. Evans nicht nach Hause, ohne eine umfangreiche Bestellung aus dem »Bright and Brillant«-Sortiment und eine noch umfangreichere aus der »Select-Kollektion« in Auftrag zu geben. Aus der »Bright and Brillant« ergab sich eine etwa siebenprozentige Gewinnspanne, und aus der »Select« sogar an die fünfzehn Prozent.

George geleitete Mr. Evans, vor dem noch die lange Fahrt nach Wales lag, zu seinem Wagen. Mr. Evans brummelte immer noch voller Missbilligung über die Aspertons, und George pflichtete ihm bei. Ein weiterer Schritt zum Triumph für Gissings, und wieder ein Schritt zurück vom Abgrund. Trotzdem fühlte George sich miserabel.

Kiki vermisste er erstaunlicherweise überhaupt nicht. Er dachte zwar oft an sie, aber eher mit Zuneigung als mit Liebe. Er hoffte, dass sie glücklich war und dass er wieder einmal von ihr hören werde.

Sein Kummer hatte andere Gründe. Der schwerwiegendste war Val. Sie war immer noch sauer auf ihn, und George vermisste die Gemeinsamkeit mit ihr schmerzlicher als alles andere. Während seiner Playboyzeit hatte er Ablenkung in oberflächlichem Treiben gesucht, war von Skipisten zu Yachten gejettet und hatte das Geld des Vaters als Eintrittskarte in die Welt des Jetset benutzt. In der Zeit mit Val war all das plötzlich unwichtig geworden. Sie hatten harte Arbeit und Erholung geteilt und Gefallen am anderen gefunden. Und sie hatten sich geliebt – auf eine unauffällige, schlichte, behäbige Art, in der sie beide Befriedigung fanden. Val war keine Schönheit, ebenso wenig wie George, und trotzdem mochte er, wie sie aussah.

Val war seine Seelengefährtin, doch in seiner Vernarrtheit in Kiki war er damals nicht in der Lage gewesen, dies zu erkennen. Immer wieder hatte er in letzter Zeit versucht, mit Val darüber zu reden, hatte es schließlich aber aufgegeben. Sie erfüllte ihre Sekretariatspflichten anstandslos, weigerte sich jedoch standhaft, über irgendetwas anderes als dienstliche Belange mit ihm zu sprechen und fungierte auch nicht mehr, wie zuvor, als Gewissen der Firma.

Der zweite Grund für Georges gedrückte Stimmung war einfacher. Die meisten Leute bei Gissings waren der Meinung, dass er die Firma ein zweites Mal gerettet habe und waren begeistert. Doch George wusste es besser. Er hatte dem Unternehmen lediglich eine Atempause verschafft, mehr nicht. Sie waren immer noch bis über beide Ohren verschuldet und mussten sich gegen einen mächtigen und reichen Konkurrenten zur Wehr setzen, der nur darauf lauerte, dass sie untergingen. Die Aspertons hatten bei ihrem ersten Versuch versagt, ihnen den Todesstoß zu versetzen. Sollten sie es ein zweites Mal versuchen, würden sie vermutlich mehr Erfolg haben. Und was das bedeuten würde, war zu furchtbar, um es auszusprechen.

Keine Val. Keine Kiki. Kein Gissings. Keine Kohle. Nichts.

## 6.

Zack schloss Mazowieckis Bürotür hinter sich. In einer amerikanischen Bank standen die Türen gewöhnlich offen, aber diesmal entschied Zack sich dagegen.

»Hätten Sie einen Moment Zeit, Amy?«

»Klar. Was gibt's?«

Zack fuhr sich seufzend mit den Fingern durch das dichte schwarze Haar. Er runzelte die Stirn und gab sich den Anschein von Besorgnis.

»Amy, ich schneide das Thema wirklich ungern an, aber vielleicht haben Sie einen Rat für mich. Es sieht ganz so aus, als wäre Hal Gillingham betrunken.«

»Betrunken? Sie meinen, er hat Alkohol getrunken? Oh, Zack, ich hoffe, Sie irren sich.«

Zack konnte nicht wissen, was auch sonst kaum jemand in der Bank wusste, nämlich dass Amy Mazowiecki und Hal Gillingham vor Jahren eine Affäre gehabt hatten, lange vor seiner Scheidung und seiner Alkoholsucht. Sie waren einander immer noch freundschaftlich zugetan, man konnte sogar sagen, dass Amy ihn noch immer liebte. Aber die Zeit hatte ihre Gefühle mehr in eine Art mütterlichen Beschützerinstinkt verwandelt.

»Ich hoffe weiß Gott, dass ich mich irre. Ich habe auch nicht direkt gesehen, dass er etwas getrunken hat. Aber er ist schon seit Wochen so merkwürdig, und ich habe nicht zum ersten Mal den Verdacht.«

Amy nickte. Ihr Bürofenster blickte nach Südwesten, sodass ihr Gesicht durch das einfallende Licht im Schatten lag. Sie war in diesem Moment froh darüber, weil ihr Tränen in die Augen stiegen.

»Ich habe so etwas schon vermutet, Zack. Und ich befürchte, einige der anderen ebenfalls. In letzter Zeit war er nicht mehr er selbst. Und es wurde immer offensichtlicher, wie unentbehrlich Sie für ihn geworden sind.« Sie seufzte. »Ich sehe besser mal nach ihm. Er wird sich einem Bluttest unterziehen müssen. Die Bank wird darauf bestehen.«

Sie machte sich auf den Weg zu Gillingham, und das Schicksal nahm seinen Lauf. Gillingham folgte Mazowiecki ins Erdgeschoss, wo er vor der Schwester seinen Ärmel aufrollte und teilnahmslos zusah, wie die Nadel einen roten Blutstropfen aus seinem Arm hervorquellen ließ. Die Schwester desinfizierte den Einstich und drückte ihm ein Wattepad in die Hand, den er ein paar Minuten auf die Einstichwunde pressen sollte. Gillingham tat wie geheißen und ließ sich kurz darauf von Mazowiecki wieder fortführen.

Das Testergebnis würde binnen weniger Stunden vorliegen.

Die Bank führte laufend Routinekontrollen bei neuen Mitarbeitern durch und verfügte auch über die notwendigen Vorrichtungen, Drogentests durchzuführen, wann immer ein begründeter Verdacht auftauchte. Kokain war das am weitesten verbreitete Problem, vor allem in New York, aber der medizinische Dienst der Bank war auch für Alkoholmissbrauch gerüstet. Gillingham begab sich wieder in sein Büro, wo er zusammen mit Mazowiecki auf das Ergebnis wartete. Zack verfügte über genügend Taktgefühle, sich fernzuhalten. Trotz allem mochte er Hal und bewunderte ihn. Gillingham war ein großartiger Mann, und Zack war einer der wenigen Menschen, die seine Einzigartigkeit wirklich zu würdigen wussten.

In seinem Büro vergaß Gillingham jegliche Selbstbeherrschung und schluchzte wie ein Kind, während Mazowiecki sämtliche Meetings absagte, das Klingeln des Telefons ignorierte und Gillingham wie ein großes Baby in den Armen wiegte und tröstete.

»O Gott, Amy. Ich fühle es in mir. Ich brauche keinen verdammten Bluttest. Ich weiß, dass ich drauf bin. Ich habe wirklich gedacht, ich hätte es geschafft. Wie oft habe ich diese armen Schweine bei den AAs erlebt, wenn sie wieder und wieder von ihren Rückfällen erzählten. Und jedes Mal hab' ich gedacht, begreift ihr denn nicht, was das bedeutet? Habt ihr diese Hölle denn schon wieder vergessen? Ich wusste, dass ich die AAs brauche, dass dieser Dämon immer in mir sein würde, aber ich war sicher, dass ich nie mehr schwach würde. Und weißt du, was das Schlimmste ist? Das Allerschlimmste daran ist – ich schwöre es dir –, ich kann mich nicht mal daran erinnern, etwas getrunken zu haben. Ich hatte früher schon Erinnerungslücken, aber zumindest war mir klar, dass mir ein Stück fehlte. Jetzt fühle ich gar nichts, nicht mal eine Lücke. Ich weiß noch nicht mal, wo ich mir den Drink besorgt habe. Ich bin ein Wrack, Amy. Keine Frau, kein Job, kein Leben.

Wenigstens bin ich steinreich. Ich werde mich mit zwei Jahre altem Maltwhiskey zu Tode saufen und von all den elenden Pennern der Hölle die exklusivste Fahne haben.«

»Ach, Hal«, seufzte Amy. Es gab nicht viel zu sagen. Sie konnte den Alkohol in seinem Atem riechen, jeder Zweifel war ausgeschlossen. Es machte keinen Unterschied mehr, ob er einen Schluck oder zwei Flaschen intus hatte. Die Bedingung der Bank lautete: kein Alkohol, niemals wieder. Es war ein fairer Deal gewesen. Die Tür war geschlossen, und Amy hatte den Arm um ihn gelegt. Er schluchzte abwechselnd, brabbelte oder brütete düster vor sich hin.

Schließlich musste Amy einen unaufschiebbaren Termin wahrnehmen.

»Ich muss kurz weg, Hal. Es wird höchstens eine Stunde dauern. Würdest du bitte hier auf mich warten? Egal wie das Ergebnis ausfällt?«

Gillingham nickte ergeben. Tränen rannen die tiefen Furchen seines Gesichts hinab, verharrten einen Augenblick in den Mundwinkeln, um dann unbeachtet von seinem Kinn zu tropfen.

»Versprochen? Du musst es mir wirklich versprechen.«

»Ich verspreche es.«

Amy befürchtete, dass Hal auf eine Sauftour verschwinden würde, wenn er die schlechte Nachricht erhielt. Wenn es ihr gelänge, das zu verhindern, war vielleicht noch nicht alles verloren. Sie machte sich auf den Weg zu ihrem Meeting. Zwanzig Minuten später klingelte das Telefon. Gillingham nahm den Hörer ab. Es war die Schwester.

»Die Ergebnisse liegen vor, Sir. Ich muss Ihnen leider mitteilen, dass der Test positiv ausgefallen ist. Wenn Sie möchten, gebe ich Ihnen die Laborwerte durch. Wir können aber auch einen zweiten Test durchführen, wenn Sie der Meinung sind, dass ein Irrtum vorliegt.«

»Nicht nötig. Danke.«

Gillingham legte auf. Er brauchte einen Drink und musste pinkeln. Er hatte Amy zwar versprochen zu warten, aber in Bars gab es Drinks und Toiletten. Sein Verlangen nach Alkohol und das gegebene Versprechen kämpften in ihm. Er konnte immer noch rechtzeitig zurück sein.

Dann aber siegte sein Gewissen. Eine Bar wäre jetzt sein Ruin. Amy würde ihn sicher nach Hause bringen, oder besser noch, in die Klinik, in der er seinen letzten Entzug hinter sich gebracht hatte. Sie würde ein Auge auf ihn haben und Flaschen von ihm fernhalten. Er würde deswegen zwar vermutlich eine Weile mit ihr hadern, aber wenigstens wieder auf die Beine kommen. Gillingham stand auf und machte sich auf den Weg zur Herrentoilette. Er würde gleich wieder zurück sein.

Im Waschraum pinkelte er und klatschte sich Wasser ins Gesicht. Der Alkohol in seinen Adern verhöhnte das Wasser, das ins Becken spritzte. Ein Drink lässt sich nicht fortspülen, weder mit Seife noch mit allem Wasser der Welt.

Plötzlich merkte Gillingham, dass neben ihm jemand weinte. Es war ein junger, rothaariger Kerl mit fliehendem Kinn und ausgeprägter Stirn, den Gillingham vom Sehen kannte. Der junge Mann gehörte zu Zacks Team, und der war bekannt dafür, dass er seine Mitarbeiter nicht schonte und das Äußerste von ihnen verlangte. Es musste einer der Analysten sein. Gillingham fiel der Name nicht mehr ein.

»Ihnen geht's offenbar auch dreckig?«, fragte Gillingham.

Der junge Mann nickte, beglückt, dass sein Kummer zur Kenntnis genommen wurde.

»Meine Großmutter ist heute morgen gestorben. Ich hab' den Besuch bei ihr wegen der Arbeit immer wieder aufgeschoben. Und jetzt ist sie tot. Ich fühle mich hundeelend, wie der undankbarste Schuft der Welt.«

Es tat gut, zu sehen, dass auch andere ihre Probleme hatten. Kummer kann sehr einsam machen.

»Wir alle bringen viel zu große Opfer. Die Bank treibt uns

dazu. Machen Sie sich keine Vorwürfe. Wir anderen sind auch nicht besser.«

Smylie, der junge Analyst, blickte Gillingham mit schiefem Lächeln an.

»Danke. Alle anderen sagen immer nur: ›Pech gehabt, so was kommt vor‹, und dann fragen sie schon wieder nach den aktuellen Kalkulationen. Das treibt einen so weit, dass man ein schlechtes Gewissen wegen seines schlechten Gewissens hat.«

»Tja. Vielleicht sind Sie einfach zu menschlich für diesen Job. Aus meinem Mund ist das übrigens als Kompliment gemeint.«

Smylie musterte Gillingham, der selbst ziemlich angegriffen aussah.

»Ich weiß, dass es während der Dienstzeit untersagt ist, aber hätten Sie Lust auf einen Drink? Nur einen kleinen? Wir wären gleich wieder zurück?«

Gillingham ließ sich Zeit mit der Antwort. Aber er wusste diese Antwort bereits.

»Klar. Nur einen kleinen.«

## 7.

Trübselig kehrte Matthew von einem der deprimierenden Besuche im Haus von Mutter und Schwester zurück. Da er nun wieder in London wohnte, konnte er sich um diese lästige Pflicht, die jedes Mal ein Gefühl der Trostlosigkeit in ihm hervorrief, nicht länger drücken.

Die Hilflosigkeit seiner Mutter schien zum Dauerzustand zu werden, und wieder einmal war sein Besuch in einen Streit mit Josie ausgeufert. Diesmal war es um die Wohnsituation gegangen. Josie hatte vorgeschlagen, dass Matthew zu ihnen nach Kilburn ziehen sollte, damit er ihr bei der Pflege der

Mutter ein »wenig zur Seite stehen« könne. Matthew hatte sich mit der Begründung herausgeredet, er müsse in der Nähe seines Arbeitsplatzes wohnen. Aber sie wussten beide, dass es eine Lüge war. Die Wahrheit war, dass er nicht tagtäglich mit der Bedürftigkeit der Mutter und der tugendhaften Aufopferung seiner Schwester konfrontiert werden wollte. Das hätte ihm noch gefehlt, sich die tägliche Pflege der Mutter aufzuhalsen oder die knauserige Haushaltsführung der Schwester zu teilen.

Zu allem Überfluss fand er bei der Heimkehr eine Nachricht von Fiona vor, die sie unter seine Tür geschoben hatte. »Lieber M. Bin früh zu Bett gegangen, hatte einen anstrengenden Tag. Hoffe, bei Dir zu Hause war alles okay. Frühstücken wir morgen zusammen? Ich muss so gegen 6.30 Uhr los. Kuss, F.«

Verdammt! Er hatte sich auf einen zärtlichen Abend gefreut. Das war der Vorteil ihres derzeitgen Wohnarrangements. In New York waren sie beide zu beschäftigt gewesen, sich um eine Wohnung in London zu kümmern, weshalb die Bank sie fürs erste in zwei Dienstwohnungen in einem teuren, aber hässlichen Komplex in South Kensington einquartiert hatte. Die beiden Wohnungen lagen sich genau gegenüber, sodass sie zusammen sein konnten, wenn sie es wollten, und trotzdem jeder seine Privatsphäre hatte, wenn einer von ihnen – vor allem Fiona – das Bedürfnis verspürte.

Matthew war es gelungen, Fionas mysteriöse Vergangenheit weit genug zu lüften, um ihr sprödes Verhalten ein wenig besser zu verstehen. Als Fiona vier Jahre alt war, hatte ihre Mutter die Familie verlassen. Für den Vater, der mehr Interesse an seinen Saufgelagen und Weibergeschichten hatte, war sie nicht mehr als ein lästiges Anhängsel gewesen, das man am besten ignorierte oder sich vom Hals schaffte. Wäre da nicht ein warmherziges altes Ehepaar gewesen, das sich von Herzen bemühte, dem kleinen Mädchen die Liebe zu schenken, die ihm von seinen selbstsüchtigen und gleichgültigen Eltern verwehrt wurde, wäre Fiona ohne jede menschliche Zuneigung aufgewachsen. Vor Matthew hatte sie viele sexuelle Abenteuer, doch niemals eine wirkliche Beziehung gehabt.

Ihre Wunden waren tief, und zu große menschliche Nähe flößte ihr immer noch Furcht ein, aber sie bemühte sich – wie sie es ihm in Vermont versprochen hatte. Immer öfter ließ sie zu, dass Matthew die Nacht in ihrem Bett verbrachte, und wenn es ihr zu viel wurde, brauchte er nur über den Flur in seine eigene Wohnung zu huschen.

Sie nahmen ihre Mahlzeiten gemeinsam ein, arbeiteten zusammen und verbrachten ihre Freizeit miteinander. Matthew glaubte und hoffte, dass sie eines Tages heiraten würden.

Obwohl es bereits nach elf war und Matthew um sechs wieder aufstehen musste, verspürte er keine Lust, zu Bett zu gehen. Ein Stück die Straße hinunter gab es eine Bar, die bis Mitternacht geöffnet war. Matthew machte sich auf den Weg dorthin und versuchte die Gedanken an seine Schwester zu verdrängen, was ihm nicht schwer fiel. Am nächsten Morgen würde er mit einer Reihe von Telefonaten die Vorbereitungen für Plan »B« einleiten.

Der Name der Bar war Apollyon, und die Einrichtung war ganz in rotem Leder und schwarzem Eichenholz gehalten, was eine kitschige Wirkung hatte, aber die zwei Pfund fünfzig für die billigste Flasche Bier scheinbar rechtfertigte. Matthew suchte sich einen Platz an der Bar und bestellte ein Tschechisches Pils.

Ein paar Tische waren besetzt. An der Bar stand außer Matthew nur noch ein anderer Mann. Er war klein und außerordentlich sorgfältig gekleidet, wie man es bei kleinen Männern oft beobachten kann. Vermutlich hofften sie, dass man weniger über sie lacht, wenn ihr Einstecktuch zur Krawatte passte. Der Mann trank ebenfalls ein Pils. Matthew warf ihm einen flüchtigen Blick zu und vergaß ihn sogleich wieder.

Gegen seinen Willen schweiften seinen Gedanken wieder

zu Josephine und seiner Mutter. Er würde seinen Kurs gewiss nicht ändern, aber ihm war klar, wie schwer es für Josie sein musste, bis zum Monatsende über die Runden zu kommen, trotz der Unterstützung, die George ihr jeden Monat gewährte. Eine Gewissheit, die ihm Schuldgefühle verursachte. Er spielte mit dem Gedanken, ihr ebenfalls monatlich etwas zukommen zu lassen, wusste aber, dass er es nicht tun würde. Wäre sein Bonus höher ausgefallen ... aber nein, selbst dann hätte er sich nicht anders verhalten. Hatte er erst einmal seine Million – oder die Gewissheit, dass er es nicht schaffen würde –, wäre Großzügigkeit keine Frage mehr. Aber bis es so weit war, zählte jeder Penny. Sein einziges Zugeständnis war gewesen, ihr einen Laptop zu kaufen. »Es ist bloß ein Hobby«, hatte sie ihm erklärt, »eins der wenigen Dinge, mit denen ich mir abends die Zeit vertreiben kann, wenn ich hier sitze und auf Mum aufpassen muss.« Es war in der Tat nicht zu viel verlangt gewesen, insbesondere, da die Bank ihre tragbaren PCs gerade erneuerte und die alten Laptops zum Schleuderpreis verhökerte.

Matthew nippte missmutig grübelnd an seinem Bier. Eine Stimme, die aus der Höhe seines Ellbogens kam, unterbrach seine Grübeleien.

»Darf ich Ihnen noch eins bestellen?«

Es war der adrette kleine Mann. Erst aus der Nähe fiel Matthew auf, wie hässlich er war. Von weitem stach nur seine sorgfältige Aufmachung ins Auge: gefaltetes Einstecktuch, akkurater Scheitel, maßgeschneiderter kleiner Anzug und der perfekte Knoten der Seidenkrawatte. Aber von Nahem waren seine unregelmäßigen, aus dem Lot geratenen Züge unübersehbar. Die Nase war viel zu groß, der Mund zu klein, und die Augen standen zu eng beieinander. Er lächelte fast unaufhörlich. Aber nach einer Weile fiel Matthew auf, dass dieses Lächeln eher einem höhnischen Grinsen ähnelte und der Blick beinahe hasserfüllt wirkte.

»Okay. Ich nehme ein Budwar. Danke.«

Der kleine Mann orderte die Drinks und stellte sich vor. Sein Name war James Belial, und er sollte zu einem sehr wichtigen Menschen in Matthews Leben werden.

»Wohnen Sie hier in der Nähe?«, fragte Belial.

»Ja, im Augenblick jedenfalls. Ich habe eine vorübergehende Wohnung ein Stück weiter die Straße hinauf.«

Belial hob die Augenbrauen, die viel zu buschig für das kleine Gesicht waren.

»Doch nicht zufällig im Blenheim Court, oder?«

»Doch, genau«, erwiderte Matthew überrascht. »So lange, bis ich was Endgültiges gefunden habe.«

»Ah, das kenne ich. Hab' selbst ein paar Monate da gewohnt, als ich in der City arbeitete.«

»In der City?«, fragte Matthew. »Für welche Firma?«

Eine Frage, die darauf abzielte herauszufinden, ob sein Gegenüber für eine First Class Bank tätig war oder nicht, mit anderen Worten: ob er ihm Respekt entgegenbringen musste oder auf ihn herabsehen konnte. Wann immer zwei Banker einander begegnen und sich diese Frage stellen, dient sie einzig dem Zweck, die Hackordnung herauszufinden.

»Madison. War vorwiegend in Genf stationiert, hatte aber immer mal wieder für eine Weile in London zu tun.«

»Ach, wirklich? Ich arbeite auch für Madison. War letztes Jahr in New York und bin jetzt mit einem neuen Team wieder hier im Einsatz.«

Im Verlauf des Gesprächs stellte sich heraus, dass Belial auch McAllister kannte, allerdings keine besonders hohe Meinung von ihm hatte. »Zu rechthaberisch. Zieht vorschnelle Schlussfolgerungen und leidet unter einer Art Größenwahn.« Matthew erzählte ihm von seinem neuen Job, dem Handel mit den Müllanleihen, und Belial zeigte sich höchst interessiert. »Interessanter Bereich. Bietet viele Gelegenheiten zu persönlicher Initiative.«

Belial arbeitete jetzt als Kundenbetreuer für eine Schweizer Investmentfirma namens Switzerland International Capital Partners. Er gab Matthew seine Karte. Belials Hände waren klein und behaart, mit sorgfältig manikürten, breiten und kräftigen Nägeln.

Er war wirklich eine abstoßende Erscheinung. Matthew studierte die Karte. Switzerland International. Der Name und die Telefonnummer kamen ihm bekannt vor. In einem verschlossenen Fach seines Schreibtisches befand sich eine Liste mit Namen und Telefonnummern mit der gleichen Vorwahl. Nummern, die er am nächsten Tag anzurufen beabsichtigte, um Plan B einzuleiten.

»Ah, Switzerland International«, sagte Matthew, bemüht, seiner Stimme einen unverbindlichen Klang zu geben. »Was für ein Zufall. Ich bin gerade auf der Suche nach einem zuverlässigen Finanzberater und wollte in den nächsten Tagen mit dieser Firma Kontakt aufnehmen. Ich brauche jemanden – wie soll ich es ausdrücken –, jemanden mit entsprechender Diskretion.«

»Diskretion!«, seufzte Belial beglückt. »Ja, diskret sind wir in der Tat. Das ist der Grund, warum die meisten Leute an uns herantreten. Finanzbeamte, habgierige Ehefrauen, Geschäftsleute, Polizei, Interpol, Ermittlungsbeamte, Drogendezernate, wer auch immer. Sie alle kommen der Diskretion wegen in die Schweiz, und nirgends ist man diskreter als bei Switzerland International.«

»Und wenn ich ein Konto eröffnen möchte?«, erkundigte sich Matthew.

Belial erklärte ihm die Bedingungen. Die Mindesteinlage betrug fünfzigtausend Schweizer Franken. Eine Summe, die durch Matthews Bonus mehr als abgedeckt wurde. Die Gebühren waren zwar gesalzen, doch Switzerland International war in der Lage, in jeder Branche zu investieren, die Matthew interessierte. Der Service war absolut vertraulich. Wenn

Matthew es nicht wünschte, würde man ihm nicht einmal regelmäßige Auszüge zusenden und ihm den aktuellen Kontostand stattdessen telefonisch durchgeben, wenn er anrief. Belial war äußerst zuvorkommend und ermutigte Matthew zu seinem Vorhaben. Das Konto könne binnen einer Woche eröffnet werden.

Matthew dankte ihm und verließ die Bar. Der hässliche kleine Mann sah ihm lächelnd hinterher. Und nachdem Matthew in der Dunkelheit verschwunden war, gluckste Belial lautlos lachend in sich hinein.

# FRÜHJAHR 2000

Noch immer liegen die Bergkuppen von Yorkshire unter einer eisigen Schneeschicht, doch in den Tälern ist das Weiß bereits geschmolzen, und an den Bäumen wagen sich die ersten Knospen hervor. Wir schreiben den ersten März. Meteorologischer Frühlingsbeginn. Die Tage werden länger, und in drei Wochen werden die Uhren um eine Stunde vorgestellt. Noch 504 Tage bis Bernard Gradleys Stichtag.

## 1.

George klopfte an Wilmots Tür. Ohne eine Antwort abzuwarten, platzte er in das peinlich aufgeräumte Büro seines Buchhalters, der mit leichtem Erröten rasch noch versuchte, eine geöffnete Packung Kekse in seiner Schreibtischschublade verschwinden zu lassen.

»Ich hätte auch gern einen Keks, wenn es Ihnen nichts ausmacht«, sagte George, dem es diebisches Vergnügen bereitete, seinen Buchhalter immer wieder in Verlegenheit zu bringen.

Mit inzwischen hochrotem Kopf brachte Wilmot die Kekse wieder zum Vorschein und hielt George die Packung hin.

»Und, wie läuft's, Jeff? Liegen die Gewinnzahlen vom letzten Monat schon vor?«, fragte George. Da Val immer noch nicht mit ihm sprach, hatte er es sich angewöhnt, auf der Suche nach Gesellschaft durch die Fabrik zu tigern.

»Ja. Nach Abzug von Steuern müsste der Gewinn bei siebentausend Pfund liegen. Wenigstens etwas Positives.«

»Was meinen Sie mit ›wenigstens etwas‹?«, fragte George, dessen Verständnis für buchhalterische Feinheiten noch immer zu wünschen übrig ließ. »Wir *machen* doch Gewinn, oder?«

»Schon, aber Gewinn ist nicht gleich Cash Flow«, erwiderte Wilmot. »Sie erinnern sich bestimmt, dass wir die Zahlungen an verschiedene Materiallieferanten aussetzen mussten, während Sie, äh ... abwesend waren.«

»Ja, und? Jetzt können wir sie doch bezahlen, oder nicht?«

»Nun ja, nicht direkt. Wir müssen die Verbindlichkeiten der letzten Monate ausgleichen und außerdem die Ware bezahlen, die wir jetzt beziehen, da die meisten unserer Lieferanten die Zahlungsfristen gekürzt haben, weil wir zuvor in Verzug geraten sind. Obendrein steht eine Zinstilgungsrate vor der Tür. Man kann also getrost behaupten, dass wir in einer Cash-Flow-Krise stecken.«

George hatte den Unterschied zwischen Gewinn und Cash Flow noch nie begriffen. Seiner Meinung nach bestand seine Aufgabe in der Erhöhung der Gewinne, aber jedes Mal wenn ihm dies gelang, kam dieser Wilmot mit seinen Cash-Flow-Krisen daher.

»Was raten Sie mir?«, fragte er unwirsch.

»Nun, das Beste wäre eine kleine Finanzspritze.«

»Und was genau stellen Sie sich darunter vor?«, fragte George brüsk, wenn auch beeindruckt von dieser für Wilmot ausgesprochen unverblümten Antwort.

»Nun ja, ich konnte nicht umhin, zu bemerken, dass Sie ... äh, während Ihrer Abwesenheit ... ich meine, in Ihrer Eigenschaft als Aktionär unseren Reservefond um eine gewisse Summe verringert haben, was natürlich absolut legitim und natürlich Ihr gutes Recht war, aber ... äh ...« Wilmot verhedderte sich.

»Ich habe fünfundvierzigtausend Pfund vom Firmenkonto abgehoben«, beendete George das Gestammel.

»Exakt. Nun, falls Sie innerhalb der nächsten Zeit keine zwingende Verwendung für die Summe haben, wäre eine zeitweilige Wiederaufstockung des Geschäftskontos ... als Interregnum sozusagen ...« Wieder verlor er den Faden, griff in seiner Verwirrung zu einem Keks und begann hektisch daran herumzuknabbern. Er vergaß sogar die Krümel wegzufegen, die auf seinen Schoß und die Schreibtischplatte rieselten.

»Sie sind also der Meinung, dass ich Geld in die Firma stecken sollte?«

Wilmot wich Georges Blick aus. Er vermochte weder zu sprechen noch zu nicken. Umständlich griff er nach einem neuen Keks, wagte aber nicht mehr hineinzubeißen. In Wilmots Körpersprache bedeutete dies ein klares Ja.

»Nun, das würde ich gern tun. Das Problem ist nur, dass ich kein Geld habe. Sollte sich etwas daran ändern, lasse ich Sie's wissen.«

Im wörtlichen Sinne hatte George die Wahrheit gesagt. Tatsache war allerdings, dass er immer noch im Besitz eines Brillantrings im Wert von dreißigtausend Pfund war – vorausgesetzt, der exklusive Juwelier in der Bond Street würde bei Rücknahme des Ringes den gesamten Betrag zurückerstatten. Aber selbst wenn er den Ring verkaufte, würden vermutlich nur fünfzehn- oder zwanzigtausend dabei herausspringen. Doch George zog es vor, dies für sich zu behalten.

»Gewiss, ich hätte es natürlich niemals erwähnt, wenn ... vielleicht ... nun ja, es tut mir leid.«

»Schon gut, Jeff«, räumte George ein. Es bestand wirklich kein Grund, seine schlechte Laune an anderen auslassen.

»Sie haben ganz richtig reagiert. Solange es von Vorteil für die Firma ist, darf hier jedes Thema angeschnitten werden. Selbst unverschämte Fragen sind erlaubt.«

Wilmot nickte dankbar und begann die Krümel auf seinem Schreibtisch zusammenzuschieben.

»Jetzt habe ich noch eine Frage an Sie, Jeff«, sagte George.

»Wenn die Aspertons noch einen Versuch unternehmen, uns fertig zu machen, wie lange könnten wir überleben?«

»Überleben?« Wilmot fühlte sich durch die direkte Frage ein wenig unter Druck gesetzt. »Nun ja, schwer zu sagen. Das hinge von verschiedenen Faktoren ab, kaufmännischen hauptsächlich ... Ich müsste Analysen verschiedener Szenarien erstellen ...«

George unterbrach Wilmots Gemurmel.

»Okay, dann formuliere ich die Frage anders. Angenommen, wir machen diesen Monat Verlust statt Gewinn. Angenommen, die Aspertons attackieren uns erneut, und wir machen diesen Monat zehntausend Verlust nach Steuern, und nächsten und übernächsten Monat ebenso. Würden wir den Sommer überleben?«

Wilmot entspannte sich ein wenig. Das war einfach.

»Angesichts der gegenwärtigen Cash-Flow-Situation hätten wir keine Chance.«

George schüttelte bekümmert den Kopf. Genau das hatte er erwartet. Ihre Situation würde so lange prekär bleiben, bis das Darlehen abbezahlt oder sie sich die Aspertons vom Hals geschafft hatten.

George öffnete den Mund, um Wilmot eine weitere Frage zu stellen, als auf dem Gang draußen Fußgetrappel ertönte. Darren und Dave kehrten soeben mit einem Pulk ihrer Arbeitskollegen von einer ausgiebigen und offenbar feuchtfröhlichen Mittagspause zurück. In unmittelbarer Nähe von Wilmots Büro machten sie Halt, um sich Chips und Getränke aus einem altertümlichen Automaten zu ziehen, der dort auf dem Gang aufgestellt war.

»He, da braucht ihr doch keine Kohle reinzustecken«, ertönte Darrens plärrende Stimme. Als George durch ein Glasfenster in der Tür spähte, konnte er verfolgen, wie Darren einen Schlüssel im Geldschlitz des Automaten hin und her bewegte und die Maschine dabei mit den Fäusten traktierte.

Er stieß ein Triumphgeheul aus, als die erste Coladose in das Ausgabefach plumpste, worauf Darren sich sofort daranmachte, den anderen seinen Trick beizubringen.

»Pass bloß auf, dass der Boss dich nicht erwischt«, sagte jemand.

»Georgie Porgie?« Darren lachte. »Keine Sorge, mit der Wampe hört man den doch schon aus 'ner Meile Entfernung ranstiefeln.«

Darren zog eine Brandschutzdecke von der Wand und stopfte sie unter sein T-Shirt.

»He, Jungs«, sagte er mit aufgeblähten Wangen, »ihr stehlt Knabberzeug aus dem Automaten? Könnte selber 'n Dutzend Packungen vertragen.«

Das beschwipste Grüppchen kicherte. Die Vorstellung war gar nicht schlecht, wenn auch nicht gerade schmeichelhaft. Darren genoss die Aufmerksamkeit, die ihm zuteil wurde und suchte nach weiteren Möglichkeiten, die Heiterkeit in Gang zu halten.

»Ah, ich weiß – wie wär's hiermit?«

Er riss den Öffnungsring von einer der Coladosen und schob ihn sich über die Nase; dann erleichterte er den Automaten um eine Lakritzschlange und steckte sie sich hinten in den Hosenbund; ein geringeltes, schwarzes Schweineschwänzchen.

»Grunz, grunz. Ich bin Georgie Porgie«, sang er und äffte Georges Akzent nach. »Ein kleines, fettes Schweinchen. Muss wohl an den vielen geklauten Chips liegen.«

George verfolgte das Spektakel mit zusammengepressten Lippen. Wilmot, der jedes Wort mithören konnte, war an seinem Schreibtisch zur Salzsäule erstarrt. Draußen hatte Darren sich inzwischen auf alle viere niedergelassen, tätschelte die Brandschutzdecke, die ihm als Bauch diente, und grunzte unentwegt, was ungehemmtes, wenn auch leicht nervöses Gelächter hervorrief. Darren war ganz in seinem Element, als George die Tür öffnete.

Schlagartig erstarb das Gelächter. Darren, der als Letzter mitbekam, was los war, blickte verdutzt auf und erbleichte bei Georges Anblick.

»Hi ... George«, stammelte er.

»Du bist gefeuert«, sagte George.

Darrens Abgang erfolgte prompt und bündig. Mit zornrotem Gesicht zerrte George ihn förmlich aus dem Gebäude und erteilte ihm Hausverbot. Damit war die Sache aber keineswegs erledigt. Der um seinen Busenfreund Darren beraubte Dave schlich wie ein liebeskranker Teenager durch die Fabrik, und in der Werkstatt, wo Darren ebenfalls sehr beliebt gewesen war, machte sich unwillige Stimmung breit. Sogar Andrew Walters beorderte Sally Dummett und Jeff Wilmot in sein Büro, um den Vorfall hinter verschlossener Tür zu erörtern.

Übereinstimmend wurde die Meinung vertreten, dass Darren sich zwar unmöglich aufgeführt habe, Georges Reaktion aber unverzeihlich und übertrieben gewesen sei. Man konnte jemanden nicht einfach so fallen lassen und schon gar nicht nach so viel Ergebenheit, wie Darren sie George gegenüber bis dahin an den Tag gelegt hatte. Die Stimmung wurde zunehmend feindselig, aber Val war die Einzige, die das Thema zur Sprache brachte, wobei sie ihre Rolle als stumme Sekretärin ausnahmsweise ablegte.

»Wie konntest du nur? Wie konntest du den armen Kerl einfach so abservieren, bloß weil er sich einmal über dich lustig gemacht hat?«

»Ich habe ihn nicht gefeuert, weil er sich über mich lustig gemacht hat, sondern wegen Diebstahls von Firmeneigentum, Vandalismus, Überziehung seiner vorgeschriebenen Pausenzeit und Konsum von Alkohol während der Arbeitszeit.«

»Was?«, fragte Val verblüfft. Ihr war weder etwas von Diebstahl noch von Vandalismus zu Ohren gekommen.

»Darren hat Waren aus dem Automaten gestohlen und die

anderen dazu angestiftet, und er hat eine Brandschutzdecke entfernt und offensichtlich nicht vorgehabt, sie wieder zurückzulegen.«

Val seufzte. Also war es genau so, wie sie vermutet hatte.

»Du bist wirklich der selbstgerechteste Bastard, den ich je kennen gelernt habe. Ich wollte es einfach nicht glauben, dass du es tatsächlich in Kauf nimmst, die Zukunft dieses Jungen zu ruinieren, nur weil er dich einmal auf die Schippe genommen hat, und ich finde es ekelhaft, dass du den Grund dafür nicht einmal zugibst. Das ist widerlich.«

Sie brach vor Zorn in Tränen aus. George zog ein Taschentuch aus seiner Hosentasche und drehte es unschlüssig in den Händen, weil er ahnte, dass sie es nicht annehmen würde.

»Val, hör zu ...«, begann er.

»Nein, jetzt hörst du mir zu. Nachdem du von deiner Jagd auf diese französische Prinzessin – oder was immer sie darstellt – zurückgekehrt warst, habe ich mir geschworen, dass ich nie wieder etwas mit dir zu tun haben wollte. Aber ich muss zugeben – mein Gott, ich kann es selbst nicht glauben –, ich muß zugeben, dass ich um ein Haar weich geworden wäre. Ich war tatsächlich kurz davor, dir noch eine Chance zu geben.« Sie schluchzte jetzt ungehemmt. Auf Georges Gesicht spiegelten sich Mitgefühl und Liebe, doch Val blickte ihn nicht an. »Und jetzt so etwas. Das ist so verdammt mies. Jetzt wird mir erst klar, dass du wirklich keinen Pfifferling für irgendjemand auf dieser Welt gibst, außer für dich selbst. Und ich werde nie, nie wieder zulassen, dass du mir nahe kommst.«

George öffnete den Mund zu einer Erwiderung. Doch dann besann er sich und schloss ihn wieder. Die Unterhaltung war beendet.

## 2.

Zack erklomm die Wendeltreppe, die zum Turm hinaufführte. Die ausgetretenen, alten Stufen wirkten dort, wo jahrhundertelang Füße über sie hinweggetrampelt waren, als würden sie in der trügerischen Aprilsonne dahinschmelzen. Die Steine waren blank und glatt, und Zack setzte seine Schritte entsprechend vorsichtig.

Die Tür zum Dach war nicht verschlossen und schwang auf, als Zack mit der Hand dagegendrückte. Gleißendes Tageslicht blendete ihn. Ein Vogelschwarm flatterte an seiner Schulter vorbei, als er vorsichtig ins Freie trat, wobei er die Augen mit der Hand gegen das Sonnenlicht schützte. Seine lederbesohlten Schuhe fanden auf dem bleigedeckten Dach kaum Halt, und zum ersten Mal in seinem Leben verspürte Zack einen Anflug von Schwindel. Es wurde behauptet, dass man an klaren Tagen vom Dach von Ovendon House das Meer sehen könne, aber Zack überließ das Meer sich selbst und konzentrierte sich darauf, den Viscount ausfindig zu machen, ohne in die Tiefe zu stürzen.

Nach dieser schwindelerregenden Überquerung entdeckte er zwei Männer, die am Ende des Westflügels an der Mauerbrüstung lehnten.

»Jack! Ich dachte schon, ich finde Sie überhaupt nicht mehr.«

»Da bist du ja, Zack. Großartiger Tag, nicht wahr? Wenn die Wolken da hinten sich lichten, können wir das Meer sehen. Darf ich dir Jimmy Glass vorstellen? Jimmy kümmert sich um unsere Gebäude.«

Jimmy Glass, der Diener, und Zack, der zukünftige Schwiegersohn, schüttelten einander die Hände. Es hatte sich herausgestellt, dass das Mauerwerk der Brüstung teilweise abbröckelte, und Hatherleigh ordnete an, dass es restauriert oder vollständig ersetzt werden sollte. Glass versprach ein paar

Kostenvoranschläge einzuholen, ging aber selbst von einer Schätzung von etwa achtzigtausend aus.

»Mehr nicht?«, fragte der Viscount. »Vielleicht sollten wir dann auch gleich mal nach der Frontseite sehen. Wenn wir schon jemand beauftragen, soll es sich auch lohnen.«

Nachdem Glass versprochen hatte, nach anderen fälligen Reparaturen Ausschau zu halten, ging er über das Dach davon, und Hatherleigh wandte sich Zack zu.

»Toller Blick, was? Ich nehme mir jedes Mal vor, ein Teleskop hier oben anbringen zu lassen, aber sobald ich unten bin, habe ich es wieder vergessen.«

»Ja, herrlich«, keuchte Zack. Er lehnte sich an die Brüstung und bemühte sich, nicht nach unten zu schauen.

»Ein guter Platz, um euren Hochzeitsempfang zu planen. Da drüben liegt die Dorfkirche. Die Trauung wird dort stattfinden, die Hauskapelle ist nicht groß genug. Hinterher fahrt ihr hierher zurück. Sarah besteht darauf, die Pferdekutsche ihrer Großmutter zu benutzen. Dabei hat mein Großvater geschworen, dass Großmutter einen Rolls Royce vorgezogen hätte, aber Sarah lässt nicht mit sich reden. Die Kutsche wird euch also zurückbringen.« Hatherleigh deutete in Richtung Westflügel. »Den Empfang halten wir in Sarahs Rosengarten ab, oder im Ballsaal, falls es regnet. Wir setzen ein Festzelt auf den Rasen, servieren ein anständiges Diner, und engagieren eine Band für den anschließenden Tanz. Bis jetzt haben wir auf Hochzeiten nie getanzt, aber es scheint mir keine schlechte Idee. Eine der wenigen netten Neuerungen der jüngeren Generation. Übrigens, wenn du und Sarah aufbrechen wollt, könntet ihr meinen Hubschrauber nehmen. Das spart Zeit.«

»Gern, danke«, erwiderte Zack. Die Vorstellung, sich in die Lüfte zu erheben, behagte ihm in diesem Augenblick ganz und gar nicht. An die Mauer gepresst, versuchte er sich einzureden, auf sicherem Boden unten auf dem Rasen zu stehen, wo man weniger absturzgefährdet war.

»Übrigens, Zack, wir müssen endlich deine Familie kennen lernen. Ich weiß, dass sie all das nicht gewohnt sind«, Hatherleighs Handbewegung umfasste das Haus samt Parkanlage mit den angrenzenden Feldern und Wäldern. »Aber davon solltest du dich nicht zu sehr beeindrucken lassen. Oder deine Familie. Heutzutage ist man in unseren Kreisen viel demokratischer als in den alten Zeiten. Deine Familie ist auch unsere, ohne Ausnahme.«

»Sie sind sehr freundlich.«

»Ach was. Die ganze Familie denkt so. Zack, mein Junge, manchmal bedaure ich, dass ich keinen Sohn habe, an den ich meinen Titel weitergeben kann. Aber Elisabeth und ich hatten kein Interesse daran, ein Baby nach dem anderen in die Welt zu setzten, nur um den Titel zu erhalten. Dass die nächste Generation das Haus und das Anwesen in Ehren hält, und dass sie als glückliche und verantwortungsbewusste Familie hier leben, ist alles, was mir stets am Herzen lag und liegt. Sarah ist ein verdammt patentes Mädel, aber ihre Verehrer waren nicht immer mein Fall. Diesen Leighton habe ich nie richtig leiden können, und ich bin froh, dass er zu den Verflossenen gehört. Ehrlich, Zack, ich freue mich, dass sie sich für dich entschieden hat. Sie ist glücklich, und du bringst obendrein ein bisschen kaufmännisches Blut in die Familie, sodass ich dieses Anwesen einmal beruhigt in eure Hände legen kann. Ihr werdet eure Sache gut machen.«

Die kleine Ansprache fiel dem tradionsbewussten alten Aristokraten sichtlich nicht leicht. Seine blauen Augen schweiften immer wieder in die Ferne. Doch als er fertig war, ruhte sein Blick auf Zack, und er nickte ihm zuversichtlich zu.

»Danke. Ich könnte nicht glücklicher sein mit der Familie, in die ich einheirate«, erwiderte Zack aufrichtig.

Vielleicht hätte er noch hinzufügen sollen, wie beeindruckt er von dem kommerziellen Scharfsinn seines zukünftigen Schwiegervaters war, was er aber tunlichst unterließ. Hatherleigh war überzeugt, dass die Situation für die South China Trust Bank im Laufe des nächsten Jahres noch kritischer werden würde. Anstatt sofort einen Übernahmevorstoß zu machen, wollte Hatherleigh noch abwarten, bis der Preis weiter fiel. Bisher war der Aktienpreis lediglich um fünfzig Cents auf sechsundvierzig Dollar gefallen, doch Hatherleigh und Scottie blieben hartnäckig bei ihrer Meinung, dass der Wert noch mehr heruntergehen würde. Zack war also einerseits zur Untätigkeit gezwungen und musste andererseits dafür sorgen, dass sein Team sich ständig in Alarmbereitschaft befand.

»Da ist noch etwas, Zack, über das ich sprechen wollte. Sarah ist eine reiche Frau. Wenn ich es richtig im Kopf habe, gehören ihr Hatherleigh-Pacific-Anteile im Wert von fünfzig Millionen Pfund. Bis jetzt hat sie ihre Dividenden reinvestiert, um ihren Anteil zu vergrößern, aber wenn ihr verheiratet seid, könnt ihr natürlich verfahren, wie euch beliebt. Zwei Punkte möchte ich in diesem Zusammenhang ansprechen. Erstens: Nach meinem Tod wird Sarah das Haus und einen Fonds zur Unterhaltung des Anwesens erben, was eine Menge Geld bedeutet. Solche Summen können viele Wünsche wecken.«

Hatherleighs Worte waren wie eine Erklärung formuliert, aber sein beinahe schüchterner Seitenblick deutete auf eine versteckte Frage hin.

»Natürlich«, erwiderte Zack. »Sarah ist vernarrt in das Haus, und mir ist es inzwischen ebenfalls ans Herz gewachsen. Wir werden uns so darum kümmern, wie es diesem Haus gebührt.«

Zack war von seiner eigenen Überschwänglichkeit begeistert. Einen Moment hatte er sich tatsächlich so angehört, als sei er überzeugt, in einigen Jahrzehnten immer noch hier zu sein. Aber in Wirklichkeit glaubte er nicht daran. Sarah war ein nettes Mädchen, aber sie beide waren tief in ihrem Inneren viel zu verschieden. Zack wusste, dass er im Begriff war, eine Ehe mit Verfallsdatum einzugehen.

»Punkt zwei ist folgender: Als ich die Hatherleigh-Pacific-Aktien auf die beiden Mädels aufteilte, habe ich als Bedingung festgelegt, dass sie vor ihrer Hochzeit einen Ehevertrag abschließen. Ich weiß, dass ich jetzt furchtbar klinge, aber ich möchte, dass du eine Vereinbarung unterschreibst, die festlegt, dass Sarah im Falle einer Scheidung – was Gott verhüten möge – ihr Vermögen für sich behält. Außerdem obliegt ihr während der ersten fünf Ehejahre die alleinige Vollmacht über sämtliche Anlagewerte und Konten. Ich möchte nicht misstrauisch erscheinen, aber unser kluger alter Familienanwalt hat mir mein Ehrenwort abgerungen, darauf zu bestehen. Wahrscheinlich wusste er, dass ich sonst kneifen würde. Aber objektiv betrachtet, ist es klug, Vorsichtsmaßnahmen zu treffen.«

»Absolut. Das ist in jedem Fall vernünftig«, japste Zack.

Sein Schwindel überflutete ihn jetzt wie eine Welle von Übelkeit, und er musste sich dicht an die Brüstung pressen, um nicht wie Espenlaub zu zittern. Vögel, Sonne, Turm, das imposante Haus – alles verschmolz vor seinem Gesichtsfeld. Also war alles umsonst gewesen? All die Blumenpräsente, Dinnerpartys, die Romantik, die bevorstehende Hochzeit? Selbst in seinem augenblicklichen Zustand hätte Zack es vorgezogen, einen Drahtseilakt zwischen den Flügeln von Ovendon House zu vollführen, als einen Ehevertrag zu unterschreiben, aber er hatte keine Wahl. Er konnte nur noch stumm nicken.

»Und es macht dir wirklich nichts aus?«

»Nein, durchaus nicht. Hätten Sie es nicht selbst erwähnt, wäre der Vorschlag von mir gekommen. Als Ihr finanzieller Berater haben Ihre finanziellen Interessen oberste Priorität für mich.«

Schmunzelnd ging der Viscount zusammen mit Zack zurück zum Turm. Er hätte sich keinen besseren Schwiegersohn wünschen können. Zack fragte sich unterdessen, ob er es wohl bis zur nächsten Toilette schaffen würde. Er verspürte einen aufkommenden Brechreiz.

## 3.

Ed Deane war leidenschaftlicher Händler und begeisterter Gärtner. Genau wie bei Matthew diente sein Schreibtisch ausschließlich seiner Tätigkeit als Händler und war bestückt mit Telefonen, Monitoren, Rechercheberichten, Tabellen, gelben Merkzetteln, Kaffeebechern und Sandwichverpackungen. Sein Aktenschrank dagegen bot einen gänzlich anderen Anblick. Inmitten des Chaos blühte dort ein Bonsaiwäldchen. Aus der Hocke betrachtet, konnte man sich mit etwas Fantasie sogar Miniaturvögel vorstellen, die von Bonsai-Eiche zu Bonsai-Ulme flatterten. Und in der Nacht rechnete man beinahe damit, winzige Eichhörnchen zu erspähen, die auf dem Geäst saßen und Miniatureicheln knabberten.

Deane war über alle Maßen stolz auf seine Kreation und hegte und pflegte sie fast so hingebungsvoll wie sein Handelsportfolio. Mittelpunkt des Kunstwerks war allerdings kein Bonsai, sondern ein Zwergapfelbaum, der original große Blätter und Früchte trug, aber nur knapp neunzig Zentimeter maß. Matthew hatte verfolgt, wie die Blüten sich in winzige Äpfel verwandelten, die mit zunehmender Reife größer und röter wurden. Unglücklicherweise hatte sich ein Schädling eingeschlichen, und die Früchte waren der Braunfäule zum Opfer gefallen. Deanes Rettungsversuche waren erfolglos verlaufen, und nach dem Verlust von fünf Äpfeln hatte er vorsichtshalber die befallenen Zweige gekappt und die Schnittstellen vorsorglich mit Pflanzenantiseptikum bestrichen.

Jetzt war nur noch ein einziger unversehrter Apfel übrig, und Deane verfolgte liebevoll, wie er sich in eine perfekte Frucht verwandelte.

Ed Deane war das dritte Mitglied in Fionas und Matthews kleiner Händlergruppe. Er war ein wenig älter als Matthew und erwies sich als hervorragender und in seinem Urteilsvermögen treffsicherer Mitarbeiter. Matthew hatte festgestellt, dass McAllister seine fähigsten Leute für die neue Gruppe zusammengezogen hatte, und fühlte sich geschmeichelt, mit von der Partie sein zu dürfen. Ein paar Monate nach Aufstellung des Teams hatte McAllister sie über den eigentlichen Zweck ihrer Arbeit aufgeklärt.

»Sinn dieser Gruppe ist nicht die Aufstellung eines weiteren, gewöhnlichen Händlerteams, was nicht mehr als ein besseres Wechselbüro bedeuten würde. Was uns vorschwebt, ist die Investition eigener Mittel in großem Umfang, Einsätze im ganz großen Stil. Ich habe meinen Vorgesetzten versichert, dass wir jährliche Gewinne von dreißig Prozent erwarten können. Im Klartext heißt das, dass ich mich mit Gewinnen unter fünfzig Prozent nicht zufrieden geben werde.«

Im Januar hatten sie die Arbeit in einem eigenen kleinen Raum aufgenommen, etwas abseits des allgemeinen Handelsparketts. Sie stellten eine Sondergruppe dar, und ihre Transaktionen unterlagen der Geheimhaltung. Im Februar waren die Informationssysteme fertig installiert. Im März hatten sie ihren ersten Deal durchgezogen. Bis zum April war ihr Vertrauen in die eigene Beurteilung des Marktgeschehens stetig gestiegen. Und mit wachsendem Selbstvertrauen nahmen auch ihre Handelstransaktionen zu. Waren sie bis vor kurzem noch froh gewesen, wenn Investitionen in kleine Beteiligungen sich als richtig erwiesen hatten, so wurden sie nun zunehmend selbstbewusster in ihren Einschätzungen und bereiteten sich auf größere Einsätze vor.

Das Team analysierte Unternehmen, die sich auf Talfahrt befanden, Unternehmen, deren Aktienpreise von Pfundwerten auf Pencewerte gefallen waren. Wer immer diesen Firmen in besseren Zeiten Geld geliehen hatte, verfolgte in solchen Situationen mit Entsetzen den Abwärtstrend. Und jeder Geldgeber in derartigem Zustand war ein perfekter Kandidat für die Art von Therapie, die das Team von Fiona, Ed und Matthew vorzuschlagen hatte.

Ihren bisher erfolgreichsten Deal wickelten sie mit einer der großen Geschäftsbanken ab, die einem noblen Herrenausstatter fünfzig Millionen Pfund geliehen hatte. Nachdem der Geschäftsführer sich als Windhund und die Firmenbilanz als Märchen erwiesen, hatte der Aktienkurs zum Sturzflug angesetzt.

Die Geschäftsbank war überzeugt, von ihrem Darlehen keinen Penny mehr wiederzusehen, und die für die Bewilligung des Darlehens Verantwortlichen waren der Verzweiflung nahe. Bis eine sehr professionelle Mitarbeiterin von Madison namens Fiona Shepperton sich mit ihnen in Verbindung setzte und ihnen anbot, den Fünfzig-Millionen-Kredit für zwanzig Millionen zu übernehmen. Die Bank würde also vierzig Pence pro Pfund erhalten. Nicht eben viel – aber besser als gar nichts. Die verzweifelten Banker akzeptierten dankbar. Innerhalb weniger Tage war der Handel perfekt.

Doch Matthew und Ed hatten zuvor detaillierte Recherchen angestellt, aus denen sie schlossen, dass die Dinge längst nicht so schlecht standen, wie es den Anschein hatte. Überarbeitete Forderungen, die im Oktober fällig waren, ließen den Rückschluss zu, dass das Unternehmen sich schneller erholte, als irgendjemand für möglich gehalten hatte. Sie rechneten damit, dass ihre Zwanzig-Millionen-Pfund-Beteiligung jetzt bereits fünfundzwanzig Millionen wert war, und waren zuversichtlich, dass sie die Beteiligung zum Ende des Jahres für vierzig Millionen abstoßen konnten.

In dem Maße, wie das Selbstvertrauen der Gruppe wuchs, wuchs auch Matthews Selbstvertrauen. Inzwischen hatte er durch James Belial sein Konto bei Switzerland International eröffnet. Er war bereit. Endlich konnte Plan B eingeleitet werden.

Doch im Augenblick mussten Fiona, Ed und Matthew eine gemeinsame Entscheidung treffen.

»Okay«, sagte Fiona. »Kommen wir zu Cobra Electronics. Wir sind mit den Recherchen durch, haben stundenlang darüber diskutiert und sind der Meinung, dass der Markt sich erholt hat. Sind wir bereit, zur Tat zu schreiten?«

Cobra Electronics war ein Unternehmen der Waffenindustrie, das enorme Summen in den Bau einer neuen Missile-Rakete gesteckt hatte. Die Rakete sah zwar großartig aus, funktionierte nur leider nicht. Man war sich noch nicht klar darüber, was die Fehlerquelle anging und hatte noch nicht einmal veranschlagt, wie viel Zeit und Kapital zur Behebung des Problems erforderlich seien. In der Zwischenzeit waren ein paar wichtige Verträge geplatzt, und die Zukunft für das Unternehmen sah düster aus. Banker und Investoren drängten auf Rückzahlung ihrer Darlehen.

Ed Deane antwortete als Erster auf Fionas Frage.

»Ja. Bei Cobra selbst hat sich nichts Neues ergeben, aber ich habe verfolgt, dass die Entscheidungen für drei wichtige neue Verträge aufgeschoben wurde. Mit Indonesien, Malaysia und den Saudis, um genau zu sein. Die meisten würden diese Tatsache als schlechte Nachricht für Cobra bewerten, aber ich bin anderer Meinung. Allgemein hat man Cobra zwar schon abgeschrieben, aber wenn diese Entscheidungen aufgeschoben wurden, heißt das vielleicht, dass Cobra neue Informationen hat, die die Käufer erst auswerten wollen. Es könnte also eine Überraschung anstehen. Und selbst wenn nicht – schlimmer als erwartet wird es ohnehin nicht kommen.«

Fiona nickte.

»Gut. Matthew, wie sieht's auf dem örtlichen Markt aus?«

Sie schaute ihn an. In ihren Augen stand nichts als kühle Geschäftsmäßigkeit, und auch in seinem Blick konnte sie nichts anderes lesen. Für Romantik war auf dem Börsenparkett kein Platz, doch außerhalb wurde ihre Beziehung immer enger.

»Sieht gut aus«, antwortete Matthew. »Der Anleihenpreis ist gefallen. Cobra hat sich bei den Banken um weitere Darlehen bemüht. Genau genommen haben sie es so formuliert: ›Wenn ihr uns jetzt nichts mehr gebt, könnt ihr die bisherigen Darlehen auch gleich abschreiben.‹ Die Banken sind zwar nicht überzeugt, aber es gibt auch keinen geschlossenen Widerstand. Also wird die Firma vermutlich zusätzliches Geld bekommen, und die Banken sind entsprechend nervös. Das alles in Betracht gezogen, würde ich sagen, dass wir dreißig oder vierzig Millionen Pfund der Firmenanleihen für vierzig Pence das Pfund kriegen müssten.«

»Hervorragend«, sagte Fiona. »Ich bin dafür. Wie sieht's mit euch aus?«

Matthew und Ed nickten. Das war der größte Deal, den sie bisher wagten und der kühnste dazu. Fiona schlug vor, zehn Prozent der Firmenanleihen zu kaufen. Hatten sie die im Sack, besaßen sie ein Vetorecht bei sämtlichen Schritten, die das Unternehmen plante. Cobra Electronics stand eine Überraschung bevor.

»Gehen wir zum Angriff über«, sagte Matthew heiser. »Ich hole uns ein paar Cappuccinos, und dann legen wir los.«

Die anderen stimmten erfreut zu. Der Kaffee aus dem Blue Mountain Coffee Shop war köstlich, genau richtig, um ihren Raubzug damit zu beginnen. Matthew streifte seinen Mantel über und verließ das Büro.

In seiner Manteltasche steckten zwei Handys. Eins gehörte Madison. Die Nummer war im Telefonregister der Bank verzeichnet, und jeder konnte ihn darüber erreichen. Das andere Gerät war Matthews Privateigentum. Nur eine Person kannte die Nummer, und diese Person lebte in der Schweiz und war sehr um Diskretion bemüht.

Auf dem Weg zum Coffee Shop verdrückte Matthew sich vor dem Verkehrslärm und den Passanten kurz in eine Seitenstraße. Die schmale Gasse mündete in einen kleinen Garten, der zu einem Pub gehörte und von drei Seiten von Bürogebäuden umschlossen war. Um diese Tageszeit war der Pub nicht geöffnet, und die Bänke unter dem alten Feigenbaum waren leer. Matthew ließ sich mit dem Rücken zum Baumstamm auf einer der Bänke nieder, zog sein Privathandy hervor und tippte eine Nummer ein.

James Belial war sofort am Apparat. Matthew malte sich aus, wie der hässliche kleine Mann sich mit der Zunge die Lippen befeuchtete, bevor er sich mit seinem aalglatten »James Belial, zu Ihren Diensten« meldete.

»James, Matthew Gradley am Apparat. Ich möchte, dass Sie einen Handel für mich abwickeln.«

Matthew beschrieb kurz, worum es ging. Er wollte sein gesamtes Vermögen – den Bonus plus aufgelaufener Zinsen – in Cobra-Electronics-Bonds investieren, auf der Stelle.

»Wie Sie wünschen«, erwiderte Belial. »Ihnen ist gewiss klar, dass Sie ein Risiko eingehen? Sie setzen Ihr ganzes Geld auf ein Unternehmen, das kurz vor einem Desaster steht.«

»Ich weiß. Ich habe die Risiken eingehend erwogen.«

»Da bin ich mir sicher. Es ist uns eine Ehre, diesen Handel in Ihrem Namen abzuwickeln. Wünschen Sie, dass wir Ihnen einen Schlussschein zuschicken. Ich könnte ihn in Ihr Büro faxen, wenn Sie ihn sofort haben möchten.«

»Nein, auf keinen Fall. Ich rufe Sie später deswegen noch mal an. Faxen Sie mir auf keinen Fall irgendetwas ins Büro. Und rufen Sie mich auch nicht an. Ich melde mich bei Ihnen.«

»Haha! Gewiss doch, gewiss. Bei Madison ist man in gewissen Dingen noch sehr altmodisch. Besser, man bewahrt Diskretion. Schweigen ist Gold.«

Matthew beendete das Gespräch. Es fiel wahrhaftig schwer, Belial sympathisch zu finden.

4.

Darren hing eine Zeit lang in Sawley Bridge bei seiner Mutter herum. Im Dorf war allgemein bekannt, was vorgefallen war, und die Sympathien lagen auf seiner Seite. Die Leute waren zwar der Meinung, er habe sich wie ein Idiot aufgeführt, doch Georges Reaktion war zweifelsfrei übertrieben ausgefallen. Schließlich war auch George bisher keineswegs ein Musterbeispiel an Disziplin gewesen.

Darren verbrachte fast jeden Abend im Pub, und seine ehemaligen Kollegen ließen es nicht zu, dass er auch nur einen Drink ausgab. Er selbst bekam die meisten Freibiere, verfeinerte seine Fähigkeiten im Pool Billard und kam keinen Tag vor mittags aus den Federn. Er war zutiefst verletzt, wie George ihn behandelt hatte, und ließ es jeden wissen, der bereit war, ihm zuzuhören.

Allmählich verloren Freibier und Billardspiel ihren Reiz. Eines Nachmittags geriet er sich mit seiner Mutter in die Haare und trank am Abend im Pub mehr als gewöhnlich, was ihn ungewohnt streitlustig werden ließ. Er verkündete dem Wirt, er wolle mit George »abrechnen« und wankte in die Dunkelheit hinaus. Der Wirt war beunruhigt genug, George in Ilkey anzurufen und vorsichtshalber zu warnen. George dankte ihm und versprach, auf der Hut zu sein. Darren tauchte jedoch nicht einmal in der Nähe von Georges Unterkunft auf, obwohl seine Mutter später sagte, er sei erst gegen vier Uhr morgens nach Hause gekommen. Als er am nächsten Tag verkatert und in übelster Laune erwacht war, hatte er ein paar Sachen in seinen Rucksack gestopft und war verschwunden.

Darrens Mum nahm an, er sei bei einem Freund in Skipton untergekommen, wusste es aber nicht genau. Immerhin war Darren alt genug, für sich selbst zu sorgen. Die Nachricht erreichte Gissings kurz vor Feierabend an diesem Tag und wurde mit allgemeiner Erleichterung aufgenommen. Obwohl seine ehemaligen Kumpel ihm immer noch die Stange hielten, war Darrens fortwährendes Gejammer allmählich lästig geworden.

»Er wird sich schon wieder fangen«, sagte Dave. »Wenigstens hat er sein Leben jetzt wieder in die eigenen Hände genommen.«

Dave wäre vermutlich weniger philosophisch gewesen, hätte er Darrens Ziel gekannt. Der war nämlich keineswegs nach Skipton gefahren, sondern hatte sich von einem Lkw nach Bradfort mitnehmen lassen. Von Bradfort war er auf der A 641 Richtung Halifax, und dann auf der A 646 bis Burnley getrampt. Um sieben Uhr abends erreichte er die Außenbezirke von Stirby. In einer Stunde würde es dunkel sein. Das Wetter war regnerisch und stürmisch. Darren hatte vergessen, Regenzeug einzupacken, und zitterte in seiner dünnen Jeansjacke. Der letzte Lastwagenfahrer hatte ihn an einer Tankstelle außerhalb der Stadt abgesetzt. Darren wartete, bis der LKW sich wieder in Gang gesetzt hatte und machte sich dann zu Fuß auf den Weg in Richtung des städtischen Industriegeländes. Auf dem Grundstück waren verschiedene Firmen ansässig, aber eine war bereits weithin sichtbar. Ein Schild mit der Aufschrift »Asperton-Möbel – Qualitätserzeugnisse für ganz England« prangte über der Toreinfahrt.

Darren fand den Parkplatz der Aspertons, der um diese Zeit mehr oder weniger verlassen dalag. Zwischen einigen anderen Wagen stand ein 500er Mercedes mit neuem Nummernschild. Darren stellte seinen Rucksack auf dem nassen Asphalt vor dem Kofferraum des Fahrzeugs ab, setzte sich darauf und lehnte sich an die Stoßstange. Er zog ein Paar Kopfhörer aus einer Seitentasche seines Rucksacks. Leider war die Kordel nicht richtig verzurrt gewesen, und der Walkman war herausgefallen. Fluchend schleuderte er die Kopfhörer von sich. Nachdem es ihm irgendwie gelungen war, sich mit feuchten Streichhölzern eine feuchte Zigarette anzuzünden, wartete er qualmend. Das Rauchen hatte er erst seit seinem Rausschmiss angefangen. »Wer gefeuert wird, muss qualmen«, lautete seine selbst erfundene Devise.

Die Zeit verging, und Darren wurde immer nasser und kälter. Er machte sich die Kippen jeweils an der Glut der vorherigen an, weil die Streichhölzer inzwischen nicht mehr zu gebrauchen waren. Der Wind wurde immer heftiger und peitschte das Wasser der steigenden Pfützen vor sich her.

Endlich erschienen unter der Neonlampe, die den Eingang zum Parkplatz erleuchtete, zwei in mehrere Lagen Kaschmir gehüllte Gestalten, die eilig vorwärts strebten. Die beiden näherten sich dem Mercedes, während sie mit aufgeblähten Schirmen gegen den Wind ankämpften. Als sie nahe genug waren, machte Darren sich bemerkbar.

»Hallo.«

Das Paar blieb erschrocken stehen. Die etwas größere der beiden Figuren, der Mann, kramte eine Weile in den Tiefen seines Mantels, während die kleinere Gestalt, eine Frau, den Regenschirm im peitschenden Wind festzuhalten versuchte und den Mann zur Eile antrieb. Endlich fand der Mann die Taschenlampe, nach der er gesucht hatte, und richtete sie auf Darren.

»Wer sind Sie, und was wollen Sie?«, fragte Mike Asperton.

»Ich bin Darren. Ich hab' bei Gissings gearbeitet, aber da bin ich nicht mehr. Hab' mich gefragt, ob sich hier nichts für mich finden lässt.«

Darren deutete mit seiner Zigarette auf das Asperton-Gelände. Er saß immer noch auf seinem Rucksack, den Rücken an das Auto gelehnt.

»Nun, ich kann nicht sagen, ob wir etwas Geeignetes für Sie haben. Sie müssen sich auf jeden Fall schriftlich bewerben. Ich kann Ihnen nicht stehenden Fußes einen Job geben.«

Die Aspertons waren unschlüssig, ob sie Darren als harmlosen Spinner einstufen sollten oder nicht. Im Augenblick waren sie auf der Hut, wahrten Sicherheitsabstand und richteten beharrlich den Strahl der Taschenlampe auf Darrens Gesicht.

»Na ja, es geht eigentlich um mehr«, erwiderte Darren. »Deshalb wollte ich lieber persönlich mit Ihnen sprechen.«

Eileen Asperton nahm ihrem Mann die Taschenlampe aus der Hand. Vorsichtig, die Lampe wie ein Schwert vor sich haltend, näherte sie sich Darren, während der Wind an ihrem Schirm zerrte.

»Ich wüsste nichts, das Sie uns sagen könnten, was sich nicht genauso gut schriftlich formulieren ließe, junger Mann. Übrigens halten Sie sich unbefugt auf diesem Parkplatz auf. Gehen Sie jetzt bitte.« Sie wies mit dem Lichtstrahl zur Seite, um deutlich zu machen, was sie meinte. Kurz darauf landete der Strahl wieder auf Darrens Gesicht.

Der rührte sich nicht von der Stelle. Er sog an seiner letzten Zigarette, die bereits bis zum Filter heruntergebrannt war, und ließ die Kippe zu Boden fallen, wo sie auf der Stelle erlosch.

»Na ja, wissen Sie, was ich Ihnen sagen wollte ... ich war sozusagen George Gradleys Vertrauter. Es gibt nichts bei Gissings, worüber ich nicht Bescheid wüsste. Deshalb hielt ich es für klüger, mich persönlich an Sie zu wenden, wenn Sie verstehen, was ich meine. Tut mir leid, wenn ich Sie erschreckt habe. Aber ich dachte, dass ich wahrscheinlich nicht bis zu Ihnen vordringen würde, wenn ich offiziell an die Eingangstür geklopft hätte.«

Die Aspertons rührten sich nicht vom Fleck, doch ihre Haltung änderte sich. Der Argwohn verschwand, und das Interesse gewann die Oberhand. Auf einmal hatte Mike Asperton einen Geistesblitz. »Sie waren doch einer von den Typen, die ein paar Exemplare aus unserer ›Brillanz‹-Reihe kaufen wollten, stimmt's?« Er setzte zu einer Erklärung für seine Frau an, doch die schnitt ihm das Wort ab.

»Wieso haben Sie bei Gissings aufgehört, wenn Sie so dicke mit Gradley waren?«

»Er hat mich erwischt, als ich mich über ihn lustig gemacht habe, und hat mich gefeuert. Nicht mal ein Dankeschön hat er sich abringen können, und das nach allem, was ich für ihn getan hab'.« Darren spuckte verächtlich aus, eine Kunst, die er vorzüglich beherrschte.

»Und worüber wollten Sie nun mit uns reden?«, bohrte Eileen Asperton weiter. »Sie sind doch nicht bloß gekommen, um nach einem Job zu fragen.«

»Na ja, bei Gissings ist man lange nicht so edel, wie man den Anschein erwecken möchte. Die wissen mittlerweile auch, wo's langgeht, genau wie alle anderen. Der Unterschied ist nur, dass ich weiß, was da abgeht.«

»Mit nebulösen Behauptungen können wir nichts anfangen. Wenn das alles ist, was Sie zu bieten haben, können Sie ebenso gut gleich wieder gehen.«

Darren klopfte auf seinen Rucksack.

»Hab' alles hier drin. Was Sie wollen. Kopien natürlich, keine Originale. Damit die nichts vermissen.« Die beiden Aspertons starrten gierig auf das speckige Bündel. »Und machen Sie sich keine Sorgen. Hab' alles in eine Plastiktüte gepackt, das Zeug ist also nicht mal nass geworden. Im Gegensatz zu mir«, fügte er hinzu und deutete mit dem Finger auf sich.

In ihren Kaschmirmänteln, Schals und Hüten standen die beiden Inhaber von Asperton Holdings zusammengeduckt unter ihrem aufgeblähten Schirm und berieten sich flüsternd. Eileen Asperton ließ den Strahl der Taschenlampe von Darrens

Gesicht zum Boden und dann auf den glänzenden schwarzen Wagen gleiten.

»Am besten steigen Sie erst mal ein«, sagte sie.

## 5.

Das muss gefeiert werden«, sagte Matthew, »ich hole uns Kaffee.«

»Champagner wäre angemessener«, erwiderte Fiona. Natürlich war es nur ein Scherz. Immerhin befand man sich unter dem Dach von Madison, wo Alkohol ebenso inakzeptabel war wie Handelsverluste. Kaffee musste reichen.

Es bestand in der Tat Anlass zum Feiern. Hatten sie doch elfeinhalb Prozent sämtlicher Darlehensaußenstände von Cobra Electronics zu einem Durchschnittspreis von dreiundvierzig Pence das Pfund erworben. Und in der vergangenen Woche hatte Madison eine Pressenotiz herausgegeben, in der sie den Umfang ihrer Beteiligung und außerdem die Absicht bekannt gaben, das von Cobra Electronics angekündigte Umschuldungsvorhaben zu blockieren.

Dem war eine hektische Woche gefolgt. In einer ersten hysterischen Reaktion wurde Madison von Cobra »das Gehabe einer egozentrischen amerikanischen Bank vorgeworfen, der jegliches Verständnis für die Komplexität des Industriegeschehens abgeht«. Weiter hieß es, wenn Madison seine Absicht wahrmache, die Umfinanzierung des Unternehmens zu verhindern, sei Cobra am Ende des Jahres bankrott. Ein entrüstetes Hilfegesuch Cobras an bisherige Geldgeber brachte der Firma lediglich die frustrierende Gewissheit, dass die anderen Banken der Initiative von Madison ausgesprochen wohlwollend gegenüberstanden.

Ein einberufenes Treffen mit Vertretern der Finanzierungsbanken konfrontierte das Unternehmen endgültig mit der harten Wahrheit: nicht mehr Geld war erforderlich, sondern ein fähiges Management. Und dieses Ziel war am schnellsten durch eine Aufsplittung des Unternehmens und den anschließenden Verkauf der einzelnen Glieder an höchstbietende Interessenten zu erreichen. Da Madison den Zustrom neuer Geldmittel unterbunden hatte, blieb der Geschäftsleitung nach anfänglichem Widerstreben nichts anderes übrig, als ihre Zustimmung zu erteilen. Vierzehn Tage nach der Pressenotiz durch Madison gab Cobra in einer eigenen Pressemeldung bekannt, dass das Unternehmen zum Verkauf stand.

Der Aktienpreis explodierte. Am ersten Tag verdoppelte sich der Wert, und während der folgenden drei Tage verdoppelte er sich nochmals. Der Anleihenpreis stieg ebenfalls rapide an, was Madison einen nicht realisierten Kursgewinn von nahezu siebzig Prozent bescherte. McAllister war in Hochstimmung. Er erhielt sogar eine E-mail von Dan Kramer, in der dieser ihn zu dem Erfolg beglückwünschte. McAllister leitete das Lob in jeweils einer Kopie an Fiona, Ed und Matthew weiter.

Fiona hängte die gerahmte Notiz in ihrem Büro an eine speziell dafür vorgesehene Fotoleiste mit zwölf Haken. Die anderen waren noch leer. Das Team hatte gerade erst begonnen, seinen Hunger zu stillen.

Matthew zog seinen Mantel an.

»Für dich auch Cappuccino, Ed?«, fragte er Ed Deane, der mit seinem Bonsaiwäldchen beschäftigt war.

»Yeah, egal, irgendwas. Könntest du im Blumenladen vorbeigehen und mir etwas Dünger mitbringen? Mein Apfel kriegt Flecken. Bestimmt eine Art Magnesiummangel.«

Deane deutete auf einen winzigen Fleck auf dem letzten seiner kostbaren Äpfel. Für Matthew, der keine Ahnung von Magnesiummangel hatte, sah der Fleck eher wie harmloser Schmutz aus. Er strich leicht mit dem Finger darüber, und der Punkt verrutschte. Deane säuberte den Apfel mit einem weichen Tuch, das er eigens für solche Fälle bereithielt.

»Vielleicht sollte ich besser mal für dich beim Optiker vorbeischauen«, schlug Matthew vor. Deane nahm die ironische Bemerkung gar nicht wahr; er war viel zu erleichtert und nun damit beschäftigt, seinen Apfel mit destilliertem Wasser zu besprühen.

Auf dem Weg zum Coffee Shop machte Matthew wieder einen Abstecher in die kleine Seitengasse. Auch dieses Mal hielt sich bis auf ein Grüppchen Touristen, die auf der Suche nach einer Kirche von Christopher Wren waren, niemand im Garten des kleinen Pubs auf. Die Touristen fragten Matthew nach dem Weg, aber er konnte ihnen auch nicht weiterhelfen. Nachdem sie abgezogen waren, zog Matthew sein Handy aus der Tasche und wählte.

»Matthew! Wie schön, von Ihnen zu hören«, säuselte Belial. »Ich hatte so ein Gefühl, dass Sie anrufen würden.«

»Ach ja?«, erwiderte Matthew, dem Belials versteckte Anspielungen überhaupt nicht gefielen. »Ich möchte meine Position in Cobra Electronics verkaufen. Alles.«

Belial sagte ihm, dass die Abwicklung ein paar Minuten dauern würde, und dass Matthew zurückrufen solle, um zu erfahren, wie viel genau er bei dem Deal verdient habe. Matthew beendete das Gespräch und machte sich auf den Weg zum Coffee Shop. Auf dem Rückweg meldete er sich erneut bei Belial.

»Glückwunsch! Wir haben alles verkauft. Ihr Konto bei uns beläuft sich jetzt auf einhundertneuntausend Pfund Sterling. Ich muss schon sagen, ein geschickter Schachzug! Sie können zufrieden sein.«

Matthew verabschiedete sich und schaltete das Handy aus. Er sah förmlich vor sich, wie das hässliche Gesicht des kleinen Mannes sich vor Gelächter verzog. Ein unangenehmer Kerl, aber äußerst nützlich.

Mit den Kaffeebechern in der Hand und Triumph im Herzen kehrte er in die Bank zurück. Plan B war erfolgreich angelaufen.

Aufgrund der Verwundbarkeit des Unternehmens und der

Art und Weise, wie Madison sich diese Tatsache zunutze gemacht hatte, war der Deal mit Cobra außergewöhnlich gut gelaufen. Aber auch wenn Matthew nur auf der Basis langfristiger Recherchen kaufte, würde er Profit machen. Der Markt für Firmenanleihen und Bonds ist sehr begrenzt und kann durch groß angelegte Handelstransaktionen praktisch über Nacht in die Höhe schießen oder in den Keller fallen. Allein das Wissen um einen von Madison beabsichtigten Handel war eine Information, von der Matthew blind profitieren konnte. Selbst wenn die Preise nur um zehn Prozent stiegen, konnte er über Nacht einen Profit von zehntausend Pfund erzielen. Auch fünf Prozent waren ein gewaltiger Sprung, solange es über Nacht geschah und solange man – wie Matthew – wußte, um welche Nacht es sich handelte. Und mit jeder Vermehrung seines Kapitals und der Erhöhung seines Einsatzes stiegen auch seine Gewinnaussichten. Er würde es schaffen. Vielleicht zum ersten Mal war Matthew sicher, dass er es schaffen würde. Er würde die Millionen des Vaters bekommen.

Dennoch wurde seine Freude durch eine gewisse Scham getrübt. Insidergeschäfte sind illegal und werden mit bis zu sieben Jahren Gefängnis bestraft. Wurde er erwischt, würden alle bei Madison, die ihn jetzt mit Respekt behandelten, fallen lassen. Wenn Fiona davon wüßte, würde sie nie wieder ein Wort mit ihm sprechen. Aber sie musste es ja nicht wissen.

Er kehrte an seinen Schreibtisch zurück. Fiona und Ed waren nicht da. Vermutlich steckten sie in irgendeinem Meeting. Matthew öffnete den Deckel seines Cappuccino und trank. Er fühlte sich großartig und war viel zu aufgedreht, um sich ruhig an seinen Schreibtisch zu setzen und zu arbeiten. Mit dem Kaffeebecher in der Hand ging er im Büro auf und ab.

Er dachte an George und Josephine und seine Mutter. Er würde Josephine ein Geldgeschenk machen. Nur einen kleinen Betrag. Schließlich wollte er sich auf keinen Fall die Chance auf seine Million verscherzen.

Er dachte auch über sein schlechtes Gewissen nach und versuchte sich selbst damit zu beschwichtigen, dass Insidergeschäfte ein Vergehen seien, das niemanden schädigte. Aber Matthew wusste, dass es eine Lüge war. Wenn er Bonds kaufte, wurden sie von einem anderen verkauft: von einem Vermögensverwalter vielleicht, oder einem Pensionsfonds. Ohne diesen Verkauf fiele irgendjemandes Rente vielleicht eine Spur höher aus, irgendjemandes Ersparnisse wären vielleicht ein wenig mehr wert.

Er schüttelte die unbequemen Gedanken ab und lenkte seine Überlegungen auf die Frage, wie viel die Firma des Vaters wert war, und wie lange es wohl dauern würde, alles zu verkaufen. Matthew hatte sich noch gar nicht überlegt, wie viel von dem Vermögen er seiner Familie geben wollte. Vielleicht ein Viertel für Josie, und eine Million für seine Brüder. Die Welt lag ihm zu Füßen, und er beabsichtigte, sich großzügig zu zeigen. Nachdenklich trank Matthew seinen Cappuccino aus. Er griff geistesabwesend nach einem Apfel und biss hinein. Die Frucht schmeckte bitter und unreif.

Erst als er ihn beiseite legte, wurde ihm bewusst, dass er soeben Deanes letzten, kostbaren Apfel gepflückt hatte. Das Bonsaiwäldchen und der Zwergapfelbaum schienen auf einmal eine geradezu vorwurfsvolle Feindseligkeit auszustrahlen. Schuldbewusst machte Matthew sich mit dem angebissenen Apfel aus dem Staub.

## 6.

Das Gebäude war ein ehemaliges Gutshaus, das von seinen ursprünglichen Besitzern versteigert worden war, kurz nachdem sich die ersten Löcher im Dach gezeigt hatten. Der neue Eigentümer hatte das Haus vollständig renoviert und neu eingerichtet. Den Eingang bildeten jetzt hohe Eisenpforten, die per Fernsteuerung bedienbar waren. Junge Frauen aus dem Ort wurden zu Vorstellungsgesprächen eingeladen und die hübschesten eingestellt. Ärzte mit leisen Stimmen, durchschnittlichen Qualifikationen und beschwichtigendem Auftreten fuhren in gediegenen deutschen Automobilen vor. Es war eine unauffällige, doch gut situierte Klinik, in der die Reichen auf diskrete Weise daran erinnert wurden, dass Gesundheit stets dem Wohlstand vorzuziehen ist.

Die weiß gekleidete Rezeptionistin, die hinter einem erhöht stehenden Mahagonischreibtisch in der Empfangshalle thronte, blickte den beiden Neuankömmlingen kühl entgegen. Es handelte sich um ein hübsches, nicht besonders exklusiv gekleidetes junges Mädchen, und eine zerbrechliche, offensichtlich auf Hilfe angewiesene ältere Frau. Die beiden waren mit einem örtlichen Taxi vorgefahren, was bedeutete, dass sie mit dem Zug angereist waren, und wer per Zug reiste, war auf keinen Fall reich genug, sich die Behandlung in diesem Hause leisten zu können.

»Sie kommen wegen einer Behandlung zu uns?«, fragte sie mit herablassender Höflichkeit, wobei sie mit einer winzigen, kaum wahrnehmbaren Bewegung ihres Kinns auf die ältere Frau deutete.

»Nein, es geht nicht um meine Mutter«, erwiderte Josephine. »Wir sind hier, um einen Patientenbesuch zu machen.«

»Ah«, die Empfangsdame wurde eine Spur zugänglicher. Selbst reiche Menschen haben arme Verwandte. »Natürlich. Und zu wem möchten Sie?«

Josephine beantwortete ihre Frage.

## SOMMER 2000

Der erste Sommer des neuen Jahrtausends ist angebrochen. Die Betreiber der Wasserwerke jammern, Zeitungen stöhnen über den Klimawechsel, und der Himmel ist erfüllt vom Dröhnen der Urlaubsjets.

In der Regel kreisen die Gedanken junger Männer um diese Jahreszeit um das Thema Liebe, doch für dergleichen Kurzweil sind drei gewisse junge Männer derzeit zu beschäftigt. Es ist der 16. Juni 2000. Noch 397 Tage bis Bernard Gradleys Stichtag.

### 1.

Hi, Zack, alter Hurenbock! Wie geht's?«

Dixon Banderman war gut aufgelegt. Seit ihrer ersten lautstarken Begegnung auf dem Zebrastreifen hatte er es sich zur Angewohnheit gemacht, Zack stets mit einer Beleidigung zu begrüßen. Zack stand ihm darin um nichts nach.

»Nicht schlecht. Und wie läuft's bei Ihnen, altes Fossil?«

»Danke, bestens. Wollen Sie dieses Jahr auch einen Bonus, oder verzichten Sie zugunsten der Kollegen vom Notstandsfonds?«

Zack gab vor, einen Augenblick nachzudenken. »Na ja«, sagte er schließlich, »selbstverständlich greife ich Bedürftigen immer gern unter die Arme, Dixon, aber dieser Trupp ist doch ein Haufen Abschaum. Da behalt' ich den Bonus lieber selbst.«

Dixon grinste. Er mochte Zack.

»Kann ich verstehen. Ist eh kaum der Rede wert.« Dixons Miene wurde ernst, sein Tonfall geschäftsmäßig. »Hat Amy Ihnen schon Ihre Beurteilung mitgeteilt?«

»Yeah. Meine Stärke liegt darin, dass ich hart und erstklassig arbeite und gutes Geld mache. Meine Schwachpunkte: Ich bin ein bisschen arrogant und unsensibel, und es ist nicht leicht, mit mir zusammenzuarbeiten.«

»Ein *bisschen* arrogant?«

»Na ja, vielleicht hätte Amy es etwas krasser formulieren sollen, kann schon sein. Ich bin nun mal der Meinung, dass ich cleverer bin als die meisten Leute, mit denen ich zusammenarbeite, und in der Regel erweist es sich, dass ich Recht habe. Also, was soll's?«

»Köpfchen ist nicht alles in diesem Spiel, Zack. Sie werden es in diesem Unternehmen nicht weit bringen, wenn die anderen Kollegen Sie nicht mögen. Das gilt auch für die Kunden.«

»Klingt logisch. Ab heute werde ich sanft wie ein Lämmchen sein.«

Banderman hielt Zacks Blick einen Moment lang fest, bevor er ihm den Umschlag aushändigte.

Zack riss das Kuvert auf. Das Schreiben bescheinigte ihm einen Bonus in Höhe von zweihundertfünfzigtausend Dollar plus eine Gehaltserhöhung, die Zack zuerst jedoch gar nicht registrierte.

»Sie haben allen Grund, zufrieden zu sein. Mit diesem Bonus gehören Sie zu den zwanzig Topverdienern Ihrer Altersgruppe. Für das erste Jahr eine enorme Leistung. Wenn Sie es darauf anlegen, steht Ihnen hier eine großartige Karriere bevor.«

Zack war zwar erfreut, aber nicht gerade außer sich vor Entzücken. Anders als bei Matthew spielte der Bonus bei seinen Zukunftsplänen kaum eine Rolle. Sein Ziel bestand darin, es entweder zum Partner zu bringen, oder irgendwie an Sarahs

Vermögen heranzukommen. Am besten beides. Eine Viertelmillion Dollar waren höchstens ein Taschengeld. Andererseits bedeutete es natürlich ein angenehmes Zubrot. Davon konnte er Sarah und vielleicht auch ihren Eltern ein Geschenk machen. Josie sollte auch etwas bekommen. Vielleicht etwas von Aspreys, eine Halskette oder dergleichen. Sie hatte immer eine Vorliebe für Schmuck gehabt.

»Danke«, sagte Zack knapp.

Banderman musste innerlich lächeln. Zack hatte es gewiss ehrlich gemeint, als er sagte, er würde versuchen, freundlicher zu sein. Aber das war vergebliche Liebesmüh. Der Junge war sich seines schroffen Verhaltens nicht mal bewusst.

»Okay. Sie haben vermutlich schon erraten, worüber ich noch mit Ihnen reden wollte?«

»Es geht um einen Ersatz für Hal Gillingham, nicht wahr?«

»Richtig. Wie Sie wissen, haben wir unsere Headhunter darauf angesetzt. Wir alle sind Ihnen übrigens äußerst dankbar, dass Sie in der Zwischenzeit die Dinge am Laufen halten, insbesondere, da Sie außerdem noch für Amy arbeiten.«

»Ist mir ein Vergnügen.« Das entsprach zum Teil der Wahrheit. Zack arbeitete so hart, weil es ihm Spaß machte. Andererseits begann Sarah sich allmählich zu fragen, mit wem sie eigentlich verlobt war: mit einem zukünftigen Ehemann und Familienvater oder einem Workaholic. Bisher hatte es deswegen noch keinen Streit gegeben, weil Sarah sich ausnahmsweise mit Kritik zurückhielt und Zack seinen Hang zu aggressivem Sarkasmus weitgehend unter Kontrolle hatte. Trotzdem stand das Thema zwischen ihnen.

Banderman nickte. Er konnte sich vorstellen, mit welchen Konflikten Zack zu kämpfen hatte. Die meisten Partner bei Weinstein Lukes waren geschieden. In den anderen Fällen hatten die angetrauten Lebensgefährten sich entschlossen, die Beziehung aufgrund des außerordentlich hohen Lebensstandards, die ihnen die regelmäßigen Bonusschecks der

Partner ermöglichten, aufrechtzuerhalten, Liebe und Sex aber woanders zu suchen. Am besten funktionierten jene Beziehungen, in denen beide Ehepartner rund um die Uhr für amerikanische Banken arbeiteten und die Erziehung der Sprösslinge resoluten britischen Kindermädchen überließen. Gewiss, die Kinder gingen daraus nicht immer ohne Schaden hervor, aber für solche Fälle konnte man sich einen Therapeuten leisten.

»Was ich Sie fragen wollte, Zack – könnten Sie sich vorstellen, Hals Posten auf Dauer zu übernehmen? Wir finden jemand anders für Ihre Aufgabe bei Amy, sodass Sie sich ganz den Steuergeschichten widmen können. Dann wäre das Ganze ausschließlich Ihr Projekt.«

»Mein Projekt? Gillinghams Job?« Zack war entzückt. Hätte er sich zwischen dem Viertelmillionenbonus und Hals Posten entscheiden müssen, hätte er ohne mit der Wimper zu zucken den Job gewählt. Der Posten war Zacks Schlüssel zur Partnerschaft und damit zum Vermögen seines Vaters. »Das wäre absolut fantastisch, Dixon.«

»Sie trauen es sich also zu?«

»Keine Frage. Schließlich habe ich mich während der vergangenen vier Monate auch darum gekümmert. Sogar als Hal noch im Amt war, ist schließlich alles an mir hängen geblieben. Und ob ich mir das zutraue!«

»Gut. In diesem Fall möchte ich, dass Sie sämtliche Aufgaben, die nichts mit Steuerangelegenheiten zu tun haben, an andere übergeben. Ich will Sie ausschließlich in diesem Job.«

»Ausgenommen der Deal mit Hatherleigh Pacific. Den werde ich doch behalten, oder?«

»Steht der immer noch zur Debatte? Hat man Sie nicht schon im November zurückgepfiffen?«

»Natürlich ist das noch aktuell«, ereiferte sich Zack. »Das Unternehmen will nur abwarten, bis der Preis von South China weiter fällt, bevor sie zuschlagen. Sie erwarten, dass die schlechte Lage auf dem Frachtschiffmarkt den Preis noch weiter drücken wird.«

»Und? Ist der Preis schon gefallen?«

»Noch nicht genug. Er steht jetzt bei vierundfünfzig, und sie warten, bis er auf vierzig runter ist.«

Banderman hob die Augenbrauen. Offensichtlich glaubte er nicht daran, dass dieser Deal zustande kommen würde. Zack machte eine ungeduldige Handbewegung.

»Wenn die Leute bei Hatherleigh Pacific sagen, er geht auf vierzig runter, dann geht er auch runter. Diese Typen sind ausgesprochen clever und kennen ihren Markt besser als jeder andere. Die machen den Deal, und sie machen ihn mit uns.«

Banderman zuckte mit den Schultern. Ihm war es gleichgültig. Alles an diesem Hatherleigh-Pacific-Deal wies darauf hin, dass er der Bank eine Menge Arbeit einbrachte, ohne dass etwas dabei herauskam. Aber wenn Zacks Herz daran hing, sollte er eben dranbleiben. Der Junge konnte nur daraus lernen.

»Dieser Hatherleigh, ist das nicht Ihr zukünftiger Schwiegervater?«

»Richtig.«

»Okay. Dann behalten Sie den Deal. Keinesfalls will ich Ihren Familienklüngel verderben.«

»Danke. Da ist noch etwas.«

Auf diesen Moment hatte Zack hingearbeitet: der Augenblick, da er sich Hal Gillinghams Job endgültig und unwiderruflich unter den Nagel gerissen hatte. Und jetzt würde er sich Gillinghams letzten, großartigen Einfall zunutze machen. Die Idee, von der Hal ihm an jenem letzten Morgen erzählt hatte, bevor der Alkohol ihm endgültig den Rest gab, diese geniale Idee, die Zack ihrem Schöpfer mit einem Lächeln entlockte, bevor er ihn in den Abgrund stieß – jetzt war der Augenblick gekommen, da Zack sicher sein konnte, dass der Ruhm allein auf ihn zurückfallen würde.

»Mir ist da eine Idee gekommen. Gillinghams Einfälle waren immer auf den jeweiligen Kunden zugeschnitten. Was für die Kunden zwar prima ist, für uns aber jedes Mal einen Haufen Arbeit bedeutet. Wir brauchen einen Tag, ein Konzept zu entwickeln, einen Monat, die Details auszuarbeiten, und drei Monate oder mehr, den Vertrag auszuhandeln. Das will ich ändern. Ich denke dabei an ein Steuerschema, das auf jeden zugeschnitten ist. Sozusagen weg von der *Haute Couture* zum Anzug von der Stange. Mir schwebt ein Konzept vor, mit dem die Verträge nur noch durch den Kopierer laufen müssen, so simpel, dass jeder kleine Angestellte dieser Bank sie unseren Kunden verkaufen kann.«

»Aha! Den Heiligen Gral sozusagen, stimmt's? Davon hat Hal auch dauernd gesprochen. Er hat immer gesagt, wenn er so etwas fände, wäre es so, als würde man auf eine Goldmine stoßen. Zerbrechen Sie sich nicht zu sehr den Kopf darüber, Zack. Hal hat sich schon die Zähne daran ausgebissen, und er hat sich lange und intensiv damit beschäftigt.«

»Dixon, ich habe es.«

»Sie haben was?«

»Ich habe ein Schema gefunden. Es sind noch eine Menge juristischer Überlegungen erforderlich, aber ich weiß, dass es funktionieren wird. Der Gedanke ist mir in Hongkong gekommen ...«

Zack begann Banderman die Idee zu erklären. Gillinghams Idee. Ein brillantes Konzept, der Heilige Gral im wahrsten Sinne des Wortes. Aber ihr Schöpfer war nicht da, um den wohlverdienten Ruhm einzuheimsen. Nach einer vier Monate währenden Sauftour, die ihn zum zweiten Mal an den Rand eines Leberversagens und einen Schritt näher ans Grab führte, hatte die tödliche Bedrohung Gillingham veranlasst, sich erneut in seine ehemalige Klinik zu begeben. Diesmal würde die Genesung noch langwieriger sein, und sein Durchhaltevermögen war nicht mehr das alte. Niemand würde bezweifeln, dass die Idee allein von Zack stammte.

Banderman konnte ihm schon bald nicht mehr folgen, aber die Details waren ohnehin nebensächlich. Zack hatte einen Weg gefunden, Spielern eine einfache Wette anzubieten. Bestimmte finanzielle Einsätze – auch derivative Anleihen genannt – gleichen einer Wette beim Pferderennen. Gewinnt man, verdoppelt sich der Einsatz, oder sogar mehr. Verliert man, verliert man alles. Die Idee, die Zack Gillingham gestohlen hatte, ermöglichte es, die Chance auf die Seite des Spielers zu verlagern. Platzierte man seine Wette mit Hilfe von Zacks Steuertrick, war der Gewinn steuerfrei, verlor man, konnte der Verlust steuerlich verrechnet werden. Dank dieser Genialität würde der Fiskus dieses Spiel unfreiwillig sogar subventionieren, und je höher der Einsatz, desto höher die Subvention.

Zack beschrieb ein völlig legales Steuerschema, das sämtliche Händler im Fernen Osten an jeden beliebigen potenziellen Kunden verkaufen konnten.

»Haben Sie schon einen Namen für das Produkt?«

»Ich nenne es ROSES«, erwiderte Zack. »Der Name steht für ...«

»Erzählen Sie es mir lieber nicht. Aber der Name gefällt mir.«

»Dixon, Sie müssen dafür sorgen, dass die Bank sich hinter dieses Projekt stellt.«

»Haben Sie schon die Anwälte darauf angesetzt, ob ROSES wirklich ein solides Schema ist?«

»Ich habe Meinungen aus Hongkong, Singapur und Malaysia, die behaupten, dass es bombensicher ist. Anwälte in sechs anderen Pazifikstaaten prüfen das Konzept noch. Bis jetzt hat es keine gravierenden Einwände gegeben. Ich gehe davon aus, dass das Schema in sämtlichen asiatischen Gebieten anwendbar ist.«

»Also bombensicher? Leiten Sie die juristischen Beurteilungen an unsere Anwälte in New York weiter. Wenn die zufrieden sind, bin ich es ebenfalls. Die Sache muss lupenrein sein. Wenn unsere Anwälte grünes Licht geben, haben Sie meine Unterstützung. Dann propagieren wir Ihr ROSES, bis es sich auf dem Mond rumspricht.«

Zack grinste. Banderman war Finanzleiter für Europa. Er war nicht nur Partner, sondern einer der mächtigsten obendrein, und er neigte nicht zu Übertreibungen. Wenn er vom Mond sprach, würde sich das ROSES-Projekt bis zum Jupiter ausbreiten.

»Danke«, sagte Zack ernst. »Vielen Dank, alter Haudegen.«

## 2.

Eine neuerliche Konferenz. Eine neuerliche Entscheidung. Diesmal handelte es sich um ein Leasing-Unternehmen, Albion Leasing. Die Firma hatte Unsummen aufgenommen, um Geräte zu kaufen, die sie an andere Leute verleasten, was es ihnen erlaubte, weitere Summen aufzunehmen, weitere Geräte anzuschaffen und noch mehr Leasingkunden aufzutun. Dieses Spiel bewährte sich eine Weile. Aber eines Tages gingen den Vertretern der Firma die Leasingartikel aus, und die Buchhalter entdeckten, dass der Schuldenberg ins Unermessliche gestiegen war. Das Unvermeidliche nahm seinen Lauf, und die Lawine kam ins Rollen. Die Banken verlangten ihr Geld zurück. Albion war zahlungsunfähig. Die Kunden bekamen Wind von den Problemen der Firma und tätigten ihre Geschäfte anderswo. Das Dilemma verschlimmerte sich.

Augenblicklich steckten Vertreter der Bank von England die Köpfe zusammen, um einen Rettungsplan zu entwerfen. Währenddessen bemühten sich die alarmierten Banker jedoch, ihre Anleihen zu Schleuderpreisen an den Mann zu bringen. Und erwartungsgemäß legten sich Fiona, Ed Deane und Matthew, die Profit witterten, auf die Lauer.

Ihre Strategie war klar. Die Verhandlungen der Bank von England erstreckten sich über einige spannungsgeladene Wochen, und ein paar der geldgebenden Banken verloren die Nerven, was vorauszusehen war. Anders als bei den dynamischen Investmentbanken findet man in Geschäftsbanken vorwiegend den zaghaften Bankertyp, dessen Vorstellung von Abenteuer sich auf eine gewagte Krawatte beschränkt. Wenn es hart auf hart kommt, ergreift diese Spezies wie erschreckt quiekende Mäuse die Flucht und verliert in ihrer kopflosen Panik jeden Sinn für realistische Proportionen. In diesem Zustand sind sie bereit, zu vierzig Pence das Pfund zu verkaufen, was eigentlich sechzig Pence wert ist. Denn dass eine Anleihe bröckelt, bedeutet noch lange nicht, dass sie wertlos ist.

Fiona, Ed und Matthew waren also auf der Pirsch. Sie hörten sich in der Stadt um und lauschten aufmerksam, wer am lautesten quiekte, streuten ein paar Köder aus, indem sie verlauten ließen, am Kauf von Albion-Leasing-Anleihen interessiert zu sein und warteten, wer an ihrer Tür kratzen würde. Nach und nach wagten sich die Mäuse hervor und boten ihre Anleihen zu den unterschiedlichsten Preisen zum Verkauf. Manche verlangten siebzig Pence das Pfund, andere hatten sich gar nicht festgelegt und akzeptierten, was immer sie kriegen konnten. Ed, Fiona und Matthew verfolgten die Entwicklung, während sie mit ihren eigenen, intensiven Recherchen fortfuhren.

Nun mussten sie zu einem Entschluss kommen. Sie einigten sich darauf, dass der Realwert der Anleihen bei etwa fünzig Pence pro Pfund lag. Wenn die Verhandlungen der Bank von England günstig verliefen, konnte der Preis noch auf sechzig Pence steigen. Inzwischen wussten sie ja, dass die verschreckten Mäuse gewillt waren, zwischen fünfunddreißig und vierzig Pence zu verkaufen. Die Rechnung war simpel und die Entscheidung einstimmig. Sie würden zugreifen. Und wie gewöhnlich würde ihr Einsatz im großen Stil getätigt und ihr Profit entsprechend üppig ausfallen.

Zeit für Matthew, wieder einmal einen Anruf zu erledigen, eine inzwischen eingespielte Routine.

»Kaffee?«

»Sehr gern«, erwiderte Fiona.

»Und ein Apfel wäre nicht schlecht«, fügte Deane hinzu. Er hatte Matthew immer noch nicht verziehen, dass dieser die einzige verbliebene Frucht seines Bonsaiwäldchens verspeist hatte, und ließ es sich nicht nehmen, Matthew mindestens zweimal täglich an seinen Frevel zu erinnern. Da Matthew sich in aller Form entschuldigt und Deane einen neuen Zwergapfelbaum mit einem halben Dutzend reifender Früchte geschenkt hatte, fühlte er sich berechtigt, Deanes fortwährende Seitenhiebe abzuschmettern.

»Du hast sie doch nicht alle«, erwiderte er. »Der spinnt doch, stimmt's, Fiona?«

»Er spinnt zwar ...«

»Siehst du. Da hast du's. Du tickst nicht mehr richtig.«

»... aber trotzdem hättest du den Apfel nicht einfach essen dürfen.«

»Du bist genauso verrückt.« Kopfschüttelnd verließ Matthew das Büro.

Draußen herrschte brütende Hitze. Wie Matthew liefen die meisten Leute in Hemdsärmeln herum und hatten ihre Jacketts – Relikte einer viktorianischen Kleiderordnung – in ihren Büros zurückgelassen. Matthew schritt zielstrebig voran. Am Eingang der kleinen Gasse blickte er sich vorsichtig um. Er konnte kein bekanntes Gesicht erkennen, obwohl man das bei dem Betrieb auf der Straße nie mit Gewissheit sagen konnte. Er bog in die schmale Gasse ein und verdrückte sich in den kleinen Garten. Es war fast Lunchzeit, und der Pub füllte sich bereits. Leute saßen mit Sandwiches auf den Bänken oder standen Tee trinkend im Schatten der Bäume.

Matthew zögerte. Er hätte eine diskretere Atmosphäre vorgezogen. Aber es würde schwierig werden, um diese Zeit ein ruhiges Plätzchen zu finden.

Also wählte er die vertraute Nummer.

»Guten Tag. James Belial am Apparat. Was kann ich für Sie tun?«

»Hier Matthew Gradley. Ich möchte meinen Kontostand checken.«

»Ah, Matthew, mein alter Freund! Einer meiner erfolgreichsten Kunden! Der Mann mit dem goldenen Riecher. Sehen wir doch mal.« Matthew konnte hören, wie Belial Computertasten drückte, um die erforderliche Maske aufzurufen. »Ah, da haben wir es ja. Das Glück ist wahrhaftig auf Ihrer Seite, mein Junge. Ihr bescheidenes Portfolio von achtundsechzigtausend Pfund ist in diesen wenigen Monaten auf stattliche zweihundertachtzigtausend Pfund geklettert. Ist das einfach Glück, oder haben Sie ein Geheimrezept?«

Matthew ignorierte die naseweise Frage.

»Ich möchte, dass Sie die gesamte Summe für mich in Albion Leasing investieren. In Bonds, nicht in Aktien.« Er fügte noch ein paar präzise Instruktionen hinzu. Für Privatinvestoren ist es einfacher, Bonds zu kaufen, als Anleihen. Aber in der Regel steigt der Bondpreis mit dem Anleihenpreis. Der schmierige kleine Mann am anderen Ende der Leitung wiederholte Matthews Instruktion klar und präzise. Matthew kannte niemanden, der ihm mehr zuwider gewesen wäre, aber er musste zugeben, dass Belial einen tadellosen Service bot.

»Ich muss Sie wie immer darauf hinweisen, dass diese Investition, die zu tätigen Sie im Begriff sind, ein extremes Risiko birgt ...«

»Ist mir bekannt. Verfahren Sie einfach wie besprochen. Ich rufe Sie in ein paar Minuten wegen der Bestätigung zurück.«

Matthew schnitt Belial kurzerhand das Wort ab, machte sich auf den Weg, den Kaffee zu besorgen, und erhielt kurz darauf die gewünschte Bestätigung. Switzerland International berechnete schmerzhaft hohe Kommissionsgebühren, doch ihre Händler verstanden sich meisterhaft darauf, jeden gewünschten Handel abzuwickeln, und das stets zu fairen, manchmal sogar sensationell günstigen Preisen. Auch diesmal hatten sie ihre Aufgabe zur Zufriedenheit erfüllt. Matthew bedankte sich knapp bei Belial und eilte zurück in die Bank.

»Haben unsere Mäuse schon angebissen?«, erkundigte er sich beim Betreten des Büros.

»Noch nicht. Vermutlich sind sie gerade beim Lunch«, erwiderte Deane.

Der Nachmittag zog sich dahin. Fiona wiederholte ihre Anrufe. Immer noch keine Antwort. Das war merkwürdig. Verschreckte Bankmäuse pflegen keine ausgedehnten Mittagspausen zu machen. Schon gar nicht in Zeiten von Epidemien.

Endlich, um Viertel vor fünf, erfolgte ein Rückruf. Fiona erklärte, dass Madison bereit sei, ein umfangreiches Paket der Albion-Verschuldung zu fünfunddreißig Pence das Pfund zu übernehmen.

Aufgrund bisheriger Erfahrungen erwartete Fiona, dass sie die Katze bereits im Sack hatten, stattdessen musste sie feststellen, dass die Katze sich in einen Tiger verwandelt hatte.

»Danke für das Angebot«, sagte der Gesprächspartner. »Leider sind Sie zu spät dran. Wenn sie die Nachrichten von heute gehört hätten, wären Sie nicht mehr interessiert. Es hat sich nämlich herausgestellt, dass zu allem anderen vermutlich noch ein handfester Betrug bei Albion im Gange war. Ich kann noch nichts Genaues sagen, aber sollte sich die Geschichte bewahrheiten, ist das Darlehen höchstens noch zehn Pence pro Pfund wert. Wir haben uns soeben entschieden, die Gesamtschuld komplett abzuschreiben.«

»Ein Betrug?«

»Genau. Auf breiter Basis. Hätte längst ans Licht kommen müssen. Ich wünschte wirklich, wir hätten vor ein paar Tagen an euch verkauft.«

»Okay. Danke, dass Sie offen zu uns waren.«

»Keine Ursache. Ihr hättet sowieso davon erfahren, bevor der Deal zum Abschluss gekommen wäre.«

Er hatte Recht. Als Fiona den Hörer auflegte, drängten sich Ed Deane und Matthew bereits um den Reuters-Terminal. Die Schlagzeile sprach Bände: »Banker geben Betrug bei Albion Leasing bekannt.« Im nachfolgenden Artikel wurden die Einzelheiten aufgeführt. Die Kursnotierung der Firmenaktien war ausgesetzt worden. Die Bonds wurden zu fünf bis zehn Pence das Pfund bewertet, aber selbst zu diesem Niedrigstpreis war niemand mehr am Kauf von Albion-Bonds interessiert.

»Verdammt«, schimpfte Deane. »Wir müssen uns eine neue Maus zum Melken suchen.«

»Wir haben noch mal Glück gehabt«, sagte Fiona. »Hätten wir das Angebot ein oder zwei Tage früher gemacht, hätten wir einen mächtigen Batzen Geld verloren.«

Matthew sagte nichts. Den Blick auf den Bildschirm geheftet, malträtierte er eine Taste nach der anderen, um so viele Informationen wie möglich aus dem Monitor herauszuholen, was zum gegenwärtigen Zeitpunkt nicht viel war. Weitere Einzelheiten würden sich erst im Laufe der nächsten Tage ergeben. Aber Informationen würden ihn jetzt ohnehin nicht mehr retten. Matthew hatte ganze zweihundertachtzigtausend Pfund in Bonds investiert, deren Wert soeben kollabiert war. Vorausgesetzt, er konnte überhaupt noch verkaufen, würde er jetzt noch fünf bis zehn Pence für das Pfund bekommen. Nach Abzug von Belials fetter Provision blieben ihm dann vielleicht zwischen fünfunddreißig und siebzigtausend Pfund.

Nur ein paar Stunden zuvor waren die Millionen seines Vaters so nahe gewesen. Jetzt waren sie unerreichbarer als die Sterne. Matthew war soeben zurück auf »Start« geschickt worden.

3.

Der Redakteur begutachtete die Druckfahne. Auf der Titelseite von *Furniture Today* prangte in roten Lettern und 30-Punkt-Schriftgröße: »FAULER ZAUBER! *Unser Exklusivbericht enthüllt die Machenschaften, mit denen Hersteller ihre Kunden neppen.*« Dann, in Kleindruck: *»Bericht S. 14.«*

*Furniture Today* war ein Fachblatt und nicht unbedingt auf Enthüllungsjournalismus spezialisiert. In der Regel drehten sich die Artikel um Themen wie neue Techniken der Kiefernholzbehandlung oder um die Gewinner aktueller Designerpreise. Weder verfügte die Zeitschrift über ein Budget für Rechtsprozesse noch über einen Hang zur Verleumdung.

Am Ende waren dem Herausgeber jedoch die Gründe ausgegangen, mit denen er sich gegen die Veröffentlichung gesträubt hatte. Der vernichtende Artikel über Gissings fiel entsprechend fundiert umfangreich aus. Der Herausgeber hatte sich nicht nur selbst vom Beweismaterial überzeugt, sondern Kopien sämtlicher belastender Berichte in seinem Safe deponiert. Darüber hinaus hatte er mehrere Stunden damit verbracht, einen in Ungnade gefallenen Exmitarbeiter von Gissings vor laufender Videokamera zu interviewen und einen verdeckt arbeitenden Journalisten darauf angesetzt, die Aussagen des Mannes zu überprüfen. Ihr Informant war ein enger Mitarbeiter des Firmenchefs von Gissings gewesen, der auf ungerechte Weise abserviert worden war. Nachdem er eine Zeit lang voller Verbitterung mit seinem Schicksal gehadert hatte, war ihm eine Idee gekommen, und kurz darauf hatte er an der Tür der Aspertons angeklopft.

Aber noch besser war der Brief, den der Herausgeber von Eileen Asperton persönlich erhalten hatte. Darin wurde nämlich der Wahrheitsgehalt sämtlicher Behauptungen des Artikels bestätigt, und außerdem sicherte er das Magazin gegen eventuelle Schadenersatzklagen ab. Sollte gegen das Blatt Verleumdungsklage eingereicht werden, würden die Aspertons die Gerichtskosten übernehmen. Der Herausgeber seufzte. Die mussten Gissings wirklich hassen.

Nachdem der Redakteur sich mit dem Inhaber der Zeitung und dieser sich wiederum mit seinen Anwälten beraten hatte, war der gemeinsame Entschluss gefasst worden, den Artikel zu veröffentlichen.

Der Bericht lautete folgendermaßen:

***Exklusivreportage!***

***Gissings neppt Kunden mit falschen Versprechungen. Untersuchungen ergeben schlampige Verarbeitung und Verwendung minderwertiger Materialien.***

*Haben Sie schon einmal die Erfahrung gemacht, Möbel zu kaufen, die im Ausstellungslager verlockend wirkten, aber nach wenigen Wochen auseinander fielen? Dann waren Sie womöglich nicht nur das Opfer Ihres eigenen sorglosen Einkaufs, sondern Opfer eines vorsätzlichen Betrugs.*

*Dank sorgfältiger Recherchen über die Machenschaften der alteingesessenen Firma Gissings Furniture ist unser Blatt heute in der Lage, Ihnen die Tricks einer gezielten Täuschungskampagne zu enthüllen.*

*Erste Verdachtsmomente ergaben sich, als eine neue Produktreihe von Gissings, die so genannte »Bright and Brillant-Kollektion«, die Aufmerksamkeit der angesehenen Firma Asperton Holdings erregte. »Als die Firma Gissings ihr Produkt herausbrachte,« so Mike Asperton, »arbeiteten wir gerade an einem ähnlichen Projekt. Die angebliche Qualität, die von Gissings für ihr neues Sortiment proklamiert wurde, machte uns auf Anhieb stutzig, denn uns war klar, dass das Unternehmen gar nicht über die nötige Technologie verfügte, solch hochwertige Produkte zu derart günstigen Preisen zu produzieren.«*

*Laut den Gissingschen Verkaufsbroschüren wurden »hochqualitative Farben mit hervorragender Haltbarkeit« verwendet. Eine gemeinsam von Furniture Today und Asperton Holdings durchgeführte Untersuchung brachte jedoch zutage, dass die verwendeten Farben ausschließlich von einem osteuropäischen Lieferanten bezogen wurden, dessen Produkte neben anderen toxischen Stoffen einen gefährlichen Bleianteil enthalten. Brian Cornway, Umwelt- und Gesundheitsbeauftragter des Britischen Verbandes der Möbelhersteller bemerkt hierzu: »Die Verwendung bleihaltiger Farben ist ein eindeutiger Verstoß gegen britische und europäische Sicherheitsstandards und verlangt nach strafrechtlicher Verfolgung. Der unverzeihlichste Aspekt solch einer fahrlässigen Vorgehensweise liegt im Risiko unabsehbarer, gesundheitsschädlicher Folgen, insbesondere bei jungen Menschen.«*

*Eileen Aspertons Kommentar: »Wir waren entsetzt und fühlten uns verpflichtet, die Entwicklung unserer eigenen neuen Produktreihe voranzutreiben, um den Kunden eine akzeptable Alternative präsentieren zu können. Und natürlich haben wir währenddessen alles unternommen, was in unserer Macht steht, diese unerhörten Praktiken so schnell wie möglich ans Licht zu bringen.«*

*Doch die Versuche Gissings, Preise auf Kosten der Kunden zu kappen, gingen noch weiter. In ihren Werbeprospekten wird das verwendete Holz als »hochqualitatives, vollständig behandeltes skandinavisches Kiefernholz« bezeichnet. In Wirklichkeit handelt es sich jedoch um Ausschussware einer schottischen Sägemühle, die zum größten Teil unbehandelt war. Mike Graham aus der Technikabteilung von Asperton Holdings: »Sie be-*

*haupteten, nur das beste Weichholzmaterial zu verwenden, das auf dem Markt ist. In Wirklichkeit war das verarbeitete Material so minderwertig, dass ein Verziehen des Holzes geradezu unvermeidlich war. Ich frage mich, wie lange sie mit dieser Praxis durchgekommen wären.«*

*Weitere Irreführung wurde dadurch betrieben, dass man an den Ausstellungsstücken hochwertiges Zubehör wie Griffe, Knaufe und Scharniere verwendete, die vor dem Versand durch billige Nachbildungen ersetzt wurden. Aber nicht nur die Kunden zahlten bei der Sache drauf. Mehrwertsteuerbelege wurden absichtlich unvollständig an das Finanzamt geschickt, um die Zahlungen so lange wie möglich aufzuschieben.*

*Die Firma Gissings wurde der angesehenen Familie Gissing vor kurzem von George Gradley abgekauft, Sohn des verstorbenen Self-made-Millionärs Bernard Gradley. Entgegen den Äußerungen des jetzigen Besitzers wird vermutet, dass die Firma hoch verschuldet ist. Um es mit Mike Aspertons Worten auszudrücken: »Vielleicht hielt man es für ausreichend, das Unternehmen mit Hilfe zwielichtiger Machenschaften vor dem Bankrott zu bewahren. Aber in diesem Gewerbe rettet man sich nur mit harter und ehrlicher Arbeit. Dem neuen Management von Gissings scheint es bedauerlicherweise an beidem zu mangeln.«*

*Zu einer Stellungnahme auf unseren Bericht befragt, erhielten wir vonseiten Gissings lediglich ein schroffes: »Kein Kommentar.« Die Unterlagen, die von Furniture Today und Asperton Holdings zu diesem Fall zusammengetragen wurden, wurden inzwischen den Behörden übergeben. Die Firma Asperton Holdings hat für die geschädigten Kunden eine gebührenfreie Hotline eingerichtet.*

Die Zeitschrift erschien normalerweise mit einer Auflage von 8000 Exemplaren. Dieses Mal wurden 13 000 Exemplare gedruckt, da die Aspertons 5000 davon für »Promotionzwecke«

geordert hatten. Offenbar hatten sie eine Kundenliste mit 5000 Namen zusammengestellt und beabsichtigten, jedem ein Exemplar der aktuellen Ausgabe zusammen mit einem Begleitschreiben von Mike Asperton zukommen zu lassen. Das Ziel war, dafür zu sorgen, dass niemals wieder jemand ein Produkt der Firma Gissings kaufte.

Wie alle anderen in der Branche hatte natürlich auch Gissings die Zeitschrift abonniert. Und als Val an diesem Freitagmorgen die Post öffnete, sprang ihr die Schlagzeile sofort ins Auge. Unverzüglich schlug sie den dazugehörigen Artikel auf und begann mit wachsendem Entsetzen zu lesen. Val hatte keine Ahnung, was sie davon halten sollte, und nahm an, dass es sich bei den Anschuldigungen um Unsinn handelte, allerdings um verdammt gefährlichen Unsinn. Eine bestimmte Sache machte ihr allerdings zu schaffen. Sie erinnerte sich, dass George während einer ihrer stetig wiederkehrenden Finanzkrisen darauf bestanden hatte, unvollständige Mehrwertsteuerbelege ans Finanzamt zu schicken. Was hatte er sich sonst noch einfallen lassen, wovon sie nichts wusste? In solchen Augenblicken schien er zu allem fähig gewesen zu sein.

Sie ließ die Zeitschrift wortlos auf Georges Schreibtisch fallen, bevor sie aus dem Zimmer ging. George überflog den Artikel und las ihn dann nochmals langsam und sorgfältig. Er fragte sich, was die Aspertons wohl tun würden, um einen größtmöglichen Vorteil aus der Geschichte zu ziehen – aber darauf kam es jetzt ohnehin nicht mehr an. Der Artikel allein reichte aus, Gissings den Todesstoß zu versetzen. George fuhr mit den Fingern durch seine kurzen, lohfarbenen Stoppeln und seufzte.

»Spiel, Satz und Sieg«, murmelte er.

4.

Welcher Zeitpunkt konnte günstiger für eine Hochzeit sein, als dieser erste Hochsommer des Jahrtausends? Welcher Ort war besser geeignet, als das imposante Anwesen von Ovendon House? Und konnte es in ganz England ein großartigeres Paar geben als den brillanten, scharfsinnigen jungen Zack und seine reizende, aufgeschlossene und reiche junge Braut? Es mag Hochzeiten geben, die aus reineren Motiven geschlossen werden, zumindest aufseiten des Ehemannes, aber was man nicht weiß, kann einen nicht verletzen. Und Sarah, die nach der Trauung in einem Meer aus Spitze und elfenbeinfarbener Seide unter strahlend blauem Himmel an der Seite des einzigen Mannes, den sie je geliebt hatte, in einem von weißen Pferden gezogenen Vierspänner Richtung Ovendon House trabte, lebte in gnädiger Unwissenheit.

Die Zeremonie war ein Traum gewesen. Fünfhundert Personen hatten sich in der kleinen Dorfkirche gedrängt, deren Fenster vom Gesang vibrierten. Sarah trug ein traditionelles langes Kleid aus Seidensatin mit antikem Spitzenbesatz. Jeder hatte gesagt, dass sie hinreißend aussehe, und alle meinten es aufrichtig. Lord Hatherleigh hatte sie ihrem zukünftigen Gatten feierlich zugeführt. Anders als andere Brautväter hatte er nicht das Gefühl, eine Tochter zu verlieren, sondern einen Sohn zu gewinnen.

Lady Hatherleigh war liebenswürdig genug, sich neben Helen Gradley zu setzen, die sich an diesem Tag in halbwegs guter Verfassung befand und interessiert und aufmerksam wirkte, obwohl sie mehrmals daran erinnert werden musste, dass es Zacks Hochzeit war und nicht, wie sie annahm, die Trauung von George und Val.

Braut und Bräutigam sprachen ihr Jawort laut und deutlich und blickten einander dabei tief in die Augen. Zack hatte sogar sein widerspenstiges Haar ordentlich gekämmt und es geschafft, nicht schon wenige Augenblicke später wieder mit der Hand hindurchzufahren. Seine dunkle, stattliche Erscheinung bildete ein wunderbares Pendant zu der wunderschönen Braut. Die beiden sprachen ihr Jawort, als glaubten sie tatsächlich, was der Priester ihnen vorsprach, sangen die Hymnen voller Inbrunst mit und knieten nieder, als hätten sie nie etwas anderes getan.

Nach der Trauung strömten alle auf den Kirchplatz, um zu beobachten, wie das glückliche Paar in die wartende Kutsche stieg.

Die Pferde waren bereits früh geweckt, ihr Fell gestriegelt, ihre Mähnen mit Bändern geschmückt, die Schweife geflochten und die Hufe geölt worden, und sie hatten länger in der heißen Sonne ausharren müssen, als ihnen lieb war. Als Zack und Sarah eingestiegen waren und der Kutscher die Zügel in die Hand nahm, trabten sie voller Vorfreude auf frisches Heu und einen müßigen Nachmittag auf saftig grüner Weide drauflos. Sarah, die sich ohnehin schon auf dem Höhepunkt der Glückseligkeit befand, deren Glück aber erst Vollkommenheit erreichte, wenn Pferde mit im Spiel waren, bestand darauf, die lange Route um den See einzuschlagen und die Zügel während des Galopps durch die Wälder selbst in die Hand zu nehmen. Auch Zack war glücklich wie noch nie. Ehevertrag hin oder her – für ihn war dies ein bedeutender Schritt in die richtige Richtung. Und immerhin empfand er aufrichtige Zuneigung für seine junge Frau, wenn auch eine Spur weniger, als sie annahm. Nachdem sie widerstrebend die Zügel wieder dem Kutscher überlassen hatte und mit geröteten Wangen zurück auf ihren Sitz sank, schmiegte das junge Paar sich aneinander und küsste sich lange und ausgiebig, bis die Kutsche mit den inzwischen schwitzenden und ungeduldigen Pferden in die kiesbedeckte Auffahrt einbog.

Zack und Sarah, Lord und Lady Hatherleigh und Josephine und Helen Gradley begrüßten das wartende Defilee der

Hochzeitsgäste, das sich durch den gesamten Rosengarten erstreckte. Josephine hatte sich bange gefragt, wie Helen den Tag durchstehen würde, aber ihre Mutter saß in königlicher Haltung in einem Korblehnstuhl und nahm händeschüttelnd und höfliche Dankesworte murmelnd die dargebotenen Glückwünsche entgegen.

Alle waren da. Helen Gradleys Eltern waren gekommen und Bernard Gradleys Mutter Peggy, die nach eindringlichen Warnungen ihres Arztes inzwischen zur Abstinenzlerin geworden war. Sogar einige Onkel und Tanten Zacks – eine wahllose Auswahl Bernard Gradleys zahlloser Geschwister – standen mit argwöhnischen Gesichtern herum.

Zu Georges Überraschung war auch Kiki unter den Gästen; ihre zierliche Gestalt verschwand beinahe unter dem ausladenden, scharlachroten Hut, den sie trug.

»Natürlisch bin isch auch eingeladen«, erklärte sie ihm. »Meine und Sarahs Familie sind schon seit Generationen befreundet. Und isch glaube, es war meine Ururgroßmutter, die den vierzehnten Viscount ge'eiratet 'at. Jedenfalls waren Sarah und Kate jeden Sommer bei uns in Frankreisch, als wir Kinder waren.«

George war entzückt und verbrachte beinahe den ganzen Tag an Kikis Seite. Als sie sich nach Val erkundigte, zuckte er unglücklich mit den Schultern und erzählte ihr die ganze Geschichte.

»Warte ab, es wird bestimmt alles gut, George. Isch bin sicher, dass sie disch liebt, und wenn das der Fall ist, wird sie nischt für immer böse sein.«

George hätte ihr gern Glauben geschenkt. Aber andererseits war Kiki, die keinen Gedanken länger als ein paar Minuten im Kopf behielt, nicht unbedingt eine Kennerin des Zornpotenzials willensstarker Yorkshire-Frauen. George freute sich über die Gelegenheit, eine Zeit lang mit Kiki zusammen zu sein, doch seine Vernarrtheit war verflogen. Sie war eine großartige

Freundin, die eine grauenhafte Ehefrau geworden wäre. Außerdem hatte Kiki eine Liaison mit einem gut aussehenden Italiener begonnen und vertraute George die Details an. »Du bist meine Freund, George, also kann isch es dir ja sagen. Wenn er es schafft, seinen fürchterlischen alten Palast aufzuräumen, werde isch ihn wohl 'eiraten.«

George freute sich aufrichtig für sie und drückte sie so freundschaftlich an sich, wie ihr Hut es zuließ.

Der Hochzeitsempfang verlief in fröhlicher Stimmung. Der Champagner floss in Strömen, kein Glas blieb lange voll. Das große Festzelt bebte vom Gelächter, und inmitten der aufgekratzten Gesellschaft thronte die vor Freude glühende Sarah. Nur Matthew, Zacks Trauzeuge, war niedergeschlagen. Selbstverständlich war auch Fiona eingeladen worden, hatte aber im letzten Moment aus Furcht, Matthews gesamter Familie als seine Freundin vorgestellt zu werden, einen Rückzieher gemacht. Sie fehlte ihm, und zu allem Überfluss musste er auch noch eine Ansprache halten.

Lord Hatherleigh war der erste Sprecher und hieß alle leutselig und humorvoll willkommen, was ihm anerkennenden Applaus einbrachte. Zack war der nächste; er hakte eine lange Dankesliste ab und händigte die dazugehörigen Geschenke aus. Jede Danksagung und jedes Geschenk kommentierte er mit einem kleinen Scherz, der jedes Mal von heiterem Gelächter begleitet wurde. Matthew erhielt eine Geldklammer aus Sterlingsilber – ein versteckter Hinweis, der besagen sollte: »Habe soeben eine Fünfzig-Millionen-Partie geheiratet. Wie steht's mit *deiner* Million?« Matthew steckte das Geschenk missmutig in seine Jackentasche. Zack beendete die Danksagungen und setzte zu einer spontanen Schilderung über Sarahs Fuhrmannskünste an. Er schilderte, wie sie aufrecht stehend in ihrem Hochzeitskleid die Pferde angespornt hatte, worauf die allgemeine Heiterkeit in schallendes Gelächter ausuferte. Zack schloss seine Rede mit einigen liebevollen

Worten über Sarah und deren Familie, die nochmals anerkennenden Applaus hervorriefen. Nun war Matthew an der Reihe.

Er zog seine Notizen hervor und setzte zum Sprechen an. Seine Rede dauerte sechs Minuten. Er hatte neun Pointen und ein paar kleinere Scherze eingebaut. Zähflüssig hangelte er sich von einer Pointe zur nächsten. Das Publikum klatschte, aber ohne echte Fröhlichkeit. Unter höflichem, aber zurückhaltendem Applaus setzte er sich wieder.

Zack beugte sich zu ihm hinüber und bedankte sich, aber seine Augen waren kalt. Beide Brüder wussten, dass diese Hochzeit nur einen weiteren Schachzug in ihrem dreijährigen Wettbewerb darstellte. Noch ein Jahr lag vor ihnen. Zack hatte eine reiche Partie gemacht. Jetzt brauchte er nur noch dafür zu sorgen, dass der Reichtum in seine Tasche floss. In seinen Augen glitzerte der Sieg, während Matthew ihn mit ungebrochenem Kampfgeist anblitzte. Selbst wenn Zack gewinnen sollte, wollte Matthew beweisen, dass er, und er allein es geschafft hatte, die Million auf die Art und Weise zu machen, wie ihr Vater es verlangt hatte: aus eigener Kraft. Zack wusste, was in Matthews Kopf vorging, und erwiderte dessen Blick unerschrocken und mit kaum verhohlener Feindseligkeit.

Die Hochzeitsgesellschaft verteilte sich in dem weitläufigen Garten, während das Festzelt für den abendlichen Ball vorbereitet wurde. Lord Hatherleighs Helikopter stand auf dem Rasen bereit. Helen Gradley, die keinen Alkohol gewohnt war, schnarchte friedlich in einem Liegestuhl vor sich hin. Josephine ließ sie schlafen und amüsierte sich. Sie mochte Sarah, deren Schwester Kate und Zacks neue Schwiegereltern. Außerdem führte sie ein langes und interessantes Gespräch mit Arabella Queensferry, Zacks langjähriger Freundin, mit der sie Zacks Vergangenheit, seine Zukunftsaussichten und seine Stärken und Schwächen ausgiebig diskutierte.

Wie üblich zu solchen Anlässen, bekamen Braut und Bräutigam einander kaum zu Gesicht. Fünfhundert Gäste waren geladen, und jeder Einzelne wollte Sarah versichern, wie hinreißend sie aussah oder Zack zu seiner reizenden Frau gratulieren. Das glückliche Paar führte fünfhundertmal die gleiche Konversation (zumindest was Sarah betraf) und genoss jede Sekunde. Das Wetter war herrlich, die Stimmung auf dem Höhepunkt, und die Braut strahlte.

Nur Matthew war düsterer Laune. Er hatte soeben zweihundertzehntausend Pfund in den Sand gesetzt, und trotz der kämpferischen Haltung, die er dem Bruder gegenüber soeben noch an den Tag gelegt hatte, waren seine Aussichten auf eine Million in weite Ferne gerückt. Mit finsterer Miene schlenderte er durch die ausgelassene Gesellschaft.

Unter einem Walnussbaum stand ein Grüppchen von Sarahs Kollegen lachend und trinkend auf dem Rasen beisammen. Dem unvermeidlichen Jargon nach zu urteilen, handelte es sich um Broker aus der Finanzierungsabteilung. Matthew zog sein Handy aus der Tasche und hielt es sich ans Ohr.

»Muss das jetzt sein? Ich befinde mich mitten in der Hochzeitsfeier meines Bruders ... oh, okay, verstehe.« Matthew schob sich näher an die Gruppe unter dem Baum. Er konnte die Unterhaltung der Coburg's-Leute laut und deutlich mithören: Büroklatsch und Sauf-Anekdoten. Er hob seine Stimme ein wenig.

»Jemand bietet für Albion? Kann ich kaum glauben ... ah, verstehe. Nun, die können sich das natürlich leisten ... ja, dann verstehe ich ... Haben sie schon Zahlen gehört? Wie viel? Gütiger Himmel, das ist ein Hammer. Und das trotz der Betrugsstory.« Die Unterhaltung der Coburg's-Truppe verlief jetzt gedämpfter. Matthew drehte weiter auf. »Verstehe, ja ... das erklärt natürlich alles. Wer hätte gedacht, dass Albion in dem Stadium noch eine rettende Hand finden würde! Wie lautet unsere Strategie?«

Er stand von der Bank auf, auf der er sich niedergelassen

hatte und entfernte sich von der Gruppe, immer noch telefonierend. Die Coburg's-Leute blickten ihm nach und nahmen ihre Unterhaltung wieder auf. Als er außer Hörweite war, steckte Matthew sein Handy wieder in die Tasche. Es war gar nicht eingeschaltet gewesen.

Auch eine Hochzeitsfeier neigt sich einmal dem Ende zu. Als sich die Dunkelheit über den Garten senkte, die Gäste zu gähnen und an ihre Heimfahrt zu denken begannen, stahlen Sarah und Zack sich davon. Sie würden die Nacht in einem Fünf-Sterne-Hotel in Buckinghamshire verbringen und am nächsten Morgen zu einer vierzehntägigen Hochzeitsreise in die Toskana aufbrechen. Und natürlich – Zack hatte es extra überprüft – gab es in der Nähe ihres Feriendomizils auch Reitmöglichkeiten.

Sie bahnten sich ihren Weg zu dem wartenden Helikopter. Er war mit Bändern geschmückt; im Fenster klebte ein Schild mit der Aufschrift »Frisch verheiratet«. Sie kletterten an Bord und zogen die Tür zu.

Zack gab dem Piloten ein Zeichen, und dieser bedeutete der Menge, zurückzuweichen. Lord und Lady Hatherleigh standen Arm in Arm an der Seite von Josephine und Helen, George und Matthew und den anderen Verwandten und Freunden in der Dunkelheit und warteten. Als die schweren Rotorblätter sich langsam, dann immer schneller in Gang setzten, begann die Menge fröhlich zu winken. Sarah pustete einen Kuss aus dem Fenster, und Zacks dunkles Gesicht erschien noch einmal hinter der Scheibe. Dann erhob sich der Hubschrauber in die Luft und flog in die Nacht davon. Die Zurückgebliebenen blickten ihm winkend nach, bis die Positionslichter des Helikopters von der Dunkelheit verschluckt wurden.

## 5.

Matthew erschien am Montagmorgen früher als gewöhnlich im Büro, konnte sich aber nicht auf die Arbeit konzentrieren. Fiona und Ed zogen ihn mit seiner Geistesabwesenheit auf. Er gab ihnen zwar Kontra, doch seine Gedanken weilten woanders. Kaum hatte der Bondmarkt eröffnet, huschten seine Finger über die Tastatur. Es war keine Notierung für Albion-Bonds erfolgt. Zeit für einen Kaffee.

Aus dem verlassenen Garten des Pubs rief Matthew Belial an.

»Ich brauche einen Preis für meine Albion-Leasing-Bonds. Ich bleibe dran, während Sie die Information einholen.« Matthew wartete. Belial schien endlos lange zu brauchen. Endlich ertönte die vertraute Stimme wieder.

»Interessante Neuigkeiten, mein Freund. Der Preis ist auf dreißig Pence das Pfund gestiegen. Anscheinend kursiert das Gerücht auf dem Markt, dass irgendein Narr ein Angebot gemacht hat. Scheinbar steckt die Aktienabteilung von Coburg's dahinter, und alle haben ihre Preise entsprechend hochgeschraubt. Alle anderen ziehen nach, weil sie davon ausgehen, dass Coburg's über Informationen verfügt, die sie nicht haben.«

»Ich will alles verkaufen.«

»Sie wollen alles für dreißig Pence das Pfund verkaufen? Darf ich Sie daran erinnern, dass Sie das Paket gerade erst für vierzig Pence gekauft haben?«

»Verkaufen Sie.«

»Wie Sie meinen, mein verehrter Freund. Eigenartig, dass Ihre sonst so treffsichere Spürnase Sie diesmal im Stich gelassen hat. Oder sollte ich Ihnen lieber gratulieren, dass ein Gerücht Sie vor Schlimmerem bewahrt?«

»Verkaufen Sie.«

»Betrachten Sie es als erledigt.«

Mit dem Verkauf der Bonds hatte Matthew innerhalb weniger Tage fünfundzwanzig Prozent seiner Investition verloren. Er war von zweihundertachtzigtausend Pfund auf zweihundertzehntausend zurückgefallen. Dennoch war er keineswegs unglücklich, sondern im Gegenteil enthusiastisch.

Er spielte ein riskantes Spiel. Aber immerhin war es ihm gelungen, einen Teil zu retten. Ein Grund, stolz auf sich zu sein, ein Grund zu feiern. Jeder Narr kann in guten Zeiten Kohle machen. Aber nur wer in einem Hurrikan nicht die Nerven verliert, verfügt über wahre Fähigkeiten.

Das Gerücht, das an diesem Tag an der Börse kursierte, drang auch zu Albion Leasing durch. Am darauf folgenden Morgen gab das Unternehmen ein kurzes Statement heraus, in dem es mitteilte, dass man weder in Verhandlungen mit potenziellen Käufern stehe, noch damit rechne, dass dies in absehbarer Zeit der Fall sein würde. Die Pressenotiz brachte sämtliche Gerüchte zum Schweigen, und der Bondpreis sackte zurück auf sieben Pence das Pfund. In dieser Woche kreisten sämtliche Gespräche in den Bars des Bankviertels darum, dass Coburg's – dadurch, dass es das Gerücht mit eigenen Mitteln unterstützte – eine Million Pfund verloren habe.

## 6.

Ein braun gebrannter Zack stand nach den Flitterwochen an seinem Schreibtisch aus Walnussholz und blickte auf sein Publikum. Die stets elegante Erscheinung von Dixon Banderman eingeschlossen, waren nur zwölf Person anwesend, doch mit Hilfe von Kameras und Mikrofonen wurde Zacks Präsentation seinem wahren Publikum in Hongkong, Singapur, Tokio, Sydney, Seoul, Taipeh und Manila übertragen. ROSES war ein außergewöhnlich raffiniertes Steuerkonzept, das die ausgeklügelten Steuerbestimmungen in Europa oder den USA jedoch nicht lange überlebt hätte. ROSES war ausschließlich für den Fernen Osten konzipiert, wo Zacks Art der Steuerverkürzung so gut wie unbekannt war. Ein paar asiatische Finanzministerien durften sich auf eine Überraschung gefasst machen.

»Willkommen allerseits. Ich möchte Ihnen heute ein neues Produkt namens ROSES vorstellen, das wir in der kommenden Woche auf den Markt bringen werden ...«, begann Zack seine Ausführungen. Ein Diaprojektor projizierte hinter ihm entsprechende Schautafeln an die Wand. Das erste Dia trug den Titel: »ROSES – mehrt Ihren Gewinn, reduziert Ihre Steuern.« Der Slogan prangte über dem Hintergrundbild eines Rosenstrauchs mit blassrosa Blüten, der sich um einen malerischen steinernen Torbogen wand: Sarah Havercombe am Eingang des Rosengartens von Ovendon House. Zack fand das Logo äußerst gelungen, vereinte es doch seine beiden bevorzugten Mittel der Geldbeschaffung: ROSES und Sarah Havercombe. Jetzt fehlte nur noch ein Bezug auf Hatherleigh Pacific, und das Dreigestirn wäre perfekt.

»ROSES ist ein zugegebenermaßen kompliziertes Konzept, und ich möchte Ihnen nahe legen, Ihre Kunden auf seinen Kernpunkt aufmerksam zu machen, der darin liegt, dass das Produkt praktisch auf jedem Markt des Fernen Ostens anwendbar ist. Die Finanzbehörden können keinerlei Anspruch auf Versteuerung Ihrer Gewinne geltend machen, und sollte es Verluste geben, handelt es sich in Wirklichkeit nicht um echte Verluste. Denn das Finanzamt wird Ihre Defizite ausgleichen. Natürlich nicht den gesamten Betrag, aber durch ROSES verschiebt sich der Vorteil eindeutig auf Ihre Seite. Es ist, als würde die Bank den Spieler beim Roulette subventionieren. Je höher Sie spielen, desto mehr nehmen Sie mit nach Hause.

Wir haben versucht, ein kompliziertes Konzept so einfach wie möglich zu gestalten und einen vollkommen einheitlichen Formularsatz entworfen, damit jeder Abschluss, den Sie mit

Ihren Kunden tätigen, standardisiert ist. Sollte ein Kunde spezielle, auf seinen Bedarf zugeschnittene Klauseln verlangen, lautet die Antwort Nein. Was wir anstreben, ist der Verkauf eines Massenprodukts, keine Maßanfertigung. Wir haben bereits umfangreiches Marketingmaterial in Büros des Fernen Ostens versandt und möchten Sie bitten, davon Gebrauch zu machen. Wir haben hart daran gearbeitet, das Konzept übersichtlich zu gestalten.«

Im weiteren Verlauf seiner Rede erklärte Zack seinem Publikum in kurzen Zügen die Idee, die hinter dem Steuerkonzept stand, ohne dabei zu sehr ins Detail zu gehen. Nach zwanzig Minuten kam er zum Ende und schaltete per Fernbedienung das letzte Dia ein. Wieder leuchtete das Bild der blassrosa Rosenranke zusammen mit dem Slogan »ROSES – mehrt Ihren Gewinn, reduziert Ihre Steuern«. Man konnte die Schlüsselnachricht nicht oft genug wiederholen, eine goldene Regel der Marketingstrategen.

»Irgendwelche Fragen?«

Das anwesende Publikum schüttelte die Köpfe. Die Mitarbeiter des Londoner Büros waren an dem Prozess, ROSES in ein verkaufsfähiges Produkt zu verwandeln, weitgehend beteiligt gewesen und kannten das Projekt zur Genüge. Lediglich aus Korea, wo ein defekter Videorecorder die Präsentation in einen Bildersalat verwandelt hatte, erfolgten ein paar Fragen. Abgesehen davon schien der Vortrag gut angekommen zu sein. Erst als Zack bereits einpacken wollte, meldete sich ein amerikanischer Verkäufer mit Operationsbasis in Manila zu Wort.

»Ich würde gern noch eins klarstellen, Zack. ROSES ist eine sehr attraktive Möglichkeit, den Finanzämtern Geld aus der Tasche zu ziehen, aber man kann trotzdem Kopf und Kragen dabei verlieren, stimmt's? Ich meine, wenn man hoch pokert, und der Einsatz geht flöten, verliert man doch immer noch, oder? Ich verstehe, dass das Finanzamt durch ROSES einen

Teil des Verlusts auffängt, aber den Großteil zahlt man noch immer selbst, nicht wahr? Es handelt sich nicht um einen Freibrief, Kopf und Kragen zu verwetten, nur um der Sache selbst wegen.«

»Absolut richtig«, erwiderte Zack. »Wer auf das falsche Pferd setzt, macht nach wie vor Verluste, nur dass sie weniger hoch ausfallen.«

Dixon Banderman erhob sich und ging nach vorn. Nachdem er sich vergewissert hatte, dass die Videokameras und Mikrofone richtig eingestellt waren, wandte er sich an sein unsichtbares Publikum.

»Sie haben einen sehr wichtigen Punkt angesprochen. Wir alle sind begeistert von ROSES und möchten dafür sorgen, dass ihr euch für den Verkauf des Produktes ins Zeug legt. Aber ihr solltet dabei niemals vergessen, dass diese Firma seit über hundert Jahren Bestand hat und einige unserer Kunden auch bereits die Hundert erreicht haben. Wir wollen unseren Kunden keinesfalls etwas verkaufen, das ihnen schaden könnte, ganz gleich, welche Summen wir kurzfristig damit verdienen könnten. Wenn Sie den Eindruck haben, dass einer unserer Kunden dazu neigt, dieses Projekt zu missbrauchen, raten Sie ihm vom Kauf ab. Man kann verantwortungsbewusst oder leichtfertig mit solchen Finanzinstrumenten umgehen. Wir wollen uns auf die erste Möglichkeit beschränken, ganz gleich, wie gierig der Kunde sich aufführt. Ich hoffe, ich habe mich klar ausgedrückt.«

Dixon Banderman blickte ernst in die Kamera. Mit dem durchdringenden Blick seiner blauen Augen und dem silbergrauen Haar verkörperte er den Prototyp des verantwortungsbewussten Bankers. Das Publikum zeigte keinerlei Reaktion. Gerüchten zufolge würde Banderman der zukünftige Seniorpartner der Firma auf dem weltweiten Sektor werden. Und wer es in diesem Unternehmen zu etwas bringen wollte, hielt sich besser an seine Weisungen.

Zack pflichtete ihm mit einem Nicken bei. In Wirklichkeit scherte es ihn einen Dreck, ob Kunden sich durch ROSES selbst ruinierten. Je mehr dieses Produkt kauften, umso größer waren seine Chancen, es zum Partner zu bringen. Die Marketingunterlagen waren voller Diagramme, Tabellen, Grafiken und Anweisungen, wie man das Projekt am besten verkaufte. Auf jedem Deckblatt sprang einem der Slogan des Projekts über der Technicoloraufnahme der blassrosa Rosenranke am steinernen Torbogen zum Eingang des Hatherleighschen Rosengartens ins Auge. Die Broschüren waren in sämtliche erdenklichen Sprachen übersetzt worden, die ganze Aufmachung ein Meisterwerk grafischer Designerkunst. Doch in keiner Zeile der umfangreichen Marketingbroschüre wurde ein verantwortungsbewusster Umgang mit diesem Konzept angemahnt.

## 7.

Die Aspertons vollendeten, was sie für ihre heilige Pflicht hielten: sie steckten 5000 Exemplare von *Furniture Today* in 5000 Umschläge und fügten einen Brief hinzu, in dem sie sich für »die schädigenden Machenschaften gewisser Unternehmer ihrer Branche« entschuldigten. Außerdem ließen sie es sich nicht nehmen, die unheilvollen Praktiken der Firma Gissings nochmals aufzuzählen und auf die von ihnen errichtete Hotline hinzuweisen. Desgleichen vergaßen sie nicht zu erwähnen, dass die supergünstigen Preise der »Asperton-Brillanz-Kollektion« sowie einiger anderer Produkte ihres Hauses noch ein paar Monate beibehalten würden; eine Reaktion auf die außergewöhnliche Resonanz der Produkte bei den Asperton-Kunden. Das Schreiben samt beigefügter Ausgabe von *Furniture Today* wurde an jede Anschrift der weltweiten Asperton-Kundendatei versandt.

Bei Gissings bekam man den K.o.-Schlag unmittelbar zu spüren. In der Bestellabteilung gingen keine Anrufe mehr ein. Telefonische Anfragen an Kunden wurden nicht erwidert, die Bitte um Rückruf ignoriert. Die Maschinen kamen nach und nach zum Stillstand, und ungewohnte Stille machte sich in der Produktionsabteilung breit, während die Belegschaft über kopierten Seiten der unheilvollen Ausgabe von *Furniture Today* die Köpfe zusammensteckte. So etwas wäre zu Zeiten des alten Tom Gissing nicht passiert.

## 8.

Der Repräsentant von Weinstein Lukes trat nervös von einem Fuß auf den anderen. Er befand sich im Hause eines multinationalen Singapur-Konzerns, der zu den besten Kunden von Weinstein Lukes gehörte, und wartete auf den Finanzleiter des Unternehmens, mit dem er für diesen Tag einen Termin vereinbart hatte. Unruhig blickte er auf die unzähligen Schiffe und die Berge von Containern, die darauf warteten, verladen und in östlicher oder westlicher Richtung des Globus verschifft zu werden. Die Menge der Schiffe erinnerte ihn an Hongkong, nicht aber der Hafen oder die Stadt, die ihn umschloss. Hongkong ist lebhaft, schmutzig, laut, heruntergekommen; ein asiatisches New York. Singapur dagegen ist ruhig, sauber, effizient, autoritär; ein asiatisches Frankfurt. Was der Verkäufer seinem Kunden heute anzubieten hatte, war nicht sehr charakteristisch für Singapur, und er fühlte sich entsprechend unbehaglich.

Den Deal, den er heute an den Mann bringen sollte, hatten sich ein paar Senkrechtstarter der Londoner Steuerabteilung ausgedacht. ROSES hatten sie das Baby genannt, kein sehr gängiger Name für asiatische Zungen. ROSES wirkte auf den ersten Blick wie eine todsichere Möglichkeit, dem Finanzamt

Geld aus der Tasche zu ziehen, aber er zweifelte stark daran, dass dieses Projekt sich auf dem Markt von Singapur bewähren würde. Hier arbeiteten Unternehmen und Regierungen Hand in Hand. Diese Art von Trickserei war vielleicht für westliche Länder wie England oder die USA geeignet, würde aber in dem Inselstaat kaum akzeptiert werden. Trotzdem trieben die großen Bosse in England ihr glorreiches ROSES mit allen Mitteln voran, und jeder Verkäufer in Asien musste sich dafür ins Zeug legen. Er hoffte, dass dieses Meeting kurz und schmerzlos verlaufen würde, sodass er so schnell wie möglich zu seiner alltäglichen Routine zurückkehren konnte.

Sein Gesprächspartner trat ein, und mit ihm erschienen drei weitere Gentlemen: der Finanzdirektor, der Leiter der Rechtsabteilung – gleichzeitig Topanwalt der Firma – und der Firmenpräsident persönlich. Der Verkäufer verbeugte sich und nickte überschwänglich. Der Aufmarsch verhieß nichts Gutes. Wenn sie so schweres Geschütz auffuhren, konnte das nur bedeuten, dass sie beabsichtigten, ihn gehörig auflaufen zu lassen. Er würde alles auf das Londoner Büro schieben und versuchen zu retten, was zu retten war.

Dass weder Tee noch Kaffee angeboten wurde, war ebenfalls kein gutes Zeichen. Immerhin befand man sich in Asien, wo Höflichkeit, selbst gegenüber Feinden, höchste Priorität eingeräumt wurde. Der Präsident der Firma nahm seinen Platz ein und gab den Übrigen mit einer brüsken Geste zu verstehen, sich ebenfalls zu setzen. Es wurde keine Zeit mit den üblichen Begrüßungsfloskeln verschwendet. Dies wäre das letzte Mal, dass der Verkäufer ROSES jemals wieder einem seiner Kunden schmackhaft zu machen versuchte, das schwor er sich. Nie wieder.

Der Präsident ergriff das Wort.

»Ihre Bank möchte uns also das ROSES-Projekt verkaufen?«

Der Verkäufer neigte das Haupt, eine zustimmende und gleichzeitig unterwürfige Geste.

»Wir lieben ROSES. Wir wollen einen ganzen Garten davon.«

Der Unterkiefer des Verkäufers klappte herunter. Der Präsident lachte über sein eigenes Wortspiel und wiederholte es. »Ja, wir möchten einen ganzen Rosengarten anlegen.«

Jetzt lachte auch der Verkäufer befreit auf. Doch der Präsident übertönte ihn noch mit seinem Gelächter, in das nun auch die anderen Anwesenden einfielen.

# HERBST 2000

Die Verkünder der Apokalypse haben sich geirrt. Acht Monate des neuen Milleniums sind ohne Zwischenfall verstrichen. Weder ist die Welt untergegangen, noch ist die prophezeite Apokalypse eingetreten. Das Armageddon ist ausgeblieben.

Es ist der 4. September 2000, ein warmer Spätsommertag. Die Menschen schlendern in luftiger Kleidung und Eis essend durch die Straßen. Aber die kühlen Herbsttage werden nicht mehr lange auf sich warten lassen. Matthew ist voller Zuversicht, Zack erwartungsvoll und George ohne Hoffnung. Noch 317 Tage.

## 1.

Der bekannte Anwalt nahm Platz und schob die Ärmel seines Jacketts gerade weit genug zurück, um ein Stück der blütenweißen Manschetten seines Hemdes und das Funkeln der silbernen Manschettenknöpfe sehen zu lassen; dann brachte er die übrigen Anwesenden mit einem aufgesetzten, deutlich vernehmbaren Räuspern zum Schweigen.

Harry Cunningham, Londons renommiertester Anwalt für Verleumdungsfälle, war ein großer, stattlicher Mann, mit seinen fünfzig Jahren bereits vollständig ergraut und daran gewöhnt, in fast jeder Situation Oberwasser zu haben. In der augenblicklichen Lage schien ohnehin keine ernst zu nehmende Konkurrenz zu bestehen. Er nahm die Geschäftskarte entgegen, die ihm von seinem Gegenüber gereicht wurde, ohne seinerseits eine Karte hervorzuholen, und studierte sie stirnrunzelnd.

»Adison, Steele, de Coverley«, las er laut. »Ich erinnere mich nicht, schon einmal von Ihnen gehört zu haben. Sie sind noch nicht lange im Geschäft?«

»Ungefähr fünfunddreißig Jahre«, erwiderte Dick Steele, ein sympathischer, in Yorkshire ansässiger Anwalt, der seit fünfzehn Jahren die Belange der Aspertons vertrat.

»Oh, ich verstehe«, erwiderte Cunningham. »Vertreten Sie viele Verleumdungsfälle?«

Steele fühlte sich ein wenig unbehaglich. Adison, Steele, de Coverley war eine seriöse Kanzlei, die in der Grafschaft über einen ausgezeichneten Ruf verfügte. Aber die Fälle, die sie in der Regel vertraten, waren eher zivile Angelegenheiten. Der letzte Fall, der etwas mit Verleumdung zu tun gehabt hatte, lag über acht Jahre zurück, und das Verfahren war eingestellt worden, bevor es zur Verhandlung gekommen war.

»Hin und wieder«, erwiderte Steele vage. »Vermutlich nicht so viele wie Sie.«

Cunningham ignorierte den letzten Satz. »Hin und wieder?«, wiederholte er. »Ich entsinne mich nicht, schon einmal etwas über einen Ihrer Fälle gelesen zu haben. Sonderbar. Gewöhnlich habe ich ein ausgezeichnetes Gedächtnis, was diese Dinge angeht.«

»Keiner unserer Fälle ist je vor Gericht gegangen«, räumte Steele ein.

»Ah!«, rief Cunningham. »Sie regeln Ihre Fälle außergerichtlich. Sehr vernünftig. Der beste Anwalt für Verleumdungsfälle ist der, der seinen Kunden eine Verhandlung erspart. Da haben Sie ja einen hervorragenden Anwalt an Ihrer Seite, Mr. Asperton, Mrs. Asperton.« Er nickte den beiden bewundernd zu und brach in sein berüchtigtes, dröhnendes Gelächter aus. »Ich fürchte, mein eigener Ruf ist weniger vorteilhaft. In der Tat finden meine Mandanten sich nur zu häufig vor Gericht wieder. Haha!«

Cunninghams Name war im vergangenen Jahr mehrfach in der Presse erwähnt worden. Er hatte einen Popstar, einen Ölmagnaten und eine Schauspielerin vertreten und alle drei Fälle gewonnen. Er genoss höchste Anerkennung, war teuer und sein Honorar in jeder Hinsicht wert.

»Nun, wenn es Ihnen recht ist, gehen wir jetzt zum Geschäftlichen über, ja?«, sagte Cunningham. Er und George saßen Mike und Eileen Asperton und deren Anwalt Dick Steele im Vorstandszimmer des Asperton-Unternehmens gegenüber. Die Fairness hätte es eigentlich verlangt, dass nur einer der Aspertons bei diesem Treffen anwesend war, doch Cunningham scherte sich wenig um Fairness oder Etikette. Zuerst forderte er Eileen Asperton auf, ihm Kaffee einzuschenken, kurz darauf legte er Mike Asperton nahe, seine Zigarre auszumachen oder sich zum Rauchen vor die Tür zu begeben. Dessen stotternden Protest und die unterdrückte Wut Eileens ignorierend, fuhr er fort.

»Wie Sie alle wissen, geht es um einen Artikel, der in *Furniture Today* veröffentlicht wurde.« Cunningham zog eine Brille hervor und platzierte sie umständlich auf seiner Nasenspitze. Dann nahm er Georges Exemplar der Zeitschrift zur Hand und studierte es, als würde er es soeben zum ersten Mal lesen. »Hmmm. ›Fauler Zauber‹, heißt es hier auf der Titelseite. Aha, Bericht auf Seite vierzehn.« Er blätterte weiter. »Hier haben wir es. ›Gissings neppt Kunden ... Vorsätzlicher Betrug ... Täuschungskampagne ...‹ Ganz schön schwere Geschütze, was? In dem Magazin heißt es, dass Sie diesen Artikel unterstützen. Sie müssen sich Ihrer Sache sehr sicher sein.«

»Und ob wir uns sicher sind«, bestätigte Mike Asperton und klopfte auf einen Stapel Unterlagen vor sich auf dem Tisch. »Wir sind im Besitz von Briefen, Verträgen und Rechnungen. Wir verfügen über eidesstattliche Erklärungen. Was immer Sie an Beweisen wünschen, wir haben sie. Die Geschichte ist hieb- und stichfest, und ich bin stolz darauf, dass wir sie ans Licht gebracht haben.«

Dick Steele und Eileen Asperton starrten ihn an. Die oberste Regel im Umgang mit Anwälten lautet, den Mund zu halten, es sei denn, es handelt sich um den eigenen Anwalt. Eine äußerst kostspielige Form der Kommunikation. Eine Plauderei mit einer Freundin in Australien kommt wesentlich preiswerter. Selbst mit Freunden auf dem Mars kann man vermutlich billiger kommunizieren, ohne sich dabei um Kopf und Kragen zu reden.

»Gut«, erwiderte Cunningham. »Exzellent. Das höre ich gern. Haha! Vorausgesetzt natürlich, ich vertrete die Seite des Klägers. Nun, ich gehe sicher recht in der Annahme, dass Sie Beweise für eine Verbindung der Firma Gissings zu dem Lieferer bleihaltiger Farben vorlegen können? Hm? Das wäre ein guter Start in Ihrer Beweisführung.«

Bevor Dick Steele eingreifen konnte, landete ein gelber Rechnungszettel auf dem Schreibtisch. Mike Asperton, der ihn aus seinem Unterlagenstapel zutage gefördert hatte, schleuderte ihn Cunningham mit triumphierender Miene über den Tisch hinweg zu. Cunningham nahm den Beleg in die Hand und betrachtete ihn eingehend.

»Unglaublich. Vielen Dank.« Er blickte Mike Asperton strahlend an. Dieser strahlte zurück. »Da haben wir es. Eine Rechnung über soundsoviel Liter Farbe, in soundsovielen Tönen. Genauere Inhaltsstoffe sind beigefügt. Dabei handelt es sich vermutlich um all das Gift, das beigemischt wurde. Haaa! Also, mir haben bleihaltige Farben noch keinen Schaden zugefügt. So schlimm kann das Zeug doch gar nicht sein, was? Hähähä! Zu schuldender Betrag ... Zahlungsdetails ... und so weiter und so fort.« Während er sprach, fuhr er mit dem Zeigefinger über das Blatt, bis er zum letzten Abschnitt in der äußersten linken Ecke kam. Er tippte zweimal auf die Stelle. »Hier haben wir es ja. Die Telefonnummer des tschechischen Herstellers, Praha Fabriky Zdenikova. Ganz schöner Brocken. Der Name meine ich, nicht die Farbe. Na, dann rufen wir doch mal an.«

Er griff nach dem Telefonapparat, der auf dem Tisch stand. Da das Gerät über eine Freisprechanlage verfügte, konnten alle Anwesenden mithören. Am anderen Ende ertönte ein paar Mal das Rufzeichen, bis eine Frauenstimme sich in tschechischer Sprache meldete.

»Guten Morgen«, brüllte Cunningham. »Mein Name ist Harry Cunningham, und ich würde gern einen Posten Farbe kaufen.« In leiserem Tonfall fügte er zum Amüsement seiner Zuhörer hinzu: »Mit viel Blei drin, bitte. Gut, was? Hihihi!«

Die Frau am anderen Ende erwiderte etwas auf Tschechisch. Nachdem sie es vergeblich wiederholt hatte, gab sie auf und sagte auf Deutsch: »Warten bitte.«

Cunningham hob fragend die Augenbrauen und tat wie geheißen. Schließlich übernahm ein junger Mann den Apparat, der halbwegs vernünftig Englisch sprach.

»Guten Morgen. Kann ich Ihnen weiterhelfen?«

»Aber natürlich! Mein Name ist Harry Cunningham, von Cunningham Furniture, dem bekannten englischen Möbelfabrikanten.« Er zwinkerte seinen Zuhörern zu. »Ich würde gern Farbe kaufen.«

»Unglücklicherweise besteht derzeit kein Exportabkommen mit England. Lediglich mit Deutschland und Österreich. Vielleicht im nächsten Jahr.« Die Stimme am anderen Ende der Leitung klang bestimmt.

»Vielleicht könnten wir eine Sondervereinbarung treffen.« Cunningham ließ nicht locker. »Ich habe einen besonderen Bedarf an einer Lieferung bleihaltiger Farben und wäre an einem umfangreichen Auftrag interessiert. Selbstverständlich würde ich mich die Lieferung auch etwas kosten lassen.«

Die Antwort erfolgte deutlich und nachdrücklich.

»Es müsste Ihnen doch bekannt sein, dass die Verwendung bleihaltiger Farben gegen europäisches Recht verstößt. Wir in Tschechien kommen diesen Auflagen bereits seit Jahren nach. Es ist uns daher nicht möglich, Ihren Bedarf zu decken. Sollten Sie Verwendung für andere, zugelassene Farben haben, könnten wir bei einem entsprechenden Auftragsvolumen vielleicht zu einer Sonderregelung kommen.«

»Nein, ich bin nur an bleihaltigen Farben interessiert«, beharrte Cunningham. »Ich weiß, dass Sie entsprechendes Material produzieren, da einer meiner Geschäftspartner einen umfangreichen Posten von Ihnen bezogen hat. Gissings Furniture. Ich habe hier eine Rechnung vom November 1999 vorliegen.«

»Das ist völlig unmöglich. Wir haben kein Exportabkommen mit England und noch nie etwas von Gissings Furniture gehört. Weder produzieren noch liefern wir bleihaltige Farben.«

»Mit wem spreche ich bitte?«

»Mein Name ist Jaroslav Sveijk. Ich bin Exportdirektor dieser Firma.«

Cunningham dankte ihm und legte auf. Mit dem Ausdruck kindlicher Verwunderung blickte er Mike Asperton an. »Das ist ein Ding, was? Vermutlich hatten Sie einen anderen Gesprächspartner, als Sie sich von der Richtigkeit Ihrer Anschuldigungen überzeugt haben? Vielleicht war es der Geschäftsführer? Bei diesen Ostblockfirmen weiß man ja nie genau, wer für was zuständig ist.«

Asperton war aschfahl im Gesicht und zog eine neue Zigarre aus seiner Jackentasche. Mit hochgezogenen Augenbrauen verfolgte Cunningham seine Bewegungen. Verdrossen steckte Asperton die Zigarre wieder ein. Selbst Eileen Asperton, die ihre Gefühle in der Regel mehr unter Kontrolle hatte, wirkte sichtlich verstört. Dick Steele musste mit ansehen, wie ihm die

Felle davonschwammen. Jetzt hieß es nur noch, den Schaden so gering wie möglich zu halten.

Cunningham schien in den Gesichtern der Gegenübersitzenden zu lesen.

»Was? Sie haben mit niemandem gesprochen? Aber wie konnte der arme alte George hier«, er schlug George mitfühlend auf den Rücken, »seine Möbel mit dieser unheilvollen Farbe anpinseln, wenn die guten Tschechen ihm gar keine solche Farbe geliefert haben? Nun? Sie können doch nicht herumlaufen und solche Sachen erzählen, wenn sie nicht wahr sind!«

»Wir haben eine sorgfältige Analyse seiner Möbel durchgeführt. Es wurde definitiv ein Bleigehalt festgestellt.« Mike Asperton war tödlich beleidigt.

»Ach! Nun, das klingt schon besser. Auf die gute alte Chemie ist doch immer Verlass, was? Obwohl ich mit meinem Chemiebaukasten als kleiner Knirps nie weit gekommen bin. Wenn man von ein paar kleinen Explosionen und jämmerlichem Gestank einmal absieht. Hahaha! So, woher stammte das tödlich verseuchte Möbelstück denn nun? Können Sie beweisen, dass es aus der Gissings-Kollektion kam?«

Keine Antwort. Darren hatte einen Satz Möbel produziert, der völlig identisch mit den Gissings-Stücken war. Die Farbanalyse war eindeutig ausgefallen. Nur konnte niemand mit Bestimmtheit sagen, wo er die Analyse eigentlich hatte vornehmen lassen. Aber das war noch nicht das Schlimmste.

Das Schlimmste war, dass Darren an diesem Vormittag verschwunden war. Er war nicht wie üblich zur Arbeit erschienen, sondern hatte sich nach dem Aufstehen sofort auf den Weg in die Stadt gemacht. Weder hatte er eine Nachricht noch eine Kontaktadresse hinterlassen. Die wichtigste Stütze zur Untermauerung der Aspertonschen Anschuldigungen war so plötzlich verschwunden, wie sie aufgetaucht war. Cunningham blickte in die Gesichter seiner Gegenüber. Er brauchte seinen Standpunkt nicht weiter auszuführen.

»Vergessen wir die Farben und wenden uns dem Holz zu.« Cunningham platzierte erneut die Brille auf seiner Nase und blickte auf den Artikel. »›In Wirklichkeit verwendete man Ausschussmaterial einer schottischen Sägemühle‹«, las er, »›sodass ein Verziehen des Holzes geradezu unvermeidlich war.‹ Was sagen Sie denn dazu, George? Hatten Sie viele Reklamationen?«

»Nein«, antwortete George, der zum ersten Mal seit Betreten des Raumes den Mund aufmachte. »Keine einzige.«

»Wissen Sie von Reklamationen?«, fragte Cunningham die Aspertons.

Deren leere Gesichter waren Antwort genug. Dick Steele wollte einen Einwand vorbringen, doch Cunningham schnitt ihm mit seinem dröhnenden Gelächter das Wort ab.

»Hahaha! Verstehe schon, worauf Sie hinauswollen. Keine Reklamationen heißt noch gar nichts. Vielleicht stehen sie ja noch bevor. Oder die Leute machen sich nicht die Mühe, das Auseinanderfallen ihrer Möbel zu reklamieren. Kann schon sein. Kann schon sein. Okay, vielleicht sollten wir einen Blick in Ihre Beweisdokumente werfen. Wie ich sehe, haben Sie einen ganzen Stapel davon.«

Cunningham wies mit dem Kinn auf den dicken Aktenordner, den Mike Asperton vor sich liegen hatte, aber diesmal konnte Steele seinen Mandanten gerade noch bremsen.

»Ich bin der Meinung, wir sollten unsere Beweismittel für den Augenblick noch zurückhalten«, meldete er sich zu Wort.

»Vollkommen vernünftig«, bemerkte Cunningham. »Aber vielleicht schließen Ihre Beweismittel ein solches Dokument mit ein?« Er beförderte ein Blatt Papier zutage und schob es den Aspertons über den Tisch hinweg zu.

Asperton blickte auf das Blatt. Er sagte kein Wort, aber sein Blick sprach Bände. Er besagte nämlich, dass dieses Dokument in der Tat zu den Hauptbelastungsunterlagen zählte und er nun damit rechnete, dass Cunningham den Wert dieses Beweismittels jeden Moment zunichte machen würde. Cunningham lächelte. Er genoss diese Situation, die eine angenehme Abwechslung gegenüber seinen üblichen, mühseligen Fällen bot, aber ebenso gut bezahlt wurde. Er ließ sich Zeit.

»Was ich Ihnen gerade vorgelegt habe, ist eine Rechnung der Firma Strathclyde Sawmill und beinhaltet Details einer Lieferung, die als unbehandeltes Kiefernholz minderwertiger Qualität bezeichnet wird. Ich nehme an, das bedeutet, dass es sich bei dem Holz um Ausschussware handelt, für welche die Sägemühle keinerlei Garantien übernimmt. Richtig?«

George nickte. Die Rechnung stammte aus den Firmenunterlagen von Gissings und war in jeder Hinsicht legitim.

»Dann bekennen Sie sich also schuldig, minderwertiges Holz aus dieser Sägemühle bezogen zu haben?«

George nickte erneut. Cunningham warf den Aspertons ein strahlendes Lächeln zu, als wollte er ihnen Mut machen.

»George, können Sie mir einen Grund für den Kauf dieses Holzes nennen?«

»Ja«, erwiderte George. »Wenn wir Prototypen einer neuen Designreihe bauen, verwenden wir dafür das billigste Material, das wir kriegen können. Diese Rechnung bezieht sich auf Material, das zum Bau von Prototypen verwendet wurde.«

»Haben Sie noch weitere Rechnungen für den Kauf derartigen Materials?«

»Nein. Wir kaufen solches Holz auf Vorrat, sodass wir mindestens ein Jahr damit auskommen. So ist es billiger. Es war das einzige Mal, dass wir der Strathclyde-Sägemühle einen Auftrag erteilt haben.«

»Jeder Beweis über weitere Lieferungen von dieser Firma wäre von äußerstem Nachteil für Sie, George. Ein Beweis wie dieser zum Beispiel.« Cunningham schob ein zweites Blatt Papier über den Tisch. Mike Asperton las es und reichte es an seine Frau weiter, die es ihrerseits durchlas und an Dick Steele weitergab. Steele warf nur einen kurzen Blick darauf und wandte seine Aufmerksamkeit wieder Cunningham zu. Bei dem Blatt handelte es sich um ein Schreiben mit dem Briefkopf der Firma Strathclyde Sawmill. Der Text lautete:

*Sehr geehrter Mr. Gradley,*

*wir freuen uns über Ihren Entschluss, weitere Kiefernholzlieferungen von uns zu beziehen. Es ist das erste Mal, dass wir einen solch umfangreichen Auftrag für unsere Ausschussware erhalten, und wir wünschen uns auch für die Zukunft eine gute Zusammenarbeit. Trotzdem möchten wir nochmals darauf hinweisen, dass wir für keine dieser Lieferungen Qualitätsgarantien übernehmen können und Ihnen für den Fall, dass Sie doch eine Behandlung mit Konservierungsmitteln wünschen sollten, einen Preisaufschlag berechnen müssen.*

*Mit freundlichem Gruß*
*Hamish Campbell*
*Geschäftsführender Direktor*

Die Aspertons warteten verunsichert. Sie selbst besaßen zwar keine Kopie dieses Briefes, aber unter dem Beweismaterial, das sie von Darren erhalten hatten, befand sich ein Schreiben mit ähnlichem Wortlaut. Allerdings fiel es ihnen schwer zu glauben, dass Cunningham solches Belastungsmaterial gegen seinen Mandanten ohne Hintergedanken ins Spiel brachte. Cunningham lächelte sie an.

»Ich habe noch ein Schreiben dieser Firma, das Ihnen gefallen wird.«

Er zog einen zweiten Brief hervor, der folgende Zeilen enthielt:

*Sehr geehrte Mrs. Asperton, sehr geehrter Mr. Asperton,*

*wie vereinbart, senden wir Ihnen eine Lieferung Ausschussmaterial zu, mit dem Sie Ihre Kunden neppen können. Wir garantieren, dass sich das Holz nach Verarbeitung innerhalb weniger Stunden verzieht.*

*Mit freundlichem Gruß*
*Hamish Campbell*
*Geschäftsführender Direktor*

Cunningham lächelte immer noch. Die Gesichter auf der anderen Seite des Tisches wurden aschfahl.

»Na, ist Ihnen der Scherz aufgefallen? Haha! Der Brief ist natürlich blanker Unsinn. Ich habe ihn selbst geschrieben. Ich habe einfach einen Brief des Unternehmens an George genommen und den Text abgedeckt. Was bleibt, ist der Briefkopf, den ich nach Gutdünken beliebig oft kopieren kann. Und schon verfüge über ich einen Satz Blankobriefpapier der Strathclyde-Sägemühle. Darauf habe ich diese beiden Briefe geschrieben. Die Unterschrift ist ebenfalls fotokopiert und aufgeklebt. Dann jage ich das Ganze noch mal durch den Kopierer, und – Volltreffer. Auf diese Art kann ich jeden beliebigen Brief herstellen. Man kann natürlich einwenden, dass es sich um eine Kopie handelt, da man den Abdruck des Füllers bei der Unterschrift nicht erkennen kann. Aber lassen Sie mich raten. Irre ich mich, oder haben Sie auch nur eine Kopie eines ähnlichen Schreibens in Ihren Beweisunterlagen? Getroffen, was? Hahaha!«

Abermals hallte Cunninghams Gelächter dröhnend durch den Raum. Er gab sich keineswegs bloß mit einem Sieg zufrieden. Was er wollte, war die bedingungslose Kapitulation seiner Gegner. Sein Auftrag von George lautete nicht nur, die Anschuldigungen niederzuschlagen, sondern die gegnerische Partei fertig zu machen. Harry Cunningham war in seinem Element.

»Wenden wir uns also den übrigen Anklagepunkten zu. ›Griffe und Accessoires‹, hm. Schlampige Mehrwertsteuerbelege, was? Vielleicht sollten wir dazu Ihren Zeugen befragen, den ehemaligen Gissings-Mitarbeiter? Nanu, geht es Ihnen nicht gut, Mr. Asperton? Brauchen Sie vielleicht einen Schluck Wasser? Oder eher eine anständige Zigarre? Vielleicht möchten Sie einen Augenblick vor die Tür gehen und frische Luft schnappen?«

Mike Asperton sah in der Tat nicht gut aus, und seine Frau wirkte auch nicht gerade wie das blühende Leben. Dick Steele machte der Sache ein Ende.

»Ich denke, es wäre besser, wenn ich mich noch einmal allein mit meinen Mandanten berate«, sagte er.

»Ganz recht«, erwiderte Cunningham. »Wer könnte bei leichtem Unwohlsein hilfreicher sein als ein Anwalt. Ich habe gehört, dass es hier in der Stadt eine reizende Kirche gibt. Ein normannischer Taufstein und Buntglasfenster. Die ist bestimmt einen Besuch wert. Und unser guter George hier kommt auch nicht genug vor die Tür. Der arme Kerl arbeitet viel zu viel. Wir werden einen Blick auf das Taufbecken werfen und einen Spaziergang über den Friedhof machen. Bestimmt entdecke ich einen Grabstein, der Anlass zur Heiterkeit gibt. In einer Stunde sind wir zurück.«

Also machten sich Harry Cunningham und George auf den Weg und schlenderten eine Stunde über den Friedhof. Dabei drehte ihre Unterhaltung sich weniger um die Buntglasscheiben der Kirche als vielmehr darum, was sie den Aspertons aus dem Kreuz zu leiern hofften. Sie hatten bereits eine Liste mit Forderungen zusammengestellt, der kaum noch etwas hinzuzufügen war. Cunningham bestand darauf, mit einem Stock das hohe Gras um die Grabsteine beiseite zu schieben, vermochte aber zu seinem Leidwesen keine Inschrift ausfindig zu machen, die seinen Sinn für Humor befriedigte. Nach einer Stunde traten sie den Rückweg an.

Mike Asperton sah noch immer mitgenommen aus, wirkte aber etwas gefasster. Dick Steele ergriff das Wort.

»Die Beweisführung des heutigen Vormittags ist sehr aufschlussreich für uns gewesen«, erklärte er. »Aufgrund der neuen Tatsachen, die Sie ans Licht gebracht haben, sind meine Mandanten zu dem Schluss gekommen, dass ein bedauerlicher Irrtum vorliegen muss. Wir würden uns gern mit Ihnen beraten, auf welche Art meine Mandanten zur Lösung der Probleme beitragen können, die Mr. Gradley durch den Artikel entstanden sind.«

Jetzt wurde Cunninghams Miene ernst. Er erhob sich, und seine massive Gestalt füllte den Raum.

»Nein. Damit ist es nicht getan. Ihre Mandanten, Mr. Steele, haben versucht, das Geschäft meines Mandanten durch bösartige Verleumdungen vorsätzlich zu ruinieren. Es interessiert mich nicht, ob diese Verleumdungen von ihnen selbst in die Welt gesetzt wurden, oder ob sie lediglich den Worten eines beleidigten Exmitarbeiters Mr. Gradleys Glauben schenkten. In keinem Fall handelt es sich um einen verzeihbaren Irrtum, sondern um den unverantwortlichen Versuch, eine seriös geführte Firma in den Ruin zu treiben. George Gradleys Vermögen war gefährdet. Das Einkommen Dutzender Angestellter stand auf dem Spiel. Derartige Praktiken sind gesetzlich untersagt und werden mit Recht geahndet.«

Cunningham durchmaß den Raum und pflanzte sich hinter den Aspertons auf, die wie unartige Kinder die Köpfe einzogen.

»Als Erstes verlangen wir eine redliche Entschuldigung. Und zwar gleich.«

Die beiden schauten wie die Lämmer zu Dick Steele hinüber, der ihnen aufmunternd zunickte. Mike Asperton räusperte sich und blickte George ins Gesicht.

»Entschuldigung.« Eileen Aspertons Lippen stimmten tonlos zu.

»Ich sprach von einer redlichen Entschuldigung«, dröhnte Cunningham über ihren Köpfen.

»Ich, äh ... wir bedauern diesen Artikel zutiefst. Wir haben einen furchtbaren Fehler begangen. Das alles ist die Schuld dieses niederträchtigen jungen Mannes, dieses Darren. Es tut uns leid«, stammelte Mike Asperton.

»Wessen Schuld ist das?«, donnerte Cunningham. »Wessen Schuld?«

»Unsere natürlich. Wir hätten ihm niemals glauben dürfen.« Mike Asperton duckte sich, als erwarte er jeden Augenblick eine Kopfnuss, während Cunningham George verschwörerisch zuzwinkerte.

»Schon besser«, sagte er. »Als Nächstes verlangen wir Schritte zur unmittelbaren Schadensbegrenzung sowie einige Zusicherungen, was Ihr zukünftiges Verhalten betrifft.«

Cunningham legte los. Er und George hatten eine Liste ihrer Forderungen aufgestellt, und Cunningham hatte George darauf gedrängt, diese so umfangreich wie möglich zu gestalten. Nun war er entschlossen, die beiden Sündenböcke auf jeden Punkt festzunageln, was insgesamt fünf Stunden dauerte. Steeles Versuche, über jeden einzelnen Punkt zu verhandeln, scheiterten angesichts einer drohenden Gerichtsverhandlung.

Als George und Harry Cunningham die Aspertons verließen, hatten sie alles erreicht, was sie sich vorgenommen hatten. Ein Besuch bei *Furniture Today* am nächsten Tag würde das Übrige regeln.

Die Aspertons hatten sich bereit erklärt, jeden Einzelnen ihrer Kunden anzuschreiben und die in dem Artikel aufgeführten Anschuldigungen in jedem Punkt zu widerrufen. Darüber hinaus würden sie ihre »Brillanz«-Kollektion sowie alle anderen Produkte, die sie von Gissings kopiert hatten, unverzüglich vom Markt nehmen. Sämtliche existierenden Bestellungen dieser Produkte würden sie an Gissings weiterleiten. Sie verpflichteten sich, für einen Zeitraum von zehn Jahren nicht mehr in Konkurrenz zu den Gissings-Produkten zu treten und ihr Marketingnetzwerk in den nächsten zwei Jahren dafür einzusetzen, neben ihren eigenen Produkten auch die der Firma Gissings zu vertreiben. Mitarbeiter von Gissings, die in den Asperton-Betrieb abgestellt werden sollten, würden dafür sorgen, dass diese Vereinbarungen buchstabengetreu ausgeführt würden. Sie erklärten sich ferner bereit, sämtliche Kosten und Verkaufseinbußen, die Gissings durch den Artikel entstanden waren, zu übernehmen. Es gab noch einige weitere Abmachungen, die George für eher unbedeutend erachtete, auf deren Einhaltung Cunningham jedoch bestand.

Als sie das Gebäude verließen, klopfte Cunningham George auf den Rücken.

»Gut gemacht. Morgen veranlassen wir einen vollständigen Widerruf von dem Magazin und ein paar Jahre kostenlose Werbung. Sonst noch Wünsche?«

George schüttelte den Kopf. Er war glücklich. Gissings war gerettet. Er freute sich schon auf das Wiedersehen mit Darren und darauf, ihn zu seiner Vorstellung zu beglückwünschen.

»Game, Set and Match für uns, was?«, sagte Cunningham.

George nickte. »Ja. Spiel, Satz und Sieg.«

## 2.

Mit der Zeit hatte es sich als unpraktisch erwiesen, dass Programmierstunden stets im Wohnzimmer und Sex im Schlafzimmer stattfanden. Eine Zeit lang hatten sie mit Sex im Wohnzimmer experimentiert, doch auf Dauer war der Boden als Lagerstatt wenig befriedigend gewesen, also waren sie dazu übergegangen, den Sex wieder ins Schlafzimmer zu verlegen und den Computer mit dorthin zu nehmen. Sie lagen verkehrt herum auf dem Bett, sodass das Kopfteil nicht im Weg war, und der Computer stand unmittelbar vor ihnen auf einem flachen Tisch am Fußende des Bettes. Auf diese Weise konnten sie sich lieben und Programmiercodes schreiben, ohne die Stellung zu wechseln.

In dieser Woche hatte Josephines Hausarbeit darin bestanden, ein Programm zu entwerfen, das die Züge des Springers auf dem Schachbrett unter Berücksichtigung der Spielfeldbegrenzungen und der übrigen im Spiel befindlichen Figuren berechnete. Sie schob die Diskette ein und rief ihre Hausaufgabe auf. »Vorwärts, kleiner Springer«, sagte sie, und das Symbol der Figur begann wie befohlen auf dem Monitor herumzuhüpfen.

Kodaly überprüfte die Bewegungen des Springers eine Weile. Sie waren in Ordnung.

»Sehr gut«, bemerkte er. »Es gibt Leute in meiner Abteilung, die dabei nichts als Chaos hervorgebracht hätten.«

»Ich muss ein Genie sein«, sagte Josie.

»Ich vermute, es liegt an dem hervorragenden Lehrer«, erwiderte er.

Der Springer auf dem Monitor hüpfte weiter, während das Konzept des Computers im Schlafzimmer einen weiteren Beweis seiner Vorzüge lieferte. Nach einer Weile rollten Josie und Kodaly sich wieder auf den Bauch. Kodaly langte nach der Tastatur und gewährte dem Springer eine Pause.

»Als Hausaufgabe für nächste Woche lassen wir uns was Schwierigeres einfallen. Vielleicht einen Virus ins Weiße Haus einzuschmuggeln. Oder dem Pentagon den Befehl für eine Invasion nach Kanada erteilen.«

»Du klopfst immer bloß Sprüche, Miklos. Ich hab' noch nie erlebt, dass du so was getan hättest.«

»Im Moment habe ich die Fronten gewechselt.«

»Du bist jetzt nicht im Büro. Außerdem arbeitest du nicht fürs Pentagon.«

»Stimmt. Aber das Pentagon ist zu schwierig, da komme ich nicht rein.«

»Typisch Mann. Nichts als Sprüche.«

»Das ist ungerecht. *Nur* ins Pentagon komme ich nicht rein. Wie wär's mit der Einwanderungsbehörde? Oder dem Finanzamt?«

»Du kannst die Datenbank der amerikanischen Finanzbehörden knacken?«

»Schon möglich. Mal sehen. Ich hab's schon länger nicht mehr probiert. Aber zuerst brauche ich einen Schluck Wein.«

»Und was zum Knabbern«, rief Josie ihm hinterher. »Ich sterbe vor Hunger.«

»Essen. Wein. Und dann Hacken.«

An diesem Abend schafften sie es nicht, die Datenbank des Finanzamts zu knacken, und auch nicht in der Woche darauf. Doch Kodalys Ehrgeiz war geweckt, und in der dritten Woche führte er Josie geradewegs ins Schlafzimmer. Noch bevor sie Zeit hatte sich auszuziehen, tippten seine Finger den Code ein, der ihm Zugang zur EDV der Finanzverwaltung verschaffte.

»Das IRS steht zu Ihren Diensten, bezaubernde junge Dame.«

»Wie lange hast du dafür gebraucht, diesen Code zu knacken, Miklos?«

Kodaly erwiderte nichts, aber die Haut in seinem Gesicht war noch fahler als gewöhnlich, und seine Augen wirkten noch müder. Eine Zeile in der untersten linken Ecke des Bildschirms verkündete: »Sicherheitsstufe Eins!«

»Bedeutet Stufe Eins die höchste oder die niedrigste Sicherheitsstufe?«

»Die niedrigste«, erwiderte Miklos. »Aber das Schwierigste ist überhaupt reinzukommen.«

»Typisch Mann. Worte, Worte, Worte«, mokierte sich Josie. Aber sie lachte, während sie nackt neben ihm ins Bett schlüpfte.

3.

»Kaffee?«

»Ja, bitte.«

»Gern.«

Inzwischen war dieses Frage- und Antwortspiel schon Kult. Sobald sie sich entschlossen, ein Angebot zu machen, zog Matthew als Erstes los, um für alle Kaffee zu holen. Ein Ritual wie bei den Wölfen, die sich vor der Jagd gegenseitig belecken. Dieses Mal war ihr Opfer ein Transportunternehmen, Euroroad Haulage, und dessen bedauernswerte Banken.

Matthew zog seinen Mantel über. Es war Ende September, und das Wetter bot bereits einen Vorgeschmack auf den Londoner Winter: feucht, grau, windig und kalt. Mit dem Lift fuhr er nach unten. Ein paar Meter vor der kleinen Gasse blieb er stehen und schaute sich forschend um. Niemand zu sehen. Okay. Bereit zur Tat bog er in die Gasse ein, betrat den kleinen Garten und setzte sich unter einen der Bäume. Er zog sein Handy hervor, wählte und wartete, bis der unsympathische kleine Mann sich meldete. Denk nicht an den kleinen Mistkerl. Tu einfach, was du zu tun hast. Du hast zweihundertvierzigtausend Pfund auf deinem Konto. Seit Beginn dieses Spiels hast du deinen Bestand vervierfacht: drei dicke Treffer, einige kleinere, ein großer Verlust. Jetzt musst du das Ganze nur noch mal vervierfachen und hast deine Million in der Tasche. Dann brauchst du nie wieder mit diesem widerwärtigen kleinen Zwerg zu reden.

»Guten Morgen. James Belial am Apparat. Womit kann ich Ihnen dienen?«

»Matthew Gradley hier. Ich möchte ein paar Bonds kaufen.«

»Matthew, alter Freund. Wie schön, Sie zu hören.« Matthew sah vor sich, wie der schmierige kleine Kerl sich in seinem Stuhl aufrecht hinsetzte und in den Hörer säuselte. Mit knappen Worten erklärte er ihm, was er vorhatte. Aufgrund seiner bisherigen Erfahrung rechnete er damit, dass dieser Deal ihm fünf Prozent einbringen konnte. Vielleicht auch etwas weniger. Nur wenn Madison einen richtig dicken Fisch an der Angel hatte, konnte er mehr erwarten.

Wie immer erfasste Belial sofort, was Matthew wollte und wiederholte dessen Anweisungen klar und deutlich. Belial und die übrige Crew bei Switzerland International verstanden ihren Job, und Matthew war immer wieder aufs Neue beeindruckt, wie sie es fertig brachten, zu Niedrigstpreisen zu kaufen und zu Höchstpreisen zu verkaufen. Bei einem Deal wie dem heutigen konnten ihm diese Fähigkeiten einen zusätzlichen Vorteil von zwei Prozent verschaffen. Das mag nicht viel erscheinen, aber wenn das Ziel bei fünf Prozent liegt, sind zwei Prozent schon die halbe Strecke. Wäre Belial nicht so widerwärtig und Matthew kein Betrüger, wäre dies eine geniale Geschäftsverbindung gewesen.

Diesmal machte Belial sich nicht unverzüglich daran, Matthews Anordnungen nachzukommen.

»Darf ich Ihnen vielleicht einen Vorschlag machen, mein lieber Freund? Auch wenn es angesichts Ihrer bemerkenswerten Treffsicherheit ein wenig dreist erscheinen mag, aber ich habe da eine Idee, wie Sie Ihre Gewinne noch erhöhen könnten.«

»Ja?«

»Nun, in der Vergangenheit haben Sie stets Bonds der Firmen gekauft, denen Ihr Interesse galt. Ihre Erträge waren durchaus akzeptabel, betrugen aber nie mehr als ein paar Prozent. Das liegt daran, dass Bonds nicht volatil genug sind. Um wirklich vorwärts zu kommen, müssen Sie Aktien kaufen. Über kurz oder lang werden Sie um den Aktienmarkt nicht herumkommen, mein Freund.«

»Nun, ich weiß nicht recht ...«, antwortete Matthew unschlüssig. Der Gedanke war ihm selbst von Zeit zu Zeit gekommen, aber am Bondmarkt wusste er, woran er war, während der Aktienmarkt unbekanntes Terrain darstellte.

»Denken Sie darüber nach, mein lieber Freund. Der erste Deal, den Sie über uns abgewickelt haben, war Cobra Electronics. Damit haben Sie praktisch über Nacht zweiundsiebzig Prozent gemacht. Das war Ihr bei weitem bestes Geschäft. Hätten Sie stattdessen Aktien gekauft, wäre Ihr Vermögen bereits durch eine einzige Aktion um ein Vierfaches gewachsen. Hätten Sie statt in Bonds beständig in Aktien investiert, könnte Ihr Vermögen sich grob gerechnet heute bereits auf beinahe eine Million belaufen.«

»Eine Million Pfund ...«

»Ganz richtig. Und ich gestehe, dass ich etwas befremdet bin, dass jemand mit Ihren Fähigkeiten eine solche Möglichkeit übersieht.«

Matthew zögerte, doch seine Gier siegte über die Angst vor dem Unbekannten. Aber es stimmte natürlich, dass Bondpreise viel geringeren Schwankungen unterlagen als Aktienwerte. Mit Aktien machte man mehr Geld, brauchte allerdings auch stärkere Nerven. Matthew hatte zwar keine diesbezüglichen Kalkulationen durchgeführt, aber er ging davon aus, dass Belial Recht hatte. Am Ende konnte es nur eine Antwort geben.

»Also gut«, flüsterte er. »Kaufen Sie Aktien. Ich möchte, dass Sie alles in Euroroad Haulage Aktien investieren.«

»Bravo«, verkündete Belial entzückt. »Die Aktien werden zur Zeit mit drei Pence das Stück gehandelt. Mal sehen, was wir kriegen können.«

»Danke. Ich rufe zurück.«

4.

In einer Hinsicht unterscheidet sich der Kauf eines Unternehmens vom Kauf eines Wagens. Will man ein Auto kaufen, kann man nicht hingehen und den Fahrer eines beliebigen Fahrzeugs, das einem ins Auge springt, hinter dem Steuer hervorzerren, ihm ein Bündel Banknoten in die Hand drücken und sich mit dem Fahrzeug aus dem Staub machen. Man kann es selbstverständlich versuchen, aber vermutlich findet man sich in gestreiftem Pyjama hinter schwedischen Gardinen wieder.

Im Geschäftsleben dagegen ist ein solches Gebaren nicht nur gestattet, sondern wird sogar allgemein akzeptiert. Es ist, als würde man sich, anstatt mit dem Fahrer zu verhandeln, direkt an die Bank wenden, die das Fahrzeug finanziert. Überzeugt man die Bank, das Angebot zu akzeptieren, gehört einem das Fahrzeug, und der Fahrer bleibt als staunender Fußgänger zurück.

Im Geschäftsleben wird die Finanzierungsgesellschaft durch den Aktienmarkt verkörpert. Will man sich direkt, sozusagen über den Kopf der Unternehmensleitung hinweg, an die Aktionäre wenden, geschieht dies durch ein so genanntes »feindliches Übernahmeangebot«. Indirekt heißt das so viel wie: »Die unfähigen Pfeifen, die euren Laden schmeißen, machen Kleinholz daraus, und ihr armen Aktionäre müsst es ausbaden. Wir dagegen bieten euch dreißig Prozent (oder vierzig, oder fünfzig) über dem aktuellen Kursstand. Schlagt ihr ein, schreiben wir euch einen saftigen kleinen Scheck aus, setzen das derzeitige Management vor die Tür, und der Laden gehört uns. Schlagt ihr das Angebot aus, gehen wir nach Hause, und ihr könnt die nächsten Jahre damit zubringen, eure Entscheidung zu bereuen.«

Da ist es wenig erstaunlich, dass die meisten solcher feindlichen Übernahmeangebote erfolgreich verlaufen, und noch weniger erstaunlich, dass die betroffenen Unternehmensleitungen wenig begeistert darauf reagieren.

Nach einer qualvollen, ein Jahr währenden Wartezeit, in der Zack verfolgte, wie der Preis der South-China-Aktien stieg, kurzfristig fiel und erneut stieg, war es endlich so weit. Lord Hatherleighs und Scotties Voraussage erfüllte sich. Die South China segelte mit ihren Schiffen geradewegs in einen Sturm hinein, und schließlich war man gezwungen, das Dilemma auf dem Aktienmarkt einzugestehen. Und der Markt, auf dem die Fähigkeiten der verstaubten alten Bank ohnehin nicht sonderlich hoch eingeschätzt wurden, reagierte mit einem Kurssturz von 44 auf 39 Dollar.

Lord Hatherleigh hatte immer gesagt, dass die magische Schwelle bei 40 Dollar liege. Noch am gleichen Nachmittag, an dem der Preissturz bekannt wurde, berief er eine außerordentliche Vorstandsversammlung ein, deren Thema erst zum Zeitpunkt der Sitzung bekannt gegeben werden sollte.

Um neun Uhr am folgenden Morgen präsentierten Lord Hatherleigh und Scottie den Vorstandsmitgliedern ihren Plan. Ihre Argumentation war simpel. Wollte Hatherleigh Pacific weiterhin expandieren, benötigte das Unternehmen einen größeren Operationsradius. South China würde diesen Bedarf mit einem einzigen Schlag abdecken. Die Übernahme würde eins Komma fünfunddreißig Milliarden US-Dollar kosten. Man würde jeden Cent davon durch Kredite decken, und – was noch besser war – man beabsichtigte die Zinsen unter Anwendung eines Steuerschemas zu tilgen, das es in dieser Form in Hongkong noch nicht gegeben hatte. Ein in seiner Dreistigkeit atemberaubendes und ungeheuerliches Vorhaben. Zack wartete zusammen mit seiner Hongkonger Kollegin Phyllis Wang im Vorzimmer des Sitzungssaals auf die Entscheidung des Vorstandes. Zack hatte vier Tassen Kaffee heruntergekippt, Phyllis zwei. Sie hatten beide bereits ihre Mailboxen abgehört und über das Wetter, die Bank und

Hongkong geredet. Irgendwann war die Unterhaltung eingeschlafen. Es war dreizehn Uhr.

Eigentlich hätte es ein Klacks sein können. Lord Hatherleigh und Scottie waren beide enthusiastische Verfechter des Plans. Hatherleigh kontrollierte dreißig Prozent der Firma und Scottie ein oder zwei weitere Prozent. Bei den meisten Firmen dieser Art beschränkt sich die Rolle des Vorstandes darauf, die Kleinaktionäre glauben zu machen, dass man ihre Interessen vertrete. Nicht so bei Hatherleigh Pacific.

Im Vorstand dieses Unternehmens saßen einige der härtesten, in ihren Entscheidungen unabhängig denkenden Geschäftsmänner Hongkongs. Lord Hatherleigh selbst hatte dafür gesorgt, dass sie genügend Anteile an dem Unternehmen besaßen, um wirkliches Interesse für die Aktienkurse aufzubringen. Wenn er sie zu einem Meinungsaustausch einlud, leisteten sie dieser Aufforderung mit entsprechendem Engagement Folge. Kurz vor dem Meeting hatte Hatherleigh Zack beiseite genommen.

»Drück mir die Daumen, Junge. Ich hab' keinen Schimmer, wie diese Kerle abstimmen werden.«

»Viel Glück, Jack. Sag ihnen, wenn sie den South-China-Deal ablehnen, würdest du es als Nächstes mit der Hongkong oder Shanghai Bank versuchen.«

Hatherleigh grinste. Die Hongkong und Shanghai Bank waren jede über fünfundsiebzig Milliarden Dollar schwer. Nicht einmal mit Zacks Steuerschema wären sie in der Lage, es mit solch einer Summe aufzunehmen.

»Mann, konntest du das nicht eher vorschlagen? Wir wollen doch nicht Zeit unseres Lebens in der zweiten Liga spielen.«

Das war vor vier Stunden gewesen. Einmal war eine Sekretärin erschienen und hatte um ein Dokument aus Zacks Aktenkoffer gebeten, und irgendjemand hatte die leere Kaffeekanne, die vor Zack und Phyllis auf dem Tisch stand, durch eine neue ersetzt. Abgesehen davon war nichts geschehen. In diesem Augenblick konnte der Vorstand über die endgültige Höhe des Gebots abstimmen – oder den letzten Nagel in den Sarg schlagen, mit dem sie eine wahnwitzige Idee zu Grabe trugen. Alles war möglich.

Der Vorstandssaal gewährte einen atemberaubenden Blick über den Hafen von Hongkong. Das Zimmer, in dem Zack und Phyllis warteten, besaß keine Fenster; lediglich ein paar langweilige Drucke der Skyline Hongkongs in den zwanziger Jahren hingen an der Wand. Zack spielte mit dem Gedanken, sich noch einen Kaffee einzuschenken, verzichtete dann aber darauf. Zum wiederholten Male nahm er ein Exemplar des *Asian Wall Street Journal* zur Hand und legte es kurz darauf wieder hin. Was interessierte ihn die Stahlbörse von Tokio?

Um dreizehn Uhr dreißig steckte eine Sekretärin den Kopf zur Tür herein und bat Zack oder Phyllis, den aktuellen Aktienpreis der South China abzufragen. Beide stürzten sich auf ihre Laptops, dankbar, etwas zu tun zu haben. Der Preis lag bei 38,5 Dollar, fünfzig Cents unter dem Wert des Vorabends.

Zack sank zurück in den Sessel und schüttete sich die fünfte Tasse Kaffee ein.

Eine Viertelstunde später brachte jemand ein Tablett mit Sandwiches herein, das sie aus Langeweile leer aßen. Phyllis rief erneut in ihrem Büro an. Sie hatte es gut, dort wurde inzwischen gearbeitet. Zack würde sich noch einige Stunden gedulden müssen, bevor sein Büro in England zum Leben erwachte. Inzwischen hatte er bereits sechs Tassen Kaffee getrunken. Um vierzehn Uhr dreißig rief er Sarah an. Es war sechs Uhr dreißig Londoner Zeit.

»Hallo?«, meldete Sarah sich mit verschlafener Stimme.

»Hi, Schatz. Ich bin's. Ich dachte mir, ich übernehme heute mal die Aufgabe deines Weckers.«

»Oh, Zack, Darling. Was macht euer großer Deal?«

Sarah wusste, dass Zack in Hongkong an einer großen Sache arbeitete, aber nicht, worum es dabei ging. Absolute Diskretion hatte höchste Priorität gehabt, und weder Zack noch Lord Hatherleigh hatten ein Wort über das Geschäft verlauten lassen.

»Keine Ahnung. Im Moment findet das Spiel ohne mich statt. Wie geht es dir, mein Schatz?«

»Ich vermisse dich. Das Bett wirkt so leer ohne dich, nur mit mir darin, in meinem winzigen Nachthemdchen.«

Zack konnte hören, wie Sarah sich im Bett bewegte und stellte sich vor, wie sie sich nach ihm ausstreckte, dachte an ihren Geruch und ihre kleinen, verschlafenen Küsse. Um diese frühe Stunde liebten sie sich oft, wenn er zu Hause war. Zack wusste, dass sie anstelle der kleinen Satinfummel, die sie für ihn trug, ihre alten Flanellnachthemden von M&S bevorzugte, wenn er nicht da war. Aber das tat seiner Fantasie keinen Abbruch. Er entfernte sich, so weit es in dem kleinen Raum möglich war, von Phyllis und unterhielt sich flüsternd mit seiner Frau.

Als das Gespräch – viel zu schnell – beendet war, versank er wieder in Untätigkeit. Die Stunden zogen sich dahin. Kaum dass der Arbeitstag in London begonnen hatte, telefonierte Zack eine halbe Stunde mit seinem Büro. ROSES verkaufte sich wie kalte Brause an einem heißen Sommertag, und allein den Überblick zu behalten war bereits ein Full-Time-Job. Zack bemühte sich, so viel wie möglich telefonisch zu regeln. Weiß der Himmel, wie er nebenbei noch den Hatherleigh-Pacific-Deal managen sollte, aber er brauchte beides. Er ging davon aus, dass er für eine Partnerschaft siebzig Millionen Dollar erwirtschaften musste. Wenn der Deal mit der Hatherleigh Pacific vierzig Millionen einbrachte, musste ROSES für die restlichen dreißig sorgen. Zack schaltete sein Handy aus und trommelte mit den Fingern auf die Tischplatte.

Drei Uhr. Er griff erneut nach dem *Asian Wall Street Jour-*

*nal*, und diesmal verschlang er jedes Wort über die Fortschritte auf dem asiatischen Stahlmarkt. Anschließend versuchte er sich am Kreuzworträtsel. Aber er war nicht besonders gut, und er mochte keine Dinge, in denen er nicht gut war.

Er rief Josephine an.

»Abwicklungsabteilung«, meldete sie sich.

»Hi, Abwicklungsabteilung. Hier ist dein großer Bruder.«

»Hallo, Zack. Du lebst also noch. Ich hatte schon meine Zweifel.«

»Das klingt ja nicht gerade begeistert. War vielleicht doch keine so gute Idee, dich anzurufen.«

»Doch, ich freue mich. Und über die Einladung habe ich mich auch gefreut. Wir kommen auf jeden Fall.«

»Kommen? Wohin?«

»Nach Ovendon House. Weihnachten. Ich habe heute Morgen einen Brief von Lady Hatherleigh erhalten. Hatte angenommen, die Idee stammt von dir, oder dass du zumindest einverstanden bist.«

»Aber ja! Großartige Idee.«

»Du weißt überhaupt nichts davon, stimmt's?«

»Nein, aber ich freue mich. Wirst du denn jemanden finden, der sich um Mum kümmert?«

»Was meinst du damit, ›sich um sie kümmert‹? Ich kümmere mich um sie. Und du kannst dich genauso gut um sie kümmern.«

»Du meinst ...« Zack verstummte. Aber zu spät.

»Du lieber Himmel, Zack. Du glaubst doch nicht im Ernst, dass ich sie Weihnachten allein lasse? Lady Hatherleigh hat gut daran getan, dir nichts von der Einladung zu erzählen. Dann hätten wir vermutlich nie eine bekommen, stimmt's? Ich werde sofort antworten und ihr mitteilen, dass wir uns freuen, die ganze verdammte Weihnachtswoche zu bleiben. Ich werde Mums Inkontinenzschlüpfer daheim lassen und deinen wohlhabenden Schwiegereltern von morgens bis abends vorjammern, dass du keinen Penny dazu beiträgst, dich um deine Mutter zu kümmern.«

Josie knallte den Hörer auf die Gabel und überließ Zack seinem Unmut. Mein Gott! War es ein Wunder, dass er wenig Lust hatte, seine Zeit mit Josie zu verbringen, wenn sie sich derart aufführte? Wenn sie so weitermachte, würde er sich noch eine Entschuldigung ausdenken müssen und die Weihnachtstage lieber mit Arbeit verbringen.

Es wurde vier Uhr. Noch einmal wurden Sandwiches und Tee gebracht. Zack ging von Kaffee zu Tee über und plauderte noch ein wenig mit Phyllis. Nebenan beriet der Vorstand immer noch, und bisher war kein Wort nach außen gedrungen.

Siebzehn Uhr. Vom Sitzungsraum aus konnte man um diese Zeit beobachten, wie die letzten Sonnenstrahlen die gegenüberliegenden Wolkenkratzer hinunterglitten und das Hafenbecken in goldenes Licht tauchten. Was, zum Teufel, ging nebenan vor sich?

Um zehn vor sechs öffnete sich die Tür. Lord Hatherleigh trat heraus, und kurz darauf Scottie, gefolgt von Chai, dem Finanzdirektor. Alle lächelten.

»Die Entscheidung ist einstimmig gefallen. Es kann losgehen!«

## 5.

Diesmal hatte Madison Euroroad Haulage im Visier, aber auch hier handelte es sich nicht um einen dramatischen Schachzug. Intensive Recherchen hatten Fiona, Deane und Matthew lediglich davon überzeugt, dass da eine Firma zu haben war, deren Wert sie weit höher einschätzten, als der Markt sie beurteilte. Also kauften sie im großen Stil ein.

Wie üblich stand der Umfang ihrer Käufe in krassem Gegensatz zu einem begrenzten Markt. So stieg der Kurs der Bankverbindlichkeiten um etwa fünf, der Bondpreis um vier Prozent. Der Aktienwert der Firma kletterte von drei auf dreieinhalb Pence. Ein Anstieg um einen halben Pence mag unerheblich scheinen, macht aber immerhin ein Sechstel des ursprünglichen Aktienwertes aus, was etwa siebzehn Prozent entspricht. Für Matthew schrumpften die siebzehn Prozent nach der Provision zwar auf moderate zwölf, aber er war dennoch euphorisch. Immerhin hatte er mit den Aktien dreimal so viel Gewinn gemacht wie mit dem Kauf von Bonds. Mit Aktien würde er zweifellos schneller ans Ziel kommen – und in gewisser Weise auch sicherer. Denn je höher seine Gewinne, desto weniger Insidergeschäfte musste er riskieren, womit sich auch die Gefahr verringerte, erwischt zu werden.

Nur eine Kleinigkeit trübte seine Euphorie.

Als Matthew, in enthusiastischer Stimmung ob seines Erfolges, aus der kleinen Gasse bog, war er ausgerechnet McAllister in die Arme gelaufen.

»Bisschen früh für'n Drink, was?«, fragte ihn der Schotte mit einer Kopfbewegung in Richtung Pub.

Vermutlich dachte McAllister sich nichts dabei. Es war bloß einer dieser Sprüche, die man von sich gibt, wenn man auf der Straße überraschend mit jemandem zusammentrifft. Doch Matthew war völlig überrumpelt. Er gestikulierte mit der Hand – die immer noch sein Handy umfasst hielt – in der Luft herum und suchte nach einer Erklärung.

»Ich ... äh, warte auf einen Bekannten«, stammelte er schließlich, nachdem er zweimal vergeblich den Mund geöffnet und wieder zugeklappt hatte.

An sich keine besonders abwegige Erklärung, nur die Art und Weise, wie er es sagte, hätte nicht abwegiger sein können. McAllister nickte bedächtig, als hätte Matthew ihm soeben ein großes Mysterium enthüllt, und ging seines Weges.

Niemand beherrschte das Spiel des »Rate-was-ich-Denke« meisterhafter als McAllister, der Herrscher des Handelsparketts. Was hatte er gesehen, als er Matthews verlegenes, schuldbewusstes Gesicht mit seinem Blick durchbohrt hatte?

## 6.

Der Aktienpreis der South China Trust Bank stand jetzt bei 36 Dollar. Im Verlauf der Woche war er noch einmal um ganze zweieinhalb Dollar gefallen, also weitere sechseinhalb Prozent. Gute Nachrichten für Zack, Scottie und Phyllis, die abwartend über ihren Kaffeebechern vor sich hin dösten. Es war fünf Uhr dreißig morgens. Wieder einmal waren sie im Hongkonger Büro von Hatherleigh Pacific zusammengekommen. Lord Hatherleigh, der sich in England aufhielt, hatte darauf bestanden, dass sie ihn zu jeder Tages- oder Nachtzeit anrufen sollten, um ihn über ihre Entscheidungen auf dem Laufenden zu halten.

»Was meint ihr, warum der Preis derart runtergegangen ist?«, fragte Scottie die beiden anderen. »Es muss mehr dahinter stecken, als nur die schlechte Lage auf dem Schifffahrtssektor.«

Sie hatten das Thema wiederholt durchdiskutiert. Immerhin ging es um die Investition von eins Komma drei Milliarden US-Dollar. Grund genug, nervös zu sein.

»Wir wissen es nicht. Vermutlich kennt niemand den genauen Grund. Klar ist nur, dass die Bankaktien insgesamt um drei oder vier Prozent runtergegangen sind. South China ist ein schlechter Hit, weil es eine miserable Bank ist«, sagte Phyllis Wang. Sie war Madisons Hongkong-Expertin, und in ihren Worten lag Überzeugung. »Aber ich sehe trotzdem keinen Grund, noch länger zu zögern.«

Scotties ohnehin rötliche Gesichtshaut verwandelte sich in dunkles Rosa.

»Außer, dass die Zukunft unserer Firma auf dem Spiel steht«, murmelte er kaum hörbar.

Zack und Phyllis lächelten. Scottie hatte durchaus Recht. Banker leben davon, sich von einem Deal zum nächsten zu manövrieren. Banken müssen mit Erfolgen und Fehlschlägen leben, und das Jahr für Jahr. Ein einziger missglückter Deal kann ein Unternehmen um Jahre zurückwerfen. Ein guter Deal dagegen kann die Firma um mehrere Stufen auf der Erfolgsleiter hinaufkatapultieren. Scottie war zu Recht nervös. South China war beinahe ebenso groß wie Hatherleigh Pacific. Nicht nur, dass Hatherleigh im Begriff war, ein Unternehmen seiner eigenen Größe zu schlucken, der Fischzug sollte auch vollständig mit geliehenem Kapital durchgezogen werden, was an sich schon ein enormes Risiko bedeutete. Und wenn sie ihre Hausaufgaben noch so mustergültig gemacht hatten – ein Restrisiko blieb immer.

Zack und Phyllis warteten gelassen. Scottie würde zu dem gleichen Schluss kommen wie sie. Sollte er sich die Zeit nehmen, die er brauchte.

»Keine Chance, dass der Aktienkurs noch weiter sinkt? Dann würden wir den Laden noch billiger kriegen«, grübelte er.

»Natürlich kann der Preis noch geringfügig fallen«, antwortete Phyllis. »Das kann keiner vorhersehen. Aber eure Kreditvereinbarungen sind festgelegt. Ihr bekommt genau das Unternehmen, das ihr braucht, und zwar zu einem exzellenten Preis. Es gibt keinen Grund, noch länger zu zögern. Mehr gibt es dazu nicht zu sagen.«

Scottie besaß anderthalb Prozent von Hatherleigh Pacific. Er war verantwortlich für die Durchführung dieses Deals, für die Umstrukturierung von South China und die Umwandlung des Unternehmens in eine Geldmaschine. War er erfolgreich, würde er sein Vermögen verdoppeln und seinen Ruf als einer der kühnsten und erfolgreichsten Geschäftsleute Hongkongs festigen. Versagte er – nein, ein Versagen wollte er lieber gar nicht erst in Betracht ziehen. Auf der gegenüberliegenden Seite des Hafens tauchte die rot glühende Sonne aus dem dunstig grauen Horizont des Meeres empor. Scottie beobachtete, wie der blutrote Ball sich höher bewegte und gab sich einen Ruck.

»Sind fünfundvierzig Dollar angemessen?«

»Absolut. Das Gebot muss geringfügig über dem aktuellen Kurs liegen, sonst beißt keiner an. Man könnte zwar tiefer ansetzen, müsste aber wahrscheinlich später doch erhöhen. Wir gehen davon aus, dass du die Firma bei fünfundvierzig Dollar mit einem einzigen Zug am Haken hast.«

Scottie dachte nach. Die Sonne tauchte die Wolkenkratzer jetzt in ein orangenes Flammenmeer. Der Anblick wirkte wie ein Werbeplakat für die ewige Verdammnis: »Kommt in die Hölle – hier ist es teuflisch gut.«

»Okay. Das Angebot lautet fünfundvierzig Dollar.«

»Du bist also bereit?«, fragte Zack. »Ist dir klar, dass es dann kein Zurück mehr gibt?«

»Ja. Alles klar. Ihr könnt euch an die Arbeit machen.«

Phyllis griff zum Telefon. Ihr Team stand bereit, eine Pressemitteilung herauszugeben, in der man offiziell bekannt gab, dass Hatherleigh Pacific im Begriff war, ein Angebot für South China zu machen. Binnen weniger Minuten würde der Übernahmevorstoß von Hatherleigh Pacific unwiderruflich publik werden. Bei Weinstein Lukes würden die Händler sämtliche South-China-Aktien, die sie bekommen konnten, bis zu einem Preis von fünfundvierzig Dollar kaufen.

Scottie hatte jetzt ebenfalls eine Menge Telefonate zu erledigen. Eines davon galt dem Chief Excecutive Officer der South China Bank. Der Anruf war ein Gebot der Höflichkeit und bedeutete etwa so viel wie: »Nehmen Sie es nicht persönlich, aber wir haben soeben ein Angebot für Ihre Firma unterbreitet. Wenn wir erfolgreich sind, stecken wir Sie in den Sack. Im Zuge der Übernahme müssen wir leider viele miese Dinge über Sie verbreiten, um die Aktionäre davon zu überzeugen, dass Sie unfähig sind, das Unternehmen weiterzuführen. Ich wollte dafür sorgen, dass Sie die Nachricht zuerst von mir hören.« Ein zugegebenermaßen etwas bizarrer Akt der Höflichkeit, aber durchaus üblich. Der nächste Anruf galt Lord Hatherleigh, der an diesem Abend ungeduldig in seiner Wohnung in Chelsea ausgeharrt hatte und die Nachricht gleichermaßen erregt wie erfreut entgegennahm.

Scottie ging zum Telefon, während Phyllis in einer Ecke des Zimmers über ihr Handy telefonierte. Das orange Licht, das eben noch den Hafen eingehüllt hatte, verlosch so plötzlich, wie es gekommen war, als die Sonne über den grauen Wassern im Dunst der Wolken verschwand. Phyllis schaltete ihr Handy aus. Die Pressemitteilung war in die Wege geleitet. Das Übernahmeangebot würde nun unmittelbar bekannt werden.

## 7.

Als George von »Spiel, Satz und Sieg« sprach, hätte er ebenso gut von einem gewonnenen Turnier sprechen können. Die Dinge entwickelten sich prächtig. *Furniture Today* hatte eine unterwürfige Entschuldigung veröffentlicht. In der gleichen Ausgabe erschien ein ausführlicher und schmeichlerischer Artikel über das »Gissingsche Wunder«, der von aufwändigen Farbfotos des gesamten Produktsortiments Gissings begleitet wurde. In den folgenden zwei Jahren würden in jeder Ausgabe ganzseitige Werbeanzeigen geschaltet. Und – was ebenfalls nicht unerheblich war – der Aspertonsche Feldzug gegen Gissings war ins Gegenteil verkehrt worden. Die Firma hatte ihre sämtlichen Kunden angeschrieben und die

Anschuldigungen gegen Gissings widerrufen. Aufträge, die sich auf die »Asperton-Brillanz-Kollektion« bezogen, waren an Gissings weitergereicht worden, und die Marketingabteilung vertrieb Gissings-Artikel, als handele es sich um ihre eigenen. Das Auftragsvolumen war so umfangreich, dass Gissings mit voller Kapazitätsauslastung produzieren und sogar Arbeiten an Subunternehmer weitergeben musste. Selbst die Preise stimmten, denn ohne den unbarmherzigen Konkurrenzdruck durch die Aspertons und dank der enormen Woge positiver Publicity lief der Verkauf wie geschmiert, und sie konnten für ihre Produkte verlangen, was sie wollten.

Alle, die bei Georges Firmenübernahme beurlaubt worden waren, standen nun wieder auf der Lohnliste. Sämtliche Gehälter wurden auf das ursprüngliche Niveau angehoben; dazu gab es einen großzügigen Inflationsausgleich. George hatte entgegen dem gedämpften Protest von Wilmot sogar darauf bestanden, allen Mitarbeitern einen Bonus zu zahlen. Nie war die Stimmung im Betrieb besser gewesen.

Und sie machten Gewinn! Wenn die Verkaufszahlen sich auf diesem Niveau hielten, würden sie jährlich Möbel im Wert von drei Millionen Pfund mit einer Gewinnspanne von zehn Prozent verkaufen. Das machte im Jahr dreihunderttausend Pfund. Natürlich musste das Geld für die Tilgung des Darlehens verwendet werden. Doch Ballard hatte durchblicken lassen, dass sie zumindest einen Teil davon für die längst fällige Erweiterung ihrer Produktionsabteilung nutzen konnten.

»Erzählen Sie mir nicht, dass Sie jetzt, wo wir es nicht mehr nötig haben, Ihre großzügige Ader entdeckt haben. Typisch Banker, durch und durch gerissen«, sagte George.

»Ganz und gar nicht«, erwiderte Ballard. »Der Augenblick, in dem ein Unternehmen Profit macht und expandiert, ist doch genau der Moment, in dem es Geld gebrauchen kann. Jetzt erfüllt das Geld wenigstens einen Zweck. Vorher wäre es bloß durch den Kamin gegangen.«

»Tja, da ist was dran«, räumte George ein. »Ein wenig Cash, um unsere Produktionsetage zu erweitern und uns die Subunternehmer zu ersparen, könnte nicht schaden. Die fressen die Hälfte unseres Profits.«

Ballards Schnurrbart verbarg sein Lächeln, doch seine Augen blitzten vergnügt.

»Worüber lachen Sie?«

»Über Sie. Ich musste gerade daran denken, wie Sie das erste Mal hier aufgetaucht sind. Durchgestylt vom Scheitel bis zur Sohle, spritziger Sportwagen. Und sehen Sie sich jetzt an – hundertprozentiges Yorkshire-Kaliber, und ein verdammt gewiefter Geschäftsmann obendrein. Noch besser als Ihr Dad.«

»Besser als mein Vater? Sie machen Witze.«

»Nein. Er war ein außergewöhnlicher Unternehmer. Er hätte sogar in einem Gefangenenlager Geld gescheffelt. Aber ein großer Betrieb war nie sein Ding. Er stand bloß allen im Weg herum. Sie dagegen holen das Beste aus den Leuten heraus. Der alte Tom Gissing wäre stolz auf Sie, und das mit Recht. Denken Sie daran: Wenn Sie wollen, können Sie diese Firma ganz nach oben bringen.«

»Wenn ich will?«, echote George. »Was meinen Sie damit – ›wenn ich will‹?«

Ballard musterte den jungen Mann scharf.

»Nun, da ist immer noch das Testament Ihres Vaters. Ich nehme an, Sie arbeiten nach wie vor an Ihrer Million.«

»David, die Million hab' ich schon lange abgeschrieben. Mit etwas Glück mache ich dieses Jahr dreihunderttausend, nächstes Jahr vielleicht ein wenig mehr. Aber wenn wir Ihr verdammtes Darlehen zurückgezahlt und unsere Produktion erweitert haben, können noch mindestens fünf Jahre vergehen, ehe ich aus dem Laden eine Million rausgeholt habe. Das ist mehr, als ich noch bis vor kurzem erhoffen konnte, aber den Stichtag des Testaments habe ich dann auf jeden Fall um Jahre verpasst. Das wissen Sie so gut wie ich.«

Ballards Lächeln war verschwunden. Er blickte George forschend an, als suche er in dessen Gesicht nach der Antwort auf eine bestimmte Frage.

»Sie haben Recht, George. Wenn Sie bei Gissings bleiben, Ihren Profit klug reinvestieren und langfristig planen, werden Sie mindestens fünf Jahre brauchen, bis Sie Ihre Million erwirtschaftet haben. Möglicherweise länger. Sie werden Ihre Produktionskapazität ausbauen. Und bald wird die Fertigungsabteilung nach neuen Aufgaben verlangen. Es kann fünf oder zehn Jahre dauern. Das Einzige, wovon Sie sicher ausgehen können, ist das Wachstum Gissings, und dass dieses Unternehmen Ihnen und allen, die an Ihrer Seite arbeiten, Wohlstand bringen wird.«

Ballard hielt einen Augenblick inne, unschlüssig, wie er fortfahren sollte.

»Und weiter?«, drängte George. Nach kurzem Zögern gab Ballard sich einen Ruck.

»Aber das ist nicht Ihre einzige Möglichkeit. Sie können die Firma ebenso gut verkaufen. Das Unternehmen wirft gut und gerne dreihunderttausend ab. Sie könnten den Laden zum sechs- oder achtfachen Wert dieser Summe verkaufen. Wenn Sie Glück haben, sogar zum zehnfachen Wert. Natürlich müssen Sie das Darlehen davon abziehen, aber zwei Millionen würden mindestens für Sie herausspringen.«

George war verblüfft. Nie im Leben wäre ihm dieser Gedanke selbst gekommen. Alles, was er sich erhofft hatte, war Platz drei im Rennen um das Vermögen seines Vaters, sodass er sich wenigstens nicht vor seinen Brüdern schämen müsste und mit völlig leeren Händen dastand, wenn Zack und Matthew ihre Millionen auf den Tisch legten. Und jetzt ... jetzt eröffnete Ballard ihm plötzlich, dass *er* als Sieger aus diesem Rennen hervorgehen konnte. Dass er, George, eine Million – wenn nicht zwei – machen und sich den Jackpot von dreißig Millionen unter den Nagel reißen konnte. Sich allein die Blicke der beiden Brüder vorzustellen! Es würde ihm verdammt schwer fallen, sich von Gissings und der ganzen Truppe zu trennen, die ihm dabei geholfen hatten, den Karren aus dem Dreck zu ziehen – aber gegen dreißig oder vierzig Millionen gab es kaum ein Argument.

»Aber wer sollte den Laden kaufen?«, fragte er tonlos.

»Wenn Sie verkaufen wollen, sagen Sie mir Bescheid. Ich werde schon einen Käufer finden, wenn Sie wirklich wollen. Aber denken Sie darüber nach, George. Denken Sie gründlich darüber nach.«

## 8.

Sie sitzen in Ihrem Wagen und fahren friedlich die Straße entlang. An einer Ampel halten Sie, und ein Typ erscheint neben Ihnen und fordert Sie auf, auszusteigen und Ihnen den Schlüssel zu geben, weil er der Finanzierungsfirma soeben zehn Riesen für den Wagen angeboten hat und dieses Angebot angenommen wurde. Wie würden Sie sich verhalten?

Gehen wir davon aus, dass Sie darauf verzichten, dem Kerl den Hals umzudrehen und Ruhe bewahren. Als Erstes werden Sie sich vermutlich ans Telefon hängen und die Finanzierungsgesellschaft anrufen. Sie schenken sich das Geschwafel von moralischer Verpflichtung, langjähriger Beziehung und dergleichen und sagen stattdessen: »Zehn Riesen? Seid ihr verrückt? Das ist ein Dreiliterwagen, erstklassige Lackierung, der Motor wie neu. So ein lächerliches Angebot solltet Sie nicht mal in Erwägung ziehen!« Wirken Sie überzeugend. Wenn es nicht anders geht, lassen Sie sich ruhig zu ein paar persönlichen Seitenhieben gegen die Person hinreißen, von der das feindliche Angebot kommt.

Also gut. Das ist Ihr Part. Jetzt ist Ihr Widersacher an der Reihe. Der hängt sich ebenfalls ans Telefon. »Dreiliterfahrzeug? Dass ich nicht lache. Die Schleuder frisst mehr Sprit als 'n Space Shuttle. Das Einzige, was die Karre noch zusammenhält, ist der Lack. Und was den Motor angeht, sag' ich nur eins: Wenn Sie mal die Haube aufmachen, sollten Sie nicht niesen, sonst fliegt Ihnen der Rost um die Ohren. Zehn Riesen sind fünf Riesen mehr, als die Kiste wert ist. Nehmen Sie die Kohle, und schwirren Sie ab.« Vermutlich ist der Typ sauer wegen der Beleidigungen, die Sie über ihn vom Stapel gelassen haben und fügt noch ein paar Bemerkungen über Ihre eigenen charakterlichen Mängel hinzu.

Gut. Und jetzt sind Sie wieder an der Reihe. Dann er. Sie. Er. Der verbale Krieg zieht sich eine Zeit lang hin. Wenn Sie es schaffen, das Finanzierungsunternehmen auf Ihre Seite zu ziehen, muss der Typ eine Entscheidung treffen. Entweder er erhöht sein Angebot, oder er hofft mit dem Bündel, das er bereits auf den Tisch gelegt hat, zum Ziel zu kommen. Wahrscheinlich wird er ein paar weitere Beleidigungen gegen Sie für hilfreich halten.

Das war das Stadium, das Hatherleigh Pacific und die South China Trust Bank nun erreicht hatten. South China hatte soeben eine neue Breitseite gegen seine Aktionäre abgeschossen. Jetzt war Hatherleigh an der Reihe.

Zack und der Lord hockten in Hatherleighs Londoner Büro vor einem Lautsprecher und konferierten mit Scottie und Phyllis Wang in Hongkong.

Alle Vier waren beeindruckt, wie vehement die South China sich gegen ihre Attacke zur Wehr setzte. Durch die Belagerung schien das Management der South China aus seiner Lethargie erwacht zu sein und war mit rauchenden Colts gegen sie angetreten. Anschuldigungen schwappten von einer Seite zur anderen.

»Was haltet ihr von den neusten Firmenunterlagen?«, krächzte Scottie.

»Acht Seiten Beleidigungen. Elf Seiten Mist, den sie bereits gesagt haben. Nur eine Seite, die Bedeutung hat«, antwortete Zack.

»Seite drei, stimmt's? Die korrigierten Gewinnprognosen?«

»Genau. Sie behaupten, dass ihr Profit dieses Jahr dreißig Prozent über den Prognosen des Aktienmarktes liegen wird. Wenn das stimmt, müssten wir unser Angebot um dreißig Prozent erhöhen.«

»Und du glaubst, die Zahlen stimmen? Bisher haben sie nie so viel Gewinn gemacht.«

»Ja und nein. Da sie keinen ausgemachten Blödsinn verbreiten dürfen, müssen sie sich ihrer Sache ziemlich sicher sein. Aber ...«

»Was?«, fiel Scottie ihm lauthals ins Wort. »Willst du damit sagen, dass wir noch mal dreißig Prozent drauflegen sollen? Das ist unmöglich.« In Scotties Stimme schwang ehrliche Empörung mit. Zack stellte sich vor, wie die Augen in dem roten Gesicht des Schotten vor Erregung hervorquollen.

»Warten Sie einen Moment, Scottie.« Zack warf Hatherleigh einen Seitenblick zu und erwartete, ein Lächeln auf den Zügen des gelassenen Aristokraten zu sehen. Doch Hatherleigh lächelte nicht. Die Sache war zu ernst.

»Scottie, wenn Sie sich diese Prognosen genauer ansehen, wird Ihnen auffallen, dass der gesamte zusätzliche Gewinn aus Finanzgeschäften erwirtschaftet werden soll. An- und Verkauf von Devisen und dergleichen. Aber der eigentliche Marktwert der South China hat keinen plötzlichen Boom erlebt. Das wissen wir genau, weil unsere eigenen Fernostgeschäfte in letzter Zeit ebenfalls lau verlaufen sind. Also kann es nur einen Grund für den plötzlichen finanziellen Aufschwung geben.«

Zacks Gesprächspartner lauschten schweigend.

»Die machen mehr Profit, weil sie mehr spekulieren. Die spielen, weil sie nichts zu verlieren haben. Gewinnen sie, erhöhen sie dadurch ihre Profite und die Chance, ihre Unabhängigkeit zu wahren. Verlieren sie, sagen sie sich, dass sie sowieso untergegangen wären.«

»Also wollten wir eigentlich eine Bank kaufen und kriegen jetzt eine Spielbank, ein Casino?« Die Frage kam von Lord Hatherleigh.

»In gewisser Weise. Aber den Casinoteil kannst du dichtmachen, sobald du die Kontrolle über das Unternehmen hast.«

»Können wir noch zurück? Können wir den Deal jetzt noch abblasen?« Lord Hatherleigh stellte die Frage so leise, dass die Gesprächsteilnehmer in Hongkong sie kaum verstehen konnten.

»Warum sollten wir die Sache abblasen?«

»Wir wollten eine Bank, kein Casino. Können wir noch zurück?«

Zack schwieg. Damit hatte er nicht gerechnet.

»Nein«, räumte er schließlich ein. »Wir können das Angebot jetzt nicht mehr zurückziehen. Wenn die South China ein paar größere Löcher in ihren Bilanzen aufgedeckt hätte, sähe die Sache anders aus. Aber die Aufsichtsbehörden werden nicht zulassen, dass du das Angebot zurückziehst, nur weil das angepeilte Unternehmen unerwartet hohe Gewinne einfährt. So etwas wäre noch nie da gewesen.«

Hatherleigh trommelte leise mit den Fingerkuppen auf den lackierten Kaffeetisch – das einzige Anzeichen von Erregung, das dem hageren, jetzt nachdenklich wirkenden Mann anzumerken war.

»Was halten Sie von der Idee, ein Casino zu betreiben, Scottie?«, fragte Hatherleigh.

Scottie lachte, aber es hörte sich mehr wie ein heiseres Bellen an.

»Ich tue, was Sie mir sagen, Boss. Wenn Sie mir befehlen, ein Casino zu betreiben, betreibe ich ein Casino. Wenn Sie wollen, betreibe ich auch einen Puff.«

»Wir können die Spielhallen dichtmachen, sobald wir die Kontrolle haben, richtig?«

Zack nickte. »Richtig.«

Hatherleigh trommelte grübelnd weiter. Er und seine Familie besaßen dreißig Prozent von Hatherleigh Pacific. Zack war mit Sarah verheiratet, die ebenfalls einen bedeutenden Anteil besaß. Hier saß ein Banker, der durch eine falsche Entscheidung beinahe ebenso viel zu verlieren hatte wie das Unternehmen selbst. Hatherleigh empfand seit jeher tiefen Widerwillen gegen finanzielle Spekulationen und ließ so weit wie möglich die Finger davon. Aber hier handelte es sich nur um eine vorübergehende Sache, oder nicht? Und alle grundlegenden Argumente, die für den Kauf des Unternehmens sprachen, hatten nach wie vor Bestand.

»Okay. Wir schließen einen Kompromiss. Wir geben ein Statement heraus, das diese neuen Gewinnberechnungen widerlegt. Die Formulierungen müssen knallhart sein, Zack. Und wir fügen dem ursprünglichen Gebot nur einen Dollar hinzu und bieten sechsundvierzig. Mach Ihnen klar, dass das unser letztes Angebot ist. Ich denke nicht daran, Geld aus dem Fenster zu werfen, nur weil irgendein junger Knilch, der noch feucht hinter den Ohren ist, ein paar gute Einsätze gemacht hat.«

Zack nickte. »Okay.« Hatherleigh musterte ihn wohlwollend. Was für ein Glück er mit seinem Schwiegersohn hatte. Er war stolz darauf, dass Zack bei diesem ganzen Deal eine so wichtige Rolle spielte. Zacks Analyse würde die Gewinnberechnungen der South China so schonungslos auseinandernehmen, dass das Unternehmen vor Verlegenheit im Erdboden versinken würde.

Aber hinter Zacks gelassenem Nicken verbarg sich Anspannung. Dank seiner Hilfe würde Hatherleigh Pacific die entscheidende Runde gewinnen, aber letzten Endes zählte Geld mehr als Worte. Fünfundvierzig Dollar bedeuteten einen äußerst gravierenden Einschnitt. Es war noch alles offen: seine Vierzig-Millionen-Dollar-Provision, die Aussicht auf eine Partnerschaft und damit der Schlüssel zu den Millionen des Vaters. Angst ergriff von Zack Besitz.

## 9.

Dass Krankenhäuser heutzutage von Buchhaltern betrieben werden, ist bekannt, aber selbst wenn in diesem Fall eine Schar von Engeln zuständig gewesen wäre, hätte der behandelnde Arzt nicht umhin gekonnt, die Fortführung der Behandlung infrage zu stellen.

»Ich bin nicht überzeugt, dass die bisherigen Ergebnisse eine weitere Behandlung rechtfertigen«, sagte er. »Manchmal machen die Patienten größere Fortschritte, wenn sie völlig aus der Atmosphäre des Krankenhauses entfernt werden.« Helens Zustand hatte sich seit mehr als einem Jahr nicht mehr verbessert. Sprach-, Physio- und Beschäftigungstherapie hatten anfangs geringfügige Erfolge gezeigt, später nicht mehr. Josie durfte die Krankentabelle einsehen, aber im Grunde kannte sie die Wahrheit auch so.

»Wenn Sie meinen, wir sollten nicht mehr kommen, bin ich einverstanden«, sagte sie.

»Ich finde, wir sollten die Medikation bezüglich der Angstzustände und Depressionen weiterführen«, bemerkte der Arzt. »Insbesondere, da Sie der Meinung sind, Ihre Mutter leide immer noch unter Stresszuständen.«

Eine etwas bizarre Ausdrucksweise. Angesichts der Tatsache, dass Helen Abend für Abend und am Wochenende von ihrer Tochter bemuttert wurde und sich während der übrigen Zeit in der Obhut professioneller Pfleger befand, konnte man sie schwerlich als klassisches Stressopfer bezeichnen. Andererseits hatte der Arzt Recht. Bernard Gradleys Testament lastete wie ein Fluch auf der Familie, und Helen war das Hauptopfer. Ihre Söhne waren im Kampf um das väterliche Vermögen zu Rivalen geworden; ihre Tochter strampelte sich ab, um mit einem Minimum an Geld und Freizeit über die Runden zu kommen, während die »besseren Tage«, die Helen sich zeit ihres Lebens erhofft hatte, offenbar in unerreichbare Ferne gerückt waren. Helen hatte Angst, und diese Angst war die Ursache dafür, dass sie den Schutz ihrer geistigen Verwirrung der grausamen Realität eines klaren Kopfes vorzog.

»Sag dem netten Doktor auf Wiedersehen, Mum«, forderte Josephine ihre Mutter auf. »Wir werden nicht mehr hierher zurückkommen.«

Helen bemühte sich, die Worte mit den Lippen zu formen, wobei sich ihr Gesicht vor Konzentration zu einer Grimasse verzog. »Dem Himmel sei Dank«, brachte sie schließlich mühsam, aber deutlich hervor.

## WINTER 2000-2001

Weihnachten naht. Die Gans wird gemästet. Wirf dem Alten einen Penny in den Hut. Hast du keinen, tut's auch eine Million. Hast du die nicht, braucht dich sowieso keiner.

Es ist der 16. Dezember 2000. Noch 214 Tage, und zum ersten Mal blickt jeder der drei Brüder voller Optimismus in die Zukunft.

### 1.

Matthew klopfte an Fionas Tür.

»Komme gleich«, rief sie und trat einen Augenblick später aus ihrem Apartment hinaus auf den Flur. Sie trug einen bodenlangen Kaschmirmantel mit eingearbeitetem Wollschal. Matthew bemerkte, dass sie sogar ihr Makeup aufgefrischt hatte, statt sich wie sonst nach Büroschluss komplett abzuschminken. Sie gingen zusammen zum Lift und fuhren hinab in die freudlose Lobby.

Beide wohnten nach wie vor in ihren Firmenapartments in Blenheim Court. Irgendwie waren sie dort hängen geblieben, weniger weil ihre Arbeit sie so in Anspruch nahm, als vielmehr, weil sie nicht wussten, wie es weitergehen sollte. Matthew wollte mit Fiona zusammenleben. *Wirklich* zusammenleben. In einer Wohnung mit einer Eingangstür, einem Wohnzimmer, einem Schlafzimmer. Aber er fürchtete, dass

Fiona sich schon bei einem solchen Vorschlag wieder von ihm zurückziehen würde, und der Gedanke war ihm unerträglich. Und nichts lag ihm ferner, als Josies Drängen nachzugeben, wieder zu ihr und der Mutter nach Kilburn zu ziehen. Nach einem langen Arbeitstag nach Hause zu seiner behinderten Mutter zu kommen, die in dem schäbigen Wohnzimmer des heruntergekommenen kleinen Hauses saß und ihre pürierten Mahlzeiten löffelte? Nein, danke.

Fiona hingegen schien mit dem derzeitigen Arrangement durchaus zufrieden. Sie brauchte immer noch ihre Zurückgezogenheit und die Möglichkeit, Matthew nach dem Liebesspiel aus dem Bett zu komplimentieren, selbst wenn sie immer seltener von dieser Option Gebrauch machte. Matthew besaß keinen Schlüssel zu ihrem Apartment, und von Zeit zu Zeit verbrachte sie ganze Wochenenden, manchmal sogar Wochen ohne seine Gesellschaft. Aber er wusste, dass sie ihn trotz ihrer beharrlichen Fluchtreflexe ebenso brauchte wie er sie.

Die Verwaltung der Bank hatte beiden in letzter Zeit häufiger nahe gelegt, sich eine eigene Bleibe zu suchen. Doch Fiona hatte sie hingehalten, indem sie auf ihre Vorrechte als leitende Direktorin pochte. Aber selbst eine leitende Direktorin hat keinen unbegrenzten Anspruch auf eine Dienstwohnung, die ursprünglich nur als Übergangslösung gedacht war. Ab 31. Dezember würde die Bank die Mietzahlungen für das Apartment einstellen. Fiona beschloss, trotzdem in ihrem Apartment zu bleiben und die horrende Miete ab Januar selbst zu bezahlen. Diese Möglichkeit kam für Matthew nicht infrage, und er hatte lange und intensiv über Alternativen nachgedacht.

Sie traten aus der Lobby auf die Straße hinaus in die frostige, sternenklare Nacht. Zu Fuß gingen sie die paar Querstraßen weiter zu Gianfranco's, ihr Lieblingsrestaurant und angesagter Treffpunkt der gut situierten Bewohner von South Kensington.

Obwohl sie häufig hier waren, war dieser Abend etwas Besonderes. Die jährlichen EPAS-Beurteilungen lagen wieder einmal vor, und in dieser Woche wurde die Höhe der Bonusse bekannt gegeben. Als Matthews Vorgesetzte war es Fionas Aufgabe, ihm die Nachricht zu überbringen, und sie waren übereingekommen, den Anlass außerhalb der Bank zu begehen. Heute Abend war es so weit. In ihrer Tasche steckte ein Umschlag, in dem Matthew seine Gehaltserhöhung und die Höhe seines Bonus mitgeteilt wurden. Dieses Mal trübte kein Misserfolg seinen Bewertungsbogen; ein Fiasko wie das mit Western Instruments hatte sich nicht wiederholt. Ihr Team hatte einen Haufen Kohle gemacht, und Matthew war hundertprozentig an diesem Erfolg beteiligt. McAllister war begeistert, die Bank hoch zufrieden und Matthew voller Erwartung.

An der Garderobe half Matthew Fiona, assistiert von einer Reihe junger Italienerinnen mit üppiger Oberweite und spärlichen Englischkenntnissen, aus dem Mantel. Darunter kam ein rotes Abendkleid zum Vorschein, das Matthew sie noch nie hatte tragen sehen.

»Überraschung«, sagte sie und gab ihm einen Kuss.

Wahrhaftig. Eine Überraschung. Matthew hatte Fiona noch nie in etwas anderem als ihrem Business-Outfit oder lässiger Freizeitkleidung gesehen. Alle Sachen waren zugegebenermaßen von erlesener Qualität und geschmackvoll ausgesucht, aber hoffnungslos unerotisch. Im Büro wirkte sie professionell, zu Hause liebte sie es bequem. Kurze Röcke und extravagante Kleider gehörten nicht zu ihrer Ausstattung.

»Du siehst umwerfend aus, absolut umwerfend. Mir war gar nicht klar, mit was für einer gut aussehenden Frau ich auszugehen pflege.«

Sie versetzte ihm einen freundschaftlichen Knuff.

»Was verschafft mir die Ehre?«, neckte er sie. »Sagtest du nicht, die Bonusse sind nicht so wichtig?«

Sie zuckte mit den Schultern. Der Stoff des Kleides umschmiegte ihren Körper, wie es nur bei sehr exklusiven, meisterhaft geschneiderten Kleidungsstücken der Fall ist.

»Die Bonusse nicht«, antwortete sie. »Aber du bist wichtig für mich. Sogar sehr. Und manchmal fürchte ich, dass ich es dir nicht oft genug sage. Matthew, das war ein wunderbares Jahr für mich.«

Matthew nickte.

»Für mich ebenfalls. Zumindest hoffe ich das«, versuchte er trotz seiner Nervosität zu scherzen. »Kommt ganz drauf an, was in dem Umschlag ist.«

»Idiot«, erwiderte sie. Sie war ein wenig verletzt, dass er diesen Moment verdarb, indem er auf den Bonus anspielte. Er war besessen davon. Wie oft hatte sie ihm schon geraten, lockerer zu sein? Vergeblich. Mit einer verärgerten Geste zog sie den Umschlag aus der Tasche und betrat den Speiseraum des Restaurants.

Ohne einen Blick auf die Karte zu werfen, gaben sie ihre Bestellung auf. Der Kellner stellte ein Körbchen mit warmem Ciabata und ein Schälchen Olivenöl vor sie hin, und Fiona begann ein Stück Brot ins Öl zu tunken und daran zu knabbbern. Normalerweise hielt Matthew es ebenso, aber nicht heute. Fiona seufzte.

»Ich nehme an, wir kommen besser gleich zur Sache, sonst verdirbst du uns noch den ganzen Abend.«

Sie legte den Umschlag auf den Tisch, ließ aber beide Hände darauf liegen. Im Kerzenschein wirkte sie noch begehrenswerter als im Neonlicht der Eingangshalle, doch Matthews Augen ruhten auf dem Umschlag. Sie nahm es traurig zur Kenntnis und schob ihm das Kuvert über den Tisch hinweg zu.

»Du bist ein hervorragender Händler, arbeitest hart, hast der Bank eine Menge Geld eingebracht. Hier ist deine Belohnung. Glückwunsch.«

Matthew ignorierte die Bitterkeit in ihrer Stimme und riss das Kuvert auf.

Sein Gehalt war auf fünfundsechzigtausend Pfund erhöht worden, und man hatte ihn zum Vice President ernannt. Ein weiterer bedeutungsloser Titel im Räderwerk der Bank. Sein Bonus betrug 375 000 Dollar.

Matthew kalkulierte blitzschnell. 375 000 Dollar machten etwa 250 000 Pfund. Eine viertel Million. Mit ehrlicher Arbeit verdient.

Mein lieber Mann! Durch seine Insidergeschäfte hatte Matthew mit seinem ersten Bonus 300 000 Pfund Gewinn erzielt. Rechnete man diesen Bonus dazu, war er bei 550 000 angelangt. Im Verlauf seiner achtmonatigen Insidergeschäfte war es ihm gelungen, seine armseligen sechzigtausend um das Fünffache zu erhöhen. Nun brauchte er sein jetziges Vermögen in den verbleibenden sieben Monaten nur noch einmal zu verdoppeln. Ein Kinderspiel. Jetzt, da er durch die Spekulation mit Aktien mit noch fetteren Gewinnen rechnen konnte, würde er sogar schneller ans Ziel kommen.

Trotzdem wollte er bei einer Million aufhören. Im Laufe der Zeit war er immer nervöser geworden. Er hasste das verschlagene, selbstgefällige Gekicher Belials. Er hasste die Angst. Er hasste es, dass er sich des Betrugs strafbar machte. Er hasste den kleinen Platz, den Baum mit den Bänken darunter. Und er hasste es, dass er sich von Brian McAllister und allem in seiner Umgebung bedroht fühlte. Er war froh, wenn endlich Schluss damit war.

»Wahnsinn. Wirklich«, sagte er. »Ich danke dir.«

»Bedank dich bei EPAS«, erwiderte sie automatisch. »Willst du dir noch deine Stärken und Schwächen und all den Kram anhören?«

»Ich denke schon. Aber nicht jetzt. Nicht heute Abend.«

Matthew war selig. Nun galt seine uneingeschränkte Aufmerksamkeit wieder Fiona.

»Böse, dass ich so fixiert auf den Bonus war?«, fragte er sie.

»Ich schwöre dir, dass ich nie wieder ein hübsches Kleid anziehe, wenn du mich gar nicht richtig anguckst.«

»Es tut mir leid. Ich verspreche, dass es nächstes Jahr anders wird.« Er biss sich auf die Lippen. Es war ein ungeschriebenes Gesetz zwischen ihnen, dass sie nicht weiter als einen Monat vorausplanten. Fiona fühlte sich so rasch bedrängt, dass Matthew es sich angewöhnt hatte, derartige Themen lieber zu vermeiden. »Du siehst wunderbar aus«, wechselte er das Thema. »Du hast noch nie so verführerisch ausgesehen.«

Auf Fionas Gesicht erschien ein halbherziges Lächeln. Es war ihre Art, ihm zu sagen, dass sie seinen Hinweis auf nächstes Jahr zwar zur Kenntnis genommen hatte, dass es aber in Ordnung war. Sie würde nicht ausflippen und sich aufführen, als habe sie ihn gerade erst kennen gelernt.

»Danke«, flüsterte sie.

Matthew schwieg. In seiner Tasche befand sich ebenfalls ein Kuvert. Er war sich nicht sicher gewesen, ob er es Fiona geben sollte. Aber jetzt beschloss er es zu wagen.

»Fi, du weißt, dass wir in ein paar Wochen nicht mehr Tür an Tür wohnen werden?«

Sie nickte, aber er spürte bereits, wie sie sich innerlich versteifte.

»Meinst du, es wird dir fehlen?«

Sie nickte erneut.

»Wärst du bereit, etwas dagegen zu unternehmen?«

Fiona wartete stumm. Auf dem Börsenparkett war sie entschlusskräftig, gewandt und ausgeglichen. Wenn es um ihre Beziehung ging, war sie wie paralysiert, sobald irgendeine Initiative von ihr erwartet wurde.

»Fiona, Darling. Ich möchte mit dir zusammenleben. Ein Haus mit dir teilen.« Fionas Widerstreben war jetzt unübersehbar, und Matthew beeilte sich, ihr den Rettungsanker hinzuwerfen, den sie benötigte. »Ich weiß, dass du dein eigenes Reich brauchst, die Möglichkeit haben musst, dich von mir zurückzuziehen, wenn dir danach ist. Aber bitte, wirf einen Blick hier drauf, und dann sag mir, dass es nicht perfekt ist.«

Er schob den Umschlag zu ihr hinüber. Fiona griff danach und öffnete ihn.

Darin befand sich eine Immobilienbroschüre mit der Beschreibung mehrerer Kutscherhäuschen, in einer winzigen Sackgasse im Herzen von Chelsea gelegen, die zu modernen Wohnungen umgebaut und von imposanten, vierstöckigen Gebäuden umgeben waren, die eine Million und mehr wert waren. Die Kutscherhäuschen waren – wie die Ställe, als die sie einst dienten – zweistöckig. Nummer 11 befand sich am Ende der Gasse. Das Haupthaus umfasste zwei Schlafzimmer, jedes davon mit eigenem Bad, eine kleine Wohnküche sowie ein geräumiges, freundliches Wohnzimmer. Durch den hinteren Ausgang trat man auf einen kleinen, gepflasterten Hof mit einem Brunnen in der Mitte und unzähligen Terrakotta-Töpfen, in denen im Sommer duftende Kräuter und Blumen blühten. Aber das wahre Juwel – eine Besonderheit, die sogleich Matthews Aufmerksamkeit erregt hatte – befand sich auf der gegenüberliegenden Seite des Hofes: Ein langes, flaches Gebäude, das ehemals als Künstleratelier gedient hatte und jetzt zu einer separaten Wohnung umgebaut worden war. Wer hier wohnte, lebte völlig unabhängig vom Haupthaus. Selbst der Zugang zur Straße war durch ein separates Tor zum Hof möglich.

Fiona blätterte zuerst flüchtig durch die Broschüre, und dann, als ihr klar wurde, was Matthew vorschwebte, sah sie genauer hin.

»Wir könnten die Einheit zusammen kaufen, aber die Atelierwohnung gehörte dir allein. Ich hätte nicht einmal einen Schlüssel dazu und würde keinen Fuß hineinsetzen. Du hättest deinen eigenen Telefonanschluss, dein eigenes Bett, was immer du willst. Fionas Festung, die immer für dich bereitstünde.«

Sie nickte. Obwohl sie nun schon seit achtzehn Monaten zusammen waren, schien alles, was ihre Beziehung bestätigte, wie aus heiterem Himmel für sie zu kommen. Aber inzwischen kannte sie sich selbst gut genug, ihre ersten Fluchtreflexe unter Kontrolle zu haben. Sie lächelte ihn tapfer an.

»Sieht interessant aus. Vielleicht sollten wir es uns mal anschauen. An einem der nächsten Wochenenden vielleicht.«

Sie gab sich wirklich Mühe. Matthew lächelte sie an.

»Ich hab's mir schon angesehen. Es ist wunderbar. Du wirst es lieben.«

Matthew schwieg. Fiona schluckte. Der nächste Schritt würde der schwerste sein.

»Na ja, vielleicht sollten wir ein Angebot machen«, sagte sie. »Nur um andere Interessenten fernzuhalten, bis wir uns endgültig entschieden haben.«

Matthew nickte. Er neigte sich über den Tisch zu ihr hinüber. »Ich habe bereits ein Angebot gemacht. Sie haben akzeptiert. Natürlich musst du's dir erst ansehen, am besten morgen Mittag. Ich weiß, dass wir viel zu tun haben«, fügte er hinzu und nahm ihre Einwände vorweg, »aber wenn es darum geht, könnten wir ewig Ausflüchte finden. Bitte, lass es uns versuchen.«

Fiona holte tief Luft. Sie schaute Matthew an und blickte dann wieder auf die Fotos von dem Haus.

»Das kommt ein wenig plötzlich.«

»Ich weiß. Aber wenn ich dich vorgewarnt hätte, wäre es auch nicht einfacher für dich gewesen. Du hättest nur mehr Zeit gehabt, dir Ausreden zu überlegen.«

Fiona zögerte und blickte nachdenklich vor sich hin. Die einzige sichtbare Bewegung entstand durch den Kerzenschein, der auf ihren Armen und Schultern tanzte. Schließlich nickte sie.

»Okay. Sehen wir es uns morgen an. Wenn es mir gefällt, wagen wir es. Und ich werde bestimmt keine Ausflüchte suchen, wo es keine gibt. Ich danke dir, Matthew. Es ist eine wunderbare Idee.«

Ihre Worte klangen zuversichtlich, aber innerlich bebte sie vor Angst. Der Gedanke, mit jemandem zusammenzuleben, flößte ihr unsägliche Furcht ein. Sie war immer noch die Gefangene ihrer Vergangenheit. Nervös biss sie sich auf die Lippen.

»Keine Angst. Fionas Festung gehört dir allein. Wenn du es nicht willst, brauchst du mich monatelang nicht zu sehen.«

Sie drückte über den Tisch hinweg seine Hand.

»Ich danke dir, wirklich. Aber versprich mir, dass du mich niemals enttäuschst. Das könnte ich nicht ertragen.«

»Keine Angst. Das werde ich nicht.« Die Worte kamen Matthew leicht über die Lippen. Er wusste, dass er ihr niemals untreu sein würde. Er würde sich niemals betrinken, sie verprügeln, oder gar aufhören sie zu lieben. Aber was, wenn man ihn verhaftete und vor ihren Augen ins Gefängnis steckte? Es würde sie umbringen. Noch ein Grund, so bald wie möglich mit dem gefährlichen Spiel aufzuhören.

Sie küssten sich und unterhielten sich über das Haus. Der Preis betrug sechshunderttausend Pfund. Eine astronomische Summe, aber es lag schließlich in Chelsea. Fiona bestand darauf, dass sie ihre »Festung« aus eigener Tasche bezahlen und sie sich den Preis für das Haus teilten. Das bedeutete, dass Fiona vierhundert und Matthew die restlichen zweihunderttausend aufbringen mußte. Selbstverständlich würde sie alles in bar bezahlen. Wenn man, wie Fiona, seit zehn Jahren im Bankgeschäft war, benötigte man keine Hypothek. Matthew dagegen würde ein Darlehen aufnehmen, um seinen Anteil zu begleichen, denn er dachte nicht daran, sein Guthaben bei Switzerland International anzutasten.

Während sie sich unterhielten, verspürte Fiona eine Woge

nervöser Erleichterung. Sie lachte viel, trank eine Menge und flirtete schamlos mit Matthew. Sie wusste, dass sie unwiderstehlich aussah. Und Matthew verspürte die gleiche Faszination, die ihn schon am Strand von Jamaica, in Vermont und unzählige andere Male in diesem Jahr in den Bann geschlagen hatte. Er konnte es kaum erwarten, nach Hause zu kommen, um das brennende Verlangen in ihrem Blick zu löschen. Sie neckte ihn mit seiner Ungeduld, indem sie ihr Dessert betont langsam aß, sich noch einen Kaffee bestellte und den Kellner ausführlich nach seiner Familie befragte, die in Gerona zu Hause war. Und während der ganzen Zeit warf sie Matthew verheißungsvolle Blicke zu und nestelte unter dem Tisch mit ihrem Fuß an seinem Bein.

Als sie endlich aufbrachen, ließ sie es sogar zu, dass Matthew auf dem Weg zur Garderobe den Arm um sie legte. Sie schmiegte sich an ihn und gab ihm zu verstehen, dass sie ihr Versprechen halten würde.

Abgesehen von dem roten Alarmlicht des Feuermelders lag der kleine Eingangsraum im Dunkeln. Die vollbusigen Italienerinnen waren verschwunden.

»Keine Sorge. Ich klettere einfach über den Tresen und hole unsere Mäntel selbst«, sagte Matthew.

»Nicht nötig«, ertönte eine Männerstimme aus dem Dunkel. »Ich bin sowieso gerade dabei, meinen Mantel zu suchen.«

Die Gestalt tauchte aus einer Ecke hinter dem Schalter auf und trat in den dämmrigen Lichtschein, der durch die Eingangstür hereinfiel. Mit einem Anflug von Entsetzen erkannte Matthew die Gestalt Belials.

Adrett wie immer, in ein schickes kleines Dinnerjacket gekleidet, ergriff der Mann Matthews Hand und schüttelte sie überschwänglich.

»Matthew! Wie schön, Sie zu sehen. Und wer ist die bezaubernde junge Dame? Sie gestatten, dass ich mich vorstelle?

Mein Name ist James Belial«, säuselte er und streckte Fiona seine haarige kleine Hand entgegen.

Belial grinste Matthew an, schüttelte Fionas Hand eine Spur zu lange und wirbelte dann auf der Suche nach ihren Mänteln hinter der Garderobe umher. Er bestand darauf, mit den Mänteln über dem Arm zurück über den Tresen zu klettern, wobei er mit seinen grotesken kurzen Beinen mehrfach Anlauf nehmen musste.

»Bitte vielmals um Verzeihung. Aber dieser Schalter ist nicht für kleine Gentlemen wie mich konzipiert. Hier, bitte schön. Darf ich Ihnen in den Mantel helfen?«

Unter Matthews entsetztem Blick half der hässliche kleine Kerl Fiona in den Mantel, wobei seine plumpen braunen Fingerspitzen ihren Hals streiften. Und während der ganzen Zeit plapperte er unaufhörlich.

»Verzeihung, ich habe Ihren Namen nicht ganz verstanden. Fiona? Fiona Shepperton? Ah, sehr erfreut, Sie kennen zu lernen. Nein, nein, Matthew und ich sind nur Geschäftspartner, stimmt's Matthew?« Belial bedachte Matthew mit einem verschlagenen Augenzwinkern. »Hatte ganz vergessen, dass Sie in diesem Teil der Stadt wohnen. Immer noch im Blenheim Court, nehme ich an. Ich komme jedes Mal hierher, wenn ich in London bin, was sehr häufig der Fall ist, müssen Sie wissen. Alle meine Kunden wohnen hier. Hervorragendes Restaurant, finden Sie nicht auch? Einer meiner Lieblingsläden. Hab' schon hier verkehrt, als ich noch bei Madison war. Sie arbeiten auch für Madison, Miss Shepperton? Oder sollte ich Mrs. sagen? Ihr Amerikanerinnen seid großartig. Ich habe wirklich gern dort gearbeitet. Aber wo ich jetzt bin, fühle ich mich noch wohler – darf ich Ihnen meine Karte geben? Hier, bitte schön. Ja, jetzt komme ich nämlich mit einer ganz anderen Klientel zusammen. Haha!«

Schließlich gelang es Matthew, Fiona aus Belials Fängen zu befreien. Belial sah ihnen vom Eingang des Restaurants aus nach, wobei er auf seinen kurzen Beinen auf und ab wippte. Eine groteske kleine Figur mit verschlagenem Gesichtsausdruck.

»Wer, in aller Welt, war das denn?«, fragte Fiona.

»Vergiss ihn. Irgend so ein Typ, den ich mal auf einer Konferenz kennen gelernt habe. Hat sich mir förmlich aufgedrängt. Wollte mich überreden, Geld bei seiner Firma zu investieren.«

»Und, hast du?«

»Glaubst du, dem gebe ich Geld? Wohl kaum.«

Sie ließen das Thema fallen, doch Matthew war der Schreck in die Glieder gefahren. Das ganze Jahr über war es ihm gelungen, Belial und Switzerland International von Madison fernzuhalten. Und jetzt hatte sich dieser widerliche kleine Zwerg an seine Freundin herangemacht, die gleichzeitig sein Boss war, ihr seine Karte in die Hand gedrückt und sich aufgeführt, als seien er und Matthew praktisch Busenfreunde. Matthew war sicher, dass Fiona ihm glaubte, dass er nichts mit Belial zu tun hatte. Dennoch, bis zum heutigen Abend war dieses dunkle Geheimnis in einem eigenen, unsichtbaren Universum verborgen gewesen. Und jetzt war es näher gerückt und warf seinen hässlichen Schatten ausgerechnet auf jenen Teil seines Lebens, den er unbedingt rein und makellos hatte halten wollen.

Sie gingen nach Hause und liebten sich in Fionas Apartment. Aber Matthew saß der Schreck über die Begegnung mit Belial immer noch in den Knochen, und Fiona spürte, dass seine Gedanken woanders waren. Was eigentlich der perfekte Abschluss eines wunderbaren Abends hätte werden sollen, war verdorben.

Noch vier Monate musste er mit Belial Geschäfte machen. Im schlimmsten Fall fünf oder sechs. Dann wäre es endlich vorbei.

## 2.

Um halb eins nachts hielt das Taxi vor dem zweistöckigen Gebäude in Chelsea. Zack und Sarah bewohnten in dieser ruhigen Seitenstraße nahe des Sloane Square eine Dreizimmerwohnung. Drinnen brannte noch Licht. Zack stieg die Stufen hinauf und schloss die Tür auf.

Er rechnete damit, Sarah zusammengekuschelt auf dem Wohnzimmersofa vorzufinden, wo sie ihn lächelnd erwartete, aber das Zimmer war leer. Vielleicht war sie ja in der Küche und bereitete noch einen koffeinfreien Kaffee vor. Sie war tatsächlich in der Küche, aber nicht, um Kaffee zu kochen. Die Küche war ein L-förmiger Raum, in dessen Längsteil sich eine cremefarbene Essecke befand, sodass man beim Essen die Töpfe und Pfannen des Kochbereichs nicht im Blick hatte. Der Mahagonitisch, dessen polierte Oberfläche üblicherweise durch ein Wachstuch geschützt wurde, war heute Abend festlich gedeckt mit feinstem Porzellan, Kristallgläsern und Tafelsilber. In einem silbernen Kerzenleuchter steckten zwei heruntergebrannte Kerzen, und zwei kostbare Platten mit liebevoll zubereiteten, inzwischen kalten Speisen standen verwaist auf einem Tablett am Rand des Tisches. Statt der gewohnten Jeans und T-Shirt trug Sarah einen langen Samtrock und eine blaue Seidenbluse und hatte sogar eine Perlenkette angelegt. Ihr sonst so fröhliches Gesicht spiegelte Enttäuschung wider.

»Hallo, meine Schöne. Es tut mir leid. Ich hatte ja keine Ahnung, dass du so eine Überraschung geplant hast.«

»Du hast gesagt, du bist um neun zu Hause.«

»Wirklich? Verdammt, du hast Recht. Aber es ist was dazwischengekommen, und ich habe überhaupt nicht mehr auf die Uhr gesehen.«

Enttäuscht oder nicht – Sarah in Samt und Seide wirkte auf Zack ebenso reizvoll wie Sarah in Reithosen, verschwitztem

T-Shirt, irgendeinem Fummel oder gar nichts an. Das versäumte Abendessen machte ihm wenig aus, aber er fühlte ein unwiderstehliches Verlangen nach seinem bevorzugten Nachtisch-Vergnügen.

»Können wir noch was retten?«, fragte er. »Möchtest du einen Brandy?«

Sie schüttelte den Kopf und strich sich die Haare hinter beide Ohren. Ein fatales Zeichen. Fiel ihr dunkelblondes Haar locker über die Ohren, konnte man sicher sein, dass sie in gelassener Stimmung und Sex keinesfalls abgeneigt war. War nur ein Ohr frei, bestand zumindest Hoffnung. Aber die Haare hinter beide Ohren geklemmt, war ein hoffnungsloses Zeichen. Zack holte sich ein Bier aus dem Kühlschrank und setzte sich seiner Frau gegenüber an den Tisch. Er hatte einen langen, aufreibenden Tag hinter sich, und obwohl er daran gewöhnt war, fühlte er sich ausgelaugt. Wenn er müde war, wirkte sein dunkles, kantiges Gesicht noch düsterer und hagerer.

»Was ist los? Es geht doch nicht nur darum, dass ich so spät komme, oder?«

Sarah nickte.

»Ich bin dir auch nicht böse. Du hattest zu tun, okay. Du hast vergessen anzurufen, aber ich hätte dich genauso gut anrufen können. Du konntest ja nicht ahnen, dass ich ein Überraschungsdinner plane. Es ist nur ... na ja, wo soll das eigentlich enden? Wann können wir endlich ein normales Leben zusammen führen? Weißt du eigentlich noch, wann wir das letzte Mal unter der Woche gemeinsam zu Abend gegessen haben?«

Zack nahm einen Schluck Bier und hängte sein Jackett über die Rückenlehne des Stuhls. Ohne die Schulterpolster wirkte seine Gestalt gebeugter, das Ergebnis seiner vorwiegend sitzenden Tätigkeit.

»Im Moment ist wirklich die Hölle los. Auf der einen Seite ist da die South-China-Übernahme deines Vaters, die jede Menge Zeit auffrißt. Dann muss ich mich noch um mein Steuerprojekt kümmern, das jetzt in vollen Zügen anläuft. Dazu noch tausend andere Kleinigkeiten. Im Moment kommt einfach alles zusammen. Aber wenn ich diese Sache für deinen Vater durchgezogen habe, kehrt wieder Ruhe ein.«

»Mach dir doch nichts vor. Wenn der Deal mit South China abgehakt ist, kommt etwas anderes. Und danach wieder was anderes. So läuft das nun mal bei Weinstein Lukes. Bei Coburg's ist es ja genauso, nur dass wir um neun Uhr abends das Handtuch werfen, und nicht erst um Mitternacht wie ihr. Und wir arbeiten auch nicht am Wochenende.«

Zack seufzte. Sie hatte Recht, und sie beide wussten es.

»Okay, aber ich habe nun mal keine andere Wahl. Ich glaube nicht, dass sich jemand dafür interessieren würde, wenn ich mich über zu viel Arbeit beklagte.«

»Ich weiß. Arbeiten die langjährigen Mitarbeiter eigentlich weniger?«

»Nein, genauso viel. Und sie sind ebenso viel unterwegs.«

»O Gott, die Dienstreisen. Erinnere mich nicht daran.«

Aufgrund des Deals mit Hatherleigh Pacific und seines ROSES-Projektes musste Zack mindestens alle vierzehn Tage in den Fernen Osten reisen. Da die Flüge nach Hongkong meist überfüllt waren, hatte er seine Sekretärin angewiesen, ihm für die kommenden zwanzig Wochen an jedem Sonntagabend einen Platz zu buchen. Wenn er die Buchung nicht benötigte, ließ er sie einfach verfallen.

»Was schlägst du also vor?«

Sarah strich ihr Haar, das ohnehin fest hinter ihren Ohren klemmte, erneut zurück.

»Keine Ahnung. Ich will nur nicht, dass eines dieser furchtbaren Bankerpärchen aus uns wird, die sich nie zu Gesicht kriegen. Und ich möchte unsere Kinder nicht an irgendwelche Kindermädchen weiterreichen, um mich dann bei unseren Sprösslingen vorzustellen, wenn sie ihren Collegeabschluss feiern.«

Zacks Verlangen war verebbt. Gedämpft durch die Botschaft ihrer hinters Ohr geklemmten Haare und seine eigene Müdigkeit. Aber jetzt wallte plötzlich ein anderes, ganz neues Gefühl in ihm auf. Ihm wurde klar, dass Sarah der geradlinigste, ehrlichste und unkomplizierteste Mensch war, den er jemals kennen gelernt hatte. Wie viele andere Frauen hätten ihm wegen des verdorbenen Abends die Hölle heiß gemacht, statt einfach das Problem sachlich anzugehen? Gerührt von ihren Worten und seiner plötzlichen Erkenntnis, starrte er sie wie gebannt an.

»Ich liebe dich, Sarah. Du bist ein wunderbarer Mensch, und ich bin froh, mit dir verheiratet zu sein.«

Sarah lehnte sich vor, wobei eine Strähne ihres Haares hinter dem Ohr hervorrutschte. Sie brach in herzliches Gelächter aus.

»Was in aller Welt veranlasst dich ausgerechnet jetzt zu so einer Bemerkung?«

Zack zuckte mit den Schultern. »Es war bloß, was ich gerade dachte.«

»Was für ein sonderbarer Mann du bist.« Sarah lächelte ihn an, ihre Augen glitten über sein Gesicht. »Was sollen wir tun?«

»Also«, begann Zack, »ich verspreche, dass ich nicht ewig für Weinstein Lukes arbeiten werde. Die Arbeit dort gefällt mir zwar, aber nicht so sehr, dass ich für immer dabei bleiben will. Ich werde meine Kündigung einreichen, wenn du dein erstes Baby erwartest.«

Ein Versprechen, das ihm nicht weiter schwer fiel. Wenn er erst über das Vermögen seines Vaters verfügte, bestand kein Anlass mehr, seine Bankerkarriere fortzusetzen. Und was Babys anging ... nun, sie mochten ein Bestandteil von Sarahs Lebensplanung sein, nicht aber von Zacks.

»Und was ist mit der Gegenwart? Jetzt sind wir jung und erleben angeblich unsere besten Jahre, aber wir sehen uns kaum.«

»Ich werde versuchen, weniger Wochenenden zu arbeiten.«

»Das hast du schon versucht.«

Sarahs Haar hatte sich jetzt völlig hinter dem linken Ohr gelöst und machte Anstalten, auch hinter dem rechten Ohr hervorzurutschen. Zacks Gefühle für sie bewegten sich wieder in eine vertrautere Richtung. Er langte über den Tisch und nahm ihre Hand.

»Sarah, ich möchte Weinstein Lukes jetzt noch nicht aufgeben. Ich möchte den Deal deines Vaters und mein Steuerprojekt zu Ende bringen und dann vielleicht noch zwei oder drei andere Projekte. Das ist alles.«

Sarah spielte mit Zacks Händen.

»Darling, warum bist du eigentlich Banker geworden?«, fragte sie ihn.

»Irgendetwas musste ich nach dem Tod meines Vaters tun. Ich wollte beweisen, dass ich es schaffen kann. Keine Ahnung, was danach kommt. Vielleicht wende ich mich wieder der Philosophie zu.«

»Lieber nicht. Als Philosoph hast du mich zum Wahnsinn getrieben. Erst als Banker bist du sanft wie ein Kätzchen geworden.«

Zack lächelte sie an. Ganz gleich, wie er sich letzten Endes aus dieser Ehe befreite, er würde alles daran setzen, diese wundervolle Frau nicht zu verletzen. »Und wie bist du ins Bankgeschäft gekommen?«, fragte er sie.

»Ganz einfach. Ich wusste, dass Dad begeistert sein würde, wenn ich bei Hatherleigh Pacific einsteige. Und wenn es nur darauf hinausläuft, dass ich irgendwann im Vorstand sitze. Also wollte ich mich so gut wie möglich aufs Geschäftsleben vorbereiten. Aber ich bin ebenso wenig wie du mit meinem Job verheiratet.«

»Hört sich an, als wären wir füreinander geschaffen«, bemerkte Zack. Seine Hand massierte die ihre, und allmählich wurde die Bewegung seiner Finger intensiver. Sarahs Haare umrahmten jetzt wieder ihr Gesicht, aus dem jeder Zorn, jede Enttäuschung gewichen war. Sie las die Frage in seinen Augen.

»Es ist schon ein bisschen spät«, sagte sie.

»Dann fangen wir besser gleich an«, antwortete er.

## 3.

An einem Montagmorgen, neun Monate nach seinem Abgang bei Gissings und dreieinhalb Monate nach seinem Verschwinden bei den Aspertons, tauchte Darren wieder an seinem alten Arbeitsplatz auf. Seine ehemaligen Kollegen hießen ihn mit lautem Hallo und überschwänglichem Händeschütteln und Schulterklopfen willkommen. Dave drehte vor Begeisterung das Radio auf volle Lautstärke und führte einen Freudentanz um seinen alten Kumpel herum auf. Alle überschütteten den Heimgekehrten mit Fragen. »Also hast du dich wieder mit George versöhnt?« – »Wo hast du bloß die ganze Zeit gesteckt?« – »Arbeitest du jetzt wieder hier?«

Darren gab ihnen nur ausweichende Antworten. »Das Herumhängen hat mich angeödet, also hab' ich George angerufen und mich entschuldigt, und er meinte, ich könne zurückkommen, und da bin ich«, war alles, was sie aus ihm herausbekamen.

Abgesehen von George und Darren selbst war Jeff Wilmot der Einzige, der mehr wusste. Ihm waren nämlich vor einigen Wochen bei der Durchsicht diverser Kontoauszüge regelmäßige Überweisungen an Darren aufgefallen. Natürlich hatte er die Angelegenheit George gegenüber zur Sprache gebracht. »Ich hoffe doch, dass Darren nicht noch inoffiziell auf unserer Lohnliste steht«, sagte er. »In diesem Fall bekämen wir ernsthafte Schwierigkeiten wegen Vernachlässigung unserer Verpflichtungen wie Sozialleistungen, einzubehaltende Lohnsteuerbeträge und, und, und ... Ich meine ... es wäre äußerst unkorrekt ... ich finde, wir sollten ...« Er verstummte angesichts von Georges unbekümmertem Umgang mit gesetzlichen Vorschriften.

»Machen Sie sich keine Gedanken, Jeff«, beschwichtigte der ihn. »Verbuchen Sie es einfach als Werbungskosten, und lassen Sie's gut sein.«

Wilmot war schnurstracks in sein Büro zurückgekehrt, hatte sich nacheinander drei Kekse in den Mund gestopft und ein erbittertes Memorandum an George verfaßt, das dieser sogleich in den Papierkorb wandern ließ. George wusste, dass Wilmot viel zu ängstlich war, um über die Angelegenheit zu tratschen – und das war das Einzige, was ihn interessierte. Schließlich wollte er nicht riskieren, dass die Aspertons ihre Großzügigkeit doch noch überdachten.

Nur Val, die eintraf, als Darren von allen Seiten beglückwünscht wurde, zählte zwei und zwei zusammen.

Eilig stieg sie die Treppe hinauf. Draußen regnete es, und ihre derben braunen Stiefel hinterließen Pfützen auf den Stufen. Bevor sie auf dem oberen Treppenabsatz anlangte und auf die so genannte Managersuite zusteuerte, schüttelte sie mit einer energischen Handbewegung ihren schwarzen Regenschirm aus. Sie fühlte sich alles andere als wohl in ihrer Haut. Seit George von seiner Jagd auf Kiki zurückgekehrt war, hatte sie kein einziges persönliches Wort mehr mit ihm gewechselt. Aber nun schien es angebracht, ihr selbst auferlegtes Schweigen zu brechen.

»George«, Val war sichtlich nervös, und ihre Stimme klang heiser, als sie weitersprach. »Darrens Verschwinden, diese Verleumdungskampagne der Aspertons, die Art und Weise, wie du es ihnen heimgezahlt hast, und jetzt Darrens plötzliche Wiederkehr – das war doch alles ein abgekartetes Spiel, hab' ich Recht?«

George nickte. Val klang stocksauer, aber sie war schon seit

Monaten sauer auf ihn, also war es ohnehin gleich. Und egal, was sie sich zusammenreimte, sie würde niemals etwas unternehmen, das Gissings schaden könnte. Val konnte er sein Geheimnis getrost anvertrauen. Er biss sich auf die Lippe und nickte wieder. »Stimmt. Von Anfang bis zum Ende. War meine Idee. Und Darren hat seine Rolle genial gespielt.«

Val seufzte. »Dann muss ich mich entschuldigen. Ich schulde dir ... es tut mir leid, was ich dir damals an den Kopf geworfen habe.«

George musterte sie. Es fiel ihr offensichtlich schwer, sich zu entschuldigen, da sie immer noch verletzt und wütend auf ihn war. Seit Kiki ihn sozusagen mit der Nase darauf gestoßen hatte, was er wirklich für Val empfand, waren seine Gefühle von Tag zu Tag gewachsen. Aber im Gegensatz zu der Wandlung, die sich in seinem eigenen Inneren vollzogen hatte, wirkte Val uneinnehmbar wie eine Festung aus Yorkshire-Felsgestein.

»Schon gut«, sagte er. »Wir sollten die Sache bloß nicht an die große Glocke hängen. Die Aspertons würden nicht mehr lange kuschen, wenn sie Wind von der Geschichte kriegten.«

»Verstehe. Aber es tut mir aufrichtig leid. Du hast etwas Großartiges getan, George, und ich bedauere, dass ich dir die Sache erschwert habe.« Vals tiefliegende blaue Augen wichen seinem Blick aus. Ihre Lippen zitterten.

George streckte die Hand nach ihr aus. Am liebsten hätte er sie in die Arme geschlossen und getröstet. Aber er bremste sich und versuchte, ihr mit Worten entgegenzukommen.

»Danke, Val. Ich ... ich weiß, dass es für dich auch leichter gewesen wäre, wenn du alles gewusst hättest. Du musstest mich ja für einen Tyrannen halten.«

Wie sie jetzt mit Tränen in den Augen und zitternden Lippen zu ihm aufblickte, bot sich George ein Bild von Val, das nur die wenigsten kannten. Ihr großflächiges, leicht unregelmäßiges Gesicht, die intelligenten Augen, das jungenhafte, lohfarbene Haar – George hatte sie niemals bezaubernder gefunden.

»Val ... ich«, er hielt inne.

Val stand vor ihm. Sie wich weder zurück, noch kam sie ihm einen Schritt entgegen. Was sollte er daraus schließen?

»Val«, begann er von neuem. »Ich weiß, dass es mies von mir war, damals einfach abzuhauen. Du hättest wirklich etwas Besseres verdient als mich. Meinst du, du könntest mir noch eine Chance geben?«

»Wir haben zusammengelebt, George. Wir waren ein Liebespaar.«

»Ich weiß.«

»Du hast mir sehr wehgetan. Ich hatte mir geschworen, es dir nie zu verzeihen.«

Sanft hob er ihr Kinn mit der Hand, bis ihre tränenglänzenden Augen ihn anschauten.

»Ich weiß, Val. Aber inzwischen bin ich erwachsen geworden. Du brauchst mir nicht zu verzeihen. Gib mir nur eine zweite Chance.«

Val starrte nachdenklich vor sich hin, auf ihrem Gesicht spiegelten sich Zweifel und Hoffnung. Im Sommer, kurz nach der Hochzeit von Georges Bruder, hatte sie einen Anruf von Kiki erhalten. Kiki hatte ihr beteuert, dass George sie aufrichtig liebe, und dass Val ihm noch eine Chance geben solle. Obwohl es ihr schwer gefallen war, hatten ihr Stolz und der Zorn über die Sache mit Darren sie davon abgehalten. Was sollte sie bloß mit diesem unmöglichen Kerl anfangen?

Sie griff nach Georges Jacke, bis sie das Gewicht der Brieftasche spürte, zog sie heraus und öffnete sie. Neben ein paar Kreditkarten und Rechnungen befand sich nichts Nennenswertes darin. Bis auf ein paar Fotos. Beim Aufschlagen der Brieftasche blickte Val ihr eigenes Konterfei entgegen – das Bild, das sie George im letzten Sommer geschenkt hatte. Außerdem gab es da noch ein Passfoto, das George irgendwann aus ihrem Schreibtisch entwendet haben musste. Sie hatte es nicht einmal vermisst. Auch die Aufnahmen von Kiki waren noch da. Allerdings steckten sie hinter ihren eigenen, und als Val daran zog, merkte sie daran, wie die Bilder festpappten, dass sie seit Monaten nicht mehr hervorgezogen worden waren.

Val blickte zu ihm auf und nickte. Er zog sie an sich, und sie umarmten sich wie Gefangene, die sich nach langer Zeit in Freiheit wieder begegnen. George zog Val zu sich auf den Schoß, und während sie sich endlich aussprachen, bedachten sie sich gegenseitig immer wieder mit Küssen.

»Ich hab' dich so vermisst.«

»Es war furchtbar, nicht mit dir zu sprechen. Aber wenn ich mich nicht auf diese Art geschützt hätte, wäre ich blitzschnell schwach geworden.«

»Mein Gott, hätte ich das geahnt, wäre das Warten leichter gewesen.«

»Ach, George.«

Keiner von beiden wagte so recht, die vertrauten Kosenamen zu benutzen. Zwar waren sie jetzt wieder vereint, aber wie würde es weitergehen? Auch während ihrer ersten gemeinsamen Zeit hatten sie nie darüber gesprochen, wie ihre Beziehung in Zukunft aussehen sollte. An welchem Punkt standen sie nun? Seit Georges Rückkehr steckte ein Verlobungsring in seiner Tasche, der sich nun fordernd gegen sein Herz zu drücken schien.

»Val«, begann er. »Wenn es noch zu früh ist, wenn du mehr Zeit brauchst ... das ist in Ordnung. Ich will dich auf keinen Fall drängen, aber ... meinst du, es wäre möglich? Willst du meine Frau werden?«

Sie brachte keinen Ton hervor, aber ihr Blick sprach Bände. George drückte sie an sich. »Val, ich liebe dich.«

Irgendwann lösten sie sich voneinander, aber sie blieb auf seinen Knien sitzen: ein schlichtes, rothaariges, übergewichtiges Pärchen. George zog den Ring, der ihn dreißigtausend Pfund gekostet hatte, aus der Brusttasche seines Jacketts.

Es handelte sich um einen echten rosafarbenen Diamanten, der einst im Besitz eines Filmstars gewesen war, was den Preis zusätzlich hochgetrieben hatte. Der Stein war ziemlich groß für eine Frauenhand, und an Kikis zierlichen Fingern hätte er vermutlich lächerlich gewirkt. Val blickte auf den schmalen goldenen Reif und versuchte, ihn sich über den Finger zu streifen. Er passte gerade eben über das erste Gelenk ihres Ringfingers. Sie hielt ihre Hand ins Licht, um das magische Feuer im Innern des Steins zu betrachten, und lächelte.

»Hast du den die ganze Zeit mit dir herumgetragen?«

George nickte. »Jeden Tag.«

»Der muss dich ein Vermögen gekostet haben.«

»Mehr. Er hat mich beinahe die ganze Fabrik gekostet.« Und George erklärte ihr, wann und weshalb er den Ring gekauft hatte.

Val starrte in das kalte Feuer des Steins.

»Um ehrlich zu sein, George, ich will nicht Kikis abgelegte Sachen tragen. Ich hätte lieber einen Ring, der mehr zu mir passt.«

George nickte.

»Der Stein ist sowieso ein wenig groß«, sagte er.

»Und eine Spur zu auffällig.«

»Ja, das auch.« George seufzte. »Ich habe auch nicht wirklich geglaubt, dass du ihn haben willst. Aber ich habe ihn Kiki angeboten, also war ich es dir schuldig, ihn dir ebenfalls anzubieten.«

»Vielleicht sollten wir morgen zusammen nach Leeds fahren und uns da nach etwas Passendem umschauen.«

Val küsste ihren Verlobten und lächelte.

»Genau das werden wir tun, mein Schatz«, sagte sie.

## 4.

Weihnachten steht vor der Tür. Nicht mehr lange, und das Schicksal der Gänse wird sich erfüllen, ebenso wie das all der anderen Vögel, die sich wünschen, Christus hätte niemals Berühmtheit erlangt.

Josephine und Helen verbringen die Weihnachtswoche in Ovendon House. Da Helen dort ist, leisten auch George, Val, Fiona und Matthew der Einladung Folge. Lord und Lady Hatherleigh sind perfekte Gastgeber; sie heißen die neuen Familienangehörigen willkommen wie ihre eigenen und stören sich nicht im Geringsten an Helens Behinderung. Zumal sich Helen, genau wie während der Hochzeitsfeier, ausgesprochen wohl in Ovendon House fühlt. Die Umgebung scheint ihr gut zu tun. Ihre Aussprache ist schleppend aber deutlich; ihr Gang sicher, wenn auch langsam, und ihr Durchhaltevermögen ist besser als daheim. Nur wenn sie ermüdet, verwirrt sich ihr Bewusstsein. Sie vergisst nach wie vor, dass Zack und Sarah diejenigen sind, die geheiratet haben, und beharrt auf ihrer Annahme, Val und George seien ein Ehepaar. Der Gedanke gefällt ihr. Val nennt sie »Val«, Sarah »das Mädchen«. Fiona nimmt sie überhaupt nicht wahr.

Zack und Josephine haben eine Art Waffenstillstand geschlossen. Sie verzichtet darauf, sich in Gegenwart seiner Familie über seine Knauserigkeit und Pflichtvergessenheit zu beschweren und hat sogar davon abgesehen, ihren geliebten Laptop mitzubringen. Zu jedermanns Erstaunen scheint sie sich in einen Computerfreak zu verwandeln – eine Neigung, die sich noch vor drei Jahren bei Josie niemand hätte vorstellen können. Zack für seinen Teil zeichnet sich durch ungewohnte Höflichkeit aus und versucht sogar, sich um Helen zu kümmern. Allerdings stellt er sich nicht sonderlich geschickt dabei an, und seine Bemühungen enden oft in einem Tränenstrom vonseiten Helens, den nur Josie und Val zu stillen in der Lage sind.

Val fühlt sich trotz der herzlichen Aufnahme fehl am Platze. Sie besitzt kein angemessenes Kleid für die im vornehmen Stil stattfindenden Abendessen, und trotz Sarahs Angebot, ihr auszuhelfen, passte sie nicht einmal in deren weiteste Outfits. Also trägt sie das Beste, was sie hat, sitzt stumm neben George und betrachtet die vielen Perlen und Brillanten auf den Dekolletés der anderen Damen. Diese Atmosphäre war auch einmal Georges Welt. Nur dass es hier noch eine Spur vornehmer und britischer vor sich geht. Aber auch er ist dieser Welt inzwischen entwachsen, und obwohl er natürlich weiß, wie man stilvoll den Port reicht, fühlt er sich ebenso fehl am Platze wie Val. Die beiden freuen sich bereits darauf, bald wieder nach Yorkshire zurückzukehren.

Matthew fühlt sich rundum wohl. Er genießt den Wohlstand, der ihn hier umgibt: das makellos geführte Haus und die Gärten, die Literflaschen Panhaligon's After-shave in den Badezimmern, die immerwährende Gewissheit dieses Ortes, dass der Wohlstand ewig fortbestehen wird. Das ist das Leben, das ihm entspricht. Es ist der Grund, weshalb er Insidergeschäfte betreibt, seine Beziehung und sogar seine Freiheit aufs Spiel setzt. Das Vermögen seines Vaters würde ihm zwar nicht die Art von Wohlstand verschaffen, über die Lord Hatherleigh so mühelos verfügt, jedoch einen beachtlichen Lebensstil. Matthew ist keineswegs gierig.

Fiona dagegen fühlt sich wie aus Glas, gestrandet im Schoß der Familie ihres Partners. Matthews ältester Bruder ist verheiratet, sein anderer Bruder verlobt. Fiona hat den Eindruck, als lauere alle Welt mit Argusaugen darauf, wann sie und Matthew denn endlich zum Altar schreiten. Außerdem muss sie hier ein Zimmer mit Matthew teilen. Sie verbringen inzwischen ohnehin beinahe jede Nacht zusammen und werden in Kürze ihr neues Domizil beziehen – aber Fiona braucht eine Alternative, eine Fluchtmöglichkeit, die ihr Ovendon House trotz all seiner Zimmer nicht bieten kann. Sie ist reserviert und kalt und ergreift so bald wie möglich die Flucht, noch bevor Matthew bereit zum Aufbruch ist.

Es ist kein wundervolles und perfekt harmonisches Weihnachtsfest, aber auch kein schlechtes. Josephine kann endlich einmal ausspannen, und ihre Mutter ist gelöst und heiter. Die drei Brüder eilen bald wieder in ihre Büros, während der Rest der Nation noch reuevoll an den Truthahn vom letzten Abend denkt und kurzlebige Vorsätze fasst, in Zukunft weniger zu trinken. Es ist das letzte Weihnachtsfest vor Ablauf von Bernard Gradleys dreijähriger Frist. Nächstes Jahr wird alles anders sein.

## 5.

Die bizarre Schlacht nähert sich dem Ende.

Seit Monaten tobt der Schlagabtausch zwischen den beiden Kontrahenten. Las man eine von Zacks Analysen, musste man annehmen, dass die Geschäftsleitung der South China nicht einmal fähig war, aus eigener Kraft die Toiletten aufzusuchen, geschweige denn ein Unternehmen zu führen. Doch die South China stand den Verleumdungen in nichts nach. Sie wehrte sich nach Kräften, und ihr neu erwachtes Streben nach Profit ist wahrlich bemerkenswert. Woher kommt der plötzliche Gewinn? Laut Hatherleigh Pacific stammt er aus »riskanten Spekulationsgeschäften, die das derzeitige Management langfristig kaum in den Griff bekommen wird«. Die South China hingegen nennt es »Früchte langjähriger durchdachter Investitionen«. Wem soll man glauben? Langsam wird es Zeit für eine Entscheidung der Aktionäre, und heute ist der Tag der Abstimmung.

Wieder einmal waren Zack, Lord Hatherleigh, Scottie und

Phyliss Wang in der Vorstandsetage von Hatherleigh Pacific in Hongkong zusammengekommen. Durch das Fenster konnte man verfolgen, wie ein hölzerner Dreimaster Victoria Harbour hinauf in Richtung Osten glitt. Schleppkähne und Feuerlöscher umtanzten den Segler auf den Wellen und pumpten anlässlich irgendeines freudigen Ereignisses Wasserfontänen gen Himmel. Die vier leitenden Mitarbeiter von Hatherleigh Pacific beobachteten träge das Geschehen. Die Frist war abgelaufen. Die Stimmen waren abgegeben und wurden nun gezählt. Im Augenblick blieb ihnen nichts übrig, als zu warten.

»Ist das Telefon auch wirklich eingeschaltet?«, fragte Scottie.

Phyllis nickte. »Mein Team wird sich bei uns melden, sobald sie das Abstimmungsergebnis erhalten. Sollten sie aus irgendeinem Grund nicht durchkommen, rufen sie auf Zacks Handy an. Außerdem wissen sie, wo wir uns aufhalten, also können sie uns auch über die Vermittlungszentrale erreichen.«

Scottie nickte. Das alles wusste er ohnehin. »Es ist mir unbegreiflich, dass ihr mit so etwas euren Lebensunterhalt verdienen könnt.« Seine Gesichtsfarbe war im Laufe der Übernahmekampagne immer intensiver geworden. Was seinen Blutdruck betraf, war es höchste Zeit, dass die Sache zum Abschluss kam.

In einer Ecke des Raumes standen zwei Flaschen Champagner in einem Eiskübel bereit, in dem das Eis bereits geschmolzen war. Das Ergebnis war längst überfällig. Scottie trat wieder an die Panoramafensterfront und blickte dem Segelschiff hinterher, als Phyllis' Handy klingelte. Sie schnappte sich das Gerät.

»Phyllis Wang.«

Sie lauschte einen Moment den Worten am anderen Ende der Leitung und schüttelte dann den Kopf. »Sie haben noch nichts gehört.« Dann setzte sie das Telefonat mit gedämpfter

Stimme fort. Dass ein Deal kurz vor dem Abschluss stand, bedeutete nicht, dass es nicht noch andere Dinge gab, um die sie sich kümmern musste.

Die drei anderen verfielen wieder in erwartungsvolles Schweigen. Phyllis beendete ihr Gespräch. Das Segelschiff hatte inzwischen die östliche Ausfahrt von Victoria Harbour erreicht und näherte sich der Meerenge von Lei Yue Mun und den schützenden Gewässern der angrenzenden Junk Bay. Zacks Telefon klingelte.

»Gradley!«, brüllte er in den Hörer. Seine Stimme klang schneidend, und auf seinen dunklen Zügen war Anspannung zu lesen. Seine Nervosität war nicht zu übersehen. Lord Hatherleigh dachte, es sei die Sorge um das Hatherleighsche Familienvermögen, die Zack zusetzte. Doch das war es keineswegs, was seinen Schwiegersohn beunruhigte. Zack sorgte sich um seine Vierzig-Millionen-Dollar-Provision. Denn von der Provision und dem zunehmenden Erfolg von ROSES hing seine Partnerschaft ab.

»Hi, Darling, ich bin's.«

»Sarah! Hi. Wir haben noch nichts gehört. Wir sitzen immer noch hier und warten.«

»Ich dachte, ihr wüsstet bis spätestens elf Bescheid?«

»Ja, das dachte ich auch. Aber jetzt ist es hier bereits kurz nach zwölf.«

»Ist das ein gutes oder ein schlechtes Zeichen?«

»Ein Zeichen dafür, dass wir besser jemand anders mit der Auszählung betraut hätten.«

»Hat dir schon mal jemand gesagt, dass du sehr sexy wirkst, wenn du so grantig bist?«

»Du erzählst es mir oft genug.«

»Das hast du davon, wenn du so oft brummig bist. Dann schlafe ich jetzt weiter. Schließlich ist es hier erst fünf. Ruf mich an, wenn ihr was hört. Ich drück' die Daumen.«

»Mach' ich. Danke.«

Zack lehnte sich wieder zurück. Sarah hatte vollkommen gelassen geklungen, als ob nicht auch sie fünfzig Millionen in diese Sache investiert hätte. Die vier warteten schweigend. Das Segelschiff war inzwischen beinahe außer Sicht, nur das Achterdeck war in dem Wirrwarr aus Schiffen und tanzenden Lichtern auf dem Wasser noch auszumachen. Wieder klingelte Phyllis' Telefon. Sie griff danach und lauschte.

Auf ihrem Gesicht breitete sich ein Lächeln aus, und ihre kleine Hand formte sich zur Faust mit dem Daumen nach oben. »Zweiundfünfzig Prozent«, sagte sie. »Wir haben mit zweiundfünfzig Prozent gesiegt.«

## 6.

Val war nicht besonders erpicht auf ein großes Spektakel, aber George bestand darauf. »Es wird bestimmt lustig«, sagte er.

Sein Einfall, Dave und Darren mit den Vorbereitungen zu betrauen, war allerdings nicht sehr weitsichtig. Er wies sie an, die Ausstellungshalle bis auf ein paar Tische und Stühle vollständig zu räumen. Außerdem drückte er ihnen fünfhundert Pfund in die Hand mit dem Auftrag, für »Erfrischungsgetränke und dergleichen« zu sorgen, die sich unter Darrens Verwaltung in eine erstaunliche Menge Alkohol, nichts zu essen und ein gemietetes Soundsystem verwandelten, dessen Lautstärke sogar bei den Bewohnern am anderen Ende von Leeds zu Hörschäden geführt hätte.

George überzeugte den zutiefst skeptischen Darren, dass die vorhandene Stereoanlage der Halle durchaus genüge, und überredete Val, im nächstgelegenen Waitrose noch mal zweihundert Pfund in Knabbereien zu investieren. Zu diesem Zeitpunkt war bereits keine Geheimhaltung mehr möglich, und jedermann erging sich in offenen Spekulationen über den

Anlass der bevorstehenden Party. Um fünf Uhr war der Ausstellungsraum trotz des überquellenden Auftragsbuches bereits leergeräumt, und draußen drückten sich die Arbeiter herum und warteten darauf, dass George ihnen endlich den Grund für all das Tamtam mitteilte.

»Du gehst jetzt besser runter und sagst es ihnen«, meinte Val, die von einem Fenster der oberen Etage herunterblickte.

»Du kommst mit.«

»Um nichts in der Welt gehe ich jetzt da runter. Ich würde vor Verlegenheit im Erdboden versinken. Ich komme nach, wenn du es ihnen gesagt hast.«

George ergriff die Hand seiner Verlobten. Inzwischen hatten sie einen neuen Ring ausgesucht, der aber noch geändert werden musste, sodass ihr Finger immer noch nackt war.

»Es gibt überhaupt keinen Anlass, sich zu schämen. Es sei denn, du schämst dich für mich.«

»Wie sehe ich aus?«

George musterte sie von oben bis unten. »Absolut hinreißend.« Es war sein voller Ernst.

»Idiot.«

»Warum fragst du mich dann?«

Immer noch nervös, stieg Val hinter George die Treppe hinunter. Bevor sie auf den Hof hinaustraten, wollte George ihre Hand nehmen, doch sie schüttelte ihn ab. Also ging er vor ihr her auf die Ausstellungshalle zu.

»Na, dann kommt mal alle rein«, rief er, und alle strömten in den vertrauten Raum. George stieg auf die Plattform am Längsende des Raumes, auf der normalerweise die Gissings-Kollektion präsentiert wurde. Val stand in seiner Nähe, allerdings ebenerdig, so wie alle anderen. Die Menge verstummte erwartungsvoll.

»Danke, dass ihr gekommen seid«, begann George, der nun doch etwas verlegen wurde. Er blickte zu Val hinab, die ihm zwar aufmunternd zulächelte, sich aber beinahe wünschte, irgendwo anders zu sein. »Ich habe eine gute Nachricht«, fuhr er fort. »Ich ... äh ... nun, Val und ich sind verlobt und werden bald heiraten. Und ...«

Die nachfolgenden Worte gingen in begeistertem Gegröle und Gestampfe unter, das von Dave und Darren begonnen wurde und in Windeseile den ganzen Raum erfüllte. Bevor Val oder George reagieren konnten, wurde Val bereits gepackt und neben George auf die Plattform gehievt, wobei Darren anfeuernd »küssen, küssen, küssen« rief.

George wandte sich seiner inzwischen hochroten Verlobten zu. Er strich ihr eine Haarsträhne aus dem Gesicht und zog sie zu sich heran. »Ich liebe dich«, sagte er zu ihr und küsste sie. Das Johlen und Trampeln riss nicht ab. George war gleichfalls rot wie eine Tomate und brüllte über den anschwellenden Chor von »For they are jolly good fellows, for they are jolly good fellows« hinweg: »Jetzt haltet die Klappe, und besorgt euch was zu trinken!«

Während Darrens Alkoholvorrat Früchte zu tragen begann, registrierten George und Val gerührt, wie viele Leute zu ihnen kamen und sie mit aufrichtiger Begeisterung beglückwünschten. In einem der seltenen ruhigen Augenblicke flüsterte Val ihm zu: »So verlegen war ich in meinem ganzen Leben noch nicht. Aber ich bin froh, dass du mich zu dieser Party überredet hast. Es ist wirklich wunderbar.«

George wollte ihr gerade antworten, als Jeff Wilmot, von zwei Gläsern Wein bereits ziemlich angeheitert, auf sie zusteuerte, um sich den allgemeinen Glückwünschen anzuschließen. George hörte seinem umständlichen Gestammel geduldig zu, während Val von einer Schar Mädels aus der Marketingabteilung beschlagnahmt wurde, die alle Einzelheiten über Georges Antrag, den Verlobungsring und ihre Hochzeitspläne wissen wollten. Sogar David Ballard schaute herein, da George ihn eingeladen hatte vorbeizukommen, sofern er die Zeit dazu fand.

»Ich kann nicht lange bleiben. Ich bin zum Dinner in Leeds verabredet. Aber ich wollte euch unbedingt gratulieren. Val ist ein prachtvolles Mädchen, du hättest keine bessere Wahl treffen können.«

»Danke, David. Entspringt diese Meinung einem persönlichen oder geschäftlichen Standpunkt?«

»Sowohl als auch, aber eigentlich meinte ich es persönlich. Kommen Sie mal einen Moment mit raus, George. Ich habe etwas für Sie.«

George folgte Ballard hinaus auf den schmutzigen Hof, wo der Gissings-Transit stand, in dem George einst gehaust hatte, und der inzwischen wieder seiner eigentlichen Bestimmung zugeführt worden war. Daneben standen noch drei andere Lieferwagen, die sämtlich sechs Tage in der Woche im Einsatz waren. Ein Gefühl von Stolz durchströmte George. Stolz auf seine Fabrik, seinen Erfolg und seine zukünftige Frau, die dort drinnen im Getümmel auf ihn wartete. Sie näherten sich David Ballards BMW. David öffnete die Türen per Funkfernbedienung.

»Bin auf der Fahrt hierher schon wieder geblitzt worden. Diese verdammten Kameras lassen einem keine Chance.« Ballard öffnete die vordere Beifahrertür und begann im Handschuhfach herumzukramen.

Er zog etwas heraus und händigte es George aus. Im Licht des Wagens konnte George erkennen, worum es sich handelte: ein altmodisches, per Spritzgussverfahren gefertigtes kleines Modell eines Gabelstaplers, der auf einem schwarzen Plastikpodest stand.

»Ich bin gerührt, David, aber ...«

»Gucken Sie mal drunter.«

George drehte das Modell herum. »Für David Ballard. Als Dank für Ihre Hilfe beim Harrogate Deal, Bernard Gradley, Oktober 1976«, stand auf der Unterseite eingraviert.

»Ihr Vater gab mir das, nachdem ich ihm behilflich war, eine heruntergekommene Firma in Harrogate zu erwerben. Ich finde, dass es Ihnen zusteht. Jetzt sind Sie der Geschäftsmann in der Familie.«

»Tja, und meine Brüder begnügen sich vermutlich damit, bald die Millionäre der Familie zu sein.«

Der ältere Mann blickte den jüngeren an. George Gradley war zwar das Ebenbild seines Vaters, aber als Mensch viel sympathischer, und Ballard brachte ihm väterliche Gefühle entgegen. Er deutete mit dem Daumen in Richtung der hell erleuchteten Halle, aus der fröhlicher Lärm drang. In dem Maße, in dem Darren die Grenzen der Musikanlage zu erproben suchte, bewegten sich die Schatten hinter den Fenstern schneller.

»Glauben Sie, wenn einer Ihrer Brüder in seiner Firma seine Verlobung bekannt gäbe, würde er auf eine solche Resonanz stoßen?«

»Wenn er so viel Geld für Fusel ausgibt wie ich.«

»Sie wissen genau, dass Sie Unsinn reden.«

George zuckte mit den Schultern. Er blickte wieder zur Halle hinüber. Irgendwo da drin steckte Val und erklärte vermutlich zum hundertsten Mal, was es mit dem Verlobungsring auf sich hatte, und dass sie ihn allen vorführen würde, sobald er fertig sei. George sehnte sich danach, mit ihr allein zu sein.

»Trotzdem, David, ich nehme Ihr Angebot an. Ich meine, Interessenten für die Fabrik zu finden. Nur um die Möglichkeit auszutesten, wissen Sie. Auf keinen Fall will ich mich jetzt schon in irgendeiner Form festlegen.«

»Haben Sie mit Val darüber gesprochen?«

»Noch nicht. Wir waren zu sehr von der Verlobung und allem in Anspruch genommen.«

Als er sah, wie Ballard die Augenbrauen hob, fügte George hinzu: »Es ist ja sowieso noch nichts entschieden. Ich werde gewiss nicht ohne ihre Zustimmung handeln, aber bevor ich mit ihr darüber rede, will ich erst mal wissen, was überhaupt möglich ist.«

»Okay, George, ich habe versprochen, Ihnen zu helfen, und ich stehe zu meinem Wort. In ein bis zwei Wochen gebe ich Ihnen ein paar Namen und Telefonnummern durch.« Die beiden Männer schlossen den Wagen ab und gingen zurück, um sich wieder unter die fröhlich lärmende Schar zu mischen. Kurz bevor sie die Halle betraten, tippte Ballard auf den Spielzeuggabelstapler, den George immer noch in der Hand hielt.

»Ich weiß noch, als Ihr Dad diesen Deal abgeschlossen hatte, sagte er zu mir, dass es ihm unbegreiflich sei, wie jemand sein Unternehmen verkaufen könne, ganz gleich, in welchem Zustand es sei. Dass er lieber sterben würde, als so etwas zu tun.«

George seufzte und betrat die Halle.

## 7.

Brian McAllister hatte an diesem Nachmittag einen Termin in Frankfurt. Wie gewöhnlich war er spät dran. Das Taxometer des wartenden Taxis zeigte bereits zwanzig Pfund. Der Verzweiflung nahe, begann seine Sekretärin die Flugzeiten zu überprüfen. So weit war alles wie immer.

Endlich war Brian bereit. Seinen Aktenkoffer in der Hand, griff er im Hinauseilen nach einem blauen Wollmantel aus dem Garderobenschrank am Ausgang und sprang in das wartende Taxi. Der Fahrer bezweifelte, dass McAllister es noch schaffen würde. McAllister weigerte sich zu zweifeln. So weit war alles wie immer.

McAllister sah eine Anzahl E-Mails durch, die seine Sekretärin ihm ausgedruckt hatte, und überflog einen Forschungsbericht. Doch Banker pflegen in Taxis weniger zu lesen als zu telefonieren. Das Lesen erledigen sie in Flugzeugen. Also langte er in seine Manteltasche, zog ein Handy heraus und rief seine Sekretärin an, die während der nächsten Stunde, bis er an Bord der Maschine ging, als eine Art Schaltzentrale fungieren würde. Auch so weit war alles normal.

Seine Sekretärin klang überrascht, als sie seinen Anruf entgegennahm.

»Sie haben Ihr Telefon auf Ihrem Schreibtisch liegen lassen. Rufen Sie vom Handy des Fahrers an? Na, egal, ich habe jedenfalls veranlasst, dass Sie in Frankfurt ein Miethandy zur Verfügung haben.«

Jetzt war es an McAllister, verwundert zu sein.

»Nein, ich benutze das Handy aus meiner Manteltasche.«

McAllister blickte auf die Rückseite des Handys. Ein Aufkleber informierte ihn, dass dieses Handy Eigentum von Matthew Gradley war, Mitarbeiter der Londoner Madison-Filiale.

»Verdammt, ich hab' den Mantel vom jungen Gradley erwischt. Können Sie ihm bitte Bescheid sagen? Und sagen Sie ihm auch, er kann mein Telefon mitnehmen, wenn er heute Abend eins braucht.«

Er wandte sich wieder seinen Geschäften zu und begann ihr Antworten auf die E-Mails zu diktieren, bis der Verkehr, der in Richtung Westen aus London herausströmte, seine Hoffnungen, den Flug noch zu schaffen, zunichte zu machen drohte. Er beendete das Gespräch vorübergehend und steckte das Handy zurück in Matthews Manteltasche, um dem Fahrer detaillierte Anweisungen zu geben, wie er den Verkehr auf der Cromwell Road umgehen könne. Anschließend griff er wieder nach dem Telefon. Er drückte auf die Wiederholungstaste und wartete.

Der Klingelton klang anders als die Apparate bei Madison, aber McAllister achtete nicht darauf. Eine Männerstimme antwortete ihm.

»Guten Morgen. Sie sprechen mit James Belial von Switzerland International. Womit kann ich Ihnen dienen?«

»Verzeihung, mit wem spreche ich?«

»James Belial«, erwiderte Belial. »Mit wem habe ich das Vergnügen?«

»Hier ist Brian McAllister, James. Ich fürchte, ich habe die falsche Nummer erwischt. Ziemlich falsch sogar.«

McAllister drückte die Unterbrechungstaste und untersuchte Matthews Mantel etwas sorgfältiger. Matthew besaß zwei Handys, beide von Nokia und nahezu identisch. Das Gerät, das McAllister zuletzt benutzt hatte, besaß keinen Identifikationsaufkleber auf der Rückseite, nicht einmal ein Namensschild.

Der kräftige Schotte trommelte gedankenverloren mit den Fingern auf seinen Aktenkoffer. Der Blick seiner blauen Augen war plötzlich stahlhart. Er zog Matthews Firmenhandy hervor und drückte erneut auf die Wiederholungstaste. Diesmal erreichte er seine Sekretärin.

»Verbinden Sie mich bitte mit Fiona Shepperton«, sagte er.

## 8.

Die gleichförmige Exaktheit der Computercode-Reihen gefiel Josephine Gradley. Ein gutes Programm konnte sich über Tausende Zeilen hinziehen, und das Ergebnis war genau vorherzusehen, dargestellt durch die komplizierte Struktur logischer Befehle in Nanomillimetergröße. Heute Abend wollte sie sich der bis dahin größten Herausforderung stellen, einer Aufgabe, die selbst Kodaly beeindrucken würde.

Es war ein angenehmer Abend. Helen Gradley war in so guter Verfassung wie schon seit langem nicht und saß zufrieden dösend vor dem Fernseher. Josie saß neben der Mutter, massierte ihr die Schultern und vermittelte ihr das Gefühl, dass die Welt um sie herum in Ordnung sei. Helen seufzte im Halbschlaf. So verschwommen ihre Welt auch geworden war – solange die Tochter an ihrer Seite war, fühlte sie sich sicher, erschien ihr die Welt sogar heiter.

Josephine machte sich an die Arbeit. Immer wenn sie eine Pause einlegte, streckte sie die Hand nach der ihrer Mutter aus und streichelte sie, was Helen Laute der Zufriedenheit entlockte. Es war weder das Leben, das Josephine freiwillig für sich gewählt hätte, noch hätte ihre Mutter sich die zähe Trägheit gewünscht, die von ihrem Gehirn Besitz ergriffen hatte. Dennoch hatten beide auf diese Weise Dinge entdeckt, die ihnen sonst vermutlich verborgen geblieben wären. Josephine hatte gelernt, Liebe zu schenken, die keiner Worte bedurfte, und Helen hatte die Erfahrung gemacht, dass es trotz früherer schmerzhafter Erfahrungen noch möglich war, Vertrauen und Geborgenheit zu empfinden.

Josephine wandte sich wieder ihrem Programmiercode zu. Geräuschlos huschten ihre Befehle über Modem hinaus in die Dunkelheit Londons, um sich mit anderen Computern irgendwo dort draußen auszutauschen. Eine Antwort traf ein, ein neues Screen leuchtete auf dem Bildschirm auf und wartete auf weitere Befehle seiner menschlichen Gebieterin.

Josephine starrte auf den Monitor und brauchte einen Moment, um zu erfassen, was sie dort sah. »Eureka!«, murmelte sie dann atemlos, und ihre Finger flogen über die Tastatur. Sie rief sich ins Gedächtnis, was sie von Miklos gelernt hatte. Jetzt hieß es mit äußerster Sorgfalt vorzugehen.

## 9.

Zehn Tage nach der Party meldete sich Ballard. »Sind Sie immer noch an Käufern interessiert?«

»Ja«, antwortete George, froh darüber, dass Val gerade nicht im Zimmer war.

»Okay. Ich kann Ihnen die Namen von drei Interessenten nennen. Der erste wird Ihnen nicht gefallen, er bietet aber weitaus mehr als die anderen.«

»Wenn es sich um die Aspertons handelt, vergessen Sie's«, erwiderte George.

»Aber das wäre am naheliegendsten. Die haben das Geld und sind aus der Branche. Sie haben denen ein ziemliches Stück vom Marktanteil abgejagt, und das hätten sie natürlich gern zurück. Die Aspertons wären die idealen Käufer.«

»Kann sein, aber das wäre so, als würde man die gesamte Mannschaft von Everton an den FC Liverpool verkaufen. Das kann ich nicht.«

»Aber Everton an Manchester United oder Juventus Turin zu verkaufen, das wäre in Ordnung?«

»Sparen Sie sich Ihre Spitzfindigkeiten, David. Die Antwort lautet nein.«

»Sie haben ja Recht. Der nächste auf meiner Liste ist ein deutsches Unternehmen. Die GMG mit Sitz in München. Gundrum Möbelgesellschaft GmbH oder so ähnlich, ich kann es nicht aussprechen. Ich habe mit einem unserer deutschen Mitarbeiter aus der Hauptfiliale gesprochen. Er sagt, dass GMG ganz scharf darauf ist, die deutschen Lohnkosten zu umgehen und ihren Sitz in eine ›Niedriglohnperipherie‹, zu verlegen, womit sie wohl uns hier meinen. Gissings wäre ideal für sie.«

»Und sie verfügen über Kapital?«, fragte George missmutig.

»Reichlich. Das einzige Problem wird sein, sie zu der Investition zu bewegen. Es wäre die erste Übernahme für GMG. Das einzige Land außerhalb Deutschlands, in dem sie bis jetzt operiert haben, ist Österreich. Für die GMG befindet sich Yorkshire auf der Rückseite des Mondes. Und mein Gesprächspartner hat durchblicken lassen, dass es sich um einen ziemlich bürokratischen Haufen handelt, langsam mahlende Mühlen sozusagen.«

»Mit anderen Worten, ich sollte besser nicht auf sie zählen?«

»Da wären immer noch die Aspertons.«

»Nein.«

»Schon gut. Mein letzter Vorschlag betrifft eine amerikanische Firmengruppe, Oregon Furniture. Ein knallhart kalkulierender Verein. Produzieren mittelmäßige Produkte zu Schleuderpreisen. Wenn sie ihre Konkurrenten in die Knie gezwungen haben, gehen sie hin und kaufen sie für 'n Butterbrot. Dann kappen sie die Preise und wiederholen den Vorgang. In den Staaten haben sie schon richtig aufgeräumt, jetzt wollen sie sich den europäischen Markt vorknöpfen.«

»Woher wissen Sie das alles?«

»Aus unserer Zentrale. Die machen oft Geschäfte mit den Staaten. Oregon Furniture hat angerufen und sich nach Übernahmekandidaten in Europa erkundigt. Daraufhin hat man sich in der Zentrale umgehört. Ich habe Gissings bisher noch nicht erwähnt. Das mache ich erst, wenn Sie mich ausdrücklich darum bitten.«

»Haben die das nötige Kapital?«

Ein Kichern ertönte am anderen Ende der Leitung.

»Der Aktienmarkt bewertet die Firma mit vier Milliarden Dollar. Sie verfügen über stille Reserven in Höhe von einer halben Milliarde. Die Frage ist eher, ob Gissings groß genug ist, ihren Appetit zu wecken.«

»Und diese Typen handeln sehr zügig, wenn's darauf ankommt?«

»Die verdienen sich ihren Lebensunterhalt mit Übernahmen, George. Im Schnitt schlucken die dreißig Unternehmen pro Jahr.«

»Okay, geben Sie mir die Telefonnummer, bitte.«

David gab sie ihm.

»Werden Sie sich professionellen Rat einholen, George? Sie wissen schon, Anwälte, Steuerberater und so weiter?«

»Nein«, erwiderte George. »Hatte ich nicht vor.«

»Es kann Sie teuer zu stehen kommen, wenn Sie es auf die billige Tour durchzuziehen versuchen.«

»Darum geht's mir nicht. Mir reicht es, wenn genug dabei rausspringt, mir Dads Vermögen zu sichern. Und wenn es klappt, will ich die Sache möglichst schnell und schmerzlos über die Bühne bringen, ohne dass hier jede Menge Typen rumschnüffeln und alle beunruhigen.«

»Dachten Sie dabei an jemand Bestimmtes?«

»Ich habe Val noch nichts erzählt, wenn Sie das meinen, David. Aber Sie können sich Ihre Anspielungen sparen. Das ist meine Fabrik, oder nicht«?

»Ach ja? Und was ist mit dem Spruch: ›Was mein ist, ist auch dein?‹ Schließt der Möbelfabriken aus?«

»Noch sind wir nicht verheiratet.«

Unwirsch beendeten die beiden Männer das Gespräch. Besonders George war verärgert, denn trotz allem war ihm klar, dass David vollkommen Recht hatte, was Val betraf.

Sie lebte in einer winzigen Arbeiterwohnung, arbeitete als Sekretärin einer kleinen Provinzfabrik und war im Begriff, den Boss zu heiraten. Selbst wenn George keinen Penny aus dem Vermögen seines Vaters sah, würde Val durch die Ehe mit ihm reicher, als sie sich jemals hätte vorstellen können. Val scherte sich gewiss einen Dreck darum, ob Bernard Gradleys Reichtum sich in Rauch auflöste, aber sie würde fuchsteufelswild werden, wenn sie erfuhr, dass George ihr geliebtes Gissings verscherbelte.

David hatte George die Frage nicht direkt gestellt, aber das war auch nicht nötig: Sie schwebte ohnehin im Raum. Würde Val ihn auch noch heiraten, wenn George verkaufte?

## 10.

Nachdem die Verbindung mit Fiona stand, erkundigte sich McAllister bei ihr, ob sie von einer Verbindung zwischen Matthew und James Belial wüsste.

»Ja, sie kennen sich«, erwiderte Fiona. »Ich war neulich abends mit Matthew essen, als uns dieser Belial über den Weg lief. Ein widerwärtiger kleiner Zwerg. Er hat Matthew ziemlich überschwänglich begrüßt und behauptet, dass sie Geschäftsfreunde seien. Aber Matthew sagt, er sei ihm nur einmal vorher begegnet.«

»Haben Sie eine Idee, warum Matthew Belial von seinem privaten Handy aus angerufen haben könnte?«

»Seinem privaten Handy?«, fragte Fiona. In den anderthalb Jahren, in denen sie nun schon mit Matthew zusammen war, war ihr nicht einmal aufgefallen, dass er ein privates Handy besaß. »Keine Ahnung. Worum geht's denn überhaupt?«

»Ich bin mir noch nicht sicher«, erwiderte McAllister. »Aber zwei Dinge stehen fest. Erstens: An der Börse ist zur Zeit eine Untersuchung bezüglich diverser Insidergeschäfte im Gang. Es geht um Käufe, die in den letzten Monaten jedes Mal kurz vor den großen Deals Ihres Teams getätigt wurden. Zweitens: Dieser Belial ist ein Gauner. Er hat mal für uns gearbeitet, bis wir ihm auf die Schliche kamen, dass er unsere Handelsstrategien an die Konkurrenz verkaufte. Da wir nicht genügend Beweise hatten, konnten wir ihn nicht anzeigen, also haben wir ihn bloß gefeuert. Die letzte Information, die ich über ihn habe, besagt, dass er für irgendeine zwielichtige Firma in der Schweiz arbeitet. Sie wissen schon. Die Sorte, die vorgibt, die Hälfte der europäischen Königshäuser zu ihrem Kundenstamm zu zählen und in Wirklichkeit Drogengelder wäscht, bei Steuerhinterziehungen hilft und so weiter.«

Fiona erwähnte McAllisters Anruf nicht. Erst abends zu Hause, als sie wie gewohnt vor der Entscheidung standen, ob sie auswärts essen, irgendetwas in die Mikrowelle schieben oder sich Rühreier zubereiten sollten, bestand Fiona auf der Mikrowelle. Matthew wäre lieber ausgegangen, doch Fiona wollte unter vier Augen mit ihm reden.

»McAllister hat heute angerufen.«

»Ach ja?«, erwiderte Matthew. Den ganzen Tag hatte ihm die Angst im Nacken gesessen, dass McAllister sein privates Handy entdecken würde. Aber da er bis jetzt nichts gehört hatte, waren seine Befürchtungen ein wenig verebbt.

»Er wollte wissen, ob du diesen Belial kennst, und ich habe es ihm bestätigt. Ich habe ihm gesagt, was du mir bei Gianfranco's erzählt hast – dass du ihn kennst, mit dem Gedanken gespielt hast, bei ihm zu investieren, dich aber dann dagegen entschieden hast. Daraufhin sagte er mir, dass der letzte Anruf auf deinem Handy an Belial ging.«

»Hmhm«, brummte Matthew, während ihm das Herz in die Hose rutschte.

»Offenbar hat McAllister diesen Belial vor ein paar Jahren gefeuert«, fuhr Fiona fort. »Er hatte seine Finger in der Kasse und konnte von Glück reden, dass er nicht angezeigt wurde. McAllister ist der Meinung, dass Belials jetziger Arbeitgeber, Switzerland International, mit Drogengeldern operiert.«

Während sie sprach, hatte Fiona Matthew nicht angeschaut und starr aus dem Fenster geblickt; jetzt aber sah sie ihn eindringlich an. Es konnte, es durfte nicht sein, dass der Mann, dem sie allmählich zu trauen begann, sich als mieser Ganove entpuppte, der sich mit Insiderwissen unerlaubt Vorteile und Gewinne verschaffte. Wenn Matthew sie enttäuschte, würde sie nie wieder das Risiko einer Beziehung eingehen. Doch Fiona war noch nicht fertig.

»Da ist noch etwas«, sagte sie. »Die Börse interessiert sich offenbar für einige unserer Deals, weil kurz vorher verdächtige Käufe getätigt wurden. Es ist eine Untersuchung im Gange.«

Matthew starrte sie über den Tisch hinweg an. O Gott! Fühlte es sich so an, wenn alles auffliegt? War es das, was Al Capone gefühlt hatte, als ihm die Verurteilung wegen Steuerhinterziehung ins Haus flatterte? All diese Betrüger aus den Achtzigern – Ernest Saunders, Mike Milken, Ivan Boesky – hatten sie sich so gefühlt, als die Anzeichen bevorstehenden Ärgers wie erste Schneeflocken im Winter über ihre Schreibtische wehten? Ihre Enttarnung hatte sie ruiniert, sie um ihren Ruf, ihr Geld, ja, sogar ihre Freiheit gebracht. Und hätten sie eine Frau vom Format Fionas gehabt, hätten diese Männer sie ebenfalls verloren. Großer Gott.

Eine innere Stimme schrie ihn an, Ruhe zu bewahren. Die Höchststrafe für Insidergeschäfte lag in Großbritannien bei sieben Jahren, aber nur wenige werden wirklich verurteilt. Denk nach. Denk nach!

»Und McAllister glaubt, ich hätte damit zu tun?«

»Er hat noch keine genaue Vorstellung. Er hat mich vermutlich sofort angerufen, als er herausfand, dass du Belial kennst. Belial traut er es auf jeden Fall zu, bei Insidergeschäften mitzumischen. Es sieht nicht besonders gut aus, weißt du. Du kennst Belial. Du wusstest über unsere Deals Bescheid. Und ...« Sie verstummte. Was nun kam, fiel ihr besonders schwer. »Matthew, du hast behauptet, du hättest nichts mit Belial zu tun. Trotzdem hast du ihn angerufen. Ich habe anderthalb Jahre mit dir verbracht und wusste nicht einmal, dass du über ein zweites Handy verfügst.«

Ihr Gesicht wirkte angespannt und bleich. Sie sah noch mitgenommener aus als er. Und noch etwas stand unausgesprochen zwischen ihnen: Matthew hatte bereits einmal versucht, ein Insidergeschäft zu tätigen. Das Fiasko mit Western Instruments damals in New York. Fiona wußte alles darüber und hatte ihn vor den Konsequenzen bewahrt. Matthew hatte gelobt, so etwas würde nie wieder vorkommen, und Fiona hatte den Fehltritt als jugendlichen Leichtsinn verbucht. Einmal mochte es ein Fehltritt gewesen sein, aber ein zweiter Versuch wäre unverzeihlich. »Es sieht nicht gut für dich aus.«

Fiona flüsterte beinahe. Mein Gott, wie sie sich wünschte, dass Matthew sich nicht als Betrüger entpuppte. Ihre Qual machte es Matthew leichter, zu tun, was er tun musste. Er nahm ihre Hand. Er würde so ehrlich sein, wie es ihm möglich war. Nicht um der Ehre wegen, sondern weil kleine Lügen leichter zu bewältigen waren als große.

»Liebling, es ist okay. Ich habe dich wegen Belial belogen, weil es mir peinlich war, wie er sich neulich abends aufgeführt hat. Ich habe beobachtet, wie er dich betatschte, als er dir in den Mantel half. Ich hab' nicht gewagt zuzugeben, dass ich diesem Kerl mein Geld anvertraut habe. Ich habe meinen Bonus bei seiner Firma investiert. Er hat mich damit geködert, was es für einen Prestigewert hätte, ein Konto bei einer Schweizer Bank zu haben, und ich bin darauf hereingefallen. Ich habe ihm meinen Bonus gegeben, damit er das Geld für mich anlegt, das ist alles.

Was das Handy angeht ... nun, ich habe mir Sorgen um meine Mutter gemacht und mir das Telefon für Josie zugelegt, damit sie mich jederzeit erreichen kann. Das Firmenhandy ist sehr oft besetzt, da hielt ich es für sicherer, eine private Hotline zu haben.«

Fiona entspannte sich ein wenig. Es war viel angenehmer zu glauben, dass Matthew tatsächlich der loyale, hilfsbereite und liebevolle Mann war, der zu sein er vorgab. Ihre ganze Welt würde aus den Fugen geraten, sollte sich das Gegenteil herausstellen.

Sie sprachen noch eine Weile über das Thema und wurden beide ruhiger. Sie entschlossen sich sogar noch, auf einen Kaffee und Nachtisch zu Gianfranco's hinüberzugehen. Nachdem sie eine halbe Flasche vorzüglichen deutschen Likör geleert hatten, hob ihre Stimmung sich spürbar. Und als sie sich an der Garderobe von den vollbusigen Italienerinnen ihre Mäntel aushändigen ließen, war Belials beunruhigende Präsenz weit und breit nicht zu spüren.

Matthew war noch immer zutiefst besorgt, aber fürs Erste hatte er sich erfolgreich aus der Affäre gezogen. Fiona von seiner Vertrauenswürdigkeit zu überzeugen, war leicht gewesen. McAllister zu überzeugen, würde wesentlich schwieriger. Und die Befragung eines Börsen-Untersuchungskomitees wäre die Hölle schlechthin. Er würde sich äußerst kooperativ zeigen müssen, andernfalls würde Madison ihn feuern. Aber wenn er kooperativ war – weiß der Himmel, was sie herausfinden mochten.

Und noch etwas beschäftigte Matthews Gedanken. Niemand bei Madison wusste, dass er und Fiona ein Liebespaar waren. Sie hatten es geheim gehalten, teils, um das Arbeitsklima nicht zu beeinträchtigen, teils, um Fiona ein öffentliches Bekenntnis zu ersparen. McAllister hätte niemals mit Fiona über seinen Verdacht gesprochen, wenn er davon ausgehen musste, dass ihre Loyalität nicht vor allem der Firma, sondern Matthew galt. Fiona würde als Spionin in McAllisters Lager von unschätzbarem Wert sein, wenn die Dinge sich weiterentwickelten.

Aber damit lieferte sie sich natürlich selbst aus. Wurde Matthew geschnappt und Fionas Interessenkonflikt bekannt, sah es düster für sie aus, da jeder sie für Matthews Komplizin halten musste. Und selbst wenn sie ihren Job behielt, war ihre Karriere am Ende. Was Fiona betraf, war der einzig sichere Weg, McAllister über ihre Beziehung zu informieren.

Natürlich hätte Matthew sie gern als Spionin auf seiner Seite gewusst, aber noch stärker war sein Wunsch, sie zu schützen. Er erinnerte sich an Sophie – und dieses Mal, so muss man zu seinen Gunsten sagen, zögerte er nicht.

Als sie an diesem Abend nebeneinander im Bett lagen, streichelte er ihre Wange.

»Liebling, ich möchte, dass du etwas für mich tust«, sagte er zu ihr.

»Was du willst, Big Boy«, antwortete sie träge und streichelte ihn unter dem Laken.

Er hielt ihre Hand fest.

»Ich möchte, dass du morgen früh mit McAllister redest und ihm sagst, dass wir eine Beziehung haben. Erzähl ihm, dass wir zusammenziehen wollen, sobald der Hauskauf über die Bühne ist. Bitte ihn, dich aus sämtlichen Entscheidungen herauszuhalten, die mich betreffen. Und versichere ihm, dass du ihm natürlich sämtliche Informationen über mich liefern wirst, die er benötigt. Ich möchte dich aus dieser Sache heraushalten, und das ist die einzige Möglichkeit.«

Fiona versteifte sich. Matthew, der damit gerechnet hatte, umarmte sie.

»Du musst es tun«, sagte er. »Ich weiß, wie schwer es für dich ist, aber nur McAllister braucht es zu wissen. Wir müssen es ja nicht im ganzen Büro herumposaunen.«

»Warum sollten wir uns deswegen Gedanken machen? Es lief doch prima bisher. Und vergiss nicht, dass ich dir nützlich sein kann, wenn ich weiß, was McAllister denkt.«

»Genau deshalb musst du mit ihm reden. Was soll er denn von dir halten, wenn er herausfindet, dass du mir alle geheimen Ergebnisse der Untersuchung ins Ohr geflüstert hast? Fi, du musst es ihm sagen. Wenn du es nicht tust, werde ich zu ihm gehen.«

Fiona schmiegte sich enger an Matthew. Er spürte die Wärme ihrer Haut auf der seinen, und ihre Wangen berührten sich.

»Sag, dass du mit ihm sprichst.«

Sie rückte eine winzige Spur von ihm ab, lag aber immer noch in seinen Armen. »Okay«, sagte sie und nickte wie ein gehorsames kleines Mädchen.

»Gut.«

»Und Matthew, bitte ... enttäusche mich nicht.«

»Das werde ich nicht.«

Am nächsten Tag redete sie mit McAllister. Der kräftige Schotte wirkte überrascht, aber nicht alarmiert.

»Darauf wäre ich nie gekommen. Obwohl ... jetzt, wo Sie es erwähnen, fällt mir auf, dass seit einiger Zeit so ein Leuchten in Ihren Augen ist. Es war klug von Ihnen, es mir zu sagen. Sie besitzen eine gute Menschenkenntnis. Wenn Sie dem jungen Gradley trauen, tendiere ich auch ein wenig mehr in diese Richtung. Aber Sie sollten ihm dringend raten, sich ebenfalls schleunigst hier blicken zu lassen.«

Und Matthew kam. Auf dem Weg zu McAllister betete er um ein Wunder. Er wusste zwar nicht, welche Art Wunder er sich erhoffte, aber er betete trotzdem. Als Matthew die Tür hinter sich geschlossen hatte, begrüßte McAllister ihn freundschaftlich und beglückwünschte ihn zu seiner Beziehung zu Fiona.

»Ich war schon immer der Meinung, dass zu einem erstklassigen Banker auch eine erstklassige Frau gehört. Ich hoffe, ihr Zwei seid glücklich miteinander.«

»Ich weiß nicht, ob sie es Ihnen gegenüber erwähnt hat, aber wir legen großen Wert darauf, dass unsere Beziehung unsere Privatsache bleibt. Sie sind der Einzige in der Bank, der Bescheid weiß.«

McAllister nickte.

»Sie hat es erwähnt. Aber ich hätte ohnehin mit niemand darüber gesprochen. Das ist eure Sache. Aber jetzt erzählen Sie mir besser mal, was Sie mit diesem Belial zu tun haben. Und zwar alles.«

Also erzählte Matthew ihm in etwa die gleiche Geschichte,

die er am Abend zuvor Fiona aufgetischt hatte. Als er fertig war, nickte McAllister ihm aufmunternd zu.

»Okay, Matthew«, sagte er. »Ich glaube nicht, dass es irgendwelche Probleme geben wird. Sie konnten ja nicht wissen, was dieser Belial für eine Laufbahn hinter sich hat, also kann man Ihnen keinen Vorwurf machen. Aber Sie sollten Ihr Investitionskapital unverzüglich bei Switzerland International abziehen. Geben Sie mir Bescheid, wenn Sie das erledigt haben.

In der Zwischenzeit müssen wir uns mit der Londoner Börse befassen. Mitte letzten Jahres gab es einige verdächtige Transaktionen auf dem Bondmarkt, aber die Untersuchungskommission ist mit ihrem Verdacht nicht weit gekommen. Wie Sie wissen, sind die meisten Bonds nicht registriert, sodass man den Inhaber der Papiere nicht ermitteln kann. Bei Aktien ist es viel leichter, Insidergeschäfte zurückzuverfolgen. Als sich auf dem Aktienmarkt ein identisches Handelsmuster abzeichnete, wurde die Börsenaufsicht misstrauisch. Man hat mich angewiesen sicherzustellen, dass unsere Händler von jedem Verdacht frei sind. Verständlicherweise sind Sie, Fiona und Ed die Hauptverdächtigen.

Ich persönlich bezweifle allerdings, dass wir mit Schwierigkeiten rechnen müssen. Es wurden schon oft angeblich verdächtige Transaktionen untersucht, und in den meisten Fällen hat man gar nichts gefunden – höchstens einen Investor, der einen guten Riecher hatte. Ich halte es nicht für wahrscheinlich, dass Sie, Fiona oder Ed Ihre Stellung mißbraucht haben.

Als Erstes müssen Sie den Nachweis über Ihre Investitionen offen legen. Wenn das in Ordnung ist, wird der Untersuchungsausschuss vermutlich nicht weiter nachforschen. Geben Sie mir einfach alle Belege über die Geschäfte, die Sie durch Switzerland International abgewickelt haben, Ihren Kontostand, die Unterlagen über den Kauf und Verkauf von Wertpapieren und so weiter. Wenn nichts Verdächtiges dabei ist, schreibe ich einen Bericht für die Börsenaufsicht, und damit wird die Angelegenheit vermutlich erledigt sein.«

Matthew nickte und erwiderte irgendetwas. Als er draußen war, konnte er sich nicht einmal erinnern, was er geantwortet hatte. Sein Magen schien auf einmal wie aus Stein. Das erhoffte Wunder war nicht eingetreten.

Natürlich konnte er Belial um die erforderlichen Unterlagen bitten, aber die würden nur belegen, dass er Insiderinformationen missbraucht und sein ganzes Vermögen darauf gesetzt hatte. Dank dieser Belege würde er schneller im Gefängnis landen, als man piep sagen konnte. In sechs Monaten würde er nicht dasitzen und das Geld seines Vaters zählen, sondern die Tage bis zu seiner Freilassung. Sieben Jahre waren die Höchststrafe, und Matthew fiel kein einziger Grund ein, weshalb er weniger bekommen sollte.

Er wankte zur Toilette und übergab sich.

## 11.

Zack, alter Snob, haben Sie einen Moment Zeit?«

»Klar, Sklaventreiber, bin schon unterwegs.«

Zack griff nach Notizblock und Kugelschreiber und machte sich auf den Weg zu Bandermans Büro, der ihn mit einer weiteren Beleidigung empfing. Zack nahm Platz und revanchierte sich mit einer gleichfalls liebenswerten Bemerkung.

»Ich würde gern den aktuellen Stand Ihres ROSES-Projekts erfahren. Offenbar entwickelt sich die Sache prächtig, oder?«

Banderman war jetzt Zacks Vorgesetzter. Da Zack der Bank enorme Summen einbrachte, besaß er inzwischen ein gewisses Ansehen und war zu wichtig für das Unternehmen geworden, als dass man ihm jemand Beliebigen hätte vor die Nase setzen können. Die beiden Männer mochten und respektierten einander. Und trotz seines schnoddrigen Auftretens war Zack sich darüber im Klaren, dass seine Chancen auf eine Partnerschaft entscheidend von der Unterstützung des älteren Mannes abhingen. Deshalb wählte er seine Worte mit Bedacht.

»Ja, es ist unglaublich. Im ersten Monat haben wir nur ein paar Millionen gemacht. Ich fürchtete schon, dass ROSES zu anspruchsvoll für den asiatischen Markt sei. Aber nachdem ein paar namhafte Unternehmen angebissen haben und deren Konkurrenz nachzog, begannen sich auch die anderen großen Firmen dafür zu erwärmen. Keiner wollte der Einzige sein, der sich die Summen entgehen lässt, die mit ROSES zu verdienen sind. Jetzt liegen unsere monatlichen Einnahmen bei fünfzehn Millionen Dollar, Tendenz steigend.«

»Eine außergewöhnliche Leistung. Wie lange glauben Sie, können wir das aufrechterhalten?«

Zack zuckte mit den Schultern. »Nicht lange vermutlich. Die Konkurrenz versucht bereits mitzumischen, aber das ist nicht das Entscheidende. Das eigentliche Problem sind die Finanzbehörden. Sie arbeiten bereits an Maßnahmen, unsere Gesetzeslücken zu stopfen. Und wenn diese Steuerlücken erst mal gestopft sind, war's das. Dann können wir ROSES begraben.«

Banderman nickte. Zack hatte recht. ROSES würde verwelken, wie alle Rosen. Aber bevor es so weit war, konnten sie noch beachtliche Summen aus dem Projekt herausschlagen.

»Wir werden an die hundert Millionen abgesahnt haben, bevor es so weit es ist«, erwiderte Banderman. »Das ist ein bemerkenswerter Start in Ihrer Laufbahn als Gillinghams Ersatz. Äußerst bemerkenswert.«

Zacks schmale Lippen verzogen sich zu einem wölfischen Grinsen. Die Partnerschaft war zum Greifen nahe. Aus dem South-China-Deal würde er vierzig Millionen herausholen und über hundert Millionen aus ROSES. Hundertvierzig Millionen Dollar waren viermal so viel wie nötig, um die magische Schwelle zur Partnerschaft zu überschreiten.

»Ich nehme doch an, dass ich dieses Jahr zum Partner ernannt werde, Dixon«, sagte Zack heiser.

»Zum Partner?« Banderman war ehrlich verblüfft. »Sie wollen Partner werden?«

»Darauf können Sie wetten. Ich habe der Bank hundertvierzig Millionen eingebracht und bewiesen, dass ich Gillinghams Job mindestens so gut mache wie er. Gillingham war Partner. Ich sehe nicht ein, warum ich es nicht werden sollte.«

Bandermans Miene wurde ernst. Weinstein Lukes war kein gewöhnliches Unternehmen, das einer Gruppe anonymer Aktionäre oder irgendeinem Tycoon und dessen Familie gehörte; es unterstand keinem Treuhandfonds, nicht der Regierung und nicht der öffentlichen Hand. Weinstein Lukes gehörte zu 100 % seinen überwiegend langjährigen Mitarbeitern, den Partnern: eine Arbeiterkooperative – angewandter Sozialismus, wenn auch nicht ganz so, wie es Marx vorschwebte.

Partner zu werden war ein komplizierter und vielschichtiger Prozess, der einer Heiligsprechung gleichkam. Um auf dieses Niveau erhoben und Bestandteil dieses elitären Unternehmens zu werden, musste man bewiesen haben, dass man selbst über den geringsten Zweifel erhaben ist. Märchenprinzen, die sich der Herausforderung stellen müssen, gegen Drachen zu kämpfen, Berge zu ebnen und Ozeane zu teilen, wurden nicht weniger auf die Probe gestellt als die potenziellen Partner von Weinstein Lukes. Und Zack Gradley, neunundzwanzig Jahre alt und gerade seit zwei Jahren in dieser Firma, beanspruchte dieses Privileg nun für sich.

»Das ist noch nie da gewesen«, sagte Banderman leise. »Noch nie ist jemand nach so kurzer Zeit zum Partner ernannt worden, Zack.«

»Dixon, ich habe in diesem Jahr mehr Geld gemacht als irgendein anderer Partner bisher. Sie wissen, dass ich der Firma noch mehr einbringen werde. Vielleicht nicht immer in dieser Größenordnung, aber in großem Rahmen. Und Sie wollen mich doch behalten.«

Dixon hob die Augenbrauen. »Sie denken daran, uns zu verlassen?«

Zack kannte die richtige Antwort auf diese Frage.

»Nein, Dixon, gewiss nicht. Aber seit ROSES angelaufen ist, werde ich zweimal täglich von Headhuntern angerufen, die auf der Suche nach Spitzenleuten sind. Ich antworte jedes Mal, ›nein danke, kein Interesse.‹ Aber natürlich bin ich davon ausgegangen, dass Weinstein Lukes mein Engagement für die Firma so zu würdigen weiß, wie ich es für angebracht halte.«

Zack hatte nicht gelogen. Headhunter hängen sich an die Fersen der Erfolgreichen wie Paparazzi an die der Prinzessinnen und Filmsternchen, und Zack war wirklich erfolgreich. Banderman verstand die unterschwellige Andeutung in Zacks Worten sehr wohl und war weit davon entfernt, sie als Erpressung aufzufassen. Banker verdienen sich ihren Lebensunterhalt mit harten Bandagen. Sie sind dazu gezwungen – im Interesse ihrer Kunden als auch in ihrem eigenen. Banderman war daran gewöhnt, dass Mitarbeiter an ihn herantraten und Forderungen stellten: Bonusse, Beförderungen, Jobs.

»Ihr Beitrag wird sehr wohl gewürdigt, Zack. Und Sie werden Ihre Belohnung dieses Jahr erhalten, machen Sie sich deswegen keine Gedanken. Ich versichere Ihnen, dass Sie einen fantastischen Bonus bekommen, dafür werde ich persönlich sorgen. Aber dass Sie es jetzt schon zum Partner bringen, daran wage ich zu zweifeln.«

»Dixon, die Bank schuldet mir die Partnerschaft ebenso wie den Bonus.«

»Es steht nicht in meiner Macht, Ihnen eine Partnerschaft zu versprechen. Darüber entscheidet allein der Vorstand.«

»Ich bitte Sie auch nicht um ein Versprechen. Ich bitte Sie

lediglich darum, mich zu unterstützen. Ich bitte Sie, alles zu tun, was in Ihrer Macht steht.«

Zack hatte alles genau kalkuliert. Eine Partnerschaft garantierte ihm eine Million Pfund, denn sie brachte neben dem Bonus Anteile an sämtlichen Einnahmen des Unternehmens ein. Und wenn Bandermans Stimme auch nicht ausschlaggebend war, so war sie doch von entscheidendem Gewicht. Banderman blickte den selbstbewussten jungen Mann nachdenklich an. Gradleys Vertrauen in ihn kannte offenbar keine Grenzen. Andererseits standen Zacks Fähigkeiten außer Frage.

»Ich werde Sie unterstützen, Zack. Aber ich verspreche nichts, okay?«

»Okay.«

»Und Zack, jagen Sie diese Headhunter zum Teufel.«

»Wird gemacht.«

Auch das war kein Versprechen, und beide Männer wussten es. Zack stand auf.

»Danke, alter Haudegen.«

»Scheren Sie sich zur Hölle.«

Zack war schon an der Tür, als Banderman ihn noch einmal zurückrief.

»Ach, Zack, ich habe mir die Liste unserer ROSES-Klientel mal angesehen. Ihre alten Freunde von der South China haben offenbar besonderen Gefallen daran gefunden. Sie waren einer unserer besten Kunden.«

»South China? Tatsächlich? Sie haben ziemlich aufgeholt, was?«

»Das kann man wohl sagen.« Dixon überflog ein paar Zahlen. »Die haben einen regelrechten Großeinkauf betrieben.«

Zack ließ einen leisen Pfiff hören.«

»Na ja, macht irgendwie Sinn. Während unserer Übernahme kamen sie plötzlich mit diesen riesigen Gewinnzahlen daher, wie aus dem Nichts. Jetzt wissen wir zumindest den Grund. Mann, Dixon, es sah aus, als spekulierten sie sich um

Kopf und Kragen. Gott sei Dank scheinen sie heil aus der Sache rausgekommen zu sein, sonst wäre der Laden den Bach runtergegangen, Steuertricks hin oder her.«

»Na ja, jedenfalls hat Ihr Schwiegervater allen Grund, stolz auf Sie zu sein. Zuerst verschaffen Sie ihm ein hübsches neues Unternehmen, und dann tragen Sie durch ROSES noch zu dessen Wertsteigerung bei. Sie sollten ihm vorschlagen, Ihre Provision zu erhöhen.«

Zack lachte.

»Lieber nicht. Er wollte eine Bank kaufen, kein Casino. Einmal war er sogar drauf und dran, einen Rückzieher zu machen. Ich werde lieber ganz still sein.«

## 12.

Matthew betrat die Zuschauertribüne des Stadions, auf der bereits viertausend Menschen warteten und die ersten Schlachtrufe ertönten. Es war ein eisiger Februarabend, und graue Nebelschwaden waberten über das flutlichterleuchtete Spielfeld. Der Schiedsrichter und ein paar Mitarbeiter des Stadionpersonals betraten den Platz und überprüften die Sichtweite. Der Anstoß war längst überfällig, und die Menge wurde ungeduldig.

Matthew überprüfte seine Eintrittskarte und ging die Nordtribüne hinab, um nach Belial Ausschau zu halten. Ein guter Ort für ein Treffen, dachte Matthew. Er hatte Fiona erzählt, er würde sich das Spiel mit einem Bekannten von der Universität anschauen, und es war äußerst unwahrscheinlich, dass er hier mit jemandem aus der Bank zusammenstoßen würde. Obwohl Belial wie immer mit ausgesuchter Höflichkeit auf Matthews Ersuchen nach einem Treffen reagiert hatte, dachte Matthew mit Beklemmung an den Gefallen, um den er den unsympathischen Kerl bitten musste.

Es war nicht schwer, Belial ausfindig zu machen. Vermutlich war er der einzige Mensch auf der ganzen Nordtribüne, der in einem frisch gebügelten Anzug mit Seidenhemd, handgearbeiteten, silbernen Manschettenknöpfen, blassrosa Seidenkrawatte, passendem Einstecktuch, Kaschmirmantel, cremefarbenem Schal und auf Hochglanz polierten Schuhen erschienen war.

»Guten Abend, guten Abend«, begrüßte er Matthew. »Auf die letzte Minute, aber immer noch pünktlich.«

»Hoffentlich findet das Spiel überhaupt statt. Das mit dem Nebel sieht nicht gut aus.«

»Oh, die werden schon spielen«, erwiderte Belial, als obläge die Entscheidung darüber ihm.

Er behielt Recht. Wenige Minuten später trabten die Spieler aufs Feld, kickten den Ball eine Zeit lang herum und nahmen schließlich Aufstellung. Der Schiedsrichter pfiff zum Anstoß, und das Spiel begann. Von der ersten Sekunde an verfolgte Belial das Geschehen wie gebannt. Es war, als würden Spielfeld, Spieler, die Menge, ja selbst das berühmte Stadion zu existieren aufhören, wenn seine Konzentration auch nur einen Moment nachließ.

Zehn Minuten lang beobachteten sie schweigend das Spiel. Leeds schien mit einem Unentschieden zufrieden zu sein und spielte vollkommen defensiv, mit nur einer Spitze. Arsenal versuchte, das Spiel zu öffnen, konnte Leeds' Abwehrriegel aber nicht knacken, obwohl die Außenstürmer immer wieder mit langen Bällen über die Flanken geschickt wurden. Die Nordtribüne tat ihre Pflicht und versuchte, ihr Team mit Schlachtgesängen nach vorne zu puschen. Doch der Nebel schluckte die Kraft der Stimmen, sodass Parolen und Spiel gedämpft blieben.

Weder Belial noch Matthew fielen in das Gebrüll ein, doch Belials Gesicht verzerrte sich bei jedem Angriff, jedem Pass und jedem Schuss. Nur als der Kapitän von Arsenal einen

Spieler von Leeds durch ein überhartes Eingreifen zu Fall brachte und beide Spieler sich am Boden wälzten, erschien ein Lächeln auf dem Gesicht des kleinen Mannes. Der Schiedsrichter verwarnte den Arsenal-Spieler unter den Buhrufen der Zuschauer.

Während einer Pause, als das blutende Knie eines Leeds-Spielers verarztet wurde, brachte Matthew das Anliegen vor, das ihm auf der Seele brannte.

»Wie ich bereits am Telefon erwähnte, möchte ich Sie um einen Gefallen bitten.«

Belials uneingeschränkte Aufmerksamkeit galt jetzt dem verletzten Spieler. Ohne seine Augen von dem Mann zu wenden, antwortete er Matthew mit der gewohnt übertriebenen Höflichkeit.

»Aber gewiss doch. Wir alle bei Switzerland International stehen zu Ihren Diensten.«

Matthew zögerte. Wenn er bei Madison keine Investitionsbelege vorweisen konnte, die ihm eine weiße Weste bescheinigten, würde er seinen Job verlieren und eine Verurteilung wegen Insiderhandels riskieren.

»Aus Gründen, die ich Ihnen nicht näher ausführen möchte, benötige ich eine Reihe Unterlagen von Switzerland International, die mich als Inhaber eines Investment-Portfolios ausweisen. Ich müsste damit belegen können, dass ich im vergangenen Jahr meinen Bonus in konventionellen britischen Fonds und Aktien angelegt habe. Natürlich sollte dieses Portfolio keine nennenswerten Gewinne aufweisen. Jedenfalls nicht im Vergleich mit denen, die ich tatsächlich erzielt habe. Ich möchte lediglich in der Lage sein, jemandem ein ... äh ... etwas konventionelleres Portfolio vorzulegen.«

Matthew verstummte. Es fiel ihm schwer fortzufahren, da der Blick seines Gesprächspartners immer noch wie gebannt auf das Spielfeld geheftet war. Ein Spieler von Leeds legte sich gerade den Ball zu einem Freistoß zurecht. Belial beobachtete ihn und wandte sich dann endlich mit einem strahlenden Lächeln Matthew zu.

»Aber natürlich. Kein Problem. Sie haben im Januar sechzigtausend bei uns investiert und damit Anteile solider Unternehmen erworben. Inzwischen ist Ihr Portfolio, sagen wir, siebzigtausend wert. Sie wünschen das alles schriftlich? Kein Problem. Um ehrlich zu sein, gehört diese Art von Dienstleistung bei uns zur Routine.«

Matthew war entsetzt und erleichtert zugleich. Er wusste, dass Kunden mit zweifelhaften ethischen Grundsätzen zu Belials bevorzugter Klientel gehörten, aber er hatte nicht erwartet, dass der kleine Mann einen so unverfrorenen Betrug derart routinemäßig abtun würde. Matthews Erleichterung war grenzenlos. Er konnte bei Madison saubere Kontoauszüge vorlegen, und McAllister würde der Börsenaufsicht mitteilen, dass Matthew eine blütenweiße Weste hatte. Er würde ungeschoren davonkommen, und – was noch besser war – seine Aktivitäten sogar fortsetzen können. Matthew atmete befreit auf.

Er bedankte sich bei Belial, aber der hatte sich bereits wieder dem Spiel zugewandt. Matthew verfolgte den Rest der ersten Halbzeit, ohne etwas mitzubekommen. Der Nebel hatte sich verdichtet und schwebte jetzt noch tiefer über dem Spielfeld. Die Mittelfeldspieler von Leeds nahmen erfolgreich jedes Offensivspiel aus der Partie, und beide Teams verlegten sich auf eine zunehmend unfaire Spielweise.

Die Heimmannschaft bekam einen Freistoß, aber das dabei erzielte Tor wurde wegen Abseits nicht anerkannt. Vier Spieler wurden wegen Fouls verwarnt, die überflüssigerweise in der Platzmitte erfolgt waren.

Die erste Halbzeit endete torlos, und der kahl geschorene Arsenal-Fan zu Matthews Linken prophezeite, dass das Spiel unentschieden enden würde. Es schien ihn nicht weiter zu stören, dass er gutes Geld dafür zahlte, hier draußen ein paar

Stunden lang zu frieren, während zweiundzwanzig millionenschwere Sportler es vorzogen, sich gegenseitig zu treten, anstatt den Ball. Belial machte sich ebenfalls nichts daraus. Er grinste vergnügt, und seine Augen strahlten.

»Was für ein exzellentes Match. Der englische Fußball hat sehr viel zu bieten.«

Matthew wollte widersprechen, doch Belial ignorierte seine Einwände, knöpfte seinen Mantel auf und zog einen braunen Umschlag hervor, den er Matthew reichte.

»Als Sie mich so eindringlich um dieses Treffen baten, ahnte ich bereits, was Sie auf dem Herzen hatten. Daher habe ich mir erlaubt, dies heute morgen in Genf für Sie vorzubereiten.«

Matthew riss das Kuvert auf. Der Inhalt war fast zu schön, um wahr zu sein. Es befanden sich etwa zwei Dutzend Dokumente darin, darunter ein Schreiben, das Matthew Gradley die Eröffnung eines Portfolios über sechzigtausend Pfund bestätigte und Belege über Zeitpunkt und Höhe diverser Investitionen. Den Unterlagen zufolge hatte er Anteile an British Airways, Marks & Spencer, Unilever, Glaxo Wellcome, Lloyds TSB und einer Hand voll weiterer untadeliger britischer Unternehmen erworben. Es existierten sogar vierteljährliche Berichte über die angebliche Entwicklung seines Guthabens sowie ein fiktiver Schriftverkehr über ein fehlgeleitetes Aktienzertifikat. Sämtliche Papiere waren datiert, unterzeichnet und auf Briefbögen der Switzerland International gedruckt. Es war genial.

»Ich kann Ihnen gar nicht genug danken«, sagte Matthew. »Das ist absolut perfekt. Ich kann es kaum glauben.«

»Oh, es war uns ein Vergnügen«, erwiderte Belial glatt. »Allerdings muss ich Sie darauf hinweisen, dass wir für diese Art von Service eine Gebühr erheben.«

»Natürlich.«

»Nicht dass Sie mich missverstehen – es handelt sich um eine erhebliche Gebühr.«

»Ich bin sicher, dass sie angemessen ist. Wie viel ist es denn?«

»Eine halbe Million Pfund Sterling.«

Matthew war wie vom Donner gerührt. Er bat Belial, die Summe zu wiederholen, aber er hatte sich nicht verhört. Belials Worte waren unmissverständlich. Mattew hätte gern geglaubt, dass der kleine Mann scherzte, aber dem war nicht so.

»Eine halbe Million? Dafür, dass Sie ein paar Papiere aufgesetzt haben? Sie machen Witze. Für ein paar Hunderter könnte ich mir diesen ganzen Kram in einer Druckerei beschaffen!«

Belials Blick schweifte zur gegenüberliegenden Seite des Stadions, wo ein Tumult unter den angereisten Fans von Leeds im Gange war. Schwarz gekleidete Polizisten näherten sich dem Schauplatz.

»Natürlich können Sie sich an eine Druckerei wenden. Aber spätestens, wenn Ihre Vorgesetzten die Sache bei uns gegenchecken, würde der Betrug auffliegen. Ihre Vorgesetzten. Die Börsenaufsicht. Ihre Partner. Das Betrugsdezernat. Oder vor wem Sie die Wahrheit zu verbergen suchen. Sollten Sie diese Gebühr nicht akzeptieren, werden wir jedem, der in dieser Sache nachforscht, die Wahrheit erzählen. Akzeptieren Sie, werden sämtliche Hebel bei Switzerland International in Bewegung gesetzt, um Ihre Geschichte zu untermauern. Sie haben die Wahl. Mir persönlich ist es gleich.«

Das Handgemenge auf der anderen Seite war abgeklungen, dafür hatte sich die Polizeipräsenz sichtbar verstärkt, ebenso der Nebel.

Matthew fühlte sich auf einmal hundeelend. Die kalte Luft nahm ihm den Atem, und in seinem Kopf machte sich ein anschwellendes Rauschen bemerkbar. Eine halbe Million Pfund! Damit blieben ihm noch siebzigtausend, etwa ein Viertel seines letzten legal verdienten Bonus. In seinem Kopf drehte sich alles, und er hatte das Gefühl, sich jeden Augenblick übergeben zu müssen.

Die fünfzehn Minuten der Halbzeit verbrachte er damit, gegen seine Übelkeit anzukämpfen.

Belials Falle war perfekt. Er hatte die Macht, Matthew mit einem Fingerschnippen ins Gefängnis zu schicken, oder ihn mit gleichermaßen geringem Aufwand davor zu bewahren. Und wenn eine halbe Million der Preis dafür waren, hatte Matthew gar keine andere Wahl.

Die Spieler nahmen wieder Aufstellung. Bevor der Anpfiff ertönte, verstaute Matthew den Umschlag in seiner Tasche. Die Kälte drang ihm bis ins Mark, und doch standen ihm Schweißperlen auf der Stirn.

»Abgemacht.«

»Fein. Sie können mit unserer hundertprozentigen Unterstützung rechnen. Wir erlauben uns, die Gebühr morgen früh von Ihrem Konto abzubuchen.«

Matthew nickte. Die Millionen seines Vaters hatten sich soeben in Nebel aufgelöst. Alle Bemühungen, die Lügen, die Angst, der ganze verzweifelte Kampf waren umsonst gewesen. Er starrte mit leerem Blick in die Ferne.

Verglichen mit der zweiten Halbzeit war die erste geradezu spannend gewesen. Siebenmal wurde die gelbe Karte gezeigt und ein Spieler von jedem Team wegen wiederholten Foulspiels des Feldes verwiesen. Zwischen vier anderen Spielern brach eine Schlägerei aus, die dem Schiedsrichter allerdings entging, weil er gerade durch ein Foul am anderen Ende des Spielfeldes abgelenkt war. Aus unerfindlichen Gründen holte der Trainer von Leeds den einzigen Spieler seiner Mannschaft vom Platz, der zumindest beinahe ein Tor geschossen hatte, und ersetzte ihn durch einen weiteren Verteidiger, der bekannt war für seine rabiate Spielweise. Die Fans prügelten sich, und erneut rückte die Polizei an.

Belial war entzückt vom Verlauf des Spiels. Jeder Angriff, jede gelbe Karte, jedes Anzeichen von Aggression begeisterte ihn. Mit vor Erregung verzerrtem Gesicht saß er vorgebeugt auf seinem Platz. Die Arsenal-Fans auf der Nordtribüne hatten die Hoffnung auf ein Tor längst aufgegeben und versuchten ihre Frustration durch Beleidigungen des Schiedsrichters und Drohungen gegen jeden, der mit Leeds sympathisierte, wettzumachen. Einer der Spieler wurde von einem Wurfgeschoss, das von der Tribüne kam, am Kopf getroffen und musste ärztlich versorgt werden. Matthew hatte genug von Belials Belustigung.

»Danke für die Unterlagen«, sagte er heiser. »Ich gehe jetzt.«

Belial wirkte überrascht.

»Sie wollen schon gehen? Jetzt, wo das Spiel richtig spannend wird? Oh, natürlich. Unsere kleine Gebühr ist Ihnen auf den Magen geschlagen. Ich hätte besser bis zum Ende des Spiels gewartet, bevor ich es erwähnte.«

Matthew erhob sich, aber Belial hielt ihn am Ärmel zurück.

»Wenn Ihnen die Gebühr wirklich solche Sorgen bereitet, wüsste ich eine exzellente Möglichkeit, wie Sie Ihren Verlust wieder ausgleichen können. Eine bemerkenswert einfache Möglichkeit obendrein.«

Matthew sank zurück auf seinen Platz. Ganz gleich, wie wenig er Belial traute oder ihn mochte – er musste sich anhören, was der hässliche kleine Mann zu sagen hatte. Auf dem Platz lag schon wieder ein Spieler am Boden. Verwarnung. Freistoß. Daneben. Belials Mund stand vor Begeisterung offen, und ein Speichelpfropfen hatte sich in einem Mundwinkel gesammelt. Das Spiel wurde wieder aufgenommen. Belial wandte sich Matthew zu.

Klar und verständlich unterbreitete er Matthew – einem Mann, den er kaum kannte – einen durch und durch illegalen und äußerst gefährlichen Vorschlag. Wieder einmal war Matthew fassungslos über die Skrupellosigkeit, mit der Belial sich auf kriminelle Machenschaften einließ. Kein Wimpernzucken, keine Spur von Erregung waren auf seinem Gesicht zu erkennen, als er Matthew seinen ungeheuerlichen Vorschlag erläuterte.

Als Belial fertig war, verließ Matthew unverzüglich das Stadion. Während er das Drehkreuz des Ausgangs passierte, erschollen hinter ihm erneute Buhrufe. Matthew machte sich geradewegs auf den Weg zur U-Bahn-Station. Die meisten Fans harrten bis zum bitteren Ende aus, nur ein paar hatten das Stadion, wie Matthew, früher verlassen. In Gruppen lungerten sie auf den leeren Straßen herum, mieden die Lichtkegel der Laternen und drängten sich an den Hausfassaden zusammen wie verklumptes Blut. Am Ende der Straße brach soeben die erste Schlägerei aus, begleitet vom Geräusch splitternden Glases. Matthew eilte vorwärts.

Belials Vorschlag war verrückt, illegal und gefährlich, aber er ging Matthew nicht aus dem Kopf. Wenn er die Augen schloss, erschien Belials grinsendes Gesicht vor ihm und fragte: »Ist Ihnen die Stahlkammerinspektion ein Begriff?«

## FRÜHJAHR 2001

Sie kennen das Gefühl. Jeder kennt es. Es befällt einen vor einem Examen, einer Rede, die man halten muss, oder vor dem längst überfälligen Diner für die Freundin. Die ganze Zeit war man mit anderen Dingen beschäftigt, und plötzlich steht der Termin vor der Tür. Monate sind zu Wochen geschrumpft. Die Pläne für die »Ente à la Schmeichel-meiner-Eitelkeit« lösen sich in Rauch auf; stattdessen öffnet man eine Dose Gemüse und verflucht sich, weil man es versäumt hat, den Kühlschrank mit all den köstlichen Dingen zu füllen.

So in etwa fühlen sich drei junge Männer namens Gradley im Augenblick. Keiner von ihnen hat die angestrebte Million beisammen. Keiner hat auch nur annähernd etwas, das einer Million gleichkäme, es sei denn, man rechnet ihr Vermögen in Rubel um. Noch immer hängt das Erbe des Vaters am oberen Ast des Baumes. Aber nicht mehr lange. Es ist der 5. März 2001. Noch 135 Tage bis Bernard Gradleys Stichtag.

Dieses Gefühl packt einen unerbittlich. Sie müssen es kennen. Jeder kennt es.

### 1.

Es gibt auf dieser Welt viele Möglichkeiten, Geld zu machen. Eine der altmodischeren Varianten besteht in der Herstellung von Dingen. Du kaufst etwas, womit die modernen Menschen nichts anfangen können – sagen wir, Holz –

und fertigst etwas daraus, das sie gebrauchen können, zum Beispiel Tische. Dann verkaufst du, was du hergestellt hast, und verwendest den Erlös zum Kauf von weiterem Holz. Dieses Mal versuchst du deine Tische noch ein wenig besser und preiswerter zu gestalten, um ein paar mehr an den Mann zu bringen. Dieses Schema wiederholt sich Jahr für Jahr, bis du in Rente gehst und auf eine ansehnliche Menge Tische zurückblicken kannst, die du im Laufe deines Lebens hergestellt und verkauft hast. Der Profit hat sich gelohnt, und inzwischen bist du zum Star des örtlichen Rotary Clubs avanciert. Der Siegerpokal deines Golfclubs trägt deinen Namen, und deine Frau führt den Vorsitz über die lokale Gartenbauausstellung.

In letzter Zeit wurden noch andere Techniken zum Erwerb eines Vermögens entwickelt. Anstatt Holz zu kaufen und zu Tischen zu verarbeiten, kannst du zum Beispiel Unternehmen kaufen, umorganisieren und wieder verkaufen. Vom Gewinn kaufst du ein größeres Unternehmen, das du nach der Umstrukturierung zu noch höherem Gewinn verkaufst als beim ersten Mal. Nach diesem Muster verfährst du, bis du schließlich Unternehmen im Wert von mehreren Milliarden erwerben kannst und durch jeden Verkauf einen Profit von einer Milliarde oder mehr erzielst. Natürlich bringt diese Art Geschäftemacherei gewisse Nachteile mit sich. Man wird dir keine großen Sympathien entgegenbringen, und die Presse wird hässliche Dinge über dich verbreiten. Aber inzwischen lebst du glücklich und zurückgezogen in deiner Zwölf-Zimmer-Villa auf Mustique, deine Geliebte in unmittelbarer Nachbarschaft, oder du besitzt gar eine eigene Insel. In dieser Position kannst du es dir leisten, das diffamierende Geschmiere der Journalisten zu ignorieren. Sollte es dich dennoch stören, kaufst du dir eben eine eigene Zeitung, um die Dinge richtigzustellen. Du wärst nicht der Erste.

Als was für eine Art Geschäftsmann würde George sich

entpuppen? Den größten Teil seines Lebens hatte er sich für eine ganz andere Art Zeitgenossen gehalten, nämlich einen, der irgendwann das Vermögen seines Vater erbt und den Rest seines Lebens damit verbringt, das Geld auszugeben. Dann aber, nach dem Tod des Vaters, blieb George nichts anderes übrig, als Geschäftsmann zu werden – einer von der ersten Sorte, der Dinge herstellt und verkauft, herstellt und verkauft, und so weiter. Aber jetzt hatte Ballard ihm eine Idee in den Kopf gesetzt: Wenn er Gissings für ein paar Millionen verkaufte und dadurch das Erbe seines Vaters für sich beanspruchen konnte, wer weiß, was er dann noch alles erreichte! Die gute alte Firma Gradley Plant Hire existierte noch immer und brachte – zwar unter Treuhandverwaltung, aber ohne Führungsspitze – nach wie vor Geld ein. Keiner der drei Brüder hatte bisher einen weiteren Gedanken an die Firma verschwendet; für jeden war klar gewesen, dass er den Betrieb nach der Testamentsvollstreckung verkaufen und das Geld einsacken würde. Auf einmal aber hatte George einen anderen Traum. Was, wenn er in die Fußstapfen des Vaters trat? Wenn er es geschafft hatte, Gissings – ein wahrhaft aussichtsloses Projekt – zu retten, was konnte er dann erst aus Gradley Plant Hire machen? Andererseits, was sollte Val von ihm denken, wenn er ihr geliebtes Gissings an eine dieser amerikanischen Unternehmen verscherbelte, die die Firma ausschlachteten und zerlegten wie ein altes Auto?

George umfasste mit beiden Händen das Bierglas, das vor ihm auf dem Tisch des alten Pubs aus dem siebzehnten Jahrhundert stand, und wartete auf seine Gäste. Unter seinem Stuhl drückte ein prall gefüllter Aktenkoffer gegen seine Kniekehlen. Der Inhalt dieses Aktenkoffers war der Grund, weshalb heute David Thurston und Kelly O'Shea aus den Cascade Mountains im fernen Oregon anreisten. Woran du sie wohl erkennen wirst? fragte er sich, während er an seinem Bier nippte.

Eine Überlegung, die er sich hätte sparen können. Die alte Eichentür ächzte, als die beiden Neuankömmlinge eintraten, ein Mann und eine Frau. Der Mann war groß, durchtrainiert und von gepflegter Erscheinung. Er trug einen perfekt sitzenden Anzug, blütenweißes Hemd mit angeknöpftem Kragen und eine dunkelrote Krawatte. George brauchte nur einen Blick auf ihn zu werfen, um zu wissen, dass er jeden Tag Sport trieb, viel Zeit mit seinen Kindern verbrachte, sich fettarm und ballaststoffreich ernährte, jeden Sonntag die Kirche besuchte und ein miserabler Golfspieler war. Und was seine Begleiterin anging – nun, allein ihre Erscheinung hätte einen Oscar verdient. Auch sie war groß und athletisch, braun gebrannt, mit makellosen Zähnen, maßgeschneidertem, sandfarbenem Kostüm und weißer Bluse. Sie hatte das Gesicht eines Filmstars, das von üppigem, mahagonifarbenem Haar umrahmt wurde, wie man es normalerweise nur in Werbespots sieht. George brauchte gar nicht erst zu fragen, um zu wissen, dass sie vermutlich mit Auszeichnung an einer Eliteuniversität abgeschlossen hatte, zu den Frauen gehörte, die Kinder und Karriere für durchaus vereinbar hielten, jeden Morgen joggte, über das aktuelle Zeitgeschehen auf dem Laufenden war und sich wahrscheinlich die Zähne mit Zahnseide reinigte. Er starrte die beiden an wie ein Straßenjunge, der zum ersten Mal in eine Peepshow gerät. Dann gab er sich einen Ruck. Er hatte die beiden mühelos erkannt. Sie dagegen hatten keine Chance, ihn von den anderen Yorkshire-Männern zu unterscheiden, die in zünftiger Aufmachung in der Bar hockten. Er erhob sich und ging den beiden Amerikanern entgegen.

»Mr. Thurston? Miss, äh ... Verzeihung, Mrs. O'Shea? Ich bin George Gradley.«

»Hi, George. Nett, Sie kennen zu lernen«, erwiderte Thurston und umklammerte Georges Hand wie den Griff eines Fitnessgerätes. »Sagen Sie David zu mir.«

Thurston ließ Georges Hand los, die sich leicht lädiert anfühlte, obwohl sie nicht gerade zart war. George wandte sich Kelly O'Shea zu, die aus der Nähe noch umwerfender wirkte. Georges Knie wurden auf eine Art weich, wie er es seit seinem fünfzehnten Lebensjahr nicht mehr erlebt hatte. Sie ergriff seine Hand. Für eine Frau war ihr Händedruck ebenfalls bemerkenswert, aber nichts im Vergleich zu Thurstons Schraubstockgriff.

»Kelly O'Shea. Sehr erfreut.« Sie lächelte ihn an. Ihr Lächeln währte gerade so lange, wie es an gehobenen Businessschulen gelehrt wird: ›Setzt eure Vorteile ins rechte Licht, aber ohne zu flirten.‹

Sie nahmen am Tisch Platz. Georges Aktenkoffer stand noch immer unter seinem Stuhl. Es befanden sich Geschäftsrechnungen, Bilanzen, Steuertabellen, Produktbeschreibungen, Kundenanalysen, Cash-Flow-Prognosen, Prototypentwürfe und so weiter darin. Eine Kellnerin nahm ihre Bestellung auf. George orderte ein Sheppard's Pie und ein weiteres Bier. Thurston bestellte sich eine Lasagne mit großem, gemischtem Salat und einen Orangensaft, seine Partnerin das Gleiche, aber mit Mineralwasser.

»So, so, George. Wie wir hörten, besitzen Sie eine ansehnliche Firma«, begann Thurston mit perfektem Zahnpasta-Reklamelächeln.

»Das hoffe ich. Wir haben in den vergangenen Jahren eine Menge Arbeit hineingesteckt und die Firma vor dem Konkurs bewahrt.«

Thurston nickte wie ein Therapeut, der einem Patienten mit Kindheitstrauma lauscht.

»Muss ein harter Brocken gewesen sein, was? Aber auch verdammt befriedigend, möchte ich wetten.«

»Sie erlauben?«, fragte O'Shea und packte einen tragbaren Computer aus. »Ich würde meine Notizen gern gleich abspeichern.« Sie legte ihr Handy neben den PC. »Für den Fall, dass ich Informationen aus der Zentrale runterladen muss«, erklärte sie.

»Gewiss«, antwortete George. »Vielleicht könnten Sie mir zuerst ein wenig über Oregon Furniture erzählen und warum Sie auf dem britischen Markt Fuß fassen wollen.«

»Natürlich, George, sehr gern. Hatten Sie schon Gelegenheit, sich unsere Geschäftsunterlagen anzusehen? Die jährlichen Berichte und Übersichten, Unternehmensprofile und unsere ›Was-die-Presse-denkt‹-Broschüre? Wie Sie sehen, befinden sich unsere Geschäftsideen jeweils auf der Innenseite der Umschläge.« Thurston begann einen Stapel glänzender Broschüren vor George aufzustapeln, der planlos darin herumblätterte. Thurston erläuterte ihm den Werdegang des Unternehmens, vom bescheidenen Anfang bis zu seiner heutigen Spitzenposition auf dem US-Markt. »Unsere Recherchen lassen darauf schließen, dass wir unseren Erfolg in Europa wiederholen können, und das ist der Grund, warum wir hier sind, George.«

In diesem Moment kehrte die Kellnerin mit der Bestellung zurück. Thurstons Orangensaft bestand aus einem dieser lächerlich winzigen Fläschchen, die man in manchen Pubs heute noch über einem halb geschmolzenen Eiswürfel in ein Weinglas kippt. Das Mineralwasser wurde in einer ähnlich mickrigen Flasche serviert und war lauwarm. Der gemischte Salat war Thurston nicht gemischt oder nicht grün genug oder weiß der Teufel was. Jedenfalls machte er der Kellnerin rasch einige Vorschläge, wie man die Sache noch retten könne. Sie lauschte ihm mit aufgerissenen Augen und rauschte anschließend davon, um die Geschäftsführerin zu holen, die sich Thurstons Sonderwünsche anhörte, ohne eine Miene zu verziehen. Um die Zeit zu überbrücken, schenkte O'Shea George ein hinreißendes Lächeln, das ihm in sämtliche Glieder fuhr. »David ist sehr eigen«, erklärte sie ihm und erstarrte plötzlich, als sich am Nachbartisch jemand eine Zigarette anzündete.

»Und was wissen Sie über Gissings?«, fragte George, nachdem Thurston bereit war, sich wieder dem eigentlichen Thema zuzuwenden.

»Nicht annähernd genug«, erwiderte sein Gegenüber lächelnd.

George zog seinen Aktenkoffer zu sich auf den Schoß und begann nun seinerseits, einen Stapel Unterlagen auf dem Tisch auszubreiten. »Ich war mir nicht sicher, was genau für Sie von Interesse ist, also habe ich alles kopiert«, erklärte er. »Sollten Sie darüber hinaus noch Einblick in weitere Unterlagen wünschen, so lassen Sie es mich wissen.«

Thurstons Hand schwebte über dem Unterlagenstapel.

»Möchten Sie, dass wir Ihnen eine Vertraulichkeitsbescheinigung unterschreiben?«

George geriet durch die Frage ein wenig aus dem Konzept. »Äh, nein, ist schon okay. Ich meine, solange Sie den Kram nicht im Internet verbreiten oder so«, erwiderte er mit einem Seitenblick auf O'Sheas Computer.

»Hahaha! Im Internet!« Thurston lachte und nickte O'Shea zu, die ebenfalls zu lachen begann. Allerdings klang das Gelächter der beiden ein wenig gekünstelt. »Sehr gut, George. Im Internet! Nein, im Ernst. Sie haben natürlich vollkommen Recht. Wir legen großen Wert auf geschäftliche Integrität, ein Punkt, der bei uns oberste Priorität genießt. Wir werden dieses Material keinesfalls missbrauchen. Dafür erhalten Sie unser Ehrenwort als Geschäftsleute. Stimmt's, Kelly?«

»Sehr richtig.«

Thurstons Hand senkte sich auf den Stapel, und er begann die Dokumente durchzublättern, während Kelly die jeweiligen Posten in ihren Computer eingab. Die Kellnerin kehrte mit der Bestellung zurück, die Thurstons Wünschen entsprechend geändert worden war, in ihrem Schlepptau die Geschäftsführerin als stumme Unterstützung.

»Ist das die frischeste Sorte Orangensaft, die Sie führen?«, erkundigte Thurston sich höflich.

Kellnerin, Geschäftsführerin und George nickten.

»Oh, dann vielen Dank.« Er nippte daran, als wollte er den Vergiftungsgehalt prüfen, aber das Getränk schien Gnade vor seinen Augen zu finden. Der gemischte Salat bestand nach wie vor aus einer Mischung aus Eisbergsalat, Supermarkttomaten und Gurken, nur die Menge hatte zugenommen und füllte nun eine große Schüssel, die Thurston kommentarlos akzeptierte. George fing einen Seitenblick von O'Shea auf, die ihm zuzwinkerte und ihn mit einem weiteren ihrer »Mein-Zahnarzt-ist-teurer-als-deiner«-Lächeln beglückte. Ihr kastanienfarbenes Haar, das wie Kupfer glänzte, fiel in weichen Wellen auf den blütenweißen Kragen ihrer Bluse. George schaufelte sich einen großen Bissen seiner Pastete in den Mund und verbrannte sich prompt seine Zunge.

Während des Essens nahmen sie die von George mitgebrachten Unterlagen eingehender unter die Lupe.

Thurston und O'Shea waren sichtlich beeindruckt.

»Sie haben den Umsatz in kurzer Zeit enorm angekurbelt«, bemerkte Thurston.

»Und die Gewinnspanne ebenfalls«, ergänzte sie.

Dann wandten sie sich den Produktbroschüren zu.

»Sehr hübsches Designkonzept«, sagte Thurston.

»Ja, ausgesprochen ansprechend«, echote sie. »Es ähnelt unserem Blue-Montain-Sortiment, finden Sie nicht auch, David?«

Inzwischen waren sie beim Nachtisch angelangt. Da kein koffeinfreier Kaffee erhältlich war, orderte Thurston einen Kräutertee, der wundersamerweise im Sortiment des Pubs enthalten war, während O'Shea es riskierte, einen normalen Kaffee zu bestellen.

»Und wir können diese Unterlagen mitnehmen, George?«

»Klar.«

»Großartig.« Lächeln. »Wirklich sehr interessantes Material. Sehr interessant.«

O'Shea lehnte sich vor. »Sagen Sie, George, warum wollen Sie ausgerechnet jetzt verkaufen? Nicht, dass ich Ihre Entscheidung für falsch halte – ganz und gar nicht. Aber Ihre Motive interessieren mich.«

»Stimmt«, fiel Thurston ein. »Wir sind überzeugt, dass Sie das Richtige tun. Die Tendenz zu Unternehmenskonzentrationen wird immer stärker. Dazu kommen Faktoren wie schlankes Kostenmanagement, der Trend zu ›Alles unter einem Dach‹, Machtposition des Einzelhandels, landesweites Marketing, und so weiter. Den Kleinunternehmern stehen harte Zeiten bevor, stimmt's, Kelly?«

George schüttelte den Kopf. »Gissings geht es gut. Das Unternehmen wird in den kommenden Jahren noch profitabler werden, und wir könnten durchaus als unabhängiger Hersteller auf dem Markt bestehen. Nein, ich verkaufe nicht aus Angst, sondern weil ich das Geld brauche. Das ist alles.«

»Haha. Das liebe Geld, ja, ja. Nun, es könnte keinen besseren Grund geben, nicht wahr, Kelly?«

Sie begannen ihre Unterlagen zusammenzupacken und machten sich zum Aufbruch bereit. George verlangte nach der Rechnung, aber Thurston kam ihm zuvor.

»Kommt nicht infrage. Wir bestehen darauf, George. Es war uns ein Vergnügen. Auch wenn wir beim nächsten Mal unseren eigenen Saft mitbringen müssen. Haha, war nur ein Scherz. Ein reizendes Fleckchen. Siebzehntes Jahrhundert, richtig? Meine Frau wird aus dem Häuschen sein, wenn ich ihr davon erzähle. Sie liebt alles Historische.« Der Pub akzeptierte Thurstons American-Express-Karte nicht, also zog er ein Bündel Pfundnoten hervor und zählte sie ab, wie ein Fünfjähriger sein Monopoly-Geld.

»Wir werden sehen, wie weit wir mit den Unterlagen kommen, die Sie uns gegeben haben. Kelly ist unsere Expertin für Tabellenkalkulation ...«

»Aber nein, das würde ich nicht ...«

»Wir melden uns bei Ihnen, sobald wir der Zentrale den Vorschlag schmackhaft gemacht haben. Sollten wir noch mehr Informationen benötigen, ruft Kelly Sie an. Ich werde ein Auge auf sie halten, damit sie Ihnen nicht zu sehr auf die Nerven geht. Unsere Kelly neigt nämlich zum Perfektionismus, nicht wahr, Kelly?«

»Oh, das würde ich nicht sagen ...«

»Also wir melden uns dann in ein paar Wochen wieder bei Ihnen, vereinbaren eine Werksbegehung und beginnen mit den Verhandlungen. Na, wie hört sich das an, George?«

»In Ordnung. Allerdings ist es streng vertraulich, dass ich einen Verkauf in Erwägung ziehe. Außer mir weiß noch niemand davon, und so soll es vorerst auch bleiben. Sie können mich natürlich anrufen, aber es wäre mir lieber, wenn Sie meine ... äh ... Sekretärin in dem Glauben lassen, dass es sich um eine private Bekanntschaft handelt.«

»Aber selbstverständlich, George. Wir verstehen Ihre Motive nur zu gut.« Thurstons Miene wurde ernst. »Damit sind Sie nicht allein. Viele der Firmen, die der Oregon-Familie beigetreten sind, haben es ähnlich gehalten, und wir tun stets unser Bestes, diese Wünsche zu respektieren. Wir sind der Meinung, dass Vertraulichkeit zu den Grundvoraussetzungen der Geschäftsethik zählt. Haben Sie gehört, Kelly? Sie und George sind alte Freunde, verstanden?«

»Aber gewiss.« Ein weiteres strahlendes Lächeln wurde in Georges Richtung gesandt. »Ich werde sehr diskret vorgehen.«

»Da ist noch etwas«, sagte George. »Mir ist klar, dass Sie irgendwann eine Werksbesichtigung durchführen müssen. Aber es wäre äußerst hilfreich, wenn Sie dabei so unauffällig wie möglich vorgehen würden. Ich möchte vermeiden, dass meine Angestellten sich unnötigerweise beunruhigen.«

»Wir werden so unauffällig sein, dass sie unsere Anwesenheit gar nicht bemerken.«

Sie schüttelten einander die Hände und verließen das Lokal.

»Hat mich sehr gefreut«, sagte George.

»Das Vergnügen war ganz auf unserer Seite«, erwiderten beide. »Bis bald.«

George blickte ihnen hinterher. Ein verspäteter Frühjahrsschauer fegte von Westen über den grauen Parkplatz des Pubs hinweg. Deprimiert trat George die Heimfahrt an.

## 2.

Wie weit würde Matthew für seine Million gehen?

Insidergeschäfte waren in gewisser Weise noch vertretbar. Zwar hasste er die Furcht, das Risiko und die Lügen, die damit verbunden waren, aber immerhin handelte es sich nur um das Risiko, geschnappt zu werden, das ihn beunruhigte. Hätte er davon ausgehen können, dass die Sache hundertprozentig sicher wäre, hätte er jeden Tag Insidergeschäfte betrieben und weit mehr als die eine Million gemacht, bis die Frist abgelaufen war.

Aber der Betrug an Fiona widerstrebte ihm ganz und gar. Besonders nach der Geschichte mit Sophie. Er wusste, dass seine Insidergeschäfte auch das Risiko bargen, Fionas Vertrauen zu verlieren, und das war ihm auf Dauer zu hoch. Dass Fiona weit mehr wert war als eine Million oder das ganze Vermögen seines Vaters zusammengenommen, stand für Matthew völlig außer Frage.

Aber zwischen Schwarz und Weiß existieren noch unzählige Grautöne. Was Belial ihm vorgeschlagen hatte, befand sich nicht gerade am hellsten Ende der Grauskala, eher im Bereich Holzkohlengrau. Aber er hatte Recht – niemand wurde dadurch geschädigt. Und dennoch, sogar als Bernard Gradleys Sohn kam man nicht umhin, einige grundlegende Gesetze anzuerkennen. Und die Gesetze waren eindeutig. Was Belial vorgeschlagen hatte, war durch und durch illegal.

Würde Matthew es dennoch wagen? Die Gesetze waren klar, seine Gedanken waren es nicht.

## 3.

Tut mir leid, dass du dich bis hier durchkämpfen musstest«, empfing Lord Hatherleigh seinen Schwiegersohn. »Die Parkerei wird heutzutage immer schwieriger.«

Der Schnellaufzug brachte sie bis zum oberen Stockwerk des Bürokomplexes. Die restlichen zwei Betontreppen mussten sie zu Fuß hinaufsteigen. Unterhalb des windgepeitschten Daches erstreckte sich die dicht besiedelte City von London in Richtung Süden. Im Westen zeichnete sich Hampstead Heath wie eine dunkle Insel in einem Meer aus Neonlichtern ab.

»Ich liebe dieses Gerät. Spart enorm viel Zeit, trotz der Schwierigkeiten bei der Parkplatzsuche. Obwohl, Elisabeth ist weniger begeistert davon.«

Zack war gleichfalls wenig angetan von »diesem Gerät«, aber er wollte vor seinem Schwiegervater nicht als Angsthase dastehen und kletterte beherzt in den kleinen Helikopter. Während Lord Hatherleigh die Instrumente checkte und den Funkkontakt mit der Londoner Flugaufsicht abstimmte, peitschte ein Regenguss gegen die Windschutzscheibe. Zack blickte trübselig hinaus und wünschte sich, es wäre ihm möglich gewesen, mit Sarah und Elisabeth wenige Stunden zuvor in den Zug nach Ovendon House zu steigen. Während der Arbeit dachte er kaum an Sarah. Aber ihm widerstrebte jede Minute seiner Freizeit, die er nicht an ihrer Seite verbringen konnte. Nicht dass Zack verliebt war – das hätte er vehement abgestritten –, aber Sarah verkörperte all die Annehmlichkeiten, die er während seiner Achtzigstundenwoche bei Weinstein Lukes vermisste: Entspannung, Spaß, Sex, Wärme, Lachen. Er freute sich darauf, sie an diesem Abend wiederzusehen und überflog in Gedanken bereits die zweihundert Meilen Dunkelheit, die ihn noch von ihr trennten.

Hatherleigh hatte seinen Check beendet. »Bist du bereit?«, fragte er und startete die Maschine. Über ihren Köpfen setzten sich die herunterhängenden Rotorblätter in Bewegung. Während sie an Tempo zulegten, veränderte sich das Gefühl in dem Helikopter. Hatte er gerade noch als schwerfälliger, toter Körper aus Metall und Glas auf dem Betondach gestanden, tänzelte er jetzt, scheinbar zum Leben erweckt, leicht und graziös in der Luft. Noch bevor Zack eine Bewegung ausmachen konnte, hatte sich das Fluggerät zwei Meter vom Boden erhoben. Das Dach, dieser wunderbar feste Boden unter den Füßen, war jetzt unerreichbar unter ihm, und unzählige stürmische Meilen lagen vor ihm.

Die beiden Männer schwiegen, während Hatherleigh den Hubschrauber auf die vorgeschriebene Höhe für Kleinflieger brachte, jenseits der Flugroute der dröhnenden Jets des Heathrow Airport. Ein verspätet eintreffender Jumbo aus den Staaten zog beängstigend nah über sie hinweg und vermittelte Zack das Gefühl eines Dreiradfahrers auf der Autobahn. Er kannte die Ratschläge für nervöse Helikopterpassagiere: Sieh nicht hinunter. Denk nicht daran, wo du dich befindest. Vergiss, dass du in einer gläsernen Kuppel sitzt, einem Nichts, das sich nur auf Luft stützt.

Zack brach die erste Regel, kurz nachdem der Jumbo über ihre Köpfe hinwegdonnerte. Der schwindelerregende Anblick der Londoner Vorstädte veranlasste ihn, auch die zweite Regel zu brechen. Er versuchte sich abzulenken, indem er an Sarah dachte, an das vor ihm liegende Wochenende oder das Vermögen seines Vaters und die Gewissheit, dass es bald ihm gehören würde. Aber keine dieser angenehmen Aussichten minderte seine Beklemmung. Und die Turbulenzen, die das kleine Fluggerät hin und her rüttelten, vermochten Zacks Vertrauen in diese Art der Fortbewegung auch nicht gerade zu stärken.

»Alles okay?«, erkundigte sich Hatherleigh, nachdem sie etwas ruhigere Gefilde erreicht hatten.

Zack nickte. Es behagte ihm nicht besonders, sich im Helikopter zu unterhalten, wo man ständig gegen den Lärm der Rotationsblätter anschreien musste, aber Hatherleigh hatte Spaß daran, und Zack brauchte eine Beschäftigung, die ihn von seiner Angst ablenkte.

»Alles klar!«, brüllte er. »Wie läuft's bei South China?«

Es waren inzwischen zwei Monate vergangen, seit Hatherleigh Pacific die Kontrolle der South China übernommen hatte, und Hatherleigh und Scottie hatten mit der Umstrukturierung ihrer neuen Errungenschaft alle Hände voll zu tun.

»Bestens. Der Schifffahrtssektor läuft großartig. Eine wahre Goldmine, die die faulen Säcke vor uns sträflich ignoriert haben. Scottie hat das alte Team komplett gefeuert und durch unsere besten Manager von Hatherleigh Coastal ersetzt. Ein paar Jahre, und wir verdienen mit den South-China-Schiffen mehr als mit unseren eigenen.«

»Klingt wunderbar.« Zacks Konversationsrepertoire war nicht besonders geistreich, wenn er in Todesangst schwebte.

Hatherleigh orientierte sich an der M 3, die aus London herausführt, und beabsichtigte, sich hinter Basingstoke an die A 303 Richtung Westen nach Devon zu halten. Zack heftete seine Augen auf den hell leuchtenden Verkehrsstrom unter sich. Zumindest etwas, das ihm in der ansonsten undurchdringlichen Dunkelheit eine Art Halt bot. Der Regen hatte wieder eingesetzt, und immer wieder wurde der Helikopter von heftigen Böen erfasst. Hatherleigh musste ständig seinen Kurs korrigieren. Sie ließen Basingstoke unter sich liegen; Hatherleigh verfehlte die Straßenführung Richtung Süden, um sie dann über Andover wieder aufzunehmen. Irgendwo jenseits von Andover mussten Salisbury Plains und die dunklen Steinmonumente von Stonehenge liegen.

»Und wie steht's mit dem Immobilienzweig und der Bank selbst?«, rief Zack.

»Die Immobilien laufen bestens. Jetzt haben wir endlich Land, wo wir es brauchen. Unsere Immobilienfritzen sind hellauf begeistert. Die Bank ist eine andere Sache. Wird 'ne Weile brauchen, bis wir alles neu organisiert haben, aber auch da sehe ich keine größeren Probleme auf uns zukommen.«

Der Helikopter ratterte weiter durch die Dunkelheit, und das Wetter wurde immer schlimmer. Hatherleigh musste sich jetzt herunterbeugen, um die Landmarken auszumachen. Zacks ungeübtem Blick erschien der Verkehr auf der A 303 ziemlich spärlich, aber womöglich lag es daran, dass der Regen die Lichter verschluckte. Er empfand diese Reise als gefährlich und trostlos. Zwischendurch tauschte Hatherleigh immer wieder Informationen mit der Flugaufsicht aus. Für die war dies ein ganz gewöhnlicher Freitagabend, nichts, worüber man besorgt sein musste.

»Wir fliegen jetzt genau auf eine Schlechtwetterfront zu. Könnte ein bisschen wackeln.«

Zack verstand nur die letzten Worte. Er hatte keine Ahnung, ob Hatherleigh ihm eine Warnung oder lediglich eine beiläufige Information zukommen ließ. Er beschloss, es als letztere Möglichkeit zu deuten, aber sein Puls schnellte noch mehr in die Höhe. Es würde nett sein, Sarah wiederzusehen, ein heißes Bad mit ihr zu teilen. Draußen nahm der Regen zu. Der Hubschrauber verließ den Kurs der A 303 und schwenkte nach Westen über das Tal von Somerset und flog auf die in der Ferne blitzenden Funkfeuer von Taunton zu. Draußen peitschte der Wind den Regen gegen die Scheiben, und Zack fühlte sich in dem metallenen Käfig wie in einer Nussschale auf offener See. Sie überquerten Taunton und ließen die tröstlichen Lichter der M 5 hinter sich. Als sie über die Brendon Hills Richtung Exmoor flogen, waren nur noch ein paar Häusergruppen und vereinzelte Farmhauslichter zu erkennen, ansonsten erstreckte sich nichts als die undurchdringliche Dunkelheit der Wälder und Moore unter ihnen.

Ovendon House lag südlich von Exmoor, doch Hatherleigh liebte es, über das Moor zu kreisen, bevor er endgültig Richtung Süden nach Ovendon abdrehte. Trotz des Wetters dachte er nicht daran, heute eine Ausnahme zu machen und heftete seinen Blick auf die unter ihm liegende dunkle Landschaft. Ging er zu hoch, riskierte er, die Sicht in den tief hängenden Wolken zu verlieren; flog er zu tief, lief er Gefahr, mit den Gipfeln von Exmoor Bekanntschaft zu machen.

»Hat man schon herausgefunden, woher die plötzlichen Gewinnzahlen der South China stammten?«, rief Zack, verzweifelt bemüht, seine Gedanken von der Situation abzulenken, in der er sich befand.

»Ja. Vom Roulettetisch. Jeder Penny.«

»Also doch Spekulation?«

»Genau. Wie es aussieht, haben sie ein verdammt riskantes Spiel gespielt. Sie stützten sich dabei auf irgend so ein Steuerschema namens ROSES, das deine Leute momentan wie Sauerbier anbieten. Ist das Ding auf deinem Mist gewachsen?«

»Ich habe daran mitgearbeitet.« Zack war wenig erpicht darauf, die Verantwortung für etwas einzugestehen, das Hatherleigh missbilligte.

»Diese Sache hat die South China veranlasst, Risiken einzugehen, von denen sie besser die Finger gelassen hätte.«

»Aber immerhin sind sie doch gut aus der Sache hervorgegangen.«

Hatherleigh bedachte Zack mit einem Seitenblick. Er wusste, dass seine Einstellung altmodisch war, aber er lehnte Praktiken, die zum schnellen Geld führten, kategorisch ab, und er vermutete, dass Zack mehr mit ROSES zu tun hatte, als er zugab. Im Licht der Armaturen betrachtete er Zacks Gesicht, der seinen hageren Körper in den gepolsterten Sitz presste. Der Junge wirkte nervös. Hatherleigh blickte wieder geradeaus und tastete die Dunkelheit mit seinen Augen ab, während seine Finger jede Bewegung des Hubschraubers erspürten. Er nickte.

»Da unten fließt der Exe. Wir folgen seinem Lauf nach Süden Richtung Ovendon House.« Dann wandte er sich abrupt wieder dem Geschäftlichen zu. »Jedenfalls haben wir das Casino dicht gemacht, aber natürlich können wir nicht sämtliche Handelsabteilungen gleichzeitig schließen, obwohl mir das am liebsten wäre. Na ja, davon verstehst du mehr als ich.«

Plötzlich zuckte ein Blitz auf, den Zack in seiner Panik sofort auf einen Defekt des Hubschraubers zurückführte. Hätte der Gurt ihn nicht festgehalten, wäre er glatt von seinem Sitz hochgeschnellt. Ein weiterer Blitz erhellte den Himmel, und Zack erkannte – wenn auch ohne allzu große Erleichterung –, dass der Helikopter zwar offenbar in Ordnung war, die Regenwolken sich jedoch zu dichten Formationen zusammengeschlossen hatten, aus denen sich jetzt gewaltige Blitze ihren Weg Richtung Erde bahnten. Vor Zack spielte sich ein gigantisches Naturschauspiel ab, aber er empfand nichts als nackte Angst. Nie wieder würde er diese Art der Fortbewegung wählen, und wenn er den Rest seines Lebens in Verkehrsstaus zubringen musste. Wenn es sein musste, würde er eher zu Fuß laufen, oder England hüpfend auf einem Pogostock durchqueren. Von Donner und heftigen Blitzen begleitet, folgte der Hubschrauber dem Lauf des unter ihm dahinströmenden Flusses. Krampfhaft um Ablenkung bemüht, setzte Zack seine Unterhaltung mit Hatherleigh fort.

»Ihr habt die Bücher doch sorgfältig geprüft, oder? Ich weiß, dass unsere Jungs ziemlich erstaunt über die plötzliche Habgier der South China waren.«

Wieder schweifte Hatherleighs Blick zur Seite auf Zacks angespanntes Gesicht.

»Ja. Wir haben ihre Bücher genau unter die Lupe genommen.«

Zack nickte. Ihm war speiübel. Hatherleigh musterte ihn prüfend. Gab es etwas, das Zack beunruhigte? Abgesehen von den zuckenden Blitzen da draußen?

»Du könntest eure Leute anweisen, uns eine Liste der Transaktionen zukommen zu lassen«, sagte Hatherleigh. »Auf die Weise könnten wir das, was du uns verkauft hast, mit dem vergleichen, was South China gekauft hat. Das erscheint mir eine angemessene Vorsichtsmaßnahme. Ja, wirklich, eine gute Idee.«

Zack nickte dümmlich. Er konnte sich gut vorstellen, welche Reaktion dieses Anliegen bei Weinstein Lukes hervorrufen würde, aber der Kunde war König, und er würde Hatherleigh verschaffen, was er begehrte.

In diesem Augenblick schien ein Blitz direkt vor ihnen einzuschlagen. Gleichzeitig wurde die Maschine nach unten geschleudert, sodass Zacks Magen Purzelbäume schlug. Seine Fingernägel gruben sich in das Sitzpolster. Und wieder zuckte ein Blitz auf und erhellte einige Baumkronen, die sich unmittelbar vor ihnen zu befinden schienen. Hätte es sich um Felsen an einem Ufergestade gehandelt, Zack hätte nicht entsetzter sein können. In seiner Panik glaubte er bereits zu spüren, wie die Äste nach den Kufen des Hubschraubers griffen und sie in den sicheren Tod rissen. Zumal der Helikopter immer noch unverdrossen abwärts sauste.

»Vorsicht!«, schrie er.

Hatherleigh wandte seinen Blick nicht von der regengepeitschten Windschutzscheibe. Aber mit der Rechten bedeutete er seinem Passagier, nach vorn zu sehen. Inmitten des Waldgeländes, das Ovendon House umschloss, leuchtete ein weißes »H« auf. Hatherleigh landete den Hubschrauber mit größtmöglicher Sanftheit auf dem Landeplatz.

»Da wären wir«, verkündete der Viscount.

Unter dem notdürftigen Schutz von Zacks Regenmantel rannten die beiden Männer über den Rasen auf die schützenden Gemäuer von Ovendon House zu.

## 4.

Matthew betrat den Lift. Der Aufzug war mit genopptem Gummiboden, Metallwänden und einem Gummipuffer ausgestattet, der in Hüfthöhe um die gesamte Kabine verlief, die etwa sechs Meter lang, drei Meter breit und knapp vier Meter hoch war. Ein Schild wies auf eine maximale Tragfähigkeit von 13 500 Kilo hin. Dreizehneinhalb Tonnen. Zweihundert Menschen.

»Ihr transportiert wohl jede Menge Elefanten hier runter, was?«, fragte Matthew.

Der Wachmann schüttelte den Kopf.

»Gold- und Silberbarren. Der Außenladeplatz ist nicht sicher genug. Deshalb müssen wir bei jeder Verladeaktion einen Panzerwagen hier runterschaffen, und dazu brauchen wir den Lift.«

An der Decke war eine Überwachungskamera installiert. Der Wachmann drückte auf einen Knopf und sprach gleichzeitig in eine videoüberwachte Gegensprechanlage, über die unsichtbare Kollegen im Kontrollraum sein Gesicht und seine Stimme identifizierten. Erst dann schalteten sie den Lift frei, und die Kabine glitt langsam abwärts. Es war sechs Uhr zweiundzwanzig morgens.

Die Londoner Madison-Gebäude sind nicht unbedingt von herausragender architektonischer Bedeutung, sieht man davon ab, dass sie beinahe ebenso tief wie hoch sind. Zu den sieben überirdischen Stockwerken kommen noch einmal vier geräumige Tiefgeschosse.

Im ersten Tiefgeschoss liegen die Kantine, Fitnessräume,

ein paar Lagerräume, Postverteilungsstelle, Krankenstation und einige weitere Einrichtungen.

Im darunter liegenden Geschoss sind Großrechner, Telefonzentrale, Notgeneratoren, Datenspeicher sowie Aufzeichnungen sämtlicher Telefongespräche des Handelsparketts untergebracht. Der gesamte Bereich kann im Fall von Feuer, Überflutung oder eines terroristischen Anschlags hermetisch abgeriegelt werden. Doch die beiden darunter liegenden Geschosse bergen noch weitaus wertvolleres Gut.

Madison verfügt über die weltweit größte Depotverwaltung. Wer ein paar Barren Gold erwirbt, wird kaum dazu neigen, sie irgendwo zu vergraben oder in seinem Schreibtisch aufzubewahren. Also wendet man sich an eine Bank – wie zum Beispiel Madison – und bittet, dass sie das Gold in Verwahrung nimmt. Und Madison ist natürlich gern bereit, dieser Bitte nachzukommen. Gegen eine Gebühr deponiert man die Barren in den Stahlkammern, und alle Beteiligten sind zufrieden.

Im dritten Untergeschoss liegen die Büros der Tresorverwaltung, sprich jener Mitarbeiter, die für den Betrieb der Tresorräume verantwortlich sind. Matthew war auf dem Weg in das darunter liegende, vierte Untergeschoss, wo er in ein wohl gehütetes Geheimnis des Madison-Gebäudes eingeführt werden sollte.

Die Stahlkammern werden durch eine einzige Tür geschützt, die durch drei Kombinationsschlösser gesichert ist, von denen jedes auf eine eigene Zahlenfolge reagiert. Die erste dieser Kombinationen wird von einem Wachmann eingestellt, der in vierzehntägigem Turnus abgelöst wird. Die zweite unterliegt einem Beamten von der ValCom, einer für Bewachung und Transport wertvoller Güter zuständigen Polizeieinheit, der ebenfalls alle zwei Wochen wechselt, asynchron zur Schicht der Wachmänner. Die dritte und letzte Kombination obliegt den Vice Presidents von Madison, die sich mit dieser Aufgabe jede Woche ablösen. Alle sechs Wochen werden sämtliche drei Zahlenkombinationen geändert, allerdings wieder in asynchronem Rhythmus, sodass jede zweite Woche eine Kombination erneuert wird.

Matthews neue Stellung als Vice President beinhaltete unter anderem, dass er von nun an ebenfalls die turnusmäßigen Inspektionsrunden durch die Stahlkammer übernehmen musste. Insgesamt oblag ihm diese Verantwortung vier Wochen im Jahr. Diese Woche, dann nochmals in etwa einem Monat und noch zweimal im Herbst, nach Ablauf der Frist des Rennens um das väterliche Erbe.

Belials verrückter Vorschlag ging Matthew nicht mehr aus dem Kopf. Er hatte zwar nicht vor, heute oder noch in dieser Woche aktiv zu werden, aber er würde Augen und Ohren offen halten. Belials Idee war der helle Wahnsinn. Trotzdem konnte es nicht schaden, die Möglichkeiten zu checken.

Vier Stockwerke unterhalb der Straße kam der Lift zum Stillstand. Der Wachmann drückte erneut auf die Taste der Gegensprechanlage und bat darum, die Tür zu öffnen. Sein Anliegen wurde vom Kontrollraum bestätigt, und die Türen glitten auseinander.

Vor ihnen erstreckte sich ein etwa zwanzig Meter langer Betontunnel, der bequem einem Lastwagen Platz bot und an dessen Wänden folienisolierte Rohre und Kabelstränge verliefen. Ein Metallschrank barg diverse elektronische Kontrollschalter, und an den Decken blinkten Kameras, die vom darüber liegenden Kontrollraum überwacht wurden. Sämtliche Bilder wurden mindestens sechs Monate lang archiviert.

Der Wachmann an Matthews Seite schenkte den Kameras keine Beachtung.

»Zu den Stahlkammern geht's hier lang«, erklärte er, und sie passierten eine kleine Tür in der Wand des Haupttunnels. »Hier melden Sie sich jeden Morgen um sechs Uhr dreißig, und abends um neunzehn Uhr. Sehen Sie zu, dass Sie pünktlich sind, und lassen Sie sich bloß nicht von einem Bus überfahren. Ohne Sie können wir die Stahlkammern nämlich nicht öffnen.«

Der Gang endete vor einer Art Glaszelle. Der Wachmann drückte einen Knopf auf einer Schalttafel, und die gläserne Wand glitt zur Seite.

»Das ist die Identifikationskabine. Sie treten ein, und die Tür schließt sich. Dann blitzt es einmal, weil ein Foto von Ihnen gemacht wird. Anschließend drücken Sie mit der Hand auf das grüne Wandpaneel, wodurch Ihre Fingerabdrücke identifiziert werden. Dann werden Sie wieder hinausgelassen. Ach ja, gewogen werden Sie übrigens auch. Wenn Sie mit ein paar Goldbarren in der Hosentasche hier rausspazieren, werden Sie nicht weit kommen.«

Matthew betrat die Kabine. Die Glaswand schloss sich. Ein Blitzlicht zuckte auf. Er drückte die Handfläche gegen das grüne Paneel, und etwa eine Sekunde später öffnete sich die gegenüber liegende Wand. Nachdem sein Begleiter die Kabine ebenfalls passiert hatte, setzten sie ihren Weg fort.

Pünktlich auf die Minute, um sechs Uhr dreißig, erreichten sie das nördliche, äußere Ende der Stahlkammer. Zwei Leute erwarteten sie, in ein Gespräch vertieft. Einer trug die graue Uniform des Madison-Sicherheitspersonals, der andere einen unauffälligen grauen Anzug. Das musste der ValCom-Beamte sein. Matthews Begleiter beschrieb ihm noch einmal den Rückweg und ging davon.

Alle erforderlichen Personen waren anwesend, und die Tür zu den Stahlkammern konnte geöffnet werden. Der Gang endete vor einer grünen Panzertür, auf der drei Drehskalen von eins bis hundert angebracht waren. In der Mitte der Tür, über mehreren Steuerelementen, befand sich ein Glaspaneel mit einer Flüssigkristallschaltuhr, unter der ein großes Metallrad wie ein Lenkrad installiert war.

Wurden die Stahlkammern abends verschlossen, wurde die

Zeitschaltuhr auf sechs Uhr achtundzwanzig am folgenden Morgen eingestellt. Selbst wenn man im Besitz sämtlicher Zahlenkombinationen war, konnte man die Tür vor Ablauf dieser Zeit nicht öffnen. Jetzt zeigte eine grüne Lampe an, dass der Zutritt möglich war.

Der Wachmann begann mit der üblichen Verfahrensweise. Fachgemäß drehte er an dem oberen Rad, zuerst im Uhrzeigersinn, dann in entgegengesetzter Richtung. Flink, aber bedacht wählte er der Reihe nach die sechs Ziffern seiner Kombination. Danach war der Polizeibeamte an der Reihe.

Der ValCom-Beamte ging ebenso flink und geschickt ans Werk, bis auch das rechte obere Schloss die korrekte Kombination durchlaufen hatte. Nun war Matthew an der Reihe.

Die Kombination war von seinem Vorgänger, einem Vice President aus der Abteilung Aktienanalysen, an ihn weitergegeben worden. Es war ihm gestattet, sie aufzuschreiben, aber nur einmal und nur mit der Auflage, dass die Codes verschlüsselt notiert wurden. Als Telefonnummer getarnt, hatte Matthew sie in sein Adressbuch geschrieben. Sollte er das Buch verlieren oder verlegen, würde die Kombination unverzüglich geändert werden.

Matthew drehte den Knopf, durch den ein schwerer Zylinder im Inneren der Tür bewegt wurde. Allerdings war die Mechanik so perfekt, dass sich das Rad mühelos drehen ließ. Bei der ersten Zahl – zweiundsechzig gegen den Uhrzeigersinn – hätte er um ein Haar zu weit gedreht. Nicht einmal das leiseste Klicken wies darauf hin, dass er an der richtigen Position angelangt war. Nun drehte er in die andere Richtung. Achtzehn im Uhrzeigersinn. Bei der vierten Zahl fühlte er sich schon etwas sicherer, mit dem Ergebnis, dass er das Rad überdrehte und statt bei vierundvierzig gegen den Uhrzeigersinn bei fünfundvierzig innehielt und wieder von vorn beginnen musste.

Beim zweiten Anlauf klappte es. Als auch die dritte Kombination korrekt positioniert war, drehte der Wachmann an dem großen Rad. Ein Summen ertönte, das allmählich in einen Pfeifton und zuletzt in lautes Dröhnen überging. Weder der Wachmann noch der Polizist machten Anstalten, die Tür zu öffnen.

»Was ist das?«, fragte Matthew.

»Die verschlossene Tür ist luftdicht verriegelt. Jeder Temperaturunterschied diesseits und jenseits der Tür erzeugt einen Druckunterschied. Durch den Luftstrom wird die Temperatur ausgeglichen. Bevor das geschehen ist, lässt sich die Tür nicht öffnen.«

Kurz darauf verebbte der Luftstrom. Der Wachmann zog an dem Rad, und die Tür schwang mühelos auf. Sie war etwa 45 Zentimeter dick; die Seiten waren mit Stahlstreben verstärkt, von denen jede etwa vier Zentimeter Durchmesser hatte. Wurde die Tür verriegelt, verankerten sich diese Streben in dazugehörigen Löchern, die rundherum in den Rahmen eingelassen waren. Selbst ein Sprengstoffanschlag würde allenfalls den Anstrich der Tür beschädigen. Auch die umliegende Wand war uneinnehmbar. Stahlplatten ummantelten den gesamten, mit stoßfesten Sensoren ausgestatteten Raum. Die Bank von England verfügt über einige sehr ausgeklügelte Sicherheitsdepots, aber was moderne Spezialtechnologien betrifft, findet man nirgends Stahlkammern, die sicherer sind als bei Madison.

Gefolgt von Matthew und dem Polizeibeamten passierte der Wachmann den Eingang zum Tresorraum. »Die Tür öffnet sich, und Sie treten einen kurzen Inspektionsrundgang an.« Belial hatte Recht gehabt, wie mit allem anderen auch.

Zuerst betraten sie die Edelmetallkammer. Im kalten Schein der Oberlichter, säuberlich aufgestapelt in unzähligen Stahlregalen, schimmerte in totem Glanz der Reichtum der Nation: Gold-, Silber- und Platinbarren. Gold ist leicht aufzubewahren. Man braucht sich nicht zu sorgen, dass das Material feucht werden könnte, wie zum Beispiel bei Büchern, oder wie bei Gemälden, die weder zu kalt noch zu warm, weder zu feucht noch zu trocken gelagert werden dürfen. Gold liegt einfach da, bereit, wann immer es gebraucht wird.

»Mann Gottes«, flüsterte Matthew. »Wie viel mag das wert sein?«

Der Wachmann antwortete ihm gleichgültig. Jeder, der zum ersten Mal diesen Raum betrat, stellte diese Frage.

»Keine Ahnung. Aber als wir vor zehn Jahren in dieses Gebäude gezogen sind, waren vierundfünfzig Lastwagen notwendig, das Zeug heranzukarren. Und heute lagert hier ein Vielfaches von damals, darauf können Sie Gift nehmen.«

Matthew blickte skeptisch drein. Hier lag zwar eine Menge Metall – aber solche Mengen?

»So viel scheint es mir nicht zu sein.«

»Haben Sie mal versucht, eins von diesen Babys hochzuheben? Wenn Sie einen Lkw damit beladen, brechen unweigerlich beide Achsen. Die Barren kann man nur in kleinen Mengen befördern, sonst kriegen Sie die nicht vom Fleck.«

Während sie sich unterhielten, durchquerten sie in raschem Tempo die drei Kammern, die den Tresorraum bildeten. Matthew wäre gern stehen geblieben, um das Gold zu berühren, sein Gewicht zu spüren, es an seiner Wange zu fühlen und mit den Zähnen zu prüfen. Aber sie blieben nicht stehen. Alles war reine Routine.

Wenn Belial Recht hatte, musste es noch eine Kammer geben – und um diese ging es. Matthew folgte seiner Eskorte durch die nächste Tür.

Sie traten aus der Edelmetallkammer in eine Art Arbeitsraum mit Schreibtischen, Telefonen, Computern und Kalendern. Ein ganz gewöhnliches Büro, das durch die unmittelbare Nachbarschaft von Edelmetall im Wert von mehreren Milliarden Dollar auch nicht aufregender wirkte. Durch eine weitere Tür erreichten sie einen Vorraum, in dem ein Schneidetisch aus Stahl mit einer Kreissäge stand. Austauschblätter lagen in Pappe verpackt neben der Säge. An der Wand hingen mehrere Schutzbrillen neben einem Air-France-Kalender, auf dem der falsche Monat aufgeklappt war.

»Wofür, in aller Welt, ist das denn?«, fragte Matthew, obwohl er es schon wusste. Belial hatte die Kreissäge erwähnt und wozu sie diente.

»Zum Schneiden der Kupons. Man könnte es natürlich auch mit Scheren machen, aber das würde ewig dauern.« Während er Matthew antwortete, öffnete der Wachmann eine weitere Tür, durch die sie die letzte Kammer betraten: den Eurobond-Tresor.

Es handelte sich um einen geräumigen, eher schäbig wirkenden Raum. Der Teppichboden war fleckig und abgetreten. Metallregale erstreckten sich vom Boden bis zur Decke und erinnerten Matthew an seine frühere Collegebibliothek. Die Regale waren auf die gleiche Weise gekennzeichnet, indem jemand mit schwarzem Filzschreiber beschriftete Schilder daran befestigt hatte. Die Beschriftung lautete AB, C-E und so weiter.

Die Ablageflächen waren höchstens zu einem Drittel mit Papierbündeln gefüllt. Einige waren in Zellophan verpackt. Manche Stapel waren ausgesprochen dick, andere eher dünn. In einer Ecke des Raumes flackerte ein defektes Neonlicht. Das Ganze wirkte wenig beeindruckend.

Aber obwohl dieser Raum so nichtssagend wirkte, verbarg sich hier ein unermesslicher Reichtum. Matthew wanderte ehrfürchtig durch die Gänge und studierte die Beschriftungen der Papierstapel, die rechts und links von ihm in den Regalen lagen: Ford, France Telecom, Fuji, General Motors, Generali, Hoechst, Honda, IBM, ICI, Japan Airlines, J.P. Morgan, Kodak, Krupp. Die Namen lasen sich wie ein Verzeichnis der weltweit mächtigsten Firmen. Dann lenkte er seinen Blick auf die Zahlen. Fünfzigtausend Dollar. Hunderttausend Euro.

Zwanzigtausend Pfund. Zweihunderttausend Francs. Das war nicht etwa der Wert eines jeden Bündels, sondern der eines jeden einzelnen Kupons. Neben dem IBM-Stapel, der etwa dreißig Zentimeter hoch war, blieb Matthew stehen. Er schätzte, dass etwa tausend Kupons darin steckten.

Die Stapel erklärten die Kreissäge im Vorraum. Jedem Eurobond sind eine bestimmte Anzahl Kupons angefügt. Jeder dieser Kupons bringt dem Inhaber eine Zinsausschüttung ein, die für gewöhnlich alle zwölf Monate fällig ist. Das Ungewöhnliche daran ist, dass man trotz Computerzeitalter immer noch diesen Fetzen Papier vorlegen muss, um in den Genuss der Ausschüttung zu kommen. Kein Kupon, kein Geld. Und Madison verwendete die Sägen zum Abtrennen der Kupons.

Matthew ging weiter. Als er in den nächsten Gang (Lloyds TSB, Lufthansa, Microsoft, Motorola) einbog, stieß er sich schmerzhaft am Fuß und am Knie.

Er war gegen einen Bibliothek-Rollwagen geprallt, der in der Mitte des Ganges stand und ebenfalls mit Papierbündeln beladen war. Matthew blickte darauf. Auf der oberen Ablage befanden sich verschiedene Stapel – Ericsson, Electricité de France, Glaxo Wellcome. Die untere Ablage wurde vollkommen von einem Bündel General Electronics ausgefüllt, das so umfangreich war, dass es in fünf Stapel hatte aufgeteilt werden müssen. Jedes Stück Papier in diesen Stapeln war für sich allein hunderttausend Dollar wert.

Matthew hatte sich den Zeh an einer Milliarde Dollar gestoßen.

Eurobonds sind ein weltweit verbreitetes Instrument des Geldverleihs. Lassen Sie sich nicht durch den Namen irreführen. Sie heißen Eurobonds, weil sich der Markt dafür in Europa befindet. Aber Gebrauch machen alle davon: Unternehmen in Amerika, Europa und Fernost. Man kann sich Pfund oder D-Mark, Dollar oder Yen leihen. Solange der Name eines Unternehmens bekannt genug ist, kann es sich jede Währung ausleihen, die ihm beliebt.

Diese Art des Geldverleihs ist so populär, dass der europäische Bondmarkt inzwischen mit über vier Billionen Dollar bewertet wird. Bei Madison lagerten siebeneinhalb Prozent sämtlicher aufgelegten Eurobonds. Das waren dreihundert Milliarden Dollar.

Matthew wurde beinahe schwindlig. 300 000 000 000 Dollar!

Es gab noch eine Besonderheit an diesen Eurobonds, die Matthew zwar bekannt gewesen war; trotzdem hatte Belial sich große Mühe gegeben, gerade diesen Punkt ausdrücklich zu betonen. Eurobonds sind Inhaberpapiere, und das bedeutet, dass kein Zentralregister darüber existiert, wer welche Bonds besitzt. Ein Eurobond ist wie eine Banknote und gehört dem, der sie in der Tasche hat. Weder braucht man eine Genehmigung, sie einzulösen, noch muss man eine Erklärung darüber abgeben, woher die Bonds stammen.

Eurobonds sind die am höchsten bewertete Währung der Welt.

Matthews Begleiter standen gelangweilt an der Tür und warteten auf ihn. Sie waren daran gewöhnt, dass Neulinge mit offenen Augen herumstanden und gafften. Lächerlich – schließlich handelte es sich bloß um Papier. Beide Männer waren in Gedanken bereits bei der bevorstehenden Teepause.

Auf dem Weg hinaus beugte Matthew sich vor und tat so, als wollte er einen Schnürsenkel binden. Dabei suchte er mit den Blicken den Boden ab. Er wusste selbst nicht, wonach er eigentlich Ausschau hielt. Bis auf ein loses Ventilatorgitter in einer Ecke des Raumes gab es nicht viel zu sehen. An der Decke machte er mehrere Kameras aus, aber es war durchaus möglich, dass außerdem versteckte Kameras existierten.

»War es das?«, fragte Matthew.

»Ja. Bis heute Abend. Punkt sieben Uhr an gewohnter Stelle. Seien Sie pünktlich.«

Sie gingen den gleichen Weg zurück, den sie gekommen waren.

## 5.

Tschüss, ihr Atomfritzen«, sagte Kodaly, als Josephine die höchste Sicherheitsstufe der Atomenergiebehörde verließ. »Schönen Dank, dass ihr uns eure Geheimnisse verraten habt.«

Auf dem Bildschirm blinkte jetzt nur noch der Cursor und wartete mit gleichförmigem Herzschlag auf seinen nächsten Einsatz. Das Finanzministerium? Die Einwanderungsbehörde? Eine angesehene Bank, deren Sicherheitsvorkehrungen Kodaly nur ein verächtliches Schnauben entlocken konnten? All das kannte der Cursor längst. Josie fuhr das Gerät herunter, und Kodaly schaltete es aus, während er den letzten Schluck Wein trank.

»Vielleicht nehmen wir uns nächste Woche mal ein paar Konten der ungarischen Zentralbank vor. Mal sehen, ob jemand was merkt«, schlug Kodaly vor.

Josie hatte sich aus dem Bett gerollt und kleidete sich an.

»Nächste Woche komme ich nicht, Miklos.«

»Du kommst nicht? Hast du niemanden für deine Mutter?«

»Nein, das ist es nicht. Ich finde, wir sollten eine Auszeit einlegen.«

»Eine Auszeit? Bedeutet das so viel wie Schluss machen?«

»Was glaubst du? Die Entscheidung liegt auch bei dir.«

Miklos verschränkte unschlüssig die Hände. Seit achtzehn Monaten kam Josephine so gut wie jeden Donnerstag zu ihm. Sie hatten sich mit Sex und Hackerspielchen amüsiert. Keiner von beiden hatte mehr von dieser Beziehung erwartet. Ein Ende war abzusehen gewesen.

»Vielleicht kehre ich nach Ungarn zurück«, meinte Kodaly nachdenklich und fasste damit einen Gedanken in Worte, der gerade einmal vier Sekunden alt war. »In London kann man zwar dicke Kohle machen, aber wenn ich heirate, dann eine Ungarin.«

Josephine war jetzt vollständig angekleidet und bereit zum Aufbruch.

»Ich hoffe, du findest die Richtige. Es war eine schöne Zeit mit dir.«

»Ja«, erwiderte Kodaly, »finde ich auch.«

»Bye, Miklos. Und danke für alles.«

»Goodbye, meine Schöne.«

## 6.

Ein metallicsilberner Ford Puma mit neuem Nummernschild rollte in den Hof. Die beiden Insassen, die aus dem Wagen stiegen, waren groß, schlank und braun gebrannt. Der Mann sah gut aus, aber die Frau war geradezu umwerfend. Ihr makelloses Gesicht wurde von üppigem, rotbraunem Haar umrahmt. Der Mann trug einen Aktenkoffer, die Frau einen tragbaren Computer. Beide hatten brandneue Blaumänner übergestreift und gelbe Helme unter den Arm geklemmt. Sie verschlossen den Wagen und schritten auf die Eingangshalle zu.

Die Empfangsdame blickte ihnen staunend entgegen. Unter ihren Overalls waren teure Kleidung und exklusives Schuhwerk zu erkennen.

»Kann ich Ihnen behilflich sein?«, fragte sie.

»Gewiss«, erwiderte der Mann lächelnd. »Vielleicht könnten Sie Mr. George Gradley informieren, dass Mr. Thurston und Miss O'Shea zu einem Besuch eingetroffen sind.«

»Gern. Würden Sie sich bitte hier eintragen?«

In die Rubrik »Firmenname« schrieb Thurston »Oregon-Inspektion«. Eine goldene Rolex blitzte unter seinem Ärmel hervor. Die Rezeptionistin rief in Georges Büro an, während sie sich jedes Detail an den beiden Besuchern einzuprägen versuchte. Das würde interessanten Gesprächsstoff für die Mittagspause abgeben.

So schnell er konnte, stapfte George die Treppe hinunter. Je rascher er diese Sache hinter sich brachte, desto besser. Val war er unter dem Vorwand losgeworden, sie solle ein Auge auf Andrew Walters halten, der zu Verhandlungen mit ihrem Holzlieferanten unterwegs war. Walters machte seine Sache eigentlich nicht schlecht, aber George hatte festgestellt, dass sie durch Vals Anwesenheit oft noch einen zusätzlichen fünfprozentigen Rabatt herausschlagen konnten. Als Georges Blick auf Thurston und O'Shea in ihren makellosen Overalls fiel, sank ihm der Mut. Die beiden sahen aus wie zwei kaiserliche Hoheiten in einer Suppenküche.

»Morgen.«

»Guten Morgen«, erwiderte Thurston, bevor er verschwörerisch hinzufügte: »Wir haben uns als Inspektoren ausgegeben. Auf diese Weise können wir uns überall umsehen, ohne dass jemand Verdacht schöpft.«

»Gute Idee. Aber vielleicht sollten Sie lieber diese Anhänger von Ihren Aktentaschen entfernen.«

»Oh, natürlich. Gut aufgepasst«, erwiderte Thurston, während er und seine Begleiterin sich beeilten, die exklusiven goldenen Vielflieger-Karten einer Fluggesellschaft von ihren Taschen verschwinden zu lassen.

Während O'Shea ihre Tarnung vervollständigte, schenkte sie George eines ihrer strahlenden Lächeln. Vor einem Monat im Pub waren ihm bei diesem Anblick noch die Knie weich geworden, aber inzwischen schien die Wirkung ihre Kraft verloren zu haben. Vielleicht lag es daran, dass O'Shea ihn zweimal am Tag mit lästigen Fragen zu den angegebenen Geschäftszahlen gelöchert hatte, vielleicht auch an der prekären Situation, in die ihn dieser Besuch brachte. Dennoch erwiderte er ihr Lächeln.

»Dann wollen wir mal, einverstanden?«

Kelly O'Shea drehte ihr Haar zum Knoten und befestigte ihn mit einer Haarklemme. Der Helm wirkte auf ihrem Kopf so glaubwürdig wie das Versprechen eines Politikers. George führte die beiden durch die Produktionsetage. Er hatte erwartet, dass sie sich unauffällig umschauen und alles rasch abhaken würden. Aber nichts da. Sie hatten im Lauf der Zeit unzählige Möbelfabriken begutachtet, und ihre Inspektion fiel entsprechend ausführlich und fachmännisch aus.

Sie erkundigten sich nach dem Verfallszustand der Fabrik, nach Umsätzen, Terminen, Schulungen, Sicherheitsauflagen, Fabrikatsentwürfen und Investitionsplänen. Sie inspizierten sogar eine von Darrens erfindungsreichen Reparaturarbeiten. Aber statt entsetzt zu reagieren, wie George es erwartet hatte, waren sie beeindruckt. »Keine schlechte Methode, Geld zu sparen. Was, Kelly?«, lautete Thurstons Kommentar. Ihr Rundgang durch die Fertigungshalle dauerte zwei Stunden. Dazu kamen noch einmal vierzig Minuten in der Lackiererei. Für den Ausstellungsraum brauchten sie weitere eineinviertel Stunden, und sie brachten es sogar fertig, sich eine halbe Stunde im Lager aufzuhalten. Als sie fertig waren, nahmen sie die Helme ab. O'Shea entfernte die Nadel aus ihrem Haar und schüttelte ihre Mähne, bis sie wieder in voller Pracht bis auf die Schultern fiel. Zu dritt machten sie sich auf den Weg in Georges Büro.

»Danke für den Rundgang, George. Ein sehr beeindruckender Laden, den Sie hier haben.«

»So hat ihn noch keiner genannt. Heruntergekommen, ja. Oder archäologisch interessant. Aber beeindruckend hab' ich noch nie gehört.«

»Im Ernst, George. Wir bewundern Ihren niedrigen Kostenstandard, die sparsamen Produktionstechniken. Warum Geld ausgeben, wenn es anders geht?«

George zuckte gleichgültig mit den Schultern.

»Wir sehen da eine Menge Möglichkeiten«, fuhr Thurston fort. »Wir haben unsere gesamte Konstruktion in Oregon konzentriert, und durch unser individuelles Informatiksystem sind wir in der Lage, Marketing-, Einkaufs- und Finanzierungskosten zusätzlich zu reduzieren. Dann ist da noch der Vorteil des zentralisierten Einkaufs. Unsere Finanzierungskosten liegen weit unter den Ihren – ich nehme an, das hängt mit der Gier britischer Banken zusammen, stimmt's? Und das Potential ist ungeheuer ...«

Thurston, der sich mehr von seiner eigenen Begeisterung hatte mitreißen lassen als beabsichtigt, verstummte abrupt. Wenn er das Potenzial, das in Gissings steckte, tatsächlich derart hoch einschätzte, würde George logischerweise auf die Idee kommen, dass Oregon Furniture mit Vergnügen noch ein paar Dollar drauflegen würde. »Natürlich sind da auch einige Schwachpunkte«, fügte Thurston deshalb eilig hinzu. »Aber wir ziehen es vor, uns auf das Positive zu konzentrieren.«

»Werden Sie viele Arbeitsplätze streichen?«, fragte George.

»Nun, dazu können wir erst etwas sagen, wenn unsere eigenen Leute sich vor Ort ein Bild gemacht haben. Vergessen Sie nicht, unser Ziel ist es, europaweit Fuß zu fassen. Dabei ist Gissings nur der erste Schritt. Aber natürlich sind wir bestrebt, die Rechte jedes einzelnen Arbeitnehmers zu wahren.«

»Wir sind sehr stolz auf unsere Politik der Arbeitnehmermitbestimmung«, bekräftigte O'Shea. »In unserem Geschäftskonzept wird dieser Punkt ausdrücklich hervorgehoben.«

Das entsprach der Wahrheit. Allerdings ließen die Jahres- und Presseberichte sowie sämtliche anderen Unterlagen, die George im Pub ausgehändigt wurden, keinen Zweifel an der wahren Geschäftspolitik von Oregon aufkommen. Das Unternehmen kaufte kleinere Betriebe, trimmte sie auf Oregonsches Muster und feuerte jeden, der nicht mehr benötigt wurde. So sehr George sich auch wünschte, dass es anders wäre, so sehr war er sich bewusst, dass er seinen Betrieb nicht in die Hände einer Gruppe liebenswerter Philanthropen geben würde. Auch der Name Gissings würde von der Bildfläche verschwinden, womit er sein letztes Versprechen gegenüber dem alten Tom Gissing brach.

»Also werden Sie mir auf jeden Fall ein Angebot machen?«, fragte George.

»Nun, so weit sind wir noch nicht. Sehen Sie, wir müssen jeden Kaufvorschlag unserem Komitee für strategische Planung vorlegen, das monatlich zusammenkommt und unsere Vorschläge in der Regel erst einmal mit einem ausgiebigen Fragenkatalog an uns zurückschickt. Stimmt's, Kelly?«

»Richtig. Das Ganze sieht so aus, dass wir einen rigorosen Geschäftsplan vorlegen, den sie dann erst einmal auseinanderpflücken. Ein ziemlich aufwändiges Unterfangen.«

»Aber Sie werden einen entsprechenden Vorschlag einbringen?«

Thurston war ein wenig perplex ob Georges Unverblümtheit. »Wir haben noch nicht einmal über einen Preis und die Konditionen gesprochen, George. Falls uns das Komitee grünes Licht gibt, kommen wir mit einem offiziellen Team wieder und werden versuchen, einen Deal mit Ihnen auszuhandeln. Sollten wir zu einer Übereinstimmung kommen – und ich will ganz offen sein, wir sind fair, aber knallhart –, werden wir einen Kaufvorschlag einreichen. Und erst wenn das Komitee diesem Vorschlag endgültig zustimmt, kommt der Deal zustande.«

»Und wie lange dauert das?«

»Nun, wenn Sie uns alle nötigen Informationen liefern, können wir sehr schnell vorgehen, stimmt's, Kelly?« O'Shea nickte mit ihrem umwerfenden Lächeln, mit dem sie sogar Zahnlose zum Kauf von Zahnpasta hätte bewegen können. Aber Georges Knie blieben hart. Offenbar war er inzwischen immun gegen schöne Frauen. »Wenn Sie auf zügige Verhandlungen bestehen, George, würde ich sagen, die ganze Chose könnte in vier Monaten über die Bühne sein.«

»Das ist zu lange.« George nahm zwei Exemplare eines Kaufvertrags für Gissings aus der Schreibtischschublade. Der Vertrag war von einem Anwalt aufgesetzt – demselben übrigens, der den Vertrag aufgesetzt hatte, mit dem George die Firma gekauft hatte. Auch diesmal umfasste das Dokument nur eine Seite. »Hier ist ein Vertrag. Zwei Stellen sind frei. Die eine ist für das Datum, die andere für den Betrag, den eure Jungs mir zahlen wollen. Sie können dieses Dokument genau prüfen und so vielen Anwälten vorlegen, wie Ihnen beliebt. Anschließend schicken Sie es ausgefüllt an mich zurück. Natürlich können Sie Änderungen hinzufügen, allerdings unterschreibe ich nichts, womit ich nicht einverstanden bin. Dasselbe gilt für den Preis. Tragen Sie die Summe ein, die Ihnen angemessen erscheint. Wenn sie mir nicht zusagt, unterschreibe ich nicht. Es wird keine Verhandlungen geben. Nennen Sie einfach den bestmöglichen Preis, dann werde ich sehen, ob er mir gefällt. Eine zweite Chance gibt es nicht.

Das ist das eine. Das andere ist Folgendes: Die Firma muss bis zum 15. Juli verkauft sein. Bis zu diesem Tag muss das Geld auf meinem Bankkonto liegen. Sollte es zu irgendwelchen Verzögerungen kommen, und sei es nur ein Tag oder eine Stunde, ist der Deal geplatzt. Damit bleiben Ihnen volle drei Monate Zeit, also dürften Sie keinerlei Probleme haben. Habe ich mich klar und verständlich ausgedrückt?«

Thurston griff irritiert nach dem Vertrag. Diese Art der Verhandlung hatte man ihm in seiner Ausbildung nicht beigebracht. »Selbstverständlich, George. Ich bezweifle allerdings, dass wir auf diese Weise zu einer optimalen Lösung kommen. Immerhin handelt es sich um eine äußerst komplexe Angelegenheit.«

»Das ist Ihr Problem, und ich bin sicher, Sie werden Ihr Bestes tun. Aber falls Sie meine Frist nicht einhalten, garantiere ich Ihnen, dass der Deal gestorben ist.«

»Sie scheinen das Geld zu diesem Termin ja dringend zu brauchen, George. Was haben Sie vor? Die ganze Summe auf ein Pferd setzen?«

»Vielleicht.«

Thurston war immer noch verunsichert. Hilfesuchend schaute er seine Begleiterin an. Aber die verstand ebenfalls nicht, was für eine Wendung ihre Mission plötzlich genommen hatte.

»Herrje, George, können Sie mir nicht wenigstens ein Stück entgegenkommen? Mit einem Anhaltspunkt, welche Summe Ihnen vorschwebt?«

»Oh, ich weiß genau, welche Summe ich verlange«, erwiderte George und tippte auf einen verschlossenen Umschlag, der auf seinem Schreibtisch lag. »Sie steht hier drin. Und wenn Sie nur einen Penny darunter liegen ... oder Ihre Anwälte anfangen, Spielchen mit dem Vertrag zu machen ... sind Sie raus. Alles klar?«

Thurston nickte. »Deutlicher geht es wohl kaum.«

Er und O'Shea erhoben sich, da es offensichtlich keinen Sinn mehr machte, noch länger in Georges Büro herumzusitzen und Konversation zu betreiben. Thurston steckte seine Unterlagen in den Aktenkoffer, O'Shea klappte ihr Laptop zu und verstaute ihr Handy in der Tasche ihres lächerlichen Blaumanns. Aus dem Kragen lugte noch das Label des Ladens, in dem sie ihn gekauft hatte.

»War nett, Sie wiederzusehen, George.«

»Ja, es war ein Vergnügen, Ihren Betrieb zu begutachten. Wir sind sehr beeindruckt.«

Thurston umklammerte Georges Hand mit dem nun schon vertrauten Schraubstockgriff, auf den O'Sheas kühler Händedruck folgte.

»Danke, dass Sie gekommen sind. Ich nehme an, ich höre von Ihnen.«

Thurstons Blick streifte ein letztes Mal den weißen Umschlag auf Georges Tisch. »Sie wollen wohl nicht, dass ich diesen Umschlag für Sie einstecke, hm? Haha.«

George schaute den beiden vom Fenster aus nach, wie sie den Hof überquerten, einen letzten Blick auf das Gelände warfen und in ihrem Mietwagen davonrauschten. Kies spritzte auf, als der Flitzer durch das Fabriktor jagte. George fragte sich, ob er die beiden durch sein unkonventionelles Geschäftsgebaren wohl für immer in die Flucht geschlagen hatte, und er war sich nicht mal sicher, ob es ihm etwas ausgemacht hätte. Er würde Gissings vermissen.

Fußgetrappel auf der Treppe und Darrens geräuschvolles Schnaufen holten ihn in die Gegenwart zurück.

»Wer, zum Henker, waren die denn? Sahen aus wie von 'nem anderen Stern. Wir wollten uns ihren Wagen mal genauer angucken, aber er hatte 'ne Alarmanlage, und es lag sowieso nix auf den Sitzen rum.«

»Das waren Bauinspektoren.«

»Aha. Wenn das Bauinspektoren waren, bin ich der Kaiser von China. Aber keine Angst. Ich schnapp' mir Val, wenn sie zurück ist. Vor mir hast du keine Geheimnisse, Georgie.«

»Wartet es ab, Euer kaiserliche Hoheit.«

7.

Die ersten beiden Kombinationen waren eingestellt. Jetzt war Matthew an der Reihe. Seit seinem ersten Inspektionsrundgang war ein Monat vergangen. Heute begann seine zweite Inspektionsschicht, seine letzte Chance, Belials Vorschlag in die Tat umzusetzen.

Rasch drehte er an der Zahlenskala. Als die gewünschte Ziffer näher rückte, wurde er entsprechend langsamer. Er stellte die erste Ziffer ein und drehte dann in die entgegengesetzte Richtung. Im Inneren der Stahltür zählte eine gut geölte Trommel die Einstellungen mit.

Jetzt war Matthew bei der letzten Position angelangt. Über ihm verfolgte eine Kamera sein Tun und schickte ihre stummen Bilder an den Kontrollraum, wo sie registriert und gespeichert wurden. Als Matthew fertig war, öffnete der Wachmann die Tür. Wind heulte auf, als der Druck ausgeglichen wurde; dann wich die schwere Stahltür langsam zurück. Es wurde wieder still. Die drei Männer betraten den Tresorraum.

Matthew hatte sich zwei Gummibänder um den Knöchel seines linken Beines gebunden und einen Plan im Kopf, von dem er jedoch nicht wusste, ob er ihn tatsächlich in die Tat umsetzen würde. War er nicht gerade erst haarscharf an einer Strafverfolgung wegen Insidergeschäften vorbeigeschrammt, was ihn eine halbe Million Pfund gekostet hatte? Nur ein Irrer würde versuchen, die sicherste Bank Englands zu knacken. Aber vielleicht war er ja irre.

Die Dreiergruppe schritt durch die Kammern. Die Gold-, Silber und Platinbarren lagen so schimmernd und leblos wie immer in den Regalen. Die Kreissäge auf dem Schneidetisch steckte in einer Hülle und schwieg. Nur der Papierstaub vom vergangenen Tag war noch nicht weggefegt, doch der Air-France-Kalender war auf den richtigen Monat weitergeblättert worden. Kameras verfolgten, wie die drei Männer von Raum zu Raum gingen.

Sie betraten die Eurobond-Kammer, die im Gegensatz zur Kammer mit den Metallbarren irgendwie lebendiger wirkte. Gold bleibt, wie es ist, geformt für die Ewigkeit. Auf Gold werden keine Zinsen gezahlt. Die Barren konnten für immer in den Tresorkammern von Madison liegen bleiben, während Millionen Käufer sie kauften und verkauften, gewannen und verloren, ein Vermögen machten oder für immer ruiniert waren. Bei Eurobonds ist es anders. Die Kupons müssen geschnitten und Zinsen erhoben werden. Die Bonds müssen zurückgezahlt und die Zertifikate vernichtet werden, bevor die Unternehmen weitere Gelder aufnehmen und die Tresorkammern mit neuen Bündeln der kostbaren Papiere gefüllt werden.

Da täglich Bonds entfernt, Kupons geschnitten, alte Bonds zerstört und neue eingeräumt wurden, bot die Eurobond-Kammer jeden Tag ein leicht verändertes Bild. Beim Eintreten suchte Matthews Blick den Bibliothekskarren. Er entdeckte ihn in der Mitte eines Ganges, weit entfernt von den Kameras, zumindest von den sichtbaren. Er wusste immer noch nicht, ob es irgendwo versteckte Kameras gab, und machte sich keine falschen Illusionen, aber zumindest war es ein Ansatzpunkt. Und was noch besser war: der Karren war gut bestückt.

Die drei Männer gingen prüfend im Raum umher. Die defekte Neonröhre, die Matthew bereits vor einem Monat aufgefallen war, flackerte immer noch. Auf ihrem Weg zurück zur Tür ließ Matthew die beiden anderen durch Gang T-U gehen. Er selbst wählte die geringfügig längere Route durch V-Z. Der Bibliothekskarren stand in der Mitte dieses Ganges.

Beim Karren angekommen, ging Matthew in die Hocke. Sein rechter Schnürsenkel war lose, da er ihn vorher gelöst hatte. Er beugte sich hinab, um ihn zuzubinden. Sein linkes Schienbein befand sich etwa fünf Grad über dem Boden, sein Hosenbein ungefähr zwanzig Zentimeter neben dem Karren.

Die Gummibänder pressten sich um seine Knöchel. Wagst du's, oder wagst du's nicht?, schienen sie zu fragen.

Von dieser Position aus konnte Matthew das Ventilatorgitter erkennen. Es war immer noch lose.

»He«, rief er den beiden anderen zu. »Hat das was zu bedeuten, dass das Gitter da unten lose ist?«

Matthew deutete mit dem Finger in die entsprechende Richtung. Der Wachmann bückte sich.

»Glaub nicht, dass es wichtig ist«, brummte er und richtete sich wieder auf. Der Polizeibeamte ging der Sache gründlicher nach. Er ließ sich sogar auf alle viere nieder, um das Gitter besser im Blick zu haben. Der Wachmann zögerte einen Augenblick und ließ sich dann widerstrebend ebenfalls auf die Knie nieder. Es handelte sich doch bloß um ein loses Gitter und nicht um einen frisch gegrabenen Tunnel, verflixt! Aber er wusste, dass die Bullen von der ValCom insgeheim auf die Wachmänner herabschauten, die ihrer Meinung nach nicht ordentlich geschult waren. Keine Profis eben. Um dies zu widerlegen, robbte der Wachmann jetzt auf dem Bauch unter das Regal, um an das Gitter zu gelangen. Der ValCom-Beamte, der nicht untätig wirken wollte, zog eine Taschenlampe aus der Hosentasche und tat es ihm nach. Die Gummibänder schnitten in Matthews Knöchel.

Wagst du's, oder wagst du's nicht?

Sein Kopf wusste keine Antwort, aber seine Hände reagierten automatisch.

Auf der mittleren Ablage des Karrens stapelten sich diverse Bondbündel. Matthews Hand glitt lautlos über die Stapel und entnahm jedem Bündel eine geringe Anzahl Papiere. Während der letzten vier Wochen hatte er diesen Handgriff jede Nacht eine Stunde lang geübt. Zuerst bei Licht, später im Dunkeln. Er hatte dabei ein Mikrofon neben sich aufgestellt und seine Zeit gestoppt. Inzwischen war er sehr schnell und sehr leise.

Matthew hielt jetzt etwa zwanzig oder dreißig Blatt Papier in der Hand. Der ValCom-Beamte schob sich wieder unter dem Regal hervor und schüttelte den Kopf. Bloß ein Fall für den Hausmeister. Kein Grund zur Besorgnis. Typische Überreaktion vonseiten der Wachleute. Der Polizeibeamte erhob sich.

Matthew hatte die Blätter inzwischen unter die Innenseite seines Hosenbeins geschoben. Er zog das erste Gummiband in mittlere Schenkelhöhe über die Papiere, bis sie fest wie eine Schiene an seinem Bein saßen. Er versuchte, das zweite Band ebenfalls darüber zu ziehen. Der erste Versuch missglückte, und Matthew entschied sich gegen einen zweiten Anlauf. Er zog seine Socke über die Bonds und richtete sich auf.

Sein linkes Hosenbein fiel wieder säuberlich herab und war nicht vom anderen Bein zu unterscheiden.

Der Polizeibeamte stand wartend an der Eingangstür zur Bondkammer, während der Wachmann von einem Wandapparat das defekte Ventilatorgitter meldete. Die Antwort aus dem Kontrollraum klang gelangweilt. Matthew folgte den beiden Männern hinaus.

Auf dem Weg zurück zum Ausgang entschuldigte er sich und verschwand in einer der Toiletten. Er schloss die Tür und suchte die Decke nach Kameras ab. Es war nichts zu sehen, aber es wäre einfältig gewesen, das Schicksal herauszufordern. Er trat zu einem der Urinbecken und pinkelte. Bevor er an diesem Morgen das Haus verlassen hatte, hatte er anderthalb Liter Wasser getrunken, das nun hinausdrängte. Er pinkelte sehr lange.

Das sollte wohl reichen, dachte Matthew. In der Identifikationskammer der Tresorbenutzer wurde man beim Betreten und Verlassen der Stahlkammer gewogen. Er wollte nicht riskieren, auch nur ein Gramm mehr zu wiegen, als auf seinem Weg herein. Kein Mensch wurde ohne Grund plötzlich schwerer. Es sei denn, man führte beim Verlassen der Stahlkammer etwas mit sich, das man vorher nicht bei sich gehabt hatte. Wenn er allerdings leichter hinausging als er hereingekommen war – nun, das konnte schwerlich Misstrauen erregen.

Matthew spürte, wie das Gummiband ein Stück verrutschte. Er spielte mit dem Gedanken, beide Bänder ordentlich über die Bonds zu streifen, verwarf den Gedanken aber wieder. Es war durchaus möglich, dass es hier versteckte Kameras gab. Beim ersten Mal hatte er sich der Beobachtung entziehen können, aber es bestand kein Grund, übermütig zu werden. Er wusch sich die Hände und verließ die Toilette.

Polizeibeamter, Wachmann und Matthew, der Dieb, verließen die Stahlkammer. Bei jedem Schritt drückten sich die Bonds an der Innenseite seiner Wade vorwurfsvoll gegen das Gummiband. Matthews Socke lockerte sich, und das Gummiband verrutschte ein Stück nach unten.

Matthew überlegte, ob er stehen bleiben und die Socke hinaufziehen sollte, aber war bereits zweimal zurückgeblieben. Einmal, um seine Schnürsenkel zu binden, und einmal, um auf die Toilette zu gehen. Ein drittes Mal konnte Verdacht erregen.

Sie gingen weiter, bis sie den Lift erreichten, der immer noch im vierten Untergeschoss auf sie wartete. Beim Betreten des Aufzugs beugte Matthew sein linkes Knie eine Spur zu sehr, und das Gummi rutschte noch ein Stück weiter hinunter. Die Bonds lockerten sich. Nach unten hin waren sie immer noch sicher befestigt, aber weiter oben bildete sich jetzt ein verräterischer Halbkreis unterhalb seines Knies. Ein Ring aus Papier, der gegen sein Hosenbein drückte und ihn Kopf und Kragen kosten konnte.

Matthew erstarrte.

Der Wachmann meldete sich im Kontrollraum und bat um Genehmigung, wieder ins Erdgeschoss hinauffahren zu dürfen. Der Intercom-Monitor leuchtete auf. Gesicht und Stimme wurden identifiziert und der Lift freigegeben. Langsam glitt die Kabine in die Höhe. An ihrer Decke blinkten die Kameras an und aus, an und aus, und beobachteten, wie Matthew der kalte Schweiß ausbrach. Eines Tages würde man Kameras erfinden, die sogar Angst erkannten.

Die beiden anderen schenkten ihnen keine Beachtung. Gegen die Wand des Aufzugs gelehnt, unterhielten sie sich. In jeder Bank werden die Vorgesetzten des Wachpersonals aus ehemaligen Bullen rekrutiert. Verglichen mit dem Nervenkitzel seiner ehemaligen Tätigkeit, ist dieser Job eher öde. Aber dafür ist die Bezahlung drei- oder viermal so hoch, und jeder Polizist, der die letzte Stufe der Karriereleiter erklommen hat, liebäugelt mit dem privaten Wachdienst. Das Geld wird gerne eingesteckt, auch wenn man im Herzen Polizist bleibt.

Der Polizeibeamte wusste das. Er hatte zwar noch Zeit, aber es war ein ungeschriebenes Gesetz, die Kontakte zur Bank zu pflegen. Man wusste nie, wann man sie gebrauchen konnte.

Während der Lift nach oben glitt, kämpfte Matthew mit sich um eine Entscheidung. Sollte er riskieren, die Bonds in Anwesenheit der beiden anderen und unter dem blinkenden Auge der Kamera wieder festzustecken? Oder sollte er es wagen, mit der Ausbeulung unter seinem Knie aus dem Aufzug zu treten?

Klug oder nicht, Matthew hatte einfach nicht die Nerven, sozusagen mit dem Beweis unter dem Knie den Aufzug zu verlassen.

Er beugte sich hinab, zog sein Hosenbein ein Stück hoch und befestigte das Gummiband wieder über den Bonds.

Hätte einer der beiden anderen Männer in diesem Augenblick den Kopf gesenkt, hätte Matthew mehrere Jahre Zeit gehabt, diese Entscheidung zu bereuen. Aber sie beachteten ihn nicht und unterhielten sich weiter.

Der Aufzug kam zum Stillstand. Wieder ersuchte der Wachmann darum, die Tür zu öffnen. Es gab eine kleine Verzögerung.

Lag es daran, dass sie zuerst noch einen Ring aus Polizisten vor der Aufzugtür positionieren mussten, bereit zum Zuschlagen? Oder war der Typ, der den Aufzugmonitor überwachte, mal eben Pinkeln gegangen, als Matthews Verbrechen sich auf dem Monitor offenbart hatte?

Der Intercom schaltete sich ein, und eine unsichtbare Hand öffnete die Tür.

Keine Polizisten. Keine Ankläger. Freiheit.

»Bis heute Abend«, sagte Matthew und schritt vorsichtig von dannen.

## 8.

Im mahagonigetäfelten Vorstandsraum im vierzehnten Stock eines Wolkenkratzers erklärt der Vorsitzende von Weinstein Lukes – Seth Weinstein III – die Sitzung für eröffnet. Es ist Nachmittag. Die Mächtigen der Firma haben soeben ihr Mittagessen beendet, eine leichte Mahlzeit aus geräucherter Forelle, gefolgt von gegrilltem Hähnchen mit grünem Salat. Es gab keinen Wein und als Nachtisch lediglich ein paar Früchte. Hinter der Doppeltür wachen zwei Sekretärinnen, deren Aufgabe darin besteht, jegliche Störung zu vermeiden. Es mögen Multimilliarden-Dollargeschäfte auf dem Spiel und Finanzmärkte kurz vor dem Zusammenbruch stehen, die oberste Regel lautet dennoch: Das Komitee darf unter keinen Umständen gestört werden.

»Gentlemen, kommen wir zu unserem nächsten Kandidaten. Entnehmen Sie Ihren Unterlagen bitte die Akte über Mr. Zachary Gradley, kurz Zack genannt, Leiter der Steuerabteilung unseres Londoner Büros. Mr. Gradley ist neunundzwanzig Jahre alt und seit zweieinhalb Jahren in diesem Unternehmen. Er hat zwar erst seit kurzem die Stellung eines Vice President inne, doch wurde vorgeschlagen, dass er unmittelbar zum Senior Vice President ernannt und in unser Partnerteam aufgenommen werden soll.«

Seth Weinstein ist ein ruhiger, förmlicher Zeitgenosse. Er besitzt nicht die dröhnende Persönlichkeit eines Dan Kramer, dem Kopf von Madison und »Löwen der Wall Street«, aber auf seine Art verströmt Weinstein ebenso viel Macht, Autorität und Charme. Bei den jährlichen Umfrageergebnissen über die am meisten bewunderten Bosse der Wall Street lösen sich Weinstein und Dan Kramer regelmäßig auf dem ersten Platz ab. Nur selten wird ihnen dieser Rang streitig gemacht.

Weinstein bringt seine kurze Zusammenfassung völlig emotionslos vor. Niemand hätte am Klang seiner Stimme erkennen können, ob er Gradley mochte oder ihn verabscheute. Weinstein legt großen Wert darauf, dass sich jeder eine eigene Meinung bildet und diese nach besten Kräften vertritt. Jorge Esparza, der Finanzleiter, der täglich aufs Neue darüber entscheidet, wo und wie die Milliarden der Bank angelegt werden sollen, ergreift als erster das Wort.

»Nun, Mr. Gradley ist noch ziemlich jung. Er ist erst kurze Zeit bei uns. Zuvor hat er für Coburg's gearbeitet, eine britische Bank, und davor war er bei einer Steuerberatungsfirma tätig, nachdem er seine Doktorarbeit hingeschmissen hat. Es ist bei uns eigentlich nicht üblich, dass wir Halbstarken, die gerade von der Uni kommen, eine Partnerschaft übertragen, ganz gleich, um wen es sich handelt.«

Esparza macht keinen Hehl aus seinen Empfindungen. Als Finanzleiter besitzt er einen unfehlbaren Riecher für die richtigen Währungen und Wertpapiere, aber ein großer Denker ist er nicht. Weinstein verzieht keine Miene. Er wird erst zum Schluss wieder das Wort ergreifen. Lars Anderssen, ein amerikanisierter Schwede, meldet sich als Nächster zu Wort. Er ist Leiter des Firmenkundenbereichs in den USA und spricht so leise, dass man sich anstrengen muss, ihn zu verstehen.

»Du hast Recht, Jorge. Keiner von uns neigt dazu, sich grundlos für eine Partnerschaft auszusprechen. Aber dieser Bursche hat erstaunliche Summen erwirtschaftet. In einem Jahr hat er so viel Geld eingebracht wie Gillingham in drei Jahren. Wir alle mögen Gillingham und haben zu ihm gehalten, als er das erste Mal der Alkoholsucht verfiel. Das hätten wir nicht für jeden getan. Trotzdem weist alles darauf hin, dass die Fähigkeiten dieses Gradley die von Hal sogar noch übertreffen. Wir alle kennen diese Steuertüftler. Sie sind zugegebenermaßen ziemlich eigen, vielleicht eine Spur zu unkonventionell. Aber so müssen sie wohl sein, um ihren Job gut zu machen. Für mich ist nur entscheidend, dass wir uns mit Gradley keinen Erbsenzähler einhandeln.«

Als nächster ist Carmichael an der Reihe, ein hagerer Kerl, dessen dunkle Haut wie von der Sonne gegerbt wirkt. Aber trotz seiner cowboyhaften Erscheinung, die von exzessiven alpinen Abfahrtsläufen und Sommerferien in seiner Heimat Kenia herrührt, ist er seit fünf Jahren verantwortlicher Partner für sämtliche Europageschäfte von Weinstein Lukes. Er ist der direkte Vorgesetzte von Dixon Banderman, und die beiden Männer haben Stunden damit verbracht, Zacks Aussichten in dieser Sache zu diskutieren.

»Auch ich bin der Ansicht, dass Gradleys Erfolge seit seinem Eintritt in dieses Unternehmen sehr beachtlich sind. Er klopfte seinerzeit mit einem brillanten und unkonventionellen Vorschlag für einen Deal mit der Firma Tominto Oil an unsere Tür, hat hart gearbeitet und uns in der Abteilung von Amy Lou Mazowiecki eine Reihe weitere Geschäfte auf dem Energiesektor verschafft. Nicht zuletzt hat er diesen erstaunlichen Deal für Hatherleigh Pacific durchgezogen, indem er die erfolgreiche Übernahme eines weitaus größeren Unternehmens – der South China Trust Bank – in die Wege leitete und mit diesem brillanten Steuerschema finanzierte. Der Kunde ...«

»Sein Schwiegervater, nicht wahr?«, wirft Esparza ein. Die Notizen, die alle vor sich auf dem Tisch liegen haben, sind äußert detailliert.

»Ja, Lord Hatherleigh, Gradleys Schwiegervater, ist Vorsitzender von Hatherleigh Pacific«, fährt Carmichael fort. »Aber für mich ist das nicht weiter von Bedeutung. Hatherleigh hätte diesem Deal niemals zugestimmt, wäre die Sache nicht solide gewesen. Und immerhin hat er vierzig Millionen Dollar dafür hingeblättert. Nicht nur, dass Gradley den Mut hatte, ihm diese Summe abzuverlangen, er besaß sogar die Stirn, ihm klarzumachen, dass er entweder zugreifen oder die Sache für immer vergessen könne. Der Junge hat Köpfchen und Nerven bewiesen, in meinen Augen eine hervorragende Kombination. Aber das alles ist nicht das Entscheidende. Gradley mag ein hoch begabtes Multitalent sein, doch der Grund, warum wir ihn für eine Partnerschaft in Betracht ziehen, sind seine Steuerkenntnisse. Seien wir doch ehrlich: Gradley hat nicht nur ein einzigartiges Steuerschema entwickelt, nämlich ROSES, sondern dazu eine Möglichkeit, dieses Schema überall in Asien an den Mann zu bringen. Die Nachfrage war so groß, dass man es uns förmlich aus der Hand gerissen hat. Wir haben mit Unternehmen Geschäfte gemacht, mit denen wir bis dahin nicht einmal Kontakte pflegten. Jetzt unterhalten wir hervorragende Beziehungen zu Firmen, die uns zuvor nicht mal über die Schwelle ihres Hauptportals gelassen hätten. Dieser Gradley hat uns nicht nur ungeheure Summen eingebracht, sondern unser Ansehen gewaltig wachsen lassen.«

Carmichael beendet seine Rede bewusst mit dem Begriff »Ansehen«, denn er weiß – wie jeder – daß Seth Weinstein eher eine halbe Million Dollar im Meer versenkt hätte, als das Ansehen der Firma zu gefährden. »Es dauerte ein Jahrhundert, diesen Ruf zu erlangen«, pflegte er zu sagen, »aber es braucht nur eine Minute, ihn zu zerstören.« Und Carmichael hatte Recht. Zacks ROSES-Projekt hatte der Firma in Asien einen beachtlichen Ruf verschafft. An Nguyen, Leiter von Weinstein Lukes Asien, nickt zur Bekräftigung heftig.

»Richtig, ganz meine Meinung. Unser Ruf in Asien stützt sich auf ROSES, seit dessen Beginn unsere Kontakte enormen Aufschwung erfahren haben.« Nguyen spricht das R und L wie viele Asiaten gleich aus, aber jeder versteht, was er meint.

»Okay, er hat also ein großartiges Jahr hingelegt. Aber woher sollen wir wissen, dass er seinen Erfolg wiederholen kann?«, brummt Esparza.

Bevor Carmichael in den Flieger stieg, um zu diesem Meeting anzureisen, hatte er eine ausführliche Unterredung mit Banderman. Er kennt die Antwort auf diese Frage.

»Ja, er kann ihn wiederholen. Dixon Banderman, der Gradley besser kennt als jeder von uns, wie die meisten von Ihnen wissen, hat mir gesagt, dass er Gradley für den talentiertesten Mitarbeiter hält, den diese Firma jemals hatte. Gradley wird so schnell kein neues Projekt wie ROSES aus dem Ärmel schütteln, aber er wird uns mindestens so viel einbringen wie Gillingham, wenn nicht mehr. Er ist ehrgeizig und arbeitet hart. Sein Verstand ist messerscharf, und er besitzt einen untrüglichen finanziellen Instinkt. Ich denke, dass wir uns auf dieses Urteil als eine solide Basis stützen können.«

Esparza hat nichts gegen Gradley, aber er hegt keine großen Sympathien für Carmichael, den er für herablassend und kalt hält. Also wettert er streitlustig weiter.

»Okay, er ist also ein guter Junge, aber was ist mit seinem Herzen?« Esparza deutet auf seine Brust. »Liebt er diese Firma?«

Er stellt die Frage allgemein in den Raum, aber alle warten auf eine Antwort von Carmichael. Der bleibt stumm.

»Alan, weißt du darauf eine Antwort?«

Jetzt richtet Esparza sich direkt an ihn, und diesmal antwortet Carmichael.

## 9.

Matthew Gradley? Empfangspult hier. Hier ist ein Typ, der behauptet, Sie hätten ein Päckchen für ihn.«

»Ja, richtig«, antwortete Matthew. »Ich bin gleich unten.«

Er nahm einen braunen Umschlag aus seinem Schreibtisch, der adressiert war an Helmut Zeithammer, Investmentbanker bei einer der größten Schweizer Banken. Dann fuhr er mit dem Aufzug in die Lobby des Madison-Gebäudes und überreichte den Umschlag einem Kurier, der ihm dafür eine Empfangsbestätigung aushändigte. Es handelte sich um einen Blitzkurier; ein Fahrer, der die Sendung per Motorrad quer durch London zum Flughafen Heathrow transportierte und in die erste verfügbare Maschine zum Zielort stieg, um sie einem dort wartenden, örtlichen Kurier zur endgültigen Zustellung zu übergeben. Keine preiswerte Art der Beförderung, aber das interessierte Matthew herzlich wenig.

In dem Umschlag befand sich ein Paket Eurobonds im Wert von acht Millionen Dollar. Es war acht Uhr morgens.

Obgleich Matthew an diesem Tag sehr beschäftigt war, ließ er die Uhr nicht aus den Augen. Als Fiona und Ed Deane mittags zum Lunch gingen und ihn aufforderten, sie zu begleiten, lehnte er ab. Er würde sich später ein Sandwich besorgen.

Der Anruf erfolgte um elf Uhr vierzig. Der Kurierdienst in Zürich meldete sich. Der Umschlag war vor einer halben Stunde abgeliefert worden. Matthew bedankte sich und hängte ein. Zeit für einen Kaffee.

Auf dem Weg zum Coffee Shop bog er in die vertraute schmale Gasse ein und verzog sich in den kleinen Garten. Auf seiner gewohnten Bank sitzend, erledigte er ein paar Anrufe. Der erste galt Helmut Zeithammer.

»Haben Sie mein Bond-Portfolio erhalten?«

»Ja, Mr. Gradley. Wir haben die Bonds in unserem Tresor deponiert und erwarten Ihre weiteren Anweisungen.«

Zeithammer war nicht Belial. Seine Bank pflegte nicht wissentlich mit Kriminellen zusammenzuarbeiten und unterzog potenzielle Kunden einer sorgfältigen Prüfung, bevor sie akzeptiert wurden.

Zeithammers Recherchen waren zufrieden stellend verlaufen. Matthew Gradley war der Sohn des verstorbenen Bernard Gradley, eines englischen Self-Made-Millionärs. Zeithammers Quellen schätzten, dass sich Matthew Gradleys Anteil am Vermögen seines Vaters auf etwa zehn Millionen Pfund belaufen musste, obgleich man einräumte, über keine spezifischen Informationen bezüglich des Testaments zu verfügen. Derzeit arbeitete Gradley für Madison, eine der renommiertesten amerikanischen Banken. Zeithammer war überaus zufrieden. Gradley war sauber und als neuer Kunde willkommen.

»Hervorragend«, sagte Matthew. »Haben Sie eine aktuelle Marktbewertung der Bonds?«

»Ja. Die aktuelle Bewertung liegt bei acht Millionen zweihundertsiebenunddreißigtausend Dollar.«

»Und sie beleihen die Papiere zu siebzig Prozent des Marktwerts?«

Sie hatten bereits darüber gesprochen. Zeithammers Bank würde die Bonds in ihrer Tresorkammer verwahren und Matthew ein Darlehen gewähren, indem sie die Bonds als Sicherheit behielten. Falls Matthew das Darlehen nicht zurückzahlen konnte, würde man die Bonds verkaufen und die Darlehenssumme vom Erlös tilgen. Was die Bank betraf, handelte es sich um eine risikolose Transaktion.

»Exakt«, erwiderte Zeithammer. »Ich bin befugt, Ihnen auf der Stelle fünf Millionen siebenhundertsechzigtausend Dollar auszuzahlen und erwarte Ihre Anweisungen, wohin das Geld überwiesen werden soll.«

»Sehr gut. Ich möchte, dass Sie den Betrag noch heute auf ein Konto bei Switzerland International überweisen.« Matthew gab ihm die Kontonummer und einige weitere Details durch.

»Switzerland International?« Zeithammer stutzte einen Moment, behielt seine Gedanken aber für sich. »Ich werde sofort alles Nötige veranlassen.«

Der nächste Anruf galt Belial. Für dieses Gespräch benötigte Matthew ein weiteres Gerät: ein Taschendiktafon. Er schaltete es ein, vergewisserte sich noch einmal, dass es bereit war, und wählte Belials Nummer. Matthew traute Belial keine zwei Meter über den Weg.

»Matthew Gradley! Wie überaus schön, von Ihnen zu hören«, flötete Belial nach alter Manier. »Ich hatte so ein Gefühl, dass Sie sich bald melden würden.«

»Da wette ich drauf. Es wird Sie freuen, zu hören, dass ich Ihren Rat befolgt habe.«

»Meinen Rat, Matthew?« Belial kicherte. »Was für einen Rat könnte ich Ihnen gegeben haben? Hatte es irgendwas mit Hautpflege zu tun? Also, ich für meinen Teil verwende ausschließlich Feuchtigkeitslotion mit Sonnenschutz.«

»Sie wissen sehr gut, worüber ich rede. Ich bin inzwischen um etwa sechs Millionen Dollar reicher als bei unserem letzten Gespräch.«

»Sechs Millionen? Meinen Glückwunsch! Darf ich fragen, woher dieser Geldsegen stammt? Wohl kaum aus der Lotterie, nehme ich an. Haha!«

Es gehörte zu Belials Natur, auf der Hut zu sein. Matthew musste ihn erst aus der Reserve locken.

»Ich habe die Bonds aus der Stahlkammer bei Madison mitgehen lassen, genau wie Sie es vorgeschlagen haben. Heute morgen habe ich sie verkauft. Während wir uns unterhalten, wird das Geld auf mein Konto transferiert.«

»Sie haben was?«, rief Belial alarmiert. »Die Bonds verkauft? An wen?«

Matthew nannte ihm den Namen der Schweizer Bank. Erregt wiederholte Belial den Namen.

»Sind Sie von Sinnen? Ich habe Ihnen doch ausdrücklich eingeschärft, dass Sie nur über uns verkaufen sollen. Madison wird den Diebstahl früher oder später entdecken. Man wird Alarm schlagen und die Spur verfolgen. Diskretion, Matthew, Diskretion heißt das Zauberwort. Wir hätten die Bonds so verkauft, dass niemand ihre Spur hätte verfolgen können. Sie sind ein verdammter Narr!«

Kein Wunder, dass Belial sich ereiferte. Er war überzeugt, dass Matthews Torheit ihm eine Gefängnisstrafe für den unverfrorensten Bankraub der Geschichte einbringen würde. Und wenn dies geschah, würde die Publicity enorm sein. Und Publicity konnte Switzerland International ganz und gar nicht gebrauchen.

Matthew ließ Belial wettern. Schließlich unterbrach er den Redefluss des Mannes mit ruhiger Stimme.

»Haben Sie nicht etwas vergessen?«

Belial verstummte.

»Sie vergaßen abzustreiten, dass dieser Diebstahl auf Ihren Vorschlag hin geschah«, fuhr Matthew fort. »So etwas ist immer ein Fehler, wenn Ihre Worte mitgeschnitten werden.«

Matthew spulte das Band ein Stück zurück und spielte Belial die letzten Sätze vor, um ihm zu beweisen, dass er nicht bluffte. Belial schwieg, und Matthew schaltete wieder auf Aufnahme.

»Und was haben Sie mit diesem Band vor, mein Freund?«, fragte Belial nach einer langen Pause. »Sie selbst haben sich genauso belastet, das wissen Sie.«

»Wenn Sie tun, was ich Ihnen vorschlage, wird unsere Beziehung zum Ende dieser Woche beendet sein. Ich werde dieses Band an einem sehr, sehr sicheren Ort aufbewahren, zusammen mit einem ausführlichen Statement über meine Geschäfte mit Ihnen. Beides wird, so hoffe ich, bis in alle Ewigkeiten an diesem Ort bleiben. Sollte ich allerdings jemals vor Gericht gestellt werden, aus welchen Gründen auch immer, werden Band und Statement wieder zum Vorschein kommen, und ich werde alles daransetzen, dass auch Sie Ihre Strafe erhalten.«

»Haben Sie die Bonds heute morgen verkauft?«

»Das geht Sie nichts an.«

Belial gewann allmählich seine Fassung zurück.

»Mein lieber Freund, es betrübt mich außerordentlich, dass wir Sie als Kunden verlieren. Gibt es nichts, was Sie veranlassen könnte, Ihre Entscheidung noch einmal zu überdenken? Nun, wie dem auch sei, Sie dürfen sicher sein, dass wir uns mit allen Mitteln um die Wahrung Ihrer Interessen bemühen werden.«

»Davon bin ich überzeugt. Zumal Ihre und meine Interessen auf einmal bemerkenswert nahe beieinander liegen, finden Sie nicht auch?«

Dann erklärte Matthew Belial, was er wollte. Belial erfasste Matthews Anliegen rasch und gelobte seinen Wünschen nachzukommen. In ein oder zwei Tagen würde Matthew sich wieder melden und sich nach dem Stand der Dinge erkundigen. Jetzt war es Montagnachmittag, vierzehn Uhr fünfzig. Spätestens am Freitagmittag musste alles erledigt sein. Viel Zeit blieb nicht.

Matthew beendete das Gespräch. Später an diesem Tag würde er eine Kopie des Bandes und eine entsprechende Erklärung in seiner Bank deponieren. Mit raschen Schritten verließ er den Garten, kaufte ein paar Becher Kaffee und kehrte in sein Büro zurück. Sein Team brütete wieder einen großen Deal aus, und am nächsten Morgen wollten Sie ihr Angebot machen. Es gab noch viel zu tun.

## 10.

Der Vorstand hatte sein Urteil gefällt.

Seit dem frühen Vormittag steckte Carmichael in Meetings mit den Kandidaten für eine Partnerschaft. Die einen verließen sein Büro in Hochstimmung, die anderen tief enttäuscht. Einige werden zu neuen Partnern des Unternehmens, andere wurden vertröstet. Ein paar von ihnen wurde mitgeteilt, dass die straff durchorganisierte Hierarchie von Weinstein Lukes keinen Platz mehr für sie hat und sie die Firma unverzüglich zu verlassen haben. Mitgefühl? Dafür ist hier kein Platz.

Den ganzen Morgen war Zack nicht imstande gewesen, sich auf seine Arbeit zu konzentrieren. Er kippte einen Kaffee nach dem anderen herunter und bombardierte Sarah mit Anrufen. Dazwischen tigerte er in seinem Büro auf und ab. Jedes Mal wenn das Telefon klingelte, stürzte er – in der Hoffnung, es sei Carmichaels Sekretärin – zum Apparat. Wenn er auf dem Display erkannte, dass es sich um einen anderen Anrufer handelte, ließ er es weiterklingeln. Abwechselnd trommelte er nervös mit den Fingern auf die Schreibtischplatte oder drehte Däumchen. Zum x-ten Mal durchmaß er den Raum und kaute an den Nägeln. Er setzte sich, stand auf, ging zum Fenster, setzte sich wieder. Er war krank vor Anspannung.

Hundertvierzig Millionen hatte er der Firma im vergangenen Jahr eingebracht, und die Einnahmen für ROSES kamen immer noch Monat für Monat herein. Es konnte keinen Zweifel geben. Oder?

Wieder schrillte das Telefon. Zack sprang zu seinem Schreibtisch. Die Verbindung leuchtete auf: 3153. Carmichaels Sekretärin. Zack riss den Hörer von der Gabel.

»Ja?«, krächzte er kaum verständlich. Carmichaels Sekretärin kannte die Symptome und reagierte gelassen.

»Mr. Carmichael ist jetzt bereit, Sie zu empfangen. Wenn Sie bitte heraufkommen würden.«

Zack brachte mit Mühe und Not eine Erwiderung hervor. Obwohl er sich den ganzen Morgen mit Kaffee vollgeschüttet hatte, war sein Mund trockener als eine Steuererklärung. Er flitzte die Treppen hinauf und stand binnen Sekunden in Carmichaels Vorzimmer.

»Mr. Carmichael wird Sie jeden Moment empfangen. Er muss nur noch einen Anruf erledigen.«

Zack nickte. Zu sprechen hatte sowieso keinen Sinn. Er ging zum Fenster, von wo sich ihm das Panorama der gesamten Londoner City präsentierte, das von der Silhouette der St. Pauls Kathedrale beherrscht wurde. Sonnenlicht spiegelte sich auf dem Turm des Domes. Zack nahm es nicht einmal wahr. Hätte irgendein Scherzbold die Kirche über Nacht rosa angestrichen, wäre ihm selbst das nicht aufgefallen. Der Blick, das Koffein in seinen Adern und die innere Spannung verursachten einen Anflug von Schwindel, und er trat einen Schritt zurück. Das Dach von Ovendon House und der Flug mit dem Helikopter hatten eine Höhenangst in ihm geschürt, die ihm bis heute fremd gewesen war.

Schließlich geschah das, worauf er so ungeduldig wartete, ohne dass er es bemerkte. Carmichaels Tür schwang auf, und der hoch gewachsene Mann stand plötzlich hinter ihm.

»Sollen wir in mein Büro gehen?« Schlaksig und braun gebrannt wirkte er mit seiner Lederhaut wie das Bild eines sonnengegerbten Bankiers.

Zack wirbelte erschrocken herum und prallte ungeschickt gegen den Boss seines eigenen Vorgesetzten und Meister seines künftigen Geschicks.

»Verzeihung.«

»Schon gut.« Carmichael lächelte und winkte Zack in sein Büro. »Zuerst einmal möchte ich Ihnen gratulieren, Zack.«

Zack vernahm die Worte wie von der Rückseite einer Leinwand, auf der in rascher Folge eine Reihe von Bildern abspulte. Er sah seinen Vater, Earle, wie er das Testament verlas, Sarah, Lord Hatherleigh, Gillingham, seine Mutter, Josephine. Glückwünsche. Zack war dermaßen benommen, dass er kaum die Bedeutung dieses Augenblicks erfasste. Alles was er begriff, war, dass es sich um eine gute Nachricht handelte. Glückwünsche. Zack hätte etwas erwidern können oder nicht, und wenn, hätte es ohnehin keinen Sinn ergeben. Er war jenseits von Gut und Böse.

»Meinen Glückwunsch zu einem fantastischen Jahr. Wir alle sind uneingeschränkt begeistert von Ihrer Leistung und der Art und Weise, wie Sie Hal Gillinghams Zügel übernommen haben.«

Zack nickte. Seine Benommenheit legte sich allmählich. Soweit er sich erinnern konnte, war das Wort »Partner« noch nicht gefallen.

»Meiner Meinung nach besteht kein Zweifel daran, dass Sie eine brillante Karriere als Partner dieses Unternehmens vor sich haben, und das ist auch die Überzeugung sämtlicher Kollegen der Firmenleitung.«

Da war es. Das Zauberwort war gefallen. Aber Zack hörte jetzt sehr aufmerksam zu. Sein Bewusstsein war auf einmal kristallklar. Carmichael hatte immer noch nicht gesagt, worauf Zack wartete. Sag es, verdammt noch mal. Sag es schon.

»Und angesichts dieses Urteils freue ich mich, Ihnen mitteilen zu können, dass der Vorstand von Weinstein Lukes darin übereingekommen ist, Sie mit sofortiger Wirkung ...«

Jetzt kam es. Endlich. In diesem Moment nahm Zack alles wie in Zeitlupe wahr.

»... zum Senior Vice President zu ernennen, wobei wir davon ausgehen, dass wir Sie nach einem weiteren erfolgreichen Jahr in die Reihe der Partner aufnehmen können.«

Wie bitte? Wie konnte dieser Mann ihm eine solche Nachricht auf diese Weise übermitteln? Für wen, zum Teufel, hielt er sich, dass er annahm, es bestehe ein Grund zur Gratulation? Herrgott noch mal, da hieß es in diesem Unternehmen ständig, dass man für das Engagement und die Summen, die man der Firma einbrachte, belohnt würde. Er hatte ihnen ein Vermögen verschafft, mehr, als jemand anders je zuvor, und nun das! Es war unglaublich. Zack war wie vor den Kopf geschlagen. Trotzdem sickerte die Tatsache, dass er auf der ganzen Linie verloren hatte, erst allmählich zu ihm durch. Keine Partnerschaft und ein Ehevertrag, der besagte, dass Sarahs Geld ihr allein gehörte.

Zack öffnete den Mund, brachte aber keinen Ton heraus.

»Ich hoffe, Sie sind nicht übermäßig enttäuscht. Tatsache ist, dass so gut wie niemand aus dem oberen Management Sie bisher persönlich kennt. Vielleicht hätten Dixon Banderman und ich Sie häufiger nach New York schicken sollen, um die Jungs kennen zu lernen. Aber ehrlich gesagt, ich denke, unsere Entscheidung, noch ein wenig zu warten, ist richtig. Eine Partnerschaft erwartet Sie auf jeden Fall, aber es ist nichts gewonnen, wenn wir die Dinge überstürzen. Auf jeden Fall dürfen Sie stolz darauf sein, was für einen hervorragenden Eindruck Sie in dieser kurzen Zeit in der Firma erweckt haben. Ich halte Ihre Beförderung zum Senior Vice President für vollkommen gerechtfertigt.«

Zack hörte ihm nur noch mit halbem Ohr zu. Allmählich dämmerte ihm, dass er in dem Bemühen um seine Million gescheitert war. Er würde nicht derjenige sein, der das Geld seines Vaters kassierte. Mein Gott, er wurde tatsächlich von Matthew geschlagen, womöglich sogar von George. Gütiger Himmel, angenommen, er war der Einzige, der ohne eine Million dastand? Was für eine Blamage! Zack war pikiert. Carmichael führte seinen Monolog fort.

»In Anbetracht Ihrer außergewöhnlichen Leistungen haben wir weiterhin entschieden, Sie mit einem beträchtlichen Bonus zu belohnen. In der Tat hat noch nie zuvor jemand in diesem Unternehmen einen solchen Bonus erhalten, abgesehen von einigen Optionshändlern und natürlich den Partnern.

Wir haben beschlossen, Ihnen einen Bonus von drei Millionen Dollar zu zahlen. Nochmals herzlichen Glückwunsch, Sie haben jeden Penny davon verdient.«

Drei Millionen Dollar! Geteilt durch eins Komma sechs ergab das die Summe von eins Komma acht Millionen Pfund. Zog man den britischen Steuersatz von vierzig Prozent ab, blieben eins Komma eins Millionen Pfund. Eins Komma eins. Das war in Ordnung. Es war zwar weniger, als er bei einer Partnerschaft bekommen hätte, aber immer noch mehr als genug. Eine Million Pfund lautete die Bedingung. Das hatte er geschafft. Seine Erleichterung war grenzenlos. Er hätte Carmichael küssen können.

Der sonnengegerbte Mann erhob sich und gab dadurch zu verstehen, dass das Gespräch beendet war. Er händigte Zack einen Umschlag mit der Bestätigung des Bonus und einem weiteren Schreiben aus. Zack konnte nur an die Summe denken. Eins Komma eins Millionen. Er erwiderte irgendetwas und verließ den Raum.

Unten nahm Zack die Glückwünsche seiner Kollegen entgegen und rief als erstes Sarah an, um die Neuigkeit mit ihr zu teilen. Erst dann wandte er seine Aufmerksamkeit dem Schreiben zu, das Carmichael dem Umschlag beigefügt hatte.

Der Brief bestätigte ihm die Auszahlung von drei Millionen US-Dollar. Alle Bonusse des Unternehmens wurden in Landeswährung, in diesem Fall in Pfund Sterling an die Mitarbeiter ausgezahlt. Und in Sterling entsprachen die drei Millionen Dollar einer Million achthundertachtundvierzigtausend Pfund, plus ein paar Hunderter. In Großbritannien wird die Einkommensteuer von vierzig Prozent vom Arbeitgeber einbehalten. Also belief sich Zacks Bonus auf eine Million einhundertneuntausend Pfund. Immer noch weitaus mehr, als Zacks Vater zur Bedingung gemacht hatte.

Wie bei allen Investmentbanken werden Bonuszahlungen auch bei Weinstein Lukes in zwei Tranchen gesplittet. Je höher der Bonus, desto höher der Rückstellungsbetrag der zweiten Tranche. Durch einen vorzeitigen Austritt aus der Firma wird ein Teil des zuvor erhaltenen Bonus verwirkt. Ein Trick, der Mitarbeiterloyalität ein wenig auf die Sprünge zu helfen. Eine Klausel, die Zack zwar bekannt war, die er aber völlig vergessen hatte. Carmichaels Brief brachte ihm diese Tatsache nun schmerzhaft in Erinnerung. Zack würde vom Gesamtbonus zum jetzigen Zeitpunkt lediglich einen Scheck über siebenhundertsechsundsiebzigtausenddreihundertvierzig Pfund erhalten. Die verbleibenden dreihundertdreiunddreißigtausend würden ihm nach drei Jahren einschließlich Zinsen ausgezahlt.

Er hatte seine Million gemacht. Aber vor Ablauf von drei Jahren konnte er nicht darüber verfügen. Er hatte gewonnen und doch verloren. Er hörte förmlich das schallende Gelächter, das aus dem Grab des Vaters hallte.

## 11.

In der Zwischenzeit trifft in Oregon ein Komitee zusammen. Zwei der fähigsten Mitarbeiter führen eine Präsentation durch. Sie sind der Meinung, ein geeignetes Projekt für den Start ihrer europäischen Expansionspläne gefunden zu haben. Das Komitee setzt große Hoffnungen in Europa. Bietet sich hier doch ein zerstückelter, kostenintensiver Markt, der nur auf Verschmelzung wartet. Oregon verfügt über Geld, Technologie, Know-how und Tatendrang, den gesamten europäischen Markt zu dominieren. Der leitende Direktor des Unternehmens erwartet innerhalb von fünf Jahren Einnahmen von hundert Millionen Dollar in Europa, und in den darauf folgenden fünf Jahren noch einmal das Zehnfache. Aber man kennt das: Wenn der Boss von fünf Jahren spricht, meint er mit Sicherheit vier. Jetzt wartet man gespannt, was das Team vorschlagen wird.

Vor der Tür zum Sitzungsaal schauen David Thurston und Kelly O'Shea sich an. David trägt ein Dutzend kopierte Präsentationsmappen unter dem Arm, Kelly ihren tragbaren Computer, den sie direkt mit dem großen Wandmonitor kompatibel schalten kann. Wenn das Komitee die Zahlen in die Mangel nahm, war sie gerüstet. Beide sind makellos durchgestylt, schließlich wollen sie Eindruck machen.

»Viel Glück, Kelly.«

»Ja. Viel Glück«, sagt sie.

## 12.

Schläfrig saß Helen zwischen Josephine und Matthew, erschöpft durch die kleine Aufregung über Matthews Besuch.

»Wie macht sich Mum?«, fragte er.

»Ich mache mir Sorgen um sie. Sie droht wieder in ihre Depression zurückzufallen. Ich habe versucht, die Dosis der Antidepressiva zu erhöhen, aber sie leidet zu sehr unter den Nebenwirkungen. Ich weiß nicht mehr, was ich tun soll.«

Während sie sprach, streichelte Josie die Hand ihrer Mutter, und die ältere Frau ließ entspannt den Kopf auf die Lehne zurücksinken.

»Ich weiß zwar auch keinen Rat, Josie, aber ich habe etwas mitgebracht, das vielleicht helfen kann. Es tut mir leid, dass ich so lange nicht hier war.«

Matthew reichte seiner Schwester einen Umschlag.

»Was ist das?«

»Ein kleiner Teil dessen, was ich dir in den letzten drei Jahren schuldig geblieben bin. Es kommt noch mehr, aber das dauert noch ein wenig.«

Josie blickte ihren Bruder forschend an und öffnete den Umschlag. Darin befand sich ein Scheck über zehntausend Pfund, unterschrieben und datiert von Matthew.

»Heißt das, du hast deine Million zusammen? Oder hast du aufgegeben?« Josephine musterte Matthew. »Du hast es geschafft, stimmt's? Mein Gott, du hast es tatsächlich geschafft!«

Matthew konnte seine Freude nicht länger verbergen. Er umarmte seine Schwester und küsste sie.

»Ach, Josie, ich bin so froh. Froh für mich selbst, aber auch für dich. Dads Testament war so ungerecht dir gegenüber, und dann diese letzten drei Jahre ... Du warst wirklich eine Heilige. Bald kannst du alles tun, wozu du Lust hast. Wir werden dafür sorgen, dass Mutter die bestmögliche Pflege bekommt, damit du zur Universität gehen kannst oder nach Südfrankreich ziehen, oder was immer du möchtest. Der Scheck ist nur eine Anzahlung.«

Josephine blickte auf den Scheck, eine Summe, für die sie acht Monate arbeiten musste.

»Das ist großartig. Danke. Und herzlichen Glückwunsch.«

»Gern geschehen ... sag mal, ist irgendwas? Du siehst irgendwie komisch aus.«

Josie hielt den Scheck zwischen Daumen und Zeigefinger und betrachtete ihn wie eine seltene Rarität. Und Matthew hatte Recht, in ihren Augen schimmerten Tränen.

»Nein, es ist nur ... du hättest mir mehr geholfen, hättest du mir zu einem früheren Zeitpunkt weniger gegeben.«

»Ich weiß, dass es hart war, Josie. Aber jetzt liegt unser ganzes Leben vor uns. Du wirst die vergangenen drei Jahre mit anderen Augen sehen, wenn du erst mal eine Zeit lang deine Freiheit mit Dads Geld genossen hast.«

»Viel Freiheit wird mir nicht bleiben. Du willst Mum die bestmögliche Pflege zukommen lassen, die man mit Geld kaufen kann? Nun, die beste Pflege ist die, die man eben nicht mit Geld bezahlen kann, nämlich meine und deine, Georges und Zacks Zuneigung. Was sie braucht, das sind wir, ihre Kinder. Du kannst so reich sein, wie du willst, Matthew, aber daran wird sich nichts ändern.«

»Ich weiß. Aber das Geld ist trotzdem nützlich. Kopf hoch. Morgen kannst du deinen Job kündigen. Mach Urlaub. Tu das, wozu du Lust hast.«

»Oh, ich werde nicht kündigen. Noch nicht jedenfalls.«

»Was? Wieso denn nicht? Wo liegt das Problem? Ich weiß, es sind nur zehntausend, aber in ein paar Monaten hast du ein Viertel von allem.«

»Kann schon sein. Aber so lächerlich es dir erscheinen mag – ich habe einen Beruf, der mir am Herzen liegt.«

»Einen Beruf? Warum solltest du für ein winziges Gehalt weiter Computer programmieren, wenn du ein Vermögen auf dem Konto liegen hast? Erzähl mir bloß nicht, dass du einer von diesen Typen bist, die trotz Lotteriegewinn weiterhin ihren Job als Fensterputzer ausüben.«

»Ich bin keine Programmiererin, das ist bloß ein Hobby. Was ich tue ...«

»Ist doch egal. Wieso arbeiten?«

»Willst du denn nicht weiter arbeiten?«

Matthew zuckte mit den Schultern. Darüber hatte er bisher nicht groß nachgedacht. Früher war er immer davon ausgegangen, dass er sich eine Jacht zulegen und ein, zwei Jahre in der Karibik segeln würde. Aber je näher der Tag kam, desto weniger dachte er an diese Möglichkeit. Er würde Fiona bestimmt nicht vergessen, und er konnte sich nicht vorstellen, dass sie ihre Arbeit aufgeben würde. Auch er mochte seinen Job, vor allem jetzt, da der Druck gewichen war, eine Million zu scheffeln. Ja, vielleicht würde er weiter arbeiten, aber das stand jetzt nicht zur Debatte. Im Augenblick wollte er sich nur darüber freuen, dass er sein Ziel erreicht hatte.

Und Matthew hatte allen Grund, sich zu freuen, schließlich war alles nach Plan verlaufen, auch wenn er dafür erhebliche Risiken hatte eingehen müssen.

Die Bonds aus der Stahlkammer zu stehlen, war der gefährlichste Teil, das Darlehen zu erhalten dagegen denkbar einfach gewesen. Das Gespräch mit Belial mitzuschneiden, hatte sich als Meisterstück erwiesen. Matthew hatte ärgste Bedenken gehabt, dass Belial ein falsches Spiel mit ihm trieb, doch nach der Aufzeichnung des Telefongesprächs war der unsympathische kleine Mann zahm wie ein Lämmchen geworden.

Matthew hatte Belial aufgetragen, das geliehene Geld in Aktien an der Londoner Börse zu investieren. Bei dem Unternehmen handelte es sich um einen Spielzeugfabrikanten namens Hippety Hop AG. Die Firma kämpfte aufgrund exzessiver Darlehensaufnahmen mit dem Rücken zur Wand und steckte zur Zeit in Verhandlungen mit den Banken, um einen Sanierungsplan zu entwickeln, der die totale Katastrophe verhindern sollte. Das Management bestand aus einem Haufen Schlafmützen, und die Bücher waren in entsprechend desolatem Zustand. Die meisten Leute hätten es als verrücktes Unterfangen bezeichnet, Geld in ein solches Unternehmen zu stecken. Nicht so Matthew.

Er hatte seine Investition kurz vor Marktschluss am Montag getätigt. Am Dienstag gab das Madison-Team für Anleihen ein Übernahmeangebot für die Verschuldung der Firma heraus. Nachdem man sich zwölf Prozent der gesamten ausstehenden Darlehen gesichert hatte, wurde eine Pressenotiz herausgegeben, die den Umfang der Investition und die Absicht darlegte, »unseren Einfluss geltend zu machen, das Portfolio von Hippety Hop richtig zu bewerten«. Eine verschlüsselte Ausdrucksweise, aber jeder wusste, was damit gemeint war. Madison besaß genug Stimmen, die Gläubiger zu beeinflussen. Sollte die Firmenleitung der Hippety Hop AG sich den Wünschen von Madison nicht fügen, würden deren Manager im Handumdrehen durch neue ersetzt. Der Anleihenmarkt geriet ob dieser Nachricht in Aufruhr. Und auch der Aktienmarkt reagierte vorteilhaft.

Am Montag hatte Matthew elf Pence pro Aktie bezahlt. Am Dienstag verkaufte er sie zu einem Durchschnittspreis von dreizehn Pence das Stück. Seine Investition von fünfeinhalb Millionen Pfund brachte ihm einen Profit von mehr als einer Million Pfund ein.

Matthew beauftragte Belial, das Kapital zurück auf das Konto seiner Schweizer Bank zu transferieren und sein Konto bei Switzerland International aufzulösen. Belial protestierte, aber letztlich blieb ihm keine Wahl.

Danach telefonierte Matthew mit Zeithammer und teilte diesem mit, er habe seine Pläne geändert. Er beabsichtige, das Darlehen zurückzuzahlen und die Bonds wieder an sich zu nehmen. Sein restliches Kapital von knapp über einer Million ließ er sich nach London überweisen.

Zeithammer reagierte ein wenig befremdet, ließ sich aber nichts anmerken. Für drei Tage ein Darlehen aufzunehmen, war zwar etwas eigenartig, aber eigenartig zu sein gehörte zu den Privilegien der Reichen. Er versprach, die Bonds an Matthew zurückzusenden. Zu diesem Zeitpunkt war es Donnerstagabend, also bereits zu spät, um die Bonds noch aus dem Tresor der Bank zu holen, aber er würde sie sofort am nächsten Morgen auf den Weg schicken.

Wegen Nebel in Zürich war der Züricher Flughafen am nächsten Morgen für zwei Stunden gesperrt; Maschinen konnten weder starten noch landen. Matthew wartete voller Anspannung. Dann lichtete sich der Nebel so weit, dass eine Startbahn freigegeben wurde. Der Kurier besaß eine Reservierung für einen British-Airways-Flug, aber die Maschine war eine der letzten in der Reihe der wartenden Flieger. Matthew diskutierte eine halbe Stunde lang am Telefon mit einem Mitarbeiter des Kurierdienstes und drängte ihn, den Mann auf die nächstmögliche Maschine umzubuchen, ganz gleich, was es koste. Der Mann vom Kurierdienst fluchte zwar, beugte sich aber Matthews Wünschen. So flog der Kurier per Business Class nach Amsterdam und stieg dort in eine BA nach London um, wo er um zwei Uhr mittags aufsetzte. Er übergab den

Umschlag mit den Bonds an einen Motorradkurier, und um vierzehn Uhr fünfundvierzig hielt Matthew das Kuvert in den Händen.

Matthew zeichnete sich an diesem Nachmittag bei der Arbeit nicht durch übermäßige Konzentration aus. Um achtzehn Uhr suchte er die Toiletten auf und befestigte die Bonds an der Innenseite seiner Wade. Diesmal ordentlich gesichert, damit sie nicht wieder ins Rutschen kamen. Um neunzehn Uhr war es Zeit, die Stahlkammern zu schließen. Matthew folgte seinen Kollegen durch die Barrenkammer, wobei er ein paar Schritte zurückblieb. Das Gold funkelte ihn an. »Weide dich an meinem Anblick«, schien es ihm zuzuraunen. »Auch du gehörst zu den Auserwählten. Auch du bist jetzt reich.« Die Bonds steckten sicher unter seinem Hosenbein.

In der Eurobond-Kammer ging alles denkbar einfach. Matthew bog einfach in einen anderen Gang als seine Begleiter ein, hielt inne, um einen Schnürsenkel zu befestigen und zog die Bonds unter seinem Hosenbein hervor. Ein brillant ausgetüfteltes Manöver? Man konnte nicht eingesperrt werden, weil man Bonds *in* einen Banktresor brachte. Matthew schob die Papiere in das nächstbeste Regal. Natürlich lagen sie dort falsch. Am Montag würden sie gefunden werden und Verwirrung stiften. Bonds hatten an ihrem Platz zu liegen. Man würde sie zählen und feststellen, dass sie vollzählig waren. Und ganz gleich, wie viele Nachforschungen man anstellte – dass die Bonds im falschen Regal gelegen hatten, würde die einzige Unregelmäßigkeit bleiben.

Matthew verschloss die Stahltür. In der Identifikationskabine wurde er wie gewohnt registriert, und der Lift glitt langsam wie eh und je aufwärts. Diesmal brauchte Matthew beim Öffnen der Türen nicht befürchten, von einem Polizeitrupp empfangen zu werden. Jetzt konnte ihm niemand mehr etwas anhaben.

Matthew verließ die Verladezone als Millionär, bereit, in

wenigen Monaten eine Anzahl weiterer Millionen in Empfang zu nehmen. Keine Insidergeschäfte mehr. Kein Diebstahl mehr. Keine Ängste mehr. Er besaß ein hübsches Haus und eine wunderbare Partnerin. Fiona war ihm so nah wie nie und vertraute ihm immer mehr. Er hoffte, dass sie in nicht allzu langer Zeit heiraten würden.

Matthew war über alle Maßen glücklich.

Am liebsten wäre er losgestürmt, um einzukaufen. Ein Auto für sich. Ein Diamantkollier für Fiona. Aber er hielt sich zurück. Möglicherweise hatte Zack seine Million ebenfalls zusammen. Es war unwahrscheinlich, dass ein paar Tausender einen Unterschied ausmachen würden, aber es wäre töricht, jetzt noch Risiken einzugehen. Ein Scheck für Josie sollte im Augenblick die einzige Extravaganz bleiben. Eine Extravaganz, die sie mehr als verdient hatte. Matthew strahlte seine Schwester an. In diesem Moment hätte er die ganze Welt umarmen können.

»Was wirst du mit deinem Geld tun?«, fragte er sie. Er liebte dieses Thema.

Sie zuckte nur mit den Schultern.

»Ich habe noch nicht darüber nachgedacht. Und du? Wirst du Zack und George ihren Anteil geben?«

Die Frage brachte Matthew in Verlegenheit. Es machte ihm nichts aus, Josie einen Teil des Geldes zu geben. Sie verdiente es. Aber George und Zack? Wie Matthew die Dinge sah, war diese Angelegenheit ein Rennen zwischen ihnen gewesen. Der Preis stand dem Sieger zu. Hätten George und Zack jemals die Absicht gehegt, den Kuchen in vier Stücke zu teilen, hätten sie gewiss nicht gezögert, Matthew dies wissen zu lassen.

Und außerdem, wenn Matthew nur ein Viertel für sich behielt, was etwa zehn Millionen entsprach, und vier oder fünf für Immobilien und dergleichen ausgab, blieben ihm nur noch fünf oder sechs Millionen zum Leben. Das hört sich zwar sehr viel an, ist es aber nicht. Ein Teil fällt ohnehin der Inflation zum Opfer, und man will schließlich vermeiden, dass sein Kapital übermäßig schrumpft. Sagen wir also, es blieben ihm noch fünf Millionen, die er mit fünf Prozent anlegen konnte. Das macht zweihundertfünfzigtausend pro Jahr vor Abzug der Steuern, einhundertfünfzig. Nicht schlecht, aber kein Vermögen. So viel verdiente ein Spitzenbuchhalter, ein mittelmäßiger Rechtsanwalt oder drittklassiger Banker. Dafür hatte Matthew das alles nicht auf sich genommen. Sicher, er würde sich nicht lumpen lassen, schließlich war er nicht kleinlich. Aber zunächst einmal würde er an sich selbst denken.

»Ich werde darüber nachdenken«, erwiderte er vage. »Aber du wirst deinen Anteil auf jeden Fall erhalten, Josie. Das verspreche ich.«

Helen Gradley sabberte im Schlaf, was von der eingeschränkten Kontrolle über ihre Gesichtsmuskeln herrührte. Ein Speichelfaden tropfte auf den Umschlag, in dem sich der Scheck befand. Josephine wischte ihn vorsichtig fort und tätschelte ihrer Mutter die Hand. Die zerbrechliche Frau versteifte sich einen Moment, um dann einen zufriedenen Seufzer auszustoßen. Tief im Inneren ihres verwirrten Kopfes spürte sie, dass ihre Tochter bei ihr war.

Josephine wartete, bis Helen ruhig weiteratmete. Dann griff sie behutsam über ihre Mutter hinweg nach dem Umschlag und verstaute ihn in der Hosentasche.

# SOMMER 2001

Wer interessiert sich schon fürs Wetter oder Cricket? Wer schert sich um das neue Jahrhundert, das gerade erst begonnen hat?

Wir schreiben den 3. Juni 2001. Seit über tausend Tagen hängt das Vermögen Bernard Gradleys verlockend in unerreichbarer Höhe. Von heute an gerechnet am sechsundvierzigsten Tag, Schlag Mitternacht, wird es herabfallen. Und wer wird es auffangen?

## 1.

Das Komitee von Orgeon Furniture zögerte nicht lange. Gissings entsprach genau seinen Vorstellungen. Das Unternehmen wirtschaftete preiswert und konnte noch kostengünstiger getrimmt werden. Die Produkte waren solide und hatten einen hohen nationalen Bekanntheitsgrad. Für den europäischen Eroberungsfeldzug von Oregon stellte die Firma einen idealen Ausgangspunkt dar.

Nur Georges unkonventionelles Verhandlungsgebaren war ein wenig problematisch. Oregon hegte eine tief verwurzelte Aversion gegen das Unterzeichnen von Verträgen, die dem Verkäufer gegenüber fair ausfielen, und sie hassten es, auch nur einen überflüssigen Dollar herauszurücken. Doch Thurstons und O'Sheas Argumentation zufolge handelte es sich hier um eine Ausnahme, ein erstes Fußfassen auf europäischem Boden. Wenn sie den dortigen Markt besser kannten, würden sie wieder nach gewohntem Muster vorgehen können. Gissings war ohnehin nur ein kleiner Fisch. Oregons Aktionäre würden den Kauf vermutlich nicht einmal zur Kenntnis nehmen. Also war es abgemacht.

Thurston pfiff die Firmenanwälte in ihren Tausend-Dollar-Anzügen zurück und nahm lediglich ein paar geringfügige Änderungen in dem von Georges Anwalt aufgesetzten Vertrag vor.

Nur was den Preis anging, wünschte Thurston sich mehr als einmal, er hätte einen Blick in das Innere von Georges weißem Umschlag werfen können. In den acht Monaten seit der Schlacht mit den Aspertons hatte Gissings einen Profit von zweihunderttausend Pfund vor Steuern erwirtschaftet. In den kommenden zwölf Monaten erwarteten sie mindestens dreihundertfünfzigtausend Pfund oder mehr, wenn es ihnen gelang, die Produktionskapazität rasch genug zu erweitern.

Bei Oregon war man der Meinung, dass sich aus dem Unternehmen sogar noch mehr herausholen ließe, wenn sie erst die Kontrolle darüber hatten. Bei einem Abbau von nur zehn Stellen – in Wirklichkeit planten sie weit mehr Arbeitsplatzstreichungen – würden sie hundertfünfzigtausend pro Jahr einsparen. Das bedeutete, dass Gissings im ersten Jahr unter Oregons Leitung einen Gewinn von einer halben Million erwirtschaften konnte.

Was für ein Preis war also angemessen? Gewöhnlich kam Oregon mit dem Sechs- bis Achtfachen des Profits davon. Andererseits lag Oregons eigener Börsenwert sogar um das Fünfzehnfache des Profits, also konnten sie es sich leisten, mehr zu zahlen, ohne dass ihre Aktionäre auf die Barrikaden gingen. Das Komitee erwog die Pros und Kontras. Dummerweise bestand keine Möglichkeit, in Georges Miene über den Verhandlungstisch hinweg eine Reaktion abzulesen, da es in diesem Fall weder Tisch noch Verhandlung gab.

Zu guter Letzt einigten sie sich auf das Zehnfache dessen, was Oregon sich an Profit von Gissings erwartete, was die hübsche, runde Summe von fünf Millionen Pfund ergab. Im Normalfall hätte man für den Betrag, den Gissings der Bank schuldete, noch einen Abzug vorgenommen. Aber dies war eine Ausnahmesituation, Oregons erster Schritt auf europäischem Boden. Also boten sie den vollen Preis. Fünf Millionen Pfund Sterling. Sollte George mehr erwarten, war er unrealistisch. Thurston fürchtete zwar, dass das Angebot weit überhöht sei, aber es gab keine Möglichkeit, dies herauszufinden, und man war begierig darauf, endlich loszulegen.

Das Komitee stimmte zu. Der Vorsitzende war einverstanden. Thurston und O'Shea trugen die Summe in den leicht abgeänderten Vertrag ein und sandten ihn an George. Gespannt auf seine Antwort, lehnten sie sich zurück.

## 2.

Es gab keine Alternative. Der stolze, arrogante Zack musste betteln gehen.

Eines Samstagmorgens, dreißig Tage vor Ablauf der Frist, lagen Zack und Sarah gemeinsam im Bett ihres Londoner Apartments. Da Zack noch ins Büro musste und Sarah in London einige Besorgungen zu machen hatte, fuhren sie an diesem Samstag nicht nach Ovendon hinaus und genossen den seltenen Luxus eines ausgiebigen, gemeinsamen Frühstücks im Bett.

Zuerst feierten sie den Anlass mit einem sanften, verschlafenen Liebesspiel. Zack war ungewohnt aufmerksam und Sarah verliebter denn je.

»Du bist wunderbar«, sagte sie zu ihm. »Wir sollten die Morgenstunden häufiger auf diese Art verbringen.«

Zack schwang die Beine aus dem Bett und schlüpfte in seine Hose.

»Du kannst schon mal duschen, wenn du magst, oder bleib einfach noch liegen. Ich besorge uns was zum Frühstück.«

Seine junge Frau nickte ihm glücklich zu. Sie wusste, dass Zack immer noch einen Hang zu Arroganz und gelegentlicher Grausamkeit besaß, aber seit sie wieder zusammen waren, hatte er sie nie wieder mit diesen Eigenschaften verletzt. Es schien, als sparte er sich diesen Teil seines Charakters für den Rest der Welt auf. Sarah war glücklich mit ihm und überzeugt, dass er es ebenfalls war. Wohlig streckte sie sich im Bett aus. Sie würde mit dem Duschen noch warten. Zuerst wollte sie noch nackt mit Zack unter der Decke zusammengekuschelt frühstücken.

Kurz darauf kehrte Zack mit einem Karton Kaffee, frischem Orangensaft, Rühreiern mit Schinken und zwei noch ofenwarmen Croissants aus dem gegenüberliegenden Café zurück. Sarah schaute ihm beim Auspacken zu.

»Hab' ich dir schon gesagt, wie wunderbar du bist?«

Zack lächelte sie an. »Für ein warmes Croissant würdest du alles behaupten.«

Sie fletschte die Zähne, kroch auf allen vieren zu dem Tablett und schnappte sich das Croissant mit den Zähnen, wobei sie ihn anknurrte wie ein Tiger, damit er bloß nicht auf die Idee kam, es ihr wegzunehmen. Zack betrachtete das vertraute Gesicht. Sarahs Kinn war eine Spur breiter, als das Kinn einer Frau eigentlich sein sollte. Aus der Entfernung betrachtet, wirkten ihre Züge sogar kantiger als sein eigenes Gesicht. Aber es passte zu ihr. Sie war offen und ehrlich und besaß Power. Auf ihre Art war sie ebenso stark wie Zack mit seinem oft zynischen Auftreten. Zack bewunderte sie. Er knurrte zurück, schlüpfte aus seinen Kleidern und kroch ebenfalls wieder ins Bett.

Sarah neckte ihn, indem sie das Croissant, das sie immer noch mit den Lippen umschlossen hielt, vor seinem Mund hin und her schwenkte und jedes Mal zurückzog, wenn er hineinbeißen wollte. Auf allen vieren tobten sie in dem zerwühlten Bett herum. Sarah war flinker als Zack, und da es ihm nicht gelang, ihr das Croissant durch Geschicklichkeit zu entreißen, verlegte er sich auf Gewalt. Er machte einen Satz auf sie zu, schlang beide Arme um sie, hielt ihre Beine mit den seinen umschlossen und schaffte es endlich, in das Croissant zu beißen. Sie knurrte drohend und weigerte sich, es freizugeben, also versuchte er es schneller zu vertilgen, als sie zu schlucken in der Lage war. Binnen Sekunden war es verschwunden, wobei die Blätterteigkrumen über Sarahs nackten Körper und das weiße Laken rieselten.

»Sieh nur, was du angerichtet hast«, schimpfte sie, gleichzeitig lachend und hustend.

»Schnell behoben«, sagte Zack und begann die Krumen mit der Zunge aufzulecken. Er nahm sich Zeit bei dieser Tätigkeit und ließ sich an bestimmten Stellen gern von anderen Verlockungen ablenken. Sie ließ es zu, dass seine Zunge über ihren Körper wanderte. Als er fertig war, strich sie die restlichen Krümel vom Laken und brachte das Bett wieder halbwegs in Ordnung.

»Wo bleibt denn nun das Frühstück? Ich sterbe vor Hunger.«

Vergnügt machten sie sich über das Tablett her und lagen dabei so eng beieinander, dass Zack nur seine linke und Sarah nur die rechte Hand benutzen konnte.

»Darling«, begann Zack nach einer Weile, »ich muss dir ein Geständnis machen und dich um einen Gefallen bitten.«

»Ich liebe Geständnisse. Wirst du dich dabei niederknien?« Sarahs Worte waren scherzhaft gemeint, aber sie klemmte sich das dunkelblonde Haar hinter die Ohren, bereit für eine ernsthaftere Form der Unterhaltung.

»Ich meine es ernst, Schatz. Es handelt sich um ein großes Geständnis und einen ziemlich großen Gefallen.«

»Okay, mein Schatz. Ich höre.«

Und Zack erzählte Sarah alles. Natürlich nicht die ganze Geschichte, das wäre schwerlich möglich gewesen. Aber er erzählte ihr von den Bedingungen des väterlichen Testaments, seinen Bemühungen, es zum Partner in der Firma zu bringen, seiner niederschmetternden Enttäuschung darüber, dass der Bonus ihn nicht an das ersehnte Ziel gebracht hatte, und von der Frist, die in einem Monat ablaufen würde. Sarah hörte ihm schweigend und mit ernster Miene zu.

»Warum hast du mir nicht früher davon erzählt?«, fragte sie, als er geendet hatte.

»Ich konnte nicht. Du hättest annehmen müssen, ich würde dich nur wegen deines Geldes heiraten. Ich wollte selbst meine Million machen, Vaters Vermögen kassieren und dir hinterher alles erzählen. Auf diese Art konntest du unmöglich an meinen Motiven zweifeln.«

Sarah starrte ihn an. »Ich glaube nicht, dass ich mir darüber Gedanken gemacht hätte. Aber es war trotzdem lieb gemeint.«

»Na ja, mein Plan ist leider gescheitert. Tatsache ist, dass ich es nicht geschafft habe und jetzt deine Hilfe brauche.«

»Du möchtest, dass ich dir mit den paar Hunderttausend aushelfe, die dir noch fehlen?«

Zack nickte. Er legte eine Hand an Sarahs Wange und streichelte sie.

»Und wenn du das Erbe bekommen hast, willst du es unter deiner Familie aufteilen, nehme ich an? Schließlich sind wir ja nicht gerade darauf angewiesen.«

Wieder nickte Zack stumm. Darüber zermarterte er sich schon seit Wochen den Kopf, seit Carmichael ihm die schlechte Nachricht eröffnet hatte. Wenn er sich von Sarahs Gefälligkeit abhängig machte, würde sie selbstverständlich davon ausgehen, dass er das Vermögen mit seinen Geschwistern zu teilen gedachte, das wusste er. Schließlich unterstellte sie ihm stets großzügige Motive.

»Hm, ich verstehe«, meinte Sarah. »Wenn du das Vermögen deines Vaters durch vier teilst, haben wirklich alle ausgesorgt.«

»Genau«, erwiderte er, »je ein Viertel für George, Matthew, Josie und ...«

»... und für deine Mum«, ergänzte sie den Satz für ihn. »Du bist wirklich wunderbar, Darling. Aber irgendwas solltest du auch für dich behalten. Etwas, das dich an deinen Dad erinnert.«

Zack starrte sie entgeistert an. Er war, wenn auch widerstrebend, davon ausgegangen, zumindest ein Viertel für sich behalten zu können.

»Hm, ich weiß nicht recht. Mum geht es nicht so gut, dass sie über eigenes Geld verfügen könnte. Ich dachte eigentlich daran, ein Viertel des Vermögens für mich zu behalten. Um Mum werden wir uns selbstverständlich alle kümmern. Und auf diese Weise brauchst du dir keine Gedanken über meine finanzielle Situation zu machen.«

»Sei kein Narr.« Jetzt war es an Sarah, Zack über die Wange zu streicheln. »Deswegen mache ich mir bestimmt keine Sorgen. Wir haben genug Geld.«

»Aber der Ehevertrag ...«

»Vergiss den Ehevertrag. Wir sind verheiratet, oder etwa nicht? Es wäre doch töricht, wegen dieses dummen Ehevertrages Geld einzubehalten, das deine Geschwister viel besser gebrauchen können.«

»Na ja, wir werden schon zu irgendeiner Lösung kommen«, erwiderte Zack unbestimmt. Er würde niemals, *niemals* zulassen, dass letztendlich nur seine Geschwister von dem Vermögen des Vaters profitierten, das *er* gewonnen hatte. Und was, wenn er und Sarah sich trennten? Nein, es wäre verdammt unfair, wenn er als Einziger leer ausging.

»Bestimmt«, antwortete Sarah und küsste ihn. »Also, wie viel brauchst du?«

»Dreihundertfünfzigtausend«, erwiderte Zack, wobei er für alle Fälle noch hunderttausend drauflegte. Er wollte sicher gehen, dass er Matthew auch wirklich übertrumpfte.

»Hast du dir die überhaupt verdient?«, fragte Sarah, während sie die Reste des Frühstücks beiseite räumte und wieder neben Zack ins Bett schlüpfte. Ihre Haare hatten sich wieder hinter den Ohren gelöst.

»Was müsste ich denn dafür tun?«, erkundigte sich Zack, während er sich zur Seite rollte und auf einen Ellenbogen stützte.

»Mal überlegen. Auf jeden Fall müsste ich für einen derartigen Gefallen ausgesprochen guter Laune sein.«

»Wie gut genau?« Zack führte seine Hand zu ihrem Nacken und begann sie mit sanft kreisenden Abwärtsbewegungen zu massieren.

»Oh, außergewöhnlich gut, würde ich sagen.«

Zacks Hand wanderte tiefer, und Sarahs Stimmung hob sich von Minute zu Minute, bis sie eine dreiviertel Stunde später wieder aufrecht nebeneinander saßen und bei einer Tasse Kaffee darüber berieten, wie sie das Geld am besten auf Zacks Konto transferieren sollten.

## 3.

Am gleichen Samstagmorgen, vier Wochen vor Ablauf der Frist, drehte Matthew sich im Bett auf den Rücken und starrte zur Decke, den Arm um Fiona geschlungen. Sonnenstrahlen fielen durch das Fenster des kleinen Kutscherhäuschens und spielten in den gelben Streifen der Tapete Verstecken. Draußen war es noch still, bis auf ein paar Tauben, die gurrend auf der Fensterbank saßen. Noch ein Monat, und Matthew war Millionenerbe.

Das Leben hätte schöner nicht sein können.

Am Abend zuvor und heute Morgen, kurz nach dem Erwachen, hatten sie sich geliebt. Die wilde Ekstase der ersten Monate war einem sanften, intensiven Liebesspiel gewichen. Aus der feurig-aggressiven Fiona, die Matthew auf Jamaica, in Vermont und von Zeit zu Zeit auch in New York im Bett erlebt hatte, war eine zärtliche, hingebungsvolle Geliebte geworden, die er der früheren Fiona sogar noch vorzog. Jetzt blickte sie ihm beim Liebesspiel in die Augen und flüsterte ihm zärtliche Kosenamen ins Ohr.

»Du wirst langsam alt«, neckte Matthew sie. »Keine Kratzspuren mehr auf meinem Rücken, kein Herumrollen auf dem Boden, keine ekstatischen Schreie. Bevor du anfängst, mit Lockenwicklern ins Bett zu steigen, sehe ich mich besser nach einer jüngeren Gespielin um.«

Sie biss ihn sanft in den Arm.

»Keine Angst, ich kann dich immer noch fertig machen. Sogar ohne Sex. Sag mir, wann du's gern hättest, und ich verspreche, dass du Blut sehen wirst.«

Sie fuhr mit den Fingernägeln über seinen nackten Bauch und hinterließ vier rote Spuren auf der Haut. Matthew griff nach ihrer Hand und zog sie näher zu sich heran.

»Keine Sorge, ich kann ganz gut leben, ohne fertig gemacht zu werden. Ich komme ja selbst allmählich ins mittlere Alter. Früher habe ich immer gedacht, dass jede Beziehung, die länger als eine Woche hält, ihr Verfallsdatum überschritten hat. Jetzt ertappe ich mich dabei, Urlaubspläne für nächstes und übernächstes Jahr für uns zu schmieden. Ich schwöre dir, bald grüble ich wahrscheinlich darüber nach, auf welche Schule wir unsere Kinder schicken sollen.«

Er sagte die Wahrheit. In Gedanken beschäftigte Matthew sich tatsächlich schon mit Verlobungsringen, Hochzeit, Kindern und Enkeln – all jenen Dingen, die Fiona noch vor kurzem garantiert in die Flucht geschlagen hätten.

Sie drehte sich auf die Seite und blickte ihn mit ihren grauen

Augen an. Er schob eine dunkle Locke beiseite, die ihr ins Gesicht gefallen war. Früher pflegte er Frauen mit kühler, rücksichtsloser Sachlichkeit zu taxieren und war immer der Ansicht gewesen, dass Männer, die behaupteten, nur Augen für eine einzige Frau zu haben, entweder Lügner waren oder einen niedrigen Testosteronspiegel hatten. Diese Einstellung hatte sich längst geändert. Für ihn war Fiona wirklich die schönste und die einzige Frau auf der Welt.

»Und wie sehen deine Pläne für unseren Urlaub im nächsten Jahr aus?«, fragte sie.

»Mustique.«

»Und im Jahr danach?«

»Wieder Mustique.«

»Und auf welche Schule gedenkst du unsere Kinder zu schicken?«

»Die Jungs nach Eton oder Winchester. Die Mädchen nach St. Pauls.«

»Wieso bist du so sicher, dass wir hier bleiben? Vielleicht verspüre ich ja den Wunsch, zu meinen Wurzeln als Schweinezüchterin nach Iowa zurückzukehren?«

»Nun, in dem Fall besorge ich mir ein Paar Cowboystiefel und zieh' mit dir nach Iowa.«

»Das würdest du wirklich tun? Na ja, ich könnte schon einen brauchbaren Schweinezüchter aus dir machen.«

Sie blickten einander an. Der Dialog entsprach nicht gerade einer offiziellen Verlobung, aber für Fiona kam es dem schon sehr nahe.

»Ich habe auch nachgedacht«, sagte sie.

»Das ist ja ganz was Neues«, erwiderte er, und sie revanchierte sich, indem sie ihn erneut in den Arm biss. Eine Weile balgten sie zärtlich miteinander herum.

»Trotzdem, mal im Ernst«, fuhr sie fort. »Ich finde, es ist an der Zeit, dass wir unser häusliches Arrangement ein wenig korrigieren.«

Matthew zog die Brauen in die Höhe. Wollte sie ihm jetzt ernsthaft einen Antrag machen?

»Es geht um meine kleine Festung da draußen. Ich habe seit über einem Monat nicht mehr dort geschlafen und finde, dass ich sie nicht mehr für mich allein brauche. Ich würde ab jetzt gern alles mit dir teilen, das eingeschlossen.«

»He, das ist wunderbar.«

Sie schmiegten sich aneinander und küssten sich. Matthews Glückseligkeit kannte keine Grenzen mehr. Er hätte nie gedacht, dass das Leben so herrlich sein könnte. Zum ersten Mal wagte Fiona von sich aus einen solchen Schritt nach vorn. Der Entschluss, ihre Rückzugsmöglichkeit aufzugeben, musste sie beachtliche Überwindung gekostet haben. Dass sie freiwillig darauf verzichtete, konnte nur bedeuten, dass sie keinen Fluchtweg mehr brauchte. Zwar flackerte wie immer in solchen Momenten noch Furcht in ihrem Blick auf, aber die Furcht war eher zu einer vertrauten, wenn auch lästigen Gefährtin geworden.

Matthew wiegte sie glücklich in den Armen. In ein paar Wochen erbte er die Millionen seines Vaters. Und nicht mehr lange, dann würde er sich mit der Frau verloben, die er liebte. Was konnte er sich mehr wünschen?

»Also bist du einverstanden?«, fragte sie ihn forschend.

»Einverstanden? Natürlich, was dachtest du denn, Dummkopf?« Neckisch biss er sie ins Ohr.

»Gut. Dann sollten wir es auch richtig machen. Dein Anteil an der Atelierwohnung beträgt hunderttausend Pfund. Und du kannst von Glück reden, dass ich dir für die Verbesserungen, die ich vorgenommen habe, nichts berechne.«

»Ach, du meinst den neuen Duschvorhang, den du angebracht hast?«

»He! Ich habe einen Faxanschluss legen lassen und zwei neue Steckdosen. Sei nicht so kleinlich, sonst gehe ich doch noch mit dem Preis rauf. Sieh zu, dass du das Geld Ende der

Woche bereit hast. Dann können wir am Freitag Einweihung feiern.«

Plötzlich fror Matthew in dem warmen, sonnendurchfluteten Bett.

Fiona meinte es ernst. Für ihr geradliniges finanzielles Bewusstsein war ein Deal ein Deal. Man teilte ein Haus, also teilte man den Preis dafür. Wer nicht zahlte, wollte auch nicht teilen. Und was das Timing anging, hatte sie natürlich Recht. Theoretisch hätte Matthew nur auf der Stelle einen Scheck auszuschreiben brauchen. Daran war nichts Besonderes. Außer, dass er dann keine Million mehr übrig hätte.

Aber das konnte er Fiona nicht sagen. Er konnte ihr nicht die Wahrheit erzählen, weil er sich dann gleichzeitig eines kriminellen Vergehens hätte schuldig bekennen müssen. Und borgen konnte er sich das Geld auch nicht. Genauso wenig konnte er vorgeben, das Geld nicht zu haben, denn sie selbst hatte ihm seinen Bonus überreicht und wusste, dass er es sich leisten konnte.

»Ich ... weiß nicht recht«, stotterte er. »Vielleicht brauche ich ein wenig Zeit.«

»Wieso? Eine Woche ist doch Zeit genug.« Fiona rückte ein Stückchen von ihm ab.

»Fiona, bitte. Es ist nicht, was du denkst. Ich möchte die Wohnung auf jeden Fall mit dir teilen. Ich brauche nur etwas Zeit, das Geld locker zu machen.«

»Was meinst du damit? Was für Schritte musst du denn genau unternehmen, um das Geld locker zu machen?«

Fiona lag jetzt wie erstarrt an der Kante des Bettes. Ihre Stimme war hoch und zittrig.

»Na ja ... es kann eben etwas dauern. Aber es ist nichts, worüber du dir Sorgen machen müsstest. Ich will ...«

Matthew verstummte. Fiona war aus dem Bett gesprungen und zog sich hastig an. Sie zitterte am ganzen Leib. Es war das erste Mal – das allererste Mal –, daß sie Anstalten gemacht hatte, ihrer Beziehung einen offizielleren Status zu verleihen. Und schon machte Matthew einen Rückzieher. Die Zeichen waren unverkennbar. Sie war eine Närrin gewesen, ihm zu vertrauen. Nie wieder würde sie jemandem trauen, schon gar keinem Mann. Die Verletzungen ihrer Kindheit saßen noch tief in ihr. Und jetzt flutete die Enttäuschung wieder wie eine Woge über sie hinweg und drohte sie zu verschlingen.

Fiona war entschlossen, das zu verhindern.

»Fiona, bitte!«

Zitternd drehte sie sich zu ihm um. »Ich schwöre dir«, sagte sie mit bebender Stimme, »wenn du versuchst, wegen dieser Wohnung Spielchen mit mir zu spielen, dann verschwinde ich. Du weißt, dass ich es ernst meine, Matthew. Ich schwöre, dass ich zurück nach New York gehe und nie wieder ein Wort mit dir rede. Verdammt, ich wusste ja, dass ich dir nicht trauen kann. Dass ich niemandem trauen kann.«

Sie war inzwischen halb angezogen und stopfte ihre restlichen Kleidungsstücke in eine Tasche.

»Fiona, so beruhige dich doch. Ich besorge das Geld. So war es überhaupt nicht gemeint. Ich werde dir das Geld auf der Stelle geben. Ich will dich. Ich liebe dich. Ich will mit dir zusammenleben. Es war wirklich nicht so gemeint. Es ist okay. Niemand betrügt hier irgendjemand.«

Matthew packte Fionas Arme und zwang sie, sich neben ihn aufs Bett zu setzen. Ihr Körper wurde immer noch von Angst geschüttelt, doch ihr Atem normalisierte sich allmählich. Sie ließ es zu, dass er sie festhielt, und zwang sich, ihm zuzuhören. »Niemand will dich betrügen. Ich gebe dir das Geld. Es gibt wirklich kein Problem.«

Sie rang nach Luft. »Versprichst du es?«

»Ich verspreche es. Ehrenwort.«

»Du besorgst das Geld?«

»Ich besorge das Geld.«

Sie blieben noch einen Augenblick still nebeneinander sitzen.

»Tut mir leid, dass ich so reagiere. Es ist nur ... weißt du, es ist das erste Mal, dass ich ... du weißt schon ... mit jemand zusammen bin. Ich hatte auf einmal das Gefühl, du willst einen Rückzieher machen.«

»Ich mache keinen Rückzieher.«

»Gut. Aber ich meine das ernst mit dem Geld. Es muss sein, damit ich mich okay fühle. Ich weiß, dass ich versponnen bin, aber ich kann nun mal nicht anders.«

»Ist schon gut, Darling. Ich schreibe dir auf der Stelle einen Scheck aus.«

Und genau das tat Matthew.

## 4.

Die Gärten von Middle Temple sind zu jeder Jahreszeit wundervoll, aber am schönsten sind sie im Frühjahr, wenn der große Magnolienbaum in Blüte steht und die Gärten in frischer, unbeeinträchtigter Farbenpracht leuchten.

Josephine machte noch einen kleinen Spaziergang durch die Anlage, bevor sie sich auf den Heimweg begab. Sie wischte sich mit der Hand über die Augen und verschwendete nur einen flüchtigen Gedanken daran, dass ihr Augen-Makeup dadurch verschmiert wurde. Ihre Tränen hatten sie selbst überrascht. Sie gehörte nicht zu den Menschen, die nahe am Wasser gebaut haben, aber jetzt waren die Tränen sehr gelegen gekommen und hatten das Herz des alten Anwalts gerührt. »Es tut mir sehr leid, mein Kind«, hatte er gesagt. »Aber es gibt gewisse, wenn auch ungerechte Fakten, die wir nun mal nicht ignorieren können.« Genau an diesem Punkt war sie von ihrem Kummer überwältigt worden. Der Tod ihres Vaters, die Krankheit der Mutter, der Geiz und die Gleichgültigkeit ihrer Brüder – dies alles zusammen mit ihrem täglichen Kampf ums Überleben und der Sorge um die Mutter waren auf einmal über ihr zusammengebrochen. Ihre Tränen rührten das Mitgefühl des alten Anwalts. »Nun, mal sehen, was sich machen lässt.«

## 5.

Val betrat Georges Büro mit einem violett-weißen Umschlag in der Hand.

»Mr. Gradley?«

»Ja, bitte, Miss Bartlett?«

»Sie haben ein Päckchen von Oregon Furniture.«

»Danke, Miss Bartlett. Öffnen Sie es doch bitte für mich.«

Val wusste inzwischen Bescheid. Es war unmöglich gewesen, die Dinge auf Dauer vor ihr zu verbergen. Nicht, nachdem die beiden Besucher – die wie alles andere, nur nicht wie Inspektoren ausgesehen hatten – jedermann in der Fabrik zu Spekulationen Anlass gegeben hatten. Val hatte George zur Rede gestellt, worauf er ihr die ganze Geschichte erzählte. Er berichtete ihr von dem Testament, warum er ursprünglich Gissings gekauft hatte, von seinen Brüdern und dem Gespräch mit Ballard, der ihn zum ersten Mal auf die Idee gebracht hatte, Gissings zu verkaufen. Er beschrieb ihr seine Treffen mit Thurston und O'Shea und sogar seine Befürchtungen, was Oregon seiner Meinung nach mit Gissings vorhatte.

Zuerst war Val zornig über Georges »Verrat« gewesen, wie sie es nannte, andererseits konnte sie ihn verstehen. Val fühlte sich Gissings zutiefst verbunden und nahm an, dass George dem Unternehmen seines Vaters gegenüber die gleichen, wenn nicht stärkere Gefühle hegte. So schien es ihr nur natürlich, dass George alles versuchte, die Firma des Vaters im Familienbesitz zu halten. Sie sprachen den ganzen Abend darüber und den größten Teil des nächsten Tages.

Ein paar Wochenenden später kam Josephine mit Helen

vorbei, und zu dritt diskutierten sie das Problem. Helen beobachtete die anderen aufmerksam, und es sah beinahe so aus, als verstünde sie, worum es ging. Nach einer Weile gelangten sie zu einer für alle zufrieden stellenden Lösung, und das Thema wurde fallen gelassen. Sie wussten jetzt, was sie zu tun hatten, und es gab keinen Anlass, sich weiter damit zu befassen.

Val riss den Umschlag auf, während George ihr mit gehobenen Augenbrauen zuschaute.

»Was meinst du, was sie bieten?«

Sie zuckte mit den Schultern und reichte ihm den Vertrag, während sie das beigefügte Schreiben überflog. Beide entdeckten die entscheidende Zahl gleichzeitig.

»Nicht schlecht«, sagte er. »Fünf Millionen. Und wie es aussieht, haben sie auch nicht allzu viel an dem Vertrag herumgebastelt.«

»Würde das Geld rechtzeitig auf deinem Konto sein?«

»Bestimmt. Diese Jungs wissen, wo's langgeht. Das wäre kein Problem.«

Val lächelte George an. Ihre tiefliegenden blauen Augen funkelten humorvoll.

»Wenn ich mir vorstelle, dass du fünf Millionen schwer bist«, sagte sie. »Durch meine Hochzeit mit dir steige ich wirklich auf in der Welt.«

George ließ den Vertrag mit einer wegwerfenden Geste auf den Schreibtisch fallen.

»Verkauf dich nur nicht zu billig. Fünf Millionen sind noch gar nichts. Warte ab, wenn du erst mal Mrs. Gradley Plant Hire Limited bist.«

Val lächelte ihren Boss an.

»Darf ich Sie um eine Gefälligkeit bitten, Mr. Gradley?«

»Ja, worum geht's, Miss Bartlett?«

»Eine Minute Ihrer kostbaren Zeit, Mr. Gradley.«

»Aber selbstverständlich, Miss Bartlett.«

Sie umarmten sich.

## 6.

Jetzt gab es nur noch eins zu tun: die Million vervollständigen. Es hatte eine Weile gedauert, die Außerkraftsetzung des Ehevertrages zu beantragen, aber jetzt war alles erledigt. Sarah hatte ihr gesamtes Vermögen in Hatherleigh-Pacific-Aktien angelegt, also überschrieb sie einfach Aktien im Wert von einer Million Pfund auf den Namen ihres Mannes. Das war mehr, als Zack benötigte, aber Sarah hatte nur abgewinkt.

Zack rief seinen Broker an und beauftragte ihn mit dem Verkauf der neu registrierten Aktien. Damit würde sich die Summe auf Zacks Konto alles in allem auf eindreiviertel Millionen Pfund belaufen.

Der Broker wiederholte Zacks Anweisungen und versprach zurückzurufen, sobald der Handel getätigt war.

Zack holte sich einen Kaffee, legte die Füße auf seinen Schreibtisch und blickte aus dem Fenster. Zwar wartete ein beträchtlicher Haufen Arbeit auf ihn, aber das hatte Zeit. Einen Urlaub – den würde er sich als Erstes gönnen. Jede Auszeit, die er zusammen mit Sarah hatte einlegen wollen, war durch den langen Arm von Weinstein Lukes vereitelt worden. Nun, darüber brauchte er sich bald keine Sorgen mehr zu machen. Mit seinem Anteil an Dads Vermögen im Rücken, konnte er sich in Ruhe überlegen, ob er die Firma verlassen oder noch ein paar Jahre dabeibleiben, es zum Partner bringen und ein wenig eigenes Geld anhäufen sollte. Und Sarah? Was sie betraf, so musste er zu einem Entschluss kommen. Er konnte sich ein Leben ohne sie nicht mehr recht vorstellen; andererseits fühlte er sich noch zu jung für eine Ehe. Vielleicht würde er noch mit ihr zusammenbleiben, solange es ihm gefiel und sie nicht von Kindern zu reden anfing. Auf Kinder konnte er gut verzichten.

Das Telefon klingelte. Zack streckte die Hand nach dem Hörer aus.

»Zack Gradley.«

»Mr. Gradley? Hier spricht Jason Armitage, einer Ihrer Broker. Ich fürchte, es gibt da ein Problem.«

»Was für ein Problem?« Zack umklammerte den Hörer so fest, dass er knackte.

»Wie es aussieht, hat Hatherleigh Pacific heute Morgen eine Pressenotiz herausgegeben. Hat irgendetwas mit finanziellen Unregelmäßigkeiten zu tun. Die Aktien wurden ausgesetzt. Also können wir den Verkauf leider nicht tätigen.«

»Ausgesetzt?«

Zack ließ den Hörer fallen und eilte zum Reuters-Terminal, der in einer Ecke des Raumes stand. Rasch gaben seine geübten Finger den Code für Hatherleigh Pacific ein. Der Bildschirm flackerte einen Augenblick, dann erschien die fatale Nachricht.

*Eine Revision bei der South China Trust Bank, die seit einiger Zeit zu Hatherleigh Pacific gehört, ergab ein beachtliches Loch in der Kasse des Unternehmens. Während man noch damit beschäftigt ist, die Ursache für das Problem zu ermitteln, wird immer offensichtlicher, dass die South China im Zuge der Übernahmekampagne mit riesigen Geldmengen auf dem Finanzmarkt spekulierte. Dabei wurden unter anderem erhebliche Summen in ein Projekt namens ROSES investiert, das durch die Investmentbank Weinstein Lukes intensiv vermarktet wurde. Das Spiel missglückte. Doch statt den Irrtum zuzugeben, verbuchte die Geschäftsleitung der South China die Verluste über ein geheimes Konto und schöpfte sämtliche Profite über ihre offiziellen Konten ab. Während der erbitterten Übernahmekampagne brüstete man sich mit erhöhten Gewinnen, wo man in Wirklichkeit Verluste erlitten hatte, die das gesamte Unternehmen in den Abgrund reißen könnten. Noch ist unklar, ob Hatherleigh Pacific über genügend Ressourcen verfügt, diesen Schlag zu überleben. Der Handel mit den Ak-*

*tien des Unternehmens wurde mit sofortiger Wirkung ausgesetzt.*

Es war die wichtigste Finanznachricht des Fernen Ostens an diesem Tag, und Reuters widmete der Story mehrere Seiten. Zack schenkte sich den Rest. Mit aschfahlem Gesicht schleppte er sich zu seinem Sessel.

# DAS ENDE

## 1.

Vor drei Jahren und acht Tagen prallte der Millionär und Vater Bernard Gradley gegen die Mauer, die seinem Leben ein Ende setzte. Acht Tage später lauschte seine Familie in fassungslosem Entsetzen seinem letzten Willen. Der erwartete Geldsegen, den sie schon zum Greifen nahe glaubten, sollte weiter in unerreichbarer Höhe über ihren Köpfen schweben.

Drei Jahre sind vergangen. Das Rennen, zu dem Bernard Gradley an jenem Tag den Startschuss gab, ist beendet. Sein letzter Streich neigt sich dem Finale zu. Es ist Mitternacht in der City of London. Die Freitagnacht gleitet hinüber in den Samstagmorgen. Drei Bankkonten – auf die Namen Zachary, George und Matthew Gradley – haben ihren endgültigen Stand erreicht. Jetzt ist es zu spät, noch Geld nachzulegen oder durch weitere Betrügereien noch mehr zu verdienen. Die letzten Einzahlungen sind getätigt, die letzten Transaktionen veranlasst, genehmigt und abgeschlossen.

Während die Glocken von London der schweigenden Stadt Mitternacht verkünden, verlässt ein codierter Impuls die stummen Konten auf dem Weg zu einem Zentralrechner. Das kurze Rattern eines Druckers ertönt, dann herrscht wieder Stille. Das Blatt Papier verharrt reglos in der Dunkelheit des Büros. Der Angestellte, der am nächsten Morgen das Büro betritt, wird das Blatt abzeichnen und stempeln, ein Beglaubigungsschreiben hinzufügen und das Ganze per Boten an eine Anwaltskanzlei in Leeds schicken.

Alles ist sorgfältig vorbereitet. Josephines Job in der Überweisungsabteilung hat sie zur Expertin auf diesem Gebiet werden lassen. Sehr zu Augustus Earles Erleichterung hat sie sämtliche Arrangements überwacht und sichergestellt, dass keine Schnitzer passieren. Das ist ihr Job. Als einziges von Bernard Gradleys Kindern liegt Josephine in dieser Nacht friedlich schlummernd im Bett.

## 2.

Endlich ist es so weit. Der große Tag bricht an. Ein perfekter, heißer und wolkenloser Sommertag. Überall im Land ziehen zukünftige Bräute mit entzücktem Ausruf die Vorhänge auf. Kinder erwachen frühzeitig und stürmen die Betten ihrer noch schlafenden Eltern. Piloten, Bergsteiger, Ballonfahrer und Wanderer streben beim Anblick des Sonnenscheins ins Freie. Makellos und strahlend entfaltet sich heute die Welt, jeder Schornstein zeichnet sich klar wie ein Stecknadelkopf gegen das endlose Blau des Himmels ab. Das ist kein Tag, um im Bett zu bleiben.

Auch die Söhne von Bernard Gradley erwachen voller Erwartung, reißen die Fenster auf und begrüßen den Sonnenschein. Noch kennt jeder der drei nur seinen eigenen Kontostand. Noch weiß keiner, wer aus diesem Rennen als Sieger hervorgehen wird. Haben die anderen ihre Million gemacht? Wer hat am meisten verdient? Der Tag wird es zeigen. Das goldene Kalb stürzt bald vom Sockel, und einer wird es schlachten.

Die drei duschen, rasieren sich und kleiden sich an, wie an einem ganz normalen Tag. Aber dies ist kein gewöhnlicher Tag. Sarah lacht, als Zack sich beim Rasieren schneidet. »Dummkopf«, sagt sie, während sie ihm ein Kleenex reicht. Sie trifft sich an diesem Abend mit Freunden vom College auf ein paar Drinks und wird danach raus nach Ovendon fahren, wo Zack später dazustoßen will. Sie gehen freundlich, aber vorsichtig miteinander um. Noch haben sie nicht über die Katastrophe gesprochen, die Hatherleigh Pacific und damit das gesamte Hatherleighsche Vermögen bedroht. Noch wurde Zacks Rolle in dem ganzen Dilemma nicht erwähnt. Lord Hatherleigh wird heute Abend auch da sein, frisch eingetroffen von einem Krisengipfel in Hongkong. Zweifellos wird er seine eigene Meinung zu dieser Angelegenheit haben. Aber dies ist nicht der Augenblick für derartige Gedanken. Zack hat es eilig aufzubrechen. Sarah neckt ihn wegen seiner Ungeduld und verabschiedet sich mit einem Kuss auf die Wange von ihm. Seit drei Nächten haben sie sich nicht mehr geliebt. Für ihre Verhältnisse ein Rekord.

Matthew sollte eigentlich gelassener sein. Sind seine Nerven nicht durch die Arbeit auf dem Börsenparkett gestählt? Ist er nicht daran gewohnt, mit Millionen zu jonglieren, mit gleichmütiger Selbstbeherrschung zu gewinnen oder zu verlieren? Ist das noch der gleiche Matthew Gradley? Er ist es, aber seine Nerven sind zum Zerreißen gespannt. Fiona spürt seine Angst, aber sie kümmert sich nicht darum. Soll er ruhig nervös sein und dieser mysteriösen Verabredung im Norden Englands nachgehen. Sie, Fiona, ist glücklich. Sie hat einen wunderbaren Job, genügend Geld und einen Partner, der sie von ihrer Furcht vor Nähe kuriert hat. Matthew hatte sich zwar ein wenig sonderbar angestellt, wegen seines Anteils an ihrer »Festung«, aber schließlich hatte er bezahlt, und sie waren glücklich wie eh und je. Fiona blickt ihm nach, als er das Haus verlässt und klettert zurück ins Bett, um einen gemütlichen Vormittag mit der Lektüre des Cosmo-Magazins zu verbringen. Sie blättert in dem Magazin und verharrt unwillkürlich bei der Abbildung einiger Hochzeitsgarderoben. Ein paar davon sind ausgesprochen hübsch. Sie spürt, wie ihre alte Furcht sich bemerkbar macht, aber auch die Gewissheit, damit umgehen zu können.

George und Val nehmen ohne Eile ihr gewohntes Frühstück ein. Leeds ist nur ein paar Meilen entfernt, sie können sich Zeit lassen. Val wird George zur Anwaltskanzlei begleiten. Es gibt keinen Grund, der dagegen spräche. Val spült das Geschirr, und George trocknet ab. Sie leben immer noch in Vals winzigem Häuschen. Ob sie umziehen werden? Sie haben darüber gesprochen. Beide wünschen sich etwas mehr Platz, insbesondere, da sie sich Kinder und Hunde zulegen wollen und Val von einem großen Garten träumt.

George lässt vor Nervosität zwei Teller fallen. Val nimmt ihm das Geschirrtuch aus der Hand und nötigt ihn, sich hinzusetzen. Sie werde schon dafür sorgen, dass sie rechtzeitig da sind, sagt sie, aber es ginge schneller, wenn er damit aufhört, noch mehr von ihrem Geschirr zu zerdeppern.

Und Josephine? Die Tochter macht zuerst sich selbst fertig und kümmert sich anschließend um ihre Mutter. Helen Gradley wird ihre Tochter nicht nach Leeds begleiten. Sie verträgt längere Fahrten schlecht und würde nur in Aufregung geraten. Um acht Uhr dreißig trifft die Pflegerin ein, eine sympathische Neuseeländerin, die gut mit Helen zurechtkommt. Josephine gibt ihr noch ein paar Anweisungen und tritt hinaus in den Flur, wo sie einen Umschlag einsteckt, bevor sie hinaus zu dem Wagen geht, den sie für diesen Tag gemietet hat. Sie steigt ein und fährt los. Im Kofferraum des Wagens liegen zwei große Koffer. Man könnte annehmen, Josephine begibt sich auf eine Urlaubsreise, aber sie lenkt den Wagen Richtung Norden und reiht sich in die M 1 nach Leeds ein. Auch sie wird rechtzeitig eintreffen.

## 3.

Augustus Earle ging in seinem Büro auf und ab und rief sich die Szene von vor drei Jahren ins Gedächtnis zurück. Er war nervös, und Nervosität machte ihn pingelig. Er zupfte die Gardinen zurecht, schob Stühle hin und her und wischte Staubkörnchen von der makellosen Oberfläche seines Schreibtisches. Es war zehn vor elf. Gradleys Kinder mussten in zehn Minuten eintreffen.

Auf einmal erregte etwas seine Aufmerksamkeit. Oder besser gesagt, etwas erregte nicht mehr seine Aufmerksamkeit. Die Uhr seines Großvaters war verstummt; ihr Ticken erfüllte nicht mehr das mit dickem Teppichboden ausgelegte Büro. Die Feder war abgelaufen; er musste vergessen haben, die Uhr aufzuziehen. Earle streckte die Hand aus, um die gläserne Frontseite des Gehäuses zu öffnen. Aber es war zu spät. Von unten drang das Knirschen von Kies herauf, und das Klingeln der Türglocke zwang Earls Aufmerksamkeit wieder auf vorrangige Angelegenheiten. Die Uhr musste noch eine Weile schweigen.

Earle öffnete die Tür persönlich. Es war Samstag, und er war als Einziger im Büro. Auf dem Treppenabsatz standen alle Gradley-Kinder und Val. Sie mussten sich in der Stadt getroffen und gemeinsam hier eingefunden haben.

»Treten Sie ein«, sagte Earle. »Treten Sie ein.« Seine Stimme war belegt und bebte vor Erregung.

Zack, Matthew, George, Val und Josephine schritten durch den üppig ausgelegten Flur in Earles penibel aufgeräumtes Büro. Nichts hat sich in den vergangenen drei Jahren hier geändert: großzügige Fenster, durch die das Sonnenlicht flutet, der ausladende Schreibtisch aus Walnussholz mit dem dazugehörigen, kleineren, lederbezogenen Beistelltisch, die mit juristischen Büchern gefüllten Regale, eine Sherrykaraffe mit dazugehörigen Gläsern. Die fünf jungen Leute setzten sich, ohne auf eine entsprechende Aufforderung zu warten. Spannung erfüllte das Zimmer. Auf den Gesichtern lag ein höfliches Lächeln, aber die Erregung war beinahe körperlich spürbar.

»Blendet Sie das Sonnenlicht auch nicht zu sehr?«, fragte Earle Josephine zuvorkommend.

Sie war ihm eine große Hilfe bei den diversen kleinen Problemen mit den Banken gewesen und hatte – wie versprochen – dafür gesorgt, dass die Details der Konten und die Beglaubigungsurkunde rechtzeitig heute Morgen bei ihm vorlagen. Earle hatte die Dokumente lediglich auf ihre Echtheit, nicht aber hinsichtlich der Kontostände überprüft. Wie erwartet, hatte alles seine Richtigkeit. Auch Earle war nervös.

Er zog die schweren roten Vorhänge ein Stück weit zu, um das grelle Sonnenlicht ein wenig zu dämpfen. Josephines Kopf war jetzt im Schatten, während ihre Füße in einem Meer aus Licht badeten. »Besser so?«, fragte er.

»Ja, alles in Ordnung«, erwiderte sie. »Danke.«

»Sherry? Oder möchten Sie sofort zur Sache kommen?« Earle erinnerte sich an den Hang der Kinder – insbesondere Zacks – zu taktloser Ungeduld und wollte Missstimmungen vermeiden.

Matthew, der gut aussehende, jungenhaft wirkende Sohn, antwortete für alle.

»Kommen wir lieber gleich zur Sache, Augustus.«

Earle zuckte innerlich zusammen. Niemand benutzte seinen Vornamen auf diese Weise, nicht einmal seine Frau, die ihn Darling zu nennen pflegte. Dabei war Matthew noch nicht einmal unhöflich, nur amerikanisch. Earle tat, wie ihm geheißen und kam zur Sache.

»Gut. Sie alle kennen die Fakten. Bernard Gradleys Vermögen wurde in den vergangenen drei Jahren von einem Treuhandfond verwaltet. Wie Ihnen allen bekannt ist, besteht das Vermögen hauptsächlich aus Gradley Plant Heir, das auf drei äußerst erfolgreiche Jahre zurückblicken kann. Der Profit für das soeben beendete Geschäftsjahr beläuft sich auf beinahe sieben Millionen Pfund vor Steuern, und der amtierende Geschäftsführer informierte mich, dass die aktuelle Bewertung der Firmenaktien bei über fünfzig Millionen Pfund liegt. Mit anderen Worten, der Wert des Nachlasses hat sich seit dem Tod Ihres Vaters beträchtlich erhöht. Der Geschäftsführer ließ mich ebenfalls wissen, dass die Aussichten für das Unternehmen seiner Meinung nach auch weiterhin positiv sind.

Dies alles wird in Kürze demjenigen von Ihnen gehören, der vergangene Nacht Punkt Mitternacht den höchsten Geldbetrag auf seinem Konto vorweisen konnte, vorausgesetzt, dieser Betrag beläuft sich auf mindestens eine Million Pfund Sterling. Ich muss sicher nicht betonen, dass das Geld ausschließlich dem Inhaber des betreffenden Kontos gehören darf. Es darf sich nicht um einen geborgten Betrag handeln oder dergleichen. Ist das allen Anwesenden klar?«

Die drei Brüder nickten, ihre Münder waren zu trocken, um zu sprechen. Selbst Val und Josephine wurden von der wachsenden Spannung im Raum angesteckt.

»Vor mir liegt die Bestätigung der Bank«, fuhr der Notar fort, »über Ihre jeweiligen Kontostände vergangene Nacht Punkt Mitternacht sowie ein Zertifikat über die Authentizität dieser Bestätigung.«

Er reichte das abgestempelte und unterzeichnete Zertifikat im Raum herum. Das Papier trug das Wappen einer der größten britischen Banken. Unterschrift und Stempel waren deutlich zu erkennen.

»Nun gut«, sagte Earle. »Dann werde ich jetzt Ihre Kontostände von vergangener Nacht bekannt geben.«

Er zog das zweite Blatt aus dem Umschlag, das er bisher noch nicht gelesen hatte. Selbst jetzt zwang er sich dazu, seinen Blick nicht voreilig zum Ende der Seite huschen zu lassen. Er würde der Reihe nach vorgehen.

»Wir beginnen mit Mr. George Gradley. Kontonummer 7089030. George, können Sie bestätigen, dass die Kontonummer korrekt ist?«

»Ja«, antwortete George heiser. »Sie ist richtig.« Weiß der Himmel, warum er so nervös war. Er wusste doch, was kommen würde.

»Der Stand Ihres Kontos in der letzten Nacht betrug ... betrug ...«, Earle umklammerte ungläubig das Blatt Papier, als sein Blick auf die unerwartete Zahl fiel, »betrug exakt Null. Keinen einzigen Cent. Möchten Sie das bestreiten?«

»Nein, das ist absolut korrekt.«

George war weiß wie die Wand. Val, die neben ihm saß, drückte seine Hand. Zack und Matthew atmeten innerlich erleichtert auf. Beide hatten insgeheim befürchtet, dass George womöglich doch noch ein Wunder mit Gissings vollbracht hatte. Aber wie es aussah, hatte er versagt. George konnte also keine Million vorweisen, und mit weniger bei diesem Wettbewerb aufzukreuzen, hatte keinen Sinn. Mit 999.999 Pfund hätte er ebenso versagt wie mit nichts. Zack und Matthew warfen sich gegenseitig einen verstohlenen Seitenblick zu und rutschten ungeduldig auf ihren Stühlen hin und her. Aus dem Konkurrenzkampf der drei war nun ein Zweikampf geworden. Aber war es nicht die ganze Zeit so gewesen? Stille senkte sich wieder über den Raum, als Earle fortfuhr.

»Demzufolge sind Sie nicht berechtigt, das Erbe Ihres Vaters anzutreten, George. Haben Sie irgendwelche Einwände?«

»Nein, das ist absolut in Ordnung.«

»Gut, gut. Der nächste Absatz auf diesem Blatt betrifft Ihren Kontostand, Matthew. Es lautet auf den Namen Matthew Gradley. Kontonummer 4456723. Ist das korrekt?«

Matthew nickte. Er brachte keinen Ton hervor, obwohl er doch wusste, welcher Betrag gleich folgen würde.

»Der Stand Ihres Kontos betrug in der vergangenen Nacht ...«, Earle führte das Blatt näher an sein Gesicht, unsicher, ob er richtig gesehen hatte. Er zwang seine alten Augen, die Ziffer nochmals zu überprüfen. Aus irgendeinem Grund wurde ihm in diesem Augenblick die Stille des Raumes, in dem das beständige Ticken der alten Uhr fehlte, überdeutlich bewusst. Er verdrängte den Gedanken und konzentrierte sich wieder auf das Blatt in seiner Hand. »Der Betrag auf Ihrem Konto letzte Nacht war gleich Null. Ist das korrekt?«

Das Zimmer, die goldenen Sonnenstrahlen auf dem Boden, die tiefen, durch die schweren roten Samtvorhänge hervorgerufenen Schatten begannen sich vor Matthews Augen zu drehen.

»Nein!«, rief er. »Das ist völliger Unsinn! Auf dem Konto liegt eine Million. Nein, mehr! Ich habe über eine Million auf meinem Konto!«

»Ich fürchte, letzte Nacht war das nicht der Fall.« Die Stimme des Notars klang bestimmt. »Sind Sie sicher, dass Sie mir die richtige Kontonummer genannt haben? Sollten Sie zwei Konten haben, könnte der Irrtum darin zu suchen sein.«

»Nein. Es ist das richtige Konto. Ich weiß, dass das Geld da ist. Ich habe es selbst gestern Abend kurz vor Geschäftsschluss überprüft. Ich schwöre Ihnen ...«

Er wusste nicht mehr, was er schwören wollte. Das Geld war da gewesen. Um sechzehn Uhr dreißig hatte er bei der Bank angerufen und um die Bestätigung seines Kontostandes gebeten. Der Bankangestellte hatte ihm die Zahlen sogar per Fax bestätigt. Er zerrte das Fax aus der Tasche und zeigte es Earle. Der Notar nahm es und studierte es höflich. Schließlich handelte es sich weder um ein Original noch um ein bestätigtes Dokument. Und selbst wenn es das Siegel der Königlichen Familie getragen hätte, hätte dies nichts an den Fakten geändert. Entscheidend war nicht der Kontostand um sechzehn Uhr dreißig am vergangenen Nachmittag. Entscheidend war der Stand von Mitternacht. Und der lag Earle schwarz auf weiß vor: null Komma null null Pfund.

»Es tut mir leid«, sagte er und gab Matthew das Fax zurück. »Wenn Sie der Meinung sind, dass ein Irrtum vorliegt, muss ich Sie bitten, dies mit Ihrer Bank zu klären. Sollte dies der Fall sein, trotz dieses Zertifikats«, Earle deutete auf das Beglaubigungsschreiben, »werden wir natürlich den korrekten Kontostand akzeptieren. Aber soviel ich weiß, sind Fehler dieser Art nicht üblich ...«

Natürlich hatte er Recht. Gewiss unterlaufen Banken nicht selten Fehler. Nur ein Narr oder ein sehr reicher Mensch verzichtet darauf, seine Bankguthaben regelmäßig zu überprüfen. Aber hier handelte es sich um einen Ausnahmefall. Hier waren die Zentralcomputer der Bank konsultiert und die Ergebnisse von einem leitenden Angestellten überprüft, abgezeichnet und übermittelt worden. Hier handelte es sich nicht um einen Routineservice, den die Bank jedem Durchschnittskunden lieferte. Diese Sache war absolut wasserdicht.

Während Matthew das Herz in die Hose rutschte, erfasste sein Kopf genau, was geschehen war. Belial hatte ihm das Geld aus Rache gestohlen. Wie ihm das gelungen sein konnte, davon hatte Matthew keinen Schimmer. Doch wer konnte schon ahnen, wozu Belial fähig war? Aber er hätte es wissen müssen. Belial war ein williger Verbündeter bei seinen Insidergeschäften gewesen. Die Gebühr in Höhe von einer halben Million für die gefälschten Kontoauszüge waren nichts anderes als Erpressung. Und er hatte den Plan ausgeheckt, eine der bestgesicherten Stahlkammern der Welt zu plündern. Belial hätte die gestohlenen Bonds, ohne mit der Wimper zu zucken, verkauft. Wie hatte Matthew annehmen können, dass Belial nicht ebenso gut in der Lage war, ein Konto bei einer gewöhnlichen britischen Geschäftsbank leerzuräumen? Großer Gott, Belial kannte sogar noch seine Kontonummer aus den Zeiten, als Matthew Geschäfte mit ihm gemacht hatte. Matthew hatte ihm diesen Schachzug nicht nur ermöglicht, er hatte ihn geradezu dazu ermuntert.

Was für ein erbärmliches Ende einer Geschichte, die so glanzvoll hätte ausgehen sollen. Wie versprochen, hatte Matthew Fiona seinen Anteil für die Hälfte des Ateliers bezahlt. Er war überzeugt, dass sie ihn sonst verlassen hätte. Sein Glück, das wusste er inzwischen, hing mehr von Fiona als vom Vermögen seines Vaters ab. Also hatte er gezahlt, aber nicht aufgegeben.

Danach waren ihm noch neunhundertdreißigtausend Pfund auf seinem Konto und vier Wochen Zeit geblieben, die Million voll zu machen. Ihm war klar, dass er die Summe keinesfalls durch weitere Insidergeschäfte beschaffen konnte. Eine weitere Begegnung mit Belial zu riskieren, hätte an Wahnsinn gegrenzt, und mit einem solchen Anliegen an einen seriösen Broker heranzutreten, wagte er nicht. Er musste das Geld auf ehrliche Weise beschaffen, und zwar auf die einzige Art, die ihm zur Verfügung stand: durch Börsenhandel. Diesmal konnte er sich nicht auf illegale Insiderkenntnisse stützen, sondern einzig auf seine dreijährige Erfahrung und sein Urteilsvermögen.

Vorsicht war jetzt fehl am Platz. Es musste ihm gelingen, innerhalb von zweiunddreißig Tagen siebeneinhalb Prozent aus seinem Kapital herauszuschlagen. Er musste seine Wette setzen und abwarten, während die Götter entschieden.

Drei Tage lang und den Großteil der Nächte vertiefte Matthew sich in Marktanalysen, studierte Bonds, Wechselkurse, Aktienmärkte, einfach alles. Er gönnte sich kaum Schlaf. Und schließlich setzte er nicht etwa auf irgendein obskures Unternehmen, sondern auf den Dollar-Yen-Wechselkurs, die am meisten gehandelte Wechselkursrate der Welt. Seit Monaten prophezeite die Fachwelt, dass der Dollar fallen würde. Und seit Monaten stieg er kontinuierlich an.

Warum setzte Matthew alles auf diese eine Chance? Möglicherweise hätte seine Antwort darauf etwas mit politischem Druck, G-7-Gipfeln, Wirtschaftsfaktoren, institutionellen Auflagen zu tun gehabt – doch das alles war Unfug. Sein Kopf hatte zwar sämtliche Informationen absorbiert, aber es war seine Intuition, die ihm sagte: Der Wechselkurs wird fallen.

Also hatte er darauf gesetzt. Er rief einen renommierten Londoner Broker an und erklärte ihm, dass er eine Wette auf den Dollar-Yen-Kurs platzieren wolle, und zwar exakt die Summe von neunhundertdreißigtausend Pfund. Und er wollte diese Wette auf eine kurzfristige Währungsoption setzen.

Der Broker hatte gezögert. Wusste Matthew, worauf er sich da einließ? Verglichen mit herkömmlichen Investitionen, kommen Optionen einem Russischen Roulette gleich. Optionen sind riskant. Setzt man auf das falsche Pferd, verliert man alles.

Aber Matthew war sich seiner Sache sicher. Er überzeugte den Broker davon, dass er sehr wohl wisse, was er tue, und bestand auf seinem Vorhaben. Matthew überließ neunhundertdreißigtausend Pfund dem Karussell der weltweit größten Devisenbörse. Jetzt konnte er nichts mehr tun, um das Rad des Schicksals zu beeinflussen, außer beten.

Und er betete.

Er betete und beobachtete den Markt wie ein Habicht seine Beute. Siebenundzwanzig Tage lang blieb der Dollar stabil. Ein paar Mal schien er kurz davor zu fallen, aber eine unsichtbare Macht fing ihn immer wieder auf. Matthew beobachtete den Markt voller Spannung, aber ohne Panik. Wenn er verlor, dann verlor er eben. Er konnte ohnehin nichts mehr tun. Also beobachtete er und betete weiter.

Und dann, am achtundzwanzigsten Tag, drei Tage vor Ablauf der Frist, machte die Spannung der Hoffnung Platz.

Der Dollar begann geringfügig zu fallen. Keine unsichtbare Macht fing ihn diesmal auf, und im Laufe des Tages sackte er weiter ab. Es war kein steiler Sturz, aber ein eindeutiger Abwärtstrend. Gerüchten zufolge beabsichtigte die Europäische Zentralbank ein Einschreiten, um den Dollarkurs zu stützen, aber nichts dergleichen geschah. Am nächsten Tag fiel er weiter. Matthew hatte auf das richtige Pferd gesetzt.

Er löste seinen Gewinn ein. Natürlich hätte er noch die verbleibenden zwei Tage abwarten können, in der Hoffnung, noch ein wenig mehr zu gewinnen, um Zack auch wirklich zu schlagen, aber er hatte genug. Wenn der Dollar wieder stieg, würde er alles verlieren. Also hörte er auf. Er rief seinen Broker an, kaufte sich aus seiner Position frei und kassierte sein Geld: die ursprünglichen neunhundertdreißigtausend plus ein Profit von dreiundsiebzigtausend Pfund.

Zwei Tage vor Ablauf der Frist konnte er eine Million und dreitausend Pfund auf seinem Bankkonto deponieren.

Er hatte es geschafft. Er hatte die Bedingungen seines Vater erfüllt, und das nicht nur einmal, sondern gleich zweimal. Einmal auf illegale Weise, das zweite Mal legal. Und jetzt hatte dieser verfluchte Belial ihn nicht nur um seine Million, sondern auch um das Vermögen Bernard Gradleys gebracht.

»Ich ... ich weiß nicht«, sagte Matthew niedergeschlagen. »Als ich es das letzte Mal überprüft habe, war das Geld noch da. Ich werde mich mit der Bank in Verbindung setzen ... bestimmt wird sich alles aufklären.«

Seine Worte hörten sich wenig überzeugend an. Matthew wirkte am Boden zerstört. Angenommen, er konnte beweisen, dass Belial das Geld tatsächlich gestohlen hatte – was dann? Matthew konnte Belial ebenso wenig verklagen wie umgekehrt. Sie waren aneinander gefesselt, Knast für den einen bedeutete auch Knast für den anderen.

Jetzt blieb nur noch Zack, auf dessen Gesicht sich ein siegessicheres Grinsen ausgebreitet hatte. Zwei waren ausgeschieden. Der Beste würde gewinnen.

»Also, Zack«, begann Earle. »Ihr Bruder beabsichtigt wegen seines Kontostandes noch einmal Rücksprache mit der Bank zu halten, was natürlich sein gutes Recht ist. Daher ist jede Entscheidung, die wir heute hier treffen, vorerst provisorisch. Für die endgültige Auswertung müssen wir abwarten, bis Matthew die Unstimmigkeiten mit der Bank geklärt hat. Ist das so weit klar?«

Zack nickte und benetzte sich die Lippen, wie ein Wolf, der Blut gewittert hat.

»Nun, fahren wir fort. Mr. Zachary Gradley. Konto Nummer 7763421. Zack, können Sie diese Angaben bestätigen?«

»Sie sind korrekt.« Als einziger der drei Brüder klang Zacks Stimme an diesem Punkt klar und deutlich.

»Der Stand Ihres Kontos letzte Nacht um Mitternacht«, begann Earle, indem er sich wieder dem Blatt in seiner Hand zuwandte. Hier war also die endgültige Antwort. Die runde Zahl sprang Earle entgegen. Aber wie jeder gute Notar vergewisserte er sich noch einmal durch einen zweiten Blick, bevor er weitersprach. »Zack, der Stand Ihres Kontos ist ebenfalls Null. Null Pfund, null Pence.«

*»Nein!«*

Zacks Aufschrei gellte durch den Raum. Er sprang auf und riss dem älteren Mann das Blatt aus der Hand. Zack erfasste die ganze Seite mit einem Blick. Zack, Matthew, George. Jeder mit einem Kontostand von Null. Drei Jahre, und nichts aufzuweisen. Zack schnaubte angewidert und schleuderte das Blatt von sich.

»Das ist doch ein Witz! Die haben es vermasselt. Verdammt noch mal, Josephine, es war doch dein Job, dafür zu sorgen, dass diese Sache einwandfrei über die Bühne geht! Dieses Stück Papier ist einen Dreck wert. Matthew, wie viel hattest du auf deinem Konto?«

»Eine Million.«

»Exakt eine Million? Wie viel genau?«

»Eine Million dreitausend Pfund. Plus ein paar Hunderter.«

»George, wie viel hattest du?«

»Nichts.«

»Nichts? Dann stimmt es also bei dir?«

»Ja. Absolut.«

»Okay. Nun, unglücklicherweise habe ich eine Million und zehntausend Pfund, liebe Leute. Tut mir leid, Matthew, der Kuchen gehört mir. Wir können gern am Montag die Bank anrufen und uns die genauen Kontostände durchgeben lassen. Dann wirst du leider feststellen müssen, dass das Geld mir gehört, so wie ich es euch von Anfang an prophezeit habe.«

Matthews Gedanken überschlugen sich. Wenn die Bank sich mit Zacks Konto ebenfalls geirrt hatte, handelte es sich womöglich tatsächlich nur um einen Verwaltungsfehler. Also doch kein mieser Trick von Belial. War der Irrtum erst einmal aufgeklärt, lag seine Million immer noch sicher auf seinem Konto. Das war die gute Nachricht. Die schlechte war, dass Zack gewonnen hatte. Nach drei Jahren hatte er wegen lumpiger siebentausend Pfund gesiegt. Siebentausend! Und Matthew hatte Josie einen Scheck über zehntausend gegeben! Das Ganze war wirklich ein Witz!

Matthew saß zusammengesunken auf dem Stuhl. Er wusste nicht, ob er erleichtert oder enttäuscht sein sollte. Er hatte allen Grund, verwirrt zu sein. Immerhin war er in der Hoffnung auf einen Sieg hier erschienen, um nun zu erleben, dass er an einer lächerlichen Summe gescheitert war. Doch erstaunlicherweise war er nicht einmal unglücklich. Er besaß immer noch seine Million, und er hatte Zack und George und nicht zuletzt sich selbst bewiesen, dass er das Zeug zum Geschäftsmann besaß. Außerdem hatte er Fiona, einen Job, der ihm Spaß machte und so viel Geld, wie er sich im Augenblick wünschen konnte. Sollte er einmal mehr brauchen – nun, er konnte es verdienen. Er war ein verdammt guter Händler und würde in seinem Leben noch viel Geld machen. Zusammen mit Fionas Einkommen hatten sie mehr als ausgesorgt. Und das Beste daran: kein Belial mehr, keine geheimen Telefonate, keine Tricksereien und nicht mehr die Angst im Nacken. Matthew war auf einmal glücklich wie ein Kind im Sommer.

»Könnte es möglich sein, dass ein Fehler begangen wurde?« Earle richtete die Frage an Josephine.

»Ja, ich glaube schon«, antwortete sie ruhig.

»Wird es Ihnen möglich sein, den Irrtum am Montag zu beheben?«

Die Worte des Notars waren mit Nachsicht gewählt. Er verurteilte Zacks Zornesausbruch gegenüber der Schwester zutiefst und bemühte sich, den Vorwurf durch ausgesuchte, altmodische Höflichkeit seinerseits wettzumachen.

»Ich denke, wir können die Sache gleich hier klären«, antwortete sie.

»Hervorragend. Möchten Sie das Telefon benutzen?«

»Nein, nicht nötig.« Josephine öffnete den DIN-A4-Umschlag, der die ganze Zeit neben ihr gelegen hatte, und entnahm ihm zwei Bogen Papier. »Darf ich euch meinen eigenen Kontostand präsentieren? Wie ihr alle sehen könnt, befanden sich vergangene Nacht um Mitternacht über zwei Millionen Pfund auf meinem Konto. Und hier ist die Beglaubigung der Bank.«

Earle, der jetzt völlig befremdet war, studierte die beiden Dokumente. Sie schienen korrekt zu sein.

»Es tut mir sehr leid, Josephine, aber das Testament, äh ... schließt Sie nun mal leider nicht in gleicher Weise ein wie Ihre Brüder.«

Earle geriet völlig aus dem Konzept. Soweit er informiert war, hatte Josephine die vergangenen drei Jahre mit der Pflege ihrer Mutter verbracht und währenddessen als Sekretärin gearbeitet. Wie sie an zwei Millionen Pfund gekommen sein mochte, war ihm ein Rätsel. Nicht so für Zack und Matthew, die ihre Schwester mit offenen Mündern anstarrten. Sie fuhr fort, wobei sie so leise sprach, dass die Anwesenden sich vorbeugen mussten, um sie zu verstehen.

»Sie irren sich.«

Sie war die Ruhe selbst. Hatte sie, die zu Beginn dieser Geschichte kaum dem Teenageralter entwachsen war, sich nicht die letzten drei Jahre mit ihrer leidenden Mutter und einem Hungerlohn abgestrampelt? Nichts von dem, was jetzt auf sie zukam, würde schwieriger werden als das, was hinter ihr lag. Sie war ganz ruhig. Jetzt war sie am Zug.

»Josephine, ich weiß mit Bestimmtheit, dass das Testament nur zugunsten Ihrer Brüder aufgesetzt wurde.« Earle sprach jetzt sehr eindringlich.

»Dann können Sie mir gewiss den Wortlaut aus Artikel sieben des Testaments wiederholen.«

Earle griff nach der Kopie des Testaments, das auf seinem Schreibtisch lag, und begann die wenigen Seiten durchzublättern. Artikel sieben war der Absatz, der sich mit eben diesem Moment befasste: dem Vergleich der Kontostände und der Freigabe des Vermögens aus dem Treuhandfond. Earle las die Worte deutlich artikuliert vor: »Wenn der Kontostand eines meiner Kinder um Mitternacht des dritten Jahrestages nach erstmaliger Verlesung dieses Testaments die festgesetzte Summe ...«

Die Worte verhallten im Raum, ein Wort aber war unleugbar. *Kinder.* Auch Josephine war Bernard Gradleys Kind.

»Josephine, ich verstehe Ihren Standpunkt. In dem Artikel heißt es zwar Kinder, aber ich glaube nicht ... ich will sagen, es verstößt eindeutig gegen den Zweck des Testaments ... ich fürchte, die Absicht Ihres Vaters war völlig unmissverständlich.«

Josephine erhob sich und trat in den Lichtkegel, der durch die Vorhänge in das kleine Büro fiel.

»Die Absicht meines Vaters interessiert mich nicht. Für mich zählt einzig und allein, was in dem Testament bestimmt wurde.«

»Aber der Brief«, stieß Earle hervor. »Der Brief, den Bernard an euch alle gerichtet hat. Darin heißt es ganz deutlich, dass er Ihnen, Josephine, den Besuch einer Sekretärinnenschule finanziert. Dieser unglückselige Wettkampf war nur für Ihre Brüder vorgesehen. Ich fürchte, dass dieser Brief bei Unstimmigkeiten über die Interpretation des Testaments schwer ins Gewicht fallen wird.«

Josephine nickte.

»Erinnern Sie sich noch an den betreffenden Absatz des Briefes?«, fragte sie.

Earle begann in seinen Unterlagen zu kramen. Aber Josephine kam ihm zuvor.

»In dem Brief heißt es: *Sollte mehr als eins von euch Kids mit dem Betrag aufkreuzen, bekommt derjenige mit dem höchsten Kontostand mein gesamtes Vermögen. Ich setze auf Gewinner, nicht auf Zweitplatzierte.* Sie können es gern nachprüfen, aber genauso steht es dort. Er benutzte das Wort *Kids*, und nicht Söhne oder Jungen oder dergleichen. Und ich bin Bernhard Gradleys Kind.«

Earle war sprachlos. Was Josephine da sagte, war natürlich ein Argument, das aber gewiss keiner Prüfung standhalten würde.

»Und noch etwas«, sagte Josephine. »Ich habe ein juristisches Gutachten eingeholt, das Sie vielleicht interessieren wird. Sie schob Earle das Dokument über den Schreibtisch zu. Sein Blick flog kurz darüber und blieb am letzten Satz hängen, der folgendermaßen begann: »Ich unterstütze Miss Josephine Gradleys Anspruch auf juristische Anfechtung des Testaments mit Nachdruck, und ...« Am Ende des Blattes prangte die unmissverständliche Unterschrift eines der angesehensten Londoner Anwälte, der ebenso bekannt war für seine Kompetenz in Nachlassfällen, wie für seine Vorliebe zu prozessieren.

»Ich weiß nicht recht«, sagte Earle. »Ich habe wirklich nicht erwartet ... natürlich werde ich das alles sorgfältig prüfen, aber ich kann nicht versprechen ...« Er verstummte.

Er konnte Josephines Behauptungen nicht widerlegen, und er war sich vollkommen bewusst, dass die juristischen Fähigkeiten des von ihr konsultierten Anwalts seine bei weitem übertrafen. Es sah fast so aus, als sollte Josephine Recht behalten.

Josephine bemerkte sein Zögern und kam ihm zu Hilfe.

»Lassen Sie es mich klar ausdrücken«, sagte sie. »Ich glaube an mein Recht – und meine Anwälte ebenfalls. Sollten Sie sich meinen Ansprüchen widersetzen, sehe ich mich gezwungen, vor Gericht zu gehen, wo ich mit Sicherheit gewinnen werde. Das wäre eine langwierige, schmerzhafte und kostspielige Angelegenheit, auf die ich durchaus vorbereitet bin.« Ihre Stimme war hart; dann aber schluckte sie und schenkte dem alten Notar ein warmes Lächeln. »Ich sehe jedoch keinen Grund, weshalb Sie sich mir in den Weg stellen sollten. Ich weiß, dass Sie die Art und Weise, in der mein Vater seinen letzten Willen aufsetzte, in keiner Weise gutgeheißen haben, und ich bin überzeugt, dass das Wohl dieser Familie, der Sie über so viele Jahre hinweg treu gedient haben, nicht an Ihrer Diskretion scheitern wird.«

Augustus Earle fühlte sich geschmeichelt und murmelte irgendetwas von »in Erwägung ziehen, sich mit den übrigen Testamentsvollstreckern beraten« und »vernünftiger Lösung« – aber jeder wußte, was gemeint war. Josephine hatte gewonnen. Gradleys Millionen endeten dort, wo niemand es vorausgesehen hatte.

»Damit kommst du nicht durch«, zischte Zack. »Du weißt sehr gut, dass es nicht dein Geld ist.«

»Verzeihung«, wandte Earle ein. »Was behaupten Sie da? Wollen Sie damit sagen ...«

»Ich sage, dass Josephine das Geld von Matthews und meinem Konto gestohlen hat. Sie ist Bankangestellte, stimmt's? Sie kennt sich mit Transaktionen aus, kennt alle Tricks. Das ist es doch, was so verdammt großartig an einem erbärmlichen

Überweisungsbeauftragten ist.« Zack spie die Worte förmlich aus. »Aber das funktioniert nicht, Josephine. Es ist nicht dein Geld. Und ich – ich meine wir, Matthew und ich – werden dich deswegen verklagen. Und wegen des Testaments ebenfalls. Du hast uns unser Geld gestohlen und kein Anrecht auf das Vermögen.«

»Josephine! Ist das wahr?«

»Es stimmt, ich habe das Geld gestohlen. Aber es war keineswegs so einfach, wie er es hinstellt. Es war harte Arbeit, sich in die Banksysteme zu hacken und die entsprechenden Transfercodes zu knacken. Das ganze letzte Jahr und eine Menge Übung waren dafür erforderlich.«

Zum zweiten Mal war Earle sprachlos.

»Aber ... Josephine! Sie können das Geld doch nicht einfach stehlen. Zack hat vollkommen Recht. Und das wissen Sie. Er und Matthew können Sie deswegen verklagen, und wegen des Testaments ebenfalls.«

»Ich weiß. Aber ich glaube nicht, dass Matthew oder Zack das tatsächlich tun werden. Im Gegenteil, ich bin sogar überzeugt, sie möchten, dass ich das Geld behalte.«

Sie blickte herausfordernd in die Runde. Nur George und Val hockten teilnahmslos wie zwei plumpe Yorkshire-Hühner auf ihren Stühlen. Earle fragte sich, ob die beiden wohl gewusst hatten, was sich hier abspielen würde. War Georges Konto vielleicht leer gewesen, weil er gewarnt wurde?

Georges Gelassenheit stand in krassem Kontrast zum Gebaren seiner beiden Brüder. Zack stand immer noch bebend vor Wut, mit verzerrtem Gesicht, mitten im Raum. Matthew, weiß wie die Wand, war ebenfalls aufgestanden. Er war sich nicht ganz sicher, ob er zornig sein sollte oder nicht, aber sein hübscher Mund war zu einem verdrossenen Schmollen verzogen.

»Nun, Matthew, hast du vor, mich zu verklagen?«, wandte Josephine sich direkt an ihn.

Er befeuchtete sich die Lippen. Er konnte es sich nicht erlauben, irgendjemand zu verklagen. Weder Belial noch Josephine. Einer Überprüfung seiner Finanzen würde er ebenso wenig standhalten wie ein Vampir der Konfrontation mit Knoblauch. Er schüttelte den Kopf.

»Nein, ich werde keine Klage einreichen, Josie.«

Sie lächelte ihn an. »Nein, natürlich nicht. Und was ist mit dir, Zack?«

»Selbstverständlich werde ich dich verklagen, du Närrin. Wie in aller Welt kommst du darauf, dass du mit diesem Schulmädchenstreich unbehelligt davonkommst? Ich werde dich auf jeden einzelnen Penny verklagen.« Zack schäumte vor Wut und zeigte aufgebracht mit dem Finger auf sie. »Und eins schwöre ich dir, Josie. Wenn ich mein Geld zurückhabe, und das von Dad dazu, kannst du auf Knien zu mir nach London kriechen, bevor du auch nur einen Penny zu sehen bekommst.«

»Wie reizend«, erwiderte Josie. »Es ist immer gut zu wissen, wo man steht.«

»Es gehört mir, Josie. Es gehört alles mir.«

»Allerdings«, fügte Josie scheinbar nachdenklich hinzu, »könnten im Falle einer Klage gegen mich gewisse Fakten ans Licht kommen.«

»Was für Fakten?«, zischte Zack. Er hatte keine Ahnung, warum Matthew so schnell klein beigab, aber er dachte gar nicht daran, es ihm gleichzutun.

»Nun, auf deiner Hochzeit hatte ich ein höchst aufschlussreiches Gespräch mit deiner Freundin Arabella Queensferry. Sie erzählte mir von einem gewissen Ball vor ein paar Jahren. Du erinnerst dich sicher daran. Du hast Sarahs Verlobten außer Gefecht gesetzt, und Arabella hat ihn kompromittiert. Sie wusste damals nicht, worum es ging, und hat mir davon erzählt, weil sie ein schlechtes Gewissen hatte. Ich habe sie beruhigt, aber bei Sarah wäre das vermutlich nicht so einfach. Man weiß nie, wie Ehefrauen auf solche Dinge reagieren.«

Zack war so aufgebracht über Josephine, dass sein gesunder Menschenverstand ihn im Stich ließ. Zum damaligen Zeitpunkt war Sarah für ihn nichts als ein weiterer Meilenstein auf dem Weg zu seinem Vermögen gewesen ... Er zögerte, aber nicht lange.

»Ich bringe dich um, wenn du ihr irgendwas davon erzählst, aber damit wirst du mich nicht davon abhalten, mir mein Geld zurückzuholen.«

»Ach nein? Und was ist mit dem armen Hal Gillingham? Was für eine merkwürdige Fügung, dass er wieder zum Alkoholiker wurde, obwohl er sich nicht einmal daran erinnern konnte, einen Drink auch nur angerührt zu haben, findest du nicht auch?«

»Was, zum Teufel, weißt du davon?«

»Nun, du hast mir von deiner Beförderung und dem Grund dafür erzählt. Ich hatte so ein Gefühl, dass Hal vielleicht sehr einsam sein könnte, also habe ich beschlossen, ihn ausfindig zu machen. Ich rief sämtliche Exklusiv-Kliniken des Landes an, und siehe da – da war er. Für mehrere hundert Pfund pro Tag betreut in einem piekfeinen Sanatorium in Kent. Ich besuchte ihn, und wir wurden Freunde. Er ist ein wirklich feiner Mann, und er erzählte mir seine Lebensgeschichte. Der Teil, der dich betraf, war besonders interessant. Ich habe ihm nicht erzählt, was er dir zu verdanken hat, aber ich könnte es tun. Er wird übrigens in Kürze heiraten, hat sich in eine hübsche Krankenschwester verliebt und scheint im siebten Himmel zu sein.«

»Es interessiert mich nicht, was er weiß«, giftete Zack, aber seine Stimme klang selbst in seinen eigenen Ohren wenig überzeugend.

»Da wette ich drauf. Aber vielleicht deine Arbeitgeber? Oh, ich weiß, dass ich keine Beweise habe, aber im Moment laufen die Dinge bei dir nicht so gut, hab' ich Recht? Deine Weste muss blütenweiß bleiben, sonst lassen sie dich schneller fallen als eine heiße Kartoffel. Du legst deine Frau herein, damit sie dich heiratet, treibst deinen Boss in die Trunksucht – es wäre doch Wahnsinn, so jemanden weiter zu beschäftigen, nicht wahr?«

»Weshalb sollte mir das noch etwas ausmachen? Immerhin hätte ich dann Dads Geld.«

»Aha, für Dads Vermögen nimmst du also in Kauf, deine Frau und deinen Ruf zu verlieren? Bist du dir sicher, Zack?«

Zack war sich keinesfalls sicher. Jeder im Raum konnte das erkennen. Aber er hasste es zu verlieren, und vor Publikum zu verlieren, verabscheute er noch mehr.

»Verdammt richtig, ich bin mir sicher. Es ist nicht dein Geld, Josie. Es gehört mir.«

»Na ja, vielleicht sagst du die Wahrheit. Vielleicht schert es dich wirklich einen Dreck, wenn die Leute sagen, da kommt Zack Gradley, der Mann, der sich sein Vermögen ergaunert hat.«

»Übertreib es nicht!«

»Andererseits – vielleicht würdest du das Geld nicht mal bekommen.«

»Was, zum Teufel, meinst du damit?«

»Nun, was das betrifft, ist Dads Testament ganz eindeutig. Du musst die Million selbst verdient haben, nichts davon darf geborgt sein.«

»Das ist mein Geld, du Idiotin. Die Million gehört mir. Ich habe sie verdient, ich allein.«

»Ach, tatsächlich? Weißt du was, als ich mich vergangene Nacht in das Computersystem der Bank einklinkte, überkam mich die Neugierde. Ich kam auf die Idee, mir mal die letzten Bewegungen auf deinem Konto näher anzuschauen. Das ist das Schöne beim Hacken, Zack. Man kann sich ansehen, was immer man will. Ich muss es dir irgendwann mal zeigen, es wird dir gefallen.«

»Was ist mit meinem Konto?«

»Ach ja, Entschuldigung. Also, mir ist da etwas sehr Eigenartiges aufgefallen. Bis vorgestern befanden sich nämlich nur siebenhundertsechsundsiebzigtausend Pfund auf deinem Konto. Das ist durchaus keine Million.«

»Na und? Das war vorgestern.«

»Ja, und mich interessierte die Frage, woher die fehlenden zweihundertvierunddreißigtausend stammten. Es handelte sich um die Direktüberweisung einer anderen Londoner Bank. Ich nahm an, dass es sich um Sarahs Konto handelte, was in Ordnung gewesen wäre. Schließlich ist nichts daran auszusetzen, wenn eine Ehefrau ihrem Mann Geld gibt. Nun ja, ich weiß, es war vorwitzig von mir, aber ich konnte nicht umhin, mir dieses andere Konto einmal näher anzusehen. Und rate mal, was ich da gesehen habe? Es war gar nicht Sarahs Konto. Ich bin sicher, sie hätte dir das Geld gegeben, wenn du sie darum gebeten hättest, aber dann fiel mir ein, dass du sie und ihre Familie beinahe in den Bankrott getrieben hast. Vielleicht hatte sie Probleme, den Betrag zusammenzukratzen. Oder vielleicht war sie sauer auf dich. Keine Ahnung, aber egal. Das Interessante war jedenfalls, dass das Geld von einem Burschen namens Dixon Banderman stammt. Den monatlichen Eingängen auf seinem Konto entnehme ich, dass er ebenfalls bei Weinstein Lukes arbeitet. Und wenn ich mich recht erinnere, handelt es sich bei diesem Banderman um deinen Boss.«

»Na und?«, konterte Zack schnaubend. »Dixon hat mir das Geld gegeben, weil Sarah Probleme hatte, die Summe kurzfristig aufzutreiben. Was spielt es schon für eine Rolle, wer mir das Geld gegeben hat?«

»*Gegeben* hat, Zack? Bist du sicher, dass er es dir gegeben hat? Ich könnte verstehen, wenn deine Frau dir Geld gibt. Ich könnte sogar verstehen, wenn dein Schwiegervater, Lord Hatherleigh, dir das Geld gegeben hätte, obwohl du ihm weiß Gott genug angetan hast. Aber Dixon Banderman? Dein

Boss? Warum in aller Welt sollte *er* dir eine Viertelmillion schenken?« Im Raum herrschte Stille. Alle warteten darauf, dass sie fortfuhr. »Bist du sicher, Zack, dass es sich nicht um ein Darlehen handelt?«

»Es war ein Geschenk.«

Allen war klar, worauf sie hinauswollte. In diesem Punkt war das Testament absolut eindeutig. Nicht ein Penny der Million durfte geborgt sein.

»Es war also ein Geschenk, ich verstehe. Dein Boss hat sich gesagt, ›he, ich mag diesen Burschen so sehr, dass ich ihm eine Viertelmillion Pfund überlasse, ohne einen einzigen Penny davon zurückzuerwarten.‹ *Ich* glaube dir, schließlich bist du mein Bruder. Aber was meinst du, wie diese Sache sich in einem Gerichtssaal anhört?«

»Es gibt keine schriftlichen Vereinbarungen. Du kannst nichts beweisen.«

Es stimmte. Zack hatte Banderman genug erzählt, um ihn zu überzeugen, ihm das Geld zu leihen, und er hatte ihm klargemacht, dass es keine schriftlichen Abmachungen geben dürfe, die bewiesen, dass es sich um ein Darlehen handelte. Banderman hatte eingewilligt. Aber als er zum Hörer griff, um die Überweisung zu veranlassen, hatte er gesagt: »Wir verzichten auf eine schriftliche Vereinbarung, aber Sie und ich wissen, dass es sich um ein Darlehen handelt. Wenn Sie es nicht zurückzahlen, drehe ich Ihnen höchstpersönlich den Hals um. Ist das klar, alter Gauner?« Natürlich hatte Zack genickt. Aber was, wenn Banderman in den Zeugenstand gezwungen wurde? Wie würde er aussagen? Weinstein Lukes war mit Recht Stolz auf die Integrität seiner Mitarbeiter, und Banderman würde ebenso wenig einen Meineid schwören, wie er einen Diebstahl begehen würde.

»Vielleicht kann ich nichts beweisen«, fuhr Josie grüblerisch fort. »Und vielleicht wird Banderman deine Geschichte sogar bestätigen. Aber um das Geld zu bekommen, Zack, wirst du das Gericht überzeugen müssen, dass es sich nicht um ein Darlehen handelt. Und es wird ein harter Brocken werden, der Jury das weiszumachen, meinst du nicht?«

Sie verstummte. Zacks Gesicht war immer noch weiß, und seine Lippen bewegten sich lautlos. Sie hatte Recht. Selbst wenn Dixon vorgab, das Geld sei ein Geschenk gewesen – wer, zum Teufel, würde ihm glauben? Banderman war ein reicher Mann, aber niemand, ganz gleich, wie reich er sein mochte, schenkte irgendeinem Angestellten einfach so eine Viertelmillion. Nur eine winzige Entfernung trennte Zack noch von dem Vermögen des Vaters, aber wie sehr er sich auch streckte, ihm fiel keine Möglichkeit mehr ein, sie zu überwinden. Er war geschlagen. Die Entfernung zu dem ersehnten Ziel wurde plötzlich weit wie der Pazifik und unüberwindlich wie der Himalaya.

»Ich kann dich immer noch auf Rückgabe der Million verklagen, selbst wenn ich keinen Anspruch auf das Vermögen mehr erhebe.« Selbst besiegt vermochte Zack nicht klein beizugeben. Seine Stimme bebte vor Zorn und Bitterkeit.

Josephine musterte ihn einen Augenblick lang schweigend, bevor sie zu einer Erwiderung ansetzte.

»Natürlich kannst du mich dazu bringen, dir deine Million zurückzugeben. Schließlich musst du zumindest die zweihundertvierunddreißigtausend irgendwo hernehmen, die du Banderman schuldest. Aber bevor du das versuchst, vergiss eins nicht. Wenn du mich verklagst, dann schwöre ich dir, dass du nie im Leben einen Penny von Dads Vermögen zu sehen bekommst. Verzichtest du auf eine Klage und überlässt mir die Million, die ich dir gestohlen habe, könnte ich mich unter Umständen bereit erklären, dir etwas von Dads Geld abzugeben. Ich sage nicht, dass ich es tue, sondern nur, dass eine Chance besteht. Es kommt ganz darauf an, wie ich mich fühle. Es liegt bei dir.«

Zack brachte kein Wort mehr heraus, und Matthew sprach die Frage aus, die ihn am meisten beschäftigte.

»Was hast du mit dem Erbe vor, Josie?«

Sie blickte ihn scharf an. Jetzt hatte sie alle Trümpfe in der Hand.

»Nun, ich habe mich noch nicht endgültig entschieden«, sagte sie. »Aber auf keinen Fall werde ich Gradley Plant Heir verkaufen. Ich gedenke das Unternehmen weiterzuführen und habe allen Anlass, auf eine ausgezeichnete Zukunft zu hoffen. Und einen hervorragenden Geschäftsführer habe ich auch bereits gefunden.«

»Wen?«

Josephine deutete mit einer winzigen Bewegung ihrer Hand auf George, der Matthews entgeisterten Blick mit einem leichten Kopfnicken bestätigte.

»Du? Und was ist mit Gissings?«

»Oh, ich werde Gissings natürlich nicht verkaufen. Ich übertrage die Firmenleitung lediglich jemand anders. In der Tat habe ich auch schon einen ausgezeichneten Ersatz gefunden.«

Jetzt war es an George, mit einer gleichfalls knappen Geste auf Val zu deuten, die Matthew verlegen anlächelte. Matthew starrte von Josephine zu George, und von George zu Val. Also war das Ganze ein abgekartetes Spiel? George würde seine heiß geliebte Fabrik behalten und gleichzeitig mit Dads altem Unternehmen ins große Geschäft einsteigen.

»Ich gratuliere. Ich bin überzeugt, du wirst deine Sache gut machen. Ihr beide werdet eure Sache gut machen«, verbesserte er sich. »Und was ist mit ... ich meine, Josie ... gedenkst du alle Geschäftsanteile für dich zu behalten, oder wirst du sie aufteilen?«

Josie zuckte mit den Schultern. »Nein, George wird ein Viertel bekommen. Schließlich braucht mein zukünftiger Geschäftsführer eine kleine Motivation.«

»Und was ist mit uns, Josie?«

Matthew deutete auf sich und Zack. Josie musterte sie wie zwei seltene Tiere im Zoo.

»Keine Ahnung, Matthew.« Zum ersten Mal war ein leichtes Zittern in ihrer Stimme zu vernehmen. »Ich weiß nur, dass ich mich drei Jahre lang mehr schlecht als recht mit der kranken Mum durchgeschlagen habe, und dass George der Einzige war, der sich um uns gekümmert hat. Als ich völlig blank war, hat er seine Brieftasche umgedreht, um mir buchstäblich seinen letzten Penny zu geben. So oft es ihm möglich war, ist er zu Besuch gekommen, hat mindestens einmal in der Woche angerufen und uns regelmäßig geschrieben und Geld geschickt. Val und er haben Mum und mich wie willkommene Gäste behandelt, und nicht wie peinliche Eindringlinge. Ich weiß, dass er alles Glück der Welt verdient hat. Was man von euch beiden wahrhaftig nicht behaupten kann. Du, Matthew, hast zwar versucht, freundlich zu sein, aber der Gedanke, dass Zack dich am Ende doch einholen könnte, hat deine Anflüge von Großzügigkeit jedes Mal im Keim erstickt. Und was dich angeht, Zack, so hat dein Auftritt soeben mehr als deutlich gemacht, wo du stehst. Ich habe jedenfalls noch keine Entscheidung getroffen. Ich werde erst einmal Urlaub machen und mit Mum in die Karibik fliegen. George und Val begleiten uns. Wir werden zwei Wochen fort sein. Vielleicht ist mein Groll bis zu unserer Rückkehr ein wenig verflogen, vielleicht aber auch nicht. Es wird euch nichts anderes übrig bleiben, als abzuwarten.«

Keiner erwiderte etwas. Es war alles gesagt. Augustus Earle, der sich in die Unterlagen auf seinem Schreibtisch vertieft hatte, erwachte plötzlich wieder zum Leben.

»Zack, Matthew, ich muss Ihnen noch eine letzte Frage stellen. Erhebt einer von Ihnen Einspruch gegen Josephines Anspruch auf das Geld, das sie ... äh ... von Ihren Konten transferiert hat?«

»Sie hatte kein Recht dazu«, brummte Zack.

»Nein, das meine ich nicht. Ich muss wissen, ob einer von Ihnen bestreitet, dass das Geld jetzt ihr gehört? Werden Sie Schritte unternehmen, es zurückzuverlangen?«

Beide Brüder schüttelten den Kopf.

»Sehr gut. Nun, Josephine, ich habe mir das Testament noch einmal angesehen und glaube, dass wir die Auslegung der betreffenden Zeilen, wie Sie sie darstellen, durchaus gelten lassen können. Offen gesagt, handelt es sich natürlich um eine sehr großzügige Art der Auslegung, und Sie wissen so gut wie ich, dass es nicht das ist, war Bernard im Sinn hatte. Aber ich möchte der Gerechtigkeit nicht im Wege stehen und bin überzeugt, dass die anderen Testamentsvollstrecker ebenso denken. Die einzige Hürde würde darin bestehen, dass einer Ihrer Brüder sich entschließt, Ihren Anspruch gerichtlich anzufechten. Aber wie ich die Dinge verstanden habe, steht dies nicht zu befürchten. Habe ich Recht?«

Die beiden Brüder nickten in stummer Übereinstimmung. George äußerte sich nicht; sein Standpunkt war ohnehin klar.

»Exzellent. Und Sie sind einverstanden, das alles schriftlich festzuhalten?«

Nicken. Earle bemerkte plötzlich, dass die alte Uhr seines Großvaters zu irgendeinem Zeitpunkt wieder zum Leben erwacht sein musste, da ihr Ticken wie gewohnt den kleinen Raum erfüllte.

»Dann werde ich also ein Treffen mit den übrigen Testamentsvollstreckern vereinbaren. Ich bin zuversichtlich, dass wir den Nachlass binnen weniger Tage zu Ihren Händen freigeben können, Josephine. Erlauben Sie, dass ich Ihnen als Erster meine herzlichsten Glückwünsche ausspreche und Ihnen einen überaus erholsamen Urlaub wünsche.«

»Ich danke Ihnen«, erwiderte Josephine, während sie sich zum Aufbruch bereitmachte.

Die alte Uhr hielt einen Atemzug lang inne, begann zu surren und läutete dann, um etwa eine Stunde verspätet, aber klar und melodisch wie immer, die Mittagszeit ein.

# EPILOG

## 1.

Und so geschah es. Bernard Gradleys gesamtes Vermögen fiel seiner einzigen Tochter zu. Ihre erste Amtshandlung nach Übernahme von Gradley Plant Heir bestand in der Einberufung einer Vorstandssitzung, in deren Verlauf sie sich als künftige Vorstandsvorsitzende und ihren Bruder als geschäftsführenden Direktor vorstellte. George würde ein Gehalt von achttausend Pfund erhalten, was für ein Unternehmen dieser Größenordnung durchaus bescheiden war, zumal er weder Anspruch auf einen Bonus noch auf Aktienoptionen oder andere Vergünstigungen hatte. Allerdings überschrieb Josephine ein Aktienpaket auf seinen Namen, das ihm, wie versprochen, einen fünfundzwanzigprozentigen Anteil an dem Unternehmen sicherte. Das sollte als Motivation genügen.

Während der ersten drei Wochen vertiefte George sich in die Geschäftsunterlagen, verschaffte sich ein Bild von der Struktur des Betriebs, unternahm Werksbegehungen und führte Gespräche mit den Abteilungsleitern. Als er seine Recherchen beendet hatte, war er kaum noch zu bremsen. »Es gibt nichts, das uns aufhalten kann«, vertraute er seiner Verlobten an. »In der Firma steckt ein ungeheures Potenzial. Endlich kann ich ein Unternehmen führen, dessen Zukunft nicht durch Hypotheken belastet ist. Die Möglichkeiten sind enorm.« Und Val freute sich mit ihm. Sie wusste, dass Georges Ehrgeiz einen größeren Aktionsradius benötigte, als Gissings ihn augenblicklich bieten konnte, und sie ermutigte ihn. Aber sie hatte auch sonst Grund, bester Laune zu sein. Bald würden sie heiraten, und die Hochzeitsvorbereitungen bereiteten ihr sichtliches Vergnügen. Außerdem hatten sie mit der Suche eines neuen Heims begonnen und sich bereits eine Reihe vielversprechender Domizile angeschaut, die ausreichend Platz für Kinder und Hunde boten. George wünschte sich einen großen Hund, vielleicht einen Labrador. Vals Vorliebe galt den kleineren Rassen wie Spaniel oder Terrier. Sie hatten alle Zeit der Welt, sich zu entscheiden, und diese Zeit würden sie sich nehmen.

Und dann war da noch Gissings. Auch hier wurde eine Vorstandssitzung einberufen, in der George seinen Rücktritt als Geschäftsführer bekannt gab und Val als seine Nachfolgerin vorstellte. Auch Val musste sich mit einem eher bescheidenen Gehalt begnügen, aber auch sie erhielt eine »Motivationshilfe«. George überschrieb ihr die Hälfte des Unternehmens, und – was noch wichtiger war – er stellte einen Scheck aus, der die Schulden an David Ballards Bank mit einem Schlag tilgte.

»Herzlichen Glückwunsch, ihr zwei«, gratulierte ihnen Ballard, während er mit dem Scheck wedelte. »Aber kommt ja nicht auf die Idee, euch auf euren Lorbeeren auszuruhen. Ich werde mich erst zur Ruhe setzen, Val, wenn du die Aspertons geschluckt hast, und du George, deine ersten fünfzig Millionen Gewinn vorweisen kannst. Aber eins kann ich dir jetzt schon versichern, George, mein alter Freund: Im Augenblick wird es keinen stolzeren Kerl da oben im Himmel geben, als deinen verstorbenen Vater.«

George war weniger davon überzeugt, dass Bernard sich darum scherte. Falls er es überhaupt geschafft hatte, die Himmelspforten zu durchschreiten, war er bestimmt viel zu beschäftigt damit, dort oben eine Leasingfirma für Harfen auf die Beine zu stellen. Er würde kaum Zeit haben, einen Gedanken an seine irdische Familie zu verschwenden. Falls er sich allerdings doch die Mühe machte, würde ihm Georges neue Schreibtischdekoration gewiss gefallen. In der Mitte des imposanten neuen Möbels (selbstverständlich ein Gissings-Produkt) stand auf einem schwarzen Kunststoffsockel das Spritzgussmodell eines Gabelstaplers. Und genau wie sein Vater wäre George inzwischen lieber gestorben, als Anteile der Firma zu verkaufen, die er nun führte.

Und auch Val hatte ein Andenken zu wahren. Sie konnte es kaum erwarten, ein gewisses Fax von Kelly O'Shea und David Thurston endlich in den Abfall zu befördern. Nachdem George deren erstes Angebot abgelehnt hatte, hatten diese sich erneut an ihren Strategieausschuss gewandt, der auf die Absage einigermaßen befremdet reagierte, sich aber dennoch entschloss, das Angebot zu erhöhen. Per Fax boten sie nun genau sechs Millionen Pfund für Gissings, was George trotz mehrerer aufgebrachter telefonischer Anfragen quer über den Atlantik schlichtweg ignorierte. Aber Val hatte das Fax aufbewahrt. Denn noch ein Geschäftsmann wachte von oben über sein ehemaliges Baby. Der alte Tom Gissing wäre überrascht und stolz gewesen, hätte er geahnt, dass jemand seine Fabrik einmal so hoch bewerten würde. Außerdem hätte er nicht schlecht gestaunt, hätte er gewusst, wer sein neuer Geschäftsführer war. Val war entschlossen, die Fabrik weiter auszubauen, und da sie nun frei von Schulden war, schmiedete sie eifrig Pläne für eine Komplettsanierung der verfallenen Anlagen. Andrew Walters hatte angedeutet, er gedenke vorzeitig in den Ruhestand zu treten, und Val beabsichtigte, Darren die Organisation der Sanierung zu übertragen.

## 2.

Auch Matthew war glücklich. Er war eines Abends von der Arbeit nach Hause zurückgekehrt und von Fiona in einem ihrer verführerischen Nachthemden empfangen worden, die man eher selten an ihr sah. Kaum hatte er die Wohnung betreten, hatte sie ihn sanft zwischen den Beinen gepackt und hinter sich her ins Wohnzimmer gezogen. Der Raum war mit einem Meer von weißen Blumen geschmückt: Lilien, Rosen, Schleierkraut, Nelken, Orchideen, Flieder; die Blumen standen in allen verfügbaren Vasen, Krügen und Schalen, die ihr Hausrat hergab: Blumen auf sämtlichen Tischen, in jedem Regal, auf den Stühlen, dem Sofa, dem Fußboden. In der Luft schwebte ein schwerer Duft, der Matthew in die Nase stieg. Auf dem Tisch lag eine kleine Schachtel von Asprey & Garrad, dem königlichen Juwelier.

»Ich bin bereit, Matthew. Ich bin endgültig und unwiderruflich bereit«, verkündete Fiona.

Matthew nahm ihre Hand und zog sie auf seinen Schoß.

»Liebste Fiona«, sagte er. »Willst du meine Frau werden?«

Sie antwortete ihm nicht sofort, aber nachdem sie sich geküsst hatten, fand ein Brillantring seinen Weg aus der kleinen Schachtel an Fionas Ringfinger. Jetzt waren sie offiziell verlobt.

Matthew hatte seine Million und den Anspruch auf das Vermögen seines Vaters verloren. Er bedauerte diese Tatsache zwar, war aber alles andere als unglücklich. Im Gegenteil, er war unsagbar erleichtert, dass die Geschäfte mit Belial ein Ende hatten und froh, keine Geheimnisse mehr vor Fiona oder seiner Firma zu haben. Und er war stolz, dass er bei dieser ganzen Sache etwas bewiesen hatte. Er würde weitere Bonusse erhalten. Er war ein guter Händler und jetzt, wo sich seine ganze Aufmerksamkeit auf die Geschäfte der Bank konzentrieren konnte, würde er noch besser werden. Matthew hoffte, in absehbarer Zeit ebenfalls zum geschäftsführenden Direktor ernannt zu werden; dann würden er und Fiona in Geld baden. Josie würde sich gewiß mit der Zeit beruhigen und ihm seine Million zurückgeben, vielleicht sogar einen Teil ihrer Aktien, womit sie über genügend Geld verfügten, um darin zu schwimmen. Die Zeit würde es zeigen. Und Matthew hatte keine Eile.

## 3.

Und was war mit Zack? Nach dem denkwürdigen Finale in der Kanzlei des Notars war er nicht sofort nach London zurückgekehrt. Er war ins Auto gestiegen und ziellos in der Gegend umhergefahren. Er dachte an Sarah und das Desaster bei Hatherleigh Pacific, an Weinstein Lukes, Dixon Banderman und die Viertelmillion, die er ihm schuldete und nicht zurückzahlen konnte. Und er dachte an Robert Leighton und Hal Gillingham, seine Geschwister, seine Mutter und seinen Vater. Er fuhr bis zur Dämmerung umher, bis er sich in unmittelbarer Nähe von Oxford wiederfand. Er steuerte die Stadt an und klingelte um halb elf abends an der Tür seines alten Tutors.

Ichabod Bell hieß seinen ehemaligen Lieblingsstudenten willkommen. Er lebte allein inmitten unzähliger Bücher und freute sich über Zacks Besuch. Zack erzählte ihm die ganze Geschichte, nicht mit allen Details, aber mehr oder weniger ausführlich, und lauschte anschließend Bells Kommentar. Bell verurteilte ihn nicht, machte aber auch keinen Hehl aus seiner Meinung. Und Zack war ein guter Zuhörer.

Zack und der alte Philosoph unterhielten sich bis morgens um halb fünf. Um neun erwachte Zack, stieg in seinen Wagen und machte sich auf den Weg Richtung Devon, um seiner ruinierten Ehefrau und seinem Schwiegervater gegenüberzutreten. Bevor er auf die Hauptstraße einbog, hörte er wie gewohnt seine Voice-Mailbox ab.

Er hatte zwei Nachrichten. Die erste stammte von Banderman. »Rufen Sie mich sofort an!« Es folgten verschiedene Telefonnummern, unter denen er zu erreichen sei, aber keine einzige Beleidigung. Ein schlechtes Zeichen! Er würde doch nicht schon jetzt seine Viertelmillion zurückverlangen, oder doch?

Die andere Nachricht war schlimmer, sehr viel schlimmer sogar. Sie kam ausgerechnet von Arabella Queensferry. Als Zacks langjährige Freundin und ehemalige Kommilitonin von Sarah hatte sie am Vortag an Sarahs kleiner Party teilgenommen. Ihre Nachricht lautete folgendermaßen: »Zack, ich bin's, Arabella. Auf der Party gestern erzählte Sarah von dem Testament deines Vaters und dass du sie gebeten hast, dir den Rest zu der erforderlichen Million dazuzugeben. Da hat es bei mir Klick gemacht. Ich erinnerte mich an den Ball von damals und erkundigte mich bei Sarah nach diesem Robert Leighton. Sie erzählte mir die ganze Geschichte, dass sie mit ihm verlobt war und die Verlobung wegen dieses Zwischenfalls gelöst hätte. Nun, ich habe ihr ebenfalls alles erzählt. Ich musste es einfach tun. Ich hätte diesen Spuk niemals mitgemacht, wenn ich geahnt hätte, wie mies du bist. Ich meine, ich wusste natürlich, dass du mies bist, aber nicht so mies. Sarah war außer sich. Wenn du irgendwas zu deiner Verteidigung vorzubringen hast, dann solltest du dich damit beeilen. Was mich angeht, so verzichte ich auf weiteren Kontakt mit dir. Leb wohl, Zack.«

Zack war wie erstarrt. Er vergaß sogar, das Telefon auszuschalten und nahm die »Ende-der-Nachrichten«-Ansage, die sich alle paar Sekunden wiederholte, gar nicht wahr. Er saß da wie ein glühender Fußballfan, der auf das Ende eines entscheidenden Spiels wartet, neunzig Minuten lang den Atem anhält, ohne dass ein Tor fällt, und dann – ein winziger Fehler, ein

Moment der Unachtsamkeit, und ohne Vorwarnung, ohne dass man etwas mitbekommen hat, schlägt der Ball im Netz ein – im falschen Netz wohlgemerkt. Das Netz beult sich aus, der Torschütze wirft die Arme hoch, und das Spiel ist verloren, der Schlusspfiff nur noch ein paar Sekunden entfernt. Die erste Reaktion ist Fassungslosigkeit. Aber dann sickert auch schon die Gewissheit ins Bewusstsein, dass das Unvorstellbare, das Einzige, das nie hätte geschehen dürfen, soeben doch geschehen war. Die Bilder spulen sich gleichermaßen lebendig und unzusammenhängend vor dem geistigen Auge ab – das Aufblitzen des Balles, der Aufprall im Netz, der Jubel der gegnerischen Fans – und alles endet immer wieder in der schrecklichen, unwiderlegbaren Wahrheit.

Der Verlust des väterlichen Vermögens war hart, aber dies hier war niederschmetternd. Drei Jahre lang waren nur zwei Dinge für Zack von Bedeutung gewesen: Sarah und sein Job bei Weinstein Lukes. Die Arbeit war umsonst gewesen, und jetzt auch noch das – was mußte Sarah von ihm denken? Was konnte sie anderes tun, als ihm für immer den Rücken zuzukehren? In diesem Augenblick hätte Zack alles Geld der Welt dafür gegeben, hätte er seiner Frau diese furchtbare Erfahrung ersparen können.

Er war wie betäubt. Trotzdem wählte er mechanisch Bandermans Nummer.

»Dixon, ich bin's, Zack.«

»Ich möchte, dass Sie sofort in mein Büro kommen.«

Bandermans Tonfall war schneidend, keine Spur von den üblichen schnoddrigen Bemerkungen. Zack registrierte es zwar, doch sein Bewusstsein weigerte sich, dies zur Kenntnis zu nehmen.

»Gibt es ein Problem?«

»Allerdings«, erwiderte Banderman grimmig. »Hatherleigh Pacific will uns verklagen. Sie werfen uns vor, dass die Verkaufsstrategie von ROSES an South China nicht den Regeln eines verantwortungsbewussten Marketing entsprach. Jetzt wollen sie uns ihre Verluste in die Schuhe schieben.«

Die Bedeutung von Bandermans Worten sickerte nur zögerlich in Zacks Gehirn.

»Was? Hatherleigh Pacific? Haben die denn was gegen uns in der Hand?«

»Keine Ahnung. Aber unsere Anwälte glauben, dass sie möglicherweise damit durchkommen. Ich bin die Marketingunterlagen durchgegangen, die Sie zusammengestellt haben, Zack, darin findet sich in der Tat kein einziger Vermerk, dass unsere Verkäufer das Produkt verantwortungsbewusst vermarkten sollen. Was nicht gerade nützlich für uns ist. Es kann durchaus zu einer Verhandlung kommen.«

Zacks Ehefrau war soeben über einen Betrug der übelsten Sorte aufgeklärt worden. Sein Schwiegervater war im Begriff, seinen Arbeitgeber vor Gericht zu bringen. Seine Untergebenen würden bald herausfinden – falls sie es nicht bereits entdeckt hatten –, daß Zack keine Sekunde lang einen Gedanken an einen verantwortungsbewussten Umgang mit dem Projekt verschwendet hatte. Zack versprach, sich sofort auf den Weg ins Büro zu machen, und beendete das Gespräch. Er wurde zunehmend benommener. Sarah. Er musste unbedingt mit Sarah sprechen. Er würde ihren Zorn gern über sich ergehen lassen. Er würde alles über sich ergehen lassen, solange er nur mit ihr reden konnte. Er wählte ihre Nummer.

Kein Anschluss unter dieser Nummer. Er wählte nochmals. Kein Anschluss unter dieser Nummer. Das sich wiederholende Signal zwang ihn zu akzeptieren, was er nicht akzeptieren wollte. Sarah hatte ihre gemeinsame Telefonnummer ändern lassen. Er rief die Auskunft an. Es existierte kein Eintrag über die neue Nummer. Ein Gefühl von Taubheit breitete sich in seinem ganzen Körper aus, aber in seinem Gehirn arbeitete es fieberhaft. Wenn sie sich die Mühe gemacht hatte, die Nummer zu ändern, bestand die Chance, dass sie sich zumindest noch in London aufhielt und nicht nach Devon rausgefahren war.

Zack wendete den Wagen und fuhr Richtung Osten nach London. Der Saab musste sich den Weg über die M 40 von allein gesucht haben, denn obwohl Zack hinter dem Steuer saß, war es, als träfe ein anderer die Entscheidungen für ihn. Er fuhr nicht etwa zu Weinstein Lukes, sondern zu seiner Wohnung – Sarahs Wohnung. Er steckte seinen Schlüssel ins Schloss, obwohl er wusste, was kommen würde. Das Schloss war ausgewechselt worden. Er spielte mit dem Gedanken, in Ovendon House anzurufen, fühlte sich aber nicht in der Lage, mit irgendjemand anders als mit Sarah zu sprechen.

Sein Blick fiel auf ein Stück Papier mit seinem Namen darauf. Er faltete es auseinander und las die vertraute Handschrift. Die Handschrift, die ihn über irgendetwas Belangloses wie »Bin ausgegangen« oder »Das Essen steht im Kühlschrank, bis später« hätte informieren sollen. Aber nichts dergleichen. Die knappen Zeilen setzten ihn darüber in Kenntnis, dass Sarah Zacks persönliche Habe zusammenpacken und in einem Schließfach deponieren würde. Ort und Schlüssel würden an Weinstein Lukes geschickt. Er solle nicht versuchen, Kontakt zu ihr aufzunehmen. Niemals.

Da war nichts zu machen. Zack vermutete, dass Sarah sich in der Wohnung aufhielt. Er wartete einen Augenblick, überzeugt, dass sie auf der anderen Seite der Tür stand und horchte, da sie wusste, dass er da war. Er wollte etwas sagen, aber was? »Es stimmt, ich habe dich wegen des Geldes geheiratet, und jetzt habe ich dein Geld verloren, und mein Geld, und das Geld meines Vaters und das deiner Familie. Ich kann nicht einmal meinem Boss meine Schulden zurückzahlen«? Oder sollte er einfach sagen, was er fühlte: »Ich liebe dich, ich bete dich an, und ich habe es zu spät herausgefunden«?

Zögernd verharrte er vor der Tür, die Hand zum Klopfen

erhoben. Eine Minute lang stand er reglos da. Dann trat er zurück, und sein Arm fiel herab.

»Es tut mir leid, Liebling«, flüsterte er unhörbar, bevor er sich umwandte und das Gebäude verließ.

Betäubt machte er sich auf den Weg zu Weinstein Lukes, wo Banderman bereits das Kommando über eine umfangreiche juristische Operation führte, die von Stunde zu Stunde hektischer wurde. Anwälte kamen und gingen. Papierstapel türmten sich auf. Anwaltsgehilfinnen registrierten und sortierten den wachsenden Dokumentenstapel. Unterlagen wurden haufenweise kopiert und per Kurier nach Hongkong, Singapur und New York versandt. Nie zuvor war Weinstein Lukes zu solch einem kostspieligen Verteidigungsaufwand gezwungen gewesen.

»Kommen Sie herein«, begrüßte ihn Banderman. »Vor uns liegt eine Menge Arbeit.«

Eine Woche lang stand Zack im Zentrum eines Orkans. Juristische Strategiekonzepte wurden entwickelt, debattiert und beschlossen. Dokumente zur Untermauerung jedes einzelnen Verteidigungspunkts wurden aufgesetzt, geprüft und mehrfach erörtert. Und trotz der elementaren Fakten von Hatherleighs Klage wurde man bei Weinstein Lukes zunehmend zuversichtlicher, erfolgreich aus dieser Sache hervorzugehen. Zacks Betäubung wich, und sein Schmerz nahm zu.

Am Ende der Woche verließ er zur Mittagszeit das Büro und machte sich entschlossen auf den Weg nach Pall Mall. In der Empfangshalle des Hatherleigh-Pacific-Gebäudes bat er um ein Gespräch mit dem Vorsitzenden. Nach einer kurzen Wartezeit führte man ihn hinauf zum Büro des Viscounts. Zack trat ein. Er fühlte sich wie eine Laus.

Der Vicount nickte ihm zu, ohne ihm die Hand zu geben. »Nun?«

Zack schluckte und versuchte, sich die Worte ins Gedächtnis zurückzurufen, die er sich zuvor zurechtgelegt hatte. Er gab sich einen Ruck.

»Ich will mich nicht entschuldigen, denn es gibt keine Entschuldigung für das, was ich getan habe. Ich bin gekommen, um dir zu sagen, dass deine Klage gegen Weinstein Lukes durchaus begründet ist. Aber du kannst den Fall nicht gewinnen. Die andere Seite hat zu viele Verteidigungsargumente. Was du brauchst, ist ein Insider, jemand, der ROSES in- und auswendig kennt, jemand, der ihre Verteidigungsstrategie kennt. Mir ist klar, dass ich der letzte Mensch auf Erden bin, mit dem du zusammenarbeiten willst, aber ich glaube, dass ich Hatherleigh Pacific retten kann.«

»Du wirst Sarah trotzdem nicht zurückbekommen.«

»Ich weiß, dass ich sie verloren habe, und ich fürchte, dass sie ohne mich besser dran ist. Aber etwas kann ich wenigstens aus den Trümmern retten – Hatherleigh Pacific. Das heißt, wenn du es mir erlaubst.«

Der Viscount erlaubte es ihm, und Zack vergrub sich sofort in die Hatherleighsche Prozessführung. Er wusste, welche Zeugen aufgerufen werden sollten, welche Fragen man ihnen stellen und welche Unterlagen verlangt werden würden. Er zerriss seitenlange Beweisführungen und schrieb sie neu; er entwarf ausführliche Fragenkataloge für die gegnerischen Zeugen. Und der renommierte Anwalt von Hatherleigh Pacific ließ es widerstandslos geschehen, dass Zack die Initiative an sich riss. So wie Zack den Fall darstellte, würde die Argumentation der gegnerischen Partei unwiderruflich entkräftet werden – denn der Kern der Beweisführung bestand in Zacks eigener Zeugenaussage. Er persönlich – als Erfinder und Organisator des gesamten ROSES-Projekts – wollte beschwören, dass er keinen einzigen Gedanken an das Wohl seiner Klienten verschwendet hatte.

Natürlich musste er dafür bezahlen. Erwartungsgemäß verlor er seinen Job. Er war gezwungen, Banderman zu gestehen, dass er den Kredit in Höhe einer Viertelmillion nicht zurückzahlen konnte, und sein persönlicher Offenbarungseid ließ nicht auf sich warten, da Banderman Anzeige gegen ihn erstattete. Hinzu kam noch, dass Weinstein Lukes – ihres Steuerexperten beraubt – sich an Hal Gillingham wandte, der sich bereit erklärte, wieder als Berater für sie tätig zu sein. Und je mehr er sich mit den Details des Falles befasste, desto deutlicher wurde ihm, dass es sich bei diesem Steuertrick, um den sich alles drehte, um seine eigene Idee handelte. Er berichtete Banderman davon, der zuerst skeptisch dreinblickte. Aber als Gillingham ihm ein paar seiner eigenen Notizen von jenem lange zurückliegenden Abend präsentierte, war er überzeugt. Nun begannen die Anwälte von Weinstein Lukes zu prüfen, ob man Zack auf Rückzahlung des Bonus verklagen konnte, den man ihm in der Annahme ausbezahlt hatte, die Idee für das Projekt stamme von ihm.

All das ließ Zack kalt. Er wusste nur, dass er Sarah verloren hatte und alles Geld der Welt diesen Verlust nicht wettmachen konnte. Zwei Tage, nachdem sein Betrug ans Licht gekommen war, hatte er ihr einen Brief geschrieben, in dem er die ganze Geschichte gebeichtet, sich entschuldigt und ihr alles Gute für ihr weiteres Leben gewünscht hatte. Außerdem hatte er seinen Ehering dazugesteckt und gelobt, dass er alles in seiner Macht Stehende tun würde, eine rasche Scheidung voranzutreiben, sobald sie bereit dazu sei. Seine Beziehungen zu Lord Hatherleigh waren währenddessen rein geschäftlich.

Der Fall wurde außergerichtlich beigelegt. Hatherleigh Pacific bekam zwar nicht die gesamte Summe, auf die man geklagt hatte, aber der Vergleich fiel so günstig aus, wie sie es sich erhofft hatten. Die Aktien des Unternehmens durften wieder an der Hongkonger Börse gehandelt werden. Der Ruf der Aktie war zwar ein wenig angeschlagen, jedoch nicht zerstört. Bei der Vorstandssitzung der Hatherleigh Pacific konnte der Blick sich wieder in die Zukunft richten, und Scottie durfte seine Aufmerksamkeit wieder dem Aufbau der South China widmen.

Zu diesem Zeitpunkt war Zack juristisch gesehen bereits bankrott. Sollte Josephine sich eines Tages entschließen, ihm seine Million zurückzugeben, würde er sie an Dixon Banderman und Weinstein Lukes aushändigen müssen. Es war ihm gleich. Sollten sie das Geld haben. Er war nach Oxford zurückgekehrt, wo er in einer zugigen Dachwohnung auf der Cowley Road hauste und sich wieder der Philosophie widmete. Er hatte seine alte Dissertation ausgegraben, die viel mehr hergab, als er in Erinnerung gehabt hatte. Er war überrascht, was für ein Potenzial darin steckte, und hoffte, bald damit fertig zu sein, um seine Ideen weiterzuentwickeln und vielleicht ein Buch zu schreiben. Ichabod Bell ermutigte ihn.

Während der ganzen Zeit hatte Zack keinen Kontakt mehr mit Sarah gehabt. Doch auf seinem Schreibtisch stand ein gerahmtes Foto von ihr in ihrem Hochzeitskleid, und auf dem Kaminsims befanden sich ebenfalls ein paar Schnappschüsse seiner Frau. Abgesehen von den zahlreichen philosophischen Werken, die sich überall stapelten, waren diese Bilder die einzige Dekoration in der winzigen Einzimmerwohnung. Philosophie schien das Einzige zu sein, wofür es sich ohne Sarah noch zu leben lohnte.

Und dann – ungefähr acht Monate, nachdem die ganze Tragödie ihren Lauf genommen hatte – klingelte es an seiner Tür. Zack drückte auf den Türöffner, und ein paar Minuten später stand eine hochschwangere Sarah auf seiner Schwelle.

Alles Blut wich aus Zacks Gesicht.

»Sarah!«

»Darf ich reinkommen?«

Er nickte, unfähig zu sprechen. Es gab nur einen Stuhl im Zimmer, den Zack ihr hinschob. Er selbst setzte sich mit angezogenen Knien auf sein ungemachtes Bett. Stumm starrten sie einander an.

»Du bist schwanger«, brachte er schließlich hervor. »Ist es ...?«

»Sie ist von dir, Zack, ganz richtig.«

»Und ... wirst du ... ich meine ... bist du ...?« Er schaffte es nicht, seine Frage auszusprechen.

»Ich weiß selbst nicht genau, weshalb ich gekommen bin. Ich war in der Nähe, also hab' ich vorbeigeschaut.« Sie verstummte. »Ich weiß nur, dass dieses Kind besser dran ist, wenn es einen Vater hat.«

»Aber Sarah, du kannst ... kannst mich doch unmöglich zurückhaben wollen, nach allem, was geschehen ist. Such dir um Himmels willen einen anderen. Jemanden, den du verdient hast.«

»Willst du das wirklich?« Ihre Stimme war nur ein Flüstern.

Zacks Lippen bewegten sich stumm. Wenn er auf dieser Erde nur einen einzigen Wunsch frei gehabt hätte, dann wäre es der, Sarah vor dem schlimmsten aller Schicksale zu bewahren: weiter mit ihm verheiratet zu sein. Aber jetzt, wo er die Möglichkeit dazu hatte, vermochten seine Lippen nicht die Worte zu formen, die sie gerettet hätten. Er gab auf und schüttelte den Kopf.

Sarah erhob sich. Ihr gewölbter Leib schien das Zimmer zu füllen. Ein winziges, zappelndes Leben wuchs darin heran.

»Zack?«

»Sarah!«

Er war aufgestanden und legte die Arme um sie, während er gegen den verzweifelten Wunsch ankämpfte, sie zu küssen.

»Wenn du willst, treffen wir eine Abmachung.«

Er nickte wie betäubt.

»Nur zur Probe.«

Wieder nickte er.

»Ich nehme an, du willst weiter hier wohnen?« Sie zitterte. Es war März, und der Dachboden war weder isoliert noch beheizt.

»Ich glaub' schon, aber ...«

»Gut. Dann bleibst du die Woche über hier wohnen, und wir fangen mit den Wochenenden an. Mal sehen, wie es funktioniert. Du kannst entweder nach London oder raus nach Ovendon House kommen, wenn ich dort bin.«

»Aber dein Vater? Was wird er dazu sagen? Meinst du nicht, ich sollte ihm besser aus dem Weg gehen?«

»Wenn wir uns einig sind, nimmt meine Familie dich auch wieder auf.«

Zack nickte. »Okay.«

»Also ist es abgemacht?«

»Ja, Liebling. Es ist abgemacht.«

## 4.

Und Josephine? Sie ist jetzt eine reiche Frau, was jedoch nicht heißt, dass sie allen Ballast über Bord geworfen hat und ein unbeschwertes Leben führt. Natürlich hat sie ihren Job aufgegeben, obwohl es an der Arbeit einer Überweisungsbeauftragten nichts auszusetzen gibt. Allerdings verfügen die wenigsten Überweisungsbeauftragten über einen Dreiviertel-Anteil an einem expandierenden Unternehmen im Wert von fünfzig Millionen Dollar oder mehr.

Sie ist jetzt ein freier Mensch. Vielleicht wird sie studieren, wovon sie immer geträumt hat. Sie kann sich jedes beliebige Studienfach aussuchen, das sie interessiert, und ganz gleich, welchen Beruf sie ergreift – falls sie überhaupt beschließt zu arbeiten –, kann sie ihn nur aus Spaß an der Freude ausüben. Ob sie weiterhin als aktive Vorstandsvorsitzende von Gradley Plant Heir tätig sein wird? Vielleicht. David Ballard hat ihr versichert, dass ihr Bruder einer der tüchtigsten Geschäftsmänner sei, die er je kennen gelernt habe, und dass Josephine das Unternehmen getrost seiner Leitung überlassen könne.

Aber irgendetwas will sie auch tun, und vielleicht liegt ihre Bestimmung, wie die ihres Bruders George, im Unternehmen des Vaters. Die Zeit wird es zeigen. Im Augenblick genießt sie ihre Freiheit.

Außerdem muss sie zu einer Entscheidung bezüglich des Geldes kommen. Gehört es rechtmäßig wirklich ihr allein, oder sollte sie es nicht doch mit Matthew und Zack teilen, deren Millionen sie gestohlen hat? Sie ist immer noch verärgert über das Benehmen der beiden Brüder, und obwohl sie sich inzwischen dafür entschuldigt haben (aufrichtig zerknirscht in Matthews Fall und mit erstaunlicher Freimütigkeit von Zacks Seite), fürchtet sie, dass alles von vorn beginnt, sobald die Geldfrage wieder aufgerollt würde. Im Herzen weiß sie natürlich, dass sie ihnen die Million zurückgeben wird, die sie ihnen gestohlen hat, aber was das Vermögen des Vaters angeht, fällt es ihr aufrichtig schwer, zu einem Entschluss zu gelangen. Im Augenblick beschränkt sie sich darauf, die Entschuldigungen zu akzeptieren und das Geld fürs Erste zu behalten, abgesehen von einem stattlichen sechsstelligen Scheck, der eines Tages in das Haus eines ungarischen Schachspielers flattert (sehr zu dessen Überraschung), der mittlerweile in seine Heimat zurückgekehrt ist.

Inzwischen ist George eifrig damit beschäftigt, Gewinne in das Unternehmen zu reinvestieren, vor dem, wie er behauptet, eine großartige Zukunft liegt. Das Geld ist also gut angelegt. Sollte Josie sich doch irgendwann entschließen, das Vermögen aufzuteilen, werden die Aktien um ein Vielfaches gestiegen sein.

Im Augenblick wird sie sich zuerst einmal um ihr eigenes Leben und um die Mutter kümmern. Sie hat ein Cottage mit einer von Rosen umrankten Veranda in den Cotswolds für Helen gekauft. Am Ende des Gartengrundstücks befindet sich ein kleiner Bungalow, der von einem älteren Ehepaar bewohnt wird. Die Frau kümmert sich um Helen, und der Mann hält den Garten in Schuss, in dem ein paar herrliche Obstbäume wachsen, zwischen denen sogar ein kleiner Bach plätschert. Matthew und Fiona, George und Val, und natürlich Josephine sind häufige Besucher des kleinen Anwesens. Selbst Zack lässt sich von Zeit zu Zeit hier blicken.

Womit niemand mehr gerechnet hat: Helen Gradleys Zustand hat sich merklich gebessert. Natürlich hat sie sich nicht vollständig erholt, was vermutlich nie mehr geschehen wird, aber irgendetwas in ihr scheint zu begreifen, dass ihre Welt harmonischer geworden ist, dass die Spannungen sich gelöst haben. Sie nimmt jetzt wieder an einer Physiotherapie teil, und diesmal ist auch ihr Wille dabei. Ihr Sprach- und ihr Koordinationsvermögen haben sich deutlich verbessert. Natürlich wird sie behindert und bei alltäglichen Verrichtungen auf Hilfe angewiesen bleiben, aber wenn man sie durch den Garten schlendern sieht, hat man nicht mehr den Eindruck, eine unglückliche Frau zu sehen.

Und – man wird es kaum glauben – manchmal sieht man sie dort sogar an der Seite eines Ehemaligen der Royal Greenjackets. Er gehört nicht gerade zu den bestaussehenden Gentlemen der Welt, nicht einmal seiner Altersgruppe, und seine Sinne sind ebenfalls ein wenig verwirrt (zweifellos das Ergebnis des königlichen Dienstes). Aber es ist nicht zu übersehen, dass die beiden sich mögen – jedenfalls läßt er sich regelmäßig blicken, und Helen scheint sich über seine Besuche zu freuen. Und sollte er eines Tages seinen zerfledderten Panamahut lüften und ihr einen Antrag machen – wer weiß? Möglicherweise sagt sie ja.

Wäre das nicht ein überaus glückliches Ende?

Ned Allen ist der Shooting-Star der New Yorker Werbeszene: ein brillanter Verkäufer, dem durch seinen Erfolg alle Türen zur Oberschicht Manhattans offenstehen. Seine Vorstadtvergangenheit hat er längst abgeschüttelt, und mit Einfallsreichtum und Fairneß ist er auf dem Weg nach ganz oben. Doch dann wird die Firma, für die er arbeitet, verkauft, und Ned verliert innerhalb nur weniger Tage alles, wofür er gekämpft hat: seinen Job, sein Heim, das Vertrauen seiner Frau. Die Situation scheint aussichtslos – bis er ein dubioses Angebot erhält, das seine Rettung sein könnte ...

»Der Job« *ist ein Fegefeuer der Eitelkeiten mit Adrenalinstoß-Garantie.*

Hamburger Abendblatt

ISBN 3-404-14493-7

BASTEI LÜBBE

Als die 16jährige Kathleen Beavier plötzlich schwanger wird, sind ihre Eltern entsetzt. Doch noch mehr verstört sie die beharrliche Aussage ihrer Tochter, niemals mit einem Jungen geschlafen zu haben. Und auch die Untersuchungen mehrerer Ärzte ergeben ein eindeutiges Bild: Kathleen ist immer noch Jungfrau!
Der Bostoner Kardinal beauftragt die ehemalige Nonne Anne Fitzgerald, der Sache auf den Grund zu gehen. Denn vor achtzig Jahren wurde die Geburt eines göttlichen Kindes prophezeit.
Auch der Vatikan schickt einen Mitarbeiter, Nicholas Rosetti. Dieser ist Anne Fitzgerald in einem voraus: Er weiß, dass in Irland eine vierzehnjährige Jungfrau ebenfalls ein Kind erwartet. Und er weiß auch, dass eines der beiden Kinder der Sohn Gottes, das andere das Kind des Satans ist ...

ISBN 3-404-14504-6

BASTEI LÜBBE